L.B. OF REDBRIDGE LIBRARY SERVICES	
30108028995228	
REDILF	Star Books
£ 25.95	15/08/2019

АНДРЕЙ РУБАНОВ
ФИНИСТ ЯСНЫЙ СОКОЛ

АНДРЕЙ РУБАНОВ

ФИНИСТ — ЯСНЫЙ СОКОЛ

РОМАН

Редакция
Елены Шубиной

Издательство АСТ, Москва

УДК 821.161.1-31
ББК 84(2Рос=Рус)6-44
Р82

Художник — Андрей Бондаренко

В оформлении переплёта использованы фрагменты картин
Юлии Гуковой

Роман написан по идее режиссёра Аглаи Курносенко

Рубанов, Андрей Викторович.
Р82   Финист — ясный сокол : роман / Андрей Рубанов. — Москва : Издательство АСТ : Редакция Елены Шубиной, 2019. — 567, [9] с. — (Проза Андрея Рубанова).

ISBN 978-5-17-113151-7

Это изустная побывальщина. Она никогда не была записана буквами.
Во времена, о которых здесь рассказано, букв ещё не придумали.
Малая девка Марья обошла всю землю и добралась до неба в поисках любимого — его звали Финист, и он не был человеком.
Никто не верил, что она его найдёт. Но все помогали.
В те времена каждый помогал каждому — иначе было не выжить.
В те времена по соседству с людьми обитали древние змеи, мавки, кикиморы, шишиги, анчутки, лешаки и оборотни.
Трое мужчин любили Марью, безо всякой надежды на взаимность.
Один защитил, другой довёл до края земли, третий донёс до неба.
Из-за одной малой девки целый мир сдвинулся и едва не слетел с оси.
Ничто, кроме любви, не может сдвинуть мир с места.

УДК 821.161.1-31
ББК 84(2Рос=Рус)6-44

ISBN 978-5-17-113151-7

© Рубанов А.В.
© Бондаренко А.Л., художественное оформление
© ООО «Издательство АСТ»

Оглавление

Сказ первый
Глумила
7

Сказ второй
Кожедуб
169

Сказ третий
Разбойник
393

Сказ первый

Глумила

1.

Тут у вас хорошо. Интересно. Все пьяные, все весёлые. В таких местах бывать — одно удовольствие. Я люблю, когда шумно, когда толпа, когда не знаешь, что дальше будет. То ли ограбят, то ли приголубят, то ли взашей вытолкают.

Звать меня Иван.

Есть второе имя, заветное, но я его потом скажу, и то — если ты мне придёшься по нраву. А не придёшься — не скажу.

А третье имя, смертное, не скажу совсем. Его назову только богам, когда помру.

Да, у меня есть бубен. Большой, в мой рост. Его завтра на лодке привезут. Есть и малые бубенчики — не скажу где.

Скажу только, что отлили те бубенчики из такой чистой меди, что когда они звенят — даже змеи танцуют.

Потому что если я тебе скажу, где мои бубенчики, — так ты меня возьмёшь да зарежешь, ради той чистой меди.

Да, по-вашему я — скоморох. По-нашему — «глумила». Или «глумец». Шут, ага.

Скоморох, скоробрёх.

Мы глумилы, мы дальше всех от могилы.

Поём, пляшем, руками-ногами машем.

Прыгаем выше головы да на обе стороны́.

В бубен бьём, никогда не врём.

Наше дело глумецкое, озорное, молодецкое.

Конечно, я знаю ваш язык. Я сам венед. А ты, судя по говору, вятич. Вот, угадал.

А отец мой помер. Пошёл в лес, и его зверь задрал. Когда он меня родил, ему было восемьдесят четыре года.

Когда он помер, мне исполнилось пять.
Но рассказ вообще не про меня, а про молодую девку. Если в рассказе нет молодой девки — это, как ты понимаешь, и не рассказ вовсе.
Обязательно девка должна быть.
Конечно, я не местный. Здесь у вас бывал — но очень давно. Может, лет семь назад. С тех пор всё тут изменилось. Лучше стало. Очень мне у вас нравится. Народу — толпа, все нарядные, на каждом углу пиво наливают и брагу. И девчонки красивые. Такие, что подойти страшно. Нет, я не робкий, я ж глумила, мы робкими не бываем. Перед старшинами не робею, в любой богатой гридне держусь как у себя дома, а девчонку увижу — сам не свой.
Нет, ты мне так много вопросов не задавай. Лучше налей.
Я буду рассказывать сначала коротко, затем всё более подробно. Моё лицо при этом может принять неприятное выражение. Кроме того, в определённое время я впаду в нарочитое состояние, могу крикнуть, или заговорить не своим голосом, или хватануть себя зубами за пальцы. Может и слюна изо рта пойти, или сопля из ноздри выбежать.
Но в таком телесном проявлении не будет ничего стыдного.
Я не обещал, что будет легко и приятно.
Ничему не удивляйся, просто слушай и получай удовольствие. Понимаешь меня? Хорошо. Тогда слушай.

Это было во время оно.
Очень, очень давно. Когда я был горячий, лёгкий, точный и весёлый.
Когда моему разуму открывается расстояние между тем борзым мальчишкой и мною теперешним — я ужасаюсь и восхищаюсь силе водоворота времени, протекающего через всё живое.
Коловрат всесилен, это так.
С тех времён я прожил ещё две судьбы. Был вором, потом колдуном. Теперь живу четвёртую судьбу. Может, и не последнюю.

Сказ первый. Глумила

Я мало помню из бестолковой юности. Только самое изумительное, самое стыдное и самое страшное. Наша память так устроена.

И вот эта девка была самый изумительный человек, которого я встретил в те лета.

А всё, что с ней случилось, — самая страшная быль изо всех моих былей.

В прочие годы передо мной появлялись и другие невероятные люди, скроенные по удивительным меркам, туго заряженные силой жизни. Но девка Марья первая из них встретилась мне в мельтешении людской гущи. Поэтому она навсегда со мной останется: на дне разума, в самой твёрдой памяти.

Моя мать была обычная баба, дочь бортника. А отец тоже был глумила. Скоморох. И мать, когда влюбилась, с ним ушла, и так родился я.

И дед мой тоже был глумила, и прадед.

Навыков много в этом деле, и они передаются от отца к сыну.

Но не обязательно: бывает, что отец — какой-нибудь простой засечный оратай, а сын — и поёт, и играет, и чего только не вытворяет.

Вот мой друг тех времён, рыжий Кирьяк — он был именно такой. Глумила в первом колене.

А я — потомственный, и число колен моих велико: мой род от Дамира, и от Глеба, и от Владуха, и от Новика, а там дальше и другие есть, и слава их гремела по всей Оке до самого Итиля и дальше до Лукового моря.

И пока я не начал своего рассказа, скажи мне — где тут можно недорого переночевать?

Отсюда — четвёртый дом? Но там нет домов, только землянки. Нет, я не против, но моим костям полезно спать на дереве. Без обид, ага? Допустим, ежели я заплачу полкуны лысых за три ночи? С хорошей хозяйкой? Подберёшь мне что-нибудь? Пока я не охмелел?

Рассказывать буду долго, предупреждаю, до утра могу, если твоей браги хватит.

Да, кстати! Пока не забыл. Вы тут, извиняюсь, кому требу подносите?

В смысле, какому богу жертвуете?

Чего молчите? Это простой вопрос.

Мать моя подносила Мокоши, чтоб был в доме достаток, и скотьему богу, чтоб дал ещё детей, и Хорсу, богу света и тепла. В моей родной селитьбе все подносили Хорсу — ну вот и мать подносила ему, а вы кому подносите?

Ага, понимаю. Ну что же, хорошо.

Вот и я ему теперь жертвую из первой чаши.

Да прольётся сладкая брага прямо в горло этого сильного бога.

Пошли удачу вашему дому, и чтоб его двери, когда надо, открывались во всю ширину — а когда надо, закрывались накрепко.

Сам я не скажу, чтобы часто подносил требу, и у меня нет какого-то одного бога, на которого я полагаюсь.

Мне кажется, боги мало про нас думают, а больше заняты своими делами.

Они такие же, как мы, они тоже движутся по кругу, они ничего не могут изменить.

Иногда мне кажется, что боги нас обманывают. Мы проливаем кровь на их алтари, а на самом деле наша кровь им не нужна, а нужно что-то другое.

Подожди, не надо так глазами сверкать. Я не хулитель богам. Но я не обещал, что рассказ будет простым. Мы уговорились, что я буду излагать, а вы слушать, — слушайте и молчите.

Я жертвую, как любой другой нормальный человек, всегда, когда мне нужна подмога. Я бродяга, мы же глумилы, мы ходим из одного места в другое, а в каждой селитьбе свои порядки: в одном месте стоит Мара — и я жертвую Маре, в другом месте стоит Хорс, и я тогда жертвую Хорсу.

Конечно, от сердца жертвую, иначе какая жертва? Но, повторяю, я не из тех, кто по любому поводу курицу на требище несёт. Честно признаюсь. Когда закончу этот сказ, сами поймёте.

Сказ первый. Глумила

Один умный человек, живший на другом конце света, сказал: бог получает божью долю, а человек — человеческую. В общем, я больше думаю про свою, человеческую долю, а боги свою божью долю как получали, так и будут получать.

Однажды я был в городе, где стояли два идола, бог скота и бог неба, и эти идолы были такие древние, что от времени черты их стёрлись, и волхвы забыли, кто есть кто, и стали называть их просто «два бога», устроили общий жертвенник и приносили одну требу двум богам сразу. И ничего, богатый был город, красивый, и его жители не знали горя.

А в другом месте, далеко на севере, люди жертвовали окаменевшему черепу древнего змея, причём кровь не проливали, а отдавали зубы. Волхв брал дубовую киянку, выбивал человеку один-два зуба и клал внутрь черепа. Вот это жертва, я понимаю! Я видел тот череп — высотой в три сажени, он на одну половину врос в землю, а на вторую половину был доверху наполнен пожертвованными человечьими зубами. Сами волхвы при том змеевом требище тоже были без зубов, все кроме одного, молодого ученика — он всем остальным жевал.

А в третьем месте я видел идола, который весь по самую макушку был погружён в землю, но понемногу сам собой выпрастывался из земли, очень медленно, год за годом, на полвершка в год, выше и выше, так что однажды показались глаза, а затем и нос, и шея; в тот год, когда я его видел, он вылез по грудь. Ему жертвовали очень много, он был весь покрыт свежей кровью и выглядел почти живым — короче говоря, я оттуда быстро ушёл, как сейчас помню. Волхвы с того требища говорили, что когда идол выйдет весь из земли — он подпрыгнет, и в тот же миг весь средний мир лопнет пополам.

Нет, я не боюсь гнева богов. За что им на меня злиться? Кто я такой? Я не князь, не старшина, не ярл, не богач, не вор, не злыдень, я всего только шут.

Я боюсь одного: что мой рассказ не будет интересным.

Если ты перестанешь меня слушать, отвернёшься, начнёшь скучать, зевать и думать о постороннем — это для меня самая страшная беда.

По сравнению с этим — гнев богов ничего не стоит, поверь. Поэтому мне важно найти правильные слова, самые точные, пусть и не самые красивые. Красивое слово часто обманывает, как обманчива любая красота.

Посмотри на меня, мне сто девятнадцать лет, я отвратительный старик, а когда-то всё было иначе: я тоже был красивым, нравился бабам и не знал у них отказа; но это другой рассказ, а пока слушай первый.

И не мешкай наливать.

И насчёт ночлега для меня не забудь подумать.

2.

Ту девку звали Марья, и она была младшая дочь кузнеца.

За два года до того я и мой лучший друг, рыжий Кирьяк, брат по крови, ровесник, парень огромной ловкости, объединились в глумецкую ватагу. Мы стучали на бубнах по праздникам и свадьбам, вдоль средней Оки, вплоть до самого Резана.

Но в Резан сунуться и помыслить не могли: ходили слухи, что там всё делено-переделено, и глумецкие оравы в очередь стоят, чтобы в богатых домах петь, плясать и в бубны бить за серебряные деньги.

Мы с рыжим Кирьяком были, конечно, лучшие.

С четырёх лет мы решили, что будем лихими глумилами без страха и пристанища.

Мой отец многому меня научил, но я мало помню из его уроков.

Мать про него ничего не рассказывала и, как я понял, всю жизнь на него злилась, чего-то не могла ему простить. Думаю, он прибрёл в их городище, постучал на бубне, спел, сплясал, шуток нашутковал, мёда выпил, да её угостил, а она и влюбись. А он — честный малый — увёз её из родительского дома, таскал какое-то время за собой, то на лодке, то пешком, а ей это было не нужно.

Сказ первый. Глумила

Когда отец погиб, мать осела в Озёрской селитьбе, и держала коз, и всё меня, в малые года, склоняла в козопасы, — очень выгодное дело, всегда сыт и согрет, а к вонище можно и привыкнуть. Но я отца вспоминал, его рассказы, уроки: убегал куда подальше, колесом вертелся, палки подкидывал, приговорки приговаривал, — козопасом скучно быть, а глумилой интересно.

А Кирьяк был мой череззаборный сосед; так наша ватажка и образовалась.

С возраста пяти лет мы, вкупе с остальными детьми нашего селища, каждые двадцать дней ходили к ведуну на правку. Нас приматывали крепкими ремнями за руки и за ноги, подвешивали — и растягивали на четыре стороны, подвязывая к ремням камни, в зависимости от возраста — всё более и более тяжкие. Понемногу мои кости и сухожилия обрели такую крепость, что к двенадцати годам я легко выдёргивал с корнем берёзу высотой в два моих роста.

Ведун говорил, что настоящий разум человека заключён отнюдь не в голове, а в костях; там, внутри — тоже есть мозг, и, по словам ведуна, именно этот мозг, костный, и ведёт человека по жизни, подсказывает верные решения, управляет.

Не головой думает человек, учил ведун, но собственными костями.

Мы с Кирьяком, молодые ребята, в ведовские премудрости не вникали. Но нам нравилось быть сильными.

Нет такого мальчишки, который не мечтал бы стать богатырём, наподобие легендарного Святогора.

Ну, а дальше, как ты понимаешь, — глумиле нужен бубен. Маленький бубен я себе сделал в семь лет, а на настоящий большой — копил все свои молодые годы.

Свой первый большой бубен никогда не забуду. Он ревел, как бог войны. Если я начинал в него бить на закате — к полуночи девки впадали в забытьё. Очень сильный был бубен — я его пробил до дыр за несколько месяцев, однако не жалею.

Конечно, его лучше сделать самому, тут много ума не надо. Добыл шкуру, срезал мездру, просушил, натянул. Бывает, не рассчитаешь, кожа сгниёт. Или плохо натянешь, тогда не будет звука. Много всяких премудростей — но не сложней, чем смастерить конскую упряжь.

Кожа стоит дорого, поэтому бубен всегда надо беречь, а главное — не показывать посторонним людям, иначе сглазят.

Мастерить бубен следует с чистыми помыслами, как и любой другой предмет, хоть железный меч, хоть лыковый туес.

Главное — подружиться с ним, с бубном, когда он уже готов, понять характер: что он может, а чего не может. Потому что, если заставлять бубен делать то, чего он не умеет, — бубен перестанет тебя понимать и сам собой сгниёт, или, что ещё позорнее, поменяет хозяина. То есть, однажды его у тебя отнимут.

И вот я и друг мой, рыжий Кирьяк, пять лет работали, землю копали, пни корчевали, лыко драли, навоз собирали и лесные камни. И к началу взрослой самостоятельной жизни, к двенадцати годам, накопили себе на сапоги с ремёнными подошвами, на широкие поясные ремни с медными бляхами, на бронзовые ножи — для сохранности жизни, и на большие бубны — для заработка.

В нашей селитьбе, как и везде, половина мальчишек с шести лет училась биться на дубинах и рогатинах, и все мечтали попасть в княжьи воины, и все в двенадцать лет пошли к князю, проситься на службу, но князь из всех парней взял воевать только одного, самого здорового и самого глупого, и тот вернулся через два года без руки да с отрезанными ушами.

Руку, сказал, отдал за князя, а уши — за долги.

Так что мы с Кирьяком, когда решили стать глумилами, много не потеряли.

Да, пока не забыл.
Надо же нам тут отдать честь князьям и вождям, которые вершили судьбы мира в те дремучие времена.

Сказ первый. Глумила

В годы моей юности в землях на заход от Оки правил резанский князь, то ли именем Ренко, сын Дежко, то ли, наоборот, Дежко, сын Ренко. Всех князей невозможно было упомнить. Князья часто менялись. По четыре, по пять раз в год в каждой селитьбе, в каждом городище родовые старшины или волхвы скликали людей, чтоб объявить: там-то и там-то, на восход от Оки, или на заход от Осетра, теперь сидит и сидеть будет князь Хорь, сын Всеслава, или князь Яромир, сын Крука, или ярл Олев, сын Торстейна.

Для простых людей это ничего не меняло. Все князья, вожди и ярлы в середине весны садились в лодьи, вместе с воинами, и уходили вниз по рекам, в походы, за добычей и славой, оставив вместо себя злыдней и посадников; возвращались осенью, и далеко не в полном составе; иногда в серебре, иногда пустыми.

В любом случае, большинство из нас жило отдельно от князей, уплачивая малую виру и ничего не требуя взамен.

Бывало, из степи приходили воры-кочевники: скифы, сарматы, пачинаки. Жгли дома, убивали мужчин, угоняли детей и девок. В такие времена князья и ярлы раздавали медь и серебро, и овец из своих стад, и семена из собственных хранилищ, чтобы не угас народ и бабы продолжали рожать детей.

Бывало даже, что князья снаряжали погоню, настигали уходящие воровские шайки и карали, а пленных отбивали и возвращали по домам.

А бывало наоборот: после прихода поганых степняков никакой князь не появлялся, и никто помощи не давал. Общины восставали из праха собственными трудами.

А бывало, что приходил свой же законный князь — и грабил хуже кочевника, отбирал всю медь и всё железо, и все куны.

С другой стороны, если кочевники не набегали по десять лет кряду — возможно, то была заслуга князей, договорившихся со степными пришельцами.

Никогда не поймёшь: воры не приходят, потому что сами не хотят, или потому что князь дал защиту.

Никогда не сообразишь: то ли князь жив благодаря тебе, то ли ты жив благодаря князю.

Иногда мы благодарили князей, иногда проклинали.

Но про сильных мира сего думали мало и не каждый день.

В те времена всякая селитьба жила обособленно, своей общинной мыслью и общинным делом: где-то растили клубнику, где-то — яблоки и груши, где-то родился хлеб, а где-то не родился, где-то выделывали меха, где-то били рыбу, где-то разводили птиц, коней и собак.

Помню, важный и знаменитый князь сидел в Коломне, на слиянии двух больших рек; он брал виру с каждого, кто шёл мимо него по той или другой реке. Князя звали Лихарь, по прозвищу «муравейный». Всё моё детство мальчишки забавляли друг друга рассказами о муравейном князе Лихаре. Он мне очень нравился, он был совершенно беспощаден. Непокорных привязывал к коромыслу и опускал, в нагом виде, головой вниз в муравейник, и оставлял, а спустя три дня возвращался, вынимал голый костяк и показывал людям; так за годы своего княжения скормил муравьям, говорят, тысячу человек. Потом сказали, что Лихарь «сидит за столом отцов», то есть погиб во славе, убит с оружием в руке; и вместо него теперь его сын: Сава Лихович.

Уж не знаю, продолжил сын обычай муравейной казни или отменил; я к тому времени сам повзрослел и перестал забавляться кровожадными байками.

В нашей земле в те времена было две дюжины больших городов, и в каждом городе сидел князь, и каждый из князей менялся раз в несколько лет.

Но бывали и такие, кто правил по полвека кряду: некоторых не брали ни болезни, ни старость, ни нож недруга.

В свои двенадцать лет я знал имена и отчества примерно пятидесяти князей, сидевших по берегам семи рек от Серпухова до Можая.

На самом деле их было больше, под три сотни — но я всех не помнил. Это было неинтересно.

Сказ первый. Глумила

Все князья, как один, строили крепости, собирали и выкупали у людей лесные камни, валили и вывозили из лесов саженные брёвна, возводили дома, а вокруг городов — башни и стены; копали рвы, поднимали насыпи; на холмах у речных поворотов рубили остроги и сторожевые вышки. И в спокойные годы любой древодел или каменотёс мог прийти на княжий двор и получить работу с хорошей платой.

Очень любили мы строить, и умели, и сейчас любим и умеем, прекрасное это дело, и от него никому не бывает вреда, одна только польза. И строили в моём народе много, и вся моя жизнь прошла под стук топоров.

Придёшь, бывало, в город, где три года не был, — а там, глядишь, новая башня, или новая стена, свежее дерево издалека сияет, словно золото.

Ещё лучше жилось оружейникам и кузнецам; каждая кузня находилась под особой защитой князя и выполняла только его уроки. Князь давал металл, князь забирал готовые изделия, князь платил щедро и без обмана.

Князь или не князь, а ежели обманешь кузнеца — однажды в бою клинок в твоей руке сломается пополам; не успеешь оглянуться, как сядешь за стол отцов.

Но, повторю, если ты не был ремесленным умельцем, если мирно пахал землю или охотился на зверя — ты легко обходился без князя.

Можно было, например, промышлять рыболовством на каком-нибудь глухом притоке, всю жизнь тянуть из воды жирных щук, ловить раков по затонам, завести жену, детей и внуков, коня и собак, дом поставить — и никогда не увидеть перед собой никакого князя, и не платить никакой виры.

В некоторых землях, наоборот, хранили особый обычай: княжья стража могла остановить на торной тропе любого бродягу и спросить, знает ли он, кто сидит в этой земле князем? Если бродяга не мог ответить — получал по шее.

Могу сказать одно: город Резан на берегу Оки, между лесом и степью, был тогда главной столицей известной мне части земли, средоточием человеческого могущества, и слава резанских князей гремела всюду.

Резанские князья вели свой род прямо от щуров и пращуров. В резанских князьях текла великанья кровь.

По крайней мере, так говорили.

Однажды древние люди собственноручно собрали из великаньих мослов костяную скамью — и посадили на неё первого резанского князя, именем Акил. Ходили слухи, что костяная скамья имеет высоту в два человеческих роста и вся сплошь обмотана великаньими жилами, склеена великаньей желчью и обмазана великаньей кровью в дюжину слоёв, и вонь от той скамьи такая, что сам князь сидеть на той скамье может только самое малое время, и оттого все собрания и рядилища в доме резанских князей проходят очень быстро, иначе собравшиеся не выдерживают скверного духа и падают замертво.

Проверить такие россказни я не мог — в Резане не был отродясь, и вообще в дома князей старался не заходить.

Честно признаться, меня никогда не тянуло в ту сторону. Где власть и привилегии — там и без меня тесно.

А я всегда хотел быть сам по себе, ни от кого не зависеть и не угождать никому, кроме красивых женщин.

Главное было — понимать, что сам я никогда не стану князем, даже если очень захочу.

Князь рождается от князя, как медведь от медведя, как рысь от рыси, как пчела от пчелы, как рябина от рябины.

Родился бы девкой — может, чаще думал бы про князей, мечтал бы: вот, однажды приедет, полюбит, посадит на коня и увезёт. Такие случаи известны.

Но я родился глумилой, от отца-глумилы, и не жалею.

На том закончу про князей: в моём рассказе их будет мало.

И тех, кто слагает песни про подвиги князей, всегда достаточно, а ты попробуй сложи песню про простого человека.

3.

Однажды прибегает ко мне Кирьяк и говорит, что нашёл нам богатый урок: идти в Резан и там отбить на бубнах две полных ночи, на Купалу. Причём, как отдельно заметил Кирьяк, люди из Резана просят не просто шайку глумцов, не просто первых попавшихся — а именно нас. То есть, слух про наши шутовские придумки распространился далеко по обеим берегам Оки. И узнать такую новость было очень приятно, у меня даже голова закружилась. Молва пошла — значит, зауважали!

— Молодёжь, — сказал Кирьяк, — соберётся из самого Резана и всех окрестных мест. Будет огромная толпа. Они хотят такое гульбище, чтоб землю насквозь прощекотать — и до смерти запомнить во всех подробностях.

Чем больше он рассказывал, чем решительней крутил ладонями перед моим лицом, тем ясней я понимал: моё время настаёт.

У меня была мечта: устроить такой огромный праздник, чтобы люди чествовали меня, как героя, и потом помнили сто лет.

Мечта есть у каждого, и моя выглядела так: я делаю знаменитое, из ряда вон выходящее веселье, в сотню костров, в пять тысяч гостей, я сбиваю в кровь пальцы, и кожа моего бубна лопается, не выдержав натуги, — но слава о празднике и о тех, кто его устроил, расходится по всему миру, от горячих степей до ледяных равнин.

И я навсегда остаюсь в памяти людей как человек, устроивший лучшее, самое горячее, бешеное гульбище.

Помимо этой, всем понятной, явной мечты, которую я ни от кого не скрывал, имелась у меня в особом месте сердца и другая мечта: заветная. В её честь я принял своё второе, тайное имя. Теперь я его не назову, и про тайную мечту ничего не сообщу; может, позже.

— Но мы не выдержим, — сказал я в тот день Кирьяку. — Две ночи подряд, вдвоём. До Резана пять дней пути. Как мы будем в бубны бить, после пяти дней на вёслах, против течения? Нужен третий.

— Третьего, — ответил мне Кирьяк, — найдём по пути. Некогда думать, ехать надо срочно. Будем медлить — позовут других. Мы не одни такие молодцы, есть и прочие. Слава про нас пошла — хорошо, но не думай, что жар-птицу за хвост держишь.

И мы засобирались в Резан.

Повторю: в те времена это был город городов.

В Резане — грибы с глазами.

Их едят — а они глядят.

С раннего детства я и мои друзья верили, что есть в мире особенное место, средоточие богатства, жестокости и самых постыдных проявлений человеческой природы; ужасная чёрная поляна в чёрном лесу, берег чёрной реки, чёрная крепость, битком набитая ворами, оборотнями, весёлыми девками, серебром, сладким мёдом и жареным мясом. Город, окружённый тыном из костей великанов и морских зверей, а также невероятных чудищ из земель столь отдалённых, что не всякий разум вообразит такое отдаление.

Говорили, что «резан» — от слова «резать»; любого, кто там живёт, хотя бы раз пытались зарезать, или он сам пытался зарезать кого-то. Но те, кто поумнее, поправляли, что слово происходит от обычая резать деньгу: каждую лодку, следующую по Оке мимо Резана, княжьи злыдни останавливали и от любой деньги, найденной на лодке, отрубали топором четвёртую часть, а иногда и третью: в зависимости от того, насколько богаты были люди в той лодке.

Говорили, что в Резане живёт такое несметное количество людей, что от паров их дыхания над городом всегда висит кислый туман.

Сколько себя помню, от Резана катилась слава, и вся сплошь дурная. Вот отравили пришлого скотогона. Вот задушили в лесу девку, а потом посмотрели — а девка была нетронута; то есть, убили именно чтобы убить, а не для сокрытия известного поступка. Вот проигравшегося неудачника раздели донага, и одежды не хватило для уплаты, и тогда его обрили налысо и выдернули ногти, в том числе на ногах, и продали то и другое местным ведьмам, и те дали за ногти серебром — но этого всё равно не хватило для покрытия долга, и тогда несчастного, уже лишённого волос и ногтей, били кнутовьём и продали в рабы.

И мы верили, что на улицах Резана просто так, в грязи, валяется удача, которую не умеют подобрать тамошние ленивые дураки.

Когда Кирьяк сказал «Резан» — я сначала оробел, и дух в горле спёрло.

Не мешкая, мы побежали к рыбакам и забрали самую большую лодку, какую смогли найти. Хозяин лодки ходил на сома, но в это лето сомы вдруг перестали ловиться в нашей части реки, поумнели, наверное, и ушли на другое место, — хозяин лодки был очень рад. Даже засверкал глазами от нежданной удачи.

Когда я отдал ему полную цену — пять новых собольих кун, — у дядьки задрожали исполосованные шрамами ладони.

— Давно хотел её продать, — сказал он. — У меня другая есть, легче. Но эта тоже хорошая, ходкая. Четверых вмещает, и ещё груз. Вы её только носом об камни не бейте.

4.

Перед отъездом пошли в село и купили петуха, затем отправились на требище и пожертвовали Яриле всю петушиную кровь и все кости, как полагается. Только клюв Кирьяк выломал ножом и повесил себе на гайтан, в знак того, что рассчитывает на постоянную поддержку горячего света из верхнего мира.

Волхвов не стали звать — сами пришли на требище, сами разделись донага, сами рассекли птице горло, сами облили камни кровью, сами вымазались ею: лица, ладони, грудь и причинное место, и ноги.

Рыжий Кирьяк верил богам, да. А я не слишком верил.

Пока мы творили требу, волхвы стояли позади нас — один старый и двое молодых учеников, тощие, полуголые, сплошь изрезанные ножевыми лезвиями, насквозь пропахшие дымом; молчали, громко сглатывали слюну. У старшего волхва знак Коловрата был вырезан ножом во всю грудь и живот. Ждали, пока мы закончим. Мы ничего не были должны волхвам, и они нам тоже, наша личная договорённость с богом никого не касалась, кроме нас и самого бога. Мы его накормили, мы пролили кровь на его язык — и теперь рассчитывали, что и он, бог света, сделает ради нас что-нибудь столь же важное. Пошлёт три-четыре дня зноя, настоящей летней теплыни.

Когда мы закончили, — волхвы, которым надоело ждать, торопливо обошли нас и забрали с камней требуху: предложили погадать.

Но мы отказались. В гадания только молодые девки верят.

Волхвы ушли, забрав требуху с собой.

Почему мы поднесли жертву именно Яриле — понятно. На гульбищах нужно, чтобы было тепло и вёдро. Да и в пути тоже дождь нежелателен.

Кроме того, Кирьяк был рыжий, а все рыжие жертвуют Яриле.

Тем же днём собрались и поехали.

Лодка — долблёная, с насаженными бортами — отлично вместила два наших бубна и два чувала с рухлом. Но, к сожалению, на ходу оказалась тяжела. Мы оба быстро запарились, и за первый день пути прошли только половину того, на что рассчитывали.

Ветра не было, парус не помогал; шли на вёслах, сбили ладони в кровь. Остановились ночевать в Косыре, большой и богатой селитьбе на высоком, заросшем соснами холме, в том месте, где Осётр впадает в Оку, — и там нашли себе в ватагу третьего: местного глумилу по имени Митроха.

Он был старый дед, и сначала мы расстроились. Он был раз в восемь старше против нас, его седая борода, торчащая вперёд, как у козла, была заплетена в четыре косицы, а волосы стояли твёрдым дыбом, и весь он был узкий, мосластый, корюзлый.

Один его глаз смотрел в сторону и вверх. Второй глаз, правда, горел как уголь. А спина была вся в шрамах: видать, часто били.

Конечно, мы заставили его взять бубен и показать умение, — но кривоглазый дед не сплоховал. Он знал четыре плясовых боя, и ладонями умел, и колотушкой, и со сменой скорости, и ещё сам подвывал басом. Как только он разогнался и вошёл в раж — я понял, что наблюдаю настоящего умельца.

Кирьяк, правда, сомневался, выдержит ли наш новый товарищ две ночи работы с полной нагрузкой, — но я решил про это пока не думать.

Мне нравилось, что с нами идёт опытный человек: у опытных всегда есть, чему поучиться.

Даже если половина того, что рассказал нам этот старый Митроха, была выдумана — вторая половина внушала уважение.

Дед говорил, что видел и холодное море, и тёплое, и Белое, и Луковое, и Новгород, и Цесарь-Город, и Резан, и Искоростень, и ещё дюжину дюжин городов и селищ. Земля-то наша громадна, за жизнь не обойти, а он, Митроха, утверждал, что обошёл, и когда я смотрел в его выцветшие глаза — понимал, что не врёт.

Глумилы никогда не врут, это важно понимать, и ты для себя отложи в разум, что врать в моём ремесле — последнее дело, как дерьмо нюхать, и даже хуже.

Зачем врать, если правда богаче, и ярче, и горячее всякой лжи?

Когда боги создали для людей средний мир, они всё делали по правде, и как они придумали и сочинили — так человек придумать и сочинить не может, хоть весь изоврись.

Вы уж мне поверьте. Я прожил сто девятнадцать лет, и для меня врать — всё равно что ковыряться в зубах, которых давно нет.

Утром, когда кривоглазый Митроха пришёл на берег, со своим рухлом, — мы увидели, что рухла у него — малая котомка. В три раза меньше, чем у нас.

Зато пояс Митрохи был украшен спереди двумя медными бляхами в виде медвежьих морд, такими искусными, что в иных местах за каждую такую бляху можно было в те времена легко лишиться головы.

Вот одна из тех его медных блях: на́, смотри.

Видишь медведя? Вот уши, а вот пасть с зубами. Попробуй скажи, что непохоже.

Эта бляха со мной почти сто лет, я не продаю её и не меняю.

Если хороший кузнец раскуёт эту бляху, можно сделать нож длиною в половину локтя. Сколько стоит такой нож — думай сам. В мои молодые годы медные ножи и бляхи шли по весу денег: четыре деньги нельзя сковать в нож, а шесть уже можно.

Так мы продолжили путь втроём: я, Кирьяк и Митроха, двое молодых и один немолодой. Три наших бубна, надёжно укрытые, лежали поперёк лодки. Двое сидели на вёслах, третий — на кормиле; потом менялись. Дед Митроха правил ловко, лучше нас, точно мимо стремени, и когда он сидел на кормиле, грести было легче. Когда править садился Кирьяк — лодка шла тяжелее. Когда я сам сменял Кирьяка и садился за кормило, я понимал, что кормчий из меня такой же плохой, как из моего рыжего друга. Мне быстро надоедало сжимать под локтем деревянный дрын, и я начинал что-то сочинять, глуму или песню.

А ночью мы двое, молодые, лежали без сна, глядя в звёздное небо, задыхаясь от счастья — так хорошо было нам жить на белом свете, так больно кололи глаза небесные огни в чёрном днище верхнего мира. Так горько пахло цветами и тёплой водой. Так завораживали мечты о будущем.

А Митроха, немолодой, спал, отвернувшись от неба, спрятав лицо под локоть — человек другого времени. И при свете луны были хорошо видны длинные шрамы на его мосластой спине.

Сказ первый. Глумила

Конечно, нас часто бьют. А пробуют — ещё чаще.

Бьют, потому что мы везде чужие, пришлые. Бьют, потому что со стороны кажется: наша глумецкая дорожка весёлая и лёгкая.

Ещё бьют, полагая нас ведьмаками, колдунами, мастерами навести порчу; что отчасти правда.

Глумец что кузнец, якшается с нечистью, в селищах не ночует, не столуется. Так люди говорят.

Но меня, например, побить нелегко. Я с детства ловкий, а как перешёл в отроческие годы — нагулял плечевую крепость. Моего товарища Кирьяка и вовсе нельзя одолеть иначе, как втроём, или если — с оружиями. Кирьяк прыгучий и гибкий — едва размахнёшься, а он уже у тебя за спиной.

Но бывает, что и вдвоём мы не могли отбиться, если наседают семеро; бывало, что попадало нам сильно, да.

Нас бьют за самые наши глумы, за острый язык, за шутки.

В нынешние годы распространились разные шуты, кто на что горазд; понятно, что я в этом уже мало разбираюсь. Есть такие, что вроде шуты, а на самом деле умнее умного. Есть, кто учит разным языкам. Есть, кто режет по мягкому дереву и по вощаницам искусные мелкие руны, образующие правильные ставы. И даже есть умельцы, которые по сходной цене вырежут нужный знак прямо на тебе самом, на твоей шкуре, на лбу или на щеке — и за несколько раз создадут толстый шрам, а потом внутри и снаружи этого шрама натолкают тонкой иглой краску, которая остаётся пожизненно.

Вот до каких пределов сложности додумался человек в наши сложные, но совершенно бесчувственные времена.

А тогда, при моих молодых летах, люди в повседневной жизни стояли гораздо ближе к смерти, чем сейчас, и время иначе проходило через их сознание. У них в распоряжении имелось меньше лет и дней, чем у нас, их правнуков, и они видели мир ярче, траву зеленей, а их женщины и мёд были слаще. Развлечения были проще, грубей. Но и честней.

Всего было меньше. Штанов, ножей, еды, здоровья. Но в скудости есть острота ощущения.

Большие бубны теперь вышли из спроса. Что и говорить: человечество сильно поумнело за то время, как я являюсь его живой частью. Мой младший правнук ещё не отрастил усов, а уже знает наизусть и глумы, и песни, и ещё множество разного трёпа, и бубнов у него два, и ни на одном он толком стучать не умеет, и ничуть от этого не страдает. И как он, мой правнук, и ему подобные сейчас развлекаются — я не понимаю.

5.

На пятое утро, уже вблизи Резана, мы услышали истошные вопли: на берегу мужики били дубинами пойманную мавку.

Она визжала, извивалась, молотила радужным хвостом и всё норовила уползти к воде; её молча тащили назад за зелёные волосы — и продолжали: деловито, без спешки, без злобы. Красные от натуги лица мужиков не выражали ничего, кроме усталости: по жаре дубиной особо не помашешь.

Били по всем правилам, на месте поимки, всемером на одну; до нас доносился хруст ломаемых костей.

Мавок, кикимор, шишиг и прочую нежить нельзя умертвить, — они и так не живые и не мёртвые; но всегда можно измолотить, костяк порушить, свернуть шею, связать и вырезать на спинах и грудях руны смерти. Если действовать по правилам, то побитая мавка навсегда уходит из мест поимки, и за ней — все её подруги. Так что мужики с дрекольем, разбивая дубины о мокрое тело водяной женщины, делали полезное и важное дело, но всё равно — видеть мучения зелёной твари и слышать её отчаянный визг было нелегко, и мы налегли на вёсла.

— Дурной знак, — сказал я, оглянувшись на Кирьяка.

— Наоборот, — сказал дед Митроха. — Добрый. Бьют — значит, любят. Нас тут полюбят, в общем. Всё будет хорошо.

И мы, все трое, не сговариваясь, на короткое время бросили вёсла, подняли левые руки к лицам и троекратным движением больших пальцев отогнали возможную неудачу.

Сказ первый. Глумила

Мужики на берегу заметили нас, но дела своего не прекратили, и мы тоже — сделали вид, что не увидели ничего особенного. Когда бьют нежить — в этом нет никакой потехи, одна только печальная необходимость. Если не бить — нежить смелеет, селится ближе и ближе к людям, ворует сначала скотину, а потом и детей, и бывали случаи, когда целые богатые и многолюдные селитьбы целиком вымирали от нашествия; страшное дело.

К нашему счастью, поднялся ветер и отнёс крики побиваемой мавки в сторону.

Прежде чем зайти в город, нам следовало отыскать место и надёжно спрятать рухло, а главное — наши бубны. Мы, скоморохи, вообще не заходим в города и селитьбы, а свои стоянки устраиваем в безопасных окрестностях. Это важная мера предосторожности. И это объяснимо, в этом есть лад и ряд. Во-первых, большинство простолюдинов полагают, что мы водимся с колдунами, ведунами и нежитью. И, следовательно, пускать нас в дома и во дворы — нельзя.

Не то, чтоб мы дружили с нежитью — но мы её не боимся, поскольку много странствуем, и, значит, много видим из того, что простой человек не видит. В том числе и нежить встречаем нередко. Я, например, змеев много раз видел. Чаще — дохлых, но несколько раз и живых, и даже кладки их яиц трогал своими руками. Но это к моему рассказу не относится — может, расскажу в другую ночь.

Во-вторых, и в-главных: люди думают, что скоморошьи котомки набиты серебром, и если ограбить скомороха — можно хорошо поживиться. Большой глумецкий бубен стоит примерно двадцать кун — чем не барыш? Вот почему глумцы везде ведут себя осторожно, и свои большие бубны выносят к людям только во время гульбища, а в прочее время прячут надёжно.

Так и мы спрятали.

Не дойдя до посада две версты, сошли на берег, нашли сухую поляну и отправились разведать место.

Тропа вела вдоль берега, затем упиралась в большую старую засеку: многие сотни стволов лежали крест-накрест, сплетясь старыми, сгнившими, затканными паутиной ветвями; всюду ползали гадюки. Засеку устроили, наверное, лет двести назад, она давно утратила значение: тропа свернула в сторону, посуху огибая непролаз, и вывела к широкому расчищенному проходу, за которым в полуденном знойном воздухе колебались дымы многих десятков домашних очагов: тут начинался город.

Не заходя в улицу, мы развернулись и пошли обратно. Путь к цели был разведан, теперь следовало устроить стоянку.

Мы развели костёр, собрали шалаш. Кирьяк обошёл поляну по кругу и на стволах четырёх высоких берёз вырезал ножом обереги: на восход вырезал Силу, на заход вырезал Алатырь, на юг и на север вырезал Уды. И ещё потом помочился под каждую берёзу. Защитив, таким образом, наше место от обид его бывших хозяев, зверей. Рысь тут жила, или россомаха, или кабан, или лось — всем им теперь пришлось потесниться, уйти на время; теперь каждую ночь они будут приходить и смотреть из чащобы на наш костёр: ждать, пока мы уйдём.

Митроха первым вызвался сторожить стоянку. Мы с Кирьяком не возражали, тут же повалились и заснули, так же, как заснул бы любой, кто пять дней прошёл вёслами на тяжёлой лодке против течения.

И это была первая ночь моей новой жизни.

Потому что назавтра я встретил ту девку.

Утром я долго плавал в тёплой ряской воде, чтоб хоть немного растратить накопившуюся за время сна молодую силу; потом Кирьяк остался стеречь стоянку, а мы с дедом пошли в город.

Митроха заново заплёл в косицы свою бородёнку, выворачивая кривой глаз, и мне велел тщательно намочить и расчесать волосы.

До засеки — и на юг от берега, через проход в начало города, в посад.

Сказ первый. Глумила

Потянулись жёлтые песчаные отлоги, и мостки, и вытащенные на берег лодки; снасти сушатся, бабы выполаскивают крашеное рядно, в садках щуки и налимы хвостами молотят, над воротами — кабаньи черепа. Старики плетут сети. Малые ребята на волокуше лесной валун тащат — на продажу (я увидел и засмеялся, я сам так делал много лет). Козы орут, собаки брешут. И так — две версты.

Полдень — самое время, вернувшись с рыбалки, пожарить на углях целую щуку или осетра, и накормить досыта жену, детей и стариков, и самому насытиться, и ещё оставить кошкам.

Возле каждого дома у двери были вывешены на продажу или обмен крючки из рыбьих костей, мотки корневищ и лыковых верёвок: здесь, как и всюду по берегам великой реки, старики ещё умели изготавливать сети и садки из корневищ, как делали тысячу лет назад их древние потомки, современники великанов.

Во многих местах мы слышали пение, повсюду блеяли козлята, повсюду стучали киянки и топоры: отцы семейств поправляли стены домов, борта лодок, изгороди.

Если бы мне сказали, что я шагаю по центру города, — я бы легко поверил; но то был не город, а лишь его дальняя окраина.

Так мы добрались до главных ворот.

Дорога пошла в холм, и в конце того холма я увидел — впервые в жизни — башню, высотой до облаков, сложенную из брёвен в четыре обхвата. Едва язык не проглотил.

А когда рассмотрел висящий над воротами змеиный череп, размером с телёнка, с зубами в три ряда — на самом деле проглотил, и задохнулся бы, если б дед Митроха не ударил меня кулаком по загривку.

— Не зевай, дурень, — тихо сказал он. — Я здесь уже бывал. Молчи и держись подле.

У ворот нельзя было протолкаться, кроме как грубостью. Никакого порядка не было; ожидающие очереди сбились в одну горячую толпу, дышащую луком и бестолковой удалью.

Все обменивались азартными возгласами, наблюдая, как того или другого счастливца запускают внутрь. Охрана выбирала произвольно, тыкая пальцем то в сармата в ушастом кожаном шлеме, то в купчишку, нагруженного конопляным вервием.

Когда проезжали верховые, перед ними расступались, но и они у ворот спешивались и через ворота проходили пешком, ведя коня в поводу.

Земля, вытоптанная долыса, закиданная ореховой скорлупой, плевками и высморканными соплями, скверно пахла. И вся заполненная людьми дорога до городских ворот показалась мне грязной и смрадной, словно каждый гость Резана спешил перед входом очиститься, сбросить с себя всё лишнее, самое стыдное и срамное, чтоб внутри городских стен предстать обновлённым, свежим.

Каждый четвёртый в толпе был нищий бродяга в одних портах, трясущийся от недоедания и болезней, пришедший от отчаяния, от невыносимого желания прожить на белом свете ещё полгода или год. Здесь были люди, никогда не стригшие бороды и волос, и люди, сошедшие с ума, и люди, изгнанные из своих общин и пришедшие просить правды у князя, и люди вроде меня — бродяги и шатуны лёгкого нрава, и люди, явившиеся с тайными посланиями из дальних углов земли, и люди, желающие продаться в рабы.

Здесь были несколько воров всех мастей, несколько убийц, несколько ловкачей, добывавших хлеб игрой в зернь, и несколько раскрашенных доступных девок.

Через это человеческое варево Митроха провёл меня, раздвигая всех плечом, молча, быстро и решительно, как будто мы с ним, двое в цветастых рубахах и широких кожаных поясах, были тут самые деловые, как будто нам было кровь из носу необходимо попасть в город как можно быстрей.

Охране в воротах Митроха сообщил, что мы ищем Велибора.

Охрана, вооружённая огромными сажалами длиной в руку, велела нам ждать: Велибору, мол, скажут, и он сам к нам выйдет.

Сказ первый. Глумила

И не видать бы мне города Резана, если б Митроха, опытный человек, не вынул полкуны лысых и не сунул стражу в жадную ладонь.

Нас пропустили за ворота.

Дальше со мной случилось то, что случается с любым молодым дураком, впервые попавшим в центр мира. Я оглох, ослеп, ноги мои подогнулись от страха — сил хватало только на то, чтобы сжимать пальцами плечо Митрохи, который шагал впереди, безошибочно — даром что кривоглазый — прокладывая дорогу в безумной людской каше.

Улица, замощённая полубрёвнами, гремела голосами. Повсюду висел дым, пахнущий жареным мясом и жареной рыбой, закваской, солодом, чесноком, горящим жиром, новыми кожами; бранились мальчишки, собирающие навоз; через каждые пятьдесят шагов, вдоль стен, стояли бочки с водой, на случай пожара; бабы в богатых душегрейках грызли яблоки и пересмеивались; пришлые степняки-сарматы, трое, бритоголовые и кривоногие, хохотали, показывая друг другу пальцем на крытые дёрном крыши домов, и страшно воняли конской мочой; медленно проехал на огромном вороном мерине широкоплечий человек в горностаевом воротнике, с сажалом в наборных ножнах, с серебряной гривной на дочерна загорелой шее: княжий злыдень.

Четверо мужиков пронесли огромный сундук, а вела их заплаканная девка в серебряных ожерельях: видать, жена сбежала от мужа.

А за ней шли целой ватагой птицеловы, с мрачными, неприятными рожами, и у каждого в клетке встрескивали крыльями и голуби, и синицы, и сороки, а у одного даже ворон сидел, чёрный как уголь, и я, увидев этого ворона, поспешил отвернуться и зажмурить глаза несколько раз подряд, чтобы забыть, как будто увиденного и не было.

В моей селитьбе воронов не ловили. Ловить ворона — всё равно что ловить волка или медведя. Нехорошо, неправильно.

Когда увидел этого ворона — понял, что про Резан говорили верно: это действительно чёрная поляна в чёрном лесу, опасное гнездо, где люди живут — и ни во что не верят.

Но, конечно, эта толпа, суета, этот размах, эти дубовые, сплошь покрытые резьбой двери с тяжёлыми засовами, на толстых, обмазанных жиром кожаных петлях, этот скрип твёрдого дерева под ногами, этот смех, эти раскрашенные девки — всё казалось мне сладкой песней моей великой славы.

Митроха дёрнул меня за рукав, мы свернули резко, как будто убегали, и зашли за скрипучую калитку, и там ухмыльчивая рябая баба — кабатчица — налила нам по кружке крепкой браги и насыпала каждому жменю жареных тыквенных семечек, и мы что-то опять заплатили, но платил Митроха; я, как и было сказано, только рот разевал во все стороны, олух олухом.

Брага шибанула в нос, я тут же окосел.

Потом прошли через площадь, перед княжьим двором; оттуда в одну сторону вела дорога в торговый ряд, а в другую сторону — на требище, а на распутье стояла богатая меняльная лавка, где за три лысых куны можно было получить новую, а если зазеваешься — ничего не получить, кроме как по шее; тут же скучал стражник, поигрывая булавой и заглядываясь на богатую, в жемчугах, бабу, азартно бранившую менялу за лукавство. Подле лавки высилась огромная гора лесного камня. По древнему обычаю, в любой город можно было принести лесной камень и обменять его возле княжьих ворот на яичко или чашку мёда.

А прямо напротив лавки отыскался дом Велибора.

Возле Велиборовой двери сидел на толстом ремне пёс размером с телёнка, так что в дом мы не пошли, а встали поодаль, решили дождаться, пока кто-нибудь не выйдет.

Вышел, по счастью, сам Велибор, оказавшийся мальчиком лет десяти от силы, румяным, красивым и вежливым.

После первых слов стало ясно, что этот красивый маленький Велибор, сын местного вельможи, впервые в жизни устраивает для себя и друзей большое гульбище, и никакого опыта у него нет. И он очень боится опозориться, и готов платить серебром, лишь бы праздник получился.

А про нас он услышал от друзей из Серпухова, — дошли слухи, что есть новые интересные ребята, неутомимые, и берут недорого.

У старого Митрохи, когда он это услышал, косой глаз загорелся огнём. Да и я тоже сообразил: в руки идёт большая выгода. Но у меня хватило ума не подать виду и помалкивать: я уже понял, что Митроха хорошо соображает в глумецком деле и ему можно доверить любой торг.

А он — преобразился, спину сгорбил, мохнатые брови сдвинул, улыбался мальчишке, как родимому сыночку, слова выговаривал ласково, кивал мелко, ноздри раздувал, и когда объявлял цену — пальцами себе помогал, как будто с глухим имел дело. Честное слово, даже запах, идущий от старого хитрюги, стал слаще. Поистине, ничем невозможно заменить опыт, накопленный трудной жизнью.

Если бы я тогда рядился вместо Митрохи — я бы не выторговал и четверти того, что мы получили.

На голубом глазу Митроха назначил в оплату по два туеса ягод, по караваю хлеба, по половинке курицы, по жбану мёда, по жбану браги — на каждого из троих, не считая основного — по три дюжины новых кун каждому, из них половина вперёд, либо ту же цену медными деньгами, из расчёта дюжина кун к одной деньге, либо серебром, из расчёта две дюжины кун к одной деньге, итого — четыре с половиной серебряных деньги; половину вперёд задатком, из того задатка одну деньгу располовинить, и полденьги отдать новыми кунами.

Чтобы вы понимали: три дюжины новых кун хватило бы мне на целую долгополую шубу, век носить — не сносить.

А серебряных денег я в те свои юные годы вообще в глаза не видел, даже издалека.

А тут, значит, мальчик Велибор в собольем воротничке убегает к себе в дом и через некоторое время возвращается и не моргнув глазом вручает нам одну целую серебряную деньгу, и одну половину деньги, и ещё стопку новых кун.

Полный задаток.

Ударили по рукам, поклонились земно — и расстались. Дед Митроха проворно переметал куны в пальцах и затолкал себе за пазуху, а деньгу отдал мне, и я сунул её за щеку: надёжней места нет.

А пустой кошель Митроха повесил на пояс, чтоб, значит, лихой вор, если глаз положит, — стащил бы пустой кошель, а не саму ценность.

И так мы проделали обратный путь, через площадь, мимо кружала, мимо бочек с водой, мимо смеющихся девок — пока не выбрались за ворота.

Я всё перекатывал во рту холодное кислое серебро, не веря, что мечта моя рядом.

А когда выбрались, первая моя мысль была — бежать как можно быстрей, никаких гульбищ не устраивать, про богатого мальчика Велибора забыть, а его серебро потратить.

Так нас искушают боги нижнего, тёмного мира, склоняя к предательству.

К полудню мы вернулись в стан, а там Кирьяк уже вконец изныл от скуки и неизвестности. Но когда увидел серебро — примолк.

Старый Митроха попросил меня отдать серебряную деньгу, положил на свою коричневую ладонь и поднёс к моему лицу, а потом к лицу Кирьяка, и сказал:

— Хотите — забирайте. Мальчишку богатого обманем, ничего делать не будем. Я вернусь домой, а вы — идите в город. Тебя, — сказал он Кирьяку, — никто не видел. А тебя, — сказал он мне, — видел только Велибор, да и тот не запомнил, потому что говорил с ним я, а ты сбоку стоял. Берите деньгу, идите в Резан. Я вас научу, где переночевать, где пожрать и выпить. Деньга серебра — нормально для молодого парня, для начала. Обживётесь — разберётесь. Может, станете личными княжьими шутами, или женитесь на дочках ярлов, или прикормитесь при каком-нибудь кружале — в общем, найдёте дело. Решайтесь, парни, — сказал нам дед Митроха. — Идите и покорите этот город.

Мы с Кирьяком, внимательно выслушав сказанное, переглянулись, и Кирьяк ответил, за нас обоих:

— Нет, старик. Мы сделаем то, зачем нас позвали. Мы устроим гульбище и будем бить в бубны.

А я добавил, тоже — от нас обоих:

— Нам мало серебра. Нам нужна ещё слава.

И кривоглазый Митроха вдруг как-то ссутулился, кивнул, рукой махнул, слезящиеся зенки отвернул, как будто ему сказали какую-то прямую правду.

И мы оставили его у костра, доваривать уху, а сами пошли поглядеть, что в округе творится.

Выбрали тропу не вдоль берега, а поперёк, дальше в лес, и не прошли и ста шагов, как лес кончился, и начался овраг, заросший лопухами, а по нему бежал звонкий прохладный ручей, а в стороне от оврага стояла кузня, и дом кузнеца, не защищённый, как вы понимаете, ни тыном, ни даже малой изгородью. Потому как без надобности: никакой живой человек по доброй воле в дом кузнеца не сунется.

Лишь висела, на вбитом в землю осиновом шесте, дощечка с руной опоры: свидетельством того, что живущие тут люди признаю́т княжью власть, платят виру и находятся под полной защитой.

И девка шла с корзиной постиранного тряпья, вниз по ручью, к реке.

Догнали, позвали, обернулась — и я пропал.

Таких зелёных, внимательных глаз никогда не видел.

И не сказать, чтоб красивая. Совсем маленькая, мне по грудь. И с виду совсем слабосильная, дунь — и улетит; непонятно, как тащила корзину. Но, когда близко подошли, — рассмотрел: нет, не слабосильная. Плечи круглые, хорошего разворота, и нигде ни одной косточки не торчит, всё налитое.

Сказала, что звать её Марья, и что она младшая дочь кузнеца Радима.

А когда услышала, что мы скоморохи, приехали делать гульбище, — засияла, ахнула, подхватилась вместе с корзиной и убежала назад, к дому. А мы с Кирьяком переглянулись.

С одной стороны, приятно, когда твоему приходу рады. С другой стороны — обидно; толком и не поговорили.

— Младшая, — прошептал Кирьяк. — Значит, есть и старшая!

И вздохнул мечтательно.

А из ворот хозяйства уже выходил сам кузнец, никак не походивший на свою дочь Марью.

Наверное, когда-то и он был красив и прям спиной, а теперь на чёрном, многажды обожжённом лице не росли ни брови, ни ресницы, ни борода. Подошёл, рассмотрел сверху вниз: громадный, весь как бы в узлы завязанный, и пахло от него железными запахами.

Мы поклонились, говорить ничего не стали — неизвестно, насколько он был глухой. Судя по возрасту — полностью.

По нашим рубахам и поясам кузнец понял, кто мы таковы, и спросил, словно лезвием по камню провёл:

— Чего хотите?

— Ничего! — крикнул я. — Мимо шли!

Мы опять поклонились и убрались прочь.

Но только для того, чтоб обойти дом кузнеца с другой стороны: залезли на сосну, подсаживая друг друга, пачкая ладони в прозрачной душистой смоле; нашли удобный сук и стали подглядывать.

И увидели: дочерей у кузнеца было три. Все хлопотали по хозяйству. Одна повыше, пошире, с такими сдобными грудями, что Кирьяк застонал и сверзился бы с дерева, если б я его не поддержал за локоть, — сначала полола морковные грядки, потом села плести сыромятину. Вторая — потоньше, посуше станом, всё сновала из дома и в дом: то подушки вынесет прожаривать на солнце, то половики трясти, то золу из очага в корыто отсыпет, и по её излишне порывистым движениям было видно, что работа ей смерть как надоела и на уме у неё совсем другие занятия.

А младшая, которая Марья, сидела под навесом возле малого костерка, отгоняющего комаров, и шила что-то, поглядывая изредка на сестёр и не вступая с ними в беседы.

Сказ первый. Глумила

Старшие молчали, а Марья что-то пела, но ветер уносил её голос.

Их матери мы не увидели: за всё время, пока просидели на сосне, ни одна взрослая женщина не вышла из дома и не вошла в него. И я сообразил, что матери у них нет. Померла, или муж выгнал.

Глядя на спорый труд трёх девок, я подумал: как хорошо, что не снискал я ни дома, ни семьи, ни хозяйства, и нет у меня ни рожна, кроме старых портов, дырявых сапог да собственных имён. Как бы я управлялся с этими сараями, погребами, грядками? Чем бы я кормил своих деток, если ничего не умею, кроме как бить в бубен и слагать срамные прибаутки?

Родился бы кожевником, или, вон, кузнецом, или плотником, рыбаком, птицеловом, солеваром, смолокуром, или хоть шерстобитом. Или, лучше — ведуном, травником, знахарем. Или — воином, княжьим мечником, злыднем, катом. Или — самим князем, которого если увидишь — потом три года не умеешь забыть. Или волхвом, чующим бурю и грозу за сто вёрст.

Но я родился глумилой, и никогда у меня не будет ни дома, ни достатка, ни собственного курятника.

Эх, знали бы вы, как хочется иногда иметь дом, и свою жену, и свой курятник! Такая тоска накатывает. Всю жизнь прожить на своей земле, среди своей родни, в своём доме.

Но дорога моя другая, и я иду по ней горлом вперёд.

И нет у меня ни корыта, ни дома, и куда бы я ни явился — я везде чужой, посторонний.

В общем, я тогда, в тот миг, перегнулся, сидя на суку, снова взял друга своего Кирьяка за локоть и сказал:

— Пойдём-ка, брат, отсюда.

Выругался грубо и полез вниз. А Кирьяк полез следом за мной, потому что всё понял. Он, понятно, пребывал в тех же чувствах и с теми же мыслями.

Потому что если тебя накрывает тоска — унять её можно только чем-то грубым и жестоким. Хотя бы словом.

Печаль-тоску перебарывает только грубость и жестокосердие, иначе никак.

Когда тоска подступает, отогнать её можно только через звериное рычание, через гнев на самого себя.

Оттого мы здесь, по берегам Оки, часто бываем на вид угрюмы.

Мы спустились с дерева, стараясь не шуметь, отряхнули с волос колючие сухие иголки, подсмыкнули порты — и пошли восвояси, не обменявшись ни единым словом и даже не посмотрев друг на друга; и так всё было понятно. У кузнецовых дочерей была своя планида, у нас — своя. А тоску можно заесть, или запить, а лучше — и то и другое.

Краем оврага, через прохладные заросли лопухов, мы вернулись к стану, умылись, тщательно обтёрли от грязи руки и сели есть.

Очень хотелось хлеба — но хлеба мы в те поры ели мало.

Зато нас выручал котёл.

Старый Митроха сварил уху на карасях и ротанах.

Увидев нас, он снял с огня котёл с ухой, поставил перед нами в траву, сам же улёгся у огня, завернулся в полость и заснул, не произнеся при этом ни единого слова.

Мы достали ложки и принялись за славное дело.

Через год после того, как мы с Кирьяком сбились в глумецкую ватагу и стали ходить по людям, мы завели один на двоих котёл. В те отдалённые времена котёл — это была вещь большой ценности. Хлёбово от вываренного мяса, рыбы, грибов и кореньев можно было есть по три дня подряд. Кто имел котёл — тот всегда был сыт, и кожа его блестела, и волосы. Я не помню, сколько мы отдали за тот прекрасный котёл. Больше ста лет прошло. То ли тридцать, то ли пятьдесят новых кун. Помню, он был скован из шести медных пластин, и размер его был такой, чтоб сварить заячью голову. Помню, что Кирьяк не имел бережливости и не раз ронял наш котёл, в том числе на камни, и в одном месте котёл разошёлся и чуть протекал, и когда висел над костром — капли жира падали в огонь, и тогда вокруг поднимался такой запах, что из леса выходили рыси и россомахи, садились поодаль, рычали и блестели глазами от зависти.

Соли в то время у нас тоже не было; пробавлялись луком, щавелем и папоротником.

Сейчас у вас тут и чугуны с крышками, и ножи в каждом доме, и соль, и хлеб всякий, и бронзовые светильники на столах, и серебряные кольца на пальцах, и яйца с двумя желтками.

Но тогда всё иначе было.

Придёшь в селитьбу — а там один на всех нож висит на столбе при входе на требище, и местный волхв одним глазом глядит в себя, вторым на тебя, третьим — в чужой мир, а четвёртым, который на затылке, — наблюдает за ножом, чтоб не упёрли.

Вот так мы жили.

Так что рыбное хлёбово из того котла нас потом два дня выручало.

Я ел, едва не пронося ложку мимо рта: всё не мог забыть внимательные зелёные глаза кузнецовой младшей дочери — как они загорелись, когда она поняла, кто мы такие и зачем пришли.

Когда видишь радость на лице человека — понимаешь, зачем живёшь.

Кирьяк доел, облизал ложку и вдруг хлопнул меня по плечу.

— Великанья кровь, — сказал он. — В этих девках — великанья кровь.

Я подумал и кивнул. Друг был прав. Яркие глаза, прямой взгляд, широкая смелая улыбка. Ни страха, ни смущения, ни настороженности. И кузнец был такой же, хоть и глухой, хоть и прокопчённый весь.

6.

История нашего — среднего — мира началась с освобождения земли.

То, что не свободно, вообще не может иметь своей истории. Чтобы что-то началось, следует что-то освободить.

Вызволить.

Итак, в начале начал земля принадлежала нижнему миру и его богам, и в земле, не знавшей ни тепла, ни света, ледяной и твёрдой, обитали только безглазые черви.

Боги верхнего мира и боги нижнего мира вообще не знали о существовании друг друга: их разделял бесконечный великий лёд.

Под гнётом великого льда земля изнывала во тьме, и ничего не происходило.

Но затем боги верхнего мира решили, что так дальше не может продолжаться.

Боги тепла, света и ветра призвали Ярило, огненное колесо, источник жизни, — и насадили его на мировую ось.

Колесо закрутилось, жар Ярила растопил лёд.

Это продолжалось тысячи лет.

Понемногу, пядь за пядью, лёд отступал, оставляя за собой бескрайние пространства, залитые водой.

Тогда верхние боги и нижние боги впервые встретились, чтобы поделить созданный ими новый мир: средний.

Тот, в котором мы теперь живём.

И вот, освободившись от давления великого льда, земля начала подниматься, распрямлять спину.

Вызволение земли, распрямление кривизны — тоже заняло тысячу лет.

Наконец, вода осталась лишь в морях и озёрах. И чем выше поднималась спина земли, тем меньше озёр и морей оставалось на её поверхности.

Итак, каждый человек должен знать, что земля под ним есть распрямлённая, освободившаяся сущность.

Свобода исходит от земли так же, как свет исходит с неба, как запах исходит от зверя: естественным образом.

Из этой новой, свежей сущности, из восставшей свободной земли боги вылепили своих земляных детей: человеческий род.

То были не мы, люди — но наши пращуры. Мы называем их — «древние». Или «старые люди». Или «род великанов».

Их нельзя путать с нами: новыми, слабыми людьми.

Древние отличались от нас так же, как каменный нож отличается от железного меча, выкованного умелым кузнецом.

Древних было меньше, чем нас, и они хотели жить больше, чем мы.

Чтоб не делать лишней работы, боги создали сразу людей, зверей, птиц и прочих тварей, а потом влили в них одновременно свою кровь, одну на всех.

Поэтому люди похожи на зверей и птиц: кровь одинаковая.

По той же причине люди похожи на богов.

Сквозь весь живой мир течёт единая кровь, одна на всех; живых и мёртвых, разумных и неразумных связывает крепче крепкого.

Потом люди долгое время жили в голоде и страхе. Землю, едва восставшую ото льда, населили огромные полчища великанов, или великих кабанов: могущественных тварей, покрытых непробиваемыми мохнатыми шкурами, каждый высотой в дюжину саженей, и у каждого — четыре ноги и одна длинная рука, торчащая из носа, а по бокам — два бивня.

Когда великан кричал — гнулись деревья.

Когда великан бежал — земля тряслась так, что люди падали.

Когда бежало стадо великанов — весь мир ходил ходуном.

Великаны правили всюду. Неисчислимые их стада бродили по синим стылым равнинам, пожирая любую растительность, от верхушек елей до болотных мхов.

Они владели средним миром, огромные и всесильные.

Каждый из них мог одним ударом превратить человека в кровавую лужу.

Они пожирали всё, что давала скупая холодная земля: все листья, и ягоды, и грибы, и пчелиные гнёзда, и траву, и папоротники, и шиповник, и яблоки, вместе с яблонями.

И людям пришлось научиться убивать великанов: иначе нельзя было выжить.

Люди поедали их мясо, использовали их кости, бивни, черепа, жилы, шкуры, и мездру, и кровь, и кишки, и всё прочее, до последнего волоса на хвосте.

Они ели всё: и роговицу, и мозговое вещество, а что нельзя было съесть — приспосабливали.

Чтобы убить одного взрослого великана, требовались усилия трёх дюжин взрослых охотников.

Так выжили древние, наши щуры и пращуры: они сбились в племена, в огромные ватаги числом в сотни мужчин и женщин.

Стариков в том мире вообще не существовало.

Древний не доживал до тридцати.

Древний начинал спариваться с десяти лет, и брал в жёны любую женщину, которую видел возле себя.

Древняя женщина рожала первого ребёнка в одиннадцать, и потом — каждый год, всего за жизнь давала от пятнадцати до двадцати детей потомства; выживал один или двое.

Древние хорошо понимали, что чем больше племя — тем легче выжить.

Древние научились создавать тысячные племена, народы, где огромные хозяйства были налажены до мелочей. Сотни баб жгли костры и собирали коренья, сотни детей обучались знаниям, сотни мужчин расходились каждое утро во все стороны, чтобы бить птицу и зверя, чтобы найти еду, чтобы жить дальше.

Тысячу лет наши щуры и пращуры, древние люди, питались мясом и молоком великанов.

Меж тем земля нагревалась, и всё больше цветов цвело, и больше плодов стала давать почва. Люди стали сильнее, умнее, они собирали ягоды и коренья гораздо быстрее, чем великаны.

Древние ели всё, что существовало вокруг них. В первую очередь любые зелёные листья. Берёзу, дуб. Рябину. Папоротник.

Древние ели орехи, и ягоды, и коренья: лук, морковь.

Там, куда приходили древние люди, наши пращуры, — великанам было нечего делать.

И великаны отступили: их стада стали уходить на север. Народ их ослабел и исшаял.

Там, на далёком севере, они и живут до сих пор, малочисленные. Живых давно уже никто не видел, а вот черепа, выбеленные ветрами, с громадными, в четыре косых сажени, кривыми бивнями, можно еще встретить в некоторых селитьбах.

Боги постепенно стирают род великанов с лица земли; как стёрли земляных червей и змеев, которые жили до великанов, в предыдущие времена, нами совсем забытые.

Победив великанов, люди получили в полное пользование весь средний, тёплый мир, созданный для них богами, и ещё больше расплодились.

С лёгкостью подчинили себе птиц, собак, лошадей, кошек, пчёл.

Только рыбы и змеи не покорились человеку.

Боги являлись древним чаще, чем нам.
Духовная жизнь древних была очень яркая, глубокая и полная событиями. Древние остро переживали видения и сны.

Они жаждали постичь мир, были любопытны до всего нового и незнакомого. Любая находка, вроде острия из вулканического стекла, или медного самородка, или лесной поляны, заросшей диким чесноком, — давала возможность прожить лишний год.

Древние всюду совали свой нос, за всем наблюдали и всё со всем сравнивали.

Древние были очень любопытны и восприимчивы; всеядны не только телом, но и разумом.

Они много перемещались, ходили в походы длиною в месяцы и годы: любопытство двигало ими, как двигает и нами, их отдалёнными потомками.

До нас дошли их письмена, вырезанные костяными ножами на дубовых досках, выжженные медными иглами на бычьих шкурах: простые знаки, руны, образы людей, богов и смыслов.

За множество столетий, пока люди сражались с великанами, пока отвоевали для себя землю, пока сменились многие сотни поколений, выкормленных молоком великанов, взращенных мясом великанов, под сводами хижин, крытых шкурами великанов, — часть великаньего существа вошла в людей, и каждый человек стал на малую долю великаном, и воспринял великанью суть.

Кровь великанов перелилась в людей, и навсегда осталась.

Так род древних людей сросся с родом великанов.

Произошло это очень давно, много тысяч лет назад.

Ныне род великанов рассеян, и представителей его встречаешь не каждый день; но они всё же есть, и продолжают своё могучее колено.

Человека из рода великанов всегда можно отличить по тому, как много дел он делает каждый день, какие затеи затевает, как горят огнём его глаза и как громко и сильно он кричит в моменты ярости.

С тех пор всё перемешалось. Племена сложились в народы. Пришли люди с юга и с севера, пришли торговцы, пришли завоеватели, полилась кровь, люди угоняли людей, люди менялись оружиями, а главное — люди женились. Кровь мешалась с кровью.

Великанья порода измельчала — но не исчезла вся.

Может быть, пройдёт ещё тысяча лет, или две тысячи, — и кровь чудовищ древнего мира совсем уйдёт из человека.

Кровная память не вечна.

Но пока мы её чувствуем — эту древнюю силу.

Каждый из нас хочет быть огромным, могучим и спокойным, каждый хочет быть равнодушным к холоду и голоду, бронированным в непробиваемую шкуру; каждый хочет жить в большом сильном стаде, где каждый защищает каждого.

Великанья кровь густа, и если она течёт внутри человека — он сам становится густым и твёрдым.

В годы моей юности — очень давно, сто лет назад — я встречал волхвов и ведунов, помнивших древнее поверье: однажды весь род великанов вымрет до корня, и останется один, последний, самый могучий великан, и он придёт к людям, прошагает по всем землям, с севера на заход, а потом на восход и на юг, пройдёт медленно и грозно: последний и величайший из всех.

Согласно той наивной сказке, ныне полузабытой, последнего великана убьёт человек, не воин и не князь, не рыболов и не пахарь — никто. Отрок, не знавший женщины. Убьёт — и уподобится богам. Унаследует силу всего тысячелетнего великаньего рода, и поведёт человеческие племена к изобилию и всеобщему счастью.

Но поверье теперь забыли. И ни один великан не пришёл с севера за всё то время, пока я живу на белом свете. А если поверье не сбывается — его перестают помнить и повторять, оно теряет значение; так и теперь, в новейшие времена, мои рассказы про страсти ветхого мира, про великаньи дела, про щуров и пращуров, твёрдых, как камень, — не имеют большой цены.

Но если вы посмо́трите друг на друга — увидите, что великанья порода жива.

И теперь призна́юсь: я видел древних людей.

Выходцев из старейших родов, носителей великаньей крови.

Видел много раз.

Вы не встречали их — а я встречал, это было давно.

Я говорил с ними, пожимал их руки, обонял их запах, смотрел в их глаза.

Они никогда ничем не болели, они работали с рассвета до заката, они всё умели, они ничего не боялись, они могли не спать и не есть по несколько дней.

Их кожа была самая обычная, розовая, но иногда, издалека, при косом взгляде, могло показаться, что вместо кожи они защищены непроницаемой бронёй, да ещё впереди два бивня: разозлишь — проткнёт.

Я встречал их семь или восемь раз: в прошлые отдалённые времена, в мои молодые годы.

Такова была и Марья Радимовна, кузнецова младшая дочь.

7.

Весь следующий день с самого рассвета мы готовили праздник. Приехал мальчик Велибор, и его друг, мальчик постарше, который не назвал своего имени, а только смотрел, слушал и что-то жевал, и с ними в охране — дядька с ножом, очень недовольный, что его рано разбудили, — все трое на таких сытых сильных конях, в таких наборных сбруях и в таких юфтяных сапогах, что я понял: надо было ломить за свой труд ещё бо́льшую цену.

С богатыми людьми всегда так: никогда не знаешь, насколько они богаты.

Мы показали Велибору выбранное место: холм у реки, заросший с холодной стороны репейником, а с солнечной — ореховыми кустами. До берега — шагов полтораста. Репейник мы решили выбить руками, потому что за репейным полем была лысина и ручей. На гульбище люди много пьют воды, ручей обязателен.

Затем мальчик Велибор, его друг, не назвавший имени, и их дядька — уехали в город, а мы втроём срубили себе по крепкому берёзовому дрыну и выбили репейное поле, а потом до вечера строили большой односкатный навес.

К вечеру трое разбитых мужиков — Велиборовы смерды — привезли из города три волокуши берёзовых и осиновых дров. Очень хотелось расспросить смердов, на вид достаточно благополучных, спокойных, — как им живётся в рабах у богатой Велиборовой семьи; но мужики вели себя так, что было понятно: они не разговаривают даже меж собой. А уж на нас — бродяг, глумил, пришедших из отдалённых глухоманей, — даже смотреть не хотят. Кирьяк спросил, не играют ли они в зернь, — один из троих ответил «нет» и ухмыльнулся презрительно; смерды вывалили дрова из волокуш и ушли. Их спины были мокры от пота.

Девка Марья пришла, когда мы в темноте переносили из стана на холм наше главное и самое ценное имущество: бубны.

Весу в них мало, зато размер большой. Мой бубен был примерно в мой рост. У Кирьяка бубен был средний, звонкий, в три четверти сажени. А у Митрохи — тоже средний, но старый, глухой.

Марья спросила, много ли людей придёт на гульбище, и Кирьяк ответил обычной нашей присказкой:

— Всяк, кто не дурак!

Она засмеялась, отвернувшись.

Я смотрел, и у меня голова кружилась; она как будто светилась изнутри, было темно, облака́, луна на прибытке; но я видел девку всю, до мелких жилок, она улыбалась, мы были ей искренне интересны.

— Завтра мы ждём вас всех, — важно сказал Кирьяк. — И тебя, и твоих сестёр. Старшую я особенно жду. Как её зовут?

Марья снова засмеялась и ответила:

— Захочет — сама скажет.

Повернулась и убежала.

8.

Я стучу в грудь бубна.

Он ревёт, как тур, как матёрый медведь.

Возле меня, вокруг меня, сколько хватает глаз, — танцуют люди, молодые парни и девки.

Девок сильно больше, но так и должно быть.

Они танцуют, погружённые в плясовой морок, в бешеное забытьё, — они наслаждаются, они счастливы в эту ночь.

Ревёт-гудит мой бубен. В разгаре гульбище.

Большинство волхвов и ведунов считают, что плясовая забава придумана богами нижнего мира, и рёв глумецкого бубна вредит человеку, обманывает его, отвлекает, отучает любить настоящее, так же, как отучает хмельная брага или грибы-дурогоны.

Другие волхвы, наоборот, говорят, что пляска есть радение в пользу богов, и всяко одобряют.

Бывает, что в двух соседних селитьбах, отстоящих друг от друга на расстояние пешего перехода, один волхв лает гульбища и не позволяет, а другой — наоборот, разрешает и благоволит.

Но мне, здесь и сейчас, всё равно, что думают волхвы, ведуны и другие умники.

Я бью в бубен, потому что так мне велит моя природа.

Я для этого родился; когда я бью в бубен, люди вокруг меня рады, им хорошо, они счастливы.

Я считаю, что радость — главное переживание человека, и если люди смеются — значит, я прав, не зряшную жизнь живу.

Значит, плясовую забаву придумали боги верхнего мира, те, кто нас, людей, берегут и о нас заботятся.

В моей ладони, мокрой от пота, — колотушка. Я стою возле бубна и бью, стараясь попадать в середину, но от усталости это не всегда получается.

Вы, может быть, не знаете, что плясовой бой делится на четыре доли, а те четыре — ещё на четыре, и ещё на четыре, и так далее. Чтоб бить точно в долю, нужен особый слух, и если у вас его нет — значит, нет. У меня слух есть, и поэтому я глумила и умелец бубенного боя.

Я стою сбоку от бубна, чтобы не преграждать исход звука.

Бубен туго подвешен на ремнях в деревянной раме высотой в полтора моих роста. Если встать прямо перед бубном — звук пойдёт через тело, и ты быстро оглохнешь, потом, может, даже и ослепнешь, впадёшь в морок, и однажды товарищи просто оттащат тебя от бубна за руки и за ноги и будут отливать водой, пока не оклемаешься.

Стоять надо сбоку.

Когда я устану — я кивну моему напарнику Кирьяку, и он будет стучать вместо меня.

Третий наш дружила, кривоглазый Митроха, помогает то одному, то второму, подстукивает на среднем бубне, то колотушкой, то ладонями, молотит сложно, изощрённо, — нам повезло, что мы его разыскали. Жаль, хватает старика ненадолго.

Митроха быстро устаёт, откладывает бубен, отходит назад, скрывается за навесом, переводит дух.

Так мы стучим с полуночи до рассвета, по очереди, а вокруг нас пляшут резанские девки и парни.

Их нельзя счесть: три, четыре сотни, весь холм шевелится, как живой; одни приходят, другие, наоборот, исчезают. Много ребятишек под вечер, но после заката все они разбегаются по хатам, к мамкам под одеяла; остаются старшие, те, кому исполнилось двенадцать-тринадцать, и взрослые, кому четырнадцать и более.

Привлечённые шумом, приезжают совсем взрослые, любопытствующие посадские, многие — верхом, а есть и те, кто на повозках, — женатые, богатые: лузгают семечки, глазеют, как прожигает жизнь современная городская молодёжь.

Грохот неимоверный, я стараюсь, Кирьяк старается, дед Митроха старается, толпа содрогается и колышется, ночной воздух возбуждает, жар от кострищ горячит лица.

Судя по глазам, по хохоту и жару, такого праздного действа здесь давно не было.

Я стучу и вижу младшую дочь кузнеца, девку Марью, — она стоит с краю, стесняется, а наряжена как птица, вокруг шеи — веер из перьев, и вдоль локтей перья, и сзади на спине, и пониже спины; в свете костров перья играют переливами, и младшая дочь кузнеца выглядит, как сбежавшая с верхнего неба божья жена. Перья как настоящие, но приглядеться — сшиты, связаны из цветных тряпок, искуснейшим образом.

После заката приезжает Велибор, а с ним ещё полторы дюжины мальцов и девчонок, все верхом, все в шерстяных платьях, в бронзовых ожерельях, в серебряных браслетах, сладко пахнущие сахарным вином из запечатанных глиняных кувшинов; гладкие, расслабленные девочки с лёгкими русыми волосами, слабосильные юноши с белыми бледными шеями и тонкими губами, в сапожках из телячьей кожи, в резных костяных нагрудниках, и с изумительными, тончайшей чеканки перстнями, в которых волшебно сверкают самоцветные камни.

Увидел их, резанских богачей, — и в третий раз пожалел, что не заломил цену.

Другие приходят пешком, парами — малый с девкой — или ватажками: три-четыре девки, два-три парня.

На закате мы начали, а к полуночи уже стоял полный угар. Кто хотел — разделся донага. Комаров отгонял еловый дым. Не в меру разгорячённых охлаждала родниковая вода. Прямо за навесом, где гудели бубны, любому желающему бражник наливал пиво, мёд или брагу. Чуть дальше, вниз по склону холма, в выбитых зарослях репейника, жгли ещё один костёр и возле него угощали грибами, там людей было мало, а раздавал грибы сам мальчик Велибор, сидючи на бобровой шкуре. Я обратил внимание, что Велибор, оплативший весь дорогостоящий праздник из собственного кармана, сам не плясал, только смотрел: сидел у огня с гордым видом, и его глаза блестели.

А ещё ниже по склону горел ещё один костёр, сплошь из еловых веток, для тех, кому не нужны были ни брага, ни грибы — кому хватало друг друга.

Там я заметил двух старших кузнецовых дочерей, обе с головы до ног в медных и бронзовых монистах, обе такие румяные, поднеси лучину — вспыхнут. Видно, девичья постная житуха была им совсем невмоготу.

Уже перед рассветом, в час волка и собаки, все пьяны: кто от браги, кто без браги; девки — малиновые от волнения, мокрые от пота, пахнут как животные; парни прыгают через огонь, и всё перешибает вонища палёных волос. Один совсем упился, прыгает и спотыкается об головёшки, рушится в полымя, его вытаскивают с хохотом, у него горят борода и брови. Я узнаю в нём дядьку-охранника, который стерёг мальчика Велибора. Дядька тоже, видать, оказался не чужд молодецких забав. Его оттащили в сторону, набросили одеяло, сбили огонь, а он — воет в голос от боли и наслаждения, и какой-то парнишка в одних портах подбирает в костре и приносит следом бронзовый нож дядьки, и кладёт рядом.

Я понимаю, что момент настал, и киваю Кирьяку — тот выскакивает на вершину холма перед всеми, в маске козла, с рогами в стороны, а следом и сам я, в наморднике из бересты, изображающем поганую змеиную голову, — и мы начинаем крутить-вертеть карусель, и на руках, и на головах, и прыгаем, через голову с переворотом, вперёд-назад; визжат счастливые девки, алые искры летят в чёрное дымное небо, — и вот прохладный рассветный ветер сдвигает в сторону дым, и звёзды бледнеют. Пришёл новый день.

Уже вся толпа разделилась. Бо́льшая часть убежала к реке, купаться, миловаться по кустам. Меньшая часть уснула, где застиг сон: кто выпил лишнего, кого так сморило. Костры потухли, но возле самого большого собрались дюжины две стойких, ради последнего, самого ярого действа-зрелища. Кирьяк длинной слегой разворошил кострище, выровнял угли, обратил в полыхающий ковёр — они светятся теперь рубиново, переливчато, и Кирьяк выходит босиком на ковёр из углей и шагает по ним, закинув лицо в небо.

Один, второй — стягивают сапоги, кожаные и лыковые лапти, босые выходят на пылающий круг.

Кирьяк в центре, хлопает себя ладонями по груди, по бокам, дышит шумно.

Для ужаса я подкидываю кусок бересты на ковёр из пылающих углей — береста вспыхивает и окутывается облачком густого синего дыма.

Но по тем же пылающим углям хрустят босые ноги самых смелых и самых отчаянных.

И я вижу среди нескольких идущих по углям — младшую дочь кузнеца.

Она уже сбросила с себя платье из перьев и нижнюю юбку — она совсем нагая. Я вижу её со спины — она идёт по углям осторожно, как по болоту, и сама похожа на язык пламени.

Дрожит, плывёт горячий воздух.

По обширному кострищу, босыми ногами по алым углям, ходят нагие люди, не боясь, не стесняясь.

Я вижу ещё одного: молодого, невероятно сильного на вид парня, совсем голого, у него широкая спина и мощная шея, он шагает по углям слишком легко, как будто ничего не весит, он дважды проходит мимо дочери кузнеца, совсем голый малый рядом с голой девкой, на пылающем ковре из живых углей, в горячем мареве; миг — и волосы девки вспыхнут; но не вспыхивают, лишь ветер их шевелит; и нагота этих двоих, в оранжевом огненном круге, кажется мне совершенной, полней полного, как будто они — боги.

Я замечаю, как они смотрят друг на друга, эти двое нагих, счастливых.

Я пытаюсь внимательней рассмотреть странного невесомого незнакомца. Он слишком крепкий для своих лет, как будто тело тридцатилетнего матёрого воина приставили к голове четырнадцатилетнего паренька. Под его левой лопаткой набито сложное пятно, несколько знаков в центре правильного круга; расстояние слишком велико, чтоб рассмотреть внутри пятна отдельные знаки, но достаточное, чтоб понять: ни один из известных мне умельцев не может набить столь искусный рисунок.

Я вижу, как нагой парень с пятном протягивает руку дочери кузнеца, и она уходит вместе с ним в прозрачную тьму.

Его кожа слишком гладкая и тёмная, бронзовая, а взгляд слишком уверенный и прямой.

Нездешняя, нелюдская сила исходит от него.

Обоняя эту силу, я вздрагиваю.

Я смотрю, как он уводит девку Марью в сторону реки, и сотрясаюсь от страха.

Так заканчивается гульбище.

Сходит на нет праздник — гостям пора и честь знать.

Я не вижу, куда ушли эти двое.

По мне ручьём течёт пот. Мне подносят баклагу мёда — я хлебаю, не чувствуя вкуса.

Мертвеют, истаивают угли на рубиновом ковре.

После полной ночи бубенного боя я ничего не слышу. Глазами понимаю — уходят двое нагих, счастливых, он и она, уходят, падают в пропасть, одну на двоих. Звуков нет, только свист в ушах. Вижу обращённые в мою сторону лица, вижу улыбки, вижу лучи в глазах, всем понравилось гульбище, гости рады, благодарят, суют кто дорогой подарок от щедрот, кто сувенир от наивного довольства, а я — ничего не слышу, только киваю, рукой отмахиваю, да, благодарствую, мне тоже по нраву, я тоже доволен, мы все для вас старались, за-ради вашей услады.

А сам смотрю: куда же убежали, в какую сторону увлёк кузнецову дочку тот непонятный, жилистый, то ли муж, то ли мальчик, то ли гость посторонний.

А мне — чего? Я посмотрел, я вздохнул.

Дураки думают, что нам, глумилам, на всяком празднике достаются лучшие девки.

Это враньё.

Лучшие девки достаются лучшим парням, но только при одном условии: если и девка местная, и парень местный.

А глумила — кто таков? Всегда чужой, пришлый.

На самом деле девки боятся таких, как я.

Утро вступило. Сверху — небесная сырая прохлада, снизу — земной жар, огонь, дух телес.

Догорают угли. Остывает бубен. Орут в затоне растревоженные лягушки. Поют птицы, утро празднуют. Хорс выходит на голубую пажить, в его лучах распрямляется трава. Кирьяк спит: не сдюжил праздничного накала, рухнул, голову завернул в подол потной рубахи, захрапел. Руки раскинул, и я вижу — под ногтями кровь запеклась. Если всю ночь бить в бубен — всегда кровь идёт, по-другому никак.

Кончился праздник.

И вот, когда я, оглохший, измученный, смотрел вслед тем двоим — убегающим, счастливым, голым, — я понял, почему ощущаю страх вместо довольства или гордости.

Тот малый, что увлёк девку Марью, утащил за собой в лес, — был не наш.

Нелюдь. Оборотень.

Я смотрю в его спину, он бежит по холму, вниз по склону, чудом не спотыкаясь, и увлекает за собой хохочущую, почти безумную Марью, младшую дочь кузнеца Радима. Я точно вижу, что он — нелюдь, но поделать ничего не могу. Холодная волна смысла переваливает через моё темя.

Постороннее существо, принявшее вид человека, забрало у меня девушку, которую я полюбил.

И вот я вижу: он шагает в чащу и пропадает, а из ветвей, хлопая сильными крыльями, вылетает сокол, и ввинчивается в синее утро.

9.

Когда разошлись все, кто мог ходить, — мы сняли бубны с растяжек, отнесли в лагерь и спрятали. Потом пришлось ещё дважды возвращаться: забрать меха с остатками пива и браги, туеса с ягодами, прочую снедь. Напоследок Кирьяк походил меж уснувших. Поискал, кто чего обронил. Нашёл два ожерелья и амулет. По обычаю, находки принадлежали нам. Но украшения оказались простенькими кожаными плетёнками, амулет — куриный бог в волосяной петле. Кирьяк повертел его в руках и оставил возле самого большого кострища на вытоптанной траве, чтоб издалека было заметно.

И мы ушли с гульбища, вернулись в стан и немедленно уснули мертвецким сном. Стеречь вызвался Митроха, хотя на вид умаялся больше нас.

После гульбища я, как обычно, снов не видел, а только слышал рёв бубна, сотрясающий в голове, за костями черепа, все три моих разума — нижний, который повыше шеи, и средний, который за глазами, и верхний, который на темени; спал, а кожаное горло моего бубна гремело и жарко дышало в меня, как будто я замерзал и меня нужно было отогреть.

Когда проснулся — солнце поворачивало на закат, и стояла такая млечная, сладкая теплынь, какая бывает только в этих местах и только в начале лета; не жара и не прохлада — чистая нега, пахнущая цветами.

Далеко ещё было до нового урожая, до сытой разгульной осени. Не поднялась ещё рожь, не налились яблоки, не пошли грибы. Зверь ушёл в чащи, пестовать новый помёт. Но цветы уже стояли, сплошным ковром до пояса, от бархатного багряного до густого синего — и гудели над ними пчёлы, обещая бортникам добрый сбор.

Я спустился к реке, скинул порты и долго плавал, отодвигая ладонями клубы тополиного пуха. Вода у поверхности была совсем тёплая, однако ноги загребали студёное. Бубен в голове гремел уже не так сильно. Я знал, что он замолкнет только на второй день, и всё это время, кроме грохота и стука, я почти ничего не буду слышать.

Она появилась — я не заметил.
Вышла на берег, и стояла, дожидаясь, пока я её увижу; а когда поняла, что увидел, — отошла в сторонку и отвернулась, чтоб я смог спокойно натянуть порты.

— Надо поговорить.
Я кивнул и показал пальцем на ухо.
— Конечно! Только — громко! Я всю ночь в бубен бил!
Марья кивнула и подошла ближе, и я едва сдержался, чтоб не схватить её и не прижать, и не отпускать больше никогда.
— Нелюди, — громко произнесла она. — Птицечеловеки. Ты что-нибудь про них знаешь?
— Знаю, — сказал я (собственный голос едва доносился). — Но их, говорят, не бывает.
— Бывают.
Я сразу понял. Вспомнил широкие плечи и шею того, кто увёл её с холма к берегу реки. И ответил:
— Я их никогда не видел. Только слышал старые байки. Это оборотни. Больше чем люди. Люди — и одновременно птицы. От них не бывает вреда.
Марья помолчала, подобрала плоский камешек и с мальчишеской ловкостью, вывернув сильный локоть, пустила по воде: камешек запрыгал и канул в тонком предвечернем тумане.
— Он назвал своё имя, — сказала она. — Финист.

— Финист, — повторил я. — Что за имя такое?

Марья пожала плечами.

— Такое.

— И что оно значит?

— Ничего не значит. Финист.

— Это первое имя — или второе?

— У каждого из них только одно имя.

Я подумал и сказал:

— Так не может быть. Кто родился с разумной головой, тот берёт себе три имени, а у тех, кому повезло, может быть и четыре, и даже пять.

— Одно имя, — повторила Марья. — Финист. Некоторые стороны их жизни устроены проще, чем у нас.

— Это он тебе сказал?

Марья кивнула. Села на землю и обхватила руками колени.

— Что ещё он говорил? — спросил я.

— Почти ничего. Молчал и на меня смотрел. Потом улетел.

— Ты сказала ему своё имя?

— Да.

Я набрался тогда храбрости и спросил:

— Зачем он тебе?

— Не твоё дело.

Но мне было важно понять, и я добавил:

— Он красивый. И здоровый. Выше меня.

Марья сразу кивнула, как будто думала о том же.

— Да. Он очень сильный. Таких, как ты, троих в землю втопчет.

— Ну, это неизвестно.

Она засмеялась.

— Вы, парни, — сказала, — такие смешные. Обязательно вам надо знать, кто кого и сколько раз втопчет.

— Разумеется, — ответил я. — Что может быть важнее. Ты взрослая девка, а не понимаешь. Давай, мы его тебе поймаем? Этого оборотня? Силок поставим, а как попадётся —

прибьём дубинами, и в клетку посадим. Будешь его мышами кормить.

— Дурак, — сказала Марья. — Боги накажут тебя за такие слова. Как же можно живое существо в клетку сажать?

— Птицеловы сажают, и ничего.

— Птицеловы, — сурово сказала Марья, — такие же дураки, как и ты. Птицеловы — злые люди, они жертвуют нижним богам, и после смерти попадут в нижний мир, и жёнами их будут змеи, а друзьями — черви.

Встала и собралась уходить, разгневанная, прямая, алый румянец облил щёки, глаза яркие, сверкают, как у мавки; вдруг мне показалось, что если она сейчас уйдёт — я больше никогда её не увижу, и потом буду всю жизнь жалеть.

А что я дурак — так это не новость. Скоморох и есть дурак, — мы на такие слова не обижаемся, а только хохочем.

— Подожди, — сказал я. — У меня есть друг, Митроха. Он где только не бывал. Пойдём, расспросим его. Может, что-то скажет.

Туман над рекой опускался ниже и огустевал. По зелёной прибрежной глади скользили водомерки, а дальше, на чистой воде, то и дело всплёскивали хвостами рыбы.

И мы пошли в стан. Я не хотел будить старого Митроху — но он и не спал вовсе. Лежал, завернувшись в лысую свою медвежью полость, и смотрел в небо. А на мой прямой вопрос ответил, что после каждого гульбища не может уснуть по две ночи: грудь ходуном ходит.

Но какая-то часть разума старика всё равно спала, потому что нельзя же совсем без отдыха после столь тяжёлой работы, — и когда Марья подошла к нему и поздоровалась — Митроха очнулся не сразу, несколько мгновений смотрел выцветшими глазами, ничего не соображая, и только потом сел. А когда сел, когда рассмотрел, что перед ним молодая девка, — вдруг застеснялся, засуетился, бороду торопливо обгладил, порты в кулак зажал пониже пупка, — я едва не заплакал. Мужской силы, видать, в нём уже было мало, но приличие осталось.

— Знаю, — сказал он. — Птицечеловеки, да. Летающие оборотни. Есть такие. Считается, что они — орудия старших богов. Я видел птицечеловека один раз. Это был филин. Помню, у него голова вокруг плеч крутилась так, что он мог посмотреть себе за спину. Помню, я испугался, но потом страх пропал. От них идёт сила, ты эту силу чуешь — и не боишься. Понимаешь, что они тебе не сделают ничего худого. Людям их никак нельзя увидеть — они сами появляются, по своей надобности. Говорят, они живут все вкупе, отдельным народом, и где-то в небе у них есть своя селитьба. Говорят, они владели миром три тысячи лет, а теперь боги стирают их с лица земли.

Марья слушала жадно, смотрела Митрохе в глаза.

— Ты с ним говорил? — спросила она.

— Нет, — ответил Митроха. — Бесполезно. Всё равно не поймёшь ничего. Нелюди — они и есть нелюди.

— Они как мы, — твёрдо возразила Марья. — Я всё сама видела.

— Снаружи, может, и как мы, — многозначительно сказал Митроха. — А внутри? У меня был когда-то дружок — он рассказывал, что нашёл однажды дохлого птицечеловека и рассмотрел. У него ниже горла был зоб, действительно, как у птиц, и в том зобе — мелкие камешки, они их, стало быть, склёвывают, как куры, чтобы пища в утробе лучше перетиралась…

— Хватит! — сказала Марья с возмущением.

— …А ещё, — продолжал Митроха, как бы не обратив внимания на выкрик, — тот мой дружок говорил, что пальцы у них не гниют, даже у дохлых, потому что мяса там нет, только жилы, и кости, и когти, острые, как железные ножи…

Тут я понял, что старик просто глумится над девкой, вышучивает.

Но и она догадалась, и улыбнулась.

Удивительно было видеть, как она может так легко и спокойно улыбаться, когда идёт такой страшный разговор.

— Скажи главное, — велела Марья. — С ними можно иметь честное дело?

Митроха блеснул глазом и улыбнулся самой глумливой улыбкой из всех, какие только бывают.

— Дай коленку погладить, тогда скажу.

Тут я ощутил необходимость нарушить молчание и сказал:

— Не груби, старик. Если тебе так хочется, можешь погладить меня.

Митроха тут же сдал назад, осклабился с озорством, обгладил ладонью свою торчащую бородёнку.

— Ладно, — сказал он. — Слушайте оба. Птицечеловеки обычных девок в жёны не берут. Но могут украсть, унести. Считается, что от них у людей потомства не бывает. Если бы обычные девки рожали потомство от нежити — мир заполнился бы ужасными уродами. Волк зайца не кроет, а только бьёт и ест, так мир излажен от века. Так что ты, — он посмотрел на Марью как на врага, — лучше забудь про того оборотня.

Марья не ответила, но и не уходила.

— Я видел его вчера, — добавил вдруг дед Митроха. — Возле тебя. Большой, крепкий. Кожа бронзовая. Наши бубны на таких, как он, не действуют. Жилы у них внутри натянуты стократ крепче, чем у людей, и бой обычного бубна для него всё равно что плеск волны — ничего не значит. Нелюдь, говорю же. Если опять придёт — прогони его. Пусть он живёт в своём мире, а ты живи в своём.

Марья кивнула, помедлила, ничего не сказала и ушла, а мы со стариком, не сговариваясь, легли ближе к остывшему костру. Я заснул.

10.

Помню, снилось Луковое море, а по берегам — земляника размером с кулак, я её ем — а по мне сладкий сок течёт. Проснулся — меня Митроха трясёт за плечо.

— Худо дело, — говорит. — Вставай. Надо решать, что делать.

Одновременно он растолкал и Кирьяка, и теперь говорил, поочерёдно глядя в две наши сонные морды.

— Резанский ухарь Велибор решил нас нагреть. Уговор был, что сегодня на закате он приедет с полным расчётом. Вон — закат. Велибора нет, расчёта нет.

— Не понял, — сказал Кирьяк.

Митроха посмотрел недовольно, поморщился.

— Что тут не понять? Нас дурят. Одевайтесь, берите ножи. Пойдём, должок стребуем.

Для полного расчёта нам полагалось забрать с заказчика ещё две серебряных деньги.

В тех местах, где я вырос, за такую стоимость можно было получить дом, или коня, или железное сажало длиной в полторы руки, или восемь охотничьих ножей с костяными рукоятями, или дюжину новых медвежьих шкур, или четыре дойных козы. Представив себе этих коз и эти ножи, я понял, что мальчик Велибор, любитель грибов-дурогонов, не отвертится.

Возможно, в моих пальцах меньше силы, чем у нелюдя, птицечеловека, — но либо я удавлю мальчика Велибора, либо получу с него полный расчёт.

Мы тщательно перемотали онучи, затянули сапоги, сунули ножи за пояса и пошли.

У городских ворот Митроха снова поднёс стражнику полкуны лысых; нас пропустили.

Чтоб вы знали, в Резане ворот на ночь вообще не закрывали, слишком велик был поток пришлых: бродяг, купцов и нарочитых людей. И ночью, при свете факелов, бурлила суета вокруг башни, пылали костры, ржали кони, ревели быки, лаяли псы, — если вы думаете, что на нас кто-то обратил внимание, вы ошибаетесь.

Перед нами вошли три вора с севера, с белыми бородами, в которые были вплетены серебряные кольца, а после нас вошла гадалка, предсказывающая судьбу по цвету и запаху скверной женской крови.

Сказ первый. Глумила

Ночные улицы не были пусты, по всем направлениям торопливо шли завёрнутые в плащи фигуры, кто-то кому-то что-то нёс, у одного корзина, у другого фляга, у третьего в рукаве только рукописная грамотка.

Мы долго стучали в огромные дубовые ворота.

С той стороны сплошного забора заходилась лаем псина, кашляла слюной от ненависти.

Как хотите, а я цепных собак не люблю.

Цепные псы — самые несчастные звери из всех, кого люди склонили к сожительству.

Чтобы цепной пёс был злее и внимательнее — у него отнимают всё. Его держат на привязи, его мало и плохо кормят, его не случают с самкой. Цепные собаки сходят с ума и превращаются в безжалостных чудовищ. От голода, неволи и тоски нюх у цепного пса двукратно обостряется; такой пёс чует летучих мышей и кротов, вылезающих из нор.

Держат таких собак только самые богатые люди.

Наконец, за воротами показался свет, засов отомкнули со скрипом, и недовольная круглая морда показалась из щели; нижнюю часть лица скрывала густая чёрная борода, из тех, про которые говорят «лопатой».

Митроха выступил вперёд.

— Беда, — объявил он безо всяких предисловий. — Зови Велибора, пусть бегом бежит. Иначе весь город на уши встанет.

Чёрная борода задвигалась, съехала чуть вбок.

— Говори яснее.

Митроха продолжал давить:

— Зови Велибора. Беда будет. Давай, срочно.

— Спит он.

— Да не спит! — крикнул Кирьяк, пальцем тыча в слуховое окошко огромного дома, где, действительно, показался неверный свет. — Вон он! — И Кирьяк громко позвал: — Велибор!

— Не ори! — в свою очередь, закричал чернобородый. — А ну идите отсюда. Собаку спущу.

Но за спиной чернобородого уже появился сам Велибор, заспанный, в домашней шерстяной курточке на голое тело — он хлопнул мужика по спине, и тот замолчал. Велибор подошёл ближе.

Мы трое поклонились, но без большого уважения.

— Здоров будь, Велибор, — сказал Митроха. — А где наш расчёт?

Мальчик задумался и вдруг просиял.

— Расчёт! — крикнул он. — Конечно! Я забыл.

Его глаза скосились к середине, и всё лицо приняло неприятное, заячье выражение, означавшее, видимо, крайнюю досаду, сожаление, и недовольство собой: скорее всего, он действительно просто забыл о нас.

Тем временем за забором снова заскрипела тяжёлая дверь, и появился третий, уже нам знакомый старый дядька, сопровождавший мальчика во время праздника, тот, что перебрал пива и неудачно сиганул через костёр; теперь он был угнетён духом и лохмат, но внешне устойчив. В одной руке он держал факел, а в другой — тяжкую палицу, окованную медной полосой.

— Чего тут? — крикнул он.

Велибор оглянулся на него.

— Я принесу, — сказал он нам и сделал движение, чтоб уйти. Но Кирьяк ухватил его за богатый рукав.

— Погоди, — сказал он. — Побудь с нами. Скажи, чтоб вынесли.

— Две серебряных, — добавил я, одновременно глядя мимо Велибора, на его дядьку, и улыбаясь.

Велибор сообразил, кивнул, и заячье выражение пропало с его лица. Он оглянулся на похмельного, шумно сопящего дядьку и велел принести кошель. Дядька недовольно вздохнул, положил палицу себе под ноги и, не сходя с места, вытащил из-за спины кошель, уже, оказывается, приготовленный, висевший у него сзади на поясе.

Пёс продолжал заходиться ненавистью, клацал зубами и ударялся грудью о забор.

Дядька не отдал весь кошель Велибору. Сам развязал шнур и невесело спросил:

— Сколько надо?

— Две серебряных.

Дядька достал две серебряных деньги и швырнул в нашу сторону, целясь попасть под ноги, чтоб, значит, унизить.

Но Кирьяк быстро сообразил и выскочил вперёд, навстречу летящим деньгам, — и ловко поймал обе у самой земли.

— Удачи вашему дому! — крикнул он так нагло и весело, как только он умел; забросил обе деньги за щёку, поклонился небрежно — и пошёл прочь, не теряя ни мгновения.

Я и старый Митроха коротко кивнули мальчику Велибору и припустили следом, не сказав более ни слова, оставив за спиной и Велибора посередь улицы, и двух его присных в воротах огромного дома, и опасную псину за забором.

Если расчёт получен, уходить лучше сразу.

На половине пути, оглянувшись, я увидел, что человек с чёрной бородой шагает за нами сзади, отставая шагов на пятьдесят.

— Херово дело, — сказал дед Митроха, когда я показал ему соглядатая. — Пошли за мной.

Мы свернули в переулок.

У входа в кружало на утоптанной нечистой земле валялись трое или четверо тех, кому уже хватило.

Дверь болталась на одной петле; Митроха толкнул локтем и вошёл первым.

Внутри — воздух словно спёрли, воняло горелым жиром, колебалось лучинное пламечко; густой многоголосый храп заглушал прочие звуки. На полу вповалку лежали упившиеся, в чувстве и без него; ни один не мог держать спину прямо, кроме самой хозяйки-кабатчицы.

Очаг уже был потушен, в дымник задувало ночным ветром. На стенах висели доски, изрезанные сложными рунными ставами, — я не смог разобрать ни одной надписи.

Здесь мы втроём сели за стол и сдвинули головы.

Кирьяк выплюнул одну из двух монет и отдал мне — я, в свою очередь, точно так же спрятал её во рту.

— С наживой не уйдём, — прошептал Митроха. — За ворота выпустят, но догонят по дороге. Деньги отберут, а самих переломают.

— Убежим, — сказал я.

— Вы-то убежите, — ответил Митроха, — а я куда? Я старый, я за вами не успею.

— Останься тогда здесь, — предложил Кирьяк. — Мы с деньгами убежим, а ты завтра утром пустой выйдешь — и нас догонишь.

— Нет, — возразил я. — Так не можно. Мы — ватага. Мы своих не бросаем. Пересидим тут, завтра спозаранок уйдём все трое.

Мы переглянулись молча.

От длительных раздумий нас избавил наш чернобородый преследователь: он вбежал, широко распахнув перед собой дверь, сощурился, увидел нас, на миг окаменел, затем его глаза сверкнули, и он молча вышел, столь же поспешно. Конечно, он понял, что мы его заметили.

— Выследил, — сказал Кирьяк. — Теперь подмогу приведёт.

— Не, — сказал я, — не может быть. Нас — трое. У нас — ножи. Что же они — за половину серебряной гривны устроят резню внутри города?

— Можешь не сомневаться, — сказал Митроха. — Я бы устроил.

— Тут князь есть. Охрана. Порядочек.

Возразил и подумал: зря возражал. Какой князь? Какой порядочек? Князья летом в походах, виру собирают, и охрана вся с ними. А в городах оставляют малый отряд.

— Эх, — сказал я. — Ты, Митроха, просто бздун. Тебя слишком часто били. Тебе везде чудятся сломанные пальцы и отобранные деньги. Никто нам ничего не сделает. В крайнем случае мы с ним вдвоём, — я ткнул пальцем в Кирьяка, — положим любых пятерых.

Под взглядом Митрохи мой друг Кирьяк значительно кивнул и для придания веса своему ответу хлопнул меня по плечу ладонью.

— Здесь, — добавил я, — всяко лучше, чем ночью на пустой дороге.

Порешили остаться в кружале и ждать до утра.

Отдали полкуны лысых за горшок варёной свинины и шесть ковшей яблочной браги. За такую цену в моей родной селитьбе можно было три раза пропить всё родовое хозяйство. Жаль было втридорога платить за скверную еду и выпивку, когда в нашем собственном лесном стане, в двух часах пешего хода, нас дожидалась всевозможная дармовая снедь; но делать было нечего, мы уплатили, поели и выпили.

Вокруг валялись и храпели полуголые, мокрые от пота пьяницы, всхлипывали, вскрикивали, что-то бормотали, стонали; то один, то другой приподнимался и неверной рукой норовил пошарить на ближайшем столе, но ни одна посудина ни на одном столе не стояла прямо, всё было опрокинуто, перевёрнуто, разбито и разлито.

— Посмотри, — я показал Митрохе на стену. — Что за руны такие? Не могу разобрать.

Дед глянул, сощурил глаза.

— Это не руны, — ответил он. — Ромейская грамота. Очень трудно освоить. Каждый знак означает не целое слово, а только его часть. Чтобы собралось одно слово, надо прочитать весь став и понять все знаки подряд.

— Ты умеешь?

— Более-менее.

— И что здесь сказано?

Митроха повторно пригляделся, наморщил бледный, в веснушках, лоб; пошевелил губами.

— Здесь сказано, что бог — един.

Кирьяк, глотнувший сей момент браги, поперхнулся.

— Бог не может быть един, — значительно сказал он. — Никто не может быть един. Так не бывает. Гляди на нас. Сидим — оба-трое! Втроём веселей. А богам ещё веселей, их много!

— Ромеи, — сказал Митроха, — живут за морем, на краю земли. Они — не как мы. Вообще другие. Они верят, что бог един.

— Дурень ты, — печально сказал Кирьяк. — А я думал, серьёзный мужик. Если бог — един, кого он ёт?

— Никого не ёт, — ответил Митроха.

— И как же он без бабы обходится? Вынимает причиндал и сам себя тешит?

— Нет у него причиндала.

— У бога — нет причиндала?

— Нет. Но сын есть.

Кирьяк обвёл меня и Митроху соловыми глазами.

— Хорош бог. Никого не ёт, причиндала нет — а сын есть!

— Да. От целкой бабы. Из смердов.

— Из смердов? Что ж он за бог, если поял простую бабу? А мог бы княжью жену, или дочку! Да кого угодно!

Митроха поднял ладони в мирном жесте.

— Это вера ромеев. Они думают, что бог не сам поял ту бабу. Бог пустил особый ветер, и от того ветра невинная девка понесла божьего сына. Имя его — Крест. Он умер, а потом восстал из мёртвых.

— Восстал из мёртвых? Так он упырь, что ли?

— Не упырь. Божий сын.

— Ты сам-то веришь в такое? Сидит один бог — и воет от тоски! Поять некого! Поговорить — не с кем! Единственный сын — и тот упырь!

— Он не упырь, а сын бога.

— То есть, нелюдь.

— Нет. Человек.

— Ничего не понимаю, — недовольно сказал Кирьяк. — То ли нелюдь, то ли человек, то ли упырь. От ветра зачат. Такое придумать — браги мало, тут чего покрепче надо...

— Это не придумано, — твёрдо сказал Митроха. — Это было на самом деле. Есть много людей, они своими глазами видели. Божьего сына прибили гвоздями к столбу. Он помер, потом восстал и пропал, больше его никто не видел.

— Гвоздями к столбу? За что?

— За разговоры.
— Кто прибил?
— Сами они и прибили. Ромеи.
— Сами прибили — и сами поверили?

Митроха кивнул на стену.

— Так написано. А если написано — нельзя не верить. Люди всякое ненужное записывать не будут. Пишут только самое главное.

— Ладно. А зачем такое писать здесь? В кружале, на стене?

Дед Митроха заулыбался беззубым ртом.

— А где такое писать — на требище? На княжьих воротах? Только в кружале.

На том спор иссяк.

Брага была кислая, но крепкая, меня забрало, и я слушал, как Кирьяк, тоже сильно захмелевший, рассказывает мне, чертя пальцем по липкому столу, как можно безопасно и быстро ограбить дом Велибора и вынести серебро, которого там, судя по всему, столько что впятером не поднять; я слушал и не понимал ни слова.

Тёмный зал, пропитанный кислой пьяной тоской, вращался вокруг, как будто на мой хребет был насажен весь мир, со всеми его богами, людьми, зверьми, упырями и оборотнями, мавками, ведьмами и лешаками, и я, почувствовав знакомый позыв, стал постукивать ладонью по столу и завёл песню; она сама собой складывалась в груди и в горле.

Кирьяк замолчал, послушал, потом стал хлопать в долю и хрипло помогать с припевом; мы с ним, как нетрудно догадаться, давно спелись.

Больше мне не наливайте,
Не трогайте, отстаньте,
Хотите убить — сначала поймайте,
Но больше не наливайте.
Глубже, глубже копайте, ещё глубже копайте,
Но больше не наливайте.
Хотите убить — сначала поймайте.

А теперь не трогайте,
И больше не наливайте.
Ничего, ничего не давайте,
Хотите — бейте, или в рабы продайте,
Всё равно утеку, так и знайте,
Хотите — хулой лайте, или стрелой стреляйте,
Но только больше не наливайте.
Хотите — байки байте,
Хотите — сажалом сажайте,
Хотите — купите, хотите — даром отдайте,
Но только теперь — не трогайте,
И больше не наливайте.

Митроха не стал подпевать и подстукивать, но молчал так, что было ясно — он с нами, внутри песни тоже.

Несколько лохматых голов поднялось, мятые мутноглазые морды обратились в нашу сторону, и даже кабатчица вышла из своего закута — убедиться, что гости не бьют друг друга, не режут и не грабят, а только поют.

На рассвете мы ушли из кружала. По сырому прохладному утру дошагали до ворот и беспрепятственно покинули город: никто нас не преследовал и не покушался. Стражник посмотрел с подозрением, как на воров, но в руках у нас ничего не было.

Наш преследователь, чернобородый слуга из дома Велибора, исчез. Может быть, пока мы горланили пьяные песни, он прятался где-нибудь за углом, в ожидании, да и заснул.

Кто сыто ест, тот слишком крепко спит.

11.

В стане мы перевели дух; Митроха предложил немедленно уехать.
— Работу сделали, деньги взяли, — сказал он. — Быстрее уедем — целее будем.

Но Кирьяк имел другие планы. Он снова перемотал сапоги, взял флягу с мёдом, увлёк меня в сторону и шёпотом объявил: пойдёт в гости к кузнецовым дочерям, а именно — к старшей: оказалось, он с ней уже договорился, ещё вчера, на гульбище.

Я молча пожал плечами: меня не звали. Остался увязывать поклажу, готовить лодку в обратный путь.

Собственно, груз наш состоял из нескольких больших свёртков с едой и нескольких фляг с выпивкой. Бубны мы обычно грузили перед самым отплытием, а пока я тщательно осмотрел свой, особенно по краям. Кожа бубна от напряжения устаёт, даёт слабину — обычно её над костром нагревают, чтоб натянулась, и от этого по краям появляются трещины. Если вовремя не заметить и не смазать жиром, бубен пропадёт.

Кирьяк вернулся в полдень, довольный, разомлевший, — видать, хорошо ему перепало от щедрот старшей кузнецовой дочери; подозвал меня.

— На гульбище приходил нелюдь. Ты его видел?

— Видел, — сказал я.

— А чего молчал?

— А что надо было делать? Кричать и пальцем тыкать? Портить людям праздник? Я мог обознаться.

— Ты не обознался, — хмуро сказал Кирьяк. — Он в эту ночь приходил в дом кузнеца. Вернее, прилетал. До рассвета сидел у младшей в комнате. Сёстры дырку в стене провертели — и подглядывали. Настоящий нелюдь, матёрый. Ходит бесшумно. Кинулся в окно человеком, а выскочил соколом. Сёстры обе напуганы до смерти.

— Ну и ладно, — сказал я, скрывая печаль. — Какое наше дело? Марья не дура, сама разберётся.

— А если он её утащит?

— Пусть тащит, говорю же, у неё своя голова на плечах.

— Слушай, — сказал Кирьяк. — Ты забыл, где живёшь? Если младшая дочь выйдет замуж вперёд старших — что делать старшим? Всё должно быть по ладу и ряду.

— Конечно. Но мы тут при чём?

— Глафира просит, чтоб мы его поймали.

— Иди, — сказал я. — Поймай. Раз Глафира просит.

— Поймаю, — твёрдо произнёс Кирьяк, — если поможешь. Деда тоже позовём. Втроём управимся. Сёстры заплатят. Если младшая сбежит с оборотнем — старшие замуж никогда не выйдут. Сам подумай. Кто возьмёт девку из семьи, где случилось такое непотребство?

— Нет, — ответил я. — Не пойду, и тебя не пущу.

Кирьяк посмотрел на меня, как на безнадёжного болвана. Он умел так смотреть.

Из нас двоих я был умнее, но он считал, что наоборот. Меж товарищами такое случается часто.

— Марья тебе нравится! — сказал он. — Я же вижу! Давай убьём его, и ты получишь, что хочешь.

— Нет, — сказал я. — Она выбрала его. Не меня.

— Она — молодуха, — горячо возразил Кирьяк. — Ей двенадцать лет. Это её первое взрослое лето. В голове — туман. Сегодня она выбрала его, осенью выберет другого, а на будущий год выйдет замуж за третьего. Почему отступаешься так легко?

— Не хочу причинять боль.

— Она ничего не узнает. Нелюдь прилетает в полночь, улетает на рассвете. Поставим сеть, поймаем, задушим тихо. Потом увезёшь её с собой…

Я хотел сказать «нет» в очередной раз, но тут подошёл Митроха и встрял в разговор.

— Кого душить собрались? — спросил он шёпотом. — Нелюдя?

Вид он имел самый серьёзный, и даже глаз косил как будто меньше, чем обычно.

Кирьяк кивнул. Митроха обвёл пальцем верхушки сосен.

— Они всё слышат и всё видят. И убить их нельзя, слишком сильные. Ни стрелой попасть, ни рогатиной проткнуть. Забудьте про это. Отваливать пора.

— А я не верю! — заявил Кирьяк, в полный голос, развернул плечи и посмотрел на небо, откуда, по мысли старого Митрохи, нас подслушивали невидимые всесильные нелюди. — Убить можно кого угодно. За это сёстры дают нам серебряные серёжки с самоцветами.

— Да хоть золотом, — ответил Митроха, тоже в полный голос.

Кирьяк покраснел от волнения.

— Меня девка умоляет! — крикнул он. — Плачет! Они обе второй день в доме сидят, выйти боятся!

— А кузнец? — спросил я.

— А кузнец — глухой! Он или в кузне, или спит! Как жена померла, он малость умом тронулся. Кстати, можем и его позвать, четвёртым. У него полный дом оружия…

— Забудь, — повторил Митроха. — Я раньше смерти помирать не хочу, и тебе не советую.

— Ну и ладно, — сказал Кирьяк, подумав. — Езжайте восвояси. Я останусь. Меня девка попросила. Что ж я за человек, если откажу?

Дед Митроха вдруг выругался чёрными скотскими словами и сплюнул.

— Не блажи, — сказал он. — Девок тебе мало? В другой селитьбе другую найдёшь, с такими же сиськами…

Но Кирьяк не таков был, чтоб сносить поносную брань.

— А ты когда в последний раз сиську мял? — осведомился он, надвигаясь на старика. — У тебя ж уд не маячит давно! Помереть боишься? — ну и бойся! А я — ничего не боюсь. Сам всё сделаю! Тут наши пути расходятся!

И я тогда не выдержал, тоже ругнулся, гадкими чёрными словами, предназначенными для обращения со скотиной, а никак не с людьми. И хотел толкнуть друга — но сдержался.

Смотрел, как он лезет в лодку и вытаскивает свой чувал.

— Прощайте, скоморошки! — ядовито сказал он, и отдельно посмотрел на меня, прожёг глазами. — И ты особенно прощай, брат лихой. Я думал, ты настоящий глумила, и ничего не боишься.

Он снял с шеи свой оберёг — петушиный клюв — и этим клювом размашисто начертил в воздухе руну удачи, подхватил чувал и ушёл в лес, по пути перепрыгнув затушенный костёр.

Я что-то вслед ему крикнул, и даже в сердцах палкой запустил; очень разозлился.

— Поехали, — сказал Митроха, подождав, пока я успокоюсь. — Он не пропадёт, догонит.

Но успокоиться не получалось, я едва не схватил вторую палку и не бросил в старика.

— Ты его видел? — спросил я. — Этого нелюдя — сокола? У него плечи вдвое против моих. Если он захочет, он их всех перебьёт. И сестёр, и кузнеца, и моего друга.

— Птицечеловеки не делают людям вреда, — сказал Митроха. — Лезь в лодку, мы уходим.

Самую большую нашу ценность — бубны — мы положили поперёк лодки, поверх остальной поклажи, чтобы в плохом случае быстрее всего прочего отвязать и вытащить.

Взяли по веслу, оттолкнулись — и берег резанский остался за моей спиной, вместе с жёлтым песком, кувшинками, вместе с клеверными лугами, цветочными полянами, вместе с громадной человеческой толпой, заключённой в тесный, орущий и опасный город.

Осталась за спиной сбывшаяся мечта.

Остался позади и лучший друг — но я верил, что ненадолго.

Кирьяк, горячий малый, и раньше уходил, и ссорились мы часто и сильно, и дрались до крови, однажды он мне даже выдернул руку (мы тогда сразу побежали к ведуну, и он её легко обратно вставил), и целыми днями не разговаривали, и расходились, бывало, на всю зиму; но каждое лето воссоединялись непременно.

Он был мне больше чем друг — он был напарник.

Но он, Кирьяк, дружила мой, попал в тот же силок, что и я.

Ему понравилась девка, и у него начался гон.

Для успокоения я налегал на весло что есть силы, пока мы не поймали стрежень; тут перевели дух, отложили вёсла, и я смог оглянуться.

Место, откуда мы отчалили, уже нельзя было различить в сплошной стене леса, подступившего к самой воде, а небо над зелёной стеной распахивалось шире, наливалось янтарным светом и раскатывалось, с востока на запад, длинными полупрозрачными облаками.

Несколько птиц парили в недосягаемой высоте: соколы или ястребы, невозможно было понять.

Возможно, все они были оборотнями, птицечеловеками.

Ласточки атаковали нашу лодку из-под песчаной кручи, длинной трещащей стаей, сделали предупреждающий круг и вернулись в гнезда. Возможно, и они тоже были оборотни.

Возможно, весь мир существовал по правилам, мне неведомым.

Я думал, что я знаю, как устроен мир, и понимаю его лад, как понимаю бубенную игру: четыре доли, потом ещё четыре и так дальше.

Я понимаю Коловрат, понимаю богов, понимаю кровавый обмен с ними, понимаю закон, понимаю четыре стороны света, понимаю счёт и рунные ставы. Я могу легко пересчитать новгородские куны в каширские. Я могу добыть волка, зайца, бобра и россомаху. Я могу почти всё.

Но часто оказывается, что мир устроен гораздо интересней, чем я думаю. И от этого интереса внутри возникает такой подъём, что кажется — взлечу, не хуже нелюдя, без всяких крыльев, одним только восторгом, сердечным трепетом.

Иногда тебе мнится, что ты — это ты, сам себе разумный человек, и точно знаешь, чего хочешь, и идёшь прямо туда, куда решил, — но вдруг происходит что-то, совсем от тебя не зависящее. Кто-то умирает, или кто-то влюбляется. Поистине, мы не хозяева своих судеб: всё решено за нас другими, более могущественными сущностями, а мы всего только горячие земляные дети, свободные так же, как свободны в своей игре щенята, ползающие возле мамки.

Настроенный на раздумья, я хотел было спросить у деда Митрохи, что он думает об этом, — но Митроха, словно почувствовав моё желание, вдруг затянул какую-то очень старую, незнакомую мне глуму, наполовину состоящую из бессвязных подвываний.

> Ишь ты, ишь ты
> Много говоришь ты
> Криво не нассышь ты
> Волчья сыть, травяной мешок
> Ох ты, ох ты
> Главно чтоб не сдох ты
> Волчья сыть, травяной мешок
> Ух ты, ух ты
> Главно чтоб не стух ты
> От большой натуги
> От тугой подруги
> От худой супруги
> Ох, эх, ух
> Спёртый в доме дух
> Волчья сыть, травяной мешок
> Ах ты, ах ты
> Чтобы не пропах ты
> Ни вонючим страхом
> Ни мертвячьим прахом
> Бей всегда с размахом
> Волчья сыть, травяной мешок!

Надтреснутый, севший голос Митрохи сначала не нравился мне, и я хотел было даже попросить старика заткнуться, но вдруг его унылое камлание забрало меня, — в нём, когда я вслушался, не оказалось никакого уныния, а был вызов и насмешка. Я снова взял весло. Старик продолжал тянуть глуму. Это была, очевидно, очень старая глума, из каких-то мохнатых древних времён его, Митрохи, юности, когда по земле текли медовые реки, а из степей приходили скифы в золотых шлемах, чтоб обменять коней и овец на дёготь и шкуры зверя.

В те времена, как я слышал, за такие дерзкие глумы князья и ярлы отрезали скоморохам языки и губы, или сажали в ямы и травили лесными кошками, а у кого были ручные змеи — отдавали змеям на корм.

Но бывало и по-другому: князь или ярл, вместо жестокой казни, отсыпал наглому глумиле серебра столько, сколько держат две ладони, и отпускал с миром.

Митроха замолчал, но его глума продолжала гудеть в моей голове, как будто я её сочинил, — и до самого вечера я не произнёс ни слова, загребал веслом, глядел, как лосихи выводят к берегу детёнышей — попить тёплой речной воды, на белый свет полюбопытствовать.

12.

На закате нашли уединённый затон, пристали к скользкому берегу. Пока выволакивали нос лодки — извозили босые ноги в чёрном иле и сами извозились. После целого дня на вёслах я сильно устал, а Митроха и вовсе едва держался. Потом умылись, почистили локти и колени; наломали в прибрежной роще сухих еловых веток и раздули малый костерок. Наелись от пуза. Жаль, брага прокисла от жары, пришлось её вылить. Но остался хлеб, курица, ягоды.

Надо вам сказать, что курицу в городе Резане жарили очень неплохо, с большим количеством лука, чеснока и петрушки, и сверху вдобавок круто сдабривали солью. Вкус и дух этого харча, в горячем виде, описать невозможно: кусок пролезал в горло сам, как живой.

Но ещё приятней было жрать ту же курицу уже остывшей, спустя сутки после готовки, когда вышли и перемешались все соки.

Холодное мясо сытней горячего.

Особенно когда целый день налегаешь на вёсла, сидя в долблёной лодочке, с грузом.

Сидели, жевали, глядели в огонь, отгоняли комаров срезанными берёзовыми ветками.

Обглоданные кости бросали в воду.

Со дна затона здесь били студёные ключи, от поверхности веяло свежо и тревожно, как зимой из проруби. По чёрным корягам выползали из воды раки, шелестели клешнями, уходили обратно.

— У тебя жена есть? — спросил я.

— Была, — ответил Митроха. — Я зимовал у одной и той же бабы сорок лет подряд. Далеко отсюда. В Муроме. Потом ушёл.

— Почему?

Митроха подумал и ответил:

— Старый стал.

— А она? — спросил я. — Она — что, не состарилась?

— Состарилась, но по-другому. Она была ведьма.

— Ведьма? — спросил я. — И ты её не боялся?

— Конечно, — ответил Митроха. — В первый год особенно. К такому привыкнуть трудно. Она почти ничего не ела, и почти не спала. Ночами вокруг дома бродила, или уходила в лес, купаться в муравейниках. С непривычки это видеть нелегко, да. Сошлись мы, прямо сказать, случайно. Так вышло, что холода упали, а я застрял в Муроме и не нашёл зимовку. В селище ни одна баба взять меня не захотела. Я был знаменитый глумила, и люди меня опасались. Слушать — слушали, пляски плясали, платили хорошо, но чтоб в дом пустить — ни в коем разе. И вот, значит, уже вроде снегу быть — а я в Муроме. Ни родных, ни друзей, ни знакомых. Водой не уйти, на реке шуга. А меня никто зимовать не пускает, ни за какие новые куны. Три дня вокруг селища ходил, пока не нашёл выселки, а кто на выселках живёт? Только ведьмы. Как её звали — не скажу, она и теперь жива, незачем чужое имя трепать. У неё и остался. Она была сильно меня старше, да. Но на ощупь — ничего. Сразу сказала: если я хочу с нею честное дело делать — она всех других баб от меня отворожит, и каждую зиму я буду возвращаться только к ней. Я согласился. Не замерзать же в сугробе. Так и жили: летом я по городам хожу, работу работаю, а как холода — у ведьмы своей зимую. Жили очень сыто, я загребал серебро горстями, и всё что за лето собирал — приносил в дом, как положено у жены с мужем. А она, хоть и ведьма, тоже со мной, как с законным человеком: и стряпала, и обштопывала, и обстирывала.

Я едва удержался от улыбки: невозможно было поверить, что ссохшийся старик в выцветшей драной рубахе когда-то грёб серебро горстями.

— Значит, это она тебе богатство наведьмовала?

— Не наведьмовала, — поправил Митроха. — Насоветовала.

— Расскажи.

— Не буду. И так много говорю.

— Рассказывай, — потребовал я. — Раз уже начал.

— Ладно, — ответил дед, и почесал живот. — Тебе, молодому, эта наука, может, всю жизнь повернёт. Только уговор — потом не ругай меня за глаза.

— Не буду, — пообещал я, и поднял ладонь, в знак того, что моё слово твёрдое.

— Ведьма, — сказал Митроха, — посоветовала мне забыть про гульбища. И про большие бубны. И про малые бубенчики. Ты, сказала она, хоть и считаешь себя лучшим, но на самом деле — дурак. Выбрось разноцветные порты, не ходи по праздникам забавлять толпу, не скачи в козлячьей маске, не дуди на сопелке, не води медвежат на ошейнике. Это всё, сказала она, низший разряд — а ты поднимайся в высший. Для начала — возьми новое имя. Потом купи мягкие сапоги, построй бобровую шубу, надень бронзовый перстень, и как придёшь в новый город — стучись только в княжьи ворота, и больше никуда. А при себе в мошне имей две-три новых куны, и если пускать не будут — сунь куну, тогда пустят. А как окажешься на княжьем обеде — потешных песен не пой, а затягивай побывальщины и сказы, из прошлых времён, про богатырей-змееборцев, про великанов, про Святогора. А сказы и побывальщины должны быть с ужасными подробностями, чтобы сам князь и его присные вздохнуть не умели. Сказы эти — сам сочини, причём так, чтоб звучало как чистая правда. И каждый сказ должен быть длинный, как волосы княжьих дочерей, чтоб не рассказать ни за один вечер, ни за два. Чем длинней — тем лучше. Так тебя оставят при княжьем доме. А потом, сказала мне ведьма, — самое главное. Тебя начнут звать не на обеды, не на пиры — а на ряды. Не тот шут хорош, которого позвали на пир, а тот хорош, которого позвали на ряд. По вечерам князь уединяется с ближним кругом, с сыновьями, с дядьями, со злыднями, со старшинами, — сидят, рядятся, серебро делят, планы строят. А как устанут рядиться — позовут тебя. И тогда — лови удачу! Откликивай самые наглые песни, глумись над всеми, дерзи, позорь, издевайся: над старшинами, и над злыднями, и над самим князем. Они это любят больше всего: когда им в лицо гадости выкрикивают. Это их поправляет. Это им помогает думать. Никто, кроме шута, князю правды не скажет. Если глумёж пойдёт, как надо — тебя побьют. Может, сильно побьют, рёбра сломают или пальцы. Или зубы выбьют. Придётся терпеть: избежать никак невозможно. Зато потом, когда устанут бить, — отсыпят серебром. У нас везде так: сначала бьют, потом награждают. Серебро спрячь, и продолжай жить подле князя, пока ему не надоест слушать твои сказы и твои глумы. А как надоест князю — тогда собирайся и уходи. Иди в другую сторону, к другому князю. Так посоветовала ведьма, и так я с тех пор много лет делал. Взял себе новое имя: Дерзун. И дела мои пошли в гору. Жизнь началась совсем другая. Летом, пока другие скоморошьи ватаги бродят по миру, с гульбища на гульбище — я сам по себе, на траве лежу, бездельничаю, силу набираю, сказы сочиняю, ем от пуза. Зато осенью, когда князья возвращаются из походов, — я надеваю шубу, нанимаю лодку и уезжаю дело делать. Дерзуна уже ждут: то коломенский князь, то вятский. Я и в Новгороде был, и у древлян. Били, конечно, везде. Оттого у меня и глаз косой, и зубов нет, и спина горбата. Помню, у полоцкого ярла во дворе был глубокий садок, а в садке жил сом-людоед, длиной в четыре сажени, и меня в тот садок бросили, и всех позвали смотреть, как этот проклятый сом меня глодать будет. Но уже стояли холода, сом наладился спать и мной побрезговал. То ли боги спасли меня, то ли моя ведьма почуяла и отшептала беду — не знаю. Так я за много лет всю землю объехал, везде меня привечали, везде мои сказы были по нраву. Слышал сказ про Горына — чудище неубиваемое?

— Слышал, — ответил я. — Говорят, это быль.

Митроха засмеялся.

— Ага, — сказал. — Быль. Это я сочинил.

— Врёшь.

Митроха ещё громче захохотал, скрипучим басом.

— Конечно, вру! Я ж глумила!

Хотел я в сердцах пнуть старика — заподозрил, что он, действительно, всё сочинил, и про князей, и про сома-людоеда. Поглумился над молодым наивным парнем.

Но вдруг услышал в небе свист.

Митроха тоже — поднял лицо и немедленно схватился за нож.

В один миг страх накрыл меня.

Страшно стало не от этого пронзительного свиста — а от того, как скоро и резко старик рванул с пояса медное лезвие. Всё случилось быстро; я успел только обмочить порты.

Свист стал оглушительным, невыносимым. Возможно, я закричал, но не уверен — теперь уже не вспомнить.

Тень мелькнула над нашими головами, и что-то рухнуло прямо с неба в прибрежную воду; тяжело взлетели брызги.

Митроха лежал, закрыв одной рукой затылок, в другой руке блестел нож. Потом всё стихло.

Мы подождали — но ничего не происходило. Тогда поднялись — Митроха ножом раздвигал темноту — и пошли посмотреть.

У берега, на мелководье, лицом вверх лежал человек.

Я подошёл ближе и узнал Кирьяка, голого по пояс.

Страшная тоска овладела мной; я схватил его за волосы, за локти, вытащил на берег.

Нижнюю часть его лица заливала кровь.

Митроха оттолкнул меня, с неожиданной силой, и приложил ухо к груди Кирьяка.

— Жив, — сказал. — Дышит.

Он несколько раз ударил лежащего по щекам — тот застонал.

Испугались, что захлебнулся, перевернули и подняли ногами вверх, но вода — красная от крови — полилась только из ноздрей.

Стали открывать стиснутый рот — и нашли во рту оберёг, петушиный клюв.

Это клюв Кирьяк подвесил себе на грудь, на гайтане, давеча, когда мы с ним только собирались в Резан; когда поднесли Яриле положенную щедрую требу.

Теперь высохший и твёрдый, как камень, петушиный клюв чья-то безжалостная рука сунула моему другу в самое горло, и я, пока вытаскивал, вспотел от страха.

Но вытащил: и клюв, и гайтан.

Когда вытащил — Кирьяк захрипел, застонал, задышал и открыл глаза, и только тут я понял, что товарищ мой почти невредим.

Я хотел этот клюв тут же и выбросить, — но Кирьяк поднял слабую руку и помешал мне, схватил оберёг, прижал к груди; смотрел, как младенец, беззащитно.

Никогда прежде я не видел его таким: руки тряслись, глаза смотрели в никуда, и в них ничего не было, даже страха: только животное безмыслие.

Мы перетащили его к костру, растёрли грудь, потом спину, в четыре ладони. Митроха держал нож возле себя и всё оглядывался, смотрел в пустое чёрное небо.

— Может, костёр затушить? — предложил я.

— Без толку, — ответил Митроха. — Они в темноте видят.

— И как быть?

— Никак. Проси богов, чтобы нелюдь не вернулся.

Мы оглядели Кирьяка сверху донизу, внимательно, насколько это можно было ночью при свете костра, — но не нашли ни ран, ни порезов.

Нагрели в котле мёда, долго отпаивали, растирали — пока побитый не сел и не попросил поесть: оклемался, значит.

Тут у меня, наконец, отлегло от сердца, и я схватил горячий котёл, в котором мёд грели, и на радостях выхлебал половину.

Не имел никогда друга ближе и верней, чем рыжий Кирьяк. Очень его любил: наглого, поджарого, резкого, совершенно бесстрашного, весёлого. Всегда прислушивался, всегда ценил, всегда оставлял половину от любой хлебной корки.

Горячий мёд ударил в голову, и вспомнились некоторые подробности наших совместных похождений, отчаянные драки с превосходящими силами, молодухи, в которых влюблялись вместе и по очереди, скитания вверх и вниз по Оке и притокам, на плотах, на долблёных лодочках и просто пешком вдоль берегов.

Кем бы я стал без моего друга? Накопил бы на бубен? Научился бы бить в его горло?

Имел бы любовь, успех, славу, серебро?

Никто из нас ничего не добивается в одиночку.

Даже самые крепкие, самые упорные, самые яростные и нелюдимые — побеждают не сами по себе.

Если кто-то говорит вам, что всего добился сам, без чужой помощи, — не верьте.

У каждого есть, или был — отец, дед, друг, мать, жена, сестра или брат, приятель или товарищ, подельник или напарник, советчик или подсказчик.

Без своего друга я бы не сочинил ни слова.

Без тех, кто нас окружает, без тех, кто нас любит, — мы ничего не значим.

Спустя время Кирьяк совсем собрался с силами, разум его остыл, и он смог рассказать, что произошло.

У него стучали зубы, и он прятал глаза, и всё время шмыгал носом; мне было неприятно на него смотреть, и я тоже — отводил взгляд в сторону или изучал собственные кулаки.

Кирьяк рассказал вот что.

Ночью Глафира, старшая дочь кузнеца, тихо провела Кирьяка в дом, в комнату старших сестёр, и они обе — старшая и средняя — показали парню дырку в стене, меж брёвен.

Через эту дырку Кирьяк рассмотрел в соседней комнате — у младшей дочери Марьи — незваного гостя.

В огромном доме кузнеца Радима было три комнаты, и почему старшие сёстры делили одну комнату на двоих, а младшая жила отдельно — Кирьяк не понял, и не спросил, но предположил, что так устроил сам кузнец: младшую, похожую на покойную жену, он любил больше старших.

Оборотень влетел в окно в виде птицы, а встал с пола человеком.

Окно имело высоту в полтора локтя, по величине бревна, а длину в руку — не такое большое, чтоб проскочил малый с сажеными плечами.

Он и она долго разговаривали и пересмеивались, но слов разобрать было нельзя.

Тогда Кирьяк снял с себя рубаху, вышел из дома и прокрался к окну снаружи: он решил перекрыть оборотню выход собственной рубахой. Если опасный гость не сможет вылететь из окна, его можно будет победить в открытом бою, на ножах. Такой был план у Кирьяка.

Митроха в этом месте переспросил:

— Ты хотел перекрыть ему путь рубахой?

Кирьяк молча кивнул; вид имел неуверенный.

— А потом, — уточнил Митроха, — ты собирался идти на него с ножом?

— Да, — ответил Кирьяк. — А что? Я по-другому не мог. Там возле дырки в стене сидели две девки и рыдали от страха и обиды. Этот оборотень, между прочим, красивый малый. И видно, что ему ничего не страшно: он всё время или улыбался, или смеялся.

Далее Кирьяк рассказал: как только он приблизился к окну и набросил рубаху — птицечеловек тут же почуял опасность и выскочил вон. И ударил Кирьяка.

Удар был один-единственный.

— Больше ничего не помню.

— И хорошо, что не помнишь, — сказал Митроха и спрятал свой нож обратно в ножны. — Иначе ты бы обгадился, когда он тебя по небу тащил.

— А зачем, — спросил я, — он его притащил?

— Поберёг, — ответил старый Митроха. — Если бы бросил бездыханного — он мог бы помереть. А так — он его оглушил, а потом к нам доставил.

— А откуда он вообще про нас узнал?

— Он был на гульбище, видел нас вместе, понял, что мы — ватага.

— Значит, — сказал Кирьяк, — он сначала мне по башке дал, а потом — пожалел?

— Именно, — ответил Митроха. — Он бы убил тебя, если б захотел. Но не только не убил, но бережно друзьям вернул.

Кирьяк повертел в пальцах петушиный клюв и произнёс угрюмо:

— Гадать незачем. Я его сам расспрошу, когда поймаю.

— Хочешь вернуться? — спросил старый Митроха.

— Конечно.

— Я тоже вернусь, — сказал я. — Ответить надо. Закон есть. Он ударил — надо сдачи вломить. Иначе мы не ватага, а воровская шайка. Кровь за кровь.

— Нелюдь не пролил крови, — возразил Митроха.

— И мы не прольём. Поймаем, намнём бока и выгоним. И ты с нами.

Дед вздохнул. Ему явно не хотелось возвращаться, — но закон велел, а кто идёт против закона — против того идёт весь мир. Если не уравновешивать Коловрат — он слетит с оси, и всё погибнет.

13.

Да. Ну так вот.
Благодарю, что приютили. И за еду, и за питьё. Давно не спал так крепко, как после вашей браги. Забористая брага. Может,

вы в неё чего добавляете? Да мне всё равно, я не в обиде. Добавляйте, что хотите, хоть мухоморы. Моё нутро лужёное, принимает любой харч. Я по полгода на берёзовой каше могу сидеть. Я даже ежей варить умею. Только скверные мяса не ем, падальщину всякую, мослы гнилые — к такому отродясь не подхожу. А остальное — пожалуйста.

Теперь, стало быть, начну вторую половину моего сказа.

На половине всякого дела всегда хорошо перевести дух. Сделал полдела — считай, сделал всё. Потому что если половину уработал — значит, так же и вторую половину осилишь.

Если в некоторые подробности моей побывальщины трудно поверить — не верьте. С тех пор, как это всё случилось, сто лет прошло. Кое-что из того, что в прошлые времена считалось обыкновением, теперь принимают за огульное враньё.

Но я никогда не вру, помните?

За враньё нас бьют.

Но сильней бьют за правду.

Однако довольно жалоб; слушайте, что было дальше.

Рыжий Кирьяк имел здоровья в избытке; про таких моя бабка говорила: «об дорогу не расшибёшь». К рассвету он уже и на ногах стоял, и кулаки сжимал, и сопел гневно, рвался в путь, и выглядел, как всегда, бешеным и отважным, и глаза глядели бедово и упрямо. Только губы сделались тоньше, бледней, отчего всё лицо казалось старше.

Как именно напал на него птицечеловек, куда ударил: в лоб ли, в грудь, в ухо, в висок, — сказать не мог; лишь утверждал, что «сотрясся всем телом».

От того сотрясения у рыжего хлынула носом кровь; сам же нос остался невредим.

Следов удара мы не нашли, да особо и не искали. И так догадались, что нелюдь бьёт по-особенному, зверским, сволочным способом.

Как солнце встало — собрались и спустили лодку на воду.

Обратно плыли с остервенением.

Кирьяк сел вперёд, загребал веслом сильно, на полный замах, как будто не деревяшку в воду погружал, а меч во вражий живот.

Вода меж тем потемнела и сделалась гладкой, и установилась духота. Голая спина Кирьяка заблестела от пота, и сам я тоже взмок; рубаха затяжелела.

Подходила гроза, и хотя небо на все восемь сторон света оставалось чистым, я уже знал: к ночи громыхнёт буря.

Я тоже подчинился страстному порыву товарища, тоже напрягал руки. Лодка шла как по маслу.

Я не хотел мстить оборотню.

Но я был обязан.

Тогда, как и теперь, миром управлял закон пролитой крови.

На каждый удар должно содеять ответный удар.

Это был столь же старый, сколь и простой закон, восходивший к временам великанов, когда люди не умели добывать огонь и шить сапоги, и вооружались каменными ножами и деревянными острогами с костяными наконечниками.

Закон кровной мести на самом деле был тем, что отличало людей от животных.

Зверь не знает меры и тем более — справедливости; если его тронуть — он может умертвить; зверь никогда не соизмеряет силу удара с силой обороны. Зверь не рассуждает; он бросается и убивает.

Коснись пчелы — она тут же вонзит в тебя жало, не экономя сил.

Пойди на медведя — он разорвёт тебя без колебаний.

Пойди на рысь — она прыгнет и вонзит когти в твоё лицо.

И только люди, обладатели разума и рассудка, умеют соизмерять одно с другим, и на удар отвечают таким же ударом, на оскорбление — оскорблением, на войну — войной.

Я орудовал веслом и думал. Я полагал, что Марья в опасности. Малая девка — что она понимала в устройстве вселенной? Я боялся, что нелюдь утащит её куда-то к себе, в свои нети, в город за облаками — и там скормит своим детёнышам, или сделает что-то вовсе непотребное, чему нет названия в нашем языке. Приучит откладывать яйца или клевать мертвечину.

Мне казалось: если я старше, и больше видел, — я лучше знаю, как ей поступить.

Я понимал, что девки любопытны, что знакомство с оборотнем стало для Марьи в первую очередь приключением.

Дураки думают, что приключения интересуют только парней; враньё это. Настоящие ценители приключений — девки. Они возбуждаются быстрей и сильней. Они отчаянны и бесстрашны. Они ненавидят ложь, малодушие и трусость.

Они любят прямых, сильных и щедрых. Потому что сами сильны и щедры.

Мы вернулись на прежний стан.

Здесь уже всё было разорено зверьём. Все наши объедки, куриные кости — либо сожраны, либо разбросаны; и в том месте, где я отмывал котёл речным песком, сидела лиса, томясь запахом жира: чует нос, да зуб неймёт. Увидев нас, зарычала, ушла с сожалением.

Духота меж тем усиливалась, стрижи летали над самой водой, и мы, все трое, не сговариваясь, разделись донага и искупались, чтоб охладить тела и головы.

Потом вытащили на берег лодку, извлекли поклажу, я раздул костерок; сели у огня, обсыхая.

— Слушайте, — сказал Митроха. — То, что мы задумали, — небывалое дело. Изловить птицечеловека возможно при двух условиях. Во-первых, нам должны помочь люди, а во-вторых — верхние боги. И те, и другие — на нашей стороне, потому что нелюдь первым нарушил закон. Оборотням нельзя якшаться с обычными девками. Это существо идёт против лада и ряда, и если накажем его — будем правы. А теперь, — Митроха посмотрел на Кирьяка левым, прямым глазом, — давай, расскажи ещё раз, что ты видел и слышал, так подробно, как сможешь.

— Видел мало, — ответил Кирьяк, собравшись с мыслями. — Слышал ещё меньше. Темно было. У Марьи в хоромине лучина горела, но от лучины, наоборот, хуже: где она есть, там

Сказ первый. Глумила

светло, а где нет — ещё темнее. Оборотень большой, и внешне — точно как человек. На вид — старше нас. Может, лет семнадцать или восемнадцать. А Марья той ночью сидела взаперти — кузнец её дверь снаружи заложил засовом. Потому что старшие сёстры ему всё рассказали. Кузнец не поверил, но дочь запер, на всякий случай. И ещё урок дал: мешок пшена перебрать. Чтоб, значит, время зря не потратила. То есть, у неё это пшено по всему столу ровным слоем лежало, и рядом крынка, чтоб порченое туда кидать. А нелюдь, когда прилетел, сел за тот же стол, против Марьи, и пока с ней шептался — он всё пшено, одной рукой, в темноте перебрал так быстро, что я даже не понял, как это у него вышло. А ей сказал, что зрение у него в тысячу раз острей, чем у человека…

Кирьяк облизнул губы; воспоминания о той ночи явно не доставляли ему радости; но продолжал, хмурясь, обтирая потный лоб, и даже знаками показывал.

— Вблизи — гладкий, сытый, кожа как у младенца, ни волоска. Зубы ровные, что жемчуг, и такие же ногти. Одет в наборный доспех, только не боевой, а как бы праздничный. Ну, то есть, бывают такие доспехи, которые оружейник делает не для битвы, а для нарядного подарка, князю, или важному человеку. Пластины то ли бронзовые, то ли серебряные, искусной работы, и на каждой выдавлены руны, мне неизвестные. И когда шевелился — пластины не звенели, не скрипели, только переливались. И не то что шевелился — когда ходил по хоромине, не было слышно его шагов. Оружия при нём я никакого не заметил, даже малого ножа. Голос низкий, и такой сахарный, что если б я был девкой, то сразу бы растаял… Вот она, Марья, стало быть, и растаяла… Так на него глядела — я бы много дал за один такой взгляд…

Тут Кирьяк посмотрел на меня и осёкся; но я сохранял спокойствие.

Я хорошо помню то своё состояние. Словно это всё было даже не вчера, а нынче утром.

Помню, от Кирьяка исходил запах буйства.

Помню, прилетел слепень, сел на моё запястье и хотел укусить — но я его убил.

Помню, высокое солнце нагревало мои плечи, как будто мать ладонями гладила.

Я считал себя не последним парнем.

Всё имел: силу, ловкость, удачу, весёлый нрав.

Повидал мир, ничего не боялся. Песни слагал, сказы сочинял, — кому угодно мог голову задурить.

Встретил девку, и решил, что лучше не найду. Удивительную, лучшую девку. Прекрасную.

И вдруг — возле той девки появляется некто. Мне не чета. Сильней меня, интересней меня. Соперник, каких мало. Пришелец, гость с неба. Исчадие неведомой заоблачной синевы.

Ещё раз повторю. Вы встречаете девку, о которой мечтали, — и вдруг возле неё возникает другой, чудесный, необыкновенный.

Слишком сильный, чтобы прогнать, слишком красивый, чтобы презреть.

Теперь скажите: разве это не был знак свыше? Не случай вмешательства посторонней, необоримой силы?

Да, я считал себя лучше других; но пришёл тот, кто настолько же лучше меня, насколько сам я был лучше прочих.

Теперь, спустя сто лет, я наверно знаю, что не был лучше прочих; и тот оборотень, кстати, тоже был не лучше прочих.

Никто не лучше. Все мы рабы природы.

Когда дед закончил расспрашивать Кирьяка, я, признаться, слегка упал духом и сказал:

— Понятно. Он оборотень, он взрослый мужик, он впятеро сильней каждого из нас, на нём броня. Он движется бесшумно, всё слышит и всё видит. И мы собрались на него охотиться. Хорошая затея.

— Не охотиться, — поправил Кирьяк. — Проучить. Это другое.

— А если он всё чует — почему не почуял тебя, пока ты за ним подглядывал?

— Потому что, — ответил Кирьяк, — он был поглощён кузнецовой дочкой. Смотрел только на неё, и слушал только её речи. Ты становишься таким же, когда её видишь.

— Это тут ни при чём, — сказал я, обозлившись.

— Хватит вам, — оборвал Митроха. — Слушайте теперь. Я был женат на ведьме и про нелюдей знаю довольно всего разного. Они сильней нас, это правда. Но устроены так же. У них есть сердце, печень и прочая требуха. У них красная кровь, а в голове — мозговые узлы. Они, как и птицы, все разные: есть смелые и умные, наподобие воронов или орлов, а есть — поглупей, вроде кур или чаек. Они не болотная нежить, вроде мавок или шишиг. Они не зависят от луны. Их можно убить, можно покалечить, можно отвадить — если знать, как. Давайте решать, чего мы хотим. Убить — хотим?

— Нет, — хором ответили мы с Кирьяком.

— Изломать? Ранить? Кровь пустить?

— Нет.

— Тогда что?

— Поймать, — уверенно ответил Кирьяк. — Пригрозить и взять клятву: чтоб ушёл и не возвращался.

— Так, — сказал я.

— То есть, отвадить? — уточнил Митроха.

— Да, — снова хором ответили мы.

— Тогда, — сказал Митроха, — ты, Кирьяк, иди в дом кузнеца. Зови сюда старших дочерей. Поговорим с ними. Если хотят помощи — пусть всё бросят и приходят.

Кирьяк недовольно засопел.

— Не могу, — сказал, пряча глаза. — Рубахи-то нет у меня. Стыдно же. Я не раб и не вор. Как я без рубахи на люди пойду?

Тогда я молча снял с себя рубаху и протянул.

Друг мой рыжий благодарно посмотрел, оделся (рубаха была ему коротка и узка в плечах) и тут же бесшумно канул меж ореховых кустов, а старик посмотрел ему вслед и вздохнул.

— Дурни вы, — пробормотал. — Идёте туда, куда причиндал кажет.

— А ты куда идёшь? — спросил я.

— Я, — ответил Митроха, — давно пришёл. Только ты не поймёшь. Иди, волосья намочи и пригладь. Бабы придут, а ты лохматый; нехорошо будет.

14.

Сестёр звали Глафира и Лукерья. Я впервые видел их вблизи. Чтоб не срамиться голым, набросил на плечи пустой чувал и выглядел, наверное, ушкуйником, лиходеем с большой дороги.

Девкам, впрочем, было всё равно: едва сев у нашего костра, обе заплакали.

Старшая — кровь с молоком, уже начинающая перезревать, — всё кусала полные губы, комкала платок в сильных пальцах и поправляла ожерелье на мощной груди. Кирьяк откровенно пожирал её глазами. Средняя, наоборот, была худая, остроносая, заметно, что вредная — но с заманчивым обещанием во взгляде и в жестах.

Если б я не видел Марью — я бы ухлестнул за средней, Лукерьей; сказать по чести, предпочитаю худеньких. А крупных, наоборот, всегда побаивался. Может, оттого что сам не богатырь.

Обе сестры, понятно, друг дружку не слишком любили, но уважали: когда одна начинала говорить, вторая замолкала.

И обе были живые, прямые, ладные, с тугими длинными косами. Красиво одеты, брови и глаза чуть подведены углём: не девки, а дорогие подарки.

У обеих на поясах висели малые ножи с дорогими резными рукоятями — что, в общем, было не совсем обычно для молодых девок, но объяснимо для дочерей кузнеца.

От духоты обе взмокрели и ядрёно пахли.

С собой принесли угощение: краюху хлеба и мёда малый туесок. Митроха, седой вахлак, это дело тут же стал уминать, а мы с Кирьяком воздержались, чтоб выглядеть перед гостями солидней и суровей.

Митроха задавал вопросы, — сёстры отвечали, не чинясь и не робея.

Голоса у обеих были звучные, а манера беседы — приятная, степенная, меж простых людей редкая.

Да, они пытались поговорить с Марьей. Но она не желала ничего слышать. Птиц любила с детства, и игрушки были всё птички, деревянные да тряпичные. Как зима — снегирей и синиц подкармливала. Не ела ни курицу, ни тетерева. А для первого в своей жизни летнего гульбища сшила себе кафтан голубки; четыре ночи не спала, пальцы иглой исколола. Немудрено, что потеряла голову от Финиста-сокола.

Сообразив, что упрямую глупынду не убедить, сёстры честно предупредили, что всё расскажут отцу. Марье было нипочём. Отец выслушал, поразмышлял, но в оборотня не поверил, — человек железного дела, он верил только в силу молота и в огненный жар горна. Однако дочь запер без жалости. Марья была последыш, любимая, во всём на мать похожая; кузнец с неё пылинки сдувал.

Но оборотень проник не в дверь — в окно.

Случилось ли у них честное дело — старшие сёстры не знали, но надеялись, что нет.

— Мы бы поняли, — сказала старшая, и взглядом обласкала Кирьяка, а тот, понятливый хлопец, ухмыльнулся браво.

— К волхву ходили? — спросил Митроха, дожёвывая хлеб.

— Разумеется, — ответила средняя, таким тоном, что я понял: она самая умная из трёх, и самая недовольная судьбой. — А что волхв? Он — старый. Посоветовал чеснок над дверью повесить. Тоже мне, совет! Ещё, сказал, верное средство — дождаться неудобных дней, и вымазать нечистой кровью порог дома… — Тут средняя переглянулась со старшей, и обе, через слёзы, обменялись стеснительными смешками. — А нам некогда ждать неудобных дней, у нас каждая ночь — как последняя…

— А если к ведуну? — предложил Митроха. — Отшептать? Отворот поставить? Пробовали?

— Чтоб поставить отворот, — сказала средняя, — надо добыть прядь волос, или кусок ногтя, или хоть пуговицу. А у нас ничего нет. Только вот это.

И средняя, опять переглянувшись со старшей, сунула длинную тонкую руку в свою торбу, и положила перед нами на траву такую штуку, что Митроха, разглядев, обмер, и непрожёванный хлеб вывалился из его рта.

Это была скованная из бронзы труба длиной в локоть, сплошь изузоренная, тончайшей работы.

С обеих торцов трубу запечатывали полированные, радужно отливающие хрустальные стёкла.

— Попробуй, — предложила Глафира, и протянула трубу Кирьяку. — Подними концом в небо, а в другой конец одним глазом гляди.

Кирьяк поглядел, нахмурился; помедлив, молча отдал мне. Такой сложной и искусной приспособы я никогда не видел, и даже испугался; прежде чем взять в руки, торопливо отогнал большим пальцем нечистых духов.

Направил трубу одним торцом в небо, в другой торец — посмотрел.

По неумению и незнанию направил дальний торец прямо на солнце — и яростный свет ударил меня в глаз, обжёг, словно шмель укусил.

Я закричал, испугался, отшвырнул трубу, зажал глаз ладонью.

Старый Митроха захохотал надсадно; я бы ударил его, в приступе досады, но ничего не видел.

— На солнце смотреть нельзя, — мягко сказала Лукерья. — Сейчас пройдёт. Иди, водой смочи.

Но я, конечно, никуда не пошёл, слишком был изумлён. Однако глаз сам собой отдохнул, и спустя время я уже мог им видеть.

Стыдно было показывать слабость перед красивыми девками. Отмолчался.

Мы долго рассматривали трубу, глядя то с одного конца, то с другого, то на свет, то против света.

— Подзорные стёкла, — важно сообщил Митроха. — Можно видеть то, что недоступно простому глазу. Это его вещь? Оборотня?

— А чья? — спросила Лукерья. — Он Марье оставил, для забавы. Сказал, заберёт, как вернётся.

— Ладно, — сказал дед Митроха, снова умело взяв главенство в разговоре. — Всё, что вы сообщили, нам очень поможет. Спрошу напрямик: в чём его слабое место?

Сёстры в третий раз переглянулись.

— Марья, — сказала старшая. — Вот его слабое место.

— Она ему по нраву, — добавила средняя. — Мы всё сами видели. Любовь там, настоящая.

И таким тоном она произнесла это мягкое, горячее, сырое слово, так приподняла подкрашенные тонкие брови, что мне стало неудобно: девка тосковала по своему счастью и не стеснялась.

Митроха снова потянулся к мёду, — хлеб уже сточил, теперь обмакнул палец, облизал, едва не чавкая.

Тут до меня дошло, что он намеренно изображает дикого охламона, чтобы мы с Кирьяком — двое молодых — выглядели, с ним рядом, выигрышно, блестящими молодцами.

— А зачем, — спросил он, — такой сильный оборотень шастает к малой девчонке? Что в ней такого? Чем она его подманила?

Вопрос повис. У каждого был свой ответ. У сестёр — свой, у меня — свой.

Но никто ничего не ответил, ни я, ни сёстры. Митроха вздохнул.

— Добро, — сказал. — По обычаю, предлагаю подумать, как решить дело миром.

— Никак, — сказала средняя. — Пытались уже.

— Он ведь и сам не хочет биться, — продолжал Митроха, и кивнул на Кирьяка. — Он ударил нашего друга всего один раз. Не ранил, оглушил только. А потом ухватил —

и по небу к нам принёс, и сбросил осторожно. Дал понять, что он нам — не враг. Думайте, девки. Может, не трогать нелюдя?

— Не выйдет, — ответила старшая. — Волхвы знают — весь город знает. Позора не миновать.

— Если нелюдь утащит Марью, — добавила средняя, — что скажут люди? Что мы, родные сёстры, всё видели — и смолчали? Не воспротивились?

— Вы богатые, — сказал я. — Богатым на пересуды плевать. Найдёте женихов в других городах.

Средняя, Лукерья, прожгла меня взглядом.

— При чём тут женихи? — трудно выговорила она, и подобрала колени к груди. — Ты думаешь, мы кто? Течные сучки? Мы — за сестру боимся! И за отца тоже! Мать умерла — он еле пережил! А если Марья пропадёт — что с ним будет?

Мне опять стало стыдно, я пробормотал извинения и отвернулся.

И подумал, что совсем, насквозь огрубел, скитаясь по разным землям в компании таких же грубых приятелей, и разучился вежливым речам; глумила, называется. Настоящий глумила с девками говорит тихо и складно, и улыбается, и шутки шутит.

Но стыд для того и дан человеку, чтоб себя менять, исправлять и к лучшему настраивать. И я, подняв глаза на Лукерью, извинился повторно, и дождался-таки короткой ответной улыбки.

Всё-таки они были хорошие девки, правильные, — и поступали как положено и заповедано. Пытались уберечь родную душу от непоправимой ошибки.

И мы сговорились, что этим же вечером, на закате, явимся в дом кузнеца и будем пробовать изловить страшного гостя. И в этом деле сёстры нам дадут полную поддержку. Впустят и помогут.

Сёстры ушли, забрав с собой трубу с подзорными стёклами. Старшая на прощанье так улыбнулась Кирьяку, что я от зависти едва не скрипнул зубами.

Дед Митроха наконец добрал из туеска последние капли мёда и пошёл к реке умыть руки, а как вернулся, — сказал веско, сипло:

— Перемотайте обувь. Айда в город. До заката надо всё успеть.

— А чего нам в городе? — спросил Кирьяк.

— Втроём не справимся, — ответил Митроха. — Наймём птицеловов. Серебро при вас?

Снова пришлось прятать бубны в чаще, заваливать ветками, отмахиваясь от злых комаров.

Снова у привратной башни, в толкотне, в рёве быков и блеянии коз, мы сунули охраннику малую мзду, чтобы пропустил без вопросов.

Охранник презрительно глянул на меня, набросившего на голые плечи драный, штопаный мешок, — но ничего не сказал, сделал небрежный жест: проваливайте, пока целы.

Снова шли втроём, толкаясь в густой толпе озабоченных и праздных, молодых и старых, весёлых и угрюмых, чистых и замаранных.

Но поскольку я уже дважды побывал в Резане, причём побывал один раз трезвым, а второй раз — пьяным, то теперь ощущал себя местным жителем, и шагал, как прочие, уверенно и шустро, плечом вперёд. И с наслаждением понимал, что выгляжу — пусть и полуголый, прикрывшийся дряниной, — настоящим горожанином, коренным резанцем. Затем, когда преодолел, следом за товарищами, половину пути, вдруг сообразил, что большинство тех, кто составляет уличную толпу, — такие же, как и я, пришлые гости, ловко изображающие коренных. Это легко читалось во взглядах, в выражениях лиц, в гордых, но чуть натужных ухмылках. Коренные резанцы были в меньшинстве. Они не шатались меж заборов, праздно попирая деревянные настилы, — они сидели по домам, по лавкам, по кружалам, они занимались делом, собирали куны, лысые и новые, новгородские и каширские, — с таких, как я.

Это понимание развеселило меня и придало уверенности; если я вошёл в ворота робким новичком, то на площадь ступил упругим шагом старожила.

Далее Митроха потащил нас в сторону торговых рядов, и первым делом, сразу при входе, мы купили Кирьяку рубаху из крепкой вотолы, самую простую и самую дешёвую, поскольку куны наши все вышли; осталось только заветное, тяжко заработанное серебро.

Мою рубаху Кирьяк вернул мне.

В обновке он предстал красавцем, каких мало. И я порадовался за него, посмеялся даже.

Знали бы вы, как хорошо бывает порадоваться за любимого и верного товарища — много слаще, чем за себя.

Подступал вечер, зной становился нестерпимым; я обливался по́том. Над плетёными, глиной промазанными, односкатными навесами, над жаровнями, над котлами с варёной требухой, над лохматыми и причёсанными головами, над разноцветной, гомонящей разными языками толпой реяло мутное марево.

Многие торговцы уже сворачивались, прятали товарец в мешки, чувалы, короба и корзины, укрывали дерюгами, увязывали кожаными и конопляными шнурами-верёвками. Но большинство собиралось стоять до темноты: место в торговом ряду обходилось в немалую цену, и если уплатил и встал — надо стоять, выжимать прибыток, иначе какой смысл.

Бабы и девки, одна другой краше, толкались у прилавков, мяли подушки, теребили полотенца, перебирали костяные гребни, вертели в белых руках глиняную и деревянную посуду. В это время года — ближе к середине лета — наступал черёд хлопотать молодым хозяйкам. Выйдя по весне замуж, они теперь с законным наслаждением обустраивали по своему разумению горницы, обзаводились утварью. У большинства заметны были округлившиеся животы: замуж вышли в конце весны, но с женихами сошлись раньше свадьбы — эти приценивались к детской одежде, к одеялам-покрывалам; ходили по двое-трое, с подругами, с матерями; улыбались, жеманились, бранились, обмахивались цветными платками.

Под ногами путались огромные сытые коты.

Некоторые бабы, постарше и побойчей, оглядывались на моего рыжего друга, благосклонно улыбались: на такого ясноглазого, плечистого, да широким ремнём опоясанного, да конопатого, словно золотом обсыпанного, да в новой рубахе, — нельзя было не заглядеться.

Эх, ему бы в масть к рубахе новые портки, да хорошие сапоги, подумал я.

Миновав скобяные, гончарные, ткацкие, древодельные, скорняжные лавки, мы прошли пустой мясницкий ряд, где всё уже было закрыто и убрано, и только мухи жужжали над пропитанными кровью колодами рубщиков, и столь же пустой калашный ряд, где ещё веяло сладким духом свежевыпеченных караваев, от которого у меня узлом скрутило нутро. Но летом даже в богатом городе Резане хлеб был не всем по мошне.

Птицеловы — двое — сидели отдельно. Жгли в малой жаровне еловые ветки, чтоб не отвращать прохожих запахом птичьего помёта.

В плетёных коробах и клетках, накрытые тряпками, томились дрозды, соловьи и жаворонки: все птицы до единой молчали, чуя близкую грозу.

Оба птицелова обликом были неотличимы друг от друга и походили на мертвяков, восставших с погребальных кострищ: коричневые, местами покрытые коркой лица, шеи и руки, сплошь исхлёстанные крапивой, искусанные комарами, исполосованные птичьими когтями, изуродованные ударами клювов.

У того, что сидел ближе к клеткам, один глаз был выбит: обычное дело для птицелова.

— Какую птичку хотите поглядеть? — спросил одноглазый, криво улыбаясь.

— Лучше ты погляди, — негромко ответил дед Митроха, сделал мне знак, и я достал серебряную деньгу.

Птицеловы напряглись.

— За такую цену отдадим всё, что есть.

— У вас ничего нет, — презрительно сказал Митроха. — Одни малые пичуги. Заплатим, если подрядитесь на промысел. Сегодня ночью.

Одноглазый посмотрел на своих и сказал:

— Ночью птиц не ловят.

Митроха коварно улыбнулся.

— А кто говорит про птицу?

И коротко изложил наш замысел.

Рассказ про оборотня совершенно не смутил чёрных мужиков: эти люди, проводящие всё своё время в самых глухих буреломах, верхом на кривых ветвях, в сотнях саженей от твёрдой земли, пропахшие гнилой трухой и еловой хвоей, не боялись никого и ничего.

Они подносили требу чёрному богу и слуге его, чащобному лешаку.

А кто подносит дары нижнему миру — тот и сам туда понемногу опускается.

Сговорились быстро. Птицеловы попросили половину вперёд: законный ход.

Мы подождали, пока они соберут свои клетки и корзины, и всей шайкой — пятеро деловых — отправились в меняльную лавку.

При входе, хоронясь в жидкой тени, стоял огромный гридь, оснащённый увесистым сажалом; он пустил за порог только двоих: меня и одноглазого птицелова.

Кирьяк, Митроха и второй птицелов остались ждать на улице.

Деньга принадлежала мне, поэтому в двери лавки вошёл именно я. Хотя, наверное, лучше было бы доверить сложную затею опытному Митрохе. Но гридь сразу спросил, кто из нас подлинный владелец ценности, — и я шагнул вперёд.

В лавке от жары, духоты и волнения у меня закружилась голова, но я подышал носом и кое-как перемогся.

Сказ первый. Глумила

Меняла — жирный, белокожий малый с редкой бородёнкой, одетый в облегающий кафтанчик со слегка засаленным собольим воротником — сходу вежливо предложил обменять мою целую деньгу на другие две половины, уже загодя разрубленные. Однако я, не будь дурак, решительно отказался и попросил разрубить именно мою деньгу, причём непременно в моём присутствии. Меняла не стал возражать: ушёл в заднюю, особную хоромину, с усилием отворив низкую дубовую дверь.

Я впервые видел в доме такое обилие дорогостоящего железа. Оконце закрывала частая кованая решётка — голову не просунуть; рядом с дверью висел на петле тяжёлый засов, а сама дверь была по углам обложена треугольными пластинами. Всё железо тускло блестело, недавно натёртое салом, — чтоб не ела ржа.

Меняла вернулся: принёс особую каменную наковаленку, зажатую в крепкую деревянную оправу, и топорик с полированной рукоятью, и увесистый медный молоток. Положил мою деньгу на плоский камень, утвердил точно поперёк деньги лезвие топорика, и по его обушку умело, резко шарахнул молотком, разъяв серебряную ценность на две части. И тут же бросил обе половинные деньги на весы, и ткнул гладким розовым пальцем:

— Ровно.

За такую услугу платить не полагалось. Любой меняла в любой меняльной лавке, хоть в Резане, хоть в Муроме, был обязан по первому требованию владельца разделить целую деньгу на две, на три, на четыре, на восемь частей. За такой навык меняле благоволил лично князь, или ярл, или родовой старшина — тот, на чьей земле меняла действовал.

Куны лысые и новые, половинные и четвертинные, новгородские и каширские, а также медь, олово, бронза, железо, серебро, не говоря уже о золоте, скифском и ромейском, — если меняла хорошо в этом понимал, торговля вокруг него шла бесперебойно. А где торговля — там прибыток и процветание. Поэтому хозяйство менялы день и ночь стерегли княжьи оружные люди. Поэтому за покушение на менялу в любом городе и в любой селитьбе полагалась немедленная прилюдная казнь.

По привычке я тут же сунул обе половинных деньги за щеку — по-другому не умел — и кивнул одноглазому птицелову: выходим.

Снаружи, кажется, стало ещё жарче. Площадь опустела, люди попрятались. На окнах закрывали ставни. Ждали бурю. Бабы спешили снять с верёвок сохнущие тряпки, чтоб не унесло. Небо сделалось пустым, прозрачным, и с востока уже понемногу наползала чёрная пелена.

Я отдал полденьги Митрохе, а тот протянул птицелову.

Мы пошли было прочь — но нас окликнули.

Через пустую площадь к нам торопливо шагал старый знакомец: мальчик Велибор, одетый в домашний кафтан из мягкой тончины.

— Здравы будьте! — кричал он, улыбаясь излишне широко. — Хорошо, что я вас отыскал!

Мы вежливо поклонились.

Велибор смотрел на нас, как на кудесников, или даже как на богов, с восхищением и восторгом, снизу вверх, и мне показалось, что если я протяну руку — он её облобызает.

Скажу вам, браты, — мы, глумилы, живём именно ради таких взглядов, ради сияния в чужих глазах. А что платят нам серебром — это второе дело. Никаким серебром не измерить людское уважение.

И если б я за свой редкий навык не получал никакой платы, а только человеческое восхищение — я бы и в таком случае не остался внакладе.

— Хотел ещё раз поблагодарить, — сказал мальчик Велибор, вдруг покраснел и поклонился с большим изяществом. — Гульбище вышло чудесное! Все мои друзья до сих пор обсуждают! Такого угара я не ожидал! Вы — великие умельцы.

— И ты молодец, — степенно ответил Кирьяк и поправил рукав своей новой рубахи. — Но мы спешим. Извини, друг.

Велибор посмотрел на наших спутников — птицеловов; те скромно держались позади нас и не выпускали из рук своих клеток. Их чёрные лица ничего не выражали.

— Хотите новый урок? — спросил Велибор. — На проводы лета?

Митроха солидно кашлянул.

— Боюсь, не выйдет, — сказал он. — Нас в другом месте ждут. Заранее договорено.

И развёл руками с таким глубоким сожалением, что я и сам ему почти поверил.

— Где бы ни ждали, — сказал Велибор, — я дам вдвое больше.

Я сглотнул густую слюну.

За всеми страстями по кузнецовым дочерям да по оборотню Финисту я совсем забыл, кто мы есть.

А мы были не охотники за птицечеловеками, а только шуты-скоморохи, чья участь — бить в бубны, горланить срамные песенки и веселить народ честной.

Вдалеке, у самого края неба, наконец тяжко громыхнуло, как будто всесильный повелитель грозы, хозяин небес швырнул огромный валун в ещё более огромный медный котёл, чтоб сварить и съесть; ведь он, бог молний, хозяин неба, всё может — значит, и камни жуёт. Я испугался, и пот хлынул по моей спине. Не на меня ли направлен небесный гнев?

Боги не любят, когда люди берутся не за своё дело.

Не бросить ли нам нашу затею, не отнять ли серебро у чёрноликих птицеловов, не убраться ли восвояси, подальше от города Резана?

Но нет; решили уже. И я, и моя ватага — мы были в своём праве.

Если просят о помощи — надо бросать всё и помогать.

А если так не делать — Коловрат слетит с оси, и мир провалится в бездонную пропасть.

Велибор ждал, смотрел искательно.

— Подумаем, — солидно сказал ему Кирьяк. — Мы тут ещё задержимся. Если решим — придём завтра, и сговоримся. Но осенью будет дороже, сам понимаешь.

— Ничего, — беззаботно ответил мальчик Велибор. — Осилим!

Он опять поклонился и ушёл.

— Ишь ты, — пробормотал Кирьяк. — Осилит он. Силён богатырь отцовы деньги тратить.

— Завидуешь? — спросил я.

Кирьяк захохотал.

— Дурак я что ли — завидовать? Я — удивляюсь! Кто удивлён — тот счастлив!

Хлопнул меня по загривку, чтоб подбодрить, и зашагал, аршинным резким ходом, к устью улицы, явно тоже обрадованный восхищением в глазах мальчишки-заказчика.

И запел во всё лужёное молодое горло нашу с ним любимую, на двоих сложенную, глуму:

Мы не сеем и не пашем,
Просто так мудями машем!
И куда ни попадя
Разлетаются мудя!

В посаде, в отдалении от городской стены, меж неказистых, вросших в землю домишек с серыми, перепревшими на солнце соломенными кровлями, птицеловы попросили нас обождать, свернули за кривой угол: здесь, у какой-то бедной старой вдовицы, или у бобыля, или у дерзких воров в притоне, или просто в сараюхе у покладистого хозяина, они держали временную кладовку, где хранилось их имущество и где теперь они спрятали клетки с птицами; да и серебро, конечно. Не таскать же с собой.

Обратно вернулись с торбами через плечо, и от обоих крепко пахло брагой: понятно, что в кладовке у них и выпивка была припасена, и закуска.

Нам не предложили.

Кто уделяет нижним богам — тот не бывает ни добрым, ни щедрым, ни участливым. А главное — таких ведь и не упрекнёшь.

Сказ первый. Глумила

Это как с погаными степняками, сарматами, пачинаками и прочими едоками мамалыги. Вроде такие же люди, два глаза, две ноздри, снизу — ноги, сверху — темя, в середине — живот; а поговорить не о чем.

Так, в безмолвии, не враждебном, но отчуждённом, мы дошли до кузнецова хозяйства.

Здесь тоже всё было закрыто на засовы и закупорено — только слабо светилось жёлтым лучинным светом Марьино окошко, обращённое на восток.

Кузнеца мы не боялись; люди его ремесла просыпаются и раздувают горн задолго до рассвета, чтобы работать в прохладе. Заканчивают в полдень, а спать ложатся — во второй половине дня.

Но даже если бы хозяин, пропитанный копотью, вышел к нам и спросил, кой ляд мы шастаем вокруг его вотчины — мы бы прямо сообщили, что ловим нелюдя. Никто не будет прогонять со своего порога охотников за оборотнями. Наоборот, могут и пожрать вынести, и выпить.

Темнело, и тучи наползли на небо, словно отравили его; у меня дрожали руки, и я понял, что обязан содеять одно главное, последнее, самое важное действие.

Одноглазый птицелов, сопя и перешёптываясь с напарником, внимательно осмотрел двор и дом, затем сбросил торбу на траву и сказал тихо — словно листва прошелестела:

— Сокола хорошо ловить в кутню, или в колпак. Но времени нет. Мы растянем сеть, а потом пойдём в лес: найдём приваду. Подвесим голубя, или — филина. Филинов все птицы ненавидят. И ещё учтите: сокол — птица благородная, он сверху бьёт. Он упадёт, как камень. Готовьтесь.

— Зачем привада? — возразил Митроха. — Он к девке прилетит. Девка и есть — привада. Вон её окно. Ваше дело — уловить, а мы — спутаем и побьём. Ставьте тенёта.

И оглянулся на нас с Кирьяком — а мы согласно кивнули, хотя мало поняли; и я сообразил, что теперь самое время подать голос.

— Как хотите, — сказал я, — а Марью надо предупредить.

***

Птицеловы уже вытаскивали из торбы свои сети, хитроумно сложенные; вид этих сетей меня неприятно поразил; они были темны от крови.

— Марья знает, — негромко возразил Кирьяк. — Сёстры наверняка рассказали.

— Может, рассказали, — возразил я, — а может — нет. А я — расскажу теперь. Иначе выйдет нечестно.

— Не надо, — сказал Митроха. — Не ходи в дом. Будет лучше, если она не узнает.

— Кому — лучше? — спросил я.

Митроха промолчал. Но не промолчал Кирьяк; я такого от него не ожидал.

— Не ходи, — сказал он. — Испортишь дело.

— Зато себя не испорчу, — ответил я. — И тебя заодно, как товарища. Или ты мне не товарищ?

Я видел: рыжий Кирьяк не уверен в успехе затеи. И старый Митроха тоже.

И птицеловы, может быть, тоже не были уверены в успехе — но им было заплачено.

И я, и старик Митроха, и дружила мой Кирьяк, и чернолиикие мужи скверного ремесла — понимали, что нелюдь, если захочет, легко убьёт нас всех.

И, далее, может убить и сестёр. И кузнеца.

И разнести по брёвнышку весь его дом.

Но птицеловы получили деньгу, мы с Кирьяком — дали сёстрам честное слово, а Митроха — согласился не только соучаствовать, но и возглавить.

С одной стороны, это было опасно и даже, наверное, глупо. С другой стороны — настоящая охота и есть драка с неизвестным концом. Кто кого? Пятеро обыкновенных, с сетями, ножами и дубинами, — или один необыкновенный?

Бить в бубен — тоже охота. Погоня.

Спеть песню, прочитать быль, открикать глуму — всё есть охота, преследование восторга.

И я отправился к дверям кузнецова дома, постучал осторожно, согнутым пальцем, и спустя малое время дверь открылась, словно меня ждали.

Обе старшие сестры стояли за порогом, обе — с ножами в руках, бледные и решительные.

— Позовите Марью, — попросил я шёпотом.

— Пройди, — ответила средняя и отошла вбок.

Я вошёл.

Дом был огромный и сложно устроенный. На глаз, он был собран уже как лет сто, из громадных, в полтора обхвата, небрежно обтёсанных — теперь так не делают — брёвен. В передней части — горница, очаг из мощных, чёрных от копоти валунов, от них ещё исходил тонкий ток тепла: дрова жгли совсем недавно; над очагом — широкий дымник, по стенам в два ряда — полки с посудой. В задней части — три особых хоромины, разделённых перегородками из более тонких брёвен. В таких домах всегда очень сухо и нигде не бывает ни пятнышка плесени. Мох, которым были на совесть пробиты щели, высох и омертвел задолго до рождения сестёр и обратился в белёсые, тут и там торчащие пучки волокон.

Густо пахло земляным прахом.

Свет давал единственный глиняный жирник, стоявший в середине большого, чёрного от времени стола.

В ближнем углу, в плетёном заплоте из ивовых прутьев, проснулся новорожденный козлёнок, зашуршал соломой и снова заснул: детёныши животных сразу чуют чужаков.

И вот: увидел я, что пол в доме, забранный старыми, потемневшими полубрёвнами, был сплошь исчерчен охранительными рунными ставами, нарисованными углём и кровью: здесь были руны-берегини, и руны крови, и руны воина, и родовые, тайные руны неизвестных мне очертаний. И я оробел шагать прямо по знакам, двинулся вдоль стены, обочь, и прошептал про себя заклятие от нижних богов и их присных: «Щур меня — щур меня — бери небо — не бери земля» —

и глубоко подышал носом, чтобы воздух — главное питание человека — наполнил меня верой в правду того, что я задумал.

Средняя сестра показала мне подбородком на дверь Марьи. Я постучал в дверь.

Марья открыла. Увидев меня, подняла брови.

Она ждала другого гостя, и это понимание наполнило меня горечью.

Разумеется, она про меня уже и забыла.

— Кто тебя впустил? — спросила она негромко.

— Твои сёстры, — ответил я. — Дело важное. Надо поговорить.

— Войди, — сказала Марья. — Пить хочешь? Есть?

— Ничего не хочу. Я ненадолго.

Её хороминка была мала размерами: кровать, да стол, да обтянутый кожей сундучок с девичьим добришком, да короткая полка, где сидела в одиночестве соломенная куколка-мотанка, облачённая в лоскутное платье: у каждой девки в комнате всегда есть такая куколка, любимая, сохранённая в память о цветном детстве.

Имелись тут и признаки достатка: пол сплошь устилали мягкие овчины — такое я видел только в богатых теремах, — а посреди стола отсвечивало медное блюдо с искусной чеканкой по краям; и горка свежей земляники лежала на том блюде. Слёзы навернулись мне на глаза: в моей родной селитьбе землянику ели только малые девчонки; так уж было принято. Самую сласть отдавали девкам, а парни да взрослые в основном жевали щавель.

А рядом с медным блюдом на том же столе лежала труба с подзорными стёклами: страшная диковина из чуждого мира.

На стене, на распялке, висело платье голубки — в нём Марья вышла на гульбище, а теперь, видимо, продолжала уснащать, добавляла нарядного шитья по вороту и рукавам.

Не желая того, я покосился на стену — где-то там была дырка, проделанная сёстрами. Конечно, они и теперь подсматривали, но мне было всё равно.

Марья выглядела сонной, усталой, но спать не собиралась, косу не расплела: ждала.

Сказ первый. Глумила

— Сегодня ночью, — тихо сказал я, без предисловий, — мы будем ловить твоего Финиста.

Лицо Марьи сделалось злым и гордым.

— Ловить? — спросила она. — Зачем?

— Он напал на нашего друга.

— Ваш друг напал первым.

— Он не напал. Только собирался.

Марья улыбнулась так взросло, с таким превосходством, что я на миг пожалел, что пришёл.

— Вы, — сказала она, — его не поймаете. Не сможете. Он сильней вас всех.

— Он — нелюдь. Зачем ты с ним связалась?

— Ты ничего про него не знаешь. Это первое. А второе — какое твоё дело, с кем я связалась?

— Нет у меня, — ответил я, — никакого дела. Только чувство есть.

И посмотрел ей в лицо.

Она отвела глаза.

— Лучше уйди, — прошептала. — И скажи друзьям, чтоб ушли тоже. Нападёте на него — пожалеете. Вы не знаете его силы.

— Уйти, — ответил я, — проще всего. — И с шёпота вышел в голос: — Но мы не уйдём. Это не лично я хочу — это ватага решила. Твой дружок против закона встал. Оборотни живут особо, люди — особо. Ты не дура, должна понимать. Если мы не накажем его — другие накажут. А те не накажут — так третьи явятся. И так будут наказаны все, кто встаёт против лада и ряда.

Марья улыбнулась слабой улыбкой; нездорова, подумал я встревоженно.

— Как, говоришь, тебя звать?

— Иваном.

— А второе имя?

Я помедлил, и надежда на малый миг затеплилась в груди. Если девка спрашивает про второе имя — значит, всерьёз интересуется; значит, выделяет из прочих.

— Корень, — признался я, снова перейдя на шёпот. — Моё второе имя — Корень. Однажды из меня, как из корня, выйдет новый род. И дети мои заполнят мир. Так я решил.

— Иван-Корень, — произнесла Марья слабым голосом. — Ты хороший парень. Слушай меня. Нет никакого лада и ряда. Мир не движется по кругу, и нет у него никакой оси. Вернее, ось есть, и не одна; их — неисчислимое множество. И наш закон — лишь малая часть другого, большего закона. А тот закон — часть ещё более великого закона. И мы, люди, счастливы, только если направляем жизнь, чтоб открывать один закон за другим и обращать эти открытия себе в пользу. И богов тоже нет, а есть только законы…

Из того, что сказала эта маленькая зеленоглазая девка, я понял не всё — но понял главное.

— Мало того, что он нелюдь. Так он ещё и кощунник! Запутал тебе голову!

— Он — нелюдь только потому, что ты его так назвал. А я — знаю другое. Он такой же, как и мы. Только больше помнит. И народ его — такой же, как наш народ, только много древнее. Люди его народа умеют летать. Они живут в городе над облаками и ни в чём не знают нужды. Их дети не умирают. А дети моей матери — умерли… Из четырнадцати — выжили только мы трое…

При свете лучины я увидел, что лоб Марьи покрылся каплями пота.

— Ты нездорова, — сказал я.

— Нет, — ответила Марья, улыбнувшись через силу. — Это сёстры. Они опоили меня. Сонного подмешали в воду, я по вкусу поняла. Они думают, вы с ним справитесь. Но ваше счастье в том, что он вас не тронет. Может быть, ушибёт, как ушиб твоего рыжего друга…

— Пусть, — сказал я. — Мы, глумилы, отродясь ушибленные.

— Ты смелый, Иван-Корень, — сказала Марья. — Но ты с ним не совладаешь. Ему пятнадцать лет, а он знает больше, чем самые старые волхвы. Он пел мне песни на языках народов, которых давно не существует. Уходите, не трогайте его.

Сказ первый. Глумила

Если хоть один волос упадёт с его головы — я прокляну вас всех. Они… Эти люди за облаками… Они называют нас — «дикие племена»… Или — «бескрылые»… Им нельзя причинять вред бескрылым… Это всё равно что ударить младенца… Так он мне сказал…

Головой я понимал, что мне лучше уйти. Но какая-то сила прижала мои ступни к полу девичьей горницы.

— Бескрылые, значит, — сказал я. — Вот оно как. Бескрылые! Чего ж он, такой весь из себя крылатый, связался с бескрылой девкой? Может, врёт он тебе? Глумится? Зачем ему веришь?

— Затем, что сама видела… И я не дура, правду от кривды отличаю…

Марья присела на постель, стискивала руки, улыбалась слабо, бормотала бессвязно.

— Он сказал, что люди есть сосуды счастья… они созданы, чтобы летать по небу и петь красивые песни… Ты — скоморох, ты должен понять… Меж людьми и птицами лишь одна связь… И те, и другие — умеют петь…

И она, глядя в сторону, запела тихо, как бы младенца укачивала в колыбели.

В воздухе, в воздухе
В великом роздыхе
В вертограде праведном
Ни золотом, ни каменном
Высоко за облаками
У богов под боками
Живёт птица малая
Ни рябая, ни алая
Ту птицу не догнать
Ни спутать, ни поймать
У ней серебряные перия
Только в это не верю я
Пока не подойду ближе
Да сама не увижу…

Такого диковинного, изощрённого песенного лада я не слышал никогда и нигде, и стоял, как вкопанный, посреди тесной девичьей светёлки, не зная, куда деваться.

И ничего не хотелось, кроме как — чтоб маленькая девка пела дальше и дальше.

Но она замолкла и медленно легла на постель, поджав ноги.

— Может, воды тебе? — спросил я.

— Ничего не надо. Уходи, Иван-Корень. Пожалуйста… И друзья твои пусть идут… Целей будут…

— Прости, — ответил я, — мы уже не уйдём. Сеть натянута. Услышишь шум — знай, что это мы. Прощай.

Она уже спала.

В тот миг я уяснил, что должен исчезнуть.

Иногда бывает: приходишь куда-то, в чужой дом, в чужой уклад — и понимаешь, что ты лишний.

А пришёл вроде с добром, с участием, или с выгодой, или потому что позвали — но, побыв малое время, осознаёшь, что звали зря, и выгода не нужна, и даже добро не нужно. И лучшее, что можно придумать, — немедленно уйти.

И я ушёл.

Повернулся, закрыл за собой дверь, тихо прошагал — снова вдоль стены — через просторную горницу; какая-то из сестёр, средняя, наверное, что-то тихо спросила мне в спину, но я только рукой махнул; отворил вторую дверь, главную, тяжёлую, и затворил.

А под чёрным, низким небом уже собиралась буря, какие редко бывают.

Воздух звенел.

От жары и духоты голова сделалась дурная и одновременно очень ясная, и показалось, что кто-то — бог, наверное (кто же ещё?) — хочет поселить в моём разуме какую-то важную догадку, о том, кто я таков на самом деле и как устроено всё вокруг меня.

О том, что мой хребет и есть мировая ось. Или о том, что люди — те же птицы, только вывернутые наизнанку. Но я был слишком напуган, и не запомнил той догадки.

* * *

Да, я — Корень, таково моё второе имя, заветное; самим мною выбранное.

Вот, пришёл миг признаться и открыть себя всего: извините, если смутил.

Скажете, оно слишком звонкое?

А я, наоборот, думаю, что скромное.

Не звонче, чем имя «Велибор», что значит: побеждающий весь мир, велящий всем.

А я никогда не желал никому велеть, никого покорять, или подчинять, или побеждать, или торжествовать, или владеть.

Я хотел, чтоб вокруг было больше любящих меня и мне благоволящих.

Первое имя дают мать с отцом, а второе — я сам себе дал, в день двенадцатилетия, по древнему обычаю, на требище, в огне костра, в кругу морщинистых волхвов.

Я не знаю, как у вас, нынешних, — а у нас, сто лет назад, второе, заветное имя означало понимание своего места в бренном мире, и своих главных, истинных желаний.

Человек рождается многажды.

Сначала — в первый, изначальный раз, выпрастываясь из родовых путей своей матери, а потом, спустя десять или двенадцать лет — ещё раз, и ещё, и ещё: многократно, понемногу, кон за коном осознавая сначала людей вокруг, потом мир вокруг, потом себя в мире, потом людей в мире; и крепчайшие из нас, дожив до двухсот годов, умирают, хохоча от запредельного веселия, ибо смерть — это тоже рождение, только вывернутое наизнанку.

Моим главным желанием было — основать новый род, окружить себя потомством, внуками и правнуками, многочисленными отпрысками.

Я никогда не видел своих дедов, а отца — с трудом помню.

Деды мои сгинули, отец погиб — в моём народе смерть обычна, как снег или дождь.

И потому я всегда мечтал, чтоб вокруг меня ходили, бегали и ползали младенцы моего корня, семя от моего семени.

Льняные, лёгкие, свежие, спокойные. Родные.

Без страха — но и без чёрной звериной дури.

Без глупости — но и без ядовитой тайной мысли.

Теперь мне сто девятнадцать лет. У меня получилось. Моё имя многократно умножено.

Моя кровь течёт по моей земле, обращаясь в благодать.

Моё семя сбраживается в мою веру.

Мои жилы намотаны на мировую ось — слышите, как звенят, изнемогая?

Моё счастье укупорено в мой язык, в мои песни: пойте их.

Запомните меня старым, кривым, беззубым — и весёлым.

Смейтесь надо мной, ибо я ваш корень.

Не родите детей в душных горницах, родите их среди кривых ракит и прямых осин, под синим небом, под белыми облаками, под золотой деньгой солнца, на той земле, по которой шагали ваши щуры и пращуры, смеясь и наслаждаясь.

Пойте песни, смейтесь и радуйтесь.

В кромешной темноте, во дворе кузнецова хозяйства, я совсем не увидел растянутой сети, как ни приглядывался; птицеловы туго знали своё дело.

Но мои чувства были обострены, я понимал: сеть — вот она, над моей головой, готова, звенит от напряжения, как и я сам.

Некоторое время я стоял, оглядываясь и не понимая, что делать. Всё вокруг безмолвно замерло в грозовом предощущении, и я стал мечтать, что вот, разразится буря, с молниями, с ветром, сшибающим с ног, — и не прилетит оборотень, побоится, отменит визит, и ничего не будет: ни охоты, ни драки, ни крови.

Но я бы прилетел.

К такой девке, как Марья, — прилетел, прибежал бы, приковылял, в любую, самую жуткую непогоду, хоть конец света наступи, хоть разразись рагнараёк, или как там он называется у бессердечных свеев, пьющих рыбью юшку.

Услышал тихий свист: это Кирьяк меня звал.

Они ждали за углом: четверо бесшумных.

На миг мне показалось, что у птицеловов горят глаза: нехорошим, зелёным светом, словно болотные огни мерцают ядовито.

— Пошли, — прошептал старый Митроха. — Осталось последнее дело сотворить.

Я уже понял, какое.

Они двинули вперёд, я — следом.

Зарница полыхнула над головой, осветив деревья и спины идущих впереди моих друзей.

Шли быстро, спешили. До полуночи оставалось совсем ничего.

И вот: треснул мир, и первый настоящий удар грома заставил меня задрожать и вжать голову в плечи.

Ветер прокатился по верхушкам деревьев: ледяной, тугой, яростный.

Мы шагали на тот же холм, где позавчера играли гульбище.

Конечно, нам был нужен холм; чем выше — тем лучше.

Ветер налегал.

Мы поднялись на утоптанную, лысую вершину, и под моими ступнями захрустели угли давно потухших праздничных кострищ.

Здесь одноглазый птицелов вытащил из торбы деревянную колоду длиною в полтора локтя: это был редкий предмет — малый требный идол, истукан чёрного бога, вырезанный из полена, выскобленный ножом и тщательно завёрнутый в рядно.

Черты его лица я не разглядел во мраке — только глазницы, вырезанные глубоко и посаженные близко друг к другу: чёрный бог, как все знают, косоглаз.

Нижняя часть колоды была заострена: таких истуканов берут с собой князья и ярлы, отправляясь в походы; перед малыми идолами они вершат требы вдали от родины, в степях, в краях булгар, хазар, сарматов и тюрков.

Одноглазый размотал рядно и с размаха воткнул истукана нижним концом в землю, более или менее крепко; отошёл в сторону, посмотрел, затем вернулся и утвердил ещё раз, обратив круглую шалыгу истукана точно вверх.

Второй птицелов что-то прошептал первому, но что именно — я не услышал.

На мою вспотевшую голову, на голые руки упали первые, твёрдые капли дождя.

Тьма была — хоть глаз выколи, но я видел всё, а чего не видел — о том догадывался.

Настала очередь второму птицелову размотать свою торбу. Он извлёк живую птицу.

Ворона.

Полузадохшегося, спутанного тесьмой.

Это был крупный, в аршин, и, видимо, очень старый и сильный ворон, с клювом, способным пробить человеческий череп.

Ужас обуял меня, плечи намокли от падающей с неба холодной воды, и я открыл было рот, чтобы крикнуть, возразить, воспрепятствовать, и, может быть, я даже действительно крикнул что-то бранное — но кривая бешеная молния прочертила небосвод прямо над моей головой, и новый удар грома заглушил мой протестующий вопль.

В тех местах, где я был рождён, ворона считали хранителем общинной памяти, и многие семьи вели свой род от ворона. В том числе и моя мать.

Кирьяк, Митроха — стояли рядом и молчали.

На Митроху я не держал обиды. Вообще о нём не думал. Он был временный напарник. Ещё совсем недавно я и знать его не знал. Но Кирьяк, друг ранних лет, считай — брат, мог бы возразить. И не просто мог бы, а был обязан. Его семья тоже вела род от ворона. Ему, рыжему богатырю, ничего не стоило двумя тычками опрокинуть обоих кривошеих сволочей, и воспрепятствовать гадкому действу, освободить волшебную птицу — но увы; он ничего не сделал.

Я в первый раз видел, как подносят требу нижним богам. Конечно, они жертвовали ворона, умную и сильную птицу, и притом дорогую.

Сказ первый. Глумила

В любом городе нашего мира найдётся тот, кто купит у вас пойманного ворона, чтобы зарезать и пролить его кровь на язык хозяина нижнего мира.

В любой селитьбе найдётся хоть один желающий умертвить чернокрылого князя птиц, дабы приблизить чью-то беду, смерть, болезнь или досаду.

— Нет! — крикнул я.

Одноглазый птицелов тут же обратил ко мне кривое лицо.

— Ты против?

— Да! Против!

— Тогда давай что-то другое.

Подошёл второй птицелов, которого я всё это время принимал за тень первого, — но теперь, в свете молний, в свисте ветра, в ударах дождевых струй, этот второй показался мне много страшнее, злее и сильнее первого, одноглазого.

Самые страшные и опасные люди всегда держатся в тени, и вид их таков, что нельзя запомнить.

— Не отдашь это — отдавай другое! — велел он и сильно толкнул меня ладонью в плечо. — Испортишь требу — испортишь охоту! Отдавай, что есть! Быстрее!

Пока я думал, как ответить, одноглазый выхватил нож и поднял ворона вверх ногами, спутанного, обречённого.

Птица уже чуяла близкий конец и билась, пытаясь освободиться.

— Быстрее! — крикнул одноглазый и оборотил взгляд на Кирьяка и Митроху: — Отдавайте самое дорогое!

Я не хотел участвовать в чёрной требе. Не хотел, чтобы хозяин нижнего мира обратил на меня свой взгляд и явил благосклонность.

Я бы предпочёл, чтоб он вовсе не знал о моём существовании.

Но ватага решила иначе.

Что я мог отдать? Медную бляху с пояса? Половину серебряной деньги? Свой бубен? Свою жизнь? Свою удачу? Больше я ничего не имел.

Ещё была любовь к девке Марье — но ради всех богов на свете, верхних, нижних, любых других, я бы не отдал ни Марью, ни свою любовь.

Дождь хлестал меня по лицу.

Одноглазый выхватил нож и одним сильным ударом отсёк ворону голову. Конечно, не так сноровисто, как это делают волхвы, — но достаточно быстро, чтобы птица не успела издать смертный стон.

Но всё-таки мне показалось, что я его услышал.

И когда ворон умер — какая-то малая часть меня умерла тоже.

Кровь хлынула на деревянного истукана, полилась по грубо вырезанному лику.

Обезглавленная птица сотряслась несколько раз; если бы не была спутана — наверное, хлопнула бы крыльями.

Птицы, как и люди, умирают небыстро: видели, как бегает курица, лишённая головы?

Когти сжались и разжались.

Я посмотрел на Кирьяка — тот стоял недвижно, с бессмысленными глазами, и его правая рука судорожно сжимала оберег — петушиный клюв — на широкой груди.

Одноглазый погрузил два узловатых пальца в голую шею птицы, как будто в кувшин, и помазал свежей кровью свой лоб и щёки.

— Во славу и ради удачи! — хрипло провозгласил он, и отдал обезглавленную птицу второму.

— Во славу и ради удачи! — крикнул второй, которого я теперь ненавидел люто.

Смотрел, как они грубыми резкими движениями взрезают умерщвлённого ворона, разламывают его грудину, проворно вырывают требуху.

Теперь, спустя сто лет, все вы знаете, что требуха и есть требная плоть. Мясо — людям, кишки — богам. Так был устроен тот древний, дикий мир, в котором я провёл свою молодость; нравится вам это или нет. Не стану пугать вас подробностями. Скажу лишь, что оба птицелова скинули рубахи и порты, остались нагими — в свете молний было видно, что их руки и морды загорели дочерна, а тела сохранили зимнюю белизну, — и обмазали себя, включая горла, животы, причиндалы и колени, дымящейся жертвенной кровью. А затем прыгали, под дождём и ветром, через деревянного истукана, как через костёр, размахивая над головами вороньими кишками, словно победными флагами.

А потом мясо ворона сожрали, а кости и перья втоптали в мокрую траву.

И старый Митроха тоже жрал, двигая беззубым ртищем, и прыгал. И Кирьяк поучаствовал — но я на него не смотрел, не желал.

И по изгибам их костлявых спин я понимал: они очень хотят победить.

А я не хотел.

В победе не всегда есть правота, а в правоте не всегда есть победа.

И я знал, что чёрный бог не взял мою требу. Я не поднёс её от чистого сердца. Я не отдал самое дорогое, что у меня было. И в предстоящей охоте удача меня не ждала.

Птицеловы, наверное, хотели бы до конца соблюсти правила и спалить воронью требуху в костре — но дождь помешал.

Впрочем, костёр — не главное. И жертвенный камень — не главное. И даже истукан не обязателен.

Главное — кровь.

Только она возбуждает интерес богов.

Только горячая, свежая, алая — угодна хозяевам других миров.

Так же и меж людей: все мы прохладны, все мы прощаем друг другу слова и поступки, пока не пролилась кровь. Зато уж если пролилась — поднимается вой, набухает гнев, и вот уже брат идёт на брата, обнажив заточенное железо.

Обратно шли ещё быстрее, почти бежали.

Ветер гнул деревья, кидал нам в лица холодную небесную воду.

Бывает, что в общей требе, когда вся селитьба, от мала до велика, стоит вокруг жертвенного камня — один человек, или несколько, не разделяют совместного порыва. Когда режут птицу, или козлёнка, или тельца, или человека — бывает, что не все согласны. Эти молчаливые, возражающие, или просто глупые, или наоборот, слишком умные, или пришедшие ради общинной воли, из страха перед большинством, — есть всегда.

Не надо думать, что в годы моей юности, сто лет назад, мы все поголовно дрожали от страха перед силой богов и толпами бегали на требище по поводу и без повода.

Мы были разные тогда.

Как и вы теперь.

Сам я, как и было сказано раньше, никогда особенно не надеялся на хозяев верхнего, а тем более нижнего, подземного мира. Бывали меж нас и такие, кто вообще не верил в богов, и волхвов не слушал, а жил только своим личным разумением, а когда волхвы приходили — кидал в них камни. А были и третьи, которые сами себе придумывали богов и втихомолку подносили жертвы богу дёгтя или богу срамного духа. Были меж нас пришлые люди с севера, подносившие жертву великанам, и пришлые с востока, подносившие жертву Тангру, богу кочевников, любителю кумыса, и пришлые с юга, подносившие жертву богу, имя которого невозможно было даже выговорить, любители грибов-дурогонов, верившие в дерево, растущее из нижнего мира в верхний мир, и в белку, которая бегает по стволу того дерева, перенося сплетни от нижних богов к верхним — и обратно; разные, говорю, были мы тогда, в том старом мире, от которого теперь мало осталось.

Поэтому ни Кирьяк, ни Митроха, ни тем более птицеловы не упрекнули меня за то, что я не участвовал в требе. Ничего не сказали.

По их лицам, мокрым от дождя и крови, было видно: они вполне удовлетворены.

Они точно знали, что чёрный бог забрал вороньи кишки, съел и доволен.

Так мы вернулись к дому кузнеца.

Здесь одноглазый птицелов, снова пошептавшись с напарником, посмотрел на нас и сказал:

— Обнажите ножи, подготовьте дубины. Встаньте по углам дома. Не разговаривайте. Не шевелитесь. Ждите. Всё будет очень быстро. Промедлите — упустите. В такой темноте он не увидит сеть. Когда запутается — сразу бейте.

— А если не прилетит? — спросил Кирьяк. — В бурю птицы не летают.

— Он не птица, — ответил одноглазый.

После чего оба они исчезли во мраке.

— Боишься? — спросил меня Кирьяк.

— Сам бойся, — ответил я.

Кирьяк засмеялся, но из-за дождя и рёва ветра я не услышал его смеха — только почувствовал: он жаждал боя.

— Я его видел! — крикнул он, наклонившись к моему уху. — Я готов! А ты, если не хочешь, не лезь! Я справлюсь!

И показал мне нож.

Он был готов зарезать оборотня. Его обуял уже охотничий раж, и ярость, и желание мести. И я на миг поверил: в нужный миг мой ловкий, крепкий друг воткнёт лезвие в чужую шею.

Но потом я вспомнил, как вчера тот самый нелюдь, сокол Финист, пронёс моего друга по небу и сбросил мне на голову. Бездыханного, дрожащего, жалкого.

И я понял: Кирьяк уже ничего не соображает.

Его волей управляет высшая сущность, нажравшаяся вороньей требухи.

Со мной говорил уже не сам Кирьяк, но чёрный бог, овладевший его рассудком.

Страшно, тоскливо было понимать, что от меня ничего не зависит.

Я не участвовал в требе — но и не помешал. Не помешаю и теперь.

Охота началась, и я в ней был — зритель.

В этом беда всех, кто возражает.

Они спасают не мир, а самих себя.

Куда ушли птицеловы — я не видел. Тьма была — словно дёготь разлили.

Я не видел ни сети, натянутой где-то поверх моей головы, ни Митроху, сразу пошедшего, куда велели.

Слабый свет давало лишь окошко Марьи, освещённое изнутри, — но я знал, что девка спит, в её питьё сёстры подмешали что надо.

Когда нелюдь явится — она не сможет ему помочь.

Не сговариваясь, мы с Кирьяком, вместо того, чтоб встать по углам дома, прижались к стене, рядом с освещённым окном, но так, чтобы свет на нас не падал.

Я стоял, упираясь лопатками в вековые брёвна, мокрый насквозь, угрюмый, стиснувший зубы, и видел: мой отказ, моё несогласие ничего не изменили. Надо было возражать громче, препятствовать решительней.

Если вершится нечто нехорошее — мало быть против. Мало просто молчать, или пыхтеть, или отворачиваться. Надо противодействовать всей силой, на которую способен.

Дождь хлестал по нам.

— Слушай, Кирьяк, — сказал я. — Ты понимаешь, что у нас ничего не выйдет?

Кирьяк ответил сразу и решительно, как будто ждал вопроса или даже сам был готов его задать.

— И что теперь? — прошептал, блеснув в темноте злым глазом. — Если хочешь — уходи.

— В следующий раз он сбросит тебя не с трёх саженей. Повыше поднимет. Полетишь из-под облаков, об землю грянешься — и от тебя останется мешок с костями.

— Да, он сильный, — нехотя ответил Кирьяк. — Это я признаю́. Но нас пятеро. Навалимся — поглядим.

— Он и пятерых поломает.

— Значит, — сказал Кирьяк, — в следующий раз я ещё кого-нибудь позову. Будем биться, пока не побьём. Непобедимых врагов не бывает.

— А может, он не враг?

— А кто?

— Посторонний, — сказал я. — В своём мире живёт, а к нам попал случайно.

— Так не бывает. Мир у нас один. Средний. Принадлежит нам. Людям. Дадим слабину — нас пожрёт всякая нечисть.

— Нечисть желает людям зла. Нечисть ворует наших детей и пьёт нашу кровь. А он что делает?

— Он лезет к нашим бабам, — сказал Кирьяк. — По ночам, как вор. Был бы мирный и честный — вышел бы открыто. Днём. Подарок бы поднёс, в знак уважения. Люди так делают. А он — не сделал. Он распластался и отай в окно полез. И ты мне говоришь, что он — не враг? А кто тогда? Любезный кум? Череззаборный соседушка?

— Мир большой, — сказал я. — И мы не всё про него знаем. Мало ли какие диковины бывают. Если каждого пришлого сразу бить — пришлых не станет. Будем сидеть и друг на друга глядеть.

— Не понимаю, — сказал Кирьяк.

— Вдруг, — спросил я, — мы неправы? Вдруг мы у него чему-нибудь научимся?

— Я не хочу учиться, — сказал Кирьяк. — Я хочу, чтоб никто чужой не лез к нашим бабам. Кто своих баб не сторожит, тот сам бабой становится. Всё.

Бывает — тяжело, а бывает трудно.
Мне в ту ночь, под тем ливнем, стало трудно. Голова гудела, не вмещая всех резонов.

Моё сердце хотело взять девку Марью и увезти куда-нибудь подальше, в тихое место, на берег спокойной реки, на лесную окраину — и прожить с ней жизнь. И родить детей.

Но она не хотела. Она меня не любила.

Я был умный взрослый человек тринадцати годов, я точно знал — ей нельзя связываться с нелюдем, с чужаком, с существом из другого мира; неважно из какого.

Неважно, в скольких мирах мы живём.

Мы, венеды, обитающие вдоль рек на границе великой степи и великого леса, а также все племена, кто живёт к северу и западу от нас, — верим, что человек живёт в трёх мирах.

Кочевники, пахнущие конской мочой, думают, что мы живём в семи мирах.

Люди с дальнего запада — они иногда тоже доходят до наших мест — говорят, что мы живём всего в двух мирах, нынешнем — и следующем.

Теперь — и после смерти.

На вопрос, где мы находимся до нашего рождения, они не могут дать ответ.

Наши предки, древние из рода великанов, вообще не верили в миры. Их жизнь была настолько трудна и опасна, что они верили только в себя, и сами себе были богами, и каждый сам создавал свою Вселенную.

Так или иначе, семь миров вокруг нас, или два, или семь раз по два — если сущность из другого мира приходит к тебе, — с нею можно поговорить.

Что-то дать. Или что-то получить.

Но всерьёз связываться — нельзя.

Кто из вас хоть раз ясно ощущал присутствие духов или богов? Каждый скажет: да, было.

Они приходят, они являются нам.

Каждый, даже самый грубый и глупый, обязательно хоть раз в жизни что-то почувствует, что-то увидит.

Другой мир есть, это невозможно отрицать.

Иногда они приходят оттуда. Посторонние существа.

Я видел их много раз.

Я видел духов, бесплотных, они являлись мне и стояли рядом, как будто желая что-то сказать; но молчали; само их появление возле нас и означает послание.

Я видел рыбину размером с быка, по утрам она всплывала из омута посреди реки, выходила на мелководье и утаскивала под воду взрослых мужиков, пришедших искупаться перед началом работы.

Эта рыба, похожая на сома, только толще и длинней, невероятно живучая — когда её поймали, она билась, пока в её сердце не воткнули три рогатины, — считалась существом другого мира.

Ещё я видел однажды живого змея длиною в четыре лошади, сплошь покрытого кривыми рогами, от кончика хвоста до кончика морды, и ещё по хребту шёл двойной ряд таких же рогов; этот змей не ползал, а прыгал, он имел четыре лапы наподобие лягушачьих, и двигался так быстро, что я не успел его толком рассмотреть.

Если лягушка размером с кулак прыгает на расстояние человеческого шага, то этот змей прыгал на расстояние в тысячу шагов.

Этот змей, чудом не убивший меня, был существом из другого мира.

Много всяких удивительных тварей живут вокруг нас.

И если однажды кому-то явился летающий паренёк с бешеной силой в руках — что тут неожиданного?

Он может быть синеглазым красавцем, а может быть духом в образе человека, или змеем в образе духа; или человеком в образе рыбы — никогда не поймёшь.

Если такое существо является тебе на один миг — в этом нет ничего удивительного.

Но когда оно приходит и остаётся — его надо прогнать.

Если вас преследует дух, приходя ежедневно; или дурной сон; или чей-то образ, — надо избавляться, освобождаться.

Надо потребовать, чтоб дух ушёл, прогнать его.

Если прилетает крылатый малый — его надо спровадить домой. Обратно, в свой мир.

Дождевые черви живут вместе с людьми.
Если выкопать яму — они будут ползать по нашим ногам.
У них нет ни глаз, ни ушей, они ничего про нас не знают, в мире червей человека не существует.

Иногда люди являются в мир червей, чтобы раздавить одного, а другого разорвать на две части и посмотреть, что будет.

Так же и в ином мире — вокруг нас живут те, для кого мы так же понятны и забавны, как для нас понятны и забавны дождевые червяки.

Для мира деревьев люди — всё равно что боги.

Дерево никак не способно защититься от человека: когда он хочет, он срубает берёзу. Когда хочет — выращивает яблоню.

Но при этом, признавая власть человека, дерево живёт своим отдельным древесным бытованием: пьёт воду, растёт, укореняется, цветёт, даёт плоды — очень сложно, насыщенно живёт дерево, и если человек (его бог) ни разу не придёт и не явит свою власть — дерево так и проживёт свои столетия, ничего не зная о людях.

Точно так же и живут на свете существа, для которых мы — деревья, неподвижные и немые, зеленеющие по весне, плодоносящие осенью и голые зимой.

Один из нас может быть дубом, выросшим в дремучей чаще и никогда не слышавшим человеческого голоса.

Другой может быть вишнёвым деревом, которое заботливо высадили на солнечном склоне холма и поливали каждый день тёплой водой.

Мы не понимаем сущности тех, кто высаживает нас и взращивает, рубит и сжигает. Так же, как дерево не понимает сущности человека.

Теперь скажу последнее. За всё, что произошло потом, я не чувствую никакой вины. Я сделал всё, что мог. Везде, где я хотел исправить, — я попытался исправить.

Я много думал и сомневался, ломал голову, смотрел, говорил с другими. А сомнения и есть первый признак правоты. Если сомневаешься — значит, правда рядом.

Я в ту ночь был прав.

Мокрый, оглохший, угрюмый — я был прав.

Девка, которую я любил, спала в доме, за толстой стеной, отравленная сонным зельем.

Друг, которого я любил, сверкал ножом и был готов пролить кровь.

Мир, который я любил, был непроницаем, и ревел вокруг меня хуже всякого живого зверя, и плевал в мои глаза холодной водой.

Я был прав в ту ночь, я ничего не мог поделать с ними со всеми.

Я слишком любил их всех, я слишком любил всё это.

15.

Когда оборотень прилетел — я, конечно, стоял столбом. Не успел ничего заметить и понять.

Была надежда, что услышу знакомый страшный свист, — но дождь лупил слишком яростно. Никакого свиста, ничего, только грохот воды в ушах, только слабый свет из окошка.

Потом тень ударилась в землю, посреди двора, с большой силой: словно торцом бревна грянули сверху вниз, забивая сваю.

Весь двор, утоптанный, земляной, под таким ливнем давно обратился в лужи — когда нелюдь упал, меня окатило чёрной водой.

Тут я увидел сеть — натянувшиеся отовсюду длинные шнуры; они обвились вокруг нелюдя, но никак ему не помешали; он тут же подпрыгнул и рванулся всем телом — прямо в освещённое окно.

Размеры его остались непонятны. Сначала он был крупным, а когда запутался — мгновенно уменьшился. Или мне так показалось.

Лица я не рассмотрел, только общие очертания: в точности как человек, необычайно крепкий телом.

Он упал в сеть, прорвал её, подскочил — и кинулся в окно, увлекая за собой туго натянутые нити, которые лопались одна за другой, — и там, оказавшись внутри, грянул об стену; весь дом дрогнул и загудел.

Кирьяк поднял нож и изогнулся, готовясь прыгнуть; я видел его восторженную улыбку.

Внутри дома послышался ещё один удар — и сеть разорвалась вся, лишь одна нитка, самая крепкая, продолжала дрожать в чёрной пустоте; потом нелюдь выскочил назад.

Он вылез из окна и упал прямо нам под ноги: сильный, очень быстрый, точный в движениях.

Узлы порванной сети волочились за ним — он разрывал их резкими движениями длинных рук, а ногами искал опоры, чтобы вскочить.

Кирьяк прыгнул на него и с короткого замаха сунул ножом в бок.

Умелая расчётливость этой атаки меня ужаснула. Кирьяк не просто был готов биться, он продумал способ. В его прыжке не было ни единого лишнего движения.

Я помнил, мы договаривались о другом. Никаких ножей, никакой крови. Накостылять, проучить. Выбить, может быть, один или два зуба. Но теперь понимал: чёрный бог уже подхватил нас всех, возглавил наш поход — за смертью.

Кирьяк хотел ударить ещё раз, так же и туда же, под руку, в подмышку — но нелюдь отмахнулся, словно оглоблей, и мой рыжий товарищ отлетел; ударился головой о стену; рухнул в грязь.

Пока он летел — за спиной оборотня появился старый Митроха, и двое птицеловов, все с ножами — и успели, каждый по разу, ударить нелюдя в спину, под лопатки.

Он закричал, но в ответ ничего не сделал.

Помню, он выгнул спину и поднял лицо к небу.

Вопль вышел очень сильным — я тут же оглох и потом всю ночь и весь следующий день ничего не слышал.

Потом он присел, оттолкнулся от земли и взмыл, унося на себе обрывки сети.

В темноте я не разглядел всего, я не видел его ударов, я не видел его глаз, я не видел его ран. Я скорее почувствовал и домыслил, чем узрел.

Мощные рывки сильного тела, и собственную беспомощность, и ударивший по щеке лохматый конец лопнувшего шнура.

Кирьяк лежал у стены, живой — шевелил руками, пытался сесть. Нож выронил.

Одноглазому птицелову тоже досталось — он стоял посреди двора и вытирал запястьем кровь, хлещущую изо рта и носа.

В доме послышался ещё один удар, глуше и слабее: старшие сёстры пытались выбить запертую изнутри дверь Марьиной хороминки.

Потом в пятно света под окном медленно упали с неба обрывки сети: как будто нелюдь Финист вежливо возвращал наше имущество.

Сквозь пелену дождя я различил приближение человека, поднял нож: но то был одноглазый птицелов.

Он приблизился, посмотрел на меня, потом на Кирьяка — и проскрипел громко:

— Упустили!

Я не сыскал в себе сил даже кивнуть.

Одноглазый показал мне на Кирьяка.

— Найди его нож, — сказал. — И пойдём. Тут нечего делать.

Мы вернулись в лагерь.

Птицеловы пошли с нами и в очередь вместе со мной и Митрохой помогали идти ударенному Кирьяку.

Я подбадривал рыжего друга, шутил, глумился: вот, говорил, нелюдь тебя в прошлый раз ушиб, и в этот раз добавил: значит, воспринимает всерьёз, как достойного соперника.

Но Кирьяк молчал и за весь путь ни разу не улыбнулся.

Пока шли — буря утихла, дождь ослаб и теперь только сеял; по краю неба показался просвет.

В шалаше было насквозь мокро, но наши шкуры, спрятанные в чувалы, остались сухими.

Мы умыли морды, разделись донага и завернулись.

Птицеловы достали свою флягу с мёдом, Митроха достал свою.

Старик выглядел спокойным, мирно жевал губами, вздыхал и убирал пальцем прилипшие ко лбу волосы, как будто вернулся не с охоты на нелюдя, а со сбора грибов.

Кирьяк скрипел зубами от боли, но по виду — ничего не сломал.

Одноглазый птицелов подбирал кровавые сопли.

Его напарник, ни на кого не глядя, и выпив меньше прочих, и взяв себе самую куцую и голую из предложенных шкур, отвернулся, подтянул колени к груди и захрапел.

И я, услышав его мерный храп, вдруг успокоился, а тут и хмель ударил в голову, и вместо страха, жалости, тревоги и умственной смуты я ощутил покой.

Всё плохое, что могло произойти, уже произошло. Главное случилось. Дальше нас ждали только последствия.

Утром меня растолкал Кирьяк; а если б не растолкал, я бы, может, спал до вечера.

В ветвях бушевало горячее солнце, пели птицы, и небо было такой синевы, что глядеть — глаза болели. Ничего не напоминало о вчерашней буре. И я на один миг понадеялся, что всё случившееся ночью — дурной сон. Надежда подступила к горлу и отхлынула, сменилась ознобной горечью: нет, не сон.

Пока продирал глаза — увидел, что птицеловы ушли, зато у костерка напротив Митрохи сидела старшая кузнецова дочь Глафира. Выглядела спокойной, улыбалась даже; старик что-то ей говорил, она кивала и поправляла браслеты на руках.

Над огнём Митроха натянул бечеву и развесил наши порты и рубахи; старики бывают очень заботливы.

— Тебя ждём, — сказал Кирьяк. — Умой рожу и одевайся. Нас на разговор зовут.

Я не спросил, кто зовёт. Соображал плохо. Внешние звуки доносились словно из-за стены и отдавались в гудящей голове многократным эхом.

Молча ушёл к реке, смыл ночной пот, прибрал волосы, проверил руки: не осталось ли на них крови.

Пока одевался — кузнецова дочь Глафира деликатно отвернулась, но даже по её спине, по развёрнутым плечам было видно: довольна.

Одежда была ещё волглая, но ничего — на теле высохнет.

Отправились к дому кузнеца: Глафира впереди, мы с Кирьяком поотстали. Митроха ковылял последним.

После дождя лесные мхи набухли водой, сапоги мои мгновенно промокли, и я подумал, что бубны, упрятанные в чаще, наверное, тоже отсырели насквозь, надо было их срочно доставать и сушить под солнцем, иначе пропадут.

— Где птицеловы? — спросил я.
— Ушли, — ответил Кирьяк.
— А расчёт?
— А не было расчёта, — сказал Кирьяк. — Какой расчёт? Они дело не сделали, нелюдя не взяли. С утра пораньше меня растолкали, говорят — нам пора, давай заплати обещанное, вторую половину. Но я их послал. Какая, говорю, вторая половина, если вы работу испортили? Идите, говорю, пока целые, херовые из вас птицеловы, и то, что мы вам полденьги отдали, — это мы сильно переплатили. И ещё поблагодарите, что про ваши слабые умения мы никому не скажем. Я думал, они драться полезут, — но нет, ни словом не возразили, подхватились и ушли.

— Надо было меня разбудить, — сказал я.
— Ты крепко спал, — ответил Кирьяк. — Тебе было плохо, я видел. Ты был против этого всего.

— Да, — ответил я. — Против. Но я единственный из вас, кто сдержал слово. Договаривались не убивать его, а повязать и поговорить. А вы сразу с ножами кинулись.

— А как ещё? — спросил Кирьяк. — Ты его видел, он же страшно сильный, его и впятером не повалишь, такого кабана. Только ножами, до смерти.

Я ничего не сказал. Солнце быстро нагревало сырой лес, повсюду висел полупрозрачный белый пар.

— Зато, — сказал Кирьяк, — теперь я знаю, как его положить. Ещё раз сунется — положу точно.

Мой рыжий дружила приосанился: хоть и хромал, но явно полагал себя победителем. И, в общем, был прав: иногда с врагом сходишься не для того, чтоб уничтожить, а только чтоб понять, где слабые места.

Настоящая победа создаётся не за один раз.

— Может, ты не глумила? — спросил я. — Может, ты по крови — воин? Может, поменяешь судьбу, пока не поздно?

— Может, и поменяю, — ответил Кирьяк. — Подрались мы на славу, это точно.

— Дурень, — сказал я. — Какая слава? Он мог сломать тебе хребет.

— Да, — спокойно сказал Кирьяк. — Он мог сломать меня, я мог сломать его. Мало ли, кто чего мог. После драки кулаками не машут.

Во дворе кузни я не увидел ни следов боя, ни пятен крови, ни обрывков сетей. Только мерцал горячий воздух над поверхностью широких луж.

Окошко Марьи было закрыто плетёной ставенкой. Над кровлей поднимался пахучий дым.

В овине недовольно блеяла коза — её забыли вывести.

Мирно, славно было тут, и, если бы не звон в ушах, — я бы снова поверил, что ночной бой мне привиделся.

Средняя дочь открыла дверь и пропустила нас.

В большой хоромине пылал очаг.

У дальней стены за широким столом сидел кузнец Радим. Мы поклонились молча. Кузнец ел кашу, сильно загребая ложкой. Он махнул нам свободной рукой, приглашая сесть к столу.

При свете огня хозяин дома казался совсем чёрным, словно вылепленным из земли. Жевал тщательно, как все старики, лишённые зубов.

Мы уселись, неловко двигая лавку по деревянному полу, вчера сплошь исчерченному рунами, сегодня — наспех замытому.

Средняя дочь молча поставила перед нами братину с пивом и сама разлила по глиняным кружкам. Мы выпили. Кузнец долго рассматривал нас красными, налитыми яростью глазами.

— Кто позвал вас в мой дом?

— Твои дочери, — вежливо ответил Кирьяк.

— Что? — громко переспросил кузнец.

— Твои дочери! — громко повторил Кирьяк. — Но мы не заходили в дом. Только во двор.

— Чего? — спросил кузнец, морщась. — Говори громче!

— Нас позвали твои дочери! — выкрикнул Кирьяк.

— Почему меня не предупредили?

— Твои дочери обещали, что сами скажут.

— Тут я хозяин, — сказал кузнец. — А не мои дочери.

— Мы не спорим! — крикнул старый Митроха. — Но есть обычай! Если нелюдь приходит в дом — надо прогонять сразу! Всем миром! Он твою младшую дочь зачаровал, а мог бы и других твоих дочерей, и тебя самого!

Кузнец молчал, слушал, жевал.

Митроха знаком попросил среднюю дочь долить пива, и добавил:

— Мы всё сделали правильно. Мы ничего не украли, убытка не сделали, никого не ушибли, вообще вреда не нанесли.

Кузнец нахмурился. Мне показалось, что он вот-вот выхватит из-под стола секиру и начнёт рубить нас в куски.

— Идите к ней, — сказал он. — Поглядите сами.

Мы тут же встали и пошли к двери Марьиной комнаты — я впереди.

Дверь, судя по всему, выломал сам кузнец: сначала разрезал кожаные петли, а потом вышиб с разбега.

В хороминке горела лучина.

Марья сидела на постели, поджав ноги к груди и обхватив колени; когда мы вошли — не подняла на нас взгляда.

Она была простоволоса, коса распущена — на девушку с неубранными волосами нельзя было смотреть, но я посмотрел. Задохнулся от жалости, но и от восхищения тоже. Она была так красива.

Не зная, что делать, я остался у входа.

Засов был разбит, под моими мокрыми подошвами хрустела щепа.

Старшая сестра протиснулась меж мной и Кирьяком, обдав меня жаром большого сильного тела, подошла к окну и потянула ремешок, пропущенный сквозь стену: наружная ставня поднялась, пропуская дневной свет.

Я увидел: окно по всем четырём сторонам было утыкано ножами.

Может быть, дюжина ножей, разных, больших и малых, кривых и прямых, и даже два серпа. Рукояти ножей удерживались верёвками и ремнями, а остриями все были направлены в середину окна.

Я набрался храбрости и подошёл ближе. Увидел засохшую кровь: на остриях ножей и на нижнем краю окна. К кровяным пятнам пристали несколько маленьких перьев и частицы пуха.

Я взял одно из перьев — обыкновенное, птичье перо, смятое с одного края.

Захотел что-то сделать. Отвязать, распутать ремни и верёвки, убрать ножи. Но подумал, что в этом доме у меня нет никаких прав. Тут есть, кому решать, подумал я; четверо взрослых людей сами разберутся.

Младшая дочь сидела недвижно и на нас, гурьбой вошедших, не смотрела.

— Марья, — позвал я.

Она молчала.

Я подошёл ближе, хотел дотронуться, поймать взгляд, предложить воды, прикрыть одеялом голые худые плечи, — но ничего не сделал.

Хотел и большего. Хотел взять её на руки, укутать, прижать, унести из дома, посадить в лодку и забрать с собой. Подальше. Так далеко, как только возможно. И никогда не расставаться.

Ничего не сделал, не сказал ни слова, не посмотрел ни на кого.

Сжав перо в кулаке, вышел. За мной затопали Кирьяк и Митроха, также молча.

Сказ первый. Глумила

Кузнец продолжал сидеть за столом и жевать кашу, а когда мы вернулись — отодвинул еду, тщательно облизал ложку и отложил.

— Я вас не виню, — произнёс он. — Но и благодарить не буду.

Мы молчали.

— Она, — продолжил кузнец, и указал голым обожжённым подбородком на дверь Марьи, — просит сделать ей железные башмаки, железный посох и железный хлеб. Вы знаете, что это значит?

Мы переглянулись. Кирьяк оглянулся на старшую сестру: та пожала плечами.

— Может, утопиться решила? — предположил Митроха.

— Не знаю, — ответил кузнец. — Нам не говорит. Повторяет одно и то же. Железные обутки, железный хлеб, железный посох. Может, кто из вас спросит у неё, зачем?

— Может, и не надо спрашивать, — сказал я. — Просто сделай. Раз она просит.

Вдруг узкие глаза кузнеца налились слезами. Он поднял чёрную руку и вытер чёрным пальцем.

— Так уже б начал! — сказал он, словно жаловался; словно мы были его самые лучшие старые друзья. — Но надо же знать, зачем?! Как же я сделаю, если не знаю, какой из этого прок будет?

— Не надо ничего делать, — сказал Кирьяк, и снова оглянулся на старшую. — Ждать надо. Она не в себе. Напугана. Оклемается — тогда поговоришь. Захочет железные сапоги — сделаешь ей сапоги.

Кузнец справился с собой, взял из-под локтя рушник и вытер лицо, покрытое в три слоя старыми и новыми ожогами.

По его виду было понятно — он не рассчитывал на нашу помощь, а на разговор пригласил только для порядка.

Всё, что случилось, — случилось внутри его семьи. А мы — три ухаря — просто проходили мимо и встряли.

Тягостный миг прервал Митроха.

— Прощай, отец Радим, — сказал он, кланяясь. — Мы уходим. На нас нет вины, и на тебе тоже. Прощай.

Кузнец кивнул, проглотил рыдания и сделал знак средней дочери: она тут же наполнила его кружку пивом.

Мы отвесили поклоны и гурьбой повалили к выходу.

Старшая сестра немедленно пошла следом, вывела нас за дверь.

Солнце жарило вовсю; во дворе чёрная мокрая земля исходила паром.

Была самая середина лета, лучшие дни всякого года; после бури установилась прекрасная жаркая свежесть, всё вокруг звенело и бушевало, кричали петухи, гудели пчёлы и стрекозы; тугой ветер нёс запах клевера; мир пребывал в покое и напитывался животворным и целебным солнечным светом.

В такие дни все народы моей земли наслаждаются миром. Кочевники пасут стада, а славяне все дни проводят в лесах, горстями едят ягоды: малину, и землянику, и ежевику, и чернику, и клюкву.

Это короткие и счастливейшие времена тепла и неги, сахарной мякоти на губах.

Девки, вышедшие по весне замуж, обращаются в матерей, их щёки плотнеют, глаза смотрят внутрь себя, и руки то и дело непроизвольно тянутся к округлившимся животам.

И этот оборотень, подумал я тогда, — этот птицечеловек, незваный гость — неправ, зря пришёл именно в эти дни, зря внёс смятение в жизнь добрых людей.

Старшая дочь Глафира закрыла дверь и легла на неё спиной; глазами пожирала Кирьяка.

Мы спустились с крыльца; я оглянулся и посмотрел на окошко Марьи.

Плетённая из ивовых прутьев ставня была поднята, и я рассмотрел самые кончики ножей и серпов, привязанных изнутри по краям окна.

Появилась длинная чёрная рука — это сам кузнец пришёл в комнату дочери и теперь снимал с окна привязанные ножи; чёрные пальцы пошарили по краям оконного проёма, стряхивая окровавленные перья, — и исчезли.

***

Кирьяк негромко свистнул мне, показал глазами на старшую дочь и подмигнул, с серьёзным лицом. И быстро сложил пальцы в условный знак, который я вам тут показывать воздержусь — уж больно неприличный.

Я понял, кивнул и взял Митроху за локоть.

— Пойдём-ка, прогуляемся.

Митроха оглянулся на Кирьяка, удалявшегося в направлении нашего стана; старшая кузнецова дочь пошла следом, подметая подолом влажную траву; на приличном удалении, но той же тропой.

— А, — сказал кривоглазый дед. — Понятно. Конечно, пойдём, я не против… Я и сам хотел…

И ухмыльнулся: всё понял.

Мы перемотали обувь.

От пива, выпитого в доме кузнеца, моя голова приятно шумела — хотелось сделать себе какой-то подарок, порадовать нутро: например, выпить ещё. Или искупаться. Или хлеба свежего пожевать. Или поглумиться над кем-то, беззлобно, исключительно ради озорства; родить в людях смех.

Пошли по тропе вверх по оврагу.

— Твой друг своего не упустит, — сказал Митроха, шагая рядом со мной. — И серебро взял, и девку.

— Это не твоё дело, — ответил я. — Он всегда берёт, что можно взять.

Мы двинулись в сторону посада.

— Надо решить, что делать дальше, — сказал я. — Ты пойдёшь с нами? Или до дома?

— А зачем куда-то идти? — спросил Митроха. — Будем ходить туда-сюда — зря потратимся. У нас уже есть урок на осень. Тот Велибор, богатый мальчик, хочет, чтоб мы осенью сделали новое гульбище. Останемся в Резане. Осенью заработаем по полторы серебряных деньги на каждого. Лучше и придумать нельзя. От добра добра не ищут.

Старик говорил уверенно и коротко: он явно полагал себя полноправным участником нашей ватаги, как будто ходил с нами не первый год. И в его словах я уловил надежду и просьбу.

Дед Митроха не хотел расставаться с нами. Он мечтал, что мы позовём его третьим в шайку.

— Осенью, — сказал я, — всё изменится. Другая жизнь будет. Хлеб поспеет. Грибы пойдут. Охота начнётся. Князья вернутся из походов. Степняки приедут, торговля загудит. Доходы, деньги, сытые недели. А мы не лучшие глумилы в этих землях. И у нас не самые лучшие бубны. Сюда придут другие глумецкие ватаги. Я не уверен, что нас наймут на осенние праздники.

— Дурак, — сказал Митроха; его правый, кривой глаз сверкнул азартно. — Тебя уже наняли. Пойдём, сходим к нашему золотому мальчику. Договоримся определённо, возьмём задаток...

Мы бы спорили и дальше — но увидели, что навстречу нам едут трое верховых.

Первым — на вороном жеребце — скакал княжий злыдень, по случаю жары голый по пояс, огромный, страшный, с лицом недовольным и утомлённым, а за ним — двое воинов в полных бронях, с круглыми щитами и рогатинами.

Мокрое от пота, дочерна загорелое тело злыдня сплошь покрывали шрамы и боевые отметины.

Они увидели нас и осадили коней.

Мы с Митрохой остановились.

У каждого из троих через плечо на перевязи висело железное сажало длиной в полторы руки — от такого не убежать, не увернуться.

Княжий злыдень объехал нас, рассмотрел внимательно.

— Здесь рядом, — сказал он, — есть дом кузнеца Радима. Ночью там били нелюдя. Что вы об этом знаете?

— Всё знаем, — спокойно ответил дед Митроха. — Это мы и есть. Это мы били нелюдя.

Злыдень кивнул, ответ ему понравился.

— Там были пришлые глумилы, — сказал он.

— Мы и есть пришлые глумилы.
— А где ваш третий?
Митроха открыл было рот — но я его опередил.
— Какой третий?
Злыдень посмотрел на меня.
— Вас было трое.
— Почему трое? — спросил я. — Четверо. Двое нас, и двое птицеловов.
— А где птицеловы?
— Ушли.
— Куда ушли?
— Мы не знаем. Мы не местные.

Княжий злыдень сделал знак одному из воинов, тот спешился и подошёл ко мне, неловко переваливаясь на ногах, окривевших от многолетнего сидения в седле. Его наборная броня густо воняла прогорклым жиром.

Он рванул с пояса аркан и скучным тоном произнёс:
— Руки вытяни.
— Что?
— Руки вперёд вытяни.

Я сделал, как он просил; петля захлестнулась на моих запястьях.

Воин был взрослым, годился мне в отцы, и это примирило меня с происходящим, успокоило. Молодые доверяют взрослым. Взрослые не сделают глупости, взрослые всегда поступают правильно.

Как ни крути, а молодым быть проще, спокойней.

Увидев, как меня повязали, Митроха сам подошёл, и встал рядом, и тоже вытянул руки.

Хлопнул узел второй петли.
— За что нас? — спросил я, поднимая связанные ладони.
— За дело, — ответил княжий злыдень. — Но ты не бойся. Разберёмся.

Они развернули коней и тронули шагом по направлению к городу.

Мы с Митрохой, привязанные арканами к сёдлам, побежали следом.

Когда старый всё-таки споткнулся и упал — воин, тащивший его, равнодушно придержал коня и подождал, пока Митроха поднимется и собьёт грязь с рубахи.

С нами они не разговаривали, меж собой тоже: известное дело. Чем ближе человек к настоящей власти, тем он меньше говорит.

Когда вели через посад — понабежали детишки, смеялись, пальцами показывали, свистели, и кто-то даже камнем кинул, однако не попал.

— Воров поймали! Воров поймали!

Я не обиделся и не расстроился. И даже камень, летевший мне в голову, меня не разозлил. С детей какой спрос? Мы не выглядели ворами. Воры не носят ярких руб с цветными заплатами, воры не стригут бороды, и от воров пахнет страхом, тайным чахлым лесным костром, а главное — кровью.

А от нас, шутов-скоморохов, пахнет хмелем и весельем: совсем другое дело.

У городских ворот толпа поспешила расступиться перед княжьим злыднем. Он не сбавил хода, и его широкогрудый вороной жеребец растоптал бы всякого, кто зазевался; но никто не зазевался. Голоса смолкли, и все посторонились, и оборотили к нам лица — и купцы, и бродяги, и древоделы, маслобои, и солевары, и раколовы, и гости из отдалённых краёв, с головами, обмотанными тряпками, и с головами, выбритыми налысо, и с головами, покрытыми глубокими меховыми шапками, и девки-потаскухи, и досужие бездельники, и привратные стражи с жирными шеями, — все притихли и смотрели.

А собаки, наоборот, забрехали яростней: их натаскали рвать каждого, кто связан, кого волокут на аркане.

Так я в четвёртый раз за одно лето вошёл в город Резан.

В четвёртый раз — и в последний.

По деревянному настилу главной улицы кони воинов пошли гораздо медленней, и мы с Митрохой перевели дух: уже не надо было задыхаться и смотреть под ноги, чтоб не упасть.

Сказ первый. Глумила

Я не чувствовал ни позора, ни стыда, ни вины, и мне было легко. Я бежал, задыхаясь и спотыкаясь, привязанный ремнём, следом за лошадиным задом — и ничего не боялся.

Выехав на площадь, злыдень направил коня к воротам княжьего дома — и створки ворот медленно, со скрипом разошлись перед нами.

Древние ворота, собранные, может быть, двести лет назад, были во многих местах перевязаны кожаными лямами и льняными жгутами, множество раз промазаны дёгтем — от гниения, и глиной — от пожара; они выглядели, как проход в иной мир, в запредельную вселенную богов и духов; невозможно было не затрепетать сердцем, глядя, как расходятся в стороны створки этих страшных, непробиваемых ворот.

Здесь Митроха оглянулся на меня и подморгнул левым, прямым глазом, но я не понял, зачем. То ли старик хотел приободрить меня, то ли предупредить о чём-то важном. На всякий случай я кивнул: мол, понял. На самом деле понимал только одно: люди прознали про нашу ночную схватку с оборотнем, и молва дотекла до княжьего дома.

И теперь за содеянное нас призовут к ответу.

Княжий двор был замощён дубовым деревом; огромные, шириной в шаг, тщательно стёсанные полубрёвна составляли сплошное покрытие. Я шёл, как будто плыл, ноги радовались опоре, — это было незабываемое ощущение.

Четверо стражников налегли на створки и закрыли въезд, и задвинули засов, вырезанный из целого бревна, гранёного по двенадцати краям.

Княжий злыдень спешился возле высокого крыльца; его жеребец, избавившись от седока, с облегчением фыркнул и наложил обильную кучу.

Из-за угла выбежал полуголый, поспешный раб, ловко собрал навоз в лопату — и исчез.

Позабыв про всё, я вертел головой, рассматривал.

Сколько тяжёлого вечного дерева ушло на эти ворота, на стены дома, на сваи для мощного крыльца, — страшно было подумать.

Ещё страшней было понимать, что моя жизнь здесь, за чёрными стенами, ничего не стоит.

Двое очень больших, на две головы меня выше, взрослых, невесёлых мужиков развязали нам руки, крепко ухватили за шеи и повели наверх, на крыльцо; втолкнули в дверь.

Мне захотелось отлить: то ли от боязни, то ли выпитое пиво взыграло в пузе.

В доме реяли чудные запахи, я словно попал в иной мир, в потустороннее беловодье.

Воины, доставившие нас с Митрохой, зайдя в полутёмную хоромину, тоже стали сопеть не так шумно, и не так рьяно бряцали своими железами; они постояли, ожидая чего-то, не дождались — и ушли.

Я увидел стены из брёвен высотой в рост человека и висящие по стенам бивни великанов.

И очаг из лесных камней, каждый камень — в полтора обхвата; целое берёзовое бревно дотлевало в очаге; для пришлого гостя здесь было слишком тепло, как у матери в утробе.

По углам хоромины под потолком были укреплены два змеиных черепа, каждый размером с лошадиную голову.

Издалека, сквозь толстые стены, невнятно доносилось красивое печальное пение и благородный звон гусельных струн: женщина выводила сложный мотив, умело тянула длинный лад. Языка я не разобрал, но, судя по ладу, то была побывальщина о том, как богатырь Святогор одолел неубиваемого змея Горына, которого, как всем известно, никогда не существовало.

Повсюду ярко пылали жирники; над ними восходил неверный сине-белый свет, но его не хватало, дальний конец хоромины терялся во мраке.

Козьи шкуры сплошь покрывали пол: в моей родной селитьбе каждая такая шкура могла согреть троих детей, а здесь они лежали десятками, внахлёст, серые от грязи, никто их не чесал и не чистил, — по ним ходили, как по траве.

В ближнем углу хоромины, в медном блюде размером с тележное колесо, курились незнакомые мне пахучие травы, распространяя тяжкий дурман.

А женщина где-то за стеной продолжала петь и щипать гусельные струны, то ли тоскуя о чём-то, то ли призывая кого-то.

Наконец, мои глаза привыкли к полумраку, и впереди, за очагом, я различил знаменитую костяную скамью: престол резанских князей.

С одной стороны, я восхитился: не каждому везёт увидеть такое чудо. Но одновременно и слегка разочаровался. Я думал, скамья сложена из толстых и кривых великаньих костей, из хрящей и сочленений, и перемотана сушёными великаньими жилами. Оказалось, что это всего только короткое низкое сиденье. Ничего лишнего. Изготовленная искуснейшими руками, каждая кость обточена и подогнана, прямые и изогнутые части образовывали единство, а по их поверхности сверху донизу был вырезан охранительный рунный став, множество раз повторённый.

Я, наверное, немного поплыл разумом, забылся, замечтался, — слишком необычным, странным, сумрачным, волшебным показался мне княжий дом и легендарная костяная скамья; но дед Митроха протрезвил меня, ударил в бок острым локтем, и глазами показал вперёд.

Я посмотрел, увидел: впереди, у дальней стены, в клетке из ивовых прутьев сидел ворон, чёрный, как безлунная ночь; косил блестящий угрюмый глаз, перебирал клювом перья под сильными плечами.

И я сообразил, что хозяева этого большого, благополучного дома явно близко дружили и со светлыми богами, и с тёмными, и с такими, о которых простые люди вообще ничего не знают.

Боковая дверь отворилась, и к нам вышел тот же княжий злыдень: на этот раз менее напряжённый, спокойный, переодевшийся в простую рубаху до колен, в ремённых сандалиях, с мокрыми волосами: видать, умылся с дороги, и браги хлебнул, и перекусил.

Пение за стеной смолкло; что-то должно было произойти.

Ворон в клетке глухо каркнул.

Открылась вторая дверь, и появилось, бесшумно шагая, тонкое существо в алом кафтане, расшитом серебряной нитью.

— На колени, — тихо произнёс злыдень.

Мы с Митрохой подчинились.

Юноша это был, или девушка, — я не понял. Губы были мужские, твёрдые, и подбородок крепкий, прямоугольный, и скулы упрямые и широкие, — но плечи слабые, как бы ненастоящие, как бы принадлежавшие кому-то другому: как будто голову взяли от одного человека, а руки и грудь от другого, а глаза и нос от третьего, и всё вместе не сложилось в единую телесную правду: то ли урод, то ли прекрасный полупрозрачный дух.

Серебро сияло, горячий воздух колебался, запах пахучих трав мешался с запахом горящего жира.

Длинную шею сверкающего существа в несколько рядов обнимали жемчужные бусы. Огромные печальные глаза полыхали насыщенной синевой, как будто небо сгустилось в два бешеных шарика, по бокам от прямого гордого носа.

Золотые ожерелья, невыносимо сверкающие, стекали с ключиц существа на его узкую грудь и дальше — на живот.

Существо ничего не сказало: стояло и смотрело.

Такой чистой, гладкой, белой кожи я никогда не видел; привык с младенчества к обветренным, загорелым лицам, ко лбам и щекам, тёмным от морозных ожогов, погубленным трещинами и морщинами; я стоял, изумлённый, и не отрывал взгляда от хозяина княжьего дома: он был словно облит топлёными сливками; он был удивителен.

Существо не село на костяную скамью, и даже к ней не приблизилось.

Злыдень поклонился и сообщил негромко:

— Это пришлые шуты. В доме Радима-кузнеца напали на нелюдя. Сетью ловили и били ножами. Но — не побили. Нелюдь ушёл. Никто не погиб.

Существо медленно кивнуло.

Я подумал, что такие подробности — насчёт ножей и сети — были известны лишь кузнецовым дочерям; наверное, они, дочери, и продали нас, сообщили княжьим людям.

Или, может быть, сам кузнец сходил и рассказал.

Митроха надсадно кашлянул и сделал движение, чтоб подняться с колен.

— Всё было по правилам, — начал он, — и смерти мы никому не желали... Нас попросили — мы вызвались... Оборотень начал первым... Его никто не звал, не приглашал, не подманивал... Не было ни колдовства, ни злого умысла... Он пришёл — мы прогнали... За нами нет вины...

На середине этой прочувствованной речи злыдень коротко пнул Митроху под коленку, и тот, потеряв равновесие, упал на пол. Тут я понял, что настала моя очередь.

— Нет за нами вины! — крикнул я. — Нас дочери позвали! Если б не позвали — мы бы не пошли! Нам закон велел! Мы лад и ряд соблюдаем, мы не убийцы!

Я был готов говорить сколько угодно, про закон, про лад и ряд, я жаждал доказать и обосновать свою, нашу правоту; но злыдень теперь ударил и меня тоже: отвесил затрещину.

Зубы мои лязгнули, я замолк.

Неслышно ступая ногами, обутыми в войлочные мягкие чуни, вошла рабыня, выгребла скребком сгоревшую траву в медном блюде, подкинула новой травы, и благородный терпкий дух усилился, сладкий дым поднялся волнами к потолку.

Голубоглазое существо изучило взглядом меня, и старика, и злыдня; синие зраки горели нездешним огнём.

— Это вы делали праздник на репейном холме?

По голосу я понял: девка!

Высокий и звонкий её голос мог бы показаться приятным, если бы не был таким тихим; наверное, девка привыкла, что все вокруг неё в нужный миг подбегают и внемлют, подставляя уши.

— Да, — сказал я. — Мы делали.

— Говорят, было весело.

— Раз говорят, значит, так и есть.

Для девки у неё были слишком длинные руки; а главное — от неё не исходило никакого плотского желания.

Я посмотрел в яркие глаза — их взгляд пронизал меня насквозь, поднимая во мне, вместо молодецкого ража, только тоску и робость.

Невероятная догадка обожгла меня, и я решил, что говорить больше ничего не буду, а постараюсь уйти отсюда при первой возможности, с наименьшими потерями для здоровья.

На девку я больше не смотрел. Принял смиренный вид и ссутулился.

Митроха был менее наблюдателен; получив тычок от злыдня, он снова попытался встать на ноги.

— Мы как все! — провозгласил он. — Мы живём по ладу и ряду! Людей развлекаем, а попросят — помогаем! Не пашем, не сеем, смеяться умеем! Дурные, шутейные — на все лады затейные! Кто грустит — тот дорогу к смерти мостит! А кто возразит — тот сам себе навредит!

Произнеся всё это, старый шут громко, звонко щёлкнул узловатыми пальцами.

Всё-таки он был молодец, этот кривой слабосильный старик, — раньше меня понял, что если мы назвались скоморохами — то сейчас нам надо действовать по-скоморошьи: гутарить, глумиться, исполнять беззаботных хохотунов, — авось не тронут.

Злыдень снова пнул Митроху, на этот раз кулаком под рёбра; тот охнул, замолк, но тут запел я: мы же глумилы, и если один вступает, другой должен подхватить; ударив себя ладонями по груди и коленям, я затянул:

*Всюду ходим, всюду лазим,
А кто против — того сглазим,
Девок всех приворожим,
Огуляем и сбежим!*

Смотрел прямо в синие глаза — но они ничего не выражали; я осёкся и замолк.

Хозяйка хоромины подняла ладонь. Я заткнулся тут же.

— Вы его видели? — спросила она тихо.

— Видели, матушка! — тут же ответил Митроха. — Видели, как тебя.

— Какой он был?

— Очень страшный! — сказал Митроха. — Глаза сверкают, а на руках вот такие кривые когти…

— Подожди, — вдруг сказала девка Митрохе и повернулась ко мне: — Лучше ты скажи.

Я задумался, но злыдень тут же отвесил мне подзатыльник.

— Очень сильный, — сказал я. — Красивый. Кожа бронзового цвета. Огромный. Но движется так быстро, что рассмотреть нельзя.

Не зная, что добавить, я замолк и развёл руками.

— Красивый? — переспросила девка.

— Да, — подтвердил я. — Красивый. Глаза большие, тёмные. Волосы длинные. Шея, плечи, руки — всё крепчайшее. Один раз ударит — человека пополам перешибает.

Девка помолчала; злыдень, стоящий за нашими спинами, вздохнул; ему, как я понял, не нравился запах благовоний.

— Вы слышали его имя? — спросила девка.

— Слышали, — ответил я. — Но не разобрали. Имя чудное, не людское. То ли «Свист», то ли «Хворост». Выговорить невозможно.

— Финист? — уточнила девка.

— Да, — ответил я, — верно! Хвинист. Пока скажешь, язык сломаешь. Хвинист, точно. Он.

Девка молчала.

— Ежели это ваш знакомец, — продолжил я, — так мы того не знали. И он не сказал. Если бы сказал, мы б его пальцем не тронули…

— Вы напали на него? — спросила девка.

— Нет! — встрял дед Митроха. — Он первый начал. А мы отбивались. Он в дом полез к хорошим людям. А мы мимо шли. Люди против нелюдя ополчились, и нас позвали, в помощь. Мы помогли, конечно. Прогнали нелюдя. Побить не побили, он против нас очень крепкий... Но кровь пустили, врать не будем...

Девка поморщилась, и золотые цепи на её груди слабо зазвенели.

Она пошевелила пальцами — злыдень пошёл к ней, двигаясь ловко и быстро.

Что сказала хозяйка княжьего дома — я не расслышал, то было совсем короткое распоряжение, едва несколько слов. Злыдень молча коротко кивнул, вернулся к нам и велел:

— Пошли.

Открыл дверь перед нами; снаружи ворвался ветер и солнечный свет; мы с Митрохой торопливо поклонились и вышли, а точней сказать — выбежали, столкнувшись меж собой в дверном проёме.

На крыльце злыдень подозвал стражника, стоявшего возле ворот: тоже молча, жестом, правда, более резким.

Я уже понял, что в княжьем доме слуги ловили каждый взгляд своих господ, подчинённые непрерывно ожидали указа от повелевающих, и никто не утруждал себя лишними словами. Наверное, в таком порядке имелась своя польза: в огромном хозяйстве проживало одновременно несколько дюжин воинов, рабов, старшин, домочадцев и прочих присных и подлых: если все они будут меж собой перекрикиваться, дом станет подобием пчелиного улья.

Стражник подбежал, заученно держа рогатину остриём вниз. Злыдень посмотрел на меня и Митроху недовольно, однако без ненависти.

— Вас трогать не велено, — сказал он. — А велено вот что: собирайте барахло, и чтоб духу вашего в городе не было. Ещё раз увижу — шеи сверну. Я вас запомнил. Особенно тебя, — и указательный палец, длинный и крепкий, как камень, ударил меня в грудь; я пошатнулся.

— Чего встали? — проскрежетал стражник. — Вперёд.

Мы с Митрохой тут же зашагали к воротам.

Оказавшись снаружи, не сговариваясь, ускорили шаг.

— Ты видел его? — прошептал я.

— Кого?

— Это был нелюдь! Девка в княжьем доме — она оборотень!

— Может, оборотень, — ответил старик. — А может, человек. Шагай живей.

— Таких людей не бывает!

— Всякое бывает. Будешь чаще заходить в княжьи дома — и не такое увидишь. Есть люди — хуже всякого оборотня.

Меня пробил озноб, я обхватил себя руками за плечи; теперь мы почти бежали.

— Она знает его имя! — сказал я. — Она знает, кто такой Финист!

— Ну и что, — ответил дед Митроха. — Мало ли откуда она знает.

— А вдруг это всё правда? Что говорят про этот город? Что резанские князья — нелюди?

— Не кричи, — ответил Митроха. — Каждый князь всегда немного нелюдь. И княгиня тоже. От власти, от денег человек меняется. Сначала внутри, потом и снаружи. А ещё больше меняется, когда загораживается от народа и сидит за стенами. Живёт в уединении, в страхе, в раздумьях, за засовами, за охраной.

— Всё равно не верю, — пробормотал я. — Ты её кожу видел?

— Видел. И не раз. Такая кожа бывает, когда годами из дома не выходишь. Белая. Меж князей считается признаком породы.

— Чего же они делают, сидя в доме?

— Читают, — сказал Митроха. — Это у них первое дело. Руны разбирают, и новые, и древние, и ромейские грамоты. Мало того — сами пишут. Иметь дело с грамотами — это первый княжий обычай, так боги велели. А грамоты выносить из дома нельзя. Во-первых, слишком редкие, во-вторых, чтоб не сглазили. Вот и представь, что ты сидишь в четырёх стенах, год за годом, и смотришь в грамоту, вместо того чтоб по улице гонять и в речке купаться. От такого сидения становишься белый, а глаза привыкают разбирать знаки, и куда бы ты ни посмотрел — везде видишь только знаки, и больше ничего. И как того нелюдя звали — это она могла из грамот вычитать. В грамотах чего только не записано. И про людей, и про нелюдей.

Не сбавляя хода, Митроха ловко зачерпнул воды из уличной бочки и бросил горстью себе в лицо, в бороду.

— То, что ты в княжьем доме от страха обосрался, — это ничего. Со всеми бывает. Но ты привыкай, малый. И прислушайся к совету. Не ходи по гульбищам. Ходи по княжьим домам. И умней будешь, и богаче, и про мир больше поймёшь. И дружка своего уговори. Пока молодые — не скромничайте, дерзей и наглей будьте.

— Нет, — ответил я. — Не хочу ходить по княжьим домам. Страшно.

Когда мы вернулись на стоянку, день клонился к закату. Ослаб дневной зной. С лесных опушек, из оврагов потянуло сыростью — даже в самую безжалостную жару она хранилась в песчаных руслах ручьёв, в толстых чащобных мхах, в болотинах и лесных ямах, заполненных тиной и лягушачьей икрой. Всё обещало бесконечно длинный и бесконечно спокойный тёплый вечер, пахнущий земляникой, дымом очагов, перепревшим навозом и горькой солью трудового пота, когда разомлевшие девчонки хворостинами загоняют по овинам и катухам столь же разомлевших, наевшихся до отвала коз и овец, когда жёны и матери семейств, измаявшись дневными хлопотами, уходят купаться в дальние затоны, подальше от мужских глаз, а мужья, пользуясь отсутствием жён, наливают себе добрый ковш бражки, а старики в истлевших войлочных сапогах выползают посидеть на крылечках и погреть кости на мягком солнце.

Не брехали собаки, не пели птицы — мир и тишина воцарились повсюду, и только стрекозы суетились неостановимо, блестели радужными крыльями, напоминая людям, что никакая земная тварь не бывает до конца согласна с покоем и благодушием. Даже в самое мирное и тихое время всегда есть кто-то, кто суетится в поисках куска еды, всё живое хочет жить дальше, и никто никогда не останавливается: ни человек, ни медведь, ни навозный жук.

Мир непрерывно вращается, насаженный богами на ось.

Нет ничего неподвижного.

Нет ничего нового — только очередное.

Каждую весну всё живое начинает очередную судьбу, а осенью всё засыпает, умирает.

Земляника родит землянику, князь родит князя, кабан родит кабана, берёза родит берёзу, шут родит шута, змея родит змею.

С этого круга нельзя сойти, эту цепь не разорвать никоим образом. Всё движется по кругу, мир движется по кругу, и сами боги тоже движутся по кругу.

Мы называли это «Коловрат».

Сейчас чаще говорят «коловращение», или просто «круг». И говорят мало. То ли надоело, то ли боятся. А сто лет назад, в мои молодые годы, разговоры и споры о Коловрате, о законах судьбы, об устройстве миров — у нас, молодых и неглупых, это считалось самой интересной, живой темой.

Коловрат — это было наше главное правило. Против Коловрата не пойдёшь. Всё вращается, повторяясь бесконечно во веки веков. Ничего нового не существует, нет ни прошлого, ни будущего, нет времени, мир стоит на одном месте, непрерывно оборачиваясь вокруг единой оси.

За осенью — зима, за весной — лето, за детьми — внуки, и это повторяется раз за разом.

Мы гордились своим пониманием мира, мы — потомки древних пожирателей великанов, мы были настоящие современные парни и девки; мы догадались, что всё бежит по кругу, и это понимание, эта вера дала нам спокойствие, укрепила наш дух.

Мы не властны над собой.

Человеком управляет Коловрат.

Он не бог, он — мировой порядок, животный закон.

Сначала мы живём жизнь зверя, а уж потом, внутри неё или поверх неё, живём жизнь человека.

Жизнью зверя управляет Коловрат.

Боги подчиняются ему так же, как и мы, как лягушки и тетерева, как лисицы и туры, как ящерицы и рыбы.

Коловрат нельзя ни остановить, ни преодолеть. Всё живое рождает потомство и взращивает его; цветёт, плодоносит — и умирает.

Это невозможно победить или переиначить.

Это Коловрат, судьба, основание существа каждого из нас.

И те из нас, молодых, кто верил в Коловрата, — становились по-настоящему счастливы, потому что не тревожились о завтрашнем дне, а крепче вживались в день сегодняшний.

Каждое утро они начинали новую жизнь и жили её до заката солнца.

Это была прекрасная пора человечества, мы все были очень спокойны: никто не загадывал дальше чем на три дня вперёд.

Всё решал Коловрат и боги.

Люди много смеялись, летом почти не спали, а если спали — то вдвоём.

Наша земля давала нам пищу со всех сторон, и тот период в жизни нашего народа я теперь считаю благодатным, прекрасным.

Завтрашний день терялся в тумане, его могло не быть, ночью могли напасть степняки, или упыри, или воры, или шатуны.

Люди жили сегодня, и все свои устремления и желания осуществляли сегодня, одним днём, и проживали очень длинную и полную событий жизнь от одного рассвета до одного заката.

Жить было просто: мы все знали своё будущее.

Каждый точно понимал, что его ждёт в середине лета, или в начале осени, или в конце зимы.

Каждый день имел значение, луна прибывала, обновлялась и убывала, звёзды совершали одинаковый путь, и мы всегда точно знали, в какой день нам следует бросить в землю зёрна, в какой день повязать животных, в какой день отдыхать, в какой день трудиться до девятого пота.

Когда мы вернулись — Кирьяк спал в шалаше, выставив наружу голые коричневые ноги, и оглушительно храпел.

Я заглянул в шалаш.

Девка давно ушла, но остался её запах, острый яблочно-имбирный дух.

Не испытывая ни малейшей жалости, я растолкал рыжего, заставил умыться — и всё рассказал, про княжий дом и девку, его хозяйку, то ли княгиню, то ли княжну, то ли человеческого рода, то ли нечеловеческого.

И предложил немедленно собирать вещи и отчаливать.

В безмолвии, обмениваясь кивками и жестами, мы свернули в узлы и торбы наши шкуры, и бубны, и котёл; погрузили в лодку.

Кострище затоптали, а кости, объедки и посудные ополоски оставили в углях, чтобы зверь, вернувшись на своё законное место, мог поесть тёплого.

Вот так это всё закончилось для нас: спокойным, почти немым летним вечером мы сидели на берегу огромной быстрой реки и смотрели на нашу лодку, гружённую до бортов.

Мы должны были немедленно сесть в эту лодку и двинуться в путь.

К полуночи — если идти на вёслах и под парусом — мы могли быть уже недосягаемы для резанских князей.

Берега в той части реки мы с Кирьяком знали хорошо, и в любой темноте нашли бы, где остановиться на ночёвку.

Но мы не отчаливали: сидели, сопели, жевали травинки, лодка стояла на жёлтой песчаной косе, большая, пахнущая сладкой тиной, хоть и старая — но крепкая, доверху заполненная торбами и мешками.

Молчали, вздыхали, друг на друга не глядели.

Наконец, Кирьяк не выдержал и сказал, что никуда не поедет.

Я тут же кивнул: тоже останусь.

Митроха поглядел на нас и расстроился, потемнел взглядом.

— Это против княжьей воли!

— Положил я на княжью волю, — грубо ответил Кирьяк. — Уедем, когда сами захотим.

— Завтра, — сказал я.

— Да, — сказал Кирьяк. — Завтра.

Митроха тоскливо ухмыльнулся и не выдержал: произнёс несколько таких слов, которых боятся даже лошади и быки.

— Так чего, — с тоской спросил он, — костёр снова палить?

— Не надо, — сказал Кирьяк. — Пойдёшь с нами.

— Да, — сказал я. — Все трое пойдём.

— А лодка? — спросил дед. — А бубны?

Тут Кирьяк вынул нож.

— Не пропадут бубны.

И разрезал себе ножом ладонь, и хорошо полил кровью нос лодки и борта пониже носа.

Сжимая кулаки, набирал полные горсти крови — и оставлял кровавые отпечатки своих ладоней на струганом дереве.

Я считал себя его товарищем — и я тоже, не медля, разрезал руку и пролил кровь — мы покрыли края бортов многими кровавыми отметинами: поднесли требу богу войны.

Конечно, кровная оборона не считалась сильной защитой уже тогда, как не считается и сейчас.

То есть, если бы мимо шёл смелый вор — его бы никак не напугали отпечатки на бортах лодки. Он, шагая мимо, утащит всё: и шкуры, и бубны, и рыболовные снасти, и меха с брагой, — саму лодку угонит, и кровная защита его не остановит никак.

Но почему-то нам казалось, что в этот день не пойдут мимо смелые воры. А тот, кто пройдёт, испугается отпечатков кровавых ладоней и ничего не тронет.

Потом умылись, прибрали вихры, перемотали сапоги и отправились в дом кузнеца.

Сам кузнец делал дело: звон ударов его молота мы услышали задолго до того, как подошли к воротам.

Старшая сестра ждала. Едва Кирьяк постучал в дверь — открыла, словно стояла с обратной стороны. Бросилась к рыжему, прильнула, жаром полыхнула, обвила голой быстрой рукой за шею — я хотел отвести глаза, но не смог.

— Отец в кузне, — прошептала. — Не бойтесь.

Мы трое кивнули молча.

В доме пахло едой; мы уселись за стол гораздо поспешнее, чем могли бы.

Старшая поставила перед нами братину.

— Требное. Утром курицу зарезала. Без костей, но с хрящами.

Неслышно вошла средняя сестра.

Обе они выглядели встревоженными, и когда старшая уселась напротив нас, молча жующих, хрустящих луком и редиской, — средняя устроилась рядом со старшей и прижалась плечом.

Сёстры совсем не походили на тех, кто победил, прогнал из дома злую напасть и зажил наконец мирно и счастливо.

Проглотив первый кусок и утолив голод, я ощутил душевную лень, захотелось набить пузо горячим — и заснуть; но я преодолел слабость и встал.

Я пришёл сюда не для тёплого приёма, и не ради мяса, лука и хрящей.

Пошагал в хоромину младшей дочери.

— Не надо, — сказала мне в спину средняя сестра, — не ходи!

Но я махнул рукой.

Марья сидела на том же месте, посреди кровати, в той же позе: прижав к груди узкие колени. В руках держала свою куклу, соломенную мотанку.

Ножи и верёвки были сняты с окна, и замыта кровь на полу.

На столе лежал пухлый, сладко пахнущий букет цветов и луконце с отборной ежевикой.

Но еда была нетронута, и Марья выглядела так же, как в начале этого дня, в той же рубахе и с теми же сжатыми губами. Только убрала волосы под платок.

Выбитая кузнецом дверь стояла, прислонённая к стене, и я решил, что правильней будет вернуть её на прежнее место.

Поднял дверь и утвердил в проёме.

Сообщил тихо:

— Я пришёл проститься. Завтра уезжаю.

Марья молчала, на меня не смотрела.

— Но если тебе нужна помощь, — продолжил я, — только скажи. Буду рад пособить. Просто скажи, что сделать, — и я сделаю.

Она подняла на меня глаза — я отступился.

Вдруг вспомнил, вынул из кармана мятое птичье перо. Показал. Протянул.

На лицо Марьи хлынул густой румянец; она взяла перо, стала рассматривать, заплакала — и тут же перестала. Прошептала:

— Он сказал, что я смогу его найти, если захочу.

Я подошёл ближе.

— Его нет. Всё кончилось.

— Нет, — сказала Марья. — Я видела сон. У него было изрезано лицо. Губы, нос и лоб. И глубокие раны на спине. Он сказал, что не вернётся. Не потому что пострадал, и считает виноватой меня, или моих сестёр, или вас. А потому что его отец, птичий князь, не разрешит.

— Сколько ему лет? — спросил я.

— Тринадцать. И его отец — князь птичьего народа и небесного города. Если отец запретит — сын не сможет покинуть дом.

— Подожди, — сказал я. — Всё это только слова. Ты не видела ни его отца, ни небесного города…

Сказ первый. Глумила

— Видела! — возразила Марья. — Он рассказывал, а я — видела! То, что он говорил, нельзя придумать! Их город парит в облаках много тысяч лет... Их народ птицечеловеков, сильных, крылатых, смертоносных, во всём подобных богам, теперь угасает... Князь хочет сохранить и умножить свой народ — но безуспешно...

Я подумал и сказал:

— Складно звучит. Но в это трудно поверить.

— Ну и не верь, — пробормотала Марья. — Никто не верит, и ты не верь. Я буду верить одна. Я не могу не верить, я своими глазами видела, как он летает.

— Хорошо, — сказал я. — Верь. Только зачем? Ты человек, он — не человек. Для тебя лучше, если ты про него забудешь. И вырвешь из своего сердца. И найдёшь себе хорошего парня...

— Не хочу, — ответила Марья. — Не нужен мне хороший парень. Вон их сколько. Выйти замуж, рожать детей, сидеть на одном месте, зимовать, летовать, стареть, толстеть — не хочу...

Надежда зажглась во мне; я набрался смелости и сел рядом с ней на узкую кровать.

— А кто тебя заставляет жить на одном месте? Хочешь посмотреть разные земли — пойдём со мной. Я где только не был. Четырнадцать рек исходил вперёд и назад. Степи видел, скифские курганы, и такие чёрные чащи, в которые даже волк не зайдёт. И змеев видел, и турьи стада. У меня и лодка есть, и деньги, и ватага наша — надёжная. Сама знаешь. Пойдём. Сразу легче станет. Дорога любую печаль лечит. И в дороге человек не стареет, ибо время его не течёт...

Повернув голову, смотрел сверху вниз — Марья едва доставала мне до плеча, и показалось, что от своего горя она ещё уменьшилась, усохла: как будто тоже стала оборотнем, и теперь понемногу, день за днём, убывала в размерах, из человеческой стати переходила в птичью стать, в иную природу.

И ещё показалось, что она не против, чтоб я её обнял, к себе привлёк; дрожь била младшую кузнецову дочь, и я бы мог эту дрожь унять: собственным теплом, током крови.

Но рука не поднялась. Оробел, смутился.

Робость нам дана в пользу. Робость удерживает от глупых и опрометчивых поступков.

И самые наглые и отважные из нас — часто бывают и самыми робкими.

— Нет, — ответила Марья. — Прости. Я не хочу глядеть на разные земли. Я хочу большего. Весь мир увидеть. Подняться к облакам и полететь, на запад и на восход. До Лукового моря, и до других морей. И до гор, на которые опирается небо, и до движущихся льдов, и до пустынь, засыпанных прахом.

Я рассмеялся. Всё-таки она была только девчонка, двенадцатилетняя юница, её разум изнывал от тоски по волшебному, небывалому, потаённому.

— Это сказки, — сказал я. — Нет никаких гор, на которые опирается небо. И пустынь из праха тоже не бывает. Посмотри на меня: я — глумила; я и есть тот, кто сочиняет побывальщины про горы, пустыни и движущийся лёд. На самом деле их нет.

— Есть! — возразила Марья. — Он рассказывал! Он видел! Он облетел по кругу все три мира: и средний, и верхний, и нижний. Не обижайся, но твой мир — маленький и тесный, а его мир — огромный. И ты ничего не можешь с этим поделать. Потому что не летаешь. А он — летает.

— Ну и пусть летает, — ответил я, не смутившись. — Он же нелюдь, и мир его — не людской. И тебе в том мире делать нечего...

Вдруг что-то изменилось вокруг нас; я ощутил беспокойство, оглянулся, прислушался; наконец, понял: смолкли звуки ударов кузнечного молота.

Пока мы говорили — отдалённый звон сопровождал нас, наполнял содержанием происходящее, а когда он пропал и наползла вязкая тишина — как будто и говорить стало не о чем, как будто смысл беседы и состоял в том, чтоб её обрамлял железный грохот.

— А ты? — вдруг спросила Марья, в этой глухой сильной тишине.

Сказ первый. Глумила

— Что я?

— Ты не веришь в движущийся лёд? В горы и пустыни из праха?

— Я — человек, и вера моя — человеческая. Я верю только в то, что делает меня крепче.

— Ну и зря, — сказала Марья. — Верить надо в то, что делает тебя моложе. Когда ты понимаешь, что мир безбрежен, — ты возвращаешься в детство. И живёшь, словно заново. Ты можешь быть сколь угодно крепок — но никогда не станешь крепким, как птицечеловек, или сильным, как великан, или злым, как гадюка...

— А мне и не надо, — возразил я. — Меня устраивает моё людское естество. И в пустыню из праха я поверю, только если сам по ней пройду. И назад, в детство, я не хочу, а хочу — вперёд, потому что детство я уже пережил, а взрослые годы — только начинаю. И я не хочу быть ни моложе, ни старше, а хочу прожить только этот, сегодняшний, день. Есть Коловрат, есть лад и ряд, это нельзя ни победить, ни опровергнуть. Зачем мне верить в горы до неба, если сегодня их нет вокруг меня?

Марья молчала.

Я так и не набрался храбрости дотронуться.

Я чуял ток её телесного тепла, я обонял её запах, я готов был сжать её в объятиях и ласкать, целовать, гладить, беречь, дарить подарки, ублажать, засыпать и просыпаться.

— Есть, — прошептала Марья. — Горы есть, я их вижу. А ты не видишь...

— Тогда прощай, — сказал я, встал и подтянул пояс. — Или, хочешь, пойдём со мной.

— Я уйду не с тобой, — ответила Марья. — Одна уйду. Отец сделает мне железные сапоги, железный посох и железный хлеб. И я уйду искать город птиц.

— В железных сапогах?

Марья пожала плечами: спокойная, решительная, сильная.

— Он так сказал. Финист. Он сказал — дойдёшь, когда стопчешь железные сапоги, собьёшь железный посох и изглодаешь железный хлеб.

— Ну и далеко, — спросил я, — ты уйдёшь в железных сапогах?

— Не знаю, — ответила Марья. — Мне всё равно. Он так сказал.

Я разозлился.

— Хорош гусь! То на крыльях прилетал, то прилетать передумал — теперь к себе зовёт! А идти до него — три года лесом!

Марья сверкнула глазами.

— Он не звал. Он хотел попрощаться. Это я спросила, как до него дойти. Он сначала ответил — никак. От земли до неба для людей дороги нет; только для птиц. Так он сказал. Но я не поверила. Попросила: «Подумай, вспомни, какой-то способ должен быть...» И он признался. Есть поверье. Дойдёт тот, кто стопчет железные башмаки и собьёт железный посох.

— Наврал он, — сказал я. — Твой Финист — наврал.

Марья рванулась возразить, тоже вскочила — я схватил её за плечи и тряхнул, довольно сильно, — может, даже слишком сильно для девки.

— Он тебя бросил! Его на ножи поставили — он хвост поджал и домой убёг! И оттуда весточку прислал: прощай навсегда, любимая и дорогая! Меня папка больше к тебе не пустит! А эта байка про сапоги — отговорка! Он тебя оставил! Ты ему не нужна! Это совершенно ясно.

— Нет, — ответила Марья. — Он не бросил. Он позвал.

Тоска омрачила меня, я отступил прочь, убрал руки, опомнился.

Из всех участников той истории я был самым трезвым и спокойным.

Марья едва не дошла до безумия в своей любви к потустороннему существу, птицечеловеку.

Её сёстры были напуганы появлениями этого птицечеловека, и вдобавок мучились завистью. Вчера они подлили Марье сонной травы, завтра, может быть, угостили бы смертным ядом.

Любовь кончилась в этой семье.

Отец Марьи, Радим, так любил свою младшую дочь, что был готов выполнить любое её желание.

Рыжий Кирьяк добился от девки любви и опьянел; оборотень Финист его теперь вообще никак не волновал, а волновала только Глафира, старшая кузнецова дочь.

Дед Митроха устал от суеты, длящейся третий день, испугался княжьего гнева и хотел только одного: как можно скорее исчезнуть, с зашитым в поясе серебряным богатством.

И мне казалось тогда, что я — единственный, кто понимает происходящее; единственный, кто может что-то поправить.

Если любишь людей, если их красота, их смех, их сила, их страсти восхищают тебя, — тогда ссоры этих людей, разногласия и взаимные обиды очень расстраивают.

Мир прекрасен, жизнь хороша, солнце горит, трава растёт, люди смеются. Зачем что-то портить?

Зачем мы всегда возражаем друг другу, зачем желание одного вызывает протест у другого, зачем миром правит обида?

И вот настал миг, когда надо было повернуться и уйти. Я посмотрел на Марью в последний раз, коротко кивнул, молча отодвинул дверь с прохода — и вышел.

Вернулся за стол.

Сёстры смотрели выжидательно — думали, что я что-то расскажу. Но я только придвинул к себе братину и бросил в рот куриный хрящ.

Всё кончилось.

Пользуясь опытом своих тринадцати полновесных лет, я наелся мяса — чего же не поесть, если дают, — и напился браги — чего ж не напиться, если наливают; потом обтёр тряпкой губы и руки, поблагодарил и вышел из дома.

Больше я никогда не видел ни Марьи, ни её сестёр, ни кузнеца Радима, ни их большого дома.

Но теперь, спустя сто лет, вижу всё, как въяве.

И дом, и молчаливых дочерей, и лучинный свет, и горячие куриные хрящи в луковых кольцах. И пылание огня в очаге.

И звон молота помню.

И дымный дух, и смятое мокрое пёрышко в ладони.

Мы наелись и напились, а когда вышли из дома во двор, увидели кузнеца: он стоял возле кузни, сгорбленный, медленный, и опускал в кадку с водой только что выкованный железный каравай, шипящий и исходящий тугим паром.

Кузнец вытер пот с чёрного лица. Мы поклонились ему — он в ответ кивнул.

Сытые и хмельные, в молчании, в мысленном смятении, мы дошагали до своей лодки, и здесь мой друг и брат, рыжий Кирьяк, объявил, что никуда не поедет: отложится от нашей ватаги.

Понятно было, ради кого.

Мы с ним дружили весь наш общий век, с пяти годов и доныне. Мы ничего друг другу не сказали, только обнялись.

Он снял с себя оберёг: петушиный клюв на кожаном гайтане. Надел на меня.

Я в ответ отдал ему свой нож вместе с ножнами.

Он оставался, чтоб побыть вместе со своей любимой ещё несколько ночей. Может быть, жениться, и увезти старшую кузнецову дочь. Или — если она не захочет уезжать — оставить, а спустя год ещё раз вернуться и снова позвать.

Здесь моему рассказу конец, дорогие братья.

Благодарствую за кров и еду, за меховую подстилку. И, конечно, за выпивку. А особенно — за ваше внимание, за ваши глаза, за то, как слушали. И как смеялись в некоторых местах.

Извините, если плохо развлёк.

Если кто-то чего-то не понял — спрашивайте. Любую подробность уточню и растолкую.

Всё, что вы слышали, — не завиральная басня и не глума, а настоящая быль. Ни полслова не придумано.

В город Резан я не возвращался много лет.

Сказ первый. Глумила

При прощании мы с Кирьяком уговорились, что его имущество я оставляю у себя, на свою ответственность. И постановили: через год, на праздник весны, встретимся в родном селище.

Обнялись, и даже немного поплакали.

Очень мне было тяжело, — всё-таки с детства вместе, в любом деле плечом к плечу, не разлей вода; я хотел было его отговорить, чтоб не очень надеялся на любовь кузнецовой дочки, — но не стал.

Человек следовал за своим удом: отговаривать бесполезно.

На том и расстались.

Из Резана мы с Митрохой пошли вниз по Оке. Я сразу предупредил, что домой возвращаться не хочу — что там делать? — и по обоюдному согласию мы двинулись по течению.

Днями плыли, ночью спали, почти не разговаривали.

Один раз прошла буря, мы едва не утопили лодку.

Другой раз купили у местных кувшин браги и сильно напились.

На четвёртый день пути старый Митроха сошёл в Косыре. Сказал, что здесь у него есть родня, и он останется до зимы.

На прощанье надавал мне советов, которые я тут же забыл все.

Во мне что-то согнулось, или вовсе лопнуло, — я обновился и повзрослел, и чужих советов не искал: я уже стал тем, кто сам готов дать совет, если спросят.

Потом я в разные годы встречал тех, кто помнил и знал деда Митроху: после расставания со мной он прожил ещё почти сорок лет и много дел натворил.

Хороший был старик, спокойный, умный. Но слишком сильно битый.

На прощанье он сделал мне подарок: сорвал с пояса медную бляху в форме медвежьей головы и вручил.

Я уже показывал вам эту бляху: вот, снова покажу. Да, зелёная: раньше я её каждые три дня песком чистил, чтобы блистала, а потом прошли годы, и заметил: от песка рисунок сглаживается. Каждая песчинка уносит малую часть металла, и если чистить каждый день на протяжении многих лет — вся бляха исчезнет, непрерывно уменьшаясь в размерах, как льдышка в горячей ладони.

Такую медь сейчас не делают: всю переплавляют в бронзу. А сто лет назад меди было больше, а бронзы меньше.

Глядите, трогайте, мне не жалко.

Помните, я говорил: всё, что делаю, делаю ради вашего удовольствия.

Распрощавшись с дедом Митрохой, я пошёл дальше по реке — куда глаза глядят.

Одному управляться с большой лодкой оказалось нелегко, но я приноровился.

В Нижнем городище, при слиянии двух великих рек, я отдал местному общинному старшине на хранение свой бубен и бубен Кирьяка, а также бо́льшую часть ватажного имущества, включая котёл. Заплатил, не торгуясь. Там же, у менялы, разрубил свои серебряные полденьги на две четвертины, и одну из четвертин обменял на медь. Серебро тоже оставил у старшины, а сам в одиночестве с кошелём медных монет, в лодке, в одно весло, в середине жаркого лета — отправился ещё ниже по Итилю, в степи, через земли скифов и хазар, и дошёл до самого моря, истратил всё, едва не погиб, утопил лодку, проиграл в зернь нож и пояс, продался в рабы и сбежал; много всего со мной случилось, но об этом в другом рассказе в другой вечер.

Скажу только, что спустя год мне удалось вернуться домой.

И вот, в родовой деревне, на весенний праздник, как уговаривались, я снова встретил рыжего Кирьяка.

Он рассказал, чем закончилась история младшей кузнецовой дочери.

Наутро после нашего расставания Марья ушла из отцовского дома.

Кузнец Радим сковал ей всё, что она требовала: и сапоги, и хлеб, и посох.

Сказ первый. Глумила

Кирьяк сказал, что старшие сёстры рыдали, бились и не отпускали младшую, держали за ноги и за локти, отец их оттаскивал и даже отливал водой из ведра.

Множество людей пришло смотреть, как уходит Марья: гремя железными подошвами, звеня железным посохом, согнутая под тяжестью котомки с железным хлебом.

Были те, кто считал, что Марья обезумела. Были те, кто плакал. Были те, кто дал ей в дорогу обычного хлеба, вдобавок к железному. Был соглядатай с княжьего двора. Был мальчик Велибор. Были ещё какие-то досужие бездельники, прибежавшие поглазеть, как малая девка в железных сапогах идёт искать любимого.

Она ушла по торной тропе в сторону Коломны, а куда дальше — никто уже не знал.

У Кирьяка не сладилось со старшей дочерью. Я не расспрашивал, почему. Кирьяк объяснил коротко: «Вредная».

Впрочем, это было понятно сразу.

Полюбить глумилу нетрудно, трудно замуж пойти. Богатые невесты не связываются с бездомными бродягами.

После ухода Марьи кузнец Радим перестал разговаривать с людьми, даже с дочерями, молчал с утра до ночи, объяснялся жестами, слух совсем утратил; но работу, конечно, не бросил. Кроме оружия, теперь начал ковать ещё и замки, запираемые сложными фигурными ключами, и продавал те замки по огромной цене.

Что до резанских князей — я так и не узнал, была ли княжья жена оборотнем, или мне только показалось. Спросить не у кого было.

Мы с Кирьяком снова сбились в ватагу, и много лет промышляли глумежом и шутовством, и каждое лето ходили всё дальше и дальше.

Нас мотало, словно были привязаны — и вдруг оторвали повод. То в Новгород, то в Могилёв, то в Закамье, то в степи.

Мы никогда не заходили в княжьи дома, устраивали только общие гульбища, под открытым небом, для всех.

Потом Кирьяк умер от моровой язвы.

Он так и не женился. Многие девки в разных городах любили моего рыжего друга, и наверняка у него где-то есть сыновья и дочери — но про то мне ничего неизвестно.

Его второе имя было Истр. Это значит «быстрый, как вода». Обычно люди с красным цветом волос отождествляют себя с солнцем — а вот мой друг сравнивал себя с водой, определял себя через воду.

Ему нравилось думать, что он, как вода, всюду может пройти, проникнуть, мгновенно нагрянуть и так же испариться. Смешно, конечно, но нам, когда мы сочиняли себе вторые имена, было по двенадцать лет, мы едва вступали во взрослое бытование.

Я сильно горевал по другу. Кирьяк мог бы добиться многого. Боги щедро его наградили, но жизнь отмерили слишком короткую: почему так бывает — неведомо.

С нелюдями и оборотнями я встречался потом не один раз. Но больше никогда на них не нападал, и если другие звали напасть, побить, прогнать, — отказывался и отговаривал других.

Однажды это был орёл, обращавшийся в старика. В другой раз это была маленькая девочка с собачьей головой. В третий раз это был змей на кривых лапах, с огромными острыми когтями, всюду оставлявший после себя древние руны, нацарапанные на камнях и стволах деревьев.

Всякие попадались существа — но ни один не заслуживал, чтоб я поднял на него руку.

Всё мне казалось, что тот орёл или тот змей, вернувшись из людского мира в свой тайный город, встретит Марью и расскажет, как я его бил, и Марья узнает, расстроится, будет думать, что я не поумнел.

А я поумнел.

Но, сказать вправду, в последние годы я совсем не встречал ни оборотней, ни шишиг, ни тем более птицечеловеков. Настали времена благодатные, урожайные, люди расплодились, стали заходить всё дальше в леса, по ручьям, по притокам, там, где раньше были непролазные дебри, — теперь пробиты тропы и даже поставлены пограничные знаки. А нежить, как и зверьё, людей не любит и от них уходит. Ни лешака теперь не встретить, ни мавку, ни анчутку. Отступили, бежали в глушь. В последний раз я встречал потустороннее существо лет тридцать назад, и не само существо, а только его послед: окаменевшее змеиное яйцо. Помню, я его продал ведуну за пятнадцать новых кун; тот ведун делал из змеиной скорлупы какое-то снадобье.

Конечно, я верю, что девка Марья дошла до небесного Вертограда, и отыскала любимого Финиста, и до сих пор живёт с ним душа в душу. Я в этом совершенно не сомневаюсь, и вы не сомневайтесь. Дошла непременно.

Помог ли ей железный посох, утоляла ли её голод железная краюха, — неважно.

Важно, что я в ней уверен.

И забыть её не могу. Слишком громадна была исходившая от неё сила. Слишком густа и горяча была великанья кровь, её наполнявшая.

Она могла бы стать мне хорошей женой. Но я не умел летать, а она искала того, кто умел.

Иногда — вот как теперь, в кругу товарищей, в тепле, за столом, полным еды и питья, в добром здравии — мне кажется, что птицечеловеки — не отдельный народ. Мы все — калужские, муромские, новгородские — и есть птицечеловеки, только забыли, как летать.

Говорят же волхвы, что всё живое есть единое целое сущее, связанное одной на всех кровью. Значит, в каждом нелюде заключён человек, а в каждом человеке — крылатый оборотень.

И бывало, что я стою на холме, стучу в бубен, вокруг пылают костры и пляшут люди, пот заливает глаза, пустая голова гудит, разум не понимает, где верх и где низ, — и вдруг кажется, что вот-вот обрасту перьями, и руки обратятся в крылья, и в несколько сильных взмахов поднимусь надо всеми, и меня понесёт по небу, как несёт спящего ребёнка молочная река с кисельными берегами.

Да, вот это хороший вопрос. Спасибо, брат, что задал его. Почему не заходил в княжьи дома? Почему не стал шутом при каком-либо правителе? Если дед Митроха горячо советовал? Сулил серебро, мёд и мясо?

Во-первых, не каждый совет идёт к пользе. Во-вторых, меня не тянет к князьям. Мне с простыми людьми легче и веселее. Я люблю простых, а князей пусть любят те, кто возле них подживается.

В-третьих, с тех самых пор боюсь: зайду в княжью хоромину — а там нелюдь сидит, в облике князя. И что делать тогда? Убегать? Или глумиться? Непонятно.

Хорошо не думать про князей, а быть от них свободным.

Помните: земля под нами свободна, и свобода вливается в нас через подошвы, и наполняет до макушки.

Хочешь быть свободным — просто иди по земле, шагай куда-то.

Теперь мне пора. Не хочется уходить, но надо. Если буду сидеть сиднем на одном месте — умру скоро. Чтобы жить, надо шагать. В пути человек не стареет, ибо время его не течёт.

Отсюда пойду на север.

Прощайте все.

Очень люблю вас, и любить буду.

Помните меня. Моё первое имя — Иван, а второе, заветное — Корень.

А третье имя, смертное, не скажу — его только богам говорят.

А вы — не боги.

Сказ второй

Кожедуб

1.

Чтоб собрать боевую броню, нужно всего два орудия. Нож и шило.

Кожу приносит тот, кто заказывает работу.

Нож, конечно, лучше железный. Но можно и бронзовый.

Медный хуже, быстрей тупится. Да и кто сейчас работает медными орудиями? Они давно устарели.

Я с одного взгляда отличу, каким ножом работал умелец. От мягкого ножа шнуры по краям неровные.

Вот, гляди на мой панасырь. Он сделан бронзовым ножом. У меня есть и железный, но я его берегу. Использую в работе только на заказ. А если для себя — сойдёт и бронзовый.

Конечно, сам доспешный умелец должен носить наилучшую, искусно сделанную броню, чтоб демонстрировать свой навык любому и каждому. Спросят: кто ты? Кожевник, доспехи вяжу. А где посмотреть? А вот, смотри. И показываешь бронированный локоть.

Но на деле лучший и самый красивый доспех всегда идёт на продажу, а для себя оставляешь то, что другим не сгодилось. По поговорке: сапожник без сапог.

Ты смотри, смотри. Кожа вымочена в отваре дубовой коры. Каждая пластина по краям скруглена и обточена об камень. Не должно быть ни заусенцев, ни острых углов, иначе в бою помешает. Не согнёшься вовремя, или не поднимешь руку на нужную высоту — и всё, пошёл пировать за столом отцов.

Всякая мелкая часть в доспехе должна быть гладкая; хороший панасырь обливает тело, как вторая кожа.

Конечно, каждую пластину я полирую отдельно: сначала об камень, потом пальцами. Не сам полирую; для этого есть ученики.

В моём ремесле без ученика, помощника — невозможно, иначе с ума сойдёшь.

В одной броне — двадцать пять рядов, в одном ряду пятьдесят пластин, сам считай, сколько на круг выходит. И каждую пластину надо вырезать, обточить, пробить отверстия, продубить, высушить под гнётом, смазать салом — и только потом вязать.

Ещё бывает — просят покрасить. Принесут светлые кожи, а доспех хотят тёмный. На это я обычно отвечаю: красьте кровью врага. Это такая шутка, да.

На самом деле от дубления кожа без всякой краски сильно темнеет, особенно если добавить луковой шелухи.

Ещё можно покрасить ягодами, черникой или голубикой, но у нас так не принято: ягодами обычно девки свои тряпки красят, а кожа — она сама по себе хороша.

И следует помнить, что если вы будете использовать броню по назначению, то есть пойдёте в дальний поход на юг, несколько раз попадёте под дождь и прожаритесь под солнцем, любая краска сойдёт, пластины пропитаются вашим по́том, и цвет их будет серо-жёлтый.

За отдельную плату на каждой пластине можно выдавить руну: обычно просят воинские, или охранительные, или чёрные руны.

Хочешь посмотреть нагрудник — смотри, не жалко. Это совсем древняя штука. Костяная броня на волосяных петлях. В таких бронях древние люди охотились на великанов или дрались меж собой каменными топорами. Очень дорогая вещь. Не продаётся. Костяные пластины вырубают из бычьих берцовых костей, реже из рёбер. Это занимает много дней. Степняки для той же цели используют конские копыта. Потом каждую пластину долго обтачивают ножом. Потом ещё дольше крутят шилом отверстия. Костяную броню не пробивает ни стрела, ни копьё, ни медвежьи зубы. Но в изготовлении — очень сложно, долго и дорого. Если бы мне теперь заказали полный костяной панасырь, я бы взял чистой меновой бронзой, по весу, один к одному.

Но давно никто не заказывает.

Доспехи из бычьих и свиных кож легче, дешевле, а прочность — понятие спорное. В наш век наступательное оружие явно преобладает над оборонительным. Полноразмерное железное сажало пробивает любую броню, а где не пробьёт — там сокрушит кости воина. Хоть обвешайся защитой в три слоя — если тебе прилетит большим железным мечом со всего замаха, в ключицу или в шею, — не спасут ни броня, ни охранительные руны.

Нет, померить не дам, бесполезно мерить. Я ниже тебя и в груди шире. А доспех вяжется строго в размер заказчика. И пока я вяжу его — пять дней подряд, — заказчик каждый день должен приезжать и примерять.

Иногда заказчик очень богат и очень занят — например, это князь или его ближние люди. Им некогда каждый день приезжать и примерять. Тогда, за отдельную плату, я вырезаю из мягкой сосны деревянного болвана, с размерами, совпадающими с размером заказчика, с той же шириной плеч и тем же обхватом груди и пояса, и вяжу броню на болване. Но так бывает редко.

И если хозяин доспеха за год раздобрел или, наоборот, сбросил жир в походе — он приходит ко мне опять, и я перевязываю ему доспех заново.

Ещё делаю шлемы и щиты, опять же — кожаные, по скифскому образцу. Считаю, у скифов была лучшая оборона. Скифский кожаный щит мало весит, гнётся, оборачивается вокруг спины, и при этом держит удар меча и стрелы, а копьё и рогатина в нём застревают.

Мой отец однажды показал мне скифский щит бычьей кожи, — каждая пластина того щита была сложена из нескольких более тонких пластин, сдавленных под гнётом и склеенных, как гуннский лук, костяным клеем. Этот очень старый, во многих местах полопавшийся щит тем не менее гнулся по четырём сторонам и легко держал удар любого железного оружия.

Я занимаюсь этим делом с пяти годов, обучал меня отец, такой же оружейник, а его обучал дед.

Броня, которую я делаю, — лучшее оборонительное оружие в мире.

Она почти ничего не весит, её можно свернуть в узел, стянуть ремнём и кинуть за спину, а на привале — расстелить и спать на ней. Об неё можно и нужно вытирать руки. Её можно носить пешему воину и верховому. Её можно и нужно в жару носить на голое тело, а в холод поддевать рубаху или войлочный поддоспешник.

Броня состоит из полутора тысяч одинаковых пластин, каждая размером с большой палец взрослого мужчины. Каждую пластину можно легко вынуть и заменить на другую. Пластины можно связывать меж собой и волосяными, и кожаными шнурами, и бычьими жилами, и медной проволокой; сам хозяин доспеха легко может поменять одну или несколько пластин, потратив на это часть вечера.

Всё, что я знаю об этом, я знаю от отца и деда. Но кое-что и сам понял.

Лучшую кожаную броню делают кочевники, живущие далеко на юге: скифы и сарматы. Славяне, обитающие в лесах и по краю лесов, не имеют в пользовании такого количества скота, но тоже неплохо умеют обрабатывать шкуры животных, особенно, как я уже говорил, преуспели в дублении.

Шкура, хорошо и правильно вымоченная в растворе дубовой коры, становится крепче камня, но при этом не теряет своих свойств, хорошо впитывает жир и сало.

Наборная кожаная броня возникла за много столетий до нашего рождения.

В дальних походах я видел на чужих воинах брони и доспехи, доставшиеся в наследство от прапрадедов, но сохранившиеся так, будто были связаны вчера. Кожа, как все вы знаете, не гниёт.

Сказ второй. Кожедуб

По мере того, как расширялась каста воинов, увеличивалась и нужда в боевых доспехах. Броня отличала воина от прочих, и каждый воин хотел иметь свою броню, сделанную по собственному разумению, не похожую на остальные. Поэтому не бывает двух одинаковых броней, каждая чем-то отличается от другой, даже если собрана одним умельцем: один просит наплечники пошире, другой вместо шнуров желает иметь лямки с медными или костяными пряжками, третий желает шлем с забралом, и чтоб на забрале была выжжена раскалённой иглой зверская морда.

Каждый мальчишка в пять лет начинает рисовать свой доспех, царапая ножичком по берестяной глади. А в двенадцать идёт наниматься к князю. И если князь его наймёт и выдаст задаток — такой парень сразу бежит к оружейнику и заказывает ему кожаную броню с нагрудником и наплечниками, придуманную в пять лет, в восемь — усовершенствованную. Взлелеянную, вымечтанную.

Смотри на мою броню: видишь? Полторы тысячи одинаковых кожаных пластин.

Гляди: она переливается, как вода.

Ничего лучше нельзя придумать.

Но я придумал.

Теперь смотри вот сюда.

Эта броня ещё лучше. Она крепче железной. Это связано из очень маленьких пластин, каждая размером с ноготь. В каждой пластине восемь дырок, пробитых железным шилом. Эта броня гнётся во все стороны, а вдобавок выглядит страшно, как кожа древнего великана. Это лучшая броня из всех, какие бывают.

Про цену я ничего говорить не буду. Я не торговец, я не умею. Я объясню, как это выглядит с моей стороны.

За год я могу сделать пять полных броней, включая панасырь, шлем и щит.

Кожаные делаются быстрее, костяные — гораздо медленней.

За жизнь я могу сделать от семидесяти до ста полных броней. Можно и больше — но я не знаю, когда мои глаза ослабнут. Доспешные умельцы часто работают при свете лучины или костра, и обычно к тридцати годам зрение их портится.

То есть, каждая броня, каждая большая работа для меня особенная: мне суждено связать сотню щитов, и сотню шлемов, и сотню нагрудников, и две сотни наплечников.

Думаете, это много?

Это ничего.

Я знаю, что шлем, который я сделал вчера, — девятнадцатый по счёту, и мне осталось ещё примерно восемьдесят шлемов, если проживу полную жизнь, если не помру от болезни или не убьют.

Выходит, что каждая моя работа — штучная, особенная.

Половина моих шлемов и щитов будет утоплена в морях, озёрах и реках, а другая половина, в виде рассохшихся, разрубленных реликвий, осядет в дедовских сундуках: раз в год, в середине весны, в день начала ледохода, по старому обычаю, дед достанет шлем, выйдет на воздух, сядет на лавку у двери, вытянет голые синие ноги и будет мазать шлем бараньим салом.

А тебе будет десять лет, и ты захочешь крикнуть: дед, ты слишком редко достаёшь из сундука свой шлем! Его надо смазывать не раз в год, а каждый месяц! За оружием нужно ухаживать, дед!

А дед ничего не ответит, закончит мазать и даст тебе померить, и ты удивишься, какой он твёрдый изнутри, этот шлем, и поймёшь, что он тебе пока велик.

Нынешнее лето беспокойное. Жаркое, дождливое и ветреное. Ещё не было солнцестояния, а уже прошли две сильные бури. В моей деревне вывалило с корнем несколько яблонь и снесло крышу у вдовы мукомола.

Нашу прежнюю родину — зелёную долину — со всех сторон окружали горы. В тёплое время года часто шли дожди и гремели грозы, но бурь и сильных ветров не было.

Старики говорили, что в духоте и сырости змей чувствовал себя лучше, кричал громче и чаще.

Да, я перейду уже к главному, к рассказу про змея — ведь я собрал вас всех не для того, чтобы похвалиться своими бронями и доспехами.

Когда-то очень давно, во времена наших пращуров, змеи владели землёй. Мир был сырым, жестоким и душным, таяли тысячелетние льды, жар Ярила нагревал почву, и змеиный род, изойдя из хладной тьмы, расплодился до бесчисленного количества.

Говорят, были змеи крылатые, плавающие, ползающие и бегающие, а также подземные; всех размеров и телесных укладов.

Говорят, боги не хотели создавать змей, а хотели создать людей. Но змеи сами возникли: были рождены от безглазых земляных червей. И пока боги думали, как быть, — потомство червей размножилось и унаследовало средний мир на много тысяч лет.

Каков был возраст нашего змея — никто не знал. Но все понимали: тварь была очень старая. Считай, полумёртвая.

Обычно змей кричал два раза, на рассвете и на закате, но мог заорать и в течение дня.

Его крик разносился до самых окраин долины, его слышали во всех восьми деревнях.

От его крика люди впадали в тоску и тревогу, дети плакали и по ночам плохо спали, а у женщин скисала еда в горшках.

Но мне всё равно нравились и те наши душные, комариные теплыни, и запах пересохших мхов, и свист стрижей над реками.

Хорошие были времена. Хорошая была долина. И крики гада, доносящиеся издалека, почти не портили удовольствия от жизни.

Всегда есть что-то, что мешает насладиться солнцем, сытостью, девичьими песнями.

Всегда есть какая-то тварь, изнывающая, пока обычные люди ищут своего обычного благополучия.

Конечно, все мы ненавидели этого гада и ждали, когда он подохнет и перестанет орать.

Но он не подыхал.

Разума он не имел. Точно известно. Змей ничего не понимал: это был бессловесный, безумный, безжалостный узел из мяса и костей.

И когда весенним вечером он исторгал длинный надсадный вой — дети, подросшие за зиму, спрашивали у взрослых:

— А кто это кричит?

Взрослые отвечали:

— Это Горын за тыном.

2.

В тот день было особенно душно, и я радовался, что моя броня хорошо впитывает пот и не даёт сопреть голому телу.

Со мной шли двое: из деревни Сидоры — один, и из деревни Уголья — второй.

Первого, сидорова, звали Тороп. А другого, угольева, звали Потык.

Тороп из Сидоров был длинный, молчаливый мужик, взрослый, лет восемнадцать или девятнадцать, при усах и бороде.

А Потык из Уголий едва справил двенадцатилетие, борода у него не росла ещё; его впервые допустили к жребию, теперь он страшно гордился и выпячивал грудь.

Ни тот, ни другой никогда не ходили на змея, и при начале дела я сразу обоим объяснил, чтобы слушались меня беспрекословно, иначе живыми не вернутся, а ещё хуже — если вернутся живыми, но покалеченными; кому нужен калечный мужик?

Малой Потык взял с собой свою палицу — слишком лёгкую, мальчишескую. Я принудил новичка вернуться домой и оставить игрушку в отцовской кладовой.

И когда вошли в лес — первым делом я сделал парню доброе взрослое оружие: отыскал подходящий трёхгодовалый дубок, срубил на уровне пояса, затем ножом обрыл землю вокруг ствола и вывалил могучий комель. Далее усадил Потыка за работу: обрубить корни, придать тяжкой части правильную округлую форму. Так понемногу новичок изготовил замечательную боевую дубину, настоящий ослоп; попадёшь с размаха по голове — и не станет головы.

Малой Потык помахал, приноравливаясь, остался очень доволен и запел старую песню: «Дубину выбирают по руке».

Правду сказать, мне никогда не нравилась эта песня. На самом деле дубину выбирают не по руке, а чуть тяжелей, чем рука хочет. В первый раз должно быть трудно и неудобно. И вообще, когда бьёшься дубиной — главное вовсе не рука, а плечо и спина. Молодому, начинающему дают не удобную дубину, а тяжёлую. Потом, когда в жилах накапливается навык, оружие меняют на ещё более тяжёлое. Учебные палицы вдвое больше боевых: кто привык и овладел, тот в битве не пропадёт.

Но я всего этого объяснять не стал. И пока мальчишка горланил песню — молчал.

В конце концов, мы шли не на битву.

Отправились дальше.

Лесов у нас в зелёной долине много: один прозрачный, другой звериный, третий глухой, и были ещё дальние леса, ледяные, запретные, и ещё разные другие.

Горын сидел в глухом лесу, идти до него было — три дня.

Прозрачный лес начинался с березняка (оттого и «прозрачный»), потом шли холмы и дубравы, с землёй, сплошь изрытой кабанами. За дубравами — озеро. Там кончались тропа и первый лес, и начинался второй, звериный, и тропы в том лесу тоже были только звериные, да и тех наперечёт.

Но и в звериный лес люди ходили каждый день, и даже дети и юные девки: через тот лес текла мелкая речка, в которой можно было найти перлы. В наших деревнях каждая девка имела ожерелье из перлов, и были целые семьи, кормившиеся только собиранием перлов и ничем другим.

Вот, посмотрите, среди нас есть вдова мукомола, на ней как раз такое ожерелье.

Но не буду отвлекаться.

Двадцать вёрст до озера мы прошли с одной лишь остановкой. Спешить было некуда, и вообще, глупо. Чтоб хорошо застращать змея, требовались старания троих крепких мужчин, так что по пути силы следовало не тратить, а наоборот, сберегать. Каждый из нас тащил, помимо рогатины и шлема, тяжёлый узел с походным и боевым снарядом: кусками смолы для изготовления светочей, кожаными верёвками, точильными камнями для ножей, шкурами для ночлега, вязанками бересты для розжига костров, тряпичными лоскутами для перевязывания ран и ещё множеством другого всего. Мне, привыкшему к походам, было не слишком трудно, а вот мои товарищи, я видел, взмокли и выдохлись, и я заранее решил, что у озера мы сделаем большой привал и искупаемся.

Потык отдыхать не хотел, ему, молодому, не терпелось рвануть в драку, новой дубиной помахать, — пришлось мне тогда отвесить ему затрещину, вполсилы.

— Делай то, что тебе велят, — сказал я. — Если скажу: беги, ты побежишь. Если скажу: зарывайся в землю — ты зароешься в землю. Понял?

— Понял, — ответил малой, покраснев от обиды.

— Вижу, что не совсем, — сказал я. — Но поймёшь понемногу. Я вас веду, я вами руковожу, я вам приказываю. Но не потому что власти хочу, а потому что у меня опыт есть. Вы у тына не были, а я был, много раз. Я иду с вами не для забавы, а по обязанности. Вас по жребию отобрали, а меня князь послал. И мне надо, чтоб мы, все трое, дошли до места, сделали дело и назад вернулись, целые и невредимые.

Смолчал Потык, не возразил, — умный парень оказался.

Когда подошли к озеру — услышали голоса, пение и хлопки в ладоши.

Сбросили поклажу, оставили в кустах дубины и рогатины, вынули ножи; ползком, пластаясь, выбрались на открытое место, и увидели: в воде у берега играли мавки.

Малой Потык охнул от изумления и тут же стал шёпотом заклинать богов, и большими пальцами отгонять злых духов; пришлось опять дать ему подзатыльник, чтоб заткнулся.

Сказ второй. Кожедуб

Мавок было пять, если считать по головам, но под водой могли быть их сёстры, постарше и поумнее — из тех, кто никогда не показываются на поверхности, зато если войдёшь в воду по пояс — ухватят за ноги и утащат в омут, и ты пропал; сгинешь ни за грош.

Так что если заметил у берега мавку — не спеши кидать камнем; рядом могут сидеть ещё несколько. Ты в них камнем, а они в тебя, в ответ, донным илом, в десять рук, не успеешь моргнуть — весь будешь в грязи с ног до головы.

Пять молодых мавок сидели по грудь в мелкой воде рядом с песчаным откосом, пели и пересмеивались, грелись; вода сверкала на солнце удивительными славными красками: то пурпуром, то фиолетом, то золотом; я засмотрелся на самую юную, с красивыми грудями и плечами, но Тороп толкнул меня локтем и показал в сторону.

На берегу была ещё одна: сидела шагах в десяти от края. Не мавка — человек.

Девка. С ногами.

Русоволосая, тонкая, невысокая, закутанная в драное тряпьё.

Тут я понял, что пение и игры затеяны ради этой девки: она не отрывала взгляда от мавок и улыбалась, и вот-вот должна была скинуть лохмотья и зайти в воду, и на том закончить свои земные дни.

Я присмотрелся к сидящей на берегу девке и вздрогнул: она была похожа на ту, что я любил когда-то.

Вернулась, нашлась! — едва не закричал я.

Но волосы у моей любимой Зори были тёмные, а у этой, незнакомой, — светлые. И я понял, что обознался.

— Ножами ничего не сделать, — прошептал Тороп. — Надо вернуться и взять рогатины.

Тем же макаром, пластаясь в зарослях осоки, мы вернулись к месту, где оставили котомки и оружие.

Малой Потык не имел рогатины, только нож и палицу, про которую я уже говорил; зато у нас с Торопом были крепкие, проверенные, осиновые, в рост человека, с бронзовыми остриями: со своей рогатиной я трижды ходил на россомаху и медведя. А также ходил и на врагов, но только в дальних походах; об этом сообщу позже.

Одна россомашья шкура до сих пор со мной, я на ней сплю.

Наконец, у меня — единственного воина из троих — имелся боевой топор из крепчайшего железа: подарок отца на совершеннолетие. Но я его берёг и не пускал в дело без веской причины, а носил всегда за спиной, в петле.

— Ну и ну, — тихо сказал возбуждённый Потык. — Пять мавок! Они что, всегда тут живут?

— Кто их знает, — сказал я. — Ты хоть раз мавку видел?

— Одну видел, — признался малой. — Побитую. На берегу валялась. Мне шесть лет было. Мы с друзьями хотели волосы у неё отрезать, думали, она без сил… А она — глаза открыла, да как закричит! Подпрыгнула — и в воду. А мы со страху обосрались.

— Это хорошо, — сказал Тороп. — Обосрался — значит, запомнил.

Мы поправили брони и надели шлемы.

У Торопа была лёгкая и удобная броня — трёхслойный льняной поволочень, густо стёганный шерстяной нитью, а по груди укреплённый несколькими медными щетинами. Я знал умельца, делавшего такие брони: он перенял образец у кочевников, а те, как он утверждал, в свою очередь, переняли у ромеев.

Собрались, двинули к озеру, уже не хоронясь, в полный рост, скорым шагом.

— А как мы с ними справимся? — спросил Потык. — На одну мавку всемером ходят, а их там пятеро… А нас — трое…

— Никак не справимся, — ответил я. — Но жути нагоним, и девку уведём. Ты, главное, вперёд не лезь.

Нам оставалось шагов сорок–пятьдесят, когда мы услышали истошный визг нескольких нечеловеческих глоток.

Только мавки могут так визжать: от их дурного вопля закладывает уши, и озноб по всему телу, и ноги к земле прирастают. Но я пересилил себя, перехватил рогатину, побежал.

А уже никого не было ни в воде, ни на берегу: только плеснуло посреди озера, на миг показались зелёные волосы, и эхо прогулялось меж еловых ветвей:

— Зря... Зря... Зря...

Я первым дошёл до места, где сидела девка. Здесь трава была примята и лежало драное рубище, а рядом — тощая котомка. Хорошо заметен был след: раздевшись, несчастная приблизилась к воде, вошла едва по колено — далее её схватили и утащили на глубину.

— Что ж она... — пробормотал малой Потык. — Как же они её... Когда успели?

— Успели, — угрюмо сказал Тороп. — Нежить своё дело знает.

Потык задрожал и покрылся пятнами. Я уже понял, что парень был боевой и резкий. Он схватил с земли камень, гневно заорал, швырнул подальше в воду.

— Твари! Твари!

— Угомонись, — сказал Тороп. — Уже всё. Сгинул человек. Ничего нельзя сделать.

— Можно! — крикнул малой Потык. — Я людей приведу! У меня все друзья — рыболовы! Возьмём сети, бредни! Пройдём всё озеро от берега к берегу! Всю нечисть переловим! Изломаем на позвонки!

— Пробовали, — ответил Тороп. — Ловили, ломали. Они возвращаются. Они, как мы, живут здесь и всегда жить будут. А ты что же, ничего этого не знаешь?

Потык поискал, нашёл второй камень и швырнул вслед первому. Поднялись брызги — но как поднялись, так и упали, и снова вода разгладилась: не вставали со дна пузыри, не дёргала плавниками рыба, как будто всё умерло и сама вода обратилась в мёртвую.

— Знаю лучше вас, — ответил Потык. — Чтоб вы понимали: меня волхвы в ученики берут. Это лето — последнее, осенью я уже буду служить при требище. Я три языка знаю, и все руны: и древние, и новые, и запретные. И про нежить тоже много знаю...

— А раз знаешь, — перебил Тороп, — так молчи. Кто сказал — тот проиграл. Молчи.

Но малой Потык не хотел успокоиться, он заплакал и стал искать третий камень, однако не нашёл.

— Она только что тут сидела! И что? Всё? Её — нет? Утопили?

Я оглянулся на Торопа: он тоже горевал.

Это был тяжёлый момент: мы шли совсем за другим делом, никого не трогали, и никакие мавки нам были не нужны. Три деревни отрядили нас, чтоб угомонить змея. И вот, в самом начале пути, когда ещё не дошло до дела, — мы случайно увидели человеческую гибель.

Это был самый дурной знак из всех дурных знаков.

Я поднял с земли лохмотья: девичью рубаху длиной до колена, какие носят в тёплых краях. Чиненную и перечиненную, выгоревшую на солнце, со следами пятен крови на рукавах: хозяйка этой истлевшей рубахи явно часто делала богам красные подношения.

Под рубахой я увидел обувь погибшей девки. Необыкновенного вида сандалии с подошвой, целиком скованной из железа, с кожаными ремнями, также соединёнными меж собой железными скобами.

Обе железные подошвы были стёрты допуста и лопнули во многих местах.

Чья странная прихоть заставила девку носить на ногах железо — я не мог понять; но не удивился.

Здесь же лежали две чёрных от грязи, драных тряпки: обмотки-онучи.

В котомке не было ничего, кроме железного песта толщиной в палец и длиной в три пальца. Пест был отполирован, как будто девка много дней не выпускала его из рук. Очевидно, она держала этот странный предмет при себе в качестве оружия.

Скорее всего, подумал я тогда, эта девка — бродяга, сумасшедшая или, что вероятнее, больная.

В наших странных краях можно было встретить кого угодно. Одного из общины выгнали, другой сам ушёл, дурью маялся и попрошайничал, третий просто обезумел. Странных, чудных людей, оторванных от родов и от дела, шаталось достаточно.

Многие шли к нам. Зимой, конечно, было холодно, зато летом сыто. Орехов, ягоды, рыбы навалом. В хороший год мы даже хлеб не сеяли, потому что незачем.

Очевидно, подумал я тогда, сгинувшая девка — несчастное существо без рода и племени, зашедшее в наше межгорье в поисках еды.

Откуда у неё дорогостоящие железные изделия — оставалось неизвестным; скорее всего, девка происходила из богатой семьи.

Но и богатых много ходило по нашей земле: когда одни богатые ссорились с другими, они убивали друг друга, уничтожали семьи, разоряли и грабили дома. Богатые в один момент становились нищими беглецами.

Железные подошвы и железный пест я прибрал к себе, и предложил всем идти дальше.

Девка девкой, смерть смертью, а у нас было своё занятие.

Мы обогнули озеро по восточной, сухой стороне и зашли в звериный лес.

— Ты, — сказал я Потыку, — очень много шума делаешь. Если что-то увидел — не надо охать и ахать, не надо вообще ничего говорить. Надо слушать. Чужие звуки ловить, а своих не испускать.

— Понял, — ответил Потык.

— Не дави на него, — сказал мне бородатый Тороп. — Он смелый. У меня жена из его деревни. Они там все страшно смелые. Он ещё себя покажет.

— Не давлю, — сказал я. — Предостерегаю. И ты мне тоже не возражай, если хочешь целым домой вернуться. Или не хочешь? Я ж тебя совсем не знаю. Может, ты дурной и смерти ищешь?

— Не ищу, — сказал Тороп. — Наоборот. У меня, кстати, жена беременная.

Обменялись взглядами, кивнули друг другу и двинулись дальше в молчании.

3.

В середине вечера, наконец, мои ноздри ловят берёзовый дым: кислый, тёплый, домашний; мы выходим к пологому холму.

Мы смотрим на вросшую в землю хибару, собранную из брёвен в два обхвата, сплошь затянутую мхами и лишаями, чёрную от времени.

Двор вокруг хибары зарос лебедой, репьями и чертополохом высотой в полтора моих роста: чтобы подойти к дому, надо пробивать дорогу дубинами, снося лопухи и крапивные кусты, зудящие комарьём.

Здесь, по обычаю, мы заночуем. На полпути к цели.

В кривой избе старой ведьмы, известной под именем «Язва»: то ли пятым по счёту своим именем, то ли восьмым; неважно.

Она не сделает нам вреда.

Она живёт на краю второго и третьего леса.

Сколько ей лет — никто не знает.

Говорят, больше двухсот.

Расшибая дубинами дрянные будылья, репьи и сорную траву, мы минуем изгородь. На вбитых в землю шестах висят черепа. Меж обычных, человеческих, — видно черепа пращуров. Они гораздо больше по размеру, и носовые впадины шире, и челюсть выступает дальше, а зубы — через два на третий.

Древние люди лишались зубов в раннем возрасте; так говорят старики.

Но я не боюсь ни живых, ни мёртвых, ни нынешних, ни древних, никаких. Я дую в ладони и поднимаю их к небу, посылая в дар богу собственный тёплый выдох: пусть бог помнит обо мне, и когда он понадобится — я поднесу ему дорогой подарок.

Кости — повсюду. От шеста к шесту протянуты верёвки из самокрученных жил, и на верёвках, выбеленные солнцем, висят многие связки из волчьих, рысьих, кабаньих, медвежьих костей.

Сказ второй. Кожедуб

Истлевшие черепа постукивают друг о друга.

Оскаленные пасти, пустые глазницы, торчащие клыки.

Есть и рыбьи хребты, и треугольные щучьи морды, усаженные кривыми зубами.

Старуха выходит из дома нам навстречу: такая же высохшая, с мёртвым лицом на едва живом теле. И когда поднимает на нас жёлтые, жестокие глаза — мне кажется, что замирает ветер, и кости перестают бренчать, и качаемые под ветром ветви сосен окаменевают недвижно.

Мы кланяемся.

— Чего надо? — спрашивает старуха скрипучим басом.

— Еды и крова, — отвечаю я.

Это особый ответ, условный. По договору меж общинами и родами старая ведьма обязана дать ночлег каждому, кто идёт на змея.

Никто не заставлял старуху селиться именно здесь, на полпути к змеевой лёжке. Но если поселилась — должна пособлять общему благу.

Старуха недовольно кривит безгубый провалившийся рот и хмурится.

— Идёте бить Горына?

— А что, — спрашиваю я, — сама не слышишь? Каждый день орёт. Жить невмоготу.

— Так и ему невмоготу! — отвечает старуха и вдруг хохочет. — От него ведь и смердит вдобавок! До вас не доходит — а у меня тут, как в выгребной яме. И с каждым годом всё сильней. Раньше просто тухлым несло, а последние лет восемь — то жжёным волосом, то серой, то вообще чем-то непотребным.

— И что это значит? — спрашивает Потык, набравшись храбрости.

Старуха изучает его с ног до головы, поднимает кривую руку и тычет пальцем.

— Этот — совсем молодой. Сколь годов тебе, сыночек?

— Сколько есть — все мои, — гордо отвечает Потык.

— Кто ж тебя, такого, к жребию допустил?

— Старшина, — отвечает Потык. — Как и остальных. Я вообще добровольцем хотел. Наша деревня ближе всех к лесу. Когда он орёт — нам первым слышно. И вонища тоже доходит, кстати.

— Вонища эта, — говорит старуха, — оттого, что он заболел. Мало того что старый, так ещё и в кишках какая-то беда. Лет сорок, как это началось, и продолжается. Запах нехороший, прямо скажу.

— Думаешь, подохнет? — спрашиваю я.

— Кто его знает, — уклончиво отвечает бабка. — Но знамения есть.

Она снова смотрит на нас, каждого оглядывает медленно с ног до головы.

У неё мохнатые седые брови кустами. А волос на голове совсем нет: давно выпали до единого, и старуха никогда не снимает с головы платка, а под платком вдобавок есть повязка.

А под повязкой, говорят, она иногда носит накладные зелёные космы, собственноручно сделанные из волос мёртвых мавок.

— Милые деточки, — скрипит старуха, дыша пустым ртом. — Не обессудьте — в дом не пущу. Вы у меня нынче не первые гости. Располагайтесь во дворе. Костерок запалите, ежели есть желание. Дровишки на задах найдёте. А поесть я вам вынесу. Только уговор: не шуметь, песен не горланить, по нужде ходить за околицу. И чтоб без пьянства.

Ещё не закончив говорить, она повернулась, исчезла за дверью и загремела засовом: заперлась изнутри.

Тяжёлое впечатление оставляла эта старая чёрная ведьма: то хромает кое-как, словно вот-вот рухнет и скончается, а то вдруг одним мигом исчезает.

Делать нечего: дубинами и ножами мы выбили в зарослях малую поляну и расположились. Пошли за дровами. Обогнув старухину хижину, увидели поленницу: цельные берёзовые чурбаки, неподъёмные, каждый — полсажени. Края чурбаков не рубили топором и не выжигали углями, а как будто зубами грызли.

Кто это был, чьи зубы — я не задумывался.

Вдвоём с Потыком мы едва сумели перенести единственный чурбак — тяжёлый, как камень, скользкий от плесени, по поверхности сплошь источенный жучком.

— Где ж она берёт такие дрова? — спросил Потык, вытирая о штаны грязные ладони.

— Где и все, — сказал Тороп. — В лесу. Днём она беззубая, старая, а по ночам у неё из дёсен острые клыки вылезают, наподобие волчьих. И когда дрова кончаются — она идёт в лес, цельное дерево клыками точит — и валит. А потом хватает бревно в зубы и домой несёт.

Малой Потык смотрел, не веря, не зная — улыбнуться ли шутке, или кивнуть суровой правде, — но Тороп первым не выдержал, захохотал; и я следом. Сели на прохладную землю, смеялись, хлопали друг друга по спинам.

Старухин запрет нам был нипочём. Старуха жила своим смыслом, а мы — своим.

Я достал топор, и мы, махая им в очередь, раскрошили бревно на части, подожгли с третьего раза, раздули пламя.

Странно, чудно было сидеть в зарослях серых и зелёных сорных трав, в лопухах и крапивах высотой с лошадь; как будто мы вернулись во времена древних людей, великанов и непобедимых чудовищ.

Как будто не существовало ещё ни деревень, ни городов, ни тысячных человеческих общин, ни возделанных полей.

Разделись до пояса, воткнули в землю рогатины, развесили рубахи — просушить, извести дымком кусачую вошь.

В каждом лесу жила ведьма или ведьмак: старуха или старик. Стариков было меньше, обычно это были волхвы, изгнанные с требищ за несоблюдение древних правил, а чаще за безумие, а ещё чаще — по причине ссор.

Старух — травниц, шептуний — было больше.

Не нужно думать, что все они варили в котлах крыс и ели живых младенцев.

Они были совершенно разные: одни делали вино и брагу, другие гадали, третьи умели чертить руны и учили тому же детей; иногда это были нелепые безвредные безумцы, иногда — буйные, злобные существа, попавшие под власть тёмных духов.

Некоторые до самых старых лет пили брагу и ели грибы.

Некоторые не имели никаких способностей к ведовству, но не понимали этого — им казалось, что они могут, чувствуют; на самом деле так проявлялась старческая слабость рассудка; старшины терпели причуды, но в конце концов отселяли таких подальше.

Бывало, люди всем миром ставили изгнанникам избы и рыли колодцы.

Да, мы всех берегли: и старых, и безумных, и изгнанных; любому помогали. Наш народ не был большим, и плодился небыстро. Детей учили, что от каждого есть польза, даже от самого старого. По праздникам волхвы обычно приносили отдельную требу во имя сбережения народа.

На моей памяти ни один, даже самый непутёвый, не околел от голода или холода. Если из леса приполз охотник, раненный зверем, — его выхаживали всей деревней. Если из-за перевала приходил бродяга — его кормили и расспрашивали, а затем уговаривали остаться.

Теперь, спустя многие годы, в это трудно поверить, но наша уединённая жизнь, в восьми деревнях на краю света, требовала особого отношения и к родственникам, и к соседям, и к общинным повинностям.

Все были друг другу единокровники, родовые свойственники, товарищи.

Таковы правила жизни всякого малого народа; теперь всё в прошлом, теперь мы большой народ, а большие народы живут по другим правилам; однако повесть моя не про теперешнее время, а про минувшее.

Сказ второй. Кожедуб

Поговорив по пути с Потыком и Торопом, я быстро выяснил, что оба они — мои прямые свойственники: мать Потыка происходила, как и я, из рода кабана, а отец Торопа происходил из рода рыси, как и моя бабка Айка, жена деда Бия. И если бы мы набрались храбрости и заставили старую ведьму Язву рассказать о своих наследных корнях — мы бы узнали, что и ведьма тоже наша кровная родня.

Единокровие сплачивало нас.

4.

Моё имя Иван Ремень.
Я сын Ропши Ремня, и наш род от кабана.
Теперь мне двадцать восемь лет.
Я родился в зелёной долине.
Мой род, как и все прочие, пришёл в долину с юга, большой земли, из-за перевала.

Когда я родился, про жизнь за перевалом ничего не помнили даже самые ветхие старики.

Волхвы и старшины учили, что на юге живёт большой народ, крепкий и богатый, дойти до него можно за двадцать два дня, но ходить незачем: народ за перевалом изгнал нас, и мы враждовали.

Мы были малым народом, отделившимся от большого народа.

Исход произошёл примерно двести лет назад из-за неких внутренних причин. Ничего более точного сообщить не могу: история исхода покрыта мраком вечности.

Одни старики рассказывали про ссору меж волхвами, другие — про ссору меж старшинами родов. Я не знаю, врать не буду. Хотите — поищите, кто знает больше.

Отделившиеся роды и части племён — примерно триста семей — откочевали за горный перевал на двадцать два перехода к северу и обосновались в долине, со всех сторон окружённой глухими лесами.

Дальше поднимались горы, на вершинах покрытые снегом; пройдя далеко на север, можно было преодолеть ещё один перевал, ледяной, опасный, — и выйти в пустые, голодные земли.

Но мы не пошли на север, остались в долине.

Мой прадед считался одним из вождей того малого народа.

Он, в числе других мужчин, основал деревню, в которой я вырос.

В общине были мужчины и женщины из родов великана, медведя, кабана, волка, тура, рыси, журавля и орла.

В течение первых тридцати лет триста семей расселились по всей долине, образовав восемь отдельных родовых деревень.

В те времена было принято перемешивать людей из разных родов, женить девок из родов лося и кабана на парнях из родов волка и орла.

Дети, рождённые от смешения разной родовой крови, умирали реже.

Родовые старшины и ведуны давно поняли пользу смешения племенной крови; ко времени основания моей деревни все роды переплелись, и крови растворились одна в другой. Некоторым старикам это не нравилось, они ворчали, возражали, подбивали ведунов и волхвов на ропот и безобразия.

То время было бурным, трудным; люди ссорились, племена раскалывались, вожди и старшины копили обиды друг на друга; бывало, и кровь текла.

Однако боги сберегали средний мир и своих выкормышей: людей, земляных исчадий. Земля нагревалась; каждое лето было теплей предыдущего. Все полагали, что наступило длительное время покоя и благоденствия. Рябина, смородина, орех и крыжовник из года в год давали обильные урожаи. Не было переводу ни зверю в лесах, ни рыбе в реках.

Мир, который мы заполучили, был изобилен и прекрасен.

Мой прадед умер в сто двадцать лет, в собственном доме, в окружении пятидесяти детей, внуков и правнуков.

Третьим из пяти сыновей прадеда был мой дед Бий.

В годы его молодости долиной управлял совет старшин, — они собирались несколько раз в год, чтобы разрешить споры и разногласия, уточнить межевые границы и договориться насчёт свадеб.

Обычай перемешивания крови соблюдался неукоснительно: ни один парень не брал себе жену в своей деревне и в своём роду — только у соседей.

В поисках невест молодые люди много ходили из одной общины в другую, понемногу продвигаясь дальше и дальше, через горы, на юг и на север.

Мы жили на отшибе, в уединённом месте, и, конечно, рано или поздно молодым и решительным людям стало тесно в долине: красивых и сильных женихов и невест на всех не хватало.

Многие уходили за перевалы и не возвращались.

Некоторые уходили бесштанными голодранцами, а возвращались спустя годы богатыми, с дорогим оружием, пригоняли лошадей и овец, привозили серебро и бронзу, и железные мечи, легко рассекающие человека надвое.

Но были и такие, кто уходил в одиночестве, а возвращался — во главе шайки воров.

Так в нашей зелёной долине кончились мирные времена, и настали другие, неспокойные.

С ворами и пришельцами никто не воевал: жители деревень просто уходили в лес, забрав с собой скотину и все припасы. Воры бродили меж пустых домов день или два — и убирались во свояси без никакой добычи.

В зелёной долине не строили крепостей, не собирали стен и башен, не копали рвов: нашей защитой был лес.

Избегая прямых столкновений с врагом, предки, однако, не пренебрегали оружием и воинским умением. Каждый взрослый мужчина имел рогатину, иногда топор или нож. Каждый с детства упражнялся стрелять из лука. Ну а помахать дубиной у нас любил и умел всякий шестилетний мальчишка.

Спросите у кого хотите: все скажут, что мужчины межгорья всегда на дубинах первые.

Но навыка кучной битвы наши люди не имели, боевого порядка не знали, могли только потрепать врага, из засады стрелу пустить, или ночью с ножами подобраться и порезать, кого успеют.

Если враг нажимал — боя не принимали и уходили, опять же, в лес.

В конце концов старшины восьми деревень отрядили на юг посланцев с задачей отыскать подходящего князя и привести его в долину.

Такой князь был найден и приведён, и по сходной цене его пожизненно подрядили для защиты всех деревень долины от посягательства любого вора и от грабежа со стороны других князей.

Нашего князя звали Ольг, или Олег, или Хелг, или Холк — кто как говорит.

Край наш заселён негусто, от общины до общины по два дня пути. В каждой деревне свой говор. Одни произносят «Ольг», другие — «Халик».

Нескольких умелых воинов князь Ольг привёл с собой, а других взял из числа местных.

Мой дед Бий стал первым оружейником в его отряде. Первым изготовителем броней.

Все навыки своего ремесла дед передал отцу, а отец — мне.

У нас в семье есть смешная легенда: в юности дед Бий не хотел делать брони и доспехи, а хотел тачать сапоги.

Потому что доспех нужен воину три или четыре раза в год, а сапоги — каждый день.

И связать самую крепкую и дорогую броню — много легче, чем, например, сшить кожаные штаны.

Сказ второй. Кожедуб

А ещё трудней, чем штаны, делать обувь.

И если бы дед Бий умел тачать хорошие сапоги — никогда бы он не стал оружейным умельцем, потому что выделывать сапоги в десять раз выгодней.

Дед очень старался, но сапоги у него выходили неважные: вроде и красивые, и по ноге, а подошва во время ходьбы набок съезжает: пользоваться невозможно.

В конце концов, после многих безуспешных попыток, всеми осмеянный, дед Бий пошёл к ведуну.

Ведун сказал:

— Бог ремней не хочет помогать тебе в изготовлении сапог. Лучше смени ремесло.

Дед послушался ведуна и исполнил волю бога: поклялся больше никогда сапоги не делать, и в честь своего решения взял себе новое имя — Ремень.

И с тех пор подносил требы только богу ремней, которого в других деревнях ещё называли «скотьим богом».

И даже когда мой дед Бий Ремень, вместе с княжьим отрядом, уходил в дальний поход — он продолжал подносить требы богу ремней, когда все другие подносили богу войны и крови.

Эту нашу семейную легенду я считаю полностью правдивой. Я и сам, бывает, сяду сшить пару сапог, просто для забавы; вырезаю колодку, вымачиваю подошву, стараюсь, дырявлю дырки, кладу стежок, размеры блюду, каждый день зову заказчика на примерку, — а всё равно не выходят сапоги. Сбивается со ступни подошва, и голенище едет винтом.

Это значит, что бог ремней как был против, во времена моего деда, так и остаётся против. Мужчинам моего рода не суждено тачать обувь.

Сапог, как и броня, должен сидеть как влитой, и от сапога жизнь человека зависит больше, чем от брони.

Но то не моя судьба.

Доспехи, куяки, брони, зерцала, панасыри, шлемы, щиты, колчаны, ножны, поясные ремни — из моих рук выходят прекрасные. А сапоги не выходят.

И это означает вот что.

Если твоё дело не горит — не надо упорствовать и за него держаться, а надо поискать себе другого дела.

Я никогда не видел прославленного князя Ольга, первого защитника долины, — давным-давно, в седые времена, князь Ольг сел за стол отцов.

После Ольга княжил его сын Хорь.

После Хоря княжил его сын Стан.

После Стана княжил его сын Палий.

Сменялись князья, и сменялись их оружейные умельцы. Моего деда Бия сменил мой отец Ропша Ремень, — а его сменил я, Иван Ремень.

Каждый год по весне князь долины уходил в дальний поход на юг, за перевал, и забирал с собой две трети всех воинов. Одну треть оставлял на хозяйстве.

С князем обязательно уходили и его оружейники: кузнецы и доспешные умельцы.

Мой дед Бий ходил в походы семь лет подряд, а его сын Ропша, мой отец, — одиннадцать лет подряд.

Из походов приводили молодых жён, а также рабов; привозили оружие, серебро и бронзу, всякие диковины, перенимали знания; пригоняли скот, приносили новости.

Из похода мой отец Ропша Ремень привёз мою мать, уроженку племени аланов, женщину с чёрными волосами, умную и упрямую, именем Алия.

В южных землях человеческий разум был устроен иначе, и у каждого мужчины и каждой женщины было только одно имя, собственное.

Мать Алия умерла, когда мне было восемь лет.

От неё мне достались чёрные волосы и брови, а также упрямство.

Девки говорили мне, что я красивый, в мать пошёл.

После смерти матери отец не захотел жениться вторично, хотя волхвы и ведуны упорно его к этому склоняли, и даже вызывали на общинный ряд, пеняли, упрекали, пытались уговорить, предлагали невест. Старшины хотели, чтобы жизнь родов и общин текла обычным чередом, чтобы в межгорье процветала своя особая человеческая порода, семя от семени тех, кто владел долиной.

Ведь не князь же хозяйствовал в наших лесах. Мы, люди из родов кабана и россомахи, только наняли князя для обороны; настоящие владетели долины были мы сами: восемь родовых общин, от волка и лося, от орла и медведя.

И славный князь Ольг, и его сыновья и сыновья сыновей — хорошо понимали: если люди долины захотят, они выгонят князя Ольга и позовут другого, а если тот не понравится — наймут и третьего.

Ведь главным был не князь, обладатель меча, копья и безжалостного глаза, а те, кто его позвал.

Обыкновенные охотники и рыболовы, собиратели ягод, грибов, мёда и кореньев.

Я помню мать смутно, только через запахи.
Её кожа, её груди, её губы — пахли кислым сыром.
Она никогда не жила в мире с отцом: помню, почти каждый день они подолгу спорили, ругались и даже дрались.

После меня — первенца, старшего, ожидаемого — мать родила отцу ещё шестерых девочек. Потом умерла.

Ведуны сказали отцу, что покойница выросла в южном, тёплом и сухом воздухе, и не смогла привыкнуть к нашим прохладным погодам, а особенно к ледяным смертным зимам; по мнению ведунов, то был ожидаемый и объяснимый конец.

Из шестерых моих сестёр четверо умерли, не дотянув до года.

Выжили две: первая по очереди и третья по очереди.

Их имён я тут не скажу — незачем трепать; теперь это взрослые женщины, они счастливы и здоровы, у них хорошие благополучные мужья, дети и домá.

Я родился, когда мой отец Ропша Ремень был молод и хотел всё везде успеть; пока его упрямая черноволосая жена, шумная, красивая и яркая, каждый год рожала девочек — отец погружался в меня, сына, первенца, глубже и глубже; он любил меня, возился со мной, возлагал на меня надежды.

Он положил нож мне под голову в первый день моего рождения.

В год я впервые порезался. В три года впервые подрался.

В четыре я самостоятельно снимал кожу с быка и оленя.

В шесть лет я умел за один день каменным скребком снять мездру с целой шкуры.

В семь лет я мог порезать целую шкуру на сотню пластин и каждую продубить в горячей земляной яме.

Отец всё объяснял, показывал пальцем, позволял пробовать и ошибаться.

Никогда не ругал. Терпеливо разрешал повторять снова и снова.

Если я разрезал ножом руку — он хватал ртом мой раненый палец и тщательно высасывал кровь.

Он очень любил мать, и когда её не стало — сильно горевал и потом два года пил.

Когда родовые старшины пытались уговорить отца жениться повторно — он ответил:

— Я однолюб.

В ту пору я был мальчишка.

Доброхоты передали мне содержание разговоров отца со старшинами только потом, спустя время.

Слово «однолюб» мне понравилось, я примерил его на себя.

Однолюб — это значило: единожды выбрал, и верен всю жизнь.

Когда мне исполнилось семь лет, мне подобрали невесту, дочь рыболова, из дальней деревни Жёлуди.

Нас познакомили: дочь рыболова была умная, приятная, сильная девочка, но я ей не понравился.

Я был молчаливый, шуток шутить не умел.

А юным девчонкам обязательно надо, чтобы суженый был одновременно и красивый, и весёлый.

Как её звали, дочку рыболова, — не скажу. Теперь она взрослая женщина и мать семерых детей: незачем трепать её имя.

Тогда она прямо объявила, что не любит меня, что я хоть и красивый, но молчун. И что замуж за меня не хочет.

И я отказался от невесты. Если не люб — чего же настаивать? Насильно мил не будешь.

А главное, мне нравилась другая девочка, по имени Зоря. Но она жила в моей деревне, и происходила из моего рода; я не мог взять её в жёны при всём желании.

Я тоже ей нравился; мы дружили.

Я поклялся Зоре, что однажды увезу её за перевал, на юг, и там, в мире, свободном от запретов, мы поженимся, и я буду любить её вечно, до смерти и после смерти.

Её отец гнал дёготь, и от Зори всегда исходил слабый запах угольной горечи.

С тех пор и доныне, когда я чувствую запах дёгтя — всегда вспоминаю свою Зорю, её загорелую шею, её горячие маленькие ладони.

Однажды летом она ушла в звериный лес, на речку, собирать перлы — и не вернулась.

Её долго искали, и я в тех поисках был первый. Несколько дней и ночей все взрослые мужчины деревни прочёсывали лес, с собаками, со светочами. Следы вели из прозрачного леса дальше, в звериный лес, и там обрывались; как будто человека подняли в воздух и унесли.

Волхвы сказали, что так бывает, если человека забирает лешак. Сначала зовёт, путает, уводит от окраин, с опушек — в глухомань, а потом хватает и тащит дальше, в бурёломные, паутинные дебри, в чёрные еловые боры, в гнилые болота, звенящие гнусом, где живёт сам лешак и куда человеку хода нет.

Давным-давно, больше ста лет, лешаки не воровали людей из нашей деревни.

Хозяев леса мы задабривали, оставляли подарки. Лесная нежить, как все знают, любит украшения, бусы, браслеты, цветные ленты.

По какой причине лешак похитил маленькую девочку, для какой надобности — навсегда осталось неизвестным.

Отец Зори сам свёл на требище свою единственную корову — ничего более ценного не было в его скромном хозяйстве; собственноручно заклал, сам щедро полил её кровью жертвенные камни, сам сжёг внутренности, сам раздал мясо всем желающим.

Но это не помогло. Боги не вернули Зорю.

Однако я её не забыл, а главное — помнил и свои клятвы.

Череп той закланной коровы, выскобленный и вываренный, долго висел на нашем деревенском требище, на четвёртом столбе на закат от входа.

Лично мне от тела закланного животного в память осталась кость, ножной мосол: я вырезал из него рукоять для ножа.

Но, сказать по чести, эта замечательная рукоять никак не напоминает мне о моей единственной любви.

Сердечный трепет трудно сопоставить с черепами и костями. Ничто не крепко в мире, и память тоже.

Теперь, спустя много лет после исчезновения Зори, я помню только влажную белизну её зубов, открывшихся в улыбке.

Теперь я взрослый человек. С тех пор, как я её потерял, прошли годы и годы. Но я однолюб, и долго хранил верность своей первой сердечной привязанности.

Исчезновение Зори сильно взбудоражило деревню в ту осень. Мы все ходили в лес каждый день, с младенческого возраста. Лес нас питал, давал нам тепло и материал для наших домов, и даже развлекал.

Люди и лес составляли единое целое.

Девочка одиннадцати лет, всю жизнь прожившая возле леса, никак не могла пропасть, заблудиться или быть убитой дикими зверями. В лесу она была как дома, она исходила ногами огромные расстояния; она знала все овраги, все ручьи и запруды, все кабаньи стёжки и бобровые хатки, все медвежьи, россомашьи и рысьи берлоги.

Как и я, как и все жители нашего края, — она была такой же составной частью леса, как сорока, или заяц, или ящерица.

Девочка могла пропасть только по одной причине.

Её забрала нежить.

Но нежить никогда нас не трогала: она, как и зверьё, боялась человека, чуяла издалека и уходила заранее.

Лешаки, шишиги, мавки и анчутки жили рядом с нами, но на глаза не показывались, ибо главное правило нашей жизни гласит: человек всегда сильней всякой нежити.

Если люди выйдут вдесятером с ножами и дубинами — никакой лешак не устоит, даже самый всесильный.

Ни отцы, ни деды не помнили, чтобы лесная нежить дерзнула украсть и погубить ребёнка.

В тот год всё изменилось.

Жизнь поменяла вкус, сделалась горше.

По приказу старшин от деревни к деревне пробили торные тропы, отмеченные вырезанными на стволах охранными знаками.

Отдельные тропы были проложены к ягодным полянам, с которых питались деревни.

Каждую тропу волхвы окропили требной кровью. Где зарезали козла, где телёнка, а где дюжину куриц.

Повсюду, в каждой деревне, волхвы и старшины объявили общую согласную волю: не позволять детям и взрослым уходить дальше прозрачного леса. В звериный лес можно было углубляться только вдвоём, и только ради охоты, а в остальные леса — в дальний, в непролазный, в мёртвый, в холодный и прочие — заходить и вовсе запретили под страхом телесного наказания.

Люди напряглись, испугались.

Много было споров, много даже ругани.

Но дни шли за днями, время текло, и про исчезновение девочки Зори вспоминали реже и реже.

***

В пятнадцать лет я впервые ушёл в поход на юг, с отрядом князя Хлуда, сына Палия.

В те времена мой отец считался крупнейшим и знаменитым доспешным умельцем: его брони носили все воины долины, а кто не носил — тот мечтал. Очередь стояла. Но глаза отца ослабели. Он скоблил, дубил, резал кожи, и легко пробивал шилом восемь одинаковых отверстий в пластине размером с мизинец, но вязать пластины в единый порядок уже не мог: не попадал в отверстия концом шнура. А в дальнем походе, когда нужно быстро, за ночь, при свете костра перевязать разрубленный или обожжённый доспех, оружейнику требуется именно острота глаза.

Так вышло, что однажды вместо отца в поход пошёл я.

Князь Хлуд при всех своих людях повязал меня клятвой богу смерти и славы: так я стал воином.

Мужем крови.

Я был доволен. Воину можно не жениться и не заводить хозяйства.

Старшины перестали подбирать мне невест. Зачем невеста человеку, который утром жив, а вечером — сел за стол отцов?

Такова была моя мечта: однажды умереть в бою, с оружием в руке, и уйти в другой мир, и там снова встретить свою Зорю. И больше уже не расставаться.

Я ходил в дальние походы пять лет подряд.

С каждым разом князь Хлуд забирался дальше и дальше на юг: из реки в реку, из лесов — на равнину, с равнины — в степь, из степи — к побережьям морей.

Стать мужем крови нетрудно.

Для этого надо лишь умереть заранее.

Обратиться в мёртвого — при жизни.

Отринуть все земные привязанности, распрощаться со всеми, кто тебе дорог. Отцепить, оттолкнуть всё тёплое, всё любимое.

Нужно потратить год, или два, чтоб научиться думать, как думает муж крови; а думает он только о самых простых вещах: о надёжных сапогах, о своём коне, о ране, которая медленно заживает; о том, как сделать намеченный дневной переход. О смерти он не думает, потому что он уже — внутри смерти, он — пограничный человек, с одной стороны — живой, смеющийся, жующий хлеб, с другой стороны — покойник, оплаканный, отвытый, сожжённый в уголья.

По-настоящему живым он бывает только в битве.

В боевом запале есть особое счастье: против тебя выходит сильный противник, и ты, видя его решительность и отвагу, вроде бы готов умереть — но вот, по воле богов, умираешь не ты, а он; его горячая кровь остаётся на твоём лице, на твоих ладонях, и ты, в упоении победы, кричишь от восторга, снова и снова суёшь меч в уже бездыханное тело: сегодня ты не умер, хотя и был готов; и, может быть, завтра тоже не умрёшь.

Эти мгновения счастливой сверкающей ярости невозможно забыть. Они сладки.

Но увы, они быстро проходят, и остаётся только горечь.

И эта горечь ещё усиливается, когда хоронишь товарищей, которым не повезло.

Есть наслаждение в бою, но есть и похмелье.

Кто хоть раз поскользнулся в луже чужой крови, тот поймёт.

Княжий воевода — его звали Малко — сказал мне, что такова судьба всякого воина: в бою он счастлив, но потом приходит отрезвление.

Настоящий боец, говорил мне Малко, в деле спокоен, и с ударом не торопится: пребывает в ровной дреже. Кто ищет драки, говорил мне Малко, кто любит поглядеть на мучения противника, — тот долго не живёт. А лучшие воины, говорил Малко, — они берегут силы, и телесные, и душевные, и там, где вместо трёх ударов можно обойтись двумя — они бьют два раза, а не три.

Каждый год, в середине весны, подготавливая новый поход, князь Хлуд и его воевода Малко звали меня в отряд в числе первых.

И я шёл всегда с охотой — сидеть на одном месте скучно, а пойти куда-нибудь за тридевять земель интересно. А если выйдет подраться — то ещё интереснее.

Я был им нужен, я был умелый, хладнокровный ратник, я всегда стоял в первом ряду боевого порядка, подчинялся командам, не роптал, не бузил, не увлекался. После дела не пьянствовал и пленников не мучил, а садился и чинил любой повреждённый доспех, и своей работы, и отцовой работы, и дедовой, и чужой; правил ножи и секиры. И воевода Малко, и князь Хлуд доверяли мне точить свои смертоносные мечи: то была большая привилегия.

Много раз мы участвовали в огромных, тысячных побоищах, когда наша малая дружина присоединялась к дружинам других князей, и мы дрались в едином строю с бойцами, чей язык понимали с трудом.

Много раз, далеко в жарких степях и на берегах морей, мы осаждали чужие города, лезли на стены, рыли подкопы и вздымали осадные насыпи, и потом, прорвавшись через все препоны, грабили дома и уводили в неволю молодых девок.

Много раз меня ранили: однажды воткнули копьё в бок, и остриё прошло в вершке от печени; однажды хорошо вломили кистенём и сломали ключицу; однажды вышибли дубиной несколько зубов.

Ещё чаще я подхватывал иноземную заразу, покрывался лишаями и струпьями, испражнялся кровью, лежал без памяти, гнил заживо, умирал от голода и жажды.

В последнем походе голод был столь тяжёл, что мы варили в котлах собственные кожаные брони, и глодали пластины, пропитанные жиром, и так спаслись.

Вот вам ещё одна польза кожаного доспеха: его всегда можно сварить и сожрать, если нужда припрёт.

В том походе умер старый воевода Малко: вражий нож его не брал, но взяла хворь.

Не все знают, что в дальних походах главный урон наносят не вражеские лезвия, но болезни.

А я — уцелел, выбрался, и даже принёс домой большую добычу.

Правда, дома не было у меня, не было ни жены, ни детей: только отец, уже полуслепой, и дед Бий, глубокий старик, и две младшие сестры.

Меж ними, моими любимыми сёстрами, я и поделил весь свой воинский заработок; они благодарили, и своё семейное благополучие основали именно на моих подарках.

Так или иначе, прославленного богатыря из меня не вышло.

Я мечтал погибнуть, и на той стороне, в мире богов и духов, воссоединиться с любимой Зорей — но не погиб и не воссоединился. Боги не пожелали мне пособить.

Ни разу за все годы я не собрал вокруг себя детвору, не потешил повестями про битвы, подвиги и невероятные приключения.

Ни разу не похвалился золотыми и серебряными сокровищами, добытыми в ратных трудах.

И сам для себя понимал: не хочу и не буду вспоминать, хотя мог бы.

Наслаждение запахом чужой крови, смертный хрип поверженного противника, ужас и ненависть в его стынущих зрачках, и свой счастливый нутряной вопль: я положил тебя, сделал, поверг, опрокинул; я добрался до твоего горла, а своё — сберёг. Я убил тебя, и теперь возьму всё, что было твоим, — я одолел тебя, я превозмог. Я ещё здесь, я ещё живой, а ты уже нет.

Не хотел вспоминать, не хотел рассказывать про кровь, про огонь, про трупный смрад, про глаза невольниц, полные ужаса, про вражьи стрелы, воткнувшиеся в мою лопатку.

Нечего тут было вспоминать; слава воина отравлена, тяжела его память, и смерть летает над ним, как птица над собственным гнездом.

И если бы я вдруг захотел поведать детям о славе мужа крови — я бы рассказал не о битвах и поверженных врагах, а о голоде, отчаянии, о горечи потерь и страхе неизвестности.

О покойниках, сожжённых частично, из-за нехватки дров, и оставленных нами в пустынях, на потеху животным-трупоедам. О драках за добычу меж своими же братьями по оружию.

Но никогда я не соберу детей и не стану рассказывать такое: настоящую правду не хотят знать ни дети, ни взрослые.

Так я встретил свои двадцать лет: в славе и в достатке, но без душевного покоя.

Смерть так и не прибрала меня, не захотела.

Многие красивые, сильные, молодые мужчины упали к моим ногам, с разрубленными головами, в скрежете зубов и воплях отчаяния. Многие из них были ловчей и крепче меня, и бились отважно. Но полегли — они, а я уцелел.

5.

Спустя время, уже на закате, со стороны старухиной избы потянуло горячим хлебом. Мы переглянулись — и у юного Потыка, и у взрослого Торопа ли́ца расплылись одинаково довольными ухмылками.

Наконец, дверь избы отвалилась, пронзительно заскрипев.

Однако вместо старухи мы увидели молодую девку.

Сначала я подумал, что ведьма решила над нами пошутить, навела морок, или сама обратилась в девчонку.

Но потом узнал: это была бродяжка, которую мы считали утонувшей.

В руках у неё, вместо ожидаемого подноса с караваем, был ушат с помоями: девка отошла в сторону, вылила помои, бросила на нас короткий косой взгляд и направилась к двери.

— Эй, — позвал я. — Погоди.

Она остановилась.

Мы все трое уже стояли на ногах и пожирали её глазами.

— Мы видели тебя утром, — сказал я. — На озере.

Девка кивнула.

Мы подошли ближе.

Она была очень худая, полупрозрачная.

Нет, она никак лицом не походила на мою Зорю. Только ростом и статью. Надежда всколыхнулась во мне, сердце подпрыгнуло — и тут же успокоилось.

Эта девчонка была совсем другая, незнакомая.

Старухина юбка — кстати, нарядная, синяя с жёлтым узорьем, — пришлась девке великовата, подол подметал землю. Но пояс юбки поддерживал толстый наборный ремень с медной пряжкой и ножом в кожаных ножнах.

Утром, на озере, я не заметил на ней этого пояса и ножа. Теперь видел: девка не простая.

Она была без платка: русые волосы по лбу перехватывала тесьма, а вторая тесьма пониже затылка удерживала туго заплетённую косу.

Мы подошли ещё на шаг.

Девка аккуратно поставила лохань у своих ног, отступила назад и положила пальцы на рукоять ножа — и это движение, очень особенное, воинское, медленное и плавное, выдало её с головой.

Она ничего не боялась, дралась часто, и была, скорее всего, очень опасна.

Глаза её, большие, ярко-зелёные, смотрели пристально и как бы в никуда — вроде мне в грудь, а на самом деле она видела всех троих, и ещё дверь сбоку, и угол дома.

— Как тебя зовут? — спросил я.

— Марья, — ответила она.

— Мы думали, ты утонула, — сказал Потык.

— Почти утонула, — ответила девка. — Бабка вытащила.

— Бабка вытащила! — крикнул Потык. — Что ж ты, дура? Мавок никогда не видела?

— Видела, — ответила девка. — Но эти были какие-то особенные.

И пожала плечами, и коротко улыбнулась: понимала, что едва не погибла.

— Конечно, особенные, — сказал Тороп. — Непуганые. Чтоб ты знала, тут у нас глухой угол. Чудес всяких много. С нашими мавками связываться нельзя. В один миг утопят.

Девка убрала ладонь с ножа и кивнула.

— Откуда ты? — спросил Потык, подходя ближе.

Девка немедленно отступила ещё на шаг.

— Из Резана.

Потык смешался. Он явно был рад, что девка уцелела, да и я был рад; всегда хорошо, если кто-то считается мёртвым, а потом оказывается живым. Но Потык был юн и никогда не видел бродяг с ножами.

— Из Резана... — повторил он, и его розовое лицо исказила задумчивость. — Это где?

— Далеко, — ответил я, вместо девки. — Год пути, если по рекам. А пешком — три года.

— Ну не три, — возразил Тороп. — У меня прадед по матери примерно из тех краёв. Но туда вообще пешком дороги нет.

— Есть, — вдруг возразила Марья, и нахмурилась. — Я пойду, ребята. Ладно?

— Иди, — сказал я. — Конечно. Кто тебя держит?

Но тут дверь дома распахнулась на всю ширину, словно её пнули изнутри; появилась старуха. На этот раз в её руке был посох с набалдашником.

— Чего тут? — каркнула она. — А ну, не замайте девку!

И подняла посох: я его рассмотрел. Это был прямой кусок великаньей кости, обточенный докругла, сплошь исчерченный рунами, а набалдашник представлял собой вырезанную из цельного костяного массива страшную морду, никогда мною раньше не виданную.

Старуха поманила Марью пальцем.

— Они тебя трогали?

— Не трогали, — сказал я.

Старуха сверкнула белыми глазами.

— Тронете, — объявила она, — на всех троих порчу надвину! Уды не встанут! А руки и ноги — отсохнут!

— Не шуми, — ответил я. — Мы её видели утром. Мы думали, её мавки утопили.

— Не утопили, — раздражённо сказала старуха. — Обошлось.

Сказ второй. Кожедуб

Кивнула Марье, и обе скрылись за дверью; до нас донёсся сварливый ведьмин голос, — то ли поучала, то ли ругала.

Мы вернулись к костру и уселись вокруг.

— Красивая, — тихо сказал Потык. — Глаза особенно.

— Ага, — сказал я. — И нож у неё тоже ничего. Длинный. Так что ты к ней не лезь.

— Как скажешь, — ответил Потык. — Ты у нас воевода, тебе видней.

— Вот именно, — сказал я.

Малой помолчал, подумал и спросил:

— А если ты воевода, значит, и все бабы в походе тебе первому достаются?

— Не обязательно, — ответил я. — Нет такого закона. После боя бабу берёшь, как любую другую добычу. Берёшь жену врага, берёшь его коня, его оружие. Его детей. Всё имущество. Всё, что было его, становится твоё, и женщина тоже. Но теперь другой случай, эта девка — не добыча, не жена врага, она ничья, посторонняя, и ты её не трожь.

— Добро, — сказал Потык.

Тем временем в доме загремела посуда. Мы переглянулись.

— Жрать, наверно, не дадут, — грустно предположил Потык.

— Дадут, — сказал я. — Старуха обязана. Договор есть. Один раз она кормит на пути туда, и один раз — обратно. И ещё баню должна истопить, между прочим.

— Нет уж, — пробормотал Потык. — Обойдусь без бани.

— Боишься?

— Есть немного, — сказал Потык. — Ведьма всё-таки.

Тороп снял с рогатины свою рубаху, вывернул наизнанку и снова повесил, подняв повыше над костром, чтоб огонь не подпалил края.

— Если волхвы берут тебя в ученики, — сказал он, — значит, ты не должен бояться ни колдовства, ни ведовства. Иначе какой из тебя волхв?

— Ну, не боюсь, — поправился Потык. — Удивляюсь. Вы её посох видели?

— Посох как посох, — сказал я. — Великанья кость. До змея дойдём — там таких костей будет целая гора. Захочешь — выберешь любую.

Солнце опустилось на еловые вершины, застряло в них, как репей в волосах, и вот — совсем ушло. Ночная тень поползла от подножия ведьминого холма выше и выше, — наконец, накрыв и нас троих; мы придвинулись ближе к огню.

— Говорят, там не только кости, — сказал Потык. — Ещё оружие лежит всякое, брошенное.

— Есть оружие, — сказал я. — Только всё старое. Негодное. И вдобавок в землю втоптано. Змей-то на одном месте не сидит, он кругами ползает.

Из щели под дверью избы показался свет: внутри зажгли лучины.

— Если что, — сказал Тороп, — у меня орехи есть. И мёд. Хотите?

— Прибереги, — ответил я. — Неизвестно, сколько мы у тына просидим. Может, за один день не управимся.

Оба моих товарища явно изнывали от голода: обычные мирные мужики, не привыкшие к походам.

А я множество раз ходил в дальние походы и умел ничего не есть по три дня кряду.

И я знал, что послезавтра, когда мы все вернёмся по домам, румяные скулы малого Потыка чуть обострятся, и шея усохнет.

Только поход делает мужа из мальчика.

Но вот — открылась, наконец, дверь, и Марья вышла снова. Молча приблизилась и протянула Торопу свежий каравай, завёрнутый в тряпицу.

Бородатый осанистый Тороп выглядел старше меня и тем более Потыка — девка приняла его за старшего.

Мы так обрадовались, что забыли поблагодарить; что-то пробормотали, вдыхая ноздрями хлебный дух, и молча стали есть.

Марья не ушла: устроилась у огня, подогнув под себя ноги.

Тороп ломанул добрый кусок и протянул ей — она помотала головой.

В свете костра она казалась старше и печальнее.

— Вот это хлеб, — сказал Потык с полным ртом. — Давно такого не ел.

— Ещё бы, — сказал Тороп. — Старухиной закваске двести лет. Все знают, что у неё лучший хлеб.

Я полез в свой чувал, достать флягу с водой; пальцы наткнулись на холодный металл. Я вспомнил, извлёк найденные на берегу озера башмаки с железными подошвами.

Положил перед Марьей.

— Твои?

Марья посмотрела без выражения, не притронулась.

— Были мои, — ответила тихо. — Теперь не нужны. Сносились. И посох стёрся.

Я вынул и показал железный пест.

— Это был посох?

Она кивнула. И показала руками сажень длины.

— Вот такой.

— И он стёрся?

— Да.

— Сколько лет тебе?

— Пятнадцать.

— Что привело тебя в наши края?

— Я ищу жениха.

— Как его имя?

— Финист.

— Кто он такой?

— Оборотень.

Тороп перестал жевать.

— Оборотень?

— Да, — сказала Марья. — Ещё говорят — нелюдь. Птицечеловек.

Мы молча переглянулись. Я удивился, а малой Потык и Тороп и вовсе окаменели от изумления.

— В твоей земле оборотни женятся на обычных девках?

— В моей, — ответила Марья, — не женятся. Но я ищу его землю. Он сказал — я найду, когда изношу железные сапоги. Вот: износила. Получается, он где-то здесь.

— Значит, — спросил я, — ты пришла не к ведьме?

— Нет, — ответила Марья. — Я и не знала, что тут живёт какая-то ведьма. Пришла, потому что люди подсказали. Все говорят, что в долине за перевалом полно всякой нежити.

Тороп улыбнулся и ловко вынул крошки из бороды.

— Это да, — сказал он. — Чего-чего, а этого достаточно.

— У нас даже змей есть, — гордо добавил Потык. — Слышала, как орёт?

— Слышала, — сказала Марья. — Только мне к змею не нужно. Мне нужно в город птиц. Он парит в небе. Может, прямо над нами.

И показала взглядом в небо.

А небо меж тем обрело цвет старого войлока, исчезли и звёзды, и луна, потянуло прохладным ветром — собирался дождь.

— Спроси старуху, — сказал я Марье. — Она известная ведьма. Влиятельная. К ней отовсюду за советом идут.

— А вы? — сказала девка, переводя взгляд с меня на Торопа и Потыка. — Вы здесь тоже — за советом?

— Какой совет? — небрежно ответил малой Потык; после доброй краюхи тёплого хлеба, съеденной в пять укусов, его явно развезло. — Зачем нам советы? Мы на змея идём. Бить его будем. Общинная повинность. У вас что, такого нет?

— У нас змеи не живут, — ответила Марья. — Иногда кости находим, или старые яйца. Но живых давно нет, повывелись.

Потык сел прямее и состроил надменную гримасу.

— А у нас есть. Говорят, последний.
— И зачем его бить? — спросила Марья.
— А он орёт, — сказал Потык. — Есть хочет. На зиму засыпает, как лягушка, а весной оклемается — и кричит. На рассвете и на закате. А в плохие дни — с утра до ночи. Он старый. Летать, ходить уже не может: только ползает и стонет. Каждый год из восьми деревень по жребию выбирают три деревни, а в этих трёх деревнях, опять же по жребию, выбирают добровольцев. Они идут в лес и стращают змея до полусмерти. Тогда он замолкает. Иногда — на всё лето, иногда — на половину лета. Бывает, что мужики ходят по четыре раза в год. А бывает, что за всю весну он ни разу не заорёт, и тогда люди собирают ему жратву: дохлых собак, несколько куриц, или больную козу, или старую кобылу даже. Собирают харч, относят и подкармливают.

— Зачем? — спросила Марья.
— Чтоб не подох.
— Ну и пусть подохнет.
— Нельзя, — сказал я. — Он не должен подохнуть.
— Не понимаю, — сказала Марья. — Зачем он нужен?
— Во-первых, — ответит Потык, — он — последний. Нигде в округе уже много столетий змеев нет. Боги стёрли их с лица земли. Наш — единственный. Жалко его. Он и так старый.

— Понятно, — сказала Марья. — Он орёт, а вам его жалко.
— Да, — сказал я. — Именно.
— А во-вторых?
— А во-вторых, — сказал Тороп, — есть наказ волхвов и старшин. И по этому наказу змея нельзя умерщвлять насильственно. Надо ждать, пока сам подохнет. А если не подыхает, дальше тянет — стало быть, так угодно богам.

Марья слушала внимательно, не шевелясь, как будто всё сказанное прямо касалось её судьбы.

— Расскажите, — попросила она. — Про наказ.
— Нельзя, — ответил я. — Это тайна. Чужакам знать нельзя.

Мы замолчали.

Тороп, женатый обстоятельный мужчина, ел медленней всех, хлебную корку посасывал, дочиста вытягивая дёснами сласть; по нему было видно, что человек пребывает на высокой ступени жизненного пути. Тороп был осторожный, он больше молчал, он берёг свою рубаху, он не суетился и не жаловался. Он мне нравился.

Малой Потык сжевал свою долю быстрей остальных, явно — не наелся и взял бы добавки, но вида не подавал.

Я же съел ровно половину куска. А вторую половину отложил; сорвал несколько лопухов дикого щавеля, завернул хлеб в лопухи и спрятал в чувал: назавтра пригодится.

— Ты должна была утонуть, — сказал я. — Как получилось, что старуха тебя вытащила?

— Не знаю, — ответила Марья; голос был глухой, слабый, но от его звука пробирала дрожь. — Я ничего не помню. Мне было плохо. Может быть, я хотела умереть. Я не знаю, — печально повторила она. — Он сказал: «Дойдёшь, когда стопчешь железные сапоги»... И вот — я их стоптала. Они лопнули. Я дошла до озера и села на берегу. Вокруг не было никого, даже птицы не пели. Я не знала, что делать дальше. Я бы, наверное, утопилась бы сама, безо всяких мавок. Это я, сама я позвала их. Я плакала от отчаяния, и они вылезли на мой зов, на моё рыдание, они стали смеяться, утешать меня и подбадривать, они пели песни и танцевали передо мной, и они были совсем юные девочки. Они позвали меня, я разделась и пошла, сама, я хотела этого; я была спокойна и совершенно счастлива. Для меня всё закончилось. Я за три года исходила четыре стороны света, и я сделала всё как он сказал. Изглодала железный хлеб. Стёрла железный посох. У меня было чувство, что я пришла, что это конец дороги. Потом я помню: тёплая вода сомкнулась надо мной, и кто-то стал целовать меня в глаза и в шею. Потом я захлебнулась. Потом меня схватили за волосы и вытащили из воды... Мавки ногтями вцепились в мои ноги и визжали... Потом старуха несла меня, голую, через лес к своему дому, и ругала чёрными словами, а меня рвало тиной.

— Это не всё, — сказал я.

Марья посмотрела с удивлением.

А я понял: пора выполнить долг, пора добавить серьёза в разговор.

Прямо сказать, мне не нравятся безумные люди с острыми ножами, которые ходят по моему лесу в поисках того — не знаю чего.

Я назвал её по имени.

— Марья, — сказал. — Слушай меня. Чтобы ты понимала: я воин. Муж крови. Война — мой хлеб. Я не допущу никакой беды на моей родовой земле. Я должен всё знать. Бабка явно тебя пригрела. Не только спасла, но и оставила подле себя. Зачем?

Марья поколебалась и ответила:

— Пожалела.

— Обещала помощь?

— Нет. Ничего не сказала. Помыла, дала одежду, накормила. Потом усадила оттирать горшки песком. Чтоб, значит, я ей за кров и еду отработала...

— Что ещё сказала?

Тут девка поправила волосы и покачала головой.

— Ты хоть и муж крови, — сказала она, — но мне никто. И ты мне допроса не устраивай. Я дочь резанского кузнеца, я тебя не боюсь. Я пришла сюда по своей надобности, и в моих ногах — моя свобода. Я никого не трогаю и не ворую. И кто бы ты ни был — ты не можешь мне препятствовать.

Отповедь получилась внушительной, я осёкся.

Тороп и Потык тоже напряглись и подались вперёд, и рты у них отвалились от удивления.

— Ладно, — сказал я. — Извини. Лучше один раз спросить, чем всю жизнь не знать.

И кинул железный пест ей под ноги, поверх железных башмаков; металл громко звякнул, из травы взмыла перепуганная птица.

— Кузнецова дочь, — сказал я. — Теперь понятно, откуда железо. Забери его, оно очень дорого стоит. Захочешь продать — скажи, я помогу.

Марья деловито и даже немного торопливо подхватила железные подошвы и пест.

— Сколько это стоит?

— Много, — солидно ответил Потык. — Это стоит шесть молочных коз, или три молочных коровы. А если серебром, то старшины меняют один к пяти.

— У нас дают один к шести, — поправил Тороп. И повернулся к Марье: — Тебе на всю жизнь хватит.

Марья подумала, посмотрела в огонь и сказала:

— Нет, ребята. Мне не нужны коровы и деньги. Я хочу попасть в Вертоград. В город птиц.

— Прости, — ответил я. — Никогда ничего про это не слышал.

— Погодите, — сказал бородатый Тороп, подавшись вперёд. — Главное, ты, Марья, погоди. Ты, небось, не понимаешь, куда попала. Мы живём на отшибе. Новости до нас не доходят, а у самих и вовсе не бывает новостей. Есть, кто живёт по-новому, есть, кто живёт по-старому, а мы тут — живём по-древнему. Не знаю, откуда ты взялась, но в наших чащобах ты и трёх дней не протянешь. И это летом, а про зиму лучше не говорить. То, что ты сюда добралась невредимая, — это уже чудеса. Хочешь найти своего оборотня — ищи, но имей в виду: если хочешь уцелеть — оглядывайся почаще.

Марья улыбнулась.

— Ты меня пугаешь? — спросила она. — Или предупреждаешь? Я три года в пути. Чтобы вы знали, ваш змей — не единственный. В одном городе я видела змея размером с телёнка, с маленькими крылышками, — он не мог летать, а мог только хлопать этими крылышками, как курица. И у этого змея был мужской уд, а под удом ещё и женское место, то есть он был одновременно сам себе и самец, и самка. Этот змей сидел на привязи, в дубовых колодах, в каменном подвале княжьего дома, а по праздникам его вытаскивали на люди, для потехи, он рычал и плевался тухлым ядом. Он тоже был полумёртвый от голода и от старости, или от тяжёлой неволи. А в другом городе я видела осетра, который ударом хвоста убил взрослого человека: этого осетра с трудом поднимали шестеро мужиков. А в третьем городе я зимовала однажды, и там случилось нашествие упырей: они вылезли из могил в самую сильную стужу и целую ночь бродили по сугробам вокруг домов, стучались в двери, звали по именам родню; никакого вреда не сделали, не тронули ни людей, ни скотину, утром убрались… — Марья шмыгнула носом. — Я видела достаточно. И пугать меня не надо.

Она снова окинула прямым взглядом всех нас — и добавила:

— А теперь — если знаете хоть что-то про птичий город, хоть малый слух припоминаете — скажите.

Тороп вздохнул.

— Я ничего не знаю, — ответил он. — Извини.

— Нелюдей давно никто не видел, — сказал я. — Считается, что их род прерван, и боги стирают их с лица земли.

Марья выслушала меня и вдруг задрожала.

— Бабка говорила так же, — прошептала она. — Бабка сказала, их народ вымер. Кончился от старости.

— Эх ты, — сказал малой Потык. — Три года бродила, а главного не знаешь. Никакая ведьма тебе правды сразу не скажет. Спроси ещё раз.

— Спрашивала, — сказала Марья. — Без толку.

— Тогда задобрить надо, — сказал Тороп.

— Нечем задобрить, — невесело ответила Марья. — У меня из ценного только нож остался. Но нож я не отдам. Может, отдам железный пест, раз он дорого стоит…

— Ничего не отдавай! — сказал Потык, и мужественно распрямился. — Послушай меня, я — ученик волхва, я — знаю! Когда бабка решит, она сама скажет. И назначит цену. Торговаться нельзя: надо сразу дать, что захочет. Тогда она поможет. И если есть дорога в твой птичий город — бабка покажет.

— Понятно, — сказала Марья. — Все ведьмы одинаковые. Торговаться нельзя, надо сразу платить.

Она встала, подобрала с колен Торопа хлебную тряпку.

— Прощайте, ребята. Старуха велела, чтобы вы ушли до рассвета.

— Ладно, — ответил я. — Старухе виднее. Прощай.

— Подожди, — крикнул Потык, и тоже вскочил. — Ты главного не сказала!

Марья поглядела с недоумением.

— Зачем ты с ним связалась? — спросил Потык. — С оборотнем? Как так вышло?

Марья коротко улыбнулась и пожала плечами, явно не собираясь ничего объяснять.

По моей голове, по плечам, ударили капли — полил ещё один дождь, каких было много в это душное и сырое лето.

— Иди, — сказал я. — Предупреди старуху, что мы заночуем в доме.

6.

Да, конечно: про нашего змея надо сказать подробней.
Он уже давно был с нами.
Волхвы и ведуны говорили, что люди первыми пришли в долину. Змей прилетел потом, спустя тридцать или сорок лет, когда восемь деревень уже жили и процветали, кормясь от леса, плодясь, размножаясь и радуясь.

То есть, зелёная долина была изначально наша, людская, а никак не змеева.

Змей был тут чужой, посторонний. Лишний.

Однажды он прилетел и упал в наш лес.

То ли раненый, то ли недужный, то ли немощный от старости.

Он упал и остался на месте падения, в глухом, труднодоступном бору.

От его появления в природе случилась смута. Крупные животные — медведи, кабаны, туры, олени и лоси — ушли подальше, в другие леса. Их место заняли менее крупные рыси, россомахи и волки.

Во множестве появились гадюки, полозы, ящерицы и ежи, их извечные недруги.

Окрест змеевой лёжки расплодились комары, слепни и оводы.

Больше стало и нежити: чаще визжали шишиги и кикиморы, чаще пели мавки по дальним запрудам, чаще вставали из могил упыри.

Потом змей начал кричать: то ли от боли, то ли от тоски.

Его страшный, протяжный крик, пробирающий до костей, слышали во всех деревнях.

Старшины снарядили разведчиков, и те, проникнув к месту падения змея, вернулись и доложили: чудовище не может ни летать, ни ходить, только ползает, ревёт и стонет; по всем приметам скоро издохнет. Оно отвратно видом, от носа до хвоста защищено рогами наподобие козлиных, и победить его никак невозможно; пытались кровь пустить — не сумели.

Ко времени появления разведчиков гад уже убил множество лосей и кабанов, и сожрал; вокруг его лёжки всё было в три слоя засыпано останками животных.

Волхвы и ведуны назвали его «Горын», что значило: огромный, непобедимый, сходный с горой.

Хотя лично я, впервые увидев змея, не нашёл никакого сходства с горой: он был размером с крупного быка, а крылья при мне ни разу не расправлял.

Его когти пропахивали в земле борозды глубиной в локоть; его хвост ходил ходуном; его кривая пасть исторгала невыносимый смрад; и он совершенно явно был старый, полумёртвый.

Он прилетел к нам, потому что лишился сил; он упал, потому что не мог жить дальше; он появился, чтобы издохнуть.

Он не выбирал нашу долину и наш лес, он просто рухнул, где пришлось.

В незапамятные времена, за сто лет до моего рождения, его лёжку огородили тыном из берёзовых брёвен, заострённых сверху.

За пределы тына он никогда не выбирался.

Он мог только орать.

На устройство тына вокруг змеевой лёжки ушли многие годы: отцы начали, сыновья закончили.

Зимой Горын засыпал и окаменевал, подобно ящерицам и лягушкам; весной — оживал. Его жизненный круг был понятен. Он был из рода гадов, холоднокровный, чешуйчатый исполин, невесть как доживший до наших времён. Неизвестный и чудной гость из прошлого. Крылатый — но не летающий. Смертоносный — но бессильный.

В первые десятилетия после появления Горына князья посылали к его лёжке отряды с заданием умертвить чудовище — но его броню не пробивали ни ножи, ни топоры. Несколько раз ему наносили тяжёлые повреждения, ему отрубили когти на лапах, снесли несколько рогов — но Горын продолжал жить, ничего его не брало.

Хотели идти на него зимой, пока спит, но зимы у нас суровые и снежные: от конца осени до середины весны змеева лёжка была покрыта сугробами высотой в три человеческих роста: ни дорыться, ни пробиться.

И волхвы объявили, что боги не желают змею насильственной кончины: древний гад должен умереть своей смертью, и никак иначе.

А чтоб замолк — было два способа.

Во-первых, покормить: если ему перебрасывали через тын еду, хотя бы две-три курицы, или падальщину, гнилую мертвечину, — Горын жрал сразу целиком, с костями и жилами, и замолкал на две-три недели.

Во-вторых, побить.

Но про это сказ отдельный — и он впереди.

Дождь припустил.
Когда мы вошли в избу, старуха явно не была счастлива.
Имея зубы, она скрипела бы ими.
Изба её снаружи выглядела хоть и ветхой, но крепкой. Внутри — наоборот, скрипучий щелястый пол сильно клонился

вбок, как будто вся постройка готовилась съехать куда-то в пропасть и рассыпаться в труху. Кривые полки, кривые лавки, кривое оконце, закрытое кривой тростниковой ставенкой. Ни одной верной линии, ни одного ровного угла.

И сама бабка, внутри своего несуразного кривого быта, сама казалась ещё кривее, ещё древней, ещё сгорбленней.

Малой Потык впервые видел вблизи знаменитую ведьму и всё пытался невзначай заглянуть ей в рот: во всех деревнях долины подростки верят, что ведьмы вставляют себе звериные клыки с железными наконечниками.

Но ничего не было в том обыкновенном пустом рту, как бы ножом прорезанном в нижней части печёного, сморщенного лица, всегда обращённого вниз, к земле, и сама старуха Язва не представляла из себя ничего особенного: маленькая, иссохшая, согнутая, она мелко трясла головой и руками, и на первый взгляд не представляла никакой угрозы.

Но стоило с ней заговорить, или посмотреть в её глаза, — как я погружался в морок. Мнилось, что согнутая ведьма находится сразу в нескольких местах: одновременно в дальнем углу, и прямо за моей спиной, и ещё где-то: то ли внутри меня, в груди, под кожей, — то ли за тридевять земель.

Я часто оглядывался на Торопа и Потыка и видел: они испытывали то же неприятное ощущение.

Главное место в избе занимала знаменитая печь.

Я дважды бывал в старухином доме в прошлые годы, и теперь с удовольствием ещё раз осмотрел гору лесных валунов, тщательно подобранных по размеру: чем выше, тем меньше. Круглая печь имела в основании примерно полторы сажени, но на высоте пояса взрослого человека резко сужалась, дымоход поднимался до кровли, выходя краями за её пределы, к небу.

По форме, по цвету камней и глины, их скреплявшей, было заметно, что печь несколько раз обваливалась, её чинили и перекладывали: может, сама старуха, может, её гости.

В деревнях моей земли таких больших сложных печей никто не делал: дорого, да и незачем. Хозяйки обходились обычными очагами, жаровнями и земляными ямами. Моя мать вообще жгла очаг в доме только осенью и зимой: летом готовила еду во дворе на костре, и приучала к такому обычаю моих сестёр.

Говорили, что печь старухе нужна, чтоб жарить людей.

Говорили, что не один добрый человек сгинул, взойдя на ведьмин холм и исчезнув в чёрном зеве старухиной печи.

Ещё говорили, что ведьма Язва потому и живёт так долго, что в полнолуние натирается маслом, обкладывает себя луком, петрушкой и яблоками, сама залезает в собственную печь и сама себя жарит, а потом, в готовом горячем виде, с подрумяненными боками, выскакивает через дымоход и летает по небу, пока не остынет.

Говорили и другое: не маслом она себя мажет, а жиром убиенных бродяг, случайно зашедших в её чащобу; ведь отодвинуть свою смерть можно только ценой чужой смерти. Так человек убивает животное, чтоб выжить.

Все эти старые, наполовину детские бредни, страшилки, былинки, мохнатые байки пронеслись у меня в памяти, не потревожив рассудка.

Сказать по чести — после хорошей хлебной краюхи я просто хотел поскорей заснуть; нас всех ждал завтрашний день, длинный и сложный.

Потык впервые в жизни увидел старухину печь. Не выдержал, подошёл, потрогал, обогнул по кругу, понюхал даже: в этом юном дураке чувствовался живой любопытный ум; неудивительно, что его отобрали волхвы для своих мудрёных занятий.

Старуха всё это время молча и демонстративно убирала в сундук куски недоеденного хлеба; раскатала поверх сундука лысое меховое одеяло, уселась сверху: то была её постель.

— Лезьте на полати. Кто будет храпеть — выгоню немедля.

Мы подчинились, один за другим по скрипучей лестнице поднялись наверх. Здесь поперёк брусьев лежал настил из сплошных жердин, он прогнулся под нашей тяжестью.

Внутренняя сторона соломенной кровли сплошь была увешана пучками трав и кореньев, пахнущих так сильно, что у меня закружилась голова.

И я понемногу стал проваливаться в тяжёлый глубокий сон, каким не спал много лет, с младенчества.

Тороп и малой Потык уснули так же, и даже раньше.

А я ещё какое-то время смотрел на зелёные веники, свисающие с потолка.

Здесь было всё, что я знал, — клевер, ромашка, подорожник. Здесь был чеснок, связками, и стебли папоротника толщиной в палец. Здесь были ветки малины и ежевики. И гроздья сушёной рябины. Но больше всего — брусничного листа.

Я вспомнил рассказы своего деда Бия: про то, что наши пращуры, древнейшие, очень ценили бруснику: и ягоды, и листы.

Я заснул с привкусом брусничного листа на губах. А верней сказать, не заснул — забылся, провалился за пределы мира, туда, где можно было опереться только на собственную память.

7.

Поиски пропавшей Зори продолжались до самого оконца того лета. От каждой деревни прислали по дюжине взрослых сильных мужчин с оружием. Обшарили все леса, и чёрный, и нижний, и дальний, и прочие. И вокруг озёр, и по склонам гор. Дошли до таких краёв, куда никто не доходил.

Всё было зря. И со временем люди устали. Даже родители Зори смирились.

Кроме исчезнувшей старшей дочери, у них было ещё две дочери и трое сыновей.

Так вышло, что ближе к зиме я остался последним, кто верил, что Зоря жива.

Прочие остыли. Решили забыть.

Но я забывать не хотел.

И, пока не легла зима, — я обошёл всех ведунов долины. Как уже было сказано, горбатая старуха Язва из чёрного леса была не единственная колдунья в нашем крае.

Мой отец каждое лето уходил в поход вместе с князем, воевать дальние земли. С конца весны по конец осени — пока отца не было — хозяйством заведовал я.

Но не один.

Наша мать Алия умерла давно; после неё появилась незамужняя и бездетная баба Радунья, наша дальняя свойственница из рода медведя: вселилась в наш дом, стала спать с отцом и управлять его делами.

Отец даже хотел жениться на ней, однако волхвы не разрешили: у них были подозрения, что Радунья бесплодна.

Так и вышло: за последующие годы она, ещё не старая баба, так и не смогла родить.

Я слышал смутные истории — о том, как волхвы посоветовали отцу выгнать тётку Радунью и взять другую жену, молодую. Отец был богат, и притом пребывал под личной защитой князя; любая семья почла бы за честь породниться с ним.

Но не вышло: мой отец был упрям, и когда волхвы стали на него давить — повернулся спиной и ушёл.

Я его упрямство полностью унаследовал.

На поиски Зори я потратил все сбережения. Их у меня было — две бронзовых полденьги. Одну полденьгу я заплатил за новые сапоги, годные к долгим переходам. В лесу без крепких сапог — никуда. Вторую полденьгу отдал Радунье, чтобы глядела за курами и козами в моё отсутствие. Тётка и так, без денег, умело надзирала бы за домом и двором, — но по её многим недовольным намёкам и обмолвкам я понял, что если уйду — буду должен.

И я подарил ей полденьги.

Тётка Радунья — сухая, тощая, безгрудая, всегда печальная и молчаливая — была, как я понял, вполне рада.

Бронзовую полденьгу можно было расковать, например, в две нарядные блестящие серьги, или, наоборот, расплющить в прекрасное шило длиной в мизинец.

Сказ второй. Кожедуб

В обмен на подношение я получил возможность уйти из дома, и уходил трижды: неделю в середине лета, неделю в конце лета и неделю в середине осени.

Скажу сразу: тётка Радунья вряд ли меня любила.

Но и неприязни у меня никакой нет. Тётка всегда была со мной ровна и спокойна. И порты мои стирала, и кормила от пуза. Готовила средне, слишком постно, но сытно. Ни одного плохого слова про неё не скажу.

Сначала я пошёл к самому известному и умнейшему человеку в нашей зелёной долине, главному требищному волхву Пшеничной деревни — самой населённой и богатой; в этой деревне, и только в ней, на жирных, нагреваемых солнцем пашнях вдоль реки, умели растить хлеб.

Верховного требищного волхва звали Снытко.

Он принял меня равнодушно. Сказал, что у него уже трижды спрашивали мнения насчёт сгинувшей девочки. Сказал, что пытался определить её судьбу всеми известными ему способами, но не сумел. Сказал, что в попытках выкупить девочку уже были помещены на языки богов три ягнёнка и полдюжины куриц, — но всё без толку. И это не считая молочной коровы, лично закланной отцом Зори.

Волхв Снытко был малоподвижным, высохшим донельзя, беззубым, безволосым, внешне отвратительным. От него пахло чесноком, а сквозь чесночный дух пробивался запах стариковской гнили.

Он мне не понравился.

Уродливые люди никому не нравятся. Даже если они верховные волхвы.

Требище Пшеничной деревни было богатым, чисто выметенным, широким, в два яруса: выше по склону стояли особо почитаемые идолы, ниже — те, кто пользовался меньшим уважением.

Все истуканы — сильные, в два человеческих роста, отскоблённые добела, обвязанные разноцветными лентами, умащенные мёдом и дёгтем, понизу сдобренные кровью — смотрелись очень грозно.

Помню, я испытал непривычно сильный трепет, и озноб пробежал по моей коже.

Сам верховный требищный волхв Снытко был облачён в пурпурный плащ невиданной красоты и ширины. Края плаща, затканные серебряной нитью, складывались в узор удивительной сложности.

Лоб волхва, щёки, нос, шея, а также его голый череп сплошь покрывали узоры и знаки, набитые столь искусно, что за их игрой нельзя было определить выражения лица; я смотрел и не мог понять, горюет или смеётся верховный требищный волхв Пшеничной деревни и всей зелёной долины.

Или, может быть, для него это было одно и то же действие?

Он нагрел в медной чаше щепотку чёрных сухих листьев, пока те не задымились резким духом; понюхал сам, дал понюхать мне — но я ничего не почувствовал; не имел привычки к благовониям. Снытко же имел такую привычку, долго и вдумчиво теребил длинными пальцами воздух подле своих ноздрей, вдыхал с тщанием, сопел, зажмурив глаза, шептал заклятия; у меня, наблюдавшего, сложилось мнение, что верховный волхв ничего не может сделать, а просто искусно врёт, изображая значительность там, где её нет.

Набравшись смелости, я спросил, может ли верховноуважаемый Снытко устроить мне встречу с лешаком. Но требищный волхв, как и следовало ожидать, очень рассердился и даже пытался схватить меня за ухо; закричал, что мой отец Ропша плохо меня учил, что на требище, пред лики богов, с такими просьбами не приходят, что, если я хочу найти лешака или какую-либо иную лесную нежить, столь же гадкую, — я должен идти в лес и искать самостоятельно.

Не дослушав его возмущённых речей, я повернулся и ушёл.

А он ещё прокричал мне вслед, высоким и жалобным, каркающим голосом, чтобы я не вздумал идти к «отшельным»: мол, так я сделаю только хуже и себе, и всем людям своего рода.

Но я его не послушал.

Если обычный человек — воин, крестьянин, охотник — ссорится с волхвом, тот всегда угрожает страшными, самыми что ни на есть погибельными проклятиями. Такие проклятия волхвы обычно произносят для вида, неискренне: чтобы боялись и уважали. На самом же деле ни один волхв никого проклясть не может: все волхвы желают своим родам и общинам только счастья — процветания, здорового приплода, сытости. На то их и держат.

По древнему правилу, на каждое деревенское требище полагалось не более двух волхвов, при двух учениках, итого — не более четырёх. Ни одна община не могла кормить лишние рты, поэтому содержать полное количество — четырёх служителей — могли себе позволить только богатые деревни, а те, что победнее, содержали троих, а чаще двоих: одного волхва и одного ученика. Понятно, что любой «отшельный» ведун, не имеющий отношения к деревенскому требищу, любая старая ворожея или травница, ушедшая в лес, поближе к своим корешкам, любой ведьмак, удалившийся в пещеру и там самостоятельно вступивший в сношения с духами и силами природы, и принимающий у людей плату за свои ведовские услуги, — отбирал хлеб у деревенского требищного волхва.

Поэтому дряблый Снытко запретил мне, под страхом тяжелейших проклятий, идти за помощью к лесным ведунам.

Он всё кутался в старое пурпурное рухло, заткнанное серебром, как будто это могло спасти его от бессилия.

Он делал жесты длинными руками, призывая меня вникнуть в его духовную традицию, — но я видел, что он холоден к моей беде и думает только о собственной участи.

Я развернулся и ушёл.

И когда он кричал мне в спину — «Не ходи к отшельным, не вздумай!» — я даже не обернулся и не кивнул.

Мне показалось, что он остался мне благодарен: за то, что я не обвинил его в слабости и лукавстве.

Больше я никогда не возвращался к верховному волхву.

Через год после нашего разговора Снытко умер. Говорят, от старости.

Я не был на его похоронах.

Я слышал смутную историю, что на самом деле верховный волхв долины помер вовсе не от старости, а от удара топором по затылку. История гласила, что князь Хлуд явился к волхву за советом вместе со своим старшим мечником. Князь Хлуд спросил волхва, может ли тот предсказать свою ближайшую судьбу. В это время старший мечник князя незаметно зашёл волхву за спину. Старый Снытко ответил, что может предсказать всё, что его судьба — прожить долгую жизнь. Тогда старший мечник ударил волхва топором по затылку и убил его.

Говорят, когда его положили на погребальный костёр — волхв Снытко не сгорел, остался как есть, во плоти, только от огня вытекли глаза и лопнули яйца.

Я ничего этого не видел.

Покинув волхва Снытко, ничего от него не добившись, я спросил совета людей. Ближних и дальних родственников из Ржаной деревни, из Осетровой деревни, из Медвежьей, из Кабаньей. Из Деревни В Ущелье, из Деревни У Водопада, из Деревни У Края Гор.

Мне назвали сильнейшего отшельного ведуна долины.

За три дня я добрался до его жилья.

Ведуна звали Креп, а по прозвищу — Отец Упырей.

Ходили слухи, что он — вечный, что ему тысяча лет, что он жил в долине задолго до прихода переселенцев, что он — последний потомок древнего племени пращуров, населявших зелёную долину в незапамятные времена. Говорили, что пращуры вымерли, перебив друг друга, — слишком жестоки были их условия существования, и слишком жестокими в этих условиях стали сами пращуры; они уничтожили собственное племя от избытка ярости и упрямства, и, по преданию, каждый лично съел своего врага, и сделал себе шлем из его отполированных костей.

Сказ второй. Кожедуб

Пройдя всю долину с восхода на заход, у края Горы, Прячущей Солнце, в ущелье, заросшем можжевельником и орешником, я отыскал каменную яму, где жил Отец Упырей.

Он, как и все прочие волхвы и ведуны, был глубоким стариком.

Вам следует понять, как это выглядело. Двенадцатилетний паренёк, потерявший в лесу подругу, пришёл искать совета у существа, которое было человеком не полностью.

Внешность Отца Упырей в корне отличалась от моей, и моих родственников, и прочих людей долины.

Старый пращур имел плоский вдавленный нос, покатый лоб и очень маленькие, глубоко посаженные глаза.

Всё сложение его тела показалось мне чужеродным. Слишком короткая шея, слишком широкая и выпуклая грудь, слишком кривые ноги. Слишком низкий лоб, слишком грубый голос.

И его выговор, странная манера подкашливать и рычать, с усилием выхаркивая обыкновенные, простые слова, которые легко произнесёт и ребёнок, — выдавала в нём иноплеменника.

Он жил собиранием кореньев, в его пещере не было очага; он не жёг огня, и это выдавало в нём последователя древнейших природных сил; он повсюду ходил босым и голым, его коричневая кожа шелушилась, как грубая сосновая кора; он двигался и дышал совершенно бесшумно; он был настоящим древним ведуном, диким и почти всемогущим, заросшим, от глаз до горла, бородой, свалявшейся в сальные лохмы.

Когда он шёл по лесу, птицы сами садились на его плечи и затылок, а белки и куницы бежали рядом, выпрашивая лакомства.

Его прозвали Отцом Упырей по веской причине.

Если старейшины приглашали Крепа пожить в той или иной деревне, например, от Нового Года до весны, — Креп принимал приглашение, зимовал, ел, пил, спал, мылся в бане в своё удовольствие, — а по весне уходил; потом на протяжении двух или даже трёх лет ни один покойник в той деревне не восставал из могилы.

То есть, присутствие Отца Упырей сказывалось на мёртвых благотворно.

Там, куда звали старика, — мертвецы успокаивались и спали, сожжённые, обратившиеся в пепел и засыпанные землёй; никого не тревожили.

В других деревнях, особенно по окраинам долины, куда старца не решались пригласить, по причине дороговизны его услуг, или отдалённости его жительства, — покойники вставали и возвращались каждый год, а бывало — и чаще.

В те времена как раз укоренялся обычай не только сжигать своих мёртвых, но и закапывать кости в землю, или заваливать камнями. Иначе мертвец мог встать и вернуться домой.

Обычно упыри являлись, чтобы отомстить за свою гибель, либо за любовную неверность.

Случаи смертоубийства в нашей долине были очень редкими; люди жили в согласии, и споры свои решали в переговорах.

Так что подавляющая часть упырей, восставших из могил и вернувшихся в свои дома, — это были супруги, желающие наказать своих жён и мужей за измену.

Ведь после смерти каждый человек прозревает и узнаёт всю правду о своих родных и близких, о друзьях и врагах.

Каждый год по долине разносились вести, что в Кленовой деревне мёртвая жена ночью вернулась из-под земли, чтобы плюнуть в лицо неверного мужа, который изменял ей с женой соседа; а в Озёрной деревне умерший от лихорадки муж пришёл домой, ломился в дверь, потом залез на крышу и стал её разбирать, но на рассвете вернулся в могилу, так и не проникнув в дом, а молодая вдова — по словам очевидцев, действительно красивая женщина — с той ночи и до старости заикалась; и, наконец, в Деревне За Скалами один охотник, задавленный медведем и похороненный с почестями, ночью вломился в собственный дом, в спальню к собственной жене, которая сожительствовала с его родным братом, и стал кричать так громко и страшно, что оба прелюбодейника подвинулись рассудком.

В случаях смертоубийства упыри вели себя гораздо более яростно: возвращались по семь, по десять ночей подряд, бились в окна и двери, душили дворовых собак, сворачивали головы курам; но такие случаи были редки — один раз в пять или семь лет, и вокруг каждого такого случая молва потом городила самые завиральные легенды.

Так или иначе, именно ветхий Креп, кривоногий пещерный пращур, научил людей зелёной долины простому способу обмануть упыря.

По совету Крепа, люди стали выносить своих умерших не в дверь, а через дыру, специально прорубленную в стене дома.

Этот обычай — он так и назывался, «вынос через стену» — был заведён примерно сто лет назад; я ещё помню времена, когда старики его оспаривали и усмехались; но при моих зрелых годах и до сих пор он соблюдается во всех общинах.

Если в доме кто-то умирал, глава семейства брал топор и пробивал в стене отверстие, достаточное, чтобы извлечь умершего. После выноса мертвеца свежую дыру тут же заделывали накрепко. Благодаря такому ухищрению мертвец, если он вставал из могилы, никак не умел найти обратной дороги. Шёл по следу — но находил не дверь, а только стену, и дыру, уже заделанную.

С тех пор как укоренился обычай выноса через стену, упыри почти совсем перестали беспокоить жителей долины, — а ветхий Креп получил своё знаменитое прозвище.

Справедливости ради я обязан сказать, что были в нашей дальней тихой долине и такие деревни, где покойники никогда не вставали из могил, не обращались в упырей, ни в сожжённом, ни в закопанном виде.

В таких деревнях — а их было и есть достаточно — люди вовсе не верили в ходячих мертвецов.

А сейчас, когда наш народ вошёл в пору невиданного расцвета, — в них верят ещё меньше: чем лучше жизнь, тем реже возвращаются к нам наши мёртвые.

Я прожил в пещере пращура Крепа, Отца Упырей, пять дней. Креп страдал глухотой, и мне пришлось изложить свою просьбу, прокричав её прямо в стариковское вялое ухо.

Несмотря на всю свою ведовскую мощь, несмотря на дружбу с упырями, Креп тоже не сумел мне помочь.

Он лишь сказал, что Зори нет в долине.

Это был приговор.

Это лишало меня надежды.

И я не поверил. Заявил, что не уйду из хижины Крепа, пока не получу объяснений. И даже плюнул в бугристую стену пещеры, покрытую письменами, нанесёнными углём по бороздам, вычерченным каменным лезвием.

Следующие четыре дня ветхий Креп рассказывал мне, как устроено всё разумное сущее.

Рассказы его поразили меня и врезались в память; я до сих пор помню все подробности.

Бо́льшую часть времени Креп тратил не на рассказы как таковые, а на собственные вопросы: ему было важно, чтоб я всё затвердил.

Нет, он не считал меня своим учеником. Он был слишком дик, лохмат и груб, понятия «ученик» и «учитель» к нему совсем не подходили — его знание передавалось не словами, а взмахами заскорузлых рук и вращением глаз.

Он по три раза переспрашивал меня, хорошо ли я понял его слова, и заставлял, опять же по три раза, повторить услышанное.

Он говорил, что нет никакого нижнего мира; нет и верхнего.

Он говорил, что миров ровно столько, сколько живых людей, то есть — неисчислимое количество.

Каждый человек образует вокруг себя свой собственный мир: Креп называл его — «поселенный пузырь».

Каждый живущий обитает в собственном поселенном пузыре: своём и только своём.

У одних этот пузырь велик, у других — мал.

У одного — дом, дети, лес, огород, хозяйство.

У другого — вся долина: семь лесов и четыре озера.

У третьего — не только долина, но и земли за перевалом, южные леса и степи далеко за лесами, и моря далеко за степями, и люди, живущие в тех лесах, и в тех степях, и на берегах тех морей.

Любой из нас, говорил мне Отец Упырей, укрепляет свой собственный поселенный пузырь, и бывает так, что у одного человека такой пузырь — маленький и тесный, зато очень прочный. А у другого — пузырь огромен, и вмещает многое, но при этом едва держится и в любой миг лопается и рвётся на части.

Поселенный пузырь вмещает всё, во что верит человек. Всё, что он видел. Всё, о чём он мечтает.

Поселенный пузырь нельзя сузить — можно только увеличить.

Чем дольше живёт человек, чем больше он видел и узнал — тем шире становится его пузырь.

У тех, кто живёт на одном месте и думает только о семье и урожае, — пузырь маленький.

У тех, кто путешествует, думает, имеет многих друзей и товарищей, у тех, кто сомневается, кто ищет отгадки на вечные вопросы, — пузырь большой.

Пузырь может увеличиваться сколь угодно долго — вплоть до смерти человека.

Каждый может пересадить в свой пузырь свою жену, своих детей и внуков; и друзей, и даже соседей. Но в общем, как несколько раз повторил Креп, поселенный пузырь у каждого — отдельный, личный.

Вот и подруга твоя, сказал Креп, маленькая девочка — пропала, потому что вышла из своего поселенного пузыря; выпала прочь.

Увидела и встретила нечто такое, чего не вмещал её собственный мир.

Она пропала, потому что сама решила пропасть, сказал мне ветхий Креп.

Это было её желание.

Что-то увлекло девушку, что-то явилось ей и увело за собой; она ушла добровольно и самостоятельно, из своего пузыря в чей-то чужой пузырь, в посторонний мир, и теперь —

в том месте, где она находится, она вполне довольна своей участью.

Так сказал мне старик-ведун, потомок пращуров, кривоногий Креп, и ещё потом повторил: не жалей её, она обрела покой; она счастлива.

Из того, что говорил мне Отец Упырей, я запомнил не всё.
Есть то, что я и запомнил, и понял.
Есть то, что я запомнил, но не понял сразу, а понял только потом, или вовсе не понял.
Есть то, что я не запомнил — зато понял.
В первый день Креп говорил, на второй день молчал, заставлял меня пересказывать; на третий день снова говорил, а на четвёртый день снова заставил пересказать услышанное.

А в пятый, и последний день, я прокричал в глухое ухо:
— Я догадался! Она просто ушла за перевал!
Отец Упырей поднял длинные узловатые руки ладонями вверх. И ответил, что этого никто не знает.

В тот последний день — после того, как старик заявил, что нам больше не о чем говорить, и что я должен оставить его в покое, — я набрался храбрости и задал тот же вопрос, который задавал деревенскому волхву Снытко.

Нельзя ли мне поговорить с князем леса? С лешаком?
Ветхий Креп покачал головой.
Лешак людей не любит, ответил он мне. И он не трогал Зорю; это точно. Лешак может запутать и погубить зимой какого-нибудь пьяного дурака, и то если пьяный дурак сам грубо навредит лешаку: например, не то дерево повалит на дрова.

А чтоб лешак забрал юную девочку, ушедшую собирать перлы, — такого быть не может; князь лесной хоть и дух, а всё ж не глупец и не враг людям.

Так сказал Отец Упырей, и махнул рукой, напутствуя меня и прощаясь.

— Но если хочешь, — напоследок сказал он мне, — разыщи старую Язву; может, она тебе скажет что-то, чего я не знаю.

Сказ второй. Кожедуб

***

Старуха Язва была третьим, и последним ведуном, которого я умолял о помощи в тот год.

Вся долина говорила, что старуха третья по силе. Первый — верховный волхв Снытко, второй — Отец Упырей, а третья, равная обоим предыдущим, — бабка Язва.

Пять дней и пять ночей, проведённых в сыром убежище Крепа, научили меня телесной грубости, а с нею пришла и умственная тонкость; я уже понимал, как устроен сущий мир.

На каждую тысячу хлебопашцев, охотников и рыболовов приходится один ведун, или один волхв, или двое, или, может быть, четверо; но никогда не десять.

Волхвов всегда ровно столько, сколько согласны кормить хлебопашцы.

Большинство не знает, как сложен сущий мир, и не желает знать; знание пугает и мешает жить.

Но всё это — сложные представления.

А моя история совсем простая.

Осенью того же года, потратив четыре дня на поиски, я нашёл дом старой ведьмы по имени Язва.

К сожалению, о том, что произошло в доме ведьмы, я теперь почти ничего не помню.

Очевидно, старуха наложила на меня заклятье беспамятства; другого объяснения подобрать невозможно.

Я помню, что прожил в её доме два дня и две ночи.

Ещё раз повторю, я был малым парнем. Многого не понимал.

Старая Язва не удивилась моему появлению. Она знала, что в одной из деревень долины бесследно исчезла молодая девушка. И когда я попросил о помощи — не отказала.

Я помню, старуха пригласила меня в дом, и когда я вошёл — от запахов у меня закружилась голова.

Я помню, посреди дома старухи стояла огромная, круглой каменной кладки, печь с дымоходом, уходящим наверх сквозь кровлю, и в той печи стоял горшок, истекавший дурманной, жирной горечью, такой ядрёной и тяжкой, что я, не произнеся ни слова, сел на пол и провалился в беспамятство.

Ещё добавлю, в своё оправдание, что к тому времени я уже полгода почти не спал: мысль о том, что Зоря навсегда потеряна, была для меня невыносима, и после заката солнца кошмары мучили меня, не позволяли успокоиться.

В избе старухи Язвы я забылся глубоким сном впервые за долгое время.

В свои тогдашние двенадцать лет я не был дураком и понимал, что диковинные запахи есть главное оружие любого волхва и ведуна.

Но тот запах, из горшка в печи, в тесном старухином доме, был слишком крепким. Я не устоял.

Когда приходил в себя — выпить воды, или выйти на двор за малой нуждой, — видел спросонья, вполглаза, что старуха сидит, сгорбясь, на сундуке, в светлом углу, под лучиной, и вертит в руках старые тряпки и верёвочные обрезки, изготавливая нечто, мне непонятное.

Так продолжалось два дня и две ночи подряд.

На третий день я очнулся ото сна, как будто болел — и выздоровел; вскочил, полный сил, с пустым урчащим нутром, с зудом жил, желанием обежать всю долину десять раз — лишь бы разыскать пропавшую подругу.

Старуха накормила меня кашей и хлебом, налила ковш браги, а потом призналась, что помочь мне не сможет.

Старуха сказала, что два дня вязала куклы-мотанки, а когда связала и поставила на стол — эти куклы, все как одна, стали сами собой падать со стола, и каждый раз, когда старуха поднимала их и возвращала — куклы падали опять.

Я не понимал, что это значит, и старуха объяснила.

Куклы-мотанки не хотели жить в доме старухи.

Мотанки хотели уйти. Мотанки дали понять, что знания старухи не распространяются так далеко, как хотелось бы самой старухе.

После двух ночей мёртвого сна моя голова соображала очень хорошо — и я помню, что задал старухе только один, самый главный вопрос:

— Она жива или мертва?

И старая ведьма Язва, сильно помедлив, ответила:

— Жива.

Мне следует ещё раз повторить, что я мало и плохо помню всё, что произошло в доме старухи. Запахи в её хижине одурманили меня.

Не думаю, что старуха специально отравила гостя вонью волшебных настоев — скорее, к тому времени я сам так ослабел, что потерял все силы.

Меня душило отчаяние; с мыслью о том, что Зоря исчезла, невозможно было смириться.

По несколько раз в день моё сердце заходилось острой тоской, и я глотал слёзы, и стискивал зубы, и обещал сам себе, что не остановлюсь, пока не найду любимого человека.

Конечно, я пребывал в помрачении. Глупо спорить.

Тогда, осенью, в хижине старухи Язвы, это помрачение достигло верхней точки, обратилось в безумие, в вереницу обрывочных бредов — и прекратилось.

Я вышел из дверей старухиной избы с дурной головой, но со свежим сердцем.

Но хорошо помню: видел, как старуха мотала кукол, сгорбившись над цветными лоскутами, разложенными на крышке сундука.

Я ушёл от ведьмы изменившимся, другим, более взрослым — и полным сомнений. Я почти ничего не узнал о судьбе Зори. Но я так много узнал об устройстве живой жизни, что перестал бояться.

Зоря могла быть где угодно.

В чужом поселенном пузыре.

В мире живых людей.

В мире мёртвых.

В мире богов и полубогов.

В мире духов.

Пока я искал Зорю, мой собственный поселенный пузырь увеличился троекратно. В него теперь вошли не только моя родная деревня, не только дома и дворы родителей, соседей и друзей, не только ближайшие ручьи, овраги и поляны, но и дальние окраины, холодные скалы, ледяные водопады, и хижины отшельников, и отчасти поселенный пузырь старухи Язвы, и такой же пузырь кривоногого уродливого Отца Упырей, и даже пузырь надутого и чванливого волхва Снытко.

И вот — прошли годы и годы, из двенадцатилетнего юноши я превратился во взрослого воина, доспешного умельца и участника многих боевых походов. Память о Зоре потускнела — но не исчезла.

А старуха и её кривая хижина остались на своих местах, ничуть не изменившись: тот же дурман высохших трав, та же страшная печь. То же чувство страха — как будто один из богов ткнул громадным шилом в мой поселенный пузырь, и тот лопнул с треском.

8.

Я проснулся ночью от звуков голосов.

Дождь продолжал сеять, шумел-стучал по крыше, но уже не так сильно.

Старая соломенная кровля малость протекала, и на меня подкапывало, но в этом была своя прелесть, какая-то живая связь с большим миром; может, и страшно в избе, но вне её — не страшно; славно и свежо.

Один голос принадлежал старухе, второй я не распознал.

Этот второй звучал необычно: густой бас, властный, свинцовый, но скрипучий — каждое произнесённое слово как будто ломалось на части и сыпалось.

Старухина манера тоже удивила: с нами она не церемонилась, выбранивала, пеняла — а теперь была необыкновенно вежлива, почти заискивала.

— Не могу дальше, — грустно жаловалась старуха. — Я тебя прошу. Ради всего, что у нас было. Сделай.

— Нет, — с сожалением прогудел неизвестный. — Рука не поднимется. И ты знаешь правила. Нам нельзя трогать людей.

Старуха всхлипнула.

— Так разве я человек? Погляди на меня. Руки-крюки, спина горбата, ноги еле идут. Двести тридцать лет. Ни волос, ни зубов. Глаза дальше носа не видят. Только нюхом и спасаюсь. Стыдно сказать — по нужде на ощупь хожу…

— Не жалуйся, — твёрдо ответствовал неизвестный. — Ты приносишь пользу своим собратьям. Вон, у тебя гостей полный дом…

— Ага, — сказала старуха. — Пришли гости, глодать кости.

Они помолчали.

— Зачем они здесь? — спросил неизвестный.

— Это здешние, — ответила Язва. — Идут змея бить. У меня с местными общинами уговор. Кто на змея идёт — тем приют давать, а если кто повредится — того лечить. Ну и харчами тоже баловать.

— То-то у тебя хлебом пахнет, — сказал неизвестный.

— Днём две буханки спекла, — ответила ведьма. — На клеверном меду. Хорошо получилось. Хочешь — угощу?

— Я хлеба не ем. Только мясо.

— До сих пор охотишься?

— Бывает. Для забавы. Ну и чтоб уважали. У нас ведь как: еды полно, да едоков мало.

— Что, — спросила старуха, — не плодится твой народ?

— Нет. Я посчитал — если так будет дальше, через триста лет сгинем вовсе.

— А ты не считай, — посоветовала старуха. — Приплод от многих условий зависит. Может, ещё все перевернётся. В мире ничего постоянного нет: вчера был недобор, а завтра — перебор. Считать бесполезно. Будущее сокрыто, угадать его невозможно.

— Вот что, — сказал неизвестный. — Моё будущее зависит от тебя. И я не улечу, пока не дашь согласия. Сын у меня один, он не должен умереть.

— Это ты сплоховал, — сказала старуха, свысока и насмешливо. — Прямо сказать, опрофанился. У князя неба должно быть много сыновей.

— Я знаю, как должно быть, — раздражённо ответил неизвестный. — Учить меня не надо. Давай, хочешь — на колени встану, раз в жизни? Перед тобой?

— Не хочу, — сказала старуха. — Не нуждаюсь. Чем его лечат твои знахари?

— У меня всего один знахарь. Было двое; старый умер, остался молодой, и тот без дела сидит. Мы же ничем не болеем.

— Это да, — пробормотала старуха. — Не болеете, но вымираете. Так чем же лечат твоего сына?

— Солнцем. Глиной. Мазями. Дымом. Ореховой скорлупой. Зелёным вином. Маковой настойкой. Горячим камнем. Жжёным волосом. Солевыми ваннами...

— Солью нельзя! — резко вставила старуха. — От соли раны не заживают.

— Они и так не заживают. Три года кровоточат. Смотреть невозможно.

— Гниют?

— Что?

— Раны — гниют?

— Нет.

— Ага, — сказала старуха. — Ясно. Не гниют, но не заживают. Значит, кто-то сглазил его.

— Девка и сглазила, — уверенно ответил неизвестный. — Та самая. Дикарка бескрылая, беспёрая. Из-за которой всё и случилось. Меж дикарей каждый третий — с дурным глазом. Оттого я внизу и не бываю.

Старуха гнусно захихикала.

— Тоже сглаза боишься?

— Конечно, боюсь. Что ж я, не живой?

Я лежал, не дыша и не шевелясь; внизу, прямо подо мной, на расстоянии вытянутой руки, сидел нелюдь.

Птицечеловек.

Если бы он захотел — он бы проткнул меня одним движением, прямо сквозь настил.

Холод побежал по моей спине и ушёл в чресла: едва я не обмочился.

По обычаю, своё оружие мы оставили внизу у входа: и рогатины, и дубины. И даже свой топор я прислонил там, у порога.

Со мной был только нож.

Но не выходить же с малым лезвием против оборотня.

— Коли так, — сказала старуха, — то я тебе не нужна. Сглаз и порчу может снять любой ведун. На запад отсюда, в конце долины, живёт колченогий ведьмак, по первому имени Блых, по второму имени Колотун. Он сильный. По сходной цене он снимет любую порчу с твоего сына. За один вечер отшепчет. Только лучше не называй его Колотуном, он обижается...

— Не надо мне Колотуна, — резко ответил нелюдь, повысив голос, и от его тяжкого баса дрогнул весь дом, и даже как будто разошлась кровля; на меня, недвижного, стало капать чаще. — Никому из троглодитов не доверяю! Особенно колдунам. Одну беду отшепчут, другую нашлют. Мы же — оборотни. Нас ненавидят. Если кого пущу в свой дом, — то тебя.

— Понятно, — сказала старуха. — Хоть ты и птичий князь, а такой же глупец. Колдунов боишься, а как чего — сразу к нам. Надеюсь, твой сын умней тебя.

— Будет умней, если выживет.

Старуха шумно отхлебнула что-то.

— А что он сам говорит?

— Ничего. Бредит. Имя девки повторяет.

— Ага, — сказала старуха с возбуждением. — Забыть не может! Любит, значит!

— Наверно, — угрюмо сказал нелюдь.

— Так может, найти ту девку, да притащить ему? Сразу и оклемается.

— Искали, — сказал нелюдь. — Пропала девка. Ушла. Давно бы поймали, если б смогли. Я тоже не всесильный. Но если бы нашёл — то только чтоб наказать. Это она его порезала. Семнадцать ножевых ран, на лице и на спине.

— Вот это чувства! — проскрипела старуха, явно издеваясь. — Кровь! Страсти! Уважаю!

Оборотень — слышно было — глубоко и тяжело вздохнул.

— Язык бы тебе отнять, — угрюмо произнёс он. — За такие шутки.

— Извини, — примирительно сказала старуха. — Это зависть. Старые всегда завидуют молодым. Теперь слушай, князь небесный. Способ есть. Лекарство существует, и действует безотказно. Могу сготовить дней через пять, как луна обновится.

Старая Язва замолчала.

Нелюдь пошевелился, то ли подался вперёд, то ли наоборот, выпрямился, и от этого его краткого, но могучего, резкого движения как будто стронулся, поколебался весь воздух в избе, и только теперь я до конца понял, насколько силён и огромен ночной гость. Казалось, если он захочет — в три удара развалит по брёвнышку всю старухину хижинку.

— Не тяни, — попросил он. — Договаривай.

— Змеев яд, — сказала старуха. — Не сырой, конечно. Разбавленный. От этого яда здоровые быки и медведи забывают, как ходить, и падают на месте, и змей их жрёт без спешки. От этого яда у твоего мальчика отнимется вся память, начисто. До самого нижнего донышка. Всё и всех забудет. Не только девку — и тебя тоже. И себя. Но ты будешь рядом, и заново всё ему расскажешь. Как его звать; кто он такой; и кто такие люди-птицы. А про девку — не расскажешь. Вот такой способ. Ничего лучше не предложу. А что поможет — ручаюсь...

Малой Потык, лежащий рядом со мной, застонал и повернулся — приснилось что-то страшное.

Старуха замолчала. Безмолвствовал и нелюдь.

Сказ второй. Кожедуб

Мне казалось, что я слышу его мысли, ощущаю жар его сомнения.

— Ты говоришь про змея из вашего леса?

— Других нет, — ответила старуха. — Их порода вымирает. Как и твоя.

— Этот змей болен, — сказал нелюдь. — И очень стар. Еле ползает. У него давно нет яда.

— Есть, — возразила старуха. — Ты не всё знаешь про этого змея, князь великий…

Потык снова застонал и заворочался, и я ощутил досаду и раздражение, как будто спящий мальчишка, ещё пахнущий мамкиными, молочно-сдобными запахами, был виноват в том, что мешал мне подслушивать.

На самом деле если кто и был виноват — это я сам. Не надо было мне просыпаться; не надо было знать ничего. Не для моих ушей был разговор. И не для моего разумения.

— Я не смогу добыть яда, — признался оборотень. — Змеи нас боятся. Нам нельзя трогать древних животных. Как и людей. Завет не велит.

Старуха вдруг сменила тон на знакомый мне: сварливый.

— Что-то я тебя не пойму, друг ситный. Ты хочешь и сына спасти, и Завет соблюсти? И нашим, и вашим потрафить? Ты уж выбери, что тебе дороже. А не можешь выбрать — домой вернись и подумай. Посоветуйся с кем-нибудь. А потом возвращайся; продолжим беседу.

Нелюдь помолчал, а когда снова заговорил — тон его тоже изменился.

— Зачем ты так со мной? — спросил он глухо и с огромной печалью. — Я что, мало для тебя сделал?

— Конечно, мало, — с чувством ответила старуха. — Ты обещал жениться! А вместо этого — пропал! А через двести лет — приходишь с просьбами! Как порядочная женщина, я должна тебя прогнать взашей, и не поглядеть, что ты небесный князь. Я таких князей много перевидала!

— Я был готов, — покаянно признался нелюдь. — Клянусь. Но отец не разрешил, — так же, как и я теперь не разрешил своему сыну. Всё повторяется. Жизнь течёт по кругу...

— Ты мне ещё про лад и ряд расскажи, — ядовито попрекнула старуха. — Я тебе кто? Конопатая девочка с блохастого хутора? Как тогда мне зубы заговаривал, так и теперь норовишь! Нет никакого лада и ряда! И Коловрата тоже нет, и отродясь не было! А есть только одна беззубая старая карга, и один вдовый крылатый дурень, у которого вся надежда — единственный сыночек, кровиночка. На том закончим. Извини, князь неба. Меж нами много было, да мало уцелело. Хочешь змеев яд — я его добуду. Сама разбавлю. И ещё травок подмешаю, чтоб мальчонку не вытошнило. Говорю тебе, трёх дней не пройдёт, как раны затянутся, и твой сын будет как новенький, в самом прямом смысле. А что возьму взамен — ты знаешь.

Воцарилась тишина.

Только теперь, сквозь крутой, сладкий дух высохших трав, свисавших с потолка, до меня донеслись частицы запаха оборотня.

Он вонял, как курица: помётом.

— Не могу, — с тоской произнёс нелюдь. — Я хозяин Вертограда. Если я не буду соблюдать Завет — то кто будет?

— Значит, на том и порешим, — бесстрастно ответила старуха. — Завет тебе важней сына. Живи тогда в обнимку с Заветом, а про сына забудь. И про меня тоже. Иди теперь. Прощай. Скоро светать начнёт.

— И что?

— Люди проснутся, вот что. Тебя увидят — как я отвечу?

— Отоврёшься, — сказал нелюдь. — Ещё мне не хватало за троглодитов переживать. Вся земля им досталась. А нам — ничего. Кусок неба в тысячу шагов — вот теперь вся моя вотчина.

— Значит, ты того и достоин.

Нелюдь издал длинный, неприятный звук — то ли гневный стон, то ли жалобное хрипение. Снова дрогнула, шатнулась старухина изба: нелюдь двинулся с места. Наверное, сидел — а теперь встал.

Мне невыносимо захотелось повернуть голову и посмотреть сквозь щели в настиле, увидеть, запомнить. Но я поостерёгся.

— Дашь время подумать? — спросил нелюдь.

— Конечно, — спокойно ответила старуха. — Думай хоть до морковкина заговенья. Сын — твой, не мой. Надумаешь — приходи. Я всё время здесь.

— Ладно, — ответил нелюдь. — Ты права. Ты всегда была умней меня. Нечего тут думать. Я согласен. Если спасёшь сына — я отправлю тебя за стол отцов. Но сначала вылечи Финиста.

— По рукам, — сказала старуха после небольшого промедления.

Послышались шелест и скрип — я понял, что ведьма и князь птиц обменялись рукопожатием.

— Сперва вылечишь, — сказал нелюдь. — Так, чтоб на ноги встал. И чтоб был полностью здоров. Потом я отрекусь, а его — посажу на княжение. И только потом приду к тебе. Согласна?

— Да, — ответила старуха. — Устраивает.

— Я вернусь через пять дней. Успеешь?

— Буду стараться.

— Тебе что-нибудь нужно? Деньги? Помощники? Охрана?

— Охрана? — переспросила старуха, и разразилась дребезжащим смехом. — Прости, князь, не расслышала. Ты сказал «охрана»?

— Охрана, — повторил нелюдь. — Или ты за двести лет врагов не нажила?

Старуха перестала смеяться.

— От моих врагов твоя охрана не спасёт. Ступай. Возвращайся к сыну.

Ничего более не сказав, в два тяжких шага нелюдь пересёк избу.

Скрипнула дверь; снаружи крепко дохнуло сырой прохладой.

Только теперь я отважился повернуть голову в сторону слухового оконца и выглянул.

В серой предутренней мгле, сквозь дождевую пелену, увидел широкую, медленно удалявшуюся фигуру — и ещё двоих; всё это время, оказывается, они ожидали снаружи. То была, наверное, княжья стража: при мечах, секирах и длинных, в полторы косых сажени, копьях со сверкающими, остро заточенными железными навершиями.

Все трое были в круглых шлемах с забралами, полностью закрывавшими лица, и в сплошных — от шеи до колен — бронях, сделанных из материала, мне неизвестного.

В двадцати шагах от дома их ожидала лодка: она утопала в буйных зарослях сорняков, и я не сумел толком её рассмотреть. Понял только, что борта лодки от носа до кормы покрывали точно такие же брони, гладкие, сложно составленные, подобные птичьему оперению.

Нелюди взошли на лодку. Княжьи охранники положили копья вдоль бортов. Вдруг от лодки в стороны прянул сильнейший ветер. Раскидал дождевые струи, наклонил к земле все старухины чертополохи, всю крапиву и лебеду.

Лодка взмыла и исчезла.

Старуха сипло кашлянула и произнесла:

— Всё слышал?

Я затаил дыхание.

— Тебе говорю, милок! — продолжила старуха. — Не бойся! Слезай.

Я продолжал надеяться, что ведьма говорит не со мной, — но она толкнула чем-то снизу в настил: там, где была моя спина. Наверное, своим страшным посохом.

— Слезай, говорю.

Я на всякий случай опоясался ремнём, передвинул ножны за спину, перелез через сладко сопящего Потыка и спустился.

Старуха сидела у стола на лавке и на меня не смотрела. Голова её была обмотана яркой тряпкой, а с тонкой иссохшей шеи свисала серебряная цепочка искусной работы: с изумлением я сообразил, что к приходу нелюда ведьма принарядилась.

Девка-бродяжка спала на сундуке, свернувшись и укрывшись с головой засаленным лоскутным одеялом; наружу торчала только маленькая ступня с натоптышами на пятке.

— Что подслушал — это хорошо, — сказала мне старуха, ухмыляясь. — Если князь обманет — подтвердишь, что уговор состоялся.

— Князья не обманывают, — неуверенно ответил я. — Их слово твёрдое.

Ведьма хмыкнула.

— Слово твёрдое, пока уд твёрдый. А у этого давно не так.

Она подняла на меня глаза; я непроизвольно попятился. В то, что она слепая, невозможно было поверить.

— А ты, милок, — сказала, — помалкивай, ага? Будешь болтать — пожалеешь.

— Не буду, — ответил я. — Но девка должна всё знать.

И кивнул на спящую бродяжку.

— Что знать? — спросила старуха, подняв мохнатые брови.

— Про город птиц, — ответил я. — Про князя неба. Про его сына.

— И зачем ей знать?

— Затем, — сказал я, — что она сюда три года шла. Муки претерпела. Она заслужила.

— Это не твоя забота, — проскрипела старуха. — «Муки», «заслуги» — что за речи у тебя? Для деревенского олуха ты слишком борзый. Ты вроде у меня уже бывал?

— Бывал, — признался я. — Один раз — восемь лет назад, когда подругу искал. Другой раз — два года назад.

— А, — сказала старуха, — теперь припоминаю. Ванька. Бия внучок.

— Он и есть, — сказал я.

— И что же, отыскал ты свою пропавшую подругу?

— Нет, — ответил я.

— Ясно, — пробормотала старуха. — А как там старый Бий?

— Живой, — ответил я. — Кланяться велел.

— Живой... — пробормотала ведьма. — А ты теперь заместо него? Брони вяжешь?

— Вяжу, — ответил я. — А ты знала моего деда?

Старуха кивнула.

— И деда, и отца. И тебя знаю. И детей твоих тоже знаю хорошо.

— У меня нет детей, — сказал я.

— Я не сказала, что они есть, — раздражённо возразила старуха. — Я сказала, что знаю. Ты, Ваня, не бзди. Всё у тебя будет. И дети, и прочее. А вообще, — она вздохнула, — пора вам честь знать. Буди своих сябров — и налаживайтесь в дорогу. Иначе дотемна до тына не доберётесь.

Я кивнул. Старуха молчала, смотрела в меня, как в прорубь.

— Чего молчишь?

Неужели и вправду слепая? — подумал я, а вслух сказал:

— Понял.

Тут меня подмыло любопытство: я уже открыл было рот, чтоб спросить ведьму про её прошлое, про князя птиц, про Вертоград...

Но как открыл, так и закрыл.

И вместо вопросов только заявил:

— Я тебе не Ванька. Я — Иван Ремень. Запомни.

Старуха молчала, смотрела мимо.

— У тебя, — добавил я, — в этом деле своя корысть. А где корысть — там нет прямоты, а только лукавство. Имей в виду: я не позволю обманывать девку. Ей тяжело. А ты всё знаешь, но молчишь. Могла бы сказать. И ей, — я показал на ветхое лоснящееся одеяло, — и мне...

Вдруг старая ведьма снова как будто пропала с глаз и появилась у меня за спиной, а потом и внутри меня — такая же, сгорбленная, в алом платке, обтянувшем голую голову, в выцветшей заячьей душегрейке на костлявом теле, неуловимая, неизвестная; то ли помрёт на следующем вздохе, то ли поднимет посох — и развалит пополам одним ударом; чтобы сохранить самообладание, я зажмурился и отвернулся.

Невыносимо и страшно было сознавать собственную беспомощность.

— Учти, бабка, — добавил я, сглатывая слюну, — пока я живой, я это дело не оставлю. И если ты ей не поможешь — я тебе не прощу.

— Ты мне грозишь, что ли? — спросила старуха.

— Да, — ответил я.

— А хочешь, свистну? Лешака позову? Он тебя уведёт в такие места, откуда не возвращаются.

— Делай что хочешь, — ответил я, превозмогая страх. — Но если у тебя с лешаком дружба — я людям расскажу. И сам запомню. Восемь лет назад лешак увёл мою подругу. Я приходил к тебе за помощью, но ты не помогла. Теперь вот я думаю: может, и ты, старая, причастна к её пропаже?

Мне было легко говорить всё это. Прямота и ясность намерений являются условием удачи в любом деле.

Все подозрения, все тёмные догадки следует высказывать сразу же, прямо в лицо.

Прямота всегда обезоруживает, всё переворачивает, меняет расстановку сил. Нет ничего лучше прямоты и чистосердечия: кто не носит камня за пазухой, тот живёт долго и спокойно.

Старуха выслушала мою взволнованную речь, глядя мимо меня, куда-то в угол, и оглаживая набалдашник своего посоха мелко трясущимися пальцами.

Я видел, что она беспокойна и смущена. Ночной гость, князь небесного Вертограда, явился слишком неожиданно. И я понимал: может быть, именно теперь, в миг её колебаний, когда внутренний порядок старой ведьмы пошатнулся, — я смогу узнать что-то важное про главную свою беду.

Про то, как лешак увёл мою любимую.

Про то, как мне найти её или хотя бы узнать её судьбу.

И я, сглотнув кислую желчь, ещё добавил:

— Ты тут сидишь, как будто вдали от всех, а на самом деле — играешь в свои игры. Путаешься с оборотнями. Похваляешься дружбой с лешаком. Может быть, ты заигралась?

Хочешь — зови лешака. Хочешь — зови всю нечисть, какая есть. Но я тебя прошу — помоги этой девочке. Марье. Той не помогла — помоги этой. Если не поможешь — я тебя заставлю. Или тебе придётся меня убить.

— Милый, — тихо сказала старуха, — ты, главное, не дрожи. Не бойся. Я тебе не враг. Хочешь, чтоб я ей помогла? Тогда и ты помоги. Вместе поможем, ага? Согласен?

Я молчал. Старуха продолжала оглаживать пальцами костяные узоры своего посоха. Жёлто-коричневые, ороговевшие ногти на некоторых пальцах были длинными, загибающимися, на других, наоборот, обломанными у самого корня.

— Ты, Ванька, внучок Бия, бери своих товарищей — и шагай до тына. А девка Марья пойдёт с вами, понял?

— Нет, — сказал я. — Не понял. Зачем?

— Затем, — ответила старуха, — чтоб всё было сделано только её руками, и ничьими более. В этом деле она — главная. И как она себя поведёт — так повернётся и судьба мира…

Над моей головой зашевелились полати. Старуха замолчала.

Тороп, голый по пояс, лохматый, заспанный, но уравновешенный и деловой, спрыгнул вниз, кое-как поклонился ведьме, пробормотал пожелание доброго утра; шлёпая босыми ступнями, вышел за дверь: торопился по нужде. Старуха равнодушно подождала, пока он пройдёт мимо и скроется.

— Ты не думай, — продолжила она, — что кроме тебя некому биться за благо людское. Ты не один такой правильный. Делай, что тебе говорят, — и всё будет хорошо.

— Ладно, — сказал я. — Ты старше. Тебе видней. Только у меня есть сомнения. Если бы вы, старики, правильно наладили этот мир — в нём не было бы столько смертей и столько несправедливости. Вы, старики, только делаете вид, что знаете, как добиться счастья. А на самом деле не знаете.

— Тут ты прав, — сказала старуха. — Полностью прав, внучок дорогой. А теперь готовься в путь. А старая бабка подсуетится, чтоб ты на дорогу поел горячего.

И она встала, мирным простым движением отложила посох, поковыляла к очагу, зашелестела разжигой, сухой берёзовой щепой, и одновременно с ведьмой весь её дом пришёл в движение: девка-бродяжка проснулась и сдвинула с головы одеяло; вернулся со двора Тороп, расчёсывая костяным гребнем мокрую бороду; завозился наверху, на полатях, малой Потык, не досмотрел последний сон, зевнул шумно; старухин дом, только что безмолвный, прохладный, сырой после дождя, теперь наполнился теплом и суетой.

Старуха затеяла в печи сильный огонь на берёзовых и осиновых поленьях, отобрала у нас троих сапоги и разложила на каменке; поставила на прогоревшие угли горшок с кашей; каша дошла, высохли сапоги, и обмотки тоже; вонь от сапог и обмоток, конечно, была жуткая, но ничего не поделаешь, в походе все воняют; когда, наконец, солнце показало верхний бок меж стволами сосен и елей — и я, и девка Марья, и сама старуха, и малой Потык досыта наелись и пребывали в приподнятом, бодром состоянии.

Ели во дворе, в рассветном жаре солнечного света и восходящих столбов воздуха. В это время года и в это время дня мир был замечательно прекрасен. Казалось, он не может подарить людям ничего, кроме нежной ласки.

Казалось, нет и не бывает под этим чистым небом ни смерти, ни горя, ни обмана, ни тоски — а только любовь, покой и волшебный трепет сердца.

Но я знал: так обманывает человека сытость. Так вводит в обман горячая каша в тощем жадном пузе.

На самом деле любовь и покой никогда не достаются бесплатно. На самом деле любовь надо обменивать на боль и долгий тяжкий труд.

Жевали молча, глядя не друг на друга — только в горшок.

И когда осталось на донышке — мы, трое мужиков, не сговариваясь, облизали ложки и спрятали, позволив Марье доскрести остатки.

Она ела жадно, быстро, не жевала — глотала сразу. Не очень приятно было видеть, как юная девочка обжигается, торопясь и давясь.

Старуха вышла из дома, уже приняв свой обычный вид: серебряную цепь сняла, яркий платок сменила на бесцветный, ветхий.

В пальцах сжимала диковинную штуку: маленький, в ладонь размером, глиняный кувшинчик, заключённый в тугой кожаный чехол.

— Слушайте, — велела. — Девка пойдёт с вами. У неё будет особая задача. В этот бутылёк, — старуха показала кувшинчик, — вы наберёте змеевой слюны. Полный бутылёк, под горлышко. Знаете, как собрать слюну?

Мы с Торопом переглянулись.

— Нет, — ответил я. — Не знаем.

— Сначала побьёте его, — сказала старуха, — обычным манером. По голове, по бокам, по лапам. По плечам тоже бейте, иначе он крыло расправит да смахнёт кому-нибудь башку с плеч. Бейте, как принято: ударил — отскочил, ударил — отскочил. Берегитесь всё время. Потом, как он замрёт без сил — ножом приподнимете сбоку губу и сунете бутылёк меж первым рядом зубов и вторым рядом. Чем ближе к горлу — тем лучше. Из горла будет идти его дух — не пугайтесь. Дух смрадный, но не вредный, безопасный. Следите, чтоб слюна была не мутная, а прозрачная. Сами её не касайтесь ни в коем разе. Не пробуйте, не нюхайте, иначе память отшибёт, и это в лёгком случае. А в тяжёлом — с ума сойдёте пожизненно...

— Погоди, — сказал я. — Такого уговора не было. Я к змею в пасть не полезу.

Старуха указала кривым пальцем на Марью.

— Она полезет. А тебя, — старуха нацелила палец мне в лицо, — я и просить не стану. По тебе видно, что ты ссыкун. Деда своего Бия позоришь. Тот был смелый.

Пока я проглатывал обиду, девка встала, стряхнула с подола хлебные крошки и забрала у старухи глиняную ёмкость.

— Поняла, — коротко ответила она. — Наполнить и вернуть.

— Молодец, — похвалила старуха. — На лету хватаешь. Сразу видно — пришлая. Местные все выродились. Соображают туго. А хуже того — боятся.

— Я своё отбоялась, — негромко ответила Марья. — Но учти: добыча будет моя, не твоя. И эту змееву слюну я не отдам, пока ты мне не поможешь.

— Дура, — решительно сказала старуха. — Это и есть помощь. Принесёшь заказ — получишь, что хочешь. Даю слово.

Тут неожиданно малой Потык встал во весь рост и солидно кашлянул.

— Извини, мать, — церемонно произнёс он и отвесил поклон в сторону ведьмы, — только тут, я вижу, творится тёмное ведовство. Я не согласен. Я ученик волхва, мне нельзя в таком участвовать.

— Эй, — сказала старуха, — не шуми, сыночек. Первое, что тебе нельзя, — это врать. Ты пока не ученик волхва. Тебя только осенью возьмут, и то не обязательно. А до тех пор ты на испытании. Правильно?

Потык отчаянно покраснел.

— Да, — ответил он. — Правильно. Но это ничего не меняет. Твои веды — не мои.

— Э, — перебила ведьма. — Ещё один умник выискался! Надоели вы мне! Слабаки, сразу видно! Хватит болтать! Собирайтесь в дорогу!

9.

У старухиной избы кончалась звериная тропа; дальше в лес вели только слабые стёжки.

Я выбрал самый явный, кабаний след, и повёл по нему остальных.

По следам острых копыт, по запаху помёта мы шли первую четверть дня, пока не упёрлись в ручей.

Здесь застали и самих кабанов: стадо из самца, самки и трёх сеголетков. Увидев нас, кабаны перешли на другой берег, замутив воду, забрались в кусты и там стали ждать, пока мы уйдём.

Сойдя теперь с их тропы, мы двинулись вверх по ручью, и когда отошли на достаточное расстояние — напились воды и отдохнули.

На привале больше других страдал Потык: он явно не привык к долгим пешим переходам, сбил ноги и устал. Узел с поклажей сильно натёр ему плечи. Надо признаться, что перед началом пути я специально отдал парню дополнительный груз — тяжёлый свёрток смолы, необходимой для розжига светочей. По неписаным походным правилам, самая тяжёлая ноша всегда достаётся самому молодому — чем трудней ему будет, тем быстрей он окрепнет. Тяжкий вес мешка со смолой сильно осложнил Потыку жизнь — но я знал, что всё впрок.

Девка Марья, наоборот, показала себя опытным пешеходом: всё время молчала, внимательно смотрела, куда ставить ногу, и было понятно — она легко прошагает ещё пять раз по столько же и не споткнётся.

Сам я не ощущал усталости: все мысли занимали старуха и её хитрый план. Змеиный яд, зелье забвения, и князь птиц, и его сын.

Увы, посоветоваться было не с кем.

Я дал старухе слово, что буду держать рот на замке, а теперь думал: зря.

Девка имела право знать.

Это было странное и, признаться, неприятное ощущение: смотреть на хорошего человека и помалкивать. Мучиться собственным знанием — и его незнанием.

Открой я рот, произнеси дюжину слов — и вся жизнь Марьи переменилась бы в полтора мига.

Но я молчал.

Здесь, в половине дня пути до логова змея, уже ощущался его смрад, пока не сильный, но отчётливо нездешний: так не пахли у нас ни свиньи, ни козлы; больше всего это напоминало вонь тухлых яиц.

Сказ второй. Кожедуб

Малой Потык вертел головой, всё поглядывал на девку, хотел втянуть в разговор — но мы шли быстро, и времени на разговоры не было.

Ручей имел чистые, жёлтые песчаные берега, и путь наш лежал через звериные водопои: повсюду с нашего пути нехотя убирались то зубры, то медведи, то кабаны, то олени.

Это лето, как я уже говорил, выдалось душным и жарким, даже ночные хищники приходили к водопою днём; пока мы шли по берегу, мы увидели и выводок зайцев, и енотов, и россомах, и лис, а однажды даже анчутку, лешакова помощника: маленький, едва по колено взрослому человеку, горбатый, он выбежал на открытое место, закинул в кривой рот несколько горстей воды и исчез, волосатый, гадкий, жалкий.

Постепенно сплошной сосняк сменился осинами, рябиной, кустами ореха, берега́ ручья стали ниже, черней, появились гнилой валежник и камыш — начиналась болотина, в которую впадал ручей, и которую нам следовало обогнуть, уходя круто на восход.

Эта болотина, узкая и длинная, тянулась поперёк всего дальнего, или мёртвого леса, — вторую четверть дня мы шли вдоль её края, по пригоркам, по полянам, продираясь сквозь заросли громадных лопухов, объеденных по краям зелёной тлёй.

Здесь уже не пели птицы. Здесь начинался мёртвый лес, бездонные глухие дебри; поваленные крест-накрест, насквозь прогнившие тысячелетние стволы, готовые обратиться в прах при малейшем нажатии; древесный распад во всех видах, от плесени до трухи, от лишайников до червивого точева; здесь повсюду были гадючьи гнёзда, ямы, ивняки, муравьиные города высотой в два человеческих роста, здесь нога не находила твёрдой опоры, а глаз — верной цели; здесь дрожал и колебался сам воздух, обманчивый, пьянящий как брага; из каждого скользкого дупла норовили выскочить осы; каждая высохшая нижняя ветка норовила треснуть и рухнуть на голову.

Мирный, прозрачный, жёлто-зелёный лес, привычный человеку, здесь обращался в настоящий, древний лес, чёрно-серый, возле земли — гнилой насквозь; солнечный свет проникал сюда скупо; громко скрипели тут серые мёртвые ветви сосен, согнутые под тяжестью огромных осиных гнёзд; по мхам и глиняным лысинам скользили ужи и полозы; птицы не спускались сюда, опасаясь запутаться в громадных паутинах, способных погубить и человека; на редких полянах алели и голубели ягоды всех видов, от земляники и малины до черники и клюквы.

Этот лес наполнял только один звук: непрерывное густое потрескивание гнилых волокон; лопались, умирая, связи меж частицами древесной плоти, и живая масса стонала, ломаясь, опадая, гния, исчезая.

Местность приподнялась, стало немного теплей, и не так тревожно.

Болотина кончилась.

Отсюда следовало повернуть на север.

Я шёл первым, держась по солнцу, и если путь преграждал лежащий поперёк древесный ствол высотой в два человеческих роста — я поднимал дубину и прорубался насквозь; осы, пчёлы и оводы тучей кружили над нами, жаля и раня; ноги утопали в сплетениях корней; но впереди маячил уже открытый участок, сухое место: тын.

Так мы пришли.

Тын — дело человеческих рук.
Тыну примерно сто пятьдесят лет.
Это труд двух поколений мужчин нашей долины.
Тын тянется на три тысячи шагов, кругом опоясывая змееву лёжку — лысую поляну посреди дальнего леса.

Тын сделан из вертикально вкопанных в землю брёвен, заострённых наверху; каждое бревно — в два обхвата.

Высота каждого бревна — в три человеческих роста.

Изначально предполагалось, что все брёвна должны иметь сильный наклон внутрь, в сторону змея. Но на деле за сотню лет подвижная, текучая лесная земля тронулась и уплыла, и почти все брёвна перекосило: некоторые имели наклон внутрь, некоторые, наоборот, валились наружу и были подпёрты более тонкими брёвнами.

В первые десятилетия гад иногда буянил, бился в ограду и грыз её, многие брёвна выбил, и на место старых были вделаны новые, отличающиеся по цвету и размеру.

Весь старый лес на тридцать шагов с внешней стороны от тына был сплошь сведён под корень, выбит и вырублен предыдущими поколениями мужиков; но со временем зарос подлеском, малиновым, ореховым кустом и берёзами.

В прошлые времена, когда змей был сильнее и кричал чаще, мужикам, приходящим сюда, вменялось в обязанность не только успокоение самого гада, но и расчистка подлеска вокруг тына. Змей орал громко и много, мужики приходили по семь раз за лето и осень, и полностью вышибали топорами весь поднявшийся молодняк, а потом сжигали его.

Но прошли годы, змей успокоился, а мужики обленились.

Теперь вокруг тына вправо и влево простиралась лысина, ещё хранившая следы множества огромных кострищ. Сквозь горы углей, оставшихся от сожжённых стволов, проросли новые стволы, главным образом опять берёзы: непобедимые и самые стойкие деревья нашего мира. Меж берёзами кое-где бушевали кусты крапивы, а меж крапивой и среди неё — дыбилась малина, повсюду раскинувшая длиннейшие колючие плети, связавшая крапивные стволы в единую, непроходимую живую стену.

Какое-то время мы стояли и молча смотрели на чёрную, древнюю преграду.

Малой Потык первым нарушил молчание.

— А ворота где? — спросил он.

— Нет ворот, — ответил я. — Сплошная стена кругом.

— А как заходить?

— Перепрыгивать, — сказал я. — Тут рядом есть помост. С помоста разбегаешься — и сигаешь.

Потык шмыгнул носом и уточнил:

— А обратно?

— Обратно, — сказал я, — придётся перелезать. Там везде есть верёвки с петлями. Но ты не волнуйся. Сам не заметишь, как перелезешь.

Потык покосился на девку Марью и прогудел:

— Ясно.

Девка смотрела на тын с неопределённым выражением — спокойно, с интересом, но и немного разочарованно.

Вереница огромных столбов — заваливающихся то внутрь, то наружу, чёрных, обомшелых, тоскливых, — явно не выглядела как дорога в Вертоград, в небесное обиталище народа птицечеловеков.

По взгляду, по движениям рук было видно: Марья недовольна, разочарована.

Девка явно понимала, что путь уводит её в сторону.

— Ладно, — сказал я. — Слушайте вы, все. Я здесь уже был, а вы — нет. Теперь запоминайте. Змей — хищник, тварь ночная. Днём — спит. И даже когда орёт днём — это он во сне орёт. А просыпается — ночью. И бить его надо начинать тоже ночью, чтоб он соображал и запомнил. Иначе толку не будет. Чтоб ему стало хуже, надо зажечь большой костёр и от него — светочи; чем больше, тем лучше. Огня он не любит и боится. Бить надо всю ночь, а потом ещё весь день. А теперь — вот, берите мой топор, валите деревья и готовьте кострище.

— Дайте топор мне, — сказала Марья.

— Ты не лезь, — сказал я.

— Да, — добавил Потык. — Это мужское дело.

— За огнём следить будешь, — сказал Тороп.

— Хорошо, — сказала Марья. — Как скажете. Только я всё равно не понимаю. Почему его просто не убить?

— За что? — спросил Потык.

— Ну... Он орёт. Мешает вам жить.

Потык улыбнулся с превосходством.

— Ну и что? — спросил он. — У меня сосед как браги напьётся — тоже орёт. Не убивать же его.

Сказ второй. Кожедуб

— Сосед, — возразила Марья, — это человек. А змей — это нежить.

— Почему нежить? — возразил Потык. — Просто зверь, тварина. Ящерица, только большая. От человека мало отличается. Так же жрёт, так же спит. Зачем убивать?

Марья покачала головой.

— Он ваших детей пугает.

— Хватит болтать, — сказал я. — Ещё будет время. Пойдёмте, надо найти помост.

Мои спутники нестройно вздохнули: устали слишком. Чтоб поднять их дух, я поднял руки к небу и закричал:

— Горын за тыном!

— Горын за тыном! — повторили, надсаживаясь, Тороп и Потык.

А девка-бродяжка не повторила: ей незнаком был боевой клич воинов межгорья.

Остаток светлого дня мы потратили, вышибая дубинами просеки в крапивно-малинных дебрях.

Сначала отыскали помост: древнее, скрипящее под собственным весом сооружение из длинных, частично сгнивших жердин, увязанных меж собой кореньями и травяными косицами; одним концом помост упирался в землю, другим — нависал над краем тына.

По помосту можно было разбежаться вволю — да и сигануть на ту сторону, в змеевы владения.

Мы расчистили пятак у нижнего края помоста и там зажгли первый костёр и разбили стан: разоблоклись, расстелились, развесили сушиться обмотки.

Ещё два костра сложили в пятидесяти шагах на запад и на таком же расстоянии — на восход, но до темноты зажигать повременили.

На обустройство стоянки и на раскладывание костриш ушёл весь вечер.

Всё это время змей никак не показывал своего присутствия, лишь один раз коротко, тяжко захрипел; полетел над верхушками деревьев гулкий позык; как будто усилился смрад, но спустя время его выдуло ветром.

Мы к тому времени уже сидели у костра, готовили оружие и отдыхали.

По старой воинской привычке я прислушивался — не дышит ли в окрестностях какой зверь, или разумный враг, не подкрался ли кто, подманенный светом костра, — но ничего не происходило в округе, ни тур, ни медведь, ни кабан не подошёл поглядеть на незваных гостей. Только два или три раза огромные луни бесшумно пролетали над нами, сверкая жёлтыми глазами и угрожающе ухая — пытались прогнать чужих со своей земли; но чужие не уходили.

Иногда мне казалось, что змей не спит, а только прикидывается, на самом деле — подкрался и замер, сокрытый за чёрной оградой, и разнюхивает, или даже наблюдает через дыру, нам неизвестную, — примериваясь напрыгнуть и убить.

Но я гнал от себя наваждение. Вся долина знала, что змей совсем плох, что силы его кончились, и дальше тына ему хода нет и уже не будет.

Марья не имела оружия, в сборах не участвовала, смотрела то в огонь, то на Потыка.

Под вечер в молодом парне разыгралась кровь, он не сводил глаз с девки и устроился точить нож таким образом, чтобы в свете костра его было хорошо видно.

Тороп, наоборот, изнемог полностью, заскучал, и как лёг, голыми ногами к огню, так и заснул. Вот женатая жизнь: человек привыкает есть в одно и то же время, ходить одними и теми же путями, из дома в катух, из катуха к озеру, от озера на поляну, а там и обед, а после обеда по хозяйству пройтись, изгородь поправить, — а тут и вечер, и опять поешь, и мёда выпьешь, или пива, а тут и женщина тёплая, а на ночь можно ещё что-то в рот забросить, и вот, через три года такого удовольствия, ноги уже не несут тебя за сто вёрст киселя хлебать; ломит пояс, вяжет загривок, саднит плечи дорожная поклажа.

Недавно ты был молодой, резвый и борзый, а теперь уже тяжёлый, и если вечером не выпьешь — засыпаешь недовольный, в тоске по домашнему беличьему одеялу.

Вечера в наших краях в это время года длинные. Меж светом и темнотой целая жизнь проходит. Захрапел Тороп, повернувшись на бок и натянув на голову козью покрышку. А малой Потык, наоборот, совсем изнемог молчать; поправил пальцем наточенное лезвие, отложил оселок, ловко повертел нож в пальцах, убрал за пояс — и не выдержал. Оборотился к Марье.

— Я спросить хочу.

— Спроси, — разрешила Марья.

— Лучше с глазу на глаз.

— Нет, — сказала Марья, — давай при всех.

Потык посмотрел на спящего Торопа, на меня: я сделал вид, что ничего не слышал.

Я бы тоже хотел отдохнуть перед ночным делом, но сон не шёл; всё стояла перед глазами широкая спина птичьего князя, всё гудел в ушах его тяжкий, как будто каменный бас.

Непросто, скажу вам, видеть живого оборотня во всей его грозной силе. А ещё страшней видеть главного из них, самого опасного, и не просто видеть, а изведать его сокровенные тайны. Холодок смерти бегал по моему хребту, и я понимал: случайная встреча с князем птицечеловеков была очередным дурным знаком; уже ясно было, что нынешний поход к змеевой лёжке обернётся чем-то необычным.

— Ладно, — сказал Потык, улыбнувшись девке стеснительно и озорно. — Вопрос такой: если не найдёшь своего жениха — что будешь делать?

— Как это не найду? — спросила девка. — Обязательно найду. Почти нашла уже.

— Но если? — осторожно продолжил Потык. — Вдруг, допустим, — он пошевелил пальцами, — так выйдет, что не найдёшь?

— Тогда домой вернусь, — сказала Марья. — У меня дома — отец. Сёстры. Хозяйство большое.

— Тебе домой идти — три года.

— И что?

— Пока дойдёшь — полжизни истратишь. Лучше у нас останься. В долине.

— Не понимаю, — сказала девка, подумав и улыбнувшись краем губ. — Ты сватаешься, что ли?

— Нет, — сразу ответил Потык, напугавшись. — Ты что? Просто спрашиваю. Нравится тебе у нас?

— Где «у вас»? — спросила Марья. — Здесь? В лесу? У тына?

— В долине.

— Нет, — ответила Марья. — Не нравится. Глухое место. Медвежий угол. У меня дома — гораздо веселей. Людей побольше, лес почище. Нет, мне тут не нравится.

— Ну и зря, — сказал Потык. — Ты ничего, значит, про нас не поняла.

— Неправда, — ответила Марья. — Многое поняла. Вы люди честные, чистые. Все — самой древней породы. Мне повезло, что я вас встретила. Но оставаться здесь я не хочу, это точно.

— Наша долина, — сказал Потык степенным, как бы заёмным тоном, — есть последняя тёплая юдоль. Дальше на север — только лёд и мёртвый холод. Мы угодны богам, и боги нас берегут. Это я тебе говорю не чтоб заинтересовать. Я свататься не имею права. Если волхвы меня возьмут, мне нельзя будет трогать баб... Я только пытаюсь... ну... рассказать... Земля наша велика и обильна... Мы благодарны каждому, кто останется...

— Ясно, — сказала Марья. — Дальше не продолжай. Вам нужны девки, чтоб разбавить стоячую кровь. Иначе боги сотрут ваше племя с лица земли, как стёрли до того тысячи других племён. Вы боитесь, что пропадёте. Вот ваша правда.

— Да, — ответил Потык. — Так. Никакое племя не хочет умирать, и мы не хотим.

— Тогда, — сказала Марья, — открывайтесь миру. Не живите наособь.

— Не умеем, — возразил Потык. — Если не мы будем жить наособь — тогда кто? Мы и есть те, кто живёт наособь. Обитатели отдалённых земель. Хранители края вечных льдов. Мы всегда были сбоку, и такими останемся. И пока нет никаких знамений, чтоб указывали на то, что наше племя исчезнет.

— Понимаю, — сказала Марья. — Но на самом деле боги уже стёрли твой народ. Мир населяют тысячи народов, и все они движутся, перемещаясь с места на место, с гор — в леса, с лесов — на равнины, с равнин — в степи, и так далее. Если племя не движется — оно исчезает. И вы, если не хотите исчезнуть, должны идти.

— Куда? — спросил Потык.

— Неважно. Во все стороны.

— Из этой части мира, — сказал Потык, — только два пути. На юг и на север. На севере лёд, там ничего нет, кроме холода и смерти. А на юге нас не любят. Здесь конец мира, тупик. Здесь кончаются все дороги. В этой долине наше племя обрело мир и счастье, эта земля греет нас и кормит досыта. Мы не хотим никуда идти. Мы хотим, чтобы к нам приходили другие. Мы всех зовём. Мы любому рады. Мы даже князя себе позвали со стороны. У нас — соболиные куны и красная рыба. Мы круглый год едим мясо и ягоды. Мы заячьи шкуры за мех не считаем. Повторяю: правда нашего племени не в том, чтобы уходить отсюда, а в том, чтобы звать всех сюда.

Марья улыбнулась.

— Это тебя волхвы научили? — спросила она.

— И волхвы, — ответил Потык, не смутившись. — И деды. И мать с отцом. И сам я так считаю.

— А ты был хоть раз где-нибудь, кроме этой долины?

— Конечно, был, — сказал Потык. — Ходил на север, за ледяной перевал. У нас в деревне все парни ходят на север. Там бесчисленные оленьи стада и грибные поляны, такие, что за день не обойти... И везде — великаньи кости...

— Понятно, — сказала Марья. — Напомни, как тебя зовут.

— Потык, — сказал Потык.

— Сколько тебе лет?

— Двенадцать.

— Ты, Потык, — сказала Марья, — хороший парень. Но ты ещё не взрослый, а я — уже. Ты должен понять, что кроме твоей долины есть ещё триста таких же долин, и везде живут такие же племена, и везде есть грибные поляны и красная рыба.

Я, конечно, подслушивал, притворяясь спящим; я понимал: Потык шпарил по выученной премудрости, он всё хотел заинтересовать девку собственной учёностью, умением поддержать беседу.

— Нет, — сказал он. — Ты не понимаешь. Наше богатство не в рыбе и не в ягодах. А в нас самих. Мы народ сильный, но не злой. Баб своих любим и бережём. Если останешься — тебе у нас будет хорошо. Старшины найдут тебе жениха, и ты будешь счастлива…

Марья весело засмеялась.

— Прости, Потык. Только мал ты пока судить про моё счастье…

Она хотела добавить ещё что-то.

Но тут змей проснулся.

Сначала мы услышали хрип и глухой стук: так гремели старые изглоданные кости, окружавшие гада со всех сторон.

Потом мы почуяли его дыхание — горячее и невыносимо тухлое.

Потом он закричал, и от этого крика я весь как будто обратился в лёд; слишком длинным, тяжким и страшным был этот звук, исходящий, казалось, прямо из глубин вечности; таким криком змей, наверное, обращал в бегство целые великаньи стада. И я, далеко отстоящий от тех древних животных, тоже безотчётно захотел вскочить и броситься прочь.

— Рано проснулся, — сказал я. — Вставайте. Пора за дело. Он может опять уснуть, а нам это не нужно.

Тороп очнулся от дрёмы.

— Теперь идите все сюда и слушайте, — велел я.

Товарищи мои уселись подле, нахмурились; малой Потык всё косился на девушку.

— То, что вы нынче увидите, — сказал я, — вы никогда не видели. Подготовьтесь к худшему. Любой неверный шаг — сломаете ноги, или шею. Или вообще на куски распадётесь. Делайте только то, что я говорю. Вперёд меня не лезьте. Оружие держите в руке, наготове. Увидите гада — не робейте, но и не дурите. Особенно ты не дури, — добавил я, посмотрев на Потыка.

— А чего сразу я? — спросил Потык.

— А того, — ответил я, — что ты перед девкой покрасоваться захочешь.

Марья усмехнулась.

Потык обиделся, но не возразил.

— Не красуйтесь, — сказал я. — Кто в бою красуется, того первого хоронят. Красоваться потом будете, когда дело сделаем. И помните: главное — уйти целыми. Тварина не слабая, махнёт лапой — снесёт башку. А ежели в пасть к ней угодите — будете сожраны. Кто из вас хочет быть сожран?

Сябры мои промолчали; никто не хотел быть сожран.

— Добро, — сказал я. — Ещё раз повторяю: если гад кого из вас пошатнёт, повредит или насмерть погубит — позор падёт на меня. Потому что я — вас повёл. Потому что я там много раз был. Потому что я знаю, что́ там, а вы не знаете. Я позора не хочу, я привёл вас сюда живыми и здоровыми, и уведу такими же. В общем, мне на вас наплевать, я вас всех знать не знаю, мы два дня как познакомились. Но если вы с этого дела не вернётесь, а я вернусь, то люди скажут: что же ты, опытный человек, сам вернулся, а молодых неумелых насмерть положил? — и мне будет нечего ответить. Я не хочу такого. Поэтому — слушайте меня, подчиняйтесь сразу, а кто не подчинится — того сразу по башке двину. Это вам понятно?

— Да, — ответили все, и Тороп, и Потык, и Марья, и кивнули согласно.

— И ещё, — сказал я, — последнее. И самое главное. Когда начнётся самая жара, вы все потеряете разум, глаза нальются кровью, вас поглотит боевой морок. Не поддавайтесь ему, сохраняйте ровную дрежу. Будьте осторожны. В бою думайте только о себе и о своих товарищах. Больше ни о чём не думайте. На рожон не лезьте. Берегите себя. Соберите все силы, какие только возможны. Легко не будет. А теперь идите, запаливайте костры — начнём работу.

Марья резво поднялась на ноги, подожгла от нашего огня хвойную ветку, побежала к другому костру.

Малой Потык с такой же горящей веткой направился к третьему.

Взвилось пламя, взлетели кривыми мгновенными дорожками искры, осветив просеку вдоль тына на добрых двести шагов, в обе стороны от нас.

Ещё не совсем установилась ночь, и на тёмно-синем небе показалась только самая яркая, главная — Холодная звезда, всегда неподвижная, всегда указующая путь в страну снегов и чёрных ледяных морей.

Тороп, не сразу проснувшийся, в зажигании костров участия не принимал: повертел головой, почесал бороду и стал надевать броню.

Потык, зажёгший один из костров, вернулся, посмотрел на Торопа и тоже потянулся к доспеху.

Увидев, что мужчины облачаются в брони, Марья вдруг круто развернулась и побежала к помосту.

Прежде чем я успел что-то сказать, она взвилась по скольким чёрным жердинам почти к самому краю — и заглянула на ту сторону.

Огонь кострищ не доставал за тын; девка, конечно, ничего там не увидела, кроме, может быть, бесконечного, теряющегося во мраке месива из больших и малых звериных останков.

Я хотел было крикнуть ей что-то важное, предупредить: чтоб не поскользнулась, или чтоб не пыталась ничего рассмотреть. Змей всегда отползает в самую темень. Но я промолчал:

было понятно, что девка не поскользнётся, не оступится, вообще не подведёт: за три года скитаний все её движения стали сходны со звериными, и она шагала по гнилым ветвям, как по ровной дороге.

Возможно, она бы убила змея в одиночку, если бы захотела.

Какое-то время она стояла в шаге от края помоста, вглядываясь в рябой сумрак; когда, наконец, поняла, что — бесполезно, невозможно, — оглянулась на меня.

Я махнул рукой: слезай.

Когда вернулась, — хотела что-то сказать, но я поднял палец, возражая, — и она не раскрыла рта.

Времени уже было мало.

— Принесём требу, — сказал я. — Перед боем. Надеюсь, никто из нас не умрёт; разве что по глупости. Но требу дать нужно. Согласны?

— Да, — сказали Потык и Тороп.

— Согласна, — сказала Марья.

— Тогда, по обычаю, — сказал я, — самый младший из нас пойдёт в лес и принесёт камень размером не менее кулака.

Я посмотрел на Потыка.

— Это будешь ты. Поспеши. Времени даже у богов мало.

Потык немедленно вскочил и убежал в лес: он знал весь лад и ряд.

Пока он искал, я вынул оселок, поправил нож, и без того острый: это не было частью веданого порядка, не было обязательным действом, — это был лично мой, собственный способ настроиться на воинскую требу.

Как настроишься, так и побьёшься.

Потык прибежал, лелея в руках мокрый от росы круглый камень; я жестом показал, куда его положить; кивнул мальчишке.

— Наверное, — сказал я Потыку, — дальше ты сам всё знаешь.

— Знаю, — ответил Потык и вдруг заволновался; руки его задрожали. — Сначала надо очистить место огнём.

Он выхватил из огня поленце, горящее с одного конца, и поднял над головой, и стал помавать огнём перед нашими лицами, над головами, а затем по поверхности требного камня. После чего положил головёшку перед собой, протянул над ней ладони и добавил глухо:

— Потом надо согреть руки.

Мы смотрели — я, Марья, Тороп, — как паренёк сомкнул ладони над тлеющим деревом, как пламя стало просвечивать сквозь его кожу, как задымились его ногти, как боль заставила его скривить губы; запахло жжёным; наконец, он поднял руки; пальцы были обуглены; Потык вздохнул и засмеялся.

— Огонь нам дали боги, — сказал он. — Огонь не приносит вреда.

Демонстрация возможностей молодого человека вся была обращена на девку. Тороп смотрел на самоистязание равнодушно. Меня вообще давно уже не трогали подобные забавы; я волхвам не доверял, и их ученикам тоже.

— Зря руку обжёг, — сказал я. — Но ничего. Теперь слушайте меня: каждый молча даст от себя немного, чтобы насытить бога битвы, чтобы он был за нас. Кто не хочет и не согласен — пусть встанет и уйдёт.

Никто не пошевелился и не произнёс ни слова. Я поднял нож и показал.

— Ладонь поперёк не режьте. Неудобно будет держать оружие. Лучше снизу, по ребру вдоль мизинца.

И разрезал себе руку, и отдал нож Торопу; тот передал Марье, по старшинству, а она — Потыку.

— А что, — спросила Марья, — вы походных истуканов с собой не носите?

— Носим, — ответил я, — но только если идём далеко. А тут — наш собственный лес. Все наши боги смотрят на нас из каждого дупла. Зачем истукан? Любого камня достаточно. Бог войны любит камни. Он сам как камень — непробиваем.

Мы пролили нашу кровь на камень — язык бога — и потом этой же кровью, смешанной и размазанной по камню, очищенному огнём, пометили лбы, носы и скулы.

Сказ второй. Кожедуб

На том дело кончилось; бог войны не любит длинных посиделок.

Идти в бой следует до того, как жертвенная кровь высохла на твоём лице.

— Теперь, — сказал я, — отдадим остатки.

И кивнул Потыку.

По правилам лада и ряда самый молодой участник требы приносит жертвенный камень — и он же уносит его, когда всё заканчивается.

Потык взял окровавленный валун и бросил в костёр.

Разлетелись угли, взорвались искры, и с тем мы вскочили на ноги, и вынули ножи, и подняли лезвия к небу, и закричали:

— Горын за тыном!

— Горын за тыном!

Потом я отошёл в сторону от прочих и сделал основательную жгонку: чтоб согреть и размять тело, а главное — чтобы привести в порядок дух и войти в ровную дрежу. Покрутил головой, плечами, руками, присел двадцать раз, наклонился во все стороны тридцать раз. Подышал, закрыв глаза, настраиваясь.

Так учил меня когда-то, в самом первом дальнем походе, старый воевода Малко: пока не вошёл в ровную дрежу, в покой разума и духа — не поднимай клинка, не приступай ко врагу. И чем тяжелей схватка, чем сильней приходится разить — тем ровней должна быть твоя дрежа.

Лучшие воины — не самые сильные, и не самые яростные, а самые спокойные. На всякого сильного всегда отыщется более сильный, на каждый длинный меч — ещё более длинный. Зато если сойдутся двое на одинаково ровной дреже — такие умельцы могут рубиться по три дня кряду; но об этом скажу как-нибудь в другой раз.

Чем ровнее дрежа, тем крепче ты стоишь в схватке, тем яснее видят твои глаза, тем трезвее твой разум.

Наконец, по жилам, по сочленениям побежало тепло. Я велел девке и Потыку вязать смоляные свточи: не менее дюжины требуется для одной схватки с гадом. Объяснил, что светочи нужны особенные, длинные, в половину человеческого роста. Далее определил боевой порядок: сначала иду я, за мной — взрослый мужик Тороп, мальчишка — третьим, на подхвате.

Девке Марье надлежало оставаться в стане и ждать: пока змей не побит, за тын ей идти было нельзя ни в коем случае.

И, наконец, ещё раз повторил: змей старый, двигается мало, но может двинуться так, что нам всем придёт конец. Всем быть на стрёме и больше думать о себе. Если не дурить — никто не пострадает; мы пришли не на смертную битву, а застращать полумёртвую паскудину, измолотить, заставить замолкнуть. Мы сильней и быстрей, наше дело правое.

Странно, но девка Марья слушала мои слова внимательней двух других, сильных мужиков; и она единственная задала вопрос.

— А чем можно бить?

— Только дубиной, — сказал я. — Топором и ножом нельзя. Крови быть не должно. Иначе есть опасение, что помрёт.

В зелёных глазах Марьи снова вспыхнул огонь; предупреждая её вопрос, я поманил пальцем малого Потыка и попросил:

— Расскажи, почему его нельзя убивать.

Потык засопел.

— Это тайное знание, — возразил он. — Только для нашего рода и племени.

— Не настолько тайное, — сказал я. — Расскажи. Треба поднесена, бог за нас. По обычаю, перед боем каждый может открыть другому сердце. Рассказать что-то важное. Давай, расскажи ей. И пойдём.

— Я могу, — предложил Тороп.

— Ладно, — поспешил Потык, — скажу. — И посмотрел в ждущие, твёрдые глаза девки. — Есть предание. Если змея убить — из его тела вылезет другой. Гораздо страшней, сильней и опасней. С тремя головами и ядовитым дыханием. Этот другой змей, новорожденный, много раз являлся во сне многим людям нашей долины. Волхвам, ведунам и безумным. Это поверье крепкое, и о нём все знают. Наш змей старый, он только кричит. Но если его убить — из него выйдет другой, новый змей, стократ опасней. Он будет убивать на протяжении многих столетий.

Марья выслушала, посмотрела на меня и Торопа; мы одновременно кивнули.

— Можно сказать проще, — продолжил малой Потык. — Краткий смысл предания — в том, что бить можно каждого — но никого нельзя бить до смерти. И если змей наш главный враг — мы будем с ним сражаться, но никогда не убьём. Если в плохое лето он кричит — мы приходим и стращаем его. Если, в хорошее лето, он молчит — мы его, наоборот, кормим. Мы его бьём, но не убиваем, он нам нужен; мы хотим, чтоб он жил дальше и дальше.

— Лучше старое чудовище, чем новое, — сказала Марья.

— Да, — сказал Потык. — Теперь ты всё знаешь.

10.

Помост частично прогнил, он скользкий, разбегаться по нему нужно осмотрительно.

Но изо всех сил.

С той стороны, за тыном, есть ровная площадка — если оттолкнуться недостаточно сильно, есть опасность не долететь, и рухнуть в кучи сгнивших костей, и сломать ногу.

Среди костей во многих местах лежат старые топоры, ножи, навершия рогатин.

Если совсем не повезёт — напорешься ногой на остриё ножа, брошенного здесь лет сто назад. Обычно это очень старые, костяные и каменные изделия.

Новички — парни вроде Потыка — думают, что за тыном вокруг змея всё усеяно добротными железными мечами и секирами с дубовыми резными рукоятями.

На самом деле брошенного оружия, действительно, много, но всё это — очень старые каменные топоры и костяные палицы, а никак не сверкающие железные сабли.

Я здесь уже был; я прыгаю — и знаю, что́ там, с другой стороны.

Змей может сидеть в любом месте: вполне возможно, что я, разбежавшись, сигану прямо в его пасть.

Как всякое живое создание, он всё время движется, переползает то к одному краю тына, то к другому; полумёртвый, а не хочет останавливаться.

За моей спиной, в кожаных петлях, укреплены боевой топор и дубина, а в обеих руках — длинные светочи, жирно чадящие смолой.

Один светоч я кидаю вперёд себя, на ту сторону — туда, куда сам хочу прыгнуть; чтоб огонь освещал место падения. Второй светоч держу высоко в поднятой руке.

Я перепрыгиваю тын, и падаю на землю точно там, где хотел.

Несколько поколений моих единоплеменников, прыгавших сюда с помоста, понемногу расчистили ровный пятак, — ступни мои ударяются в твёрдое, я удерживаюсь на ногах, пробегаю несколько шагов и останавливаюсь.

Поднимаю второй светоч выше.

Нахожу первый — и, раздвинув тьму двумя малыми снопами огня, шагаю вперёд, готовый в любой миг отшвырнуть огонь, выдернуть оружие из-за спины и начать схватку.

Кости повсюду: торчащие полукругом рёбра, порушенные хребты, лопнувшие черепа с продавленными глазницами и кривыми зубами.

За две сотни лет Горын сожрал целый звериный народ, без счёта лосей, кабанов, оленей, собак, волков и медведей.

Повсюду — изглоданные останки, лоскуты лохматой кожи, шматы тухлой плоти, сожранной могильными червями, и большие кучи окаменевшего змеева кала.

И то, и другое, и третье вдавлено в землю, втоптано, вмято, измусолено, обломано, разгрызено на множество частей, сожрано, переварено и изблёвано.

Змея не вижу и не слышу: то ли он совсем плохой, и не может ответить на угрозу даже криком, то ли, что хуже, — сидит отай за кругом света, во мраке, и ждёт, когда я повернусь к нему спиной — и тогда прыгнет и ударит, разорвёт.

Но ничего не происходит.

Я кричу, так громко, как только могу:

— А-а-а!!!

И подкидываю огни в небо.

Это помогает; гад отвечает мне, хрипит и стонет; я немедленно иду на звук.

Внутри тына — примерно двести пятьдесят шагов от края до края, и найти гада — всегда найдёшь.

Главное — чтобы он не нашёл тебя первым.

Ночью он выглядит просто как маленький холм, поросший чахлыми кустами; способность нежити сливаться с лесом достойна всякого восхищения. Определить, где голова, где хвост, можно только одним способом.

Я вытаскиваю из земли кусок великаньего бивня и швыряю, целясь в бок.

Гад вздрагивает крупно, сильно, и снова хрипит, исторгая из пасти волну горячего смрада.

Я захожу со стороны головы.

Теперь мне надо понять, насколько он силён. Это самое трудное и самое опасное.

Будь я змеем, подыхающим от старости или болезни, изнемогающим, стенающим, — я бы восстал, если бы мне сунули в нос огонь. Я бы в любом случае нашёл силы прыгнуть и убить.

Если гад теперь не прыгнет и не убьёт меня — значит, он действительно ослабел.

Я кидаю один светоч ему в морду, а второй поднимаю выше, чтоб увидеть начало его возможной атаки и вовремя отскочить.

Огонь ударяется в его ноздрю, — змей рвётся всем телом, его обломанные когти крепко и глубоко полосуют землю, и показывается длинный раздвоенный язык, отвратительно голый, скользкий.

Попасть дубиной по языку считается большой удачей: но теперь я не хочу его бить.

Моё дело — разведать.

Гад неподвижен.

Судя по всему, он продолжает терять силы.

Но я очень осторожен. Я не поворачиваюсь к нему спиной, не отвожу взгляда.

Все резоны насчёт того, что змей слаб и болен, могут быть ошибкой. На самом деле ни один человек в долине, включая самых старых и умных ведунов и самых рассудительных волхвов, не знает, почему змей упал в наш лес, и что за этим последует завтра, или через десять лет, или через пятьдесят.

Больной или здоровый, помирает ли он или копит силы, чтобы переродиться и восстать, — на самом деле это никому не известно.

Многие умники в нашем народе, в основном воины, повидавшие мир и обученные рунам и буквицам, считают, что на самом деле гад отнюдь не подыхает и ничем не заболел: на самом деле это не змей, а змеева мать, самка. И то, что мы принимаем за болезнь и бессилие, — есть предродовые муки.

Однажды самка отложит яйца, родит детёнышей, выпестует — и улетит. Детёныши её, скорее всего, сожрут всё, что найдут вокруг себя, а потом улетят тоже.

Другие умные головы долины в своих размышлениях идут дальше и полагают, что змей, действительно, слабеет — но не для того, чтоб умереть, а чтоб окуклиться, и далее переродиться в нового бога, в огромную бабочку, которая закроет весь мир своими радужными крыльями, и тогда наступит вечное благоденствие.

Есть и третьи, из числа молодых волхвов, парней чуть постарше, чем мой нынешний боевой товарищ Потык, — эти уверены, что смрадного гада не только можно, но и нужно умертвить, и не просто так, а миром. Собраться всему народу в единую лаву, включая стариков и детей, сойтись единожды в цельную общность, в непобедимую тысячную громаду — и убить змея всем купно. И чтоб каждый нанёс свой удар, и собственноручно пролил древнюю кровь.

Сказ второй. Кожедуб

А потом — съесть его, Горына. Разделать по всем правилам на горячие куски, на позвонки, на малые косточки — и употребить в пищу.

Чтобы, опять же, причастился каждый, и стар, и млад.

И так перенять породу змея в свою, и слиться со змеевой кровью, и самим стать змеями.

Много сомнений, много самых странных и бредовых идей рождает этот древний гад, много споров вызывает его дальнейшая судьба.

Я смотрю на него.

Он лежит на боку.

Брошенный мною огонь сначала застрял меж рогов на его морде, затем упал под его скулу и теперь догорает; но гад этого не чувствует. Его морда вся защищена шипастыми роговыми пластинами, каждая толщиной в две ладони, — на вид они непробиваемы никаким оружием.

Горын молчит, лежит, длинно и тяжело дышит: под челюстью сходится и расходится, тяжко подрагивая, объёмный чешуйчатый зоб.

Потом он рычит.

Такого низкого звука нигде не услышишь. Даже матёрые туры так не умеют.

Я решаю, что дело закончено: разведка сделана, пора уходить.

Я поворачиваюсь и бегу назад: туда, откуда пришёл.

Повторяю: все мнения о том, что смертоносная тварь стара и слаба, могут быть ошибкой.

Вчера он еле ползал — а сегодня разорвёт тебя пополам; и никто не удивится.

С обратной стороны тына с брёвен свисают многочисленные верёвки: лыковые, конопляные, льняные, кожаные; иногда это целые сети из узлов и петель — лезь и не зевай. Много сотен мужиков постаралось, увязывая эти петли; я переваливаю через верх — и спрыгиваю в бездонные крапивно-малинные заросли.

Те, кто думают, что воинское дело сопряжено с великой славой, пусть представят себе этот прыжок в обжигающие, сырые колючие крапивные стебли высотой в два человеческих роста.

Безжалостные объятия мёртвого леса не менее страшны, чем удар змеевой лапы.

Я выхватываю топор и дубину, и обеими руками пробиваю себе дорогу на свет. Выхожу к помосту, к костру.

Маленький отряд меня ждёт, я смотрю в лица, вымазанные требной кровью, и у меня на миг перехватывает дыхание.

Не надо им туда, за тын, думаю я. Не надо лезть к змею в пасть. Оттого нежить и зовётся нежитью, что видеть её людям нежелательно — она существует в одном кругу, в одном поселенном пузыре, а люди — в другом, и эти пузыри не должны пересекаться.

Мальчишка Потык пусть волхвует.
Тороп пусть сидит возле жены.
А Марья — с ней сложней.
Для начала ей хорошо бы всё рассказать. Жаль, что нельзя.
— Всё как надо, — говорю я, отдирая от рукавов колючие малинные плети. — Чудище наше совсем плохое. Еле дышит. Готовы идти?

Потык и Тороп кивают. Я проверяю, как они завязали доспехи. Советую Потыку ослабить пояс; новички всегда утягиваются так, что не в продых, а на самом деле лучше сделать наоборот, чтоб всё слегка болталось: и броня, и пояс, и наручи. В бою кровь быстрей бежит по телу, набухают вены, и грудь раздвигается шире. Не следует туго вязать узлы на себе; лучше иметь телесную свободу.

Каждый берёт в обе руки по два новых светоча. Мы идём на помост и перепрыгиваем: сначала Тороп, затем Потык.

Я иду последним.

Уже стоя на помосте, оглядываюсь на Марью — она машет мне рукой, это выглядит очень трогательно.

Увы, в нашем мире не всё устроено по правде.

Иногда маленьких девчонок заносит на край света, в грязные берлоги древних гадов, где и взрослому воину не по себе.

Кстати или некстати — я вспоминаю пятилетней давности дело, устроенное князем Хлудом: дальний, изнурительный поход на богатый и громадный хазарский город Семендер, не оказавший нашему малому слабому отряду никакого сопротивления; когда мы подошли, ворота города были распахнуты настежь.

Войдя, мы увидели только мертвецов. Повсюду лежали гниющие тела: моровая язва убила в том городе девять человек из десяти.

Сначала живые пытались сжигать умерших; затем, когда число живых уменьшилось, их сил хватало только на то, чтобы вынести мёртвых из жилищ и бросить посреди улицы, кое-как присыпав сверху речным песком; потом перестали делать и это.

Когда мы — отряд князя Хлуда — вошли в город Семендер, нас встретили непроницаемые тучи трупных мух и стаи ворон, терзавших гнилые человеческие тела, безобразно раздутые на сильной жаре.

Чудовищно сладкий запах гниения затуманил наш разум, но одновременно и прояснил его.

Прикрыв лица тряпками, мы добрели до главной площади и увидели высокий холм из человеческих тел, по которому бегали крысы, шакалы и прыгали чёрные птицы.

В тот поход мы пошли за славой и добычей, а когда добрались — отыскали только смерть, во всей её необоримой силе.

Никто из наших не заболел в том походе.

Пережитое потрясение было так велико, что зараза не пристала к телам.

В богатых домах мы увидели золото и серебро, оружие из крепчайшего железа, искусно сделанную посуду, красивую одежду, медные и бронзовые украшения.

Мы не взяли ничего.

Не прикоснулись ни к единой золотой монете.

Слёзы стояли в наших глазах.

Мы понимали, что если вынем из скрюченных мёртвых пальцев хоть один сверкающий железный нож, хоть одну драгоценную цепочку, — мы умрём.

Всё было заразным.

Мёртвые кони лежали в конюшнях, обряженные в искусно изготовленные бронзовые упряжи.

Во дворах, среди розовых кустов, валялись радужные перья мёртвых павлинов, сожранных крысами.

Мы обошли весь город, не притронувшись ни к чему.

Мы нашли и нескольких живых: это были безумные от горя существа, сплошь покрытые гнойными бубонами размером с кулак, лохматые, дрожащие от страха и немощи, — они первые кричали нам, чтобы мы не приближались и ничего не трогали.

И мы — отряд князя Хлуда — вышли из Семендера, не взяв ничего. Ни монетки, ни золотой подвески.

Потом, отойдя от города на половину дневного перехода, мы сняли с себя все наши брони, всю одежду, и оружие тоже.

Мы зажгли костёр и бросили всё в огонь, чтобы очиститься.

И сами ходили, прыгали через тот огонь много раз, до тех пор, пока не сожгли себе бороды и волосы на причинных местах.

Мы спалили всё, что могло гореть, всю свою обувь и одежду, сапоги и штаны, все ремни, пояса, меховые плащи, фляги, мешки, кошели и спальные шкуры.

Потом мы сильно напились и уснули.

Наутро мы достали из огня то, что не сгорело: наши ножи и топоры.

Так, — голые, обожжённые, подавленные величием смерти, с одними только ножами, — мы вернулись из того похода.

Змеева лёжка, покрытая гниющими останками, теперь напоминает мне город Семендер.

Непосильно человеку видеть такое скопление мертвецов: людей ли, зверей — неважно.

Люди ведь тоже сначала звери, а уже потом — воины, волхвы и влюблённые девочки.

11.

За тыном меня ждёт первая неудача: завершая прыжок, Тороп подвернул ногу. Смотрит виновато.

Спрашиваю, может ли идти, — он спешит кивнуть.

Потыка съедает любопытство, он оглядывается, морщится от запаха.

— Ты, — говорю я ему, — хотел найти древнее оружие. Вот, держи.

Поднимаю с земли каменное топорище: ремни сгнили, рукоять вывалилась. Протягиваю. Потык улыбается: понял шутку. Взвешивает в руке клиновидный кусок гранита и небрежно отбрасывает.

Лично я не обхожусь с оружием так неуважительно, особенно с оружием древних щуров; но теперь не время делать замечания молодым.

Я на ровной дреже, я готов к бою, и сердце стучит мерно, хотя и чаще, чем обычно.

Огибая холмы из костей и напластования змеева дерьма, мы идём к месту, держа огонь в широко расставленных руках.

— У него только один глаз, — говорю я. — Другой давно выбили. Это было трудно. Четверо воинов пострадали, чтобы лишить гада половины зрения. Там на каждом глазу — по два бронированных века. Ничем не достать, только рогатиной с железным остриём. Так что вы не лезьте. Чтоб его ослепить, есть другой способ. Надо сбоку встать и бить его по глазу огнём...

— И по ноздрям! — добавляет Тороп. — Чтоб нюх отшибло.

— Да, — говорю я, — нюх у него в десять раз сильней, чем у собаки. Но даже если мы выбьем ему второй глаз и сожжём обе ноздри, он всё равно будет нас чуять. У него в голове, подо лбом, есть третий глаз. Как у старых ведунов. И этот глаз видит особым зрением. Так что не мечтайте сделать его слепым и глухим. Он всегда будет знать, где вы находитесь. Он в любой миг рванётся и перекусит вас пополам. Любой из нас может тут лечь — и смотреть, как гадина пожирает его ноги. Помните это.

Увидев свет шести сильных светочей, змей громко хрипит и двигает передней лапой, желая, наверное, отползти от троих людей, шагающих прямо на него.

— Не бойтесь, — говорю я. — Он чует чужой страх.

И показываю на примере, почему гада можно не бояться: отбрасываю огонь в стороны, выхватываю дубину, подбегаю к морде со стороны правого, выбитого глаза — и с полного размаха, от всего плеча даю змею по голове.

Он стонет, сотрясается. Ему больно.

Никакая броня, даже древняя костяная броня чудовищ из давно минувших времён, не может защитить от удара хорошей дубины.

Мы бьём его втроём, сменяясь. Один суёт огонь в глаз и ноздри, двое других охаживают по морде и по лбу.

Самые длинные рога на голове змея сбили наши предки, деды и прадеды, снесли ударами мечей и топоров. Однако меж длинными рогами есть рога покороче. И когда бьёшь — надо стараться, чтоб дубина не попала в конец такого рога, иначе дерево расщепится и придёт в негодность.

Бывает — возникает чувство, что бить его совершенно бесполезно. Лупишь, словно в твёрдый камень. Сильная отдача в ладонь сушит всю руку, от пальцев до локтя. Но на самом деле удары достигают цели — змей их чувствует, даже если молчит и не двигается. Это понятно по его дыханию: после каждого удара оно прерывается, как будто тварь мечтает умереть.

Но что-то важное — может быть, воля богов — мешает ему отойти в другой мир, и гад снова набирает воздуха в свои обожжённые, истерзанные ноздри.

Потык бьёт, не сберегая силы. Он левша. Дубина, которую я давеча сделал, явно ему тяжеловата: завтра весь лучевой сустав мальчишки распухнет и потом будет несколько дней болеть.

Я жестом советую Потыку поменяться с Торопом.

Малой с облегчением меняет дубину на лёгкий светоч.

Тороп хромает, но держится молодцом. Из него вышел бы хороший ратник, лучше меня. Я-то, как ни крути, целыми днями сижу, согнувшись в три погибели, нарезая шнуры и пластины, и сил в моих плечах не столь много, а Тороп набрался мощи в хозяйственной возне, в семейной работе, у него тугая спина и жилистые руки; он орудует дубиной мерно, и удар его заметно крепче, чем мой.

Скажу так: если бы вместо змея на пути этого мирного мужика появился бы степняк-сармат, или вор с севера, или скиф, или хазарин, — наш мужик снёс бы голову любому вору-скифу одним ходом локтя.

К полуночи огни догорают, и мы прерываем дело, чтоб отдохнуть. Пьём воду, садимся на изрытую змеевыми когтями землю, откладываем дубины, разминаем руки.

Я посылаю Потыка в начало нашего пути, к месту, где мы прыгали, — и там Марья, по условному зову, перебрасывает через тын свежие огни.

Гораздо удобнее было бы запалить костёр здесь, внутри огороженного места, — но дерева здесь никакого нет, ни сухого, ни сырого, ибо змей наш — всеядный, и за два столетия он с голодухи сожрал не только сотни животных, неосторожно к нему приблизившихся, но и весь лес, и деревья, и кусты, и траву. Сжевал весь березняк, с корой и кореньями.

То есть, дрова для кострища тоже надо перебрасывать с внешней стороны, — а это хлопотно и долго.

Были одно время мысли у мужиков долины: перестать стращать Горына побоями, а обложить его со всех сторон сухим валежником — и навсегда смирить огнём. Но волхвы запретили. Сказали, что мучить огнём — то же самое, что кровь пустить, и даже хуже. И велели применять только простые побои, и ничего кроме них.

Правда и то, что волхвы мне не указ.

Когда сходишься с неприятелем, один на один, с оружием руке — никто тебе не указ. В бою ты сам себе бог, и волхв, и нелюдь, и змей, и кто угодно. Захочешь — бьёшь до крови, захочешь — жжёшь огнём, захочешь — изничтожаешь до донышка.

Мы выдыхаемся задолго до рассвета.
Гад не желает замолкать: он хрипит и взрёвывает, — но не жалобно, а с угрозой. У меня нет ощущения, что он согласен заткнуться хотя бы на ближайшие несколько дней. Он дрожит, судорожно сучит колючими лапами. Мы вынуждены соблюдать полную осторожность. Ударив, отходим в сторону, переводим дух.

Мы мокры от пота с ног до головы.

Малой Потык просит у меня разрешения снять броню. Жарко ему в броне — хочет биться голым. Всё равно он ничего не может, говорит Потык, кивая на щетинистую змееву морду, он явно подыхает, броня — зачем? Однако я запрещаю наотрез. А змей, в доказательство моей правоты, неожиданно мощно рвётся — и восстаёт со своего места, на малый миг показавшись нам во всей красе: длинное тело — горбатое, со вздыбленным загривком — с одной стороны сужается в шипастый хвост, с другой стороны образует мощную, бронированную в два слоя голову, а по бокам — четыре кривых лапы, каждая втрое больше медвежьей, и ещё два крыла, сросшиеся с передними лапами; перепончатая кожа крыльев сложена длинными глубокими складками, и можно догадаться: если Горын расправит эти кожистые перепонки — разом накроет половину своей лёжки.

Увидев змея вставшим на ноги, мы разбегаемся, бросая светочи и вынимая ножи: но то был лишь краткий порыв. Змей, едва поднявшись, тут же оседает вниз с тяжким жалобным стенанием, и весь его рывок выходит — на два человеческих шага вперёд.

Потык возбуждённо кричит, и без всякой пользы вламывает змею дубиной поперёк ноздрей: парня явно забирает боевой морок, и я улыбаюсь.

Если нет ровной дрежи — в долгом бою кровь заливает глаза даже самому мирному и умному человеку. Даже ученику волхва.

В бою каждый становится самим собой.

Рассвет застаёт нас в запале, в ярости. Мы обливаемся по́том, и на наших ладонях набухают кровавые мозоли.

От дыхания змея, от огненного жара воздух горяч и пуст.

Каждого из нас троих теперь хватает на три-четыре удара — потом мы уходим в сторону, опускаем оружие и садимся на сырую мягкую землю, усеянную обломками звериных костяков, и переводим дух.

Болят локти, запястья, пальцы, спины и колени.

Кто не верит — пусть пойдёт и попробует побить непобиваемого, уязвить неуязвимого. Вразумить лишённого разума.

Горын получил сотни ударов по лбу, глазам, по носу, по нижней челюсти, по шее, по горлу. Но он не замолкает, и мощь, от него исходящая, велика и необорима.

Я чувствую бессилие: как если бы вышел в одиночку против десятка бойцов, и заранее понял, что не сдюжу.

Тварь слишком могуча. Сила её — потусторонняя, нездешняя, древняя. Нынешние звери не имеют такой крепости. Даже медведи не так сильны и бешены, как этот щетинистый гад, единственный и, возможно, последний в своём роде.

Потому что если бы он имел собратьев, или детёнышей, — за два столетия кто-нибудь обязательно прилетел бы на его отчаянный зов, и отомстил бы людям за причинённую боль.

Но никто не прилетел.

И неизвестно, отчего Горыну тяжелей и тоскливей: от бессилия — или от одиночества.

Наконец, начинает светать, и мы устраиваем большой отдых. Все трое валимся на землю.

Усталые руки трясутся так, что невозможно поднести флягу ко рту.

— Полдела сделано, — говорит Тороп, растирая повреждённую ступню. — Днём бить легче. Всё видать. Да и риска меньше.

— Откуда тебе знать? — спрашивает малой Потык. — Ты тут не был.

— Не был, — говорит Тороп. — Но мой отец ходил сюда четыре раза, и много рассказывал. Пятьдесят лет назад эта гадина была гораздо сильней. Мужики ходили сюда не втроём, а ватагами по пятнадцать человек. И каждый норовил выбить змею зуб и взять себе в память. У отца был такой зуб. Он его потом обменял на петуха. И били не дубинами, а топорами. И кровь ему пускали без колебаний. И этой кровью мазали себя — считалось, что змеева юшка отдаляет старость…

— Это понятно, — говорит Потык. — В прошлые времена жестокости было больше.

— А теперь меньше? — спрашивает Тороп, улыбаясь.

— Конечно, — уверенно отвечает малой. — Нравы умягчаются. Земля становится теплей, а люди — добрей. Сто лет назад на капищах заправляли волхвы-кровожады. Они приносили в жертву людей. Детей даже. Мальчиков, старших в своих семьях. А теперь, если козлёнка кладут — вся деревня слёзы вытирает. И чтоб ты знал, те кровожады считали, что нашего змея надо кормить человечиной. Якобы, если ему людей приводить на съедение, — он тогда поправится, восстанет и улетит навсегда. И это дело всерьёз обсуждали. Вот как было.

— И куда же, — Тороп почти смеется, — делись эти кровожады?

— Изгнали, — отвечает Потык.

Он говорит охотно; ему нравится, что его голова забита всевозможными ведами, преданиями и увлекательными баснями из жизни далёких предков; он с удовольствием показывает свою учёность. Их там, на требище, особо к этому склоняют: мало знать, надо ещё и делиться с теми, кто не знает.

— Появились, — говорит он, — другие волхвы. Молодое поколение. Кровеборцы. Они отменили человеческие требы, и однажды собрались со всех восьми деревень — и постановили, что на языки богов не ляжет ни одно животное крупнее барана.

— Врёшь, — возражает Тороп. — У нас люди и коров кладут, и лошадей.

— Это можно в особых случаях, — говорит Потык, не смутившись. — Если человек отчаялся. Вообще, на требном холме нет и не может быть никаких твёрдых правил; всё сводится к простому человеческому желанию. Требища ведь не для богов стоят, а для людей. Боги своё возьмут так или иначе. Если б не было ни требищ, ни жертвенников, ни истуканов — для богов ничего бы не изменилось. Они создали средний мир для нас, мы тут хозяева...

Тороп снова улыбается.

— Так я не понял, — говорит он, — ты кровожад или кровеборец?

— Ни тот, ни другой, — отвечает Потык; теперь и он улыбается. — Я же не волхв, и не приобщённый даже. Мне только посулили, что позовут. А могут и не позвать. Но ничего. Не возьмут в этом году — возьмут в следующем. А волхвы-кровеборцы давно умерли все. От них пошло два ведических пути: кровожоги и кровоправы. Я вот, допустим, склоняюсь к кровожогам. То есть, считаю, что крови должно быть мало, а огня — много. А кровоправы, наоборот, считают, что крови и огня должно быть поровну. Эти различия мудрёные, их понять непросто. И вообще, тайные веды — только для приобщённых, и мне нельзя этого рассказывать. На севере долины больше волхвов-кровожогов, на юге — наоборот, больше кровоправов. Раз в год они собираются на ряд, спорят, ругаются, даже до драк доходит. Так или иначе, все тайные и требные веды указывают нам на умягчение человеческого естества. Чем меньше крови — тем лучше. Таково знание. Чтобы стать кровоправом, надо помнить, что до нас были кровеборцы, а до них — кровожады, а до тех — кровопийцы, а до тех — кровомесы, а до них ещё кроветворы…

Неподалёку от нас раздаётся хруст костей, мы вскакиваем — и видим подходящую к нам девку Марью.

— Тебе сюда нельзя, — говорю я.

— Можно, — отвечает Марья так спокойно, что меня пробирает дрожь. — Забыл, что бабка сказала? Всё должно быть сделано моими руками.

И показывает то, что дала ей ведьма: маленький глиняный бутылёк, обшитый тонкой кожей.

Цветастая юбка Марьи спереди изгвазданa землёй: видать, упала, когда прыгала через тын. Теперь девка торопливо сбивает грязь с подола: не хочет выглядеть замарашкой.

— Не забыл, — говорю я. — Но ещё рано. Он не угомонился.

Девка шагает ближе к морде гада. Её движения выказывают совершенное бесстрашие.

Я вижу: гад открывает глаз и смотрит на Марью: вертикальный зрак чёрен как уголь.

— Эй, — зовёт Тороп, — стой на месте.

Но Марья не слушает.

Прежде чем я успеваю что-то сделать, она подходит вплотную к Горыну и кладёт ладонь на его морду.

Ноздри змея раздуваются, и девку окатывает волна тухлого выдоха.

Я прикидываю, что будет, если гад сейчас её убьёт. И понимаю: ничего не будет. Просто ещё одна случайная жертва собственного безрассудства. Просто ещё один неприкаянный человечек, явившийся в нашу долину невесть откуда, сгинет зря. Никто не оплачет его смерть, никто не напьётся на поминках. Старая ведьма нас отругает, и, наверное, проклянёт. Но, с другой стороны, мы ничего не должны ведьме, мы шли сюда бить змея, а не следить за посторонней девкой.

И мне кажется, что если тварь сейчас перекусит Марью пополам — я буду единственным, кто пожалеет о случившемся.

Ну и мальчишка Потык, разумеется, тоже пожалеет.

Сказ второй. Кожедуб

И я подбегаю к девке, хватаю её за волосы и оттаскиваю.

— Пусти! — кричит Марья, вырываясь.

Глиняный бутылёк падает на землю. Марья отпихивает меня с невероятной силой. Змей сипло рычит и поднимает морду. Малой Потык подбегает тоже: хватает меня за локоть, пытаясь вынудить отпустить девку. Ему кажется, что я, намотав на пальцы девкины волосы, наношу ей вред.

На самом деле нет ничего верней, как оттащить человека за волосы, если он полез в зубы собственной смерти, по наивности, или упрямству, или в помутнении разума.

Поэтому я, одной рукой отволакивая девку прочь, другой рукой сую мальчишке оплеуху, и он отшатывается, и смотрит на меня с гневом, а я в ответ — смотрю так, чтоб он понял: одно слово — и я вломлю ему ещё раз.

Змей рычит утробно, и снова встаёт, резко поджав под себя все четыре когтистые лапы: это выглядит как судорога, как болезненный отчаянный рывок: тварь пытается развернуться мордой к нам.

Теперь подбегает Тороп. Он тоже понял, что змей ожил и намерен ударить.

Тороп — молодец, он соображает быстро. Почти так же быстро, как настоящий воин.

В одной руке у Торопа дубина, в другой — нож.

Тороп подскакивает и бьёт дубиной снизу вверх, изогнув крепкое плечо, точно под челюсть змею.

Такой удар и в кулачной драке меж людьми хорош, и змею не нравится; гадина рычит и оседает на задние лапы.

Замечательный удар, думаю я, прямо по поговорке: «На жопу посадил».

Змей ревёт, в его вопле больше тоски и обиды, чем собственно боли.

Он поворачивается к нам боком, и вдруг — бьёт хвостом.

Хвост ударяет, как плеть. Все знают, что плетью больней, чем палкой. Палка бьёт концом, а плеть — хлёстом.

Только вместо плети тут живой дрын толщиной в обхват, сплошь покрытый шипастой костью.

Мне и Марье попадает в грудь и живот. Куда попало другим — я не вижу.

Я отлетаю далеко прочь и обрушиваюсь боком в кучи гнилых костей.

Дышать не могу: мне прилетело точно под нижние рёбра. Однако броня смягчила удар.

Я лежу лицом в голую землю, пахнущую лебедой и щавелем.

Теперь мне нужно любой ценой встать и поднять оружие: иначе меня убьют.

По многолетней привычке я не выпустил из пальцев рукоять дубины. Я кое-как встаю. Я могу сражаться; ударом мне отбило живот, пах и грудину: но если что-то сломано — то два или три ребра. Руки и ноги слушаются.

Я смотрю, где враг.

Змей пребывает на том же месте, но теперь лежит на боку, и меня накрывает ощущение приближающейся смерти. Я смотрю на его бугристое неподвижное тело и понимаю, что гадина вот-вот подохнет.

Рядом с собой я вижу и девку: ей досталось не так сильно, потому что удар пришёлся по мне.

Марья оглушена, ушиблена, но на моих глазах встаёт, резко оттолкнувшись ногами и выхватив нож из ножен.

Теперь снова понимаю, что она — воин, как и я.

Мы поднимаемся на ноги, переглядываемся.

Мы целы и почти невредимы.

Я не могу сдержаться: хватаю Марью за плечо и прижимаю к себе, глажу по волосам. Она горячая, она дрожит вся.

Впервые в жизни я не думаю о своей любимой Зоре, — мои мысли занимает другая женщина.

Выходит, что я — совсем не однолюб. Но это меня не расстраивает.

— Цела? — шепчу я в маленькое ухо.

— Да.

— Добро, — говорю я. — Добро. Но больше вперёд не лезь. Хорошо?

Сказ второй. Кожедуб

Девка кивает и высвобождается из моих объятий; мне немного стыдно, что я не сдержал порыва; Марья смотрит благодарно. Я улыбаюсь и подмигиваю ей: мол, и не такое бывает.

Тепло её маленького тела остаётся на мне, при мне, навсегда.

То был единственный раз, когда я обнял её, как мужчина обнимает женщину.

Уже совсем светло. Бледное солнце движется выше и выше, по обычному пути. Небо имеет цвет рыбьей чешуи.

Дымятся, догорая, брошенные на землю наши светочи.

Во все стороны открывается моему взгляду змеева лёжка: огромная лысая поляна, заваленная мёртвыми костями. Сквозь выбеленные временем останки проросло всё, что растёт в лесу, от репейников до огромных кустов ежевики.

Теперь, при дневном свете, видно, что змей, пусть подыхающий, бессильный, так или иначе несколько раз за лето обходит свою лёжку, от края до края тына, сжирая и ягоды, и кусты, и репьи, и всё, что может насытить древнее существо и продлить его дни.

Но его конец, его смерть, витающую над его головой, я ощущаю совершенно ясно.

Потом я обхожу кругом весь тын.

У края лёжки на восход, в десяти шагах друг от друга, лежат Потык и Тороп.

По ним попало сильней, самым концом змеева хвоста, они улетели дальше.

Малой Потык, в общем, невредим. Его лицо сплошь залито кровью: ему, видимо, попало по голове, в лоб, но только краем. Парнишка всё соображает. Знаком показывает, что готов держать оружие. Он осторожно встаёт; пошатывается, но старается держаться прямо. Марья подходит к нему, хочет помочь, поддержать за локоть, но Потык отстраняется, не желая показывать слабость, и даже браво подмигивает девке.

А Тороп лежит без чувств, и лежит набок, нехорошо: спина его сломана. Льняной поволочень слишком тонок, чтоб защитить от сильного удара.

Я подхожу к нему и смотрю.

Он живой, дышит, в сознании, зрачки не закатились; я кладу руку ему на грудь — сердце бьётся очень часто, но ровно.

Я смотрю на Потыка: у него белые, почти безумные глаза.

— Уходим, — говорю я.

— Нет, — возражает Марья. — Нельзя уходить. Мы не взяли слюну.

— Тут не ты решаешь, — говорю я. — Парня поломало. Надо к бабке тащить. А не поможет бабка — в деревню. Домой. У него, между прочим, жена есть.

— Но мы не добыли яд! — кричит Марья.

— Добудем, — отвечаю я. — Но сначала вытащим раненого. С ядом придётся подождать.

Марья в досаде машет рукой и уходит в сторону.

Мы долго возились, перетаскивая Торопа через тын. Пришлось срезать одну из старых, полусгнивших верёвок, пропустить недвижному через грудь, под мышками, затем вдвоём забираться наверх, затем тянуть, поднимая тяжёлого, на баранине и ржаных караваях отъевшегося мужика, переваливать его на другую сторону — и столь же медленно и трудно опускать.

Спустя время девка вернулась; но больше уже ничего не говорила. Без нас она не пошла к змею: не дура была. Сама перебралась на другую сторону, и даже сообразила разыскать и подобрать наши дубины.

Кроме оружия, нашла также и свой бутылёк: он был разбит, уцелело одно горлышко.

Мы долго сдирали друг с друга сырые, отяжелевшие от пота брони, перерезая ножами шнуры на боках.

В конце утра мы — четверо — уже лежали, отдыхая, на стоянке вокруг потухшего, но ещё тёплого костра. Жадно пили воду, трогали грязными пальцами отбитые головы и животы, высмаркивали кровавые сопли, кашляли, кряхтели — и со стороны, безусловно, имели самый жалкий вид.

Один только Тороп, повреждённый более других, не издавал ни звука — ему было больно, и он терпел.

Ореховые и малинные кусты, еловые ветви слабо шелестели вокруг нас: я ощущал чужое присутствие. Это вышли из чащоб звери: кабаны, рыси, волки, россомахи, ежи, лоси, медведи, лисы; спустились по сучьям ниже к земле куницы и белки; зверьё наблюдало, любопытствовало и даже сопереживало, по-своему, как умеют сопереживать бессловесные твари.

Животные сразу чувствуют чужую боль, даже если это человеческая боль. В этом мёртвом лесу зверьё было пуганое; лось и волк обходили лёжку Горына дальним краем. Теперь лесной народ пришёл поглазеть: кто там, у тына, корчится от ломоты в раздавленных суставах?

А это были мы: три местных мужика и приблудная девка.

Кроме меня, появление лесных жителей заметила и Марья. Она вертела в пальцах свой разбитый бутылёк — и всё оглядывалась на сплошную чащу за спиной.

Жалость нахлынула на меня, и я сказал:

— Ты должна знать. Старуха тебя обманула. Ей известно про город птиц.

Марья вздрогнула, и её лицо, коричневое, сожжённое солнцем, стало белым как снег; я такое видел впервые.

— Говори всё, — попросила она.

И я рассказал.

Нарушил клятву, данную ведьме.

Про тайного, страшного ночного гостя, главного нелюдя, князя птиц. Про его сына Финиста, мучимого неизвестной хворью, умирающего. Про небесный Вертоград. Про летающую лодку. Про то, как лежал на полатях и боялся, что князь-нелюдь меня почувствует и прикончит. И про то, что старуха ни слова не сказала ему про Марью — а значит, имела во всём этом запутанном деле свою личную корысть.

Про то, что птичий главарь, видимо, знал старуху двести лет, и в молодости меж ними была нежная дружба.

В конце ещё хотел добавить насчёт того, что старуха взяла с меня обещание держать язык за зубами. Но не добавил. Моё обещание не касалось Марьи, это был уговор меж мной и ведьмой, и Марья всё равно не обратила бы на это внимания. Так уж устроен человек: узнав тайну о себе самом, он приходит в трепет и изумление, и про того, кто эту тайну ему поведал, сразу забывает.

Тайна важней того, кто её раскрыл.

Когда девка выслушала и обдумала услышанное, с ней произошла перемена. Глаза стали бешеными и как бы немного ввалились, а движения сделались резче и смелей: горячая, рьяная мощь пошла от угловатого тела маленькой бродяжки.

Она тщательно осмотрела раненого Торопа и спросила, как лучше его нести. Я сказал — только на спине, на волокуше. Марья потребовала топор, чтоб срубить пару ровных осиновых стволов и сделать волокушу. Я дал ей топор — но малой Потык сразу отобрал у девки оружие и сам пошёл рубить осину. И он, и я тоже пришли в лихорадочное суетливое состояние, заразившись им от Марьи; собрали рухло и брони, перемотали обувь, связали два длинных осиновых ствола несколькими ремнями поперёк; уложили раненого поверх; укрепили мешки на спинах; потащились.

11.

Путь назад занял весь день, с утра до вечера. От сотрясений Тороп, привязанный к волокуше, впал в беспамятство. Он приходил в себя только на привалах, когда в его рот вливали воду. Ни жалоб, ни стонов мы от него не слышали.

В зелёной долине был старый обычай: мужиков, повреждённых в драке со змеем, следовало немедленно возвращать в родовые деревни, в семьи, и там лечить миром, а если помрут — считать погибшими в боевой славе. Драка с гадом приравнивалась к любой другой честной битве. И я, влача волоку-

Сказ второй. Кожедуб

шу по сырым тропинам, по мхам и ухабам, через бесконечно долгий, чавкающий, чёрный лес, больше думал не про Марью, не про птичьего князя и его сына — а про Торопа: как бы побыстрее сдать его на руки тем, кто может помочь.

Я был не лекарь, не ведун, не костоправ, и я не хотел, чтоб вина за сломанную спину мужика легла на меня хоть малым краем.

Когда тащишь раненого — тяжело не спине и не жилам. Тяжело внутри, в сердце. Тяжело, потому что не тебе попало, а другому, рядом бывшему, соседу, товарищу.

Тяжело, потому что тащишь ты, а не тебя.

С другой стороны, я и сам бывал на месте Торопа, меня тоже несли, хрипящего, изломанного, полубезумного от боли; и раненому, бессильному, тоже досадно и тяжко; нет такого раненого, который не хотел бы быть невредимым.

Так мы добрели до старухиного дома; положили волокушу у крыльца и сами тут же упали.

Выйдя нам навстречу, старуха пошла мимо Торопа, едва не перешагнув через него, — прямо к Марье:

— Принесла?

— Нет, — сказала Марья. — Не получилось.

Ведьма задрожала, её лицо как бы съехало вниз от досады и разочарования.

Тяжело выдохнула.

— Что ж вы! — каркнула она. — Как же вы! Простого дела не исполнили!

— Не кричи, — сказал я. — У нас человека повредило. Посмотри, что можно сделать.

— А ты мне не перечь! — грянула старуха, неожиданно увесисто. — А то вон выставлю! Ты мне кто? Ты давай помалкивай! Ишь, борзый выискался!

Она стала браниться, не выбирая слов. Я не знал, что делать, молчал и смотрел в сторону. Думал: когда ведьма узнает, что я выдал Марье её тайну, — она, наверное, обложит меня самыми тяжкими и дремучими проклятиями, на какие только способна.

И, чтоб перестать бояться, я подождал, когда старуха устанет лязгать и переведёт дух, — кивнул на Марью и сообщил:

— Она всё знает.

Старуха, собиравшаяся продолжить свои грязные речи, замерла.

— Мне пришлось рассказать, — добавил я. — Про город в небе. Про князя птиц.

— И про его сына, — добавила Марья. — Про Финиста.

— Дура! — крикнула старуха, но уже не басом — голос её треснул и пресёкся. — Я тебе жизнь спасла! Он бы тебя убил! С тебя ж всё началось! Это ж ты его сына поранила!

— А это, — ответила девка, — я ему сама объясню.

— Кому?..

— Князю птиц.

Ведьма похабно захихикала.

— Думаешь, он будет с тобой говорить?

— Будет, — заявила Марья. — Если ты попросишь.

Ведьма продолжала смеяться.

— Я? Попрошу? В честь какого праздника?

Он выпрямилась — насколько позволила её узкая горбатая спина — и окинула нас всех презрительным взглядом жёлтых глаз.

— Вот что, деточки милые. Собирайте манатки — и идите отсюдова. И чтоб я вас больше не видела! Мне такие наглые гости — без надобности!

— А мы не в гостях, — вдруг произнёс Потык.

Бабка поворотила к нему печёное серое лицо, и малой от волнения покраснел; но не замолчал.

— Мы у себя в дому, — продолжил он. — Это наш лес. И змей — тоже наш. И его яд тоже наш. И всё тут наше, до последнего гнилого жёлудя. И ты это знаешь. Пожалуйста, помоги раненому. А потом — про остальное поговорим…

Ведьма пошевелила седыми мохнатыми бровями. Мельком глянула на лежащего Торопа: он соображал, слышал всю нашу перепалку, и ему, наверное, было обидно. Вместо того, чтоб помочь ему, попавшему в беду, мы переругивались о чём-то постороннем.

— Раненый ваш — не раненый, — сказала ведьма, скривив рот. — Так, малость помятый. Не помрёт. А вот ты, — она глянула на меня с презрением, — не протянешь и до нового года. Кто слова не держит — долго не живёт. Поклялся молчать — а сам разболтал! Себя опозорил, и весь свой род!

И она плюнула мне под ноги.

Проглотить такое оскорбление стоило мне громадного усилия.

— Тут ты не права, старая, — возразил я, так спокойно, как только мог. — Если б я не рассказал — девка полезла бы змею в зубы. И в тех зубах осталась. Я признался, чтоб спасти ей жизнь; это не позорно. Это правильно. И ты, старая карга, род мой не трогай. Потому что если оскорбляешь меня — я стерплю, ради твоих седин. Но если оскорбляешь моих предков — терпеть не буду.

— Да? — спросила ведьма. — И что ты сделаешь, отважный ратник?

— Глотку тебе перережу, — ответил я. — Ты же помереть мечтаешь. Я знаю, слышал. Зажилась ты. Устала…

— Верно сказал, — проскрипела ведьма. — Прямо в точку. Только ты, сыночек, щёки не надувай. Не ты мою нитку порвёшь. И никто из людей. Я свой конец знаю…

— Погодите! — крикнул малой Потык, перебивая старуху. — Давайте пока никто ничью нитку рвать не будет! Давайте поможем побитому!

— Да, — сказала Марья. — Правильно.

И спор иссяк. Краска сошла с лица Потыка. Старуха тоже вдруг остыла. Подошла к лежащему Торопу и грубо ткнула посохом в его грудь. Тороп не сумел сдержать стона.

— Где, говоришь, болит?

— Сзади… — тихо ответил Тороп. — В спине, и ниже… Ног не чую…

— Твоих ног, — сказала старуха, — даже я не чую. Склянь по всему костяку. Чем занимаешься?

— Огород держу. И кур.
— Куры — это хорошо. Жгонку перед боем делал?
— Нет.
— А правку когда делал?
— Давно не делал. Лет пять уже.
— А чего так?
— Женился. Некогда стало. Я ж не воин.
— Что не воин — это не плохо, — сказала старуха. — Плохо, что дурак. Правку надо делать каждые двадцать дней. И жена твоя пусть делает. А ну-ка, переверните его.

Я и Потык послушно взяли лежащего за ноги, за плечи, перевернули осторожно.

— А ты, доча, — ведьма оборотилась к Марье, — сними-ка с меня лапоток.

И выдвинула ногу.

Марья молча присела, распустила лыковые обвязки и стащила со ступни ведьмы растоптанный, разъехавшийся лапоть; стянула дырявый вязаный носок, обнажив маленькую ступню. Взглянув, я едва удержался от изумлённого возгласа. Пальцы на ноге ведьмы были длинными — почти такими же, как на руках.

Она поставила босую ступню на середину спины лежащего Потыка. Тот издал протяжный стон.

Старуха нажала.

Хребет звонко хрустнул.

— Всё, — сказала старуха. — Вставай.

Тороп несмело подтянул руки (они сильно тряслись) и приподнялся.

— Вставай, вставай, — раздражённо повторила ведьма. — Домой вернёшься — сходи к ведуну. Правку сделай.

Тороп встал на ноги; на его лице появилось выражение испуга и недоверия. Он нахмурился и вдруг, повернувшись и не сказав ни слова, быстрым шагом ушёл в лес.

Преследовать его мы не стали.

Ведьма жестом предложила Марье вернуть на место носок и лапоть.

Сказ второй. Кожедуб

— Ещё просьбы будут? — спросила она.

Мы молчали. Старуха подождала, пока Марья затянет обвязки.

— Теперь иди за мной. Поговорим.

— Никуда я не пойду, — ответила Марья, выпрямляясь. — Я больше тебе не верю. Хочешь сказать — говори при всех.

Ведьма нахмурилась и закричала тяжким басом:

— Вы чего? Не поняли, кто я? А ежели сожру вас? Всех троих? С маслицем запеку? Знаете, какая самая сласть? Мозговое вещество из молодых человечьих косточек! А посолить, да с чесноком — вообще невозможно оторваться!

И она издала ввалившимся безгубым ртом отвратительный чмокающий звук, а потом вдруг пропала с глаз.

Я огляделся.

Ведьмина избуха громко и протяжно заскрипела всеми своими трухлявыми деревянными сочленениями.

Сама собой открылась и закрылась, хлопнув, щелястая дверь.

В лицо мне ударил прелый ледяной ветер.

Наклонились, под его напором, чертополохи и крапивные будылья.

Завыли, зарычали, закашляли слюной рыси и волки-перярки. Зажужжали осы. Заухали филины, засвистели анчутки, захохотали кикиморы, запели мавки — весь лес поднялся, ожил, надвинулся со смертной угрозой.

— Стойте на месте, — сказал я остальным. — Ведьма нас пугает. Морок наводит. Ничего не сделает...

Но страх уже заполз в меня и поселился, и только усилием воли я удержался от бегства; а вот Потык не утерпел, бросился прочь.

Моей скорости хватило лишь на то, чтоб успеть ухватить его за рукав и попытаться удержать; силы в юном теле оказалось куда как немало, и мы оба повалились в траву. Он — потому что накрыло ужасом, а я — потому что слишком болели рёбра, отбитые змеевым хвостом.

Когда снова поднялись — ветер ослаб, а от морока остался только неприятный медный вкус во рту.

Я увидел: девка не убежала, даже с места не сдвинулась, как будто была сделана из камня.

Я вдруг подумал, что ничего про неё не знаю.

Она тоже могла быть ведьмой.

Или, наоборот, заговорённой.

Или ещё страшней — нелюдем, сродни птичьему князю.

Человек устроен так, что всё, попадающее в его поле зрения и чувствования, в его поселенный пузырь, воспринимается им как родственное, ясное.

Везде, куда бы мы ни посмотрели, мы, сами того не желая, видим собратьев: таких же человеков, как мы сами.

Всякий, кто говорит на нашем языке, кто имеет голову, руки и ноги, воспринимается как человек.

А это не так.

За пределами нашего взгляда и нашего обоняния, нашего собственного поселенного пузыря, — простирается бесконечный мир, о котором никто ничего не знает.

Там, куда не достигает наш глаз и наша рука, лежит неизвестность, бесконечное чёрное пространство, населённое богами, полубогами, духами, живыми, мёртвыми и полумёртвыми сущностями, запредельными тварями.

Потык, как и я, быстро пришёл в себя, вытер со лба обильный пот и даже подмигнул Марье.

— Ты смелая, — сказал он. — У вас в Резане все такие?

— Есть и смелей, — ответила Марья. — Вы, если хотите, идите домой. Я останусь. Я должна увидеть птичьего князя.

— Он тебя убьёт, — сказал я.

— Нет. Их вера запрещает наносить вред дикарям.

— А кто тут дикарь? — спросил Потык.

— Мы все.

Потык подумал.

— Нет, — заявил он. — Я никуда не пойду. Если ты тут сгинешь — я себе не прощу.

— Ждать будем, — объявил я. — Нелюдь прилетит нынче ночью. Так он обещал старухе.

— А тебе зачем оставаться? — спросила Марья.

— Затем, что я ваш воевода. За вас всех перед людьми отвечаю. Случись что — упрекать будут меня. А кроме того, мне охота ведьме насолить. Старая карга свою игру играет, а нас — использует. Хуже нет, когда человек так себя ведёт. Молодых вокруг пальца обкручивает... Тем более — ведьма... Могла бы придумать чего похитрей...

Мы отправились в лес, искать сбежавшего Торопа, и нашли его в полном порядке, сидящим у ручья, смывающим с себя грязь.

Глаза его глядели виновато, но в общем мужик явно был счастлив, что его хребет, утром сломанный, теперь отлично гнулся во все стороны.

— Я тоже останусь, — сообщил он. — Вас не брошу. Только бабке вредить не буду. Она мне здоровье спасла.

— Спасла, — возразил я, — потому что обязана. Есть уговор. Она лечит всех, кто пострадал от змея. Иначе зачем вообще нужны ведьмы? По-хорошему, её давно пора смолой облить да сжечь, со всем её гадючьим хутором...

— Это без меня, — поспешил ответить Тороп. — Но в остальном буду помогать.

И он значительно приосанился, гордясь своей отвагой, — однако в этот же миг в животе у него громко заурчало, и стало ясно, что на самом деле мужик очень хочет домой, к своему очагу, к своим курам, к горшку с горячей кашей да к жене под одеяло.

Есть хотелось, да.

И можно было теперь же пойти к старухе, повиниться за дерзость, взять у неё хлеба, утолить голод — и разойтись по своим деревням.

Но мы так не сделали.

К старухе пошли — но не за угощением, а договариваться.

Встали поодаль: как раз на том месте, где давеча ночью опустилась летающая лодка.

Лопухи и прочая сорная трава здесь была примята, и сама земля сильно продавлена, как будто та лодка была изготовлена из тяжкого железа; каким способом она летала — было неясно.

Позвать ведьму отрядили Потыка. Он был рад показать перед Марьей крепость духа и пошёл с охотой, широкими шагами. Но вернулся бесславно: сначала изба сотряслась, затем резко распахнулась дверь, а потом и сам мальчишка вылетел кубарем, словно бешеный бык поддал ему рогами под зад.

Встал, отряхнулся, развёл руками:

— Ничего не сказала.

— И не скажу! — хрипло произнесла ведьма, возникнув из ниоткуда за нашими спинами. — Пошли вон отселева!

Теперь она выглядела совсем страшно, запредельно: вся мелко дрожала, глаза полыхали зелёным огнём, а окромя того — резная морда на её костяном посохе ожила и шевелилась теперь, похабно скалила щербатые клыки, и узкая костяная глотка издавала гадкое сипение.

Но из нас четверых никто не попятился.

Пуганый непуганому — рознь.

Тут я припомнил свой опыт боевых походов, долгие переговоры с плосколицыми сарматами и горбоносыми хуннами, поклонился и сказал:

— Прости, мать. Мы пришли не по прихоти, а за правдой. Не доищемся правды — не уйдём.

Бабка не ответила ничего.

Костяная морда на её посохе глумливо щерилась.

— Предлагаю обмен, — продолжал я, со всей возможной деликатностью. — Устрой нам разговор с главным нелюдем. А мы тебе за это — змеиный яд.

Ведьма перестала трястись.

— Про неё, — она кивнула на Марью, — понимаю. Про него, — указала на Потыка (тот вздрогнул и насупился), — тоже понимаю. А тебе это зачем?

— Ради правды, — ответил я. — В нашей земле всё должно быть по правде.

Ведьма ухмыльнулась.

— Правда в том, — сказала, — что все вы — малые дети. Вас ведёт по жизни не правда, а кипящая молодая кровушка. Поверьте старухе. Если теперь уйдёте — всем будет лучше. И вам, и мне, и нелюдям. И самой правде. От всего сердца заклинаю: уходите.

— Не уйдём, — сказала Марья. — Пусть птичий князь со мной поговорит.

— Он не будет, — ответила ведьма. — Вы для него — всё равно что звери. Всё, что вы скажете, он уже знает. Он птице-человек! Его народ живёт на земле три тысячи лет!

— Его народ умирает! — выкрикнула Марья, подшагивая к ведьме, и я заметил, что старая карга чуть отступила назад; испугалась напора. — Я говорила с его сыном! Он меня любит! Он меня помнит! Он во мне нуждается! Их народу, как и вашему, нужна свежая кровь!

Старуха вздохнула, тяжко, досадливо, и, подняв костлявую длань, воткнула посох в землю.

Костяная морда сомкнула бельма и омертвела.

— Пёс с вами! — крикнула старуха. — Хотите говорить — поговорите! Только потом — без обид! И чтоб мне был змеев яд! Полная склянка! — Она посмотрела на меня. — Ты понял?

— Понял, — мирно ответил я. — Полная склянка. Чего ж не понять? Считай, она у тебя уже есть. Даю слово.

— Ты, — ведьма нехорошо усмехнулась, — уже давал слово. И не сдержал. Схоронитесь в лесу, в сторонке. И костра не жгите. Иначе они не придут. Они людей не любят. Идите, спрячьтесь, и чтоб ни звука. Когда будет время — сама позову.

И ушла, хромая, — а её посох так и остался вонзённым в землю: глаза костяной морды снова открылись и сверлили теперь нас.

Делать было нечего: мы отошли в лес, шагов на пятьдесят, выбрали сухой пригорок, расстелили спальные шкуры и уселись.

— Тебе, — сказал я Торопу, — в самом деле лучше уйти. Зайди к ведьме, повинись, поклонись — и шагай до дома. Она ведь и вправду порчу нашлёт. Потом жалеть будешь.

— А вы? — спросил Тороп.

— А нам всё равно. Мне — потому что я воин. Я уже — мёртвый. Девке нужно в птичий город, с порчей или без порчи. А насчёт мальчишки — сам понимаешь…

Потык снова покраснел, оглянулся на Марью — та коротко улыбнулась.

Тороп покачал головой.

— Как же я один вернусь? Люди скажут, что я вас бросил.

— У тебя жена.

— Так она же первая и скажет. Уважать перестанет.

— А ты соври, что мы тебя насильно прогнали.

Тороп улыбнулся.

— Я, когда жену брал, пообещал, что никогда не буду врать. Ни в малом, ни в большом. Она у меня умная — всё равно поймёт.

— Давно женат? — спросила Марья.

— Три года.

— И за три года — ни разу не соврал?

Тороп улыбнулся ещё шире.

— Даже не пытался, — гордо ответил он. — Если никому никогда не врать — внутри всегда легко. И боги помогают. Я и на требище не хожу. Только по общим праздникам. И без того знаю, что боги — со мной. Чувствую их. Ты вот сказал: «порча». А я порчи не боюсь. Вообще. Ни сглаза, ни заговора. И жена не боится. Кто живёт в полной правде — того не берёт никакое тёмное ведовство. Все беды человека начинаются со лжи. Ложь есть корень любого несчастья. Кто врёт — тот болеет, и долго не живёт. А у меня даже куры не болеют.

Теперь улыбнулись мы все.

Я почувствовал, что события последних двух дней сильно сблизили нас; мы уже не были чужими друг другу, случайно сбившимися в недолговечную ватажку; мы ещё не стали друзьями, но если бы, например, сейчас вдруг кто-то напал на нас — каждый защищал бы другого до последнего вздоха.

— Хорошо сказано, — похвалил я. — Но вот в походе, например, по-другому. Без обмана невозможно. Не обманул — не одолел.

— А я не люблю воевать, — сказал Тороп. — В долине никто ни с кем не воюет. А в походы никогда не ходил и не пойду. Я не воин. Я не понимаю, ради чего это нужно.

— Ради славы и добычи, — ответил я. — А главное — ради боевого навыка. Чтоб уметь воевать — надо воевать. Иначе однажды к тебе придёт вор — а ты ничего не сможешь сделать. И тогда вор отберёт у тебя твою жену и твоих кур. И даже твои штаны. И обратит тебя в раба.

— Но мы живём на отшибе, — неуверенно возразил Тороп. — К нам никто не приходит.

— Настанет время, — сказал я, — придут. Ко всем приходят. Даже к самым мирным. Даже к тем, у кого нечего взять. От этого нельзя уберечься. Ты счастливый мирный мужик, но однажды и к тебе придут. Захотят убить. И даже не ради твоей жены или твоих кур — просто из зависти. И ещё пытать будут: давай, рассказывай свою тайну! Почему такой счастливый? Почему тебе боги помогают? Почему твои куры не болеют? У всех болеют, а у тебя нет?

Тороп слушал, бросая на меня хмурые взгляды; ничего не ответил.

— Не пугай, — попросил малой Потык. — Ты слишком много воевал. Отвердел сердцем. Тебе всюду мерещатся враги и кровавые пытки.

— Не верите? — я кивнул на Марью. — Спросите у неё. Они три года ходила по свету. Пусть скажет, что видела.

Наши взгляды обратились на Марью. Но она не спешила отвечать. Опустив острые плечи, расчёсывала волосы обломком гребня. Голые, чёрные от загара руки её, торчащие из рукавов рубахи, были совсем худыми. Под кожей играли длинные жилы.

— Люди воюют не от злобы, — тихо сказала она. — Их заставляет солнце. Мой народ называет его «Ярило», а как называют у вас — не знаю. Но знаю, что мир меняется. С восхода идёт великая засуха. Везде, где я была, старики и ведуны предвещают недород и голод. Все знамения ясно указывают на это. Говорят, засуха продлится триста лет. Солнце сжигает степи, и скоту не хватает корма. Высыхают источники, и мелеют реки. От жары плодится саранча, и грызуны разносят мор. Не только люди — и животные, и летающие твари, и земляные черви — все чувствуют приближение смерти. Степные народы сдвинулись с мест и идут на закат. Лесные народы не так сильны, и не могут противостоять. Большие народы теснят малые. Там, где были скифы, — теперь бурзяны и сураши. Где были фисагеты — теперь половцы. С восхода на закат идут тысячи племён. Старый лад и ряд обрушен, а новый лад и ряд ещё не установился, и установится не скоро. В вашей долине думают, что земля нагревается, — а это не так. Солнце сжигает людей. Его жар сушит человеческие сердца. Все хотят жить, есть, кормить детей. Войны происходят не от жадности, и не ради славы или добычи, а единственно от страха смерти. От желания спастись. Войны повсюду. Везде, где я была, война или идёт, или ожидается. Оружие поднялось в цене. Бабы боятся рожать. Там, где кобылы жеребились дважды, теперь не жеребятся и по единому разу. Люди напуганы неизвестностью и предчувствиями таких бед, о которых раньше не могли и помыслить. Вот как устроен мир. И однажды война докатится и до вас. Этого нельзя избежать. Это нельзя отсрочить. К этому можно только подготовиться.

Высказавшись, девка отвернулась от нас и продолжила терзать гребнем спутанные концы волос.

— Я слышал такое от волхва, — сказал Потык. — Но он сказал, что до нас не дойдёт.

— Волхв тебя пожалел, — ответила Марья.

— Тебе больше не надо ходить по миру, — произнёс Потык, глядя на Марью с жалостью. — Ты слишком долго скиталась. Тебе нужно остаться с нами. В долине.

Он подождал ответа, не отрывал от девки красноречивого взгляда — но Марья молчала.

Установились сумерки; коричневые и серые тени понемногу поднимались от земли, от подножий елей и сосен.

В такое время — на полпути меж днём и ночью — чувства обостряются, и я теперь ощутил на своей спине и затылке чужой взгляд.

В лесу, за нашими спинами, в ветвях деревьев кто-то был.

Не зверь и не птица.

Неизвестное существо внимательно наблюдало за нами и, возможно, подслушивало.

Нас не боялось — но и нападения не готовило.

На всякий случай я передвинул топор, положил удобно под сильную руку; поманил Марью, и когда она наклонилась ближе, прошептал:

— Чуешь?

Марья коротко кивнула. Я продолжал так тихо, как только мог:

— Они уже здесь. Один или двое. Разведчики. Они могут подумать, что мы — засада. И тогда птичий князь не прилетит.

— Прилетит, — ответила Марья, тоже — одними губами. — Птицечеловеки людей не боятся.

Я оглянулся на Потыка и Торопа: они смотрели, как мы шепчемся.

— Если прилетит, — спросил я, — что ты ему скажешь?

— Попрошу, чтоб отнёс меня в свой город.

— А что взамен?

— Счастье его сына.

— Почему думаешь, что княжий сын тебя помнит?

— Вспомнит.

— Три года прошло. У него другая жизнь. Вокруг него другие девки. Ты придёшь — а он скажет: знать тебя не знаю. Что будешь делать?

— Он так не скажет.

— Князь птиц говорил, что Финист болен.

— Я вылечу.

— Каким образом?

— Не знаю. Увижу — пойму.

— А если князь откажет?

— Буду умолять.

— Мольбы не трогают князей и вождей. Иначе мир управлялся бы не княжьей волей, а мольбами просителей.

Я жестом попросил Потыка и Торопа приблизиться и прошептал всем троим:

— Слушайте меня. Если нелюдь придёт — говорить буду я. Вы — молчите. Вы не умеете вести переговоры. Особенно ты молчи, — попросил я Торопа. — Не умеешь врать — ничего не говори. И вот ещё.

Я снял с пояса свой боевой шлем и протянул Марье.

— Надень. Пусть нелюдь не видит твоего лица. Так будет лучше. И мою броню тоже надень. И молчи. Иначе всё испортишь.

Марья помедлила, подумала и кивнула.

Темнота сгустилась.

Начало ночи мы провели в напряжённом молчании.

Неизвестный наблюдатель всё это время сидел над нами, прячась в ветвях, затем исчез без единого звука.

Мы долго ждали. Торопа сморило, он задремал. Прошедшим днём ему досталось слишком много сильных переживаний. Марья, облачившись в мой доспех и водрузив шлем (и то, и другое было ей не по размеру), сидела недвижно, но дышала шумно и горячо: волновалась.

Я подумал, что мы не должны вести себя как воры или тайные пластуны; достал из торбы оселок и стал править лезвие топора.

Скрежет камня по железу далеко разнёсся по чёрным зарослям, пугая ночных зверей, но успокаивая меня; каждый воин знает, что забота об оружии хорошо помогает сосредоточению.

Такова польза любой правки: себя ли затачиваешь, или свой топор, или хотя бы сдабриваешь жиром броню, — это даёт верную дрежу, ровное состояние духа и сердца.

И вот — когда звёзды над нами обрели полную яркость, когда в лесном безмолвии стали тонуть, пропадать даже крики филинов, когда свет полной луны посеребрил верхушки сосен и елей, — стремительная тень пересекла небо; летающая лодка опустилась возле ведьминого дома, сильно раздав вокруг себя тяжёлый и сырой ночной воздух; я был далеко от места и почти ничего не видел.

Неслышно ступая, подошёл ближе и посмотрел, прячась за деревом.

12.

В лодке прибыли пятеро. Четверо выпрыгнули сразу — быстрые, сноровистые, ко всему готовые; разошлись вокруг, осмотрели место; только потом вышел пятый, главный; шаги его были тяжелы.

Скрипнула открываемая дверь, и этот пятый — главный нелюдь, птичий князь — скрылся в ведьмином доме.

Я вернулся к остальным. Кинул камешком в Торопа, попал в голову; мужик проснулся, тряхнул головой.

Наверное, ему снилась беременная жена. Если бы я был женат, я бы хотел видеть во сне только свою любимую женщину.

— Пошли, — сказал я. — Передвиньте ножи за спину. Это знак мира. И молчите.

Мы направились к старухиному дому. Марью колотило от волнения. Малой Потык шёл впереди неё, готовый защитить; но и он сильно волновался, как волнуются все молодые ребята в ожидании драки.

Когда мы приблизились — посох старухи, оставшийся вонзённым в землю, вдруг запылал, как светоч, и осветил всех нас.

Я впервые видел, как горит голая древняя кость: слишком ярким, нездешним, опасным, синим огнём.

Двое нелюдей, огромных, вооружённых круглыми щитами и длинными копьями, во мгновение ока возникли подле нас. У обоих были узкие лица, полускрытые забралами шлемов, и большие глаза, внимательные и одновременно равнодушные.

В свете синего огня их брони переливались всеми цветами.

Они выглядели так, что каждый мог бы без усилий растерзать нас, всех четверых.

Оба были на две головы выше меня и вдвое шире в плечах, и их длинные руки бугрились жилами и мощным мясом.

Я собрал всю свою храбрость, чтобы подойти ближе.

Один из двоих перегородил мне путь.

Он двигался совершенно бесшумно и очень быстро, — я сумел уловить только слабое текучее движение, из темноты — на свет; одним броском за миг преодолев расстояние в тридцать шагов, он появился прямо передо мной и выставил круглый щит.

Из дома тем временем доносились голоса ведьмы и князя нелюдей; они громко спорили на чужом наречии, звучащем трескуче и сложно.

Я несколько раз уловил знакомое слово «архонтас» и узнал ромейский язык; слово значило «князь».

Что же, подумал я, ведьма не обманула хотя бы в том, что ночной гость действительно был самым главным нелюдем.

Стоящий передо мной охранник не шевелился. Мы тоже стояли недвижно.

Наконец, дверь избухи распахнулась; князь птиц медленно вышел на свет.

Костяной светоч загорелся ярче.

Нелюдь сделал несколько шагов вперёд и остановился. Охранник бесшумно отвалил в сторону.

Князь птиц ничем не походил на птицу. Лицом отдалённо напоминал уроженцев дальнего юга: горбатый нос, скулы углами, сильно выдвинутый подбородок, глаза широко расставленные, чёрные.

Под тяжёлым взглядом этих глаз Потык, стоящий рядом со мной, попятился.

— Кто хочет со мной говорить? — спросил князь птиц.

В голосе было столько могущества, что мой рот наполнился слюной.

— Я хочу.

Нелюдь попытался подавить меня взглядом, но я эти приёмы знал — посмотрел в ответ, не мигая, прямо и спокойно, как только мог.

Потом вежливо поклонился.

А про себя проверил: готов ли умереть? Вот здесь, теперь? На этом пригорке, заросшем лебедой, возле чёрной кривой избы, на глазах у людей, которых едва знал, и нелюдей, которых не знал совсем?

На глазах у девчонки, которую полюбил нечаянно?

Если это мой смертный час — буду ли в обиде на богов? На судьбу? На предков? На того, кто меня убьёт?

И сам себе ответил: да, готов.

Эта смерть будет ничем не хуже любой другой.

Может, не в сверкающей славе, не в честном поединке, на глазах у тысячной дружины.

Но и не в позоре, не ради мелочного выигрыша.

— Меня зовут Иван Ремень, — сказал я, и ещё раз поклонился, но уже не так низко и медленно.

Князь-нелюдь не назвал своего имени.

Я набрал носом воздух, оглянулся на Марью; увы, она не была похожа на воина, пусть и в шлеме, и в доспехе, в мужских штанах; слишком щуплая, слишком тонкая и маленькая.

— Говорят, у тебя есть сын. И он ранен.

— Да, — медленно ответил нелюдь. — Верно.

— Я и есть тот человек, который ранил твоего сына.

Нелюдь оставался недвижим — но глаза выдали изумление.

Я подождал; вот сейчас он кивнёт охране, и в меня воткнутся железные острия.

Но ничего не произошло.

— Это сделали мы, четверо, — продолжал я. — У нас не было злого умысла. Мы приняли твоего сына за вора. Мы ошиблись. Мы хотим загладить вину. Мы дадим виру, или, если хочешь, — ответим кровью.

Князь-нелюдь слушал, не мигая. Только коротко шевелил пальцами левой руки.

Перед лицом возможной гибели мои чувства обострились, и я вдруг проник в сознание этого постороннего, чужого существа, догадался: он всё-таки очень хочет протянуть руку — и раздавить моё горло, но удерживается собственным могучим самообладанием.

— Иван Ремень, — произнёс князь-нелюдь. — Ты, значит, умеешь делать ремни?

— И доспехи, — ответил я. — И шлемы. Любую защиту из кости и кожи.

— Покажи, — попросил нелюдь.

Я снял с пояса ремень. Отвязал ножны с ножом. Протянул.

Нелюдь взял осторожно, поднёс ремень к тёмному лицу, рассмотрел, щурясь.

Старик, подумал я, глаза не видят; нелюди, значит, тоже слабеют зрением, когда подходят их годы.

— Бычья кожа? — спросил он.

— Да, — сказал я. — Сам резал, сам мял и дубил.

— Работаешь медным ножом?

— Бронзовым.

Нелюдь погладил ремённую пряжку узловатыми, длинными пальцами, попробовал острым жёлтым ногтем. Ногти показались мне чрезмерно длинными, но всё же обычными, человеческими.

— Тоже медь?

— Да, — сказал я.

— Где берёшь медь?

— В походе добыл, — сказал я. — Снял шейную цепь с убитого хазарина. Отдал кузнецу, он перековал в пряжку. У нас в долине своей меди нет. И железа тоже. Всё привозное.

— Дорого стоит?
— Очень дорого.

Нелюдь швырнул ремень мне под ноги.

— Ты врёшь, — сказал он. — Моего сына ранили железными лезвиями. Не медными и не бронзовыми. И это случилось далеко отсюда.

— Правильно, — сказал я. — Это было три года назад. Мы нанялись в охрану к резанскому князю. У нас были боевые железные ножи. Потом срок договора вышел. Мы продали ножи и вернулись домой. Здесь, в долине, никто ни с кем не воюет. В железных ножах нет необходимости.

Нелюдь помедлил.

— И чего же ты хочешь, мастер ремней?

— Повиниться, — сказал я. — Перед тобой, и перед твоим сыном. Иначе наши боги отвернутся от нас. Ты перенесёшь нас в свой город. Всех четверых. Мы преклонимся перед твоим сыном. Мы вознесём мольбы богам. Мы уплатим виру — бронзой, медью, мехами, мясом, зерном или костью. Или — своей кровью. Так требует наш обычай. И ещё — мы привезём лекарство. Змееву слюну. Мы повинимся перед твоим сыном, а потом вылечим его. Мы загладим вину, которую причинили. Так будет восстановлен лад и ряд. Вот зачем мы пришли к тебе, великий князь птиц. Если хочешь, мы преклоним колени здесь. Но лад не будет восстановлен, если мы не повинимся перед твоим сыном лично. Мы готовы отправиться в путь немедленно. Мы заранее согласны на все твои условия.

Договорив, я опустился на колени.

А рядом, справа и слева от меня, встали на колени Марья, Потык и Тороп.

Вообще, подобные хитрости отлично действуют на любых князей и вождей.

Повиниться, поклониться, унизиться, упасть ниц, предложить виру, изобразить покаяние и сожаление, пролить слезу, и дать понять, что если слезы мало — можно пролить и кровь тоже.

Наверное, он бы согласился. Он был такой же князь, как и все прочие князья. Птичий — но вёл себя, как человечий.

Да, он бы растёр нас в пыль, всех четверых.

Но поклонение слаще убийства; умерщвлять преклонённых невыгодно.

Выгодно подчинять и пользоваться.

Больше всего я боялся, что нелюдь умеет читать потаённые мысли и разгадает мою хитрость.

— Поднимитесь, — велел он. — И уходите по домам. В моём городе вам делать нечего. Там живут только такие, как я. Мой народ не поймёт, если я привезу с собой четверых дикарей. Вы занесёте заразу.

— Подожди отказывать, великий князь, — сказал я. — Разве ты не хочешь вернуть здоровье своему сыну?

Князь-нелюдь улыбнулся.

— Ты мастер ремней. Кожевник. Как ты вернёшь моему сыну здоровье, если ты не лекарь?

— Да, — сказал я. — Не лекарь. Вот — лекарь.

И показал на Марью.

Было опасение, что она удивится, оглянется — но девка стояла, не шевелясь. Это придало мне смелости.

— Это самый умелый знахарь из всех, что есть в нашем народе. Он приготовит лекарство и даст твоему сыну. Если ты, великий князь, сам пойдёшь за ядом, или отправишь своих воинов, — у вас ничего не выйдет. Прежде чем собрать слюну, змея надо целый день бить. Но не до смерти. Вы так не сможете…

— Я уже дал ответ, — произнёс нелюдь, сменив тон на другой — гораздо более властный, почти неживой. — Прощай, мастер ремней.

— Подожди! — я заторопился. — Выслушай! Нас четверо! Мы беглецы. Мы умираем. Нас изгнали из наших общин. За то, что мы ранили твоего сына. Наши волхвы говорят, что на каждого, кто прольёт кровь птицечеловека, ляжет тяжкое пожизненное проклятие. Теперь от нас отвернулись даже наши жёны и дети. Мы шли в этот лес три года, чтобы найти тебя, великий князь! Мы должны повиниться перед твоим сыном, или заплатить. Так восстановится равновесие. И тогда нас пустят назад, в наши дома. Если ты откажешь нам, мы умрём, и по нам не заплачут даже наши матери!

Нелюдь не уходил; слушал меня.

Я понял, что избрал верный путь, облизал губы и продолжил:

— Я не умею просить, но вот — прошу. Не обрекай нас на смерть. Мы должны исполнить волю наших родов. Мы просим принять любую виру. Раны твоему сыну нанёс я. И теперь я предлагаю тебе по два нижних пальца с обеих рук.

Нелюдь оставался на месте. Смотрел на мои ладони, протянутые в его сторону.

— Ты хорошо говоришь, — похвалил он. — И ты умный. Что ты знаешь про мой город?

— Почти ничего, великий князь, — ответил я, продолжая держать руки вытянутыми в его сторону. — Знаю, что город есть. Имя ему Вертоград. Попасть туда можно только по воздуху, на крыльях. Там живут птицечеловеки. Их сила огромна. Они не люди, но больше чем люди. Трогать их нельзя. Сами они не нападают на людей. Как и чем они живут — неизвестно. Вот всё, что я знаю.

Нелюдь выслушал с интересом — но то было холодное любопытство равнодушного гостя; я вдруг понял, что мой рассказ про близкую и неминуемую смерть никак не тронул это огромное, жилистое, опасное существо. Ему было всё равно.

— Вы ранили моего сына, — сказал он. — Я, его отец, хозяин города птиц, прощаю вас. Вот подарок, в знак моего расположения и в подтверждение всего сказанного.

В его громадной коричневой ладони появился блестящий предмет — он полетел к моим ногам, и я, как принято у всех простолюдинов при разговоре с князем или вождём, подскочил на шаг вперёд и поймал брошенный подарок у самой земли.

Это был отлитый из бронзы человеческий образ: две руки, две ноги, каждая длиной в полпальца, такое же тело и каплевидная голова; его можно было сжать в ладони и использовать как кистень, — или, наоборот, подарить малому младенцу и смотреть, как тот играет с увесистой блестящей фитюлиной; или переплавить, или расковать.

По весу, эту бронзу можно было превратить в добрый боевой нож.

Я посмотрел на подарок нелюдя, погладил, попробовал ногтем. Оценил: замечательного качества бронза, точно смешанное чистое олово и ещё более чистая медь.

— Благодарю, — сказал я. — Но попробуй нас понять, великий князь. Мы должны дотронуться до пострадавшего. Посмотреть в его глаза. Назвать свои имена. Тогда лад и ряд будет восстановлен. Мы не можем обманывать своих богов. А бывает ещё хуже: когда мы думаем, что обманываем богов, а на самом деле обманываем самих себя. Прошу, возьми нас с собой. Так ты спасёшь наши жизни.

— Нет, — ответил князь-нелюдь. — Ваши жизни — ваше дело. Уходите. Мне не нужен змеев яд. Обойдусь без него. Найду другое лекарство. Прощай, Иван Ремень. Мне было интересно поговорить с тобой.

— Стой! — крикнул я. — Согласен! Я согласен.

Князь-нелюдь, уже наполовину развернувшийся, чтобы уйти назад, в старухин дом, — замер, оборотился, посмотрел поверх сильного острого плеча.

— Мы не пойдём, — объявил я. — Мы останемся. Ты прав, великий князь. Ты умней меня, и ты во всём прав. Мы никуда не полетим, мы не увидим твой город.

И я ткнул пальцем в Марью.

— Возьми его одного. Только его. Лекаря. Он наложит лекарство, он проследит, как затягиваются раны. А мы останемся. Нам не нужны твои тайны. И я не хочу видеть твой небесный город. Если нельзя — значит, нельзя. Мне всё едино. Я не ведун, не мудрец. Я согласен на всё.

И я, повернув руку назад и вбок, ухватил плечо девки Марьи, — поверх плеча горбилась тройная кожаная чешуя моего собственного доспеха, но девка была так худа, что я нащупал её слабые косточки даже сквозь жёсткую броню, — и толкнул её вперёд себя.

— Он будет лечить твоего сына.

Нелюдь помолчал — и велел:

— Пусть покажет лицо.

— Нет, — сказал я, — не покажет. Он поклялся богам и духам, что не откроет лица, пока не дойдёт до твоего сына. Возьми его одного.

Нелюдь тяжело вздохнул.

— Хорошо, — сказал он. — Возьму одного. И лекарство. Завтра ночью. На этом месте.

— Согласен, — ответил я, снова кланяясь и опуская глаза, чтобы не выдать торжества.

А когда выпрямился — нелюди уже уходили к лодке, пропадая в ночной темноте, бесшумно, быстро, — двое взошли на нос, двое на корму, каждый со своей стороны, главный посередь, и лодка тут же взмыла, ударив нам в лица грубым ветром.

Как я ни всматривался — не заметил ни крыльев, ни парусов, ни вёсел.

Она выглядела в точности как обыкновенная, долблёная речная лодка с насаженными бортами, в длину пятнадцать шагов, в ширину полтора шага.

И она — летала.

Меня объял трепет: сила, приводившая в движение эту лодку, была огромна, а главное — непостижима для моего разума.

Такое бывало и раньше, несколько раз, в дальних походах. Против меня выходило нечто, чему я не знал ни названия, ни объяснения.

Однажды это был брошенный врагом и разбившийся об моё плечо глиняный горшок с чёрным огнём, который нельзя было потушить водой; вся броня и вся одежда на мне сгорела дотла, и сам я тоже обгорел, пока не догадался, что тушить чёрный огонь можно только землёй или песком.

В другой раз это был порох: кожаный свёрток размером с кулак упал в пяти шагах от меня; я посмотрел на догорающий волосяной фитиль — а очнулся только спустя два дня. Мешок взорвался сильно, громко, и мог бы умертвить меня, но, к счастью, только оглушил.

В третий раз это был полосатый зверь, сходный с кошкой, но размером с лошадь; шестеро скифов держали его кожаную узду, а когда отпустили — зверь убил дюжину моих товарищей.

Когда видишь такое — неизвестное, чужое, странное, непостижимое, — нельзя не пережить ужас, хотя бы на краткое время.

Когда твой поселенный пузырь расширяется — нельзя не испугаться.

Всякое новое знание сначала приносит боль.

Но эта боль кратковременна, а польза от знания — остаётся навсегда.

Как остался шрам от зубов зверя, как остались ожоги от ромейского чёрного огня.

Марья потянулась к шлему, желая снять, — но я схватил её за руку.

— Подожди. Они видят в темноте. Подождём, пока улетят.

Девка кивнула и опустила руки.

Какое-то время мы стояли молча, ожидая, пока лодка птицечеловеков удалится на безопасное расстояние; хотя, с другой стороны, это было немного глупо.

Они могли никуда не улетать, а остаться — и теперь бесшумно, незаметно парить в ночном мраке, в десяти саженях над нашими головами, и внимательно слушать каждый наш чих.

Они были сильнее нас.

Ведьма вышла из избы, но тоже — молчала, смотрела на небо, на безмолвный лес.

Её костяной посох продолжал гореть, освещая двор синим огнём.

Потом старуха кашлянула и улыбнулась.

— Ну ты и врать горазд, — сказала, глядя на меня. — Я аж заслушалась. «Мы умрём», «нас изгнали»... «От нас отвернулись жёны и дети»...

Она жалобно и шумно шмыгнула носом; малой Потык не выдержал и засмеялся, за ним — Тороп, и вот — мы захохотали все.

Конечно, не от веселья — от пережитого напряжения.

Бабка смеялась громче всех, задрав челюсть к небу и выставив единственный кривой зуб; и её смех был самый чистый и заразительный.

Но и замолкла она раньше всех.

— Только учти, внучок Биев, — сказала она. — Князь птиц не будет резать тебе пальцы. Если обманешь — он выбьет тебе глаз. Или оба глаза. Есть у них такой древний закон. Людям вредить — запрещено, но если невмоготу, в особых случаях — можно ослепить.

Улыбки сползли с лиц Потыка и Торопа.

— Понятно, — ответил я. — Хорошо, что предупредила. Но если мне суждено завтра остаться без глаз — может, сегодня покормишь меня? И спать приютишь? А заодно и остальных?

И бабка захохотала снова.

А спустя малое время мы уже сидели в избе; ели полбу, заедали огурцами; хлеба старуха в этот раз нам не дала. Старый подъела, а новый не испекла.

Но и того, что встало на стол, мне хватило, чтоб зажевать голод, подняться на полати и заснуть.

Потык лёг рядом — тоже соловый, размякший от ужина. Долго возился, пристраивал колени и руки, сопел, вздыхал; молодые всегда засыпают трудно.

— Иван, — позвал он.

— Что?

— Ты всё это заранее придумал?

Мне не хотелось разговаривать; только спать. День выдался хлопотный. Да и рёбра, ушибленные змеем, к ночи стали болеть сильней.

— Вот эти рассказы, — продолжал Потык. — Что нас изгнали из общин... И что если не повинимся — не будет лада и ряда...

— Придумал, — ответил я. — На ходу сочинил.

— Я не знал, что так бывает, — уважительно произнёс малой. — Я, когда тебя слушал, сам поверил...

— Главное, чтоб птичий князь поверил.

— Он поверил, — сказал малой. — Я по глазам понял.

— Поверил, потому что нелюдь, — ответил я, постепенно проваливаясь в дрёму. — Он нашей жизни не знает. А делает вид, что знает. Они считают нас дикарями. И это нам — на руку. Можно придумывать всё что угодно. Любые басни про богов, любые кровавые клятвы. Если нас считают вонючими волосатыми дураками — надо этим пользоваться. Изображать дураков. Это не я сообразил. Мы в походах всегда так делаем. А теперь спи.

— Подожди, — прошептал Потык. — Ещё одно хочу спросить. Последнее.

— Давай, — сказал я.

— Тебе Марья — нравится?

— Да, — ответил я.

— И мне, — сказал Потык. — И что будем делать?

— Ничего, — сказал я. — Мне нельзя жениться, я воин.

— Мне тоже нельзя, — сказал Потык. — Я ученик волхва.

— Значит, и говорить не о чем, — сказал я. — Спи давай.

Уже в полусне, в сумеречном промежутке, на грани явного и тайного мира, я вспомнил о том, что сказала мне ведьма: о возможности лишиться глаз.

Припомнилась старая история про ромейского князя Василия, который всю жизнь воевал с соседним племенем болгар, и однажды победил их, и взял в плен пятнадцать тысяч человек. В приступе жестокости князь Василий приказал ослепить всех пленных. По особому указанию Василия одному из тридцати болгар выкололи не оба глаза, а лишь один.

Потом всех отпустили домой.

Каждый одноглазый повёл за собой двадцать девять незрячих.

Огромная армия в пятнадцать тысяч слепых побрела из плена, ведомая пятью сотнями одноглазых.

Я не видел тех событий. Слышал только рассказы товарищей. А из воинов, как нетрудно догадаться, рассказчики плохие.

Но у меня всегда было воображение, и я легко представлял себе эту ужасную толпу: цепляясь друг за друга и перекрикиваясь, они бредут, раздавленные несчастьем и ожиданием ещё больших несчастий, управляемые немногими счастливцами: великий поход слепых, ведомых одноглазыми.

Что стало потом с этим народом? Как смогли выжить пятнадцать тысяч слепых мужиков? Про это никто ничего не знает. Очевидно, они умерли все, или большинство. А может, и нет. Болгары живут в тепле, и земля их благодатна. Палку воткни — вишня вырастет. Может быть, не все погибли от голода из тех болгарских ратников, ослеплённых ромейским вождём.

Эти тяжёлые мысли едва не поглотили меня; я отогнал их усилием воли и стал засыпать.

Из забытья меня вернул Потык: ворочался с боку на бок, было ясно — нейдёт к нему сон, другое на уме; ещё раз повернулся — и встал. Почесался, пробормотал насчёт духоты и спустился вниз.

Бабка не проснулась, храпела негромко.

А я уже глядел в оба глаза: что-то происходило.

Заскрипела дверь, осторожно отжимаемая.

Потом я услышал их обоих, Потыка и Марью.

Выйдя из дома, они уселись у стены прямо подо мной.

Как подстерёг прошлой ночью князя птиц и старую ведьму — так теперь, сам того не желая, оказался третьим в разговоре двух молодых людей.

И не было в этом ничего удивительного или тем более позорного. Подслушивать — обычному человеку нехорошо, но воину можно и нужно. Бывает, если подслушаешь — жизнь себе сбережёшь. В прошлый раз подслушал — много важного понял, и теперь, стало быть, тоже — ухом к краю оконца пристроился, а двое внизу долго шуршали, приминая траву и устраиваясь.

— Темно, — сказала Марья.

— Ничего, — сказал Потык, — не бойся. Скоро луна выйдет.

— Да не боюсь я, — ответила Марья. — Кого мне бояться? Тебя, что ли?

— Меня точно не надо бояться, — солидно заявил Потык. — Наоборот. Я тебе только добра желаю.

— Ты позвал меня, чтоб рассказать, как ты мне добра желаешь?

— И за этим тоже, — сказал Потык, не растерявшись. — Как зовут твоего отца?

— Радим, — ответила девка.

— Значит, если полным величанием, то ты — Марья Радимовна, кузнецова дочь?

— Так, — ответила Марья.

— И до твоего дома — три года пути?

— Нет, — сказала Марья. — Если напрямки, то гораздо быстрее. А по воде — ещё быстрее. Я же не прямо шла. Я в каждое селище заходила и везде расспрашивала. То на заход заберу, то на восход. То в Тарусу зайду, то в Радонеж. И меня расспрашивали тоже. Бывало, по четыре дня на одном месте сидела, по пять дней… Пока всем расскажешь, кто такая, да что по пути видела, да зачем железные сапоги…

— То есть, — уточнил Потык, — я до твоего дома за полгода доберусь?

— Если захочешь, — ответила Марья, — доберёшься и быстрей. А зачем тебе это?

Потык шумно вздохнул.

— Если скажу — не обсмеёшь?

— Нет.

Потык кашлянул басом.

— Я посвататься намерен. Отцу твоему поклонюсь, и предложу по всем правилам.

Марья всё-таки рассмеялась. Смех был лёгкий, чистый.

— У меня жених есть.

— Твой жених — не жених, — твёрдо возразил Потык. — Непонятно, кто такой. Непонятно, где обитает. И вообще не человек. Думаю, отец не даст тебе согласия. А я — вот он. Где живу, чем живу — всё известно. Или я тебе не по нраву?

Марья молчала.

Я ждал, что она ответит; вдруг стало интересно.

— По нраву, — ответила Марья. — Конечно, по нраву. Лукавить не буду. И ты по нраву, и твои друзья. Красивые вы. Очень. И настоящие. Смелые.

— А что скажешь про воеводу? — спросил Потык.

Я притих.

— Воевода, — ответила Марья. — тоже хорош. Только угрюмый больно.

— Он воин, — объяснил Потык. — Воины все такие. Спят в обнимку со смертью. И жениться им нельзя. А мне — можно.

Марья ничего не ответила.

— Выходи за меня, Марья Радимовна, — решительно заявил Потык. — Всё для тебя сделаю. На руках буду носить. В наряды наряжу, ожерельями увешаю. Все силы обращу для твоего счастья.

— Ты же вроде ученик волхва, — сказала Марья. — Волхвам нельзя жениться.

— Верно, — ответил Потык. — Но если согласишься — я к волхвам больше не пойду. На требище свет клином не сошёлся, есть и другие занятия, мужчины достойные. Я и мёд варить умею, и в лошадях понимаю, и силки на зайца ставлю. Ради тебя — всё изменю, судьбу разверну, старую жизнь забуду и начну новую!

— А потом? — спросила Марья после небольшого молчания.

— Потом детей родим, — уверенно ответил Потык. — Дом поставим. У меня семья большая и богатая, одних родных братьев — пятеро, и ещё две дюжины двоюродных. И все друг за друга горой стоят, и даже родовой старшина против нас никогда слова не скажет. Мы такой дом изладим — ты таких домов не видела ни в Радонеже, ни в Резане, ни где ты там ещё была. У моего отца четыре лошади, мы с тобой сядем верхом и объедем всю нашу долину, я тебе такие места покажу… Водопады, над которыми — по четыре радуги одновременно. И подземные ямы, где сверху свисают каменные ножи. И поляны, где малина — сплошным ковром, и каждая ягода размером с орех… Я тебе целый мир открою. Я сделаю тебя счастливой, даю слово. Я сам счастливый, и ты рядом со мной тоже будешь счастлива. Это точно, можешь не сомневаться. Ты полюбишь и моих родителей, и моих братьев, и сестёр, и двоюродных братьев, а если не полюбишь — ничего страшного; мы живём тут каждый своей отдельной жизнью и друг к другу особенно не лезем…

— Я поняла, — прервала Марья, — довольно.

Потык замолчал.

— Как, ты говоришь, тебя зовут?

— Потык, — сказал Потык. — Сын Деяна.

— Ты хороший, Потык, — тихо похвалила Марья. — Честно. Правда. Очень хороший. Я даже не знаю, что тебе ещё сказать…

— Ничего не говори, — ответил Потык, ещё тише.

— Ладно, — ответила Марья.

Потом он её поцеловал, или она его; короче говоря, я услышал определённые звуки, и мне стало неловко.

Захотелось оставить их вдвоём, отползти от края оконца, укрыться с головой и заснуть.

Но если б я пошевелился — они бы услышали. И я бы им всё испортил.

Такое бывает хоть раз, но с каждым мужиком.

Вроде бы тебе понравилась девушка — и вдруг кто-то более молодой и ловкий тебя опережает, в самый важный момент.

Сказ второй. Кожедуб

Ты хотел бы её поцеловать — но, пока колебался, другой парнишка, более резвый, добирается до нежных мест быстрей тебя.

И тебе остаётся только скрипеть зубами и нечаянно из-за угла подслушивать.

Хороша девка, думал я с ужасной обидой, то всё про Финиста своего ненаглядного твердит, а то допускает до себя мальчишку, едва знакомого! Да и я тоже хорош, дурак дураком, сейчас сидел бы на его месте, лобызал бы, и сам отогрелся, и её бы отогрел; теперь поздно уже, лежи и пыхти себе, увалень.

— Соглашайся, — тем временем нажимал Потык. — Клянусь, не прогадаешь.

— Нет, — ответила Марья слабым голосом, — я не могу. Прости.

— А ты не торопись с ответом, — сказал Потык, и ещё что-то добавил, но уже так тихо, что я не расслышал — и подумал, что с меня довольно чужого нежного шёпота, и отодвинулся от окна, с шумным скрипом жердин.

Марья и Потык услышали меня и замолкли, конечно.

Вот же хитрец, думал я, ловко себя преподносит, хоть и молодой; видно, что ученик волхва, головой соображает; на самом деле его семья — никакие не богатеи, а самые середнячки. Отец Потыка, действительно, держит конный завод, но таких конных заводов в долине ещё десяток, и есть заводы много крепче.

В этот миг бабка Язва, спящая внизу на сундуке, громко захрапела, и выкрикнула во сне что-то бессвязное, и шумно завозилась, вздыхая, подбивая подушку, ударяясь в стену коленями и локтями; тоже почувствовала, наверное, что вот-вот может произойти что-то важное, перемена судеб; дороги, ведущие вперёд, могли уйти в сторону, и наоборот, боковые пути — вывернуть на стрежень.

Может быть, он уговорил бы её тогда. Потык, сын Деяна.

Он был красивый малый, и притом крепкий, длиннорукий, резкий, двигался быстро, глаза глядели умно, цепко.

Он бы мог её уговорить, и тогда ничего бы не было, совсем.

Уцелела бы наша долина, и никто бы не погиб, жизнь текла бы своим чередом.

Дураком почувствовал я себя тогда, да не простым, а старым, хоть и не имел ни единого седого волоса. Старым, потому что медленным.

А за стеной, внизу, под окошком, Марья что-то ответила Потыку, и зашуршала трава, а потом дверь скрипнула; ушла девка.

Не уговорил, понял я.

13.

Мы вышли затемно.

В то утро ледяной осенний воздух впервые перетёк через горы; долина остыла.

Небо поднялось и выцвело.

Мы наскоро умылись во дворе, водой из бочки, дрожа от холода и подбадривая друг друга шутками, не слишком ловкими, но отважными.

Лето кончилось.

Грустные, мы увязали шкуры, мешки и торбы, и зашагали так быстро, как могли, — чтоб согреться, а главное — настроиться на то, что ждало впереди.

Лесная земля, ещё вчера казавшаяся прохладной, теперь излучала тепло. Дымились валуны, вросшие в хвою и глину.

Как всегда в холодную погоду, дорога до цели показалась нам короче, — но и устали мы сильней.

Не устал только малой Потык.

Весь путь до тына он не закрывал рта. Шёл возле Марьи и рассказывал, как ей будет хорошо, если она откажется от путешествия в птичий город и останется жить в его деревне.

На месте Потыка я бы так не делал. Но, с другой стороны, понимал парня. У него не оставалось времени.

Сказ второй. Кожедуб

В случае успеха нашей затеи ближайшей ночью Марья должна была навсегда исчезнуть из зелёной долины.

Птичий князь посадит её в свою лодку — и всё, больше мальчишка из деревни Уголья никогда её не увидит.

Потык был в отчаянии.

— Главное, — говорил он, заглядывая в лицо девки, — у нас тут сытно. А что ты будешь есть в птичьем городе? Чем они, вообще, там питаются? Сырым зерном? А у нас тут — всё. — Он вытягивал руки и загибал пальцы. — Ягоды. Мёд. Орехи. Козлятина. Баранина. Оленина. Курица. Рыба речная. Рыба озёрная. Птица любая дикая. — Он показывал обе руки со сжатыми кулаками. — Моя мама глухаря в глине запекает, со свиным салом и печенью, — и он тряс кулаком, как будто кулак и был глухарём, запечённым в глине. — А тётка делает яблочную брагу — с одной кружки ноги подгибаются! А её сыновья, мои браты двоюродные — раков ловят и в укропе варят! Пока дюжину не съешь — не оторвёшься!

— Довольно, — отвечала Марья, улыбаясь. — От твоих рассказов только в животе крутит.

— Так я ж и говорю! Оставайся у нас, и никогда у тебя в животе не закрутит! Я за этим прослежу, будь уверена! И ещё одно: глянь вокруг. Смотри, как у нас красиво. Летом всё зелёное. Вот, осень началась — скоро всё будет жёлтое и красное. А главное — ты ничего не видела, кроме чёрного леса. А у нас и другие леса есть! И озёра, и родники с целебной водой! А в речках — перлы! Отсюда на восход — дубовая роща, деревья в семь обхватов, до неба высотой! Отсюда на север — луг с голубыми цветами! А чуть дальше — могильник из великаньих костей, а рядом — трещина в горе, и на дне той трещины рисунки щуров… Куда ни пойдёшь — всюду красо́ты и чудеса…

— Замолчи, — говорила Марья, уже без улыбки. — Пожалуйста. Красо́ты и чудеса, я поняла.

— Погоди, — возражал Потык. — Есть ещё что-то, важней красоты, и даже важней изобилия. Самое главное…

— Хватит, — перебил я, — отстань от неё.

— Да, — говорил Потык, — но сперва закончу...

Марья, вынужденная слушать, темнела лицом и скучнела взглядом, однако не говорила ни слова поперёк, терпела, а малой, уже разойдясь, не умея остановиться, только сглатывал слюну и нервно дёргал плечами:

— Главное — мы живём в мире. Войны не знаем. А также — ни смертоубийства, ни даже воровства. Везде есть, а у нас нет. Ну, или почти нет. Потому что мы — на отшибе. Земля наша уединённая и отдалённая. Каждый каждого бережёт. Если кто рукавицу обронит — другой найдёт и вернёт. Вот так заведено. И волхвы за этим следят, и старшины. И все, у кого голова на плечах, соблюдают покой, лад и ряд. Вон, на Торопа посмотри, — он ни разу в жизни никому не соврал...

И малой показывал на Торопа. Тот молча коротко кивал, но Марья на него не глядела.

— Не сыскать второй такой земли, чтоб было так тихо и так мирно. И всё у нас по справедливости. И ни в чём нет перебора. Всё по-людски, как надо. Как боги велели. А если попадёшь в птичий город — там разве будет по-людски? Там будет по-птичьи...

До тына оставалось всего ничего, когда Марья не выдержала.

Как раз на словах про птичьи порядки, несходные с людскими.

— Замолчи, — сказала она громко, — замолчи, я тебя прошу.

Тут и я не выдержал.

— Закрой рот. Тебя три раза попросили.

Потык умолк: вспомнил, наверное, что уже получил от меня несколько оплеух.

— Я ничего обидного не говорю! — возразил он, и отвернулся.

— Ты и умного тоже ничего не говоришь. Нашёл чем гордиться, ягодными полянами. Ягоды везде есть. Гордишься своей землёй — молодец. Но это место не единственное. Есть и другие места, где людям хорошо. Понимаешь?

Я ждал, что Марья посмотрит на меня благодарно — но не посмотрела.

— Нет другой такой земли, — упрямо возразил Потык.

— Ладно, — сказал я. — Пусть нет. Сколько нас тут живёт?

— Три тысячи человек. Большой народ.

— Ты считаешь, что это большой народ?

— Не самый большой, — ответил Потык. — Но и не маленький. Конечно, на юге есть народы гораздо больше и сильней. Но мы от них далеко...

— Мы — вообще не народ, — сказал я. — Мы малое племя. Горстка. Обитаем на краю света. Если бы я был молодой девкой, я бы тут не остался.

Потык помрачнел.

— Неправда, — вдруг возразила Марья, и подняла на меня глаза — но лучше бы не поднимала; словно обожгла.

Схватила Потыка за рукав, потянула.

— Пойдём, — сказала. — Отойдём в сторонку.

И увела шагов на тридцать в сторону; оба скрылись из глаз.

Тороп вздохнул, подмигнул мне — мол, дело молодое — и сел на поваленный ствол, ноги вытянул.

О чём они говорили — я не знаю, но говорили недолго. Марья вернулась одна. Потык появился меж сосен, но близко к нам не подошёл: какое-то время стоял, потемневший лицом, даже сгорбленный, повзрослевший разом года на три, обратившийся из мальчишки в юношу.

Видеть это было неприятно.

— Ну и ладно! — крикнул он.

И пропал, меж кустов и стволов, исчез в дебрях.

Только крик его донёсся:

— Ладно!..

Марья молчала, смотрела в небо — туда, где, может быть, парил в недосягаемой пустоте птичий город.

Тороп дёрнулся было, желая догнать, — но я успел ухватить его за плечо.

— Вернётся. Пойдём дело делать.

14.

Возле тына сильней ощущается конец лета, уход тепла: сыростью сочатся старые брёвна, и ветер несёт вдоль широкой просеки сырую труху.

Воняет прелью, а крепче того — сгнившими головёшками, прокисшим пеплом, старым пожарищем.

Марья и Тороп устраивают костёр. А ты — режешь новые кожаные шнуры взамен старых. Всякая боевая броня стягивается шнурами, а все шнуры давеча, прошлым утром, вы разрезали, когда разоблачались, — и привели в негодность. Так бывает после всякой драки. А перед новой дракой положено нарезать необходимое количество свежих шнуров — и по новой надёжно стянуть доспехи на телах воинов. Потому что если шнур лопнет в разгар боя и броня разойдётся — воину конец.

На изготовление шнуров уходит время.

Запалив костёр, разогрев смолу для светочей, Марья и Тороп садятся подле тебя и смотрят, как ты тянешь ножом линию вдоль края кожи, полосуя вдоль и отделяя один за другим длинные ровные шнуры.

Малой Потык не появился. Сильно, видать, вошёл в обиду на Марьины слова. Она ему отказала, значит.

Однако идти ему некуда: от тына на два дня хода в любом направлении тянется непроходимый лес. Парнишка вернётся непременно.

Хуже другое: за твоей спиной в лесной чащобе прячется кто-то неизвестный, бесшумный.

Ты чувствуешь пристальный враждебный интерес.

Это нехорошо. И в другое время ты — будучи воеводой, главой отряда, ответственным вожаком, — отменил бы бой. Увёл бы людей назад. У тебя дурные предчувствия. И тайный чащобный соглядатай тоже сильно мешает. И приметы не велят ничего делать. Помост слишком сырой и слишком громко скрипит; костёр слишком дымит; шнуры из-под ножа выходят слишком кривыми; солнца слишком мало; облака залегли слишком низко; ветер задувает слишком сильно.

Но уже ничего нельзя изменить.

Ты подчиняешься Коловрату. Шагаешь следом за движением мира.

Твоя смерть ждёт за любым поворотом.

В такое время удобно быть воином, живым мертвецом. Заранее убитым человеком.

Кто вчера умер, тот сегодня ничего не боится.

Мы затягиваемся в панасыри, вяжем шнуры на боках и в поясе, берём дубьё — и прыгаем с помоста на ту сторону.

Мы доходим до змея, бросаем ему в морду смоляные светочи, ослепляем — и начинаем стращать.

Если вы внимательно слушали мою неказистую повесть — вы могли догадаться, что перемена погоды, уход лета и наступление осени, наплыв холода — влияют не только на людей, но и на всех птиц и животных, на каждую живую тварь, в том числе и на змея; и поскольку змеи гораздо чувствительней людей, то и перемены оказываются существеннее.

Горын, обычно вялый, медленный, в этот раз огрызается и даже пытается прыгать.

Ему нелегко. Десятилетия голода и слабости превратили его в мосластый скелет, обтянутый складчатой бронёй. Он сопротивляется, он издаёт сиплый вой, он исходит смрадной отрыжкой. Он хочет жить.

Ты, как всякий воин, жалеешь своего противника.

Он кашляет, содрогается и воет. Бить его неприятно. Даже если внутри у тебя покой, и твоя дрежа ровней ровного.

— Горын за тыном! — кричишь ты, размахивая дубиной.
— Горын за тыном! — повторяет Тороп.

Ты бьёшь его — а всё нипочём. Как с гуся вода.

В сырую, прохладную погоду драться сначала вроде бы сподручней. По телу холодок, в жилах — крепость. Но потом, спустя время, начинаешь обливаться по́том. Ладони тоже потеют: держать рукоять неудобно.

Ты помнишь битвы, где люди рубились по три, четыре дня подряд.

Они сходились, махали оружием, потом расходились, делали перерыв, чтоб отдышаться, — и снова сходились.

Ближе к концу первого дня каждая отдельная схватка становилась всё короче, а перерывы меж ними — всё дольше.

Непросто махать боевым сажалом или секирой: плечи, спина и шея быстро устают.

У каждого такого воина всегда были присные, товарищи, готовые в перерыве поднести мех с водой или кусок хлеба.

В лучших и самых тяжёлых боях, которые ты видел, никто никому не отрубил голову, не вскрыл живот или горло.

В лучших боях, где-то к концу третьего или четвёртого дня, один из двоих противников просто не выдерживал, не находил сил, чтобы продолжать, — поворачивался спиной и убредал прочь. В других случаях присные и друзья уводили его под руки или уносили.

А у победившего не было сил даже на то, чтобы крикнуть вслед какие-то слова.

Расходились молча, победитель и проигравший.

Бились обязательно с обеих рук, потому что, какая бы сильная не была одна рука — три дня изнурительной драки не выдержит; нужна рука вторая.

Сказ второй. Кожедуб

* * *

Ты бьёшь гада по башке, по плечам, по носу. Ему больно, он дрожит, дёргается.

Неважно, кто против тебя, человеческий враг или неразумный гад. Законы боя везде одинаковы.

Марья не участвует в общем деле — у неё нет дубины.

Есть боевой железный топор, он висит у тебя за спиной, но ты не намерен пускать его в дело. А тем более доверять девке.

Ты, и рядом стоящий Тороп, орудуете двумя обычными дубинами, нанося удары, отбегая и отдыхая, — а девка подготавливает новые светочи взамен потухших, и наблюдает за вами, и держит наготове бутылёк для яда.

Она притащила на спине четыре вязанки хвороста и ладит смоляные палки на малом костерке.

Солнце клонится к закату. А мы так и не угомонили гадину.

О том, чтобы подобраться к морде и добыть слюну, не может быть и речи.

Ты впадаешь в боевой морок, перестаёшь чувствовать усталость и одышку, перестаёшь замечать окружающее, не видишь ни света, ни тьмы — только врага, неубиваемого, рычащего, не принадлежащего к твоему миру.

Или ты его, или он тебя.

Битва — та же охота; неизвестно, каков будет конец. То ли ты одолеешь, то ли тебя одолеют.

Сколько сил осталось у змея — неизвестно. Сколько осталось у тебя — тоже неизвестно. Наслаждение в том и заключается, что ты не знаешь ничего, Коловрат несёт тебя по кругу, и ты держишься за оружие, как за ось мирового колеса. Отпустишь рукоять — и тебя снесёт с круга, выкинет прочь, туда, где сидят за длинным, скатертью покрытым, уставленным яствами столом твои отцы и деды, твои щуры, — они тебя ждут, они машут руками: давай, присоединяйся, Ванька Ремень, заждались уже, — но ты за стол отцов не торопишься, потому что туда всегда успеешь, а хочется ещё пожить.

Вроде ты давно мёртвый, и видел смерть во множестве обличий, давно всё решено, и если сегодня уцелел — то завтра всё равно ляжешь. Все полегли, и ты тоже ляжешь, присоединишься к большинству.

Но ещё пожить — хочется, страсть как хочется.

Змей трясётся и сильно дёргает хвостом.
Он изгибает спину и харкает старыми переваренными костями; от тухлого смрада вы все разбегаетесь, как от огня.

Начинает темнеть.

Ты с трудом поднимаешь дубину.

Гадина сильно пострадала от ударов, но не успокаивается.

Если ей достаётся особенно сильно и больно — меж ноздрей, например, — она не только воет и хрипит, но и издаёт свист на таком пределе слуха, что у тебя кружится голова.

Ты два раза хорошо попадаешь ей по здоровому глазу, по чешуйчатым набухшим векам; она затихает надолго; переводя дух, ты смотришь, ждёшь, — неужели угомонилась? Гадина недвижима; её ноздри, обычно раздутые, вдруг захлопываются; Марья осторожно приближается сбоку, держа в руке глиняную посудинку; вы подходите ближе на шаг, на два; тычете дубинами в губу — ничего не происходит.

Осмелев, ты ещё подшагиваешь; по губе змея обильно течёт тот самый, нужный вам яд, мутная жёлтая слюна, в хлопьях более густой и тёмной пены, наподобие лошадиной; слюны много, хватит не на малую посудинку — на колодезную бадью. Слюна вытекает, пропадая просто так, впитываясь в изрытую когтями вонючую землю, — ты смотришь с сожалением, выдёргиваешь посудинку из пальцев Марьи, подходишь вплотную и пытаешься сунуть змею в зубы.

Но вдруг его глаз открывается, и огромный коричневый клинообразный зрачок смотрит на тебя, и пасть мгновенно, с рёвом горла, распахивается, обнажая все три ряда зубов, передние из которых — вдвое больше медвежьих клыков.

Успеваешь выдернуть руку за малый миг до того, как звонко щёлкают кривые челюсти.

Отскакиваешь, падаешь; кулак с посудинкой прижал к себе: не разбить чтоб.

Змей пытается реветь, пронзает когтями землю.

Земля под ним пропитана его мочой и калом, она горячо дымится и издаёт чудовищный запах.

Встаёшь; посудинка цела; сам цел тоже; Марья смотрит виновато; Тороп хрипло кричит: «Хэй, хэй!» — и машет огнём перед мордой твари, отвлекая её внимание; тварь шипит и выкидывает голый язык.

Нужно думать, что делать дальше.

Тварь не успокоена. Добыть яд пока невозможно.

И, наверное, девка не сможет попасть в птичий город.

Ты воевода этого отряда — тебе пора прекратить бой и увести людей.

Очевидно, что противник сегодня слишком силён; его не одолеть.

Под вечер холод усиливается; новые громады напитанного влагой воздуха перетекают через ближние горы, и этот воздух вроде бы ещё не студёный, но от сырости его — мёрзнут пальцы.

Осень приближается; она уже здесь.

Тяжёлая роса падает на траву задолго до наступления темноты.

Я знаю: там, за горами, есть ледяные берега морей, и тёплое течение, идущее с севера. Оно приносит льды и туманы. С ним приходят неисчислимые косяки жирных морских рыб. Эти косяки столь изобильны и огромны, что ни один народ севера не остаётся без добычи. Благополучие и покой воцаряются на берегах студёных морей.

Я знаю: в это самое время на юге, в пяти тысячах вёрст от ледяного туманного берега, кочевники угоняют свои стада с выеденных, пустых пастбищ.

Молодняк уже поднят и выкормлен.

Главы родов, степные каганы, возвращаются на свои зимние стоянки, в логи, в низины, в балки, где не так свищут ветры.

Степные народы наслаждаются кобыльим, овечьим и козьим молоком; это время довольства, это многие долгие и счастливые дни сытости.

Скоро накатит с севера зима, накроет мир снеговыми валами.

Скоро, скоро всё поглотит равнодушный лёд.

Но пока все сыты, и у каждого бедняка на столе хлеб, и дети растут.

Об этом думаешь, отковыляв на тридцать шагов от места боя, в сторону от костра, чтобы не душил дым.

Марья сожгла весь запас смолы, костёр чадит сажей.

Сил совсем нет.

Снимаешь шлем, развязываешь подшлемник, насквозь мокрый.

Волосы слиплись в колтун и стоят дыбом.

Тороп падает рядом, дышит, как зверь. Он не имеет привычки к длительным боям, он измотан напрочь. Конец его дубины измочален.

Солнце садится. Закат мутный, низкие облака, звёзд не видно, только лунное пятно.

Луна сегодня почти готова: завтра будет полная.

Бабка, думаешь ты, всё точно рассчитала.

Наступает ночь.

И ты, и Тороп уже обломали об змея обе дубины, и очень устали, и Марья тоже, и выпили всю воду, и сожгли всю смолу. И ведьмина посудинка — уже вторая по счёту — давно разбита. И нечем поддерживать костерок.

А гадина всё не желает угомониться.

И вот — из дымной пелены появляется мальчишка Потык: его шаги тяжелы и решительны.

Ты ждал, что он вернётся, — но не ждал, что в таком виде.

Он гол по пояс. По ладоням течёт кровь: видимо, только что поднёс требу богу войны.

На его животе и груди, на шее и лице кровью нанесены воинские руны и родовые обережные знаки.

В руке у него кривая степная сабля, проржавевшая до сквозных дыр: подобрал где-то здесь, внутри тына, — углядел, отыскал, извлёк из утоптанной гнилой земли; этой сабле, может быть, пятьдесят или сто лет, её края обламываются и осыпаются ржой прямо у тебя на глазах. Кто был боец, оставивший столь диковинный клинок в нашем северном лесу? Насколько сильно досталось ему от змея, если бросил оружие ценой в многие сотни кун? Погиб ли сразу, пополам перекушенный? Или выжил, был вытащен товарищами? Или сам уполз, оставив всё, что мешало отступлению?

Неизвестно.

Понятно только: правы были те, кто говорил, что за тыном можно разжиться настоящим боевым клинком.

Малой Потык держит саблю остриём вниз, в сильной руке, и по его виду ясно: он решился на смертоубийство.

Он проходит мимо тебя, не говоря ни слова; смотрит только на змея.

Он наклоняется и забирает твой боевой топор.

Ты хочешь возразить, но сил нет совсем. Ты цепляешься мокрыми пальцами за рукоять топора — но теперь Потык сильней тебя, измочаленного; он даже не глядит в твою сторону. Он просто отбирает твой топор, и шагает дальше, прямо к голове твари.

Теперь в его левой руке сабля, а топор — в правой.

Марья начинает что-то говорить ему — но видит, как он поднимает руку с ятаганом, и замолкает.

Малой Потык наносит удар: вонзает кривое ржавое лезвие в горло змея, сбоку и снизу.

Горло твари защищено многими рядами костяных пластин, и при ударе ржавая сабля с хрустом ломается пополам, в руке Потыка остаются только рукоять и обломок длиной в локоть: но этот обломок входит в щель меж костяными чешуйками, прямо в шею гада.

Точнее удара нельзя придумать.

Такой удар способны нанести только новички, неумёхи — случайно, неосознанно.

Зверь хрипит, из ярёмной дыры хлещет чёрная горячая кровь; это страшное и чарующее зрелище.

Зверь воет протяжно и жалобно.

От этого воя снимаются с веток птицы далеко за краем тына, и весь мир неуловимо меняется, и сам ты меняешься тоже.

Чудовище ещё сопротивляется. Ещё избывает последнюю надежду.

А полуголый Потык теперь поднимает топор и рубит топором, сбоку — наискосок, в ту же рану.

В другое время, при других обстоятельствах ты бы встал, остановил убийство, отобрал бы оружие у дурака — но твои руки не слушаются тебя.

Потык бьёт ещё раз, и ещё, и снова. Рана на шее змея распахивается, обнажая трепещущее мясо.

Змей сильным движением поджимает хвост. Сейчас ударит, думаешь ты. Сейчас махнёт гибким хвостом — и снесёт дураку башку с плеч.

Но гадина уже при смерти. Она бессильна.

Двенадцатилетний мальчик убил её ржавым клинком.

Ветер усиливается.

Ты чувствуешь запах кипящей смолы; Марья, как и ты, как и Тороп, тоже смотрит только на Потыка и на умирающего зверя, про костерок забыла, и смола на заготовленных светочах чадит вовсю.

Кончилась смола, думаешь ты.

Да и не нужна теперь она.

И тын не нужен.

Змей убит.

Вся история со змеем, длиной в двести лет, кончается теперь, на твоих глазах.

Свищет холодный ветер над твоей мокрой головой.

Змеева кровь растекается широкой густой лужей.

Полуголый Потык, изрисованный кровавыми знаками, наносит один удар за другим, по краю раны на горле змея, каждый новый удар расширяет эту рану, расчленяя толстую дряблую кожу и огромные, очень крепкие и твёрдые иссиня-белые хрящи и кости.

И вот, нанеся топором две дюжины ударов, Потык отделяет башку змея от тела.

Башка, уже отрубленная, продолжает жить. Глаз смотрит на тебя.

Ты не испытываешь никакой жалости: зрачок гада не выражает ничего человеческого.

Это тварь иной, потусторонней породы.

Если ей настало время умереть — это происходит, конечно, не из-за тебя, и не из-за Потыка, и не из-за девки Марьи.

И ты, и вы все — только края, рёбра древнего круга жизни.

Смерть змея происходит во исполнение какого-то очень древнего закона.

Так было суждено, и так случилось.

Когда Потык отделяет башку и оттаскивает её от тела — Тороп, видя это, в страхе кричит:

— Ты что сделал?

Потык смеётся, таращит дикие глаза.

— Конец положил!

Подмигивает Марье; она отводит глаза.

Потык сильно ногой пинает в нижнюю губу твари: обнажаются синяя десна и сочащийся мутный яд.

Потом ты сидишь, сверлишь взглядом обезглавленное тело чудовища, и ждёшь, что исполнится пророчество и из тела умерщвлённого гада родится другой гад, гораздо более страшный.

Но пророчество не сбывается.

Из короткой шеи толчками льётся кровь, понемногу огустевая.

Тварь издохла.

И да, наверное, пророчество верно, — ты чувствуешь резкие перемены вокруг; кричат птицы, кружась над местом битвы; свистит, крепчает ветер; ты даже слышишь отдалённый скрип и хруст — так всеобъемлющий Коловрат, каков бы он ни был, замедляет свой вечный ход. Приостанавливается.

Страх накатывает на тебя.

Кажется, что конец мира наступает, — и вот-вот загорится земля, и небеса упадут на землю, и начнётся рагнарёк, воспетый свеями, любителями рыбьей крови.

Но тело твари недвижимо.

Наверное, она измучена так же, как измучен ты сам; многие часы жестоких побоев отобрали у неё все силы, все соки. Она не способна никого родить. Она издохла.

Ты ждёшь, смотришь. Потом понимаешь: глупо сидеть и ждать; пророчество не будет исполнено.

Или, может быть, оно исполнится через день.

Или через год.

Ты думал, это произойдёт прямо теперь, вот — на твоих глазах? Но в пророчестве этого не сказано.

Голова змея, отделённая от шеи, имеет размер с три лошадиных: не так уж и велика. Её явно можно поднять вдвоём.

Малой Потык в одиночку, ухватив за верхние рога, отволакивает голову дальше и дальше от тела, как будто боится, что сейчас тело прыгнет — и догонит голову, и срастётся заново, и опять оживёт.

Но нет: кончилась гадючья порода, насовсем. И никакого потомства рожать не собирается.

— Притащим бабке целую башку, — говорит Потык, надсаживаясь от усилия. — Тут яда хватит на весь птичий город.

И опять смотрит на Марью: она молчит, потом кивает.

И они в четыре руки утаскивают змееву башку в темноту.

Потом оба вспоминают про тебя и Торопа, и возвращаются бегом из темноты, и спрашивают:

— Идти можете?

Ты молча встаёшь и ковыляешь следом за ними.

Тороп пытается вас догнать, но отстаёт.

Тебе приходится его ждать, ты хватаешь его за локоть.

Ковыляете вдвоём, опираясь друг на друга.

Огромная лужа чёрной, густо дымящейся змеевой крови остаётся за вашими спинами.

Уже давно ночь: становится совсем холодно.

Добираетесь до тына.

Ты смотришь на остальных: морды закопчённые, руки окровавленные, на шеях разводы от пота.

Змеева башка щерится кривыми клыками.

Вдруг ты ни к селу ни к городу думаешь, что из этой башки выйдет замечательный подарок. Если, предположим, срезать всё мясо с этой башки, а потом башку положить в большой муравейник, и вернуться спустя время — всё будет дочиста объедено муравьями, и останется голый чистый череп, его можно отполировать песком и поднести князю долины; более того, вполне возможно, что этакую удивительную диковину князь долины не оставит у себя, а отвезёт на юг, за перевал, и там обменяет на два-три железных клинка, или на дюжину лошадей.

Марья и Потык ищут место, где можно перетащить через тын змееву башку.

Тут тебе приходит на ум хорошая мысль, и ты кричишь, привлекая к себе внимание.

— Эй! (Они оборачиваются.) Тын уже не нужен! Делайте пролом. Иначе не выйдем.

Потык, размахивая топором, сносит брёвна одно за другим — на вид прочные, обомшелые, они оказываются трухлявыми насквозь, и Потык, войдя в раж, ударами ног азартно проламывает дорогу в скользком гнилье.

С тяжким скрипом рушится частокол; три бревна завалил Потык, пробив путь шириной в полторы сажени; снаружи вылезают остроконечные крапивные лапы.

По обломкам брёвен ползают, суетясь, жучки и мокрицы; тын прогнил насквозь.

Тут уже и ты, и Тороп, и Марья, присоединившись к Потыку, новому вашему вожаку, — подняв кто дубину, кто нож, кто топор, единым духом вместе прорубаетесь через волосатые крапивные стволы, каждый в руку толщиной, и всех вас жалит крапивный яд со всех сторон, но никто этого не чувствует.

Пробившись через крапиву, выходите на просеку.

Выволакиваете горынову башку.

Здесь, за тыном, голова змея выглядит совсем позорно. Живая, приделанная к телу, она внушала ужас; оскаленная пасть, крутые шумные ноздри, кривые зубы — это было страшно; а теперь тот же член, отсечённый от тулова, кажется смешным, сказочным.

Смерть всегда выглядит жалко, уныло, печально.

Ты снова вспоминаешь про пророчество. Тебе хочется вернуться назад, за тын, и посмотреть — родился ли новый страшный змей?

Но на это нет времени.

Ты уже опоздал; вы все опоздали.

До полуночи остаётся всего ничего — а тебе ещё предстоит долгий путь через лес.

Малой Потык так и не вернул тебе топор; по-хозяйски перехватывая его в окровавленной ладони, он идёт в чащу. Ему нужна новая волокуша. Теперь до бабкиного дома тащить нужно не раненого человека, а отрубленную горынову голову.

— Погоди, — говоришь ты. — Зачем нам тащить всю башку? Нам нужна только слюна. У нас есть мех из-под воды. Давайте нацедим туда слюны. Этого хватит.

— Нет, — говорит Марья. — Мы не знаем, можно ли смешивать слюну с водой. Мы потащим к старухе всю башку.

— Да, — говорит Потык. — Мы потащим всю башку.

Толстые берёзовые жердины вы связываете собственными поясами: ни на что другое нет сил.

Потом вы долго, очень долго тащите голову змея через непроглядную лесную тьму.

Хорошо, что есть тропа: её находишь на ощупь, ногой. Шаришь ступнёй: где меньше наросло — туда идёшь.

Иногда из сплошных толстых облаков выныривает лунное пятно, и в его свете всё видно: и лес, и тропу, и друг друга.

Башку змея вы накрыли сверху шкурой, чтобы отвратительный вид мёртвой паскудины не смущал ваши рассудки.

Наступает полночь — а преодолена только половина пути до старухиного дома.

Вы опоздали.

В лучшем случае вы вернётесь только под утро.

Неизвестно, будет ли ждать князь птиц.

Но делать нечего, вы тащите груз дальше и дальше.

Кроме волокуши со змеевой башкой, каждый из троих влачит свёрнутую броню, спальную шкуру, флягу с водой, дубину и нож.

Нельзя сказать, что это дело легко даётся.

Мхи ночью совсем отсырели, сапоги промокли и скользят. Еловая хвоя налипает на подошвы: приходится часто останавливаться и счищать грязь.

Руки в лопнувших кровавых мозолях; по ладоням течёт сукровица.

Обожжённое крапивой тело жжёт сплошь, особенно лицо и шею. Горит кожа, и глаза почти ничего не видят.

Ты переставляешь ноги, тянешь за собой конец волокуши, каждый шаг даётся с усилием; второй конец держит Потык; обоим несладко.

Делаете привал.

На привале ты раскатываешь свой доспех и ножом распускаешь его, вытягивая шнуры: тебе нужны новые. Выдернув десяток шнуров, ты свиваешь две верёвки, каждая в руку длиной, и делаешь петли: привязываешь их к концам волокуши. Теперь тянуть груз удобнее: можно держаться не только рукой, но и плечом, закинув петлю. Доспех, разобранный с одного края, ты снова скатываешь в котомку: ничего с ним не будет, пластины всегда можно увязать заново.

— Слушайте, — говоришь ты. — Давайте оставим тут всё. И мешки, и брони. Иначе не успеем до рассвета.

Марья и Тороп молча кивают.

А Потык и здесь сохраняет твёрдость и злость.

— Я предлагаю другое, — говорит он. — У змеевой башки вся тяжесть — во лбу. Вес даёт лобовая кость. Но нам кость не нужна, нам нужна слюна, она у змея на губах, на нижней челюсти. Давайте отрубим нижнюю челюсть, и понесём только её. А остальную башку тут бросим.

— Согласен, — говоришь ты.

И вы смотрите на Марью, ожидая её ответа, но она качает головой:

— Нет! Мы потащим всю башку.

Ты не согласен и возражаешь:

— Нелюди не будут ждать.

— Будут, — отвечает Марья. — Вставайте. Пойдём. Мы успеем.

Вы воздвигаетесь и идёте, подчиняясь воле юной девки. То ли её серьёзный тон произвёл впечатление, то ли смысл слов дошёл.

Вы подходите к дому старухи под самое утро.

В сером, войлочном утреннем свете дом выглядит гостеприимно. Окошко горит, из трубы тянется сладкий берёзовый дым — такой бывает только от самых лучших дров, крупно наколотых и сухих. Может быть, старуха смешивает берёзовые поленья с ольховыми или осиновыми. Или — кто её знает — топит вовсе не дровами. Мало ли чем может топить свою печь ведьма. Может, она суёт в очаг какой-нибудь малый ивовый прутик, и произносит заклинание, и тот малый прутик полыхает и пышет жаром, как полная берёзовая загрузка. Это тебе неведомо.

Ты видишь саму ведьму: она стоит возле дома и наблюдает, как вы приближаетесь, хромая, спотыкаясь и переводя дух.

Холодный воздух совершенно прозрачен. Такой чистоты не встретишь за перевалом. Такой воздух есть только у нас, в зелёной долине. А с другой стороны, в большом мире, на равнинах, в воздухе всё время висит пыль, та или иная, густая, если уйти далеко в степи, или слабая, разреженная, если не доходить до степей.

В зелёной долине воздух самый прозрачный во всём мире: ты видишь края мокрых дорожек на чёрных сморщенных щеках старой ведьмы.

Она плачет.

Она смотрит, как вы подтягиваете волокушу ближе к дому, и когда остаётся шагов десять до крыльца — бросаете рукояти, вымазанные кровью сбитых ладоней.

Она смотрит, как малой Потык сдёргивает шкуру, прикрывавшую оскаленную мёртвую пасть.

Старая ведьма смотрит на эту пасть, на кривые зубы, на осевшие, закрывшиеся ноздри.

Она плачет, и её пустой рот, и без того кривой, ещё больше проваливается и ещё сильней съезжает набок. Она прикрывает рот дряблой рукой, покрытой старческими веснушками, рука крупно дрожит.

Ты отводишь глаза: тяжело видеть ветхую старуху в сильном отчаянии, свойственном скорее молодым бабам.

Рассмотрев змееву башку — между прочим, не слишком пристально, как будто без желания, с отвращением и сожалением, — ведьма смотрит на тебя и говорит:

— Что ж ты наделал, дурень?

15.

Я развёл руками.
Возразить было нечего. Я их вёл, я за них отвечал. Если и следовало кого-то упрекнуть — то меня, и никого другого.

И теперь, перед лицом князя, старшин и всего народа, я готов повторить, что всю вину за произошедшее возлагаю на себя.

Да, я мог бы это остановить, предусмотреть, напрячь голову и прикинуть, куда повернутся события.

Но не предусмотрел.

Так что бабка Язва была права, когда набросилась на меня со страшной бранью.

Я стоял, молчал и слушал.

— Чтоб ты сдох! — шумела ведьма. — Глупей тебя нет! Что ж ты, умелый малый, по миру походил, повоевал, пострадал — а такую глупость сотворил?! Дед твой Бий был умный человек! А ты, видать, не в него пошёл. Совсем тупой! Я думала, кто кто, а внук Биев глупости не сделает!

Тем временем Марья вообще не принимала участия в происходящем: когда мы вошли во двор, она немедленно побежала на зады — туда, где должна была ждать летающая лодка князя птиц.

Я уже понимал, что никакой лодки там нет.

Всемогущий властелин народа птицечеловеков не станет всю ночь ожидать появления каких-то мохнатых дикарей.

Пока бабка ругалась, вытирая слёзы и качая головой, и пока я, Тороп и Потык молча, понуро слушали её брань — Марья сбегала на зады и вернулась, чёрная от разочарования.

— Где он? — крикнула она, перебив бабкины излияния.

Бабка замолкла.

— Ты пока отойди, — угрюмо сказала она Марье. — С тобой всё решено. Получишь, что обещано. Птичий князь тута. Ждёт. Я дам знать — он и явится.

Марья выслушала внимательно, но явно поверила не до конца.

— А теперь скажи, — продолжила старуха. — Что же ты, вроде умная, а до такого довела? Тебе же говорили, что убивать гадину нельзя?

— Да, говорили, — неприязненно и громко ответила Марья. — Но я не смогла помешать. На мне нет вины.

— При чём тут вина? — в свою очередь, закричала старуха, треснувшим скрипучим воем взвыла; Марья попятилась. — Никто тебя не винит! Я у тебя спрашиваю, как у умной девки, — что же ты не подумала головой? Если есть завет, что убивать нельзя — значит, нельзя!

Сказ второй. Кожедуб

Марья отвернулась.

Повисло молчание; мне опять показалось, что я ощущаю чужое присутствие. Скорее всего, бабка не солгала: летающая лодка находилась где-то поблизости, парила над нами в рассветной мгле либо стояла где-то на поляне, в безопасном отдалении, — а охрана птичьего князя высматривала нас издалека острыми нечеловеческими глазами.

Тут подал голос Потык; он кашлянул и произнёс, с большой вежливостью:

— Пророчество не сбылось.

Старуха вся поворотилась к нему, и сделала неожиданно короткое сильное движение — как будто собралась вцепиться в лицо, в горло, в волосы. Но Потык не сдвинулся с места, смотрел дерзко, тяжело.

— Это я всё сделал, — твёрдо сказал он. — Это я отсёк башку. Я был возле мёртвого змея и видел. Никто не родился из его тела. Я думаю, пророчество было ложным.

Бабка вздохнула. Плакать перестала. Мокрые дорожки на её лице высохли, и всё лицо как бы сжалось и уменьшилось, словно вытекли из сухих тканей последние соки, и лицо, недавно вроде бы человеческое, хотя и очень старое, обратилось в маску, выказывающую ветхость на грани гниения.

— Ты вообще молчи, — печально сказала она Потыку. — На тебя тоже была надежда. Вроде соображаешь. Тебя на требище отобрали. А ты содеял ужасное. Тебе нет оправдания. Тебя запомнят как дурня, который обрёк мир на сожжение.

Выслушав, Потык неожиданно подкинулся, и уже не столь вежливо ответил:

— Ну и ладно! Пусть весь мир сгорит, но пусть одна девка — засмеётся! Так я решил. И я сделал. А мир — вот он! Не сгорел!

И он развёл в стороны руки.

Он тоже, как и я, стал старше на целую жизнь в то серое холодное утро.

Все мы повзрослели тогда.

— Дурни, — печально сказала старуха. — Этот змей Горын — не змей. Это двуединая сущность, одновременно и гад, и гадина. И она, он — отложил яйцо. Он прячет его в земле под своим животом. Вы били его два дня — и за это время он ни разу не сдвинулся со своей лёжки. Так?

— Да, — ответил я. — Так.

— Вот, — сказала старуха. — Гадина высиживает яйцо. Это длится уже лет тридцать. Точно не скажу. Но запахи доходят. Детёныш родился из яйца сегодня перед рассветом. Точно так, как сказано в пророчестве.

Ведьма угрюмо вздохнула.

— Вы испортили мне конец жизни. Вместо покоя я теперь должна думать и суетиться. Проклясть бы вас навечно — да сил нет…

— Погоди, — перебил я. — Не проклинай. Все пророчества сбываются, — вот и это сбылось. Старый гад умер, родился новый. Мы не виновны. Мы только орудия воли богов.

— Да, — ведьма кивнула. — Всё так. Но ваши имена я запомню. С вас началась новая история. А история состоит из имён. И новая история начнётся вашими именами. Сын Горына, поджигатель земель, родился вашим попущением, и эта вина легла на вас навечно!

Тут Марья снова перебила ведьму.

— Подожди про «навечно». Почему ты не делаешь снадобье? Вы договорились. Вы решили, что Финиста вылечит твоё лекарство. Мы принесли тебе целую змееву башку. Если мы прокляты навечно — пусть так и будет. Но ты обещала сделать лекарство — делай!

Старуха собралась ответить — точнее, изречь новую замысловатую ругню, ещё более злобную и обидную, — но из негустого утреннего тумана позади неё появились три огромные фигуры.

Князь птиц и два его охранника шагали бесшумно.

Когда я их рассмотрел, холод пробежал по моей спине.

Все трое теперь были облачены не в лёгкие, гибкие, переливающиеся брони, как прошлым вечером. Теперь их тела защищали тяжкие, массивные латы, наподобие штурмовых ромейских доспехов. С зерцальными нагрудниками и толстыми воротниками под самые подбородки.

И то, что нелюди сменили лёгкие походные брони на тяжёлые, предназначенные для жестокого ближнего боя, — было подтверждением их дурных намерений. Они предполагали, что возможна драка. Они боялись, что мы по ним ударим.

Или, что вернее, — собирались ударить сами.

Я расправил спину, но не ощутил меж лопатками привычной тяжести своего боевого топора; вспомнил, что отдал оружие Потыку.

Моя дубина лежала в стороне, возле змеевой башки. При себе я имел только нож. Но идти с ножом на троих огромных врагов было равносильно самоубийству.

Впрочем, мне бы и топор не помог.

Всё же мне удалось пересилить страх и шагнуть навстречу нелюдям, загораживая спиной остальных: если ударят, то меня первого, а остальные успеют уйти в лес.

А там — не всякий нелюдь догонит жителя долины.

Но князь птиц на меня даже не посмотрел.

— Мальчик прав, — сказал он старухе. — Почему ты не делаешь лекарство?

О каком мальчике речь, подумал я, и тут же догадался: нелюдь принял за мальчика нашу Марью!

Только теперь я понял, что мы — четверо — выглядим одинаково: шатаемые усталостью, сплошь покрытые смоляной копотью, змеевой кровищей и лесной грязью, лица — опухшие от комариных и крапивных ожогов, глаза красные, ноги по колено в глине, волосы спутанные, свалявшиеся, ладони в лопнувших водяных мозолях. Может, нелюди отличили бы бабу от мужиков по запаху — но и запах от нас исходил одинаковый: дым, сажа, лесная гниль да горыново дерьмо.

— Сделаю, — ответила старуха. — Только надо бы отменить прошлый уговор.

Князь-нелюдь улыбнулся.

— Передумала умирать?

Старуха кивнула и молча пошла к змеевой башке: в её руке появилась глиняная миска.

Она присела и погладила змея меж глаз: мягко, как будто любимую собаку.

— Невелика премудрость, — пробормотала. — Процедить надо, потом разбавить, и ещё укропа подмешать, чтоб запах отбить. Иначе вытошнит.

Она приподняла одной рукой змееву губу, сунула миску ближе к первому ряду зубов и второй рукой сильно надавила на десну; движения были ловкими и точными, как будто старая ведьма доила козу.

— Яда много... — продолжала бормотать, — я ж говорю, родила... Когда такая тварь родит — у неё сразу яда прибавляется, в пять раз против прежнего... Чтоб, значит, потомство защищать...

Набрав полную посудину мутной слюны, старуха осталась довольна и пошла в дом; по пути оглянулась на Марью.

— Иди за мной. Поможешь. Только руки помой. Или хоть об траву оботри.

Марья тут же пошла следом.

Малой Потык торопливо снял с пояса свою флягу, показал девке — она подставила ладони. Потык плеснул воды.

На ходу вытирая мокрые руки, Марья исчезла в избе.

Туман не исчезал, а наоборот, уплотнялся; так всегда бывало в долине при конце лета. Сначала приходят тяжёлые сырые туманы, а уже следом — настоящие холода.

Нас осталось трое, против троих нелюдей; они не двигались с места. Никакой враждебности от них не исходило, скорее равнодушие. Однако оба княжьих охранника держали руки так, чтобы атаковать в любой миг.

Постояв какое-то время, князь-нелюдь неторопливо подошёл к змеевой башке — Потык и Тороп расступились — и посмотрел с высоты своего огромного роста.

— Зачем вы его убили? — спросил он, подняв глаза на Потыка.

Тот пожал плечами.

Сказ второй. Кожедуб

— Так вышло.

Князь-нелюдь внимательно осмотрел башку, наклоняясь, щурясь, а потом даже и потрогал длинным пальцем. Вдруг птичьи качества его внешности сделались резче и очевиднее, нос обострился, напоминая изогнутый клюв, и дёрнулись, напряглись плечи, как бы собирая силу для взмаха крыльев.

— Я бы забрал этот череп, — медленно сказал он. — Если никто не против.

Малой Потык громко фыркнул.

— Нет, — резко сказал он. — Это мой череп. Это я отрубил башку.

— Хорошо, — тут же ответил князь-нелюдь. — Конечно. Не возражаю.

— Я отвезу этот череп за перевал, — сказал Потык. — Обменяю на коров или коз.

Князь-нелюдь кивнул.

— Ты прав, — сказал он. — Это дорогая добыча. Летающих змеев почти не осталось. Кроме этого, есть ещё трое или четверо. Далеко на востоке, в земле Хань. Ты знаешь, где находится земля Хань?

Малой Потык задрожал от волнения.

— Не знаю, — смело ответил он. — Но я знаю, что змеев череп — мой. И что змеева порода сгинула. Боги стёрли её с лица земли. — Он помедлил, ухмыльнулся. — Как и вашу.

Князь-нелюдь поднял брови.

— Кто сказал тебе такое?

— Люди сказали, — ответил Потык.

Князь-нелюдь оглядел мальчишку с ног до головы.

— Может быть, — спросил он, нахмурившись, — ты хотел бы отрезать и мою голову? Как отрезал эту?

— Нет, — ответил Потык. — Не хотел бы. От змея был вред. Змей кричал и распространял смрад. А от тебя нет ни вреда, ни пользы, ни даже смрада. Твоя смерть нам не нужна. Как и твоя голова.

— Ты смелый юноша, — сказал князь-нелюдь. — Ты знаешь, что от этого змея родится другой?

Потык вернул себе спокойствие.

— Мне всё равно, — сказал он. — Убили этого, убьём и другого.

Князь птиц заинтересованно наклонил голову.

— Ты думаешь, — спросил он, — что убить — это лучший способ доказать правоту?

— Разумеется, — твёрдо ответил Потык. — Этому учат волхвы. Жизнь нельзя утвердить иначе, чем через смерть. Ведь если не будет смерти — как мы отличим бытие от небытия?

— Разумно, — сказал князь-нелюдь. — Но ты должен понять. Смерть — это не главное событие жизни. Часто бывает, что смерть ничего не меняет для человека.

Малой Потык — я внимательно наблюдал за ним — совсем осмелел, ухмыльнулся и гордо поднял голову.

— Ты не человек, — резко заявил он, сверля глазами нелюдя. — Ты ничего про нас не знаешь. Говорят, ваш род живёт три тысячи лет. Если так, я не могу постичь тебя, — но и ты не можешь постичь нас. Ты не понимаешь, что для меня ничто никогда не меняется. Всё и вся движется по кругу, и я тоже. Ты говоришь: после старого змея родится новый, — а для нас это ничего не меняет. Один змей подох, другой родился — так проявлена вечная сила Коловрата.

У меня, наблюдавшего за разговором, сложилось впечатление, что бронированный птицечеловек забавляется, — он ждёт, когда старуха изготовит лекарство, он хочет скоротать время, наблюдая за лесными дикарями, обмениваясь с ними словами на их простом дикарском наречии.

— Ты всё верно сказал, — ответил князь-нелюдь. — Но ты не понимаешь главного. Это существо тебе не враг. Оно пожирало мёртвых и больных животных и так поддерживало общее равновесие.

— Равновесие незачем поддерживать, — сказал Потык. — Оно и так есть. На нём всё основано. Наоборот, его полезно нарушить. Так оно ещё больше укрепляется, это равновесие.

Мне показалось, что Потык имеет умысел, нарочно нарывается на удар, — слишком презрительно он улыбался, слишком громко возражал князю птиц; это было смело, дерзко, красиво — но неосторожно. Я продолжал тревожиться, и тосковать, и оглядываться на топор, лежащий на траве в ногах у Потыка.

А Потык, перешагнув через топор, ещё добавил:

— Дело сделано, и говорить о нём бесполезно. Лучше скажи нам что-то более важное.

— Что-то важное? — переспросил князь-нелюдь, наморщив огромный коричневый лоб.

— Да, — сказал Потык. — Если твой народ на три тысячи лет старше нашего — скажи что-то, что мы должны знать. Что-то главное.

Князь-нелюдь протянул руку. Положил ладонь на плечо Потыка.

— Нет, — прорекотал он, немного сутулясь. — Мой народ не вмешивается в дела твоего народа. Мы существуем отдельно от вас. Так мы сохраняем свою кровь и свою особость. Разговаривая с тобой, я уже нарушаю древний обычай. Я не знаю, что тебе сказать. Задай точный вопрос, и я попробую тебе ответить.

Малой Потык оглянулся на меня — но я не ответил ему ни жестом, ни взглядом; я не знал, чем закончится разговор этих двоих.

Потык набрал было воздуха, чтоб задать князю птиц вопрос, — но вдруг из дымохода старухиной хижины пошёл клубами густой, горький дым сухих берёзовых дров, а вместе с ним — странный, скверный запах, стремительно разошедшийся по двору и дальше, вниз по склонам холма; минуло несколько мгновений, и ужасная вонь затопила округу; не успев задать своего вопроса, Потык зажал рукой лицо.

Гиблый дух был так тяжёл, что нелюди отпрянули от нас, все трое, и князь, и его стража, и то, как резко и невпопад они это проделали, выказало их слабость.

Нет, они не были всесильными, неуязвимыми полубогами: они были похожи на нас, обычных людей; они были, как мы.

Струя кислого смрада быстро иссякла, и спустя малое время старуха вышла из дома, держа в дрожащей руке глиняный кувшин с узким горлом.

Горло было забито деревянной пробкой и сверху толсто залито воском.

Марья появилась следом и держалась подле старухи.

Старуха кашлянула и сказала:

— Вот.

И протянула кувшин.

Но нелюдь спрятал руки за спину и произнёс:

— Как этим пользоваться?

— Вовнутрь, — ответила старая Язва. — Как глотнёт — так заснёт. Когда проснётся — пусть ещё глотнёт. И так пусть пьёт и спит, пока не выспится и всё не выпьет. Когда будет блевать — воды не давайте, так ещё хуже будет. Лучше вина. И самое главное: когда всё выпьет и очнётся — не узнает никого. И про себя помнить ничего не будет. Тебе, князь, придётся заново объяснить ему, кто он такой, как его зовут и для чего он родился.

Нелюдь протянул руку и взял кувшин. Взвесил в ладони.

— Судя по запаху, это сильное лекарство.

— Очень сильное, — ответила старуха. — Сам удивишься.

— Хорошо, — сказал князь-нелюдь.

Зажав глиняную ёмкость в обширной ладони, он повернулся и зашагал прочь.

— Стой! — крикнула Марья. — Ты обещал взять меня с собой!

Она бросилась, оттолкнув старуху, бегом, следом за главным нелюдем, который, не укорачивая шага, уходил прямо в туман; почти догнала, почти вцепилась в широкий крепкий пояс на его спине — но два княжьих охранника придвинулись с двух сторон, опустили гладкие копья, преградили путь.

Девка — как и все мы в тот миг — поняла, что её обманули.

Что князь птиц не собирался держать обещания.

И в моей голове сразу всё сложилось в верное понимание случившегося. Нелюди с самого начала решили нами пренебречь; все их торжественные клятвы были пустым сотрясением воздуха; ради своих целей они пообещали нам всё, что мы хотели, а потом — без сожаления, легко, спокойно отказались от обещаний; они совсем нас не боялись.

Марья взвыла, рванулась, вцепилась в древки копий, преградивших ей путь; дёрнула, силясь сокрушить, — но охранники надвинулись и перехватили копья ближе, усиливая противодействие, нажимая телами, — и от рывка их рук девка отлетела прочь, шагов на пять.

— Нет! — кричала она, захлёбываясь слезами отчаяния. — Нет! Нет!

Но туман уже поглотил и князя птиц, и двух его солдат.

И когда Марья, вскочив с земли, бросилась следом, в попытке догнать, — из серой пелены донёсся оглушительный свист, изнуряющий, отвратительный, слишком резкий, закладывающий слух, подавляющий волю к сопротивлению: боевой крик птицечеловеков.

Его нельзя было выдержать; только зажать уши и отвернуться.

Так я и сделал.

Марья упала в чёрную траву рядом со мной, обхватив руками голову.

Когда они перестали кричать, я первым встал с земли.

Гадкая желчь позора наполнила моё нутро.

Птицечеловеки нас обманули.

Не стали с нами драться, и даже ничего не сказали: просто повернулись спиной и исчезли.

И мы, при всей нашей решимости, при всей отваге, при всех имевшихся ножах и дубинах, — никак не сумели воспрепятствовать.

Отпустили.

Потык пришёл в крайний гнев, схватил топор — мой топор, валявшийся у его ног, — и побежал, с яростным воем, следом за нелюдями, в туман, и пропал; но спустя малое время вернулся, обескураженный.

А над его головой в сизой мгле пролетела стремительная чёрная тень: летающая лодка ушла в облака.

Мы не имели сил смотреть друг на друга. Молчали и плакали.

Плакала Марья, обманутая князем птиц. Плакал Потык, сопереживая Марье. Плакала старая ведьма Язва. Плакал Тороп, видя наше — товарищей — отчаяние.

И сам я тоже не сдержал короткой слезы — слишком жестоким было перенесённое унижение; слишком грубо с нами обошлись, слишком нахрапито.

С той поры и до сих пор я не доверяю и никогда не буду доверять сильным мира сего, князьям, окружённым крепкой охраной, любым гостям из иных, благополучных и сытых миров; сладким речам; клятвам, включая торжественные, кровавые и смертные; любым словам, которые не подкреплены делами.

Но вот — все мы успокоились, и слёзы наши высохли.

Мы посмотрели друг на друга и поняли, что дело окончено.

Змей убит.

Князь птиц получил, что хотел, добыл лекарство для своего сына — и исчез.

Мы — трое деревенских парней — должны были вернуться в свои дома.

Бродячая девка Марья должна была как-нибудь пережить неудачу и тоже уйти; может быть, в свой дом, может быть — в чужой.

Малой Потык был готов позвать её к себе, за собой — и это желание заставляло его глаза блестеть, как блестит в марте иней на еловых ветках: ярко и разноцветно.

Старая ведьма Язва должна была подарить в дорогу нам четверым какие-нибудь куриные косточки, простые обереги от злых духов, и отправить восвояси, и удалиться к себе в хижину, и там, в череде полнолунных бдений, успокоиться.

Не стану врать: ощущение конца, завершения истории, пришло ко мне тогда — и не отпускало уже.

Не стану врать: мне тогда впервые сильно и остро захотелось домой, под собственную крышу, к очагу из чёрных валунов, к котлу со щами.

Не стану врать: я похолодел внутри.

Тот миг был кратким — и печальным для всех нас.

Мы уступили.

Мы позволили себя победить.

И то, что мы были дикарями из вросших в землю закопчённых хижин, ничего не меняло: горечь обмана и поражения была так же велика, как если бы мы несли княжеское достоинство.

Первой пришла в себя старуха; и я помню, что был очень ей благодарен за это.

Она перестала всхлипывать, отвернулась, зажала нос пальцами и шумно опростала ноздри; это простое действие вдруг привело всех нас в чувство.

Ведьма улыбнулась Марье — не слишком, впрочем, уверенно, — и предложила:

— Умыться хочешь?

Марья вздрогнула, как будто её ударили, и по испугу на её лице я понял: вспомнила, наконец, что она девка, что нехорошо такой замаранной стоять перед мужиками.

Но прежде Марьи подскочил Потык.

— Сама умойся, — грубо сказал он. — Очисти себя от стыда.

— Сыночек, — сказала ведьма, — ты что же, милый? За что меня стыдишь?

— А что же мне, молчать? — крикнул Потык. — Ты нас обманула. А главное — её обманула! — Он кивнул на Марью. — И как теперь быть? Зачем тогда это всё? Зачем я змею башку рубил?

— А это ты сам себя спроси! — скрипуче возразила старуха. — Зачем башку рубил. Зачем нелюдям поверил.

А на меня не кричи. Меня, как и тебя, на ровном месте обставили.

— Обставили? — спросил Потык, и оглянулся на Торопа; тот согласно кивнул с угрюмым и усталым выражением лица. — Что ж ты за ведьма, если тебя обставили?

Старуха захихикала.

— А кто тебе сказал, — возразила она, — что я ведьма?

Потык смешался. Пользуясь его молчанием, старуха ухватила Марью за чёрный от грязи рукав и повела в дом.

Выдохнув и утерев пот, я уселся на сырую утреннюю траву; этот рассвет был ещё более холодным, чем вчерашний; в нашей долине осень скоротечна. Завтра или послезавтра уже ляжет иней, подумал я, и, не желая того, — упал спиной назад, и не выдержал: заснул.

Много всего пришлось на мою долю в те два дня и две ночи: и когда стало ясно, что всё кончилось, что нелюди ушли, а тварь непоправимо мертва, — я немного ослабил напряжение, и закрыл глаза.

Рядом со мной упал и тоже уснул Тороп.

А малой Потык ещё ходил туда-сюда, размахивая топором, силясь рассечь на куски это волглое, неяркое утро.

Но чуть позже и он устал и рухнул.

Так это закончилось.

Так моя история покатилась к концу.

Мы очнулись после полудня — вскочили, лохматые, продрогшие и голодные. Посмотрели друг на друга и поняли: каждый из троих надеется, что всё произошедшее было сном.

Но отрубленная змеева башка лежала неподалёку, прикрытая дерюгой; малой Потык подошёл и пнул ногой.

Башка была настоящая, и день был настоящий, пусть и тусклый, серый.

Всё было наяву.

И опять у меня возникло чувство, что за нами наблюдают.

Не зная, что делать, я отправился к дому ведьмы и постучал в дверь.

Мне открыла Марья — и я её не узнал.

Добела отмытая, с чистыми, прибранными, расчёсанными волосами, она выглядела юной и свежей, и даже её щёки, обожжённые ветром и солнцем, не портили впечатления.

Рубаха, подаренная, очевидно, старухой, была ей великовата — чистая, но слишком ветхая, почти прозрачная, она никак не скрывала укромных изгибов и розовых округлостей; я с трудом отвёл взгляд от выпирающих грудей.

— Всё кончилось, — сказала Марья. — Вам надо уходить.

— Без тебя не уйдём, — решительно ответил Потык, вставая рядом со мной.

— Уйдёте, — произнесла ведьма, выходя на крыльцо. — А она поедет, куда хотела. В город птиц.

Она тоже, как и Марья, помылась — и теперь стояла перед нами спокойная и размякшая; все старики спокойны после бани.

Её рубаха тоже едва не расползалась от долгого употребления, и сквозь прорехи можно было углядеть и старухины груди, плоские, стекающие к животу; в общем, я опустил глаза.

— В город птиц? — спросил Потык. — Как же она туда попадёт?

— Не ваше дело, — сказала ведьма.

— Нет, — сказал Потык. — Наше. Мы уйдём, а ты опять обманешь.

— Обману? — старуха вздохнула. — Пока что, сыночек, главный обманщик — это ты. Обещал не убивать гадину — а сам убил. И мало того что убил, так ещё и башку отрезал и сюда приволок. Теперь змеево дитя подумает, что я с вами заодно. Прилетит, чтоб отомстить.

— Пугаешь? — спросил Потык.

Я видел, что парень в отчаянии. Он не хотел уходить.

Он не желал расставаться с Марьей.

И я не хотел.

И Тороп, подошедший последним и вставший по другую сторону от меня, — тоже приосанился и кивнул.

Мы не хотели уходить, мы не верили, что всё кончилось.

Такое бывало со мной в дальних походах. За множество дней совместных усилий, лишений и бед ты сближаешься с товарищами, срастаешься с ними, шагаешь в пешем строю, едешь в конном строю, налегаешь на вёсла, двигаясь водой; бьёшься, проливаешь кровь, терпишь лишения, мёрзнешь, голодаешь. А потом настаёт время вернуться. Твой отряд, ещё вчера представлявший собой спаянный, слаженный боевой полк, где каждый защищал каждого, — сегодня становится просто ватагой разновозрастных мужиков, которые хлопают друг друга по плечам и разбредаются по своим хозяйствам. Расходятся, оглядываясь: ни один не верит, что всё, дело завершено, поход окончен, боевого братства больше нет.

Так и мы теперь: глядели друг на друга, на Марью, на ведьму, на змееву башку — и не понимали, как быть.

— Меня доставят в птичий город, — сказала Марья. — Есть способ.

— Что за способ? — спросил Потык.

— Неважно, — ответила старая ведьма. — Идите с миром, ребята. Дальше мы как-нибудь сами.

Я посмотрел на недовольного, взъерошенного Потыка, на Торопа, явно измученного голодом и недосыпом.

Их решимость и их упрямство передалось мне.

— Никуда не уйдём, — сказал я. — Пока ты не исполнишь обещанного. Сначала доставь её в птичий город. И чтоб мы убедились, что ты не соврала.

— Нет, — сказала ведьма. — Идите. То, что здесь будет, не для ваших глаз.

— Не уйдём, — тут же возразил Потык. — Мы тебе не верим.

Ведьма посмотрела на Торопа.

Тороп из нас — троих мужчин — выглядел самым унылым и измученным; двухдневная битва измотала его.

— Ты тоже мне не веришь? — спросила ведьма.

— Верю, — ответил Тороп. — Я всем верю. А тебе особенно. Но сначала я верю ей, — он кивнул на Марью. — Если она не получит, что хотела, — зачем тогда это всё было? Зачем мы тварь убили? Зачем надрывались? — Он посмотрел на ведьму с уважением. — Ты уж давай, пожалуйста. Сделай, что обещала. Отправь её в птичий город. И так, чтоб мы всё видели.

Старая ведьма подумала и кивнула.

— Ладно, — сказала. — Будь по-вашему.

Она сошла с крыльца и толкнула меня плечом неожиданно сильно; я пошатнулся.

Старуха вышла ближе к краю своего двора — туда, где изгородь щетинилась кольями с насаженными на них кабаньими и медвежьими черепами.

— Иди сюда! — крикнула она, глядя в чёрную лесную чащу. — Давай!

Но никто не вышел на её зов.

— Иди, — крикнула старуха. — Не бойся!

Я всматривался в переплетение ветвей и ничего не видел; Марья вдруг задышала часто и сильно; малой Потык прошептал грубое ругательство.

Старуха меж тем махнула рукой, обращаясь к кому-то, кто сидел в ветвях:

— Иди! Они всё про тебя знают! Слезай!

Наконец, качнулась одна ветка, другая.

Неясная тень скользнула вниз.

Крупное, гибкое существо соскочило на землю перед нами, бесшумное и, очевидно, очень сильное.

Я увидел ещё одного нелюдя, такого же, как птичий князь и его охранники.

Такого — да не такого.

Этот был худым и бледным; его тело обтягивала та же броня, что защищала князя птиц, — но изодранная и изношенная донельзя. Голову и верхнюю часть лица закрывала меховая шапка, каких не делали у нас в долине; скорее, шапка была сшита где-то далеко на севере, у народов, населяющих берега ледяных морей.

Нелюдь распрямился во весь свой немалый рост и обнажил зубы в улыбке.

Его шею и запястья обнимали многие цепи и браслеты из блистающего, тщательно начищенного серебра. В серебряное плетение во многих местах были вделаны самоцветные камни, зелёные и красные, горящие опасным пламенем.

Такой драгоценной роскоши я не видел даже у самых богатых людей долины — только в иных землях, далеко на юге, у вождей больших кочевых племён, у скифов или ойротов.

Его плечи накрест обнимали перевязи, обшитые железными и медными пластинами, а по бокам на перевязях висели длинные кривые мечи в наборных, искуснейшей работы ножнах.

Унизанный драгоценностями нелюдь-оборванец развёл в стороны руки и произнёс:

— Вот он я. Говорите, чего надо.

Я ощутил резкий, сильный запах его тела; я понял, что передо мной — особенный нелюдь. Странный.

И гораздо более опасный, чем птичий князь и его воины.

16.

Он мне неприятен.

Он слишком высокий, слишком сильный, слишком презрительно скалит зубы.

Он слишком чудно́ выглядит. Его броня разошлась на плечах, и прорехи грубо стянуты льняной лесой.

Я смотрю на эту лесу, увязанную небрежными узлами, и понимаю: оборотни не всесильны.

Пусть они стремительны и могучи — но они такие же, как мы, и теми же узлами перетягивают негодный доспех; они подобны нам; их можно победить.

— Я думала, ты совсем одичал, — говорит ему старая Язва.

Нелюдь-оборванец мирно разводит руками.

— Может, и одичал. Я уж и сам не знаю.

У него тяжёлый взгляд: возможно, ещё более тяжёлый, чем у птичьего князя; тот просто пытался подавить, показать власть — а этот, настороженный, внимательный донельзя, никому не верит, каждый миг ожидает нападения, и готов тут же или ударить в ответ, или исчезнуть.

Голос его льётся, как мёд, — сладко, неспешно. Он выговаривает слова не так, как другие оборотни: почти правильно, почти неотличимо от любого другого жителя зелёной долины.

Он смотрит на Марью, продолжая улыбаться. Марья опускает глаза.

Нелюдь протягивает руку.

— Пойдём, — говорит он.

Малой Потык вдруг подкидывает в руке топор.

— А ты кто такой? — спрашивает он, упрямо наклоняя голову.

— Разбойник он, — отвечает старая ведьма вместо нелюдя. — По роже не видно, что ли?

— Видно, — отвечает Потык, оглядываясь на Торопа — а и у него тоже в руке дубина, невесть откуда взявшаяся.

Я понимаю: быть драке; двое парней слишком устали, и вдруг появившийся оборотень-разбойник их не пугает; они уже пуганные.

— Скажи им, — велит ведьма.

Нелюдь поднимает брови.

— Что сказать?

— Скажи, что доставишь девку в Вертоград.

— В Вертоград? — нелюдь явно издевается. — Зачем?

— Затем, — говорит старуха, — что ты мне должен. Я тебе помогала — теперь ты мне помоги. Вот.

И она берёт Марью за локоть и выталкивает вперёд себя.

Разбойник сдвигает свою мохнатую шапку на затылок.

— Так ведь её убьют, — говорит он. — В Вертограде. Она ранила княжьего сына.

— Значит, это ты, — спрашиваю я, — следил за нами?

— За вами весь лес следил, — отвечает нелюдь, продолжая рассматривать Марью жадным жёлтым глазом. — И медведи следили, и лоси, и кабаны. И сам лешак за вами следил. И бабка следила. И птичий князь следил. Так что я не один такой.

Малой Потык вдруг встаёт между ним и девкой.

— И следил, — говорит он, — и подслушивал.

— Да, — спокойно кивает разбойник. — Если есть, кто говорит, — значит, есть и тот, кто подслушивает. Но не бойся, паренёк. Я вашу тайну не выдам.

— Если ты всё подслушал и подсмотрел, — говорит Потык, — тогда ты знаешь, что князь птиц не видел её лица. Он ничего не узнает.

— Сначала не узнает, — снисходительно произносит разбойник. — Потом узнает. В небесном городе дураков нет.

— Вот и хорошо, — говорю я. — Раз дураков там нет — значит, девка сможет всё объяснить. А ты поможешь ей оправдаться.

Нелюдь опять улыбается; его улыбка — презрительная, широкая — начинает злить меня, а по тому, как Потык и Тороп переглядываются, становится понятно, что и они тоже разозлены. И готовы поднять оружие.

А вдобавок я замечаю, что зубы нелюдя не такие белые, как показалось вначале, и больше того — некоторых зубов, сверху и снизу, и вовсе нет.

— А вот этого я не сумею, — говорит нелюдь, неожиданно мирно и с сожалением. — Доставить в город — доставлю. Проведу по-тихому. И даже пособлю, на первых порах... Но большего не ждите.

— Ему нельзя там появляться, — говорит нам ведьма. — Его изгнали.

— За что? — спрашивает Потык.

— За разбой, — спокойно отвечает нелюдь. — Но это вас не касается. Это было давно.

Марья, услышав его слова, медленно кладёт ладонь на пояс, на рукоять ножа.

— Значит, — говорит она, — ты убийца?

— Не убийца, — мирно поправляет нелюдь. — Разбойник. Я никого не убил. Только ограбил. Ну и ещё кое-что было, по мелочи… Но ты не бойся, девочка. Крови на мне нет. А если не веришь — можешь остаться внизу.

— Внизу? — спрашивает Потык.

— Да, внизу. Здесь. На поверхности. Меж дикарей.

Произнеся слово «дикарь», нелюдь-разбойник опять выдаёт улыбку превосходства и пренебрежения, хотя сам выглядит хуже всякого дикаря: как раз облака немного расходятся, пропуская добрую толику солнечного света, и в этом золотом свете странный оборотень предстаёт во всей своей жалкой красе: его длинные волосы свалялись в космы, шапка оказывается засаленной и затёртой донельзя, лицо — опухшим и нечистым, броня — ещё более побитой, чем показалось мне вначале.

И я укрепляюсь в мысли, что нелюди на самом деле — такие же люди. И среди них, как и среди нас, есть балбесы, небрежные дураки, неумёхи.

Если бы я увидел среди мужчин моей долины того, кто не бережёт дорогой доспех, не смазывает его салом и жиром, не поправляет узлы, — я бы сам, лично двинул бы такого мужика по шее и отругал.

И вот — передо мной теперь стоит могущественный и непобедимый оборотень, улыбающийся свысока, плечистый, сильный — и при этом косорукий. Почти жалкий.

Истрёпанный, тощий — он, действительно, похож на изгоя, на лесного вора, искусанного муравьями и комарами.

Что-то сдвигается в моей голове.

Мне кажется, что лучше всего будет измолотить этого ухаря дубинами. Без крови, но и без жалости.

И повязать, и отнести, повязанного, к князю долины, и там допросить подробно, если останется жив, а если не останется — всё равно: раздеть донага, броню и оружие досконально изучить, а самого оборотня — привязать к столбу на площади, для обозрения и удовлетворения любопытства всех желающих.

Нет никаких нелюдей, думаю я. Есть только люди, одинаковые двуногие разумные.

Одни летают, другие не умеют летать, но это ничего не меняет.

Я оглядываюсь на Марью — она внимательно смотрит на нелюдя-разбойника.

Во мне возникает желание.

Я думаю, что, если сейчас брошусь, всей силой ног и спины, — за краткий миг допрыгну, обхвачу руками его плечи, помешаю раздвинуть руки, взмахнуть крыльями.

А малой Потык подбежит — и одним ударом топора развалит ему череп.

Помрачение накрывает меня.

Я начинаю готовиться к удару.

Мы умертвили древнего змея — теперь самое время умертвить и оборотня, загадочного птицечеловека.

Я думаю, что убить его — лучший выход.

Марья не попадёт в Вертоград.

Она вернётся домой, через перевал, на юг, в тёплые земли, где растут яблони. Или — будет женой Потыка и родит ему детей. Или — не пойдёт женой к Потыку, а останется возле старой Язвы и будет учиться у неё гадким и страшным тайнам её ведовства.

Но она никогда не доберётся до города птиц.

Я смотрю на шею нелюдя-разбойника, на его живот и ноги, я начинаю прикидывать, как лучше убить его, и снова понимаю: только ударом по голове.

Я чувствую острое желание: у меня чешутся руки; как будто весёлые муравьи бегают по плечам и коленям.

И я спиной понимаю, что напарники мои тоже готовы рвануться и ударить; есть такое единение, такая дрожа в общем строевом бою, когда чуешь соседа хребтом, спинной щекоткой.

И я вынимаю из-за пояса нож, и бросаюсь вперёд.

За моей спиной слышится шумное дыхание Потыка и Торопа — они тоже рванулись, подняв оружие.

Но нелюдь отвечает мгновенно: отшатывается, и свистит, криво сжав твёрдые губы.

От его свиста у меня темнеет в глазах.

Выдержать такой крик никак нельзя; только зажать уши ладонями, упасть и зажмуриться.

Второй раз за день я попадаю под действие боевого крика оборотней; это тяжело.

Мои суставы крутит боль, в голове свистит и вертит бешеный ветер.

Но я, борясь с тошнотой, всё равно понимаю: если пресечь ему железом горло, он не сможет свистеть; он умрёт, как умирают все живые.

Такой момент бывает в любой битве: враг ещё силён, но ты уже знаешь его уязвимое место.

Меня победили, но я не проиграл.

От его крика у меня мутится рассудок, но я знаю, помню. Он не всегда будет кричать, однажды заткнётся, чтоб перевести дыхание, — и тогда можно ударить и одолеть его.

Человек может повергнуть любого нелюдя, любого гада, любого упыря — люди живучи, люди непобедимы, такими их создали боги.

Люди и есть главные хозяева срединного мира: а про человекоптиц такого не скажешь.

И когда он перестаёт кричать — мы, четверо, снова поднимаемся.

И Потык, розовый, юный парень, проявляет тогда все свои лучшие качества, и встаёт на ноги раньше Марьи, раньше меня, и не только не выпускает из пальцев топор — но и перехватывает ловчей.

— Довольно! — говорит он. — Мы поняли! Поняли!

— Молодцы, — презрительно отвечает разбойник. — Хотите спросить что-то ещё?

Мы молчим, приходим в себя.

Но вдруг далеко в стороне возникает ещё один звук.

Сначала он появляется внутри меня, в голове и одновременно внизу живота. Описать его словами невозможно: то ли вой, то ли хрип, то ли тяжкий жалобный стон.

Боевой крик нелюдя по сравнению с этим горловым стенанием кажется мне детским смехом.

Звук становится всё громче, замолкает — и снова появляется.

Я вижу — и нелюдь тоже смотрит вокруг, в небо, в кроны деревьев, пытаясь понять, откуда идёт этот невыносимый вопль; затем он морщится; затем мы все, включая нелюдя, зажимаем ладонями уши — но звук проникает в самое нутро, в спину, в жилы, в суставы, от него нельзя спрятаться.

Может быть, думаю я, это лопнула ось Коловрата?

И мировое колесо, лишённое опоры, падает и летит куда-то в тартарары?

Потык роняет топор.

Тороп роняет дубину.

Старая ведьма роняет посох.

И на медном лице нелюдя-разбойника, вроде бы неуязвимого, появляется гримаса боли.

Рёв и скрежет всё громче, всё грубее.

Потом всё стихает.

Нелюдь-разбойник морщится и трясёт головой, как будто глотнул крепкой браги. Смотрит на старуху.

— Это он? — спрашивает нелюдь.

— А кто? — угрюмо отвечает ведьма. — Он. Новорожденный. Глотку пробует.

— Сильный, — произносит нелюдь с уважением.

— Сильный? — переспрашивает ведьма. — Это он ещё мал пока. Вырастет — вот тогда у него будет сила. Все кровью умоемся.

Нелюдь пришёл в себя и снова улыбается весело и похабно. Подмигивает Торопу.

— Вот и всё, мужички! — глумливо восклицает он, и громко хлопает в ладоши. — Новый змей родился! Вашей долине конец. Сначала он всё сожжёт, а потом вернётся — и пожрёт жареного.

Мы молчим.

— Если хотите, — продолжает нелюдь, — я отвезу в небесный город вас всех. Останетесь внизу — хуже будет.

— Что это значит? — спрашивает Потык.

— Это значит, — говорит нелюдь, ухмыляясь безжалостно, — что старый мир кончился. А в новом мире вам места нет. Погибнете в муках. Ежели желаете спастись — говорите здесь и сей час...

— Что такое «сей час»? — спрашиваю я.

Он смотрит раздражённо, презрительно.

— А, забыл, — говорит. — Вы же дикие. «Сей час» — это «теперь». Понял?

— Да, — говорю я, — понял.

— Слушай дальше. Я могу доставить в Вертоград любого, кто хочет. Но предупреждаю: везу — только в один конец. Либо охрана вас пропустит, либо сбросит...

— Умолкни! — кричит ведьма. — Зачем мужиков смущаешь? Кто их пустит в небесный город? Тебе самому туда хода нет!

Нелюдь опять скалит зубы.

— Неправда, — говорит он. — Есть ход. Что же я за разбойник, если не найду хода в собственный дом? Я все дырки знаю. Все слабые места. Как стражу обмануть, как себя не выдать. Если я возьму плату — значит, выполню обещанное.

— Нечем нам платить, — говорю я. — Сам знаешь. Ты три дня за нами подглядывал. А теперь издеваешься. Девку отвези, а про нас забудь. И мы про тебя забудем. Разойдёмся мирно, и всё будет шито-крыто.

Нелюдь кивает.

Он смотрит на ведьму, поднимает длинный указательный палец.

— Я отвезу девку — и я тебе ничего не должен. Уговор?

— Уговор, — отвечает старуха. — И чтоб я тебя больше здесь не видела.

— Да я и сам не вернусь, — сухо отвечает нелюдь. — Чего мне тут делать? Новорожденный змей вас всех погубит. Хотите жить — бегите. Чем дальше уйдёте, тем дольше проживёте.

— Без тебя знаю, — недовольно отвечает старуха, и ударяет посохом в землю, с такой силой, что все мы вздрагиваем. — Тогда нечего тянуть! Дело с бездельем не мешают. Прощайтеся.

И она перекладывает посох из левой руки в правую, и манит Марью: та подходит, и ведьма коротко обнимает её.

Потом кладёт заскорузлую ладонь на лоб девки.

— В добрый путь, — говорит. — Если не будешь дурой — всё получишь. Поняла?

— Поняла, — отвечает Марья. — Прощай и ты.

Потом мы обнимаем её все по очереди: сначала Тороп, потом я, потом малой Потык.

Тороп говорит ей:

— Никогда никому не ври, не обманывай. Всем и всегда говори прямо, чего хочешь. Поняла?

— Да, — кивает Марья.

— Но бывает так, — добавляет Тороп, — что не соврать нельзя. Потому что ложь — это часть правды. И если выходит, что нельзя не соврать, — просто молчи. Но никогда не прибегай ко лжи, потому что ложь приближает твою смерть. Поняла?

— Да, — говорит Марья. — Поняла. А ты передай от меня поклон твоей жене и твоим родителям. Ты хороший человек.

И она подходит ко мне.

Я молчу. Не считаю себя умником.

Мне всегда было проще иметь дело с пластинами из кости и бычьей кожи, с бронзовым шилом и железным ножом, чем с людьми.

И я не забыл, как она целовалась с мальчишкой Потыком. То есть, сначала помнил, а потом забыл всё равно.

Я молча обнимаю её. Поражаюсь её худобе, её хрупким слабым рёбрам — они поистине птичьи.

Да, она похожа на мою Зорю. Она такая же.

Но я люблю эту, настоящую, нынешнюю.

По правилам суда я могу говорить, сколько пожелаю, рассказывая всё, что считаю нужным и важным.

По тем же правилам старшины и судьи должны слушать внимательно и задавать уточняющие вопросы, чтобы все собравшиеся вникали в сказанное во всех подробностях и мелочах.

И теперь ещё раз хочу повторить: не только малой Потык виновен в смерти змея.

Всё случилось из-за девки.

Она нравилась ему, и нравилась мне.

И лучшее, что мы тогда могли сделать ради неё, — это отсечь змееву башку.

Скажу больше: если бы Потык не отрубил гадине голову — её отрубил бы я.

И когда меня спросят, виновен ли я, — отвечу, что виновен, и когда уточнят — полностью ли виновен, — я скажу: полностью.

Последним прощается малой Потык. Он оглядывается на нелюдя и отводит Марью в сторону. Что-то говорит ей шёпотом: судя по выражению лица, просит или извиняется, трудно понять; Марья осторожно улыбается и кивает; чтоб не смущать их обоих, я отворачиваюсь.

Нелюдь тем временем с любопытством разглядывает змееву голову.

Потык несмело прижимает девку к себе и гладит по волосам, а потом, как бы испугавшись, отходит.

Марья идёт к оборотню, опустив глаза. Оборотень смотрит равнодушно.

— Эй! — зовёт Потык. — Как твоё имя?

— Ты не сможешь произнести, — отвечает нелюдь. — Но в переводе на ваш язык моё имя значит — соловей.

— Соловей, — повторяет Потык. — Хорошо. А я — Потык, сын Деяна. Запомни, Соловей: если ты её обманешь, я найду тебя и убью.

— И я, — добавляет Тороп.

— И я тоже, — говорю я.

Нелюдь перестаёт улыбаться, лицо становится сухим и острым; он кивает, посмотрев на каждого из нас в отдельности; всё в его поведении показывает, что он отнёсся к сказанному серьёзно.

— Ясно, — отвечает он. — Но зря вы так, ребята. У меня всё честно.

Он оглядывает Марью с ног до головы.

— Готова?

— Готова, — отвечает Марья.

Я вижу — она сильно дрожит.

— Наверху будет холодно, — говорит нелюдь. — У тебя есть какая-нибудь кацавейка тёплая?

— Нет, — говорит Марья. — Обойдусь без кацавейки. Давай, делай своё дело.

— Как скажешь, — мирно отвечает нелюдь.

Марья оборачивается к нам.

— Прощайте все.

Нелюдь обнимает её одной рукой, плотно прижимает к себе — и поднимается в воздух.

Я не вижу ни крыльев, ни других приспособлений, позволяющих ему летать.

Он взмывает на высоту верхушек деревьев.

Мы смотрим, как он удаляется, унося девку Марью в неизвестность.

Потык отбрасывает топор и снова плачет, размазывая слёзы по грязным щекам.

Я подхожу к нему и поднимаю топор. Это моё боевое оружие, бросать его на землю нехорошо, неправильно; оружие требует уважения. Я помещаю топор туда, где ему следует быть: в петлю сзади на собственной спине, и привычная его тяжесть немного меня успокаивает.

— Всё, — говорит старая Язва. — Улетела наша птаха. Но не бойтесь, разбойник не обманет. Довезёт до места.

— Нам тоже пора, — говорю я.

— Да, — отвечает старуха. — Вам всем лучше вернуться в свои деревни. Предупредите старшин и волхвов. Расскажите всё, как было. Старый змей подох, родился новый. Копайте подвалы. Запасайте еду.

— Прости, мать, — сказал Тороп. — А что теперь с нами будет?

— Не знаю ничего, — раздражённо отвечает старуха. — В пророчестве сказано, что от нового змея будет много бед. И ещё сказано, что убить его невозможно, однако сам он — убьёт кого угодно. Ещё сказано, что сначала он будет жрать животных, а потом распробует людей, и как распробует — будет жрать только людей. Это всё, что я помню.

— Понятно, — сказал Тороп. — Прощай, мать. Если это всё правда — тогда нам надо спешить.

— Да, — сказал я. — Верно. Прощай, мать.

— Прощай, — сказал Потык, проглатывая последние слёзы.

— Э, нет, — сказала старуха малому Потыку. — Ты не торопись, сыночек. Ты давай забери отсюда свою добычу. Она твоя — тебе её тащить.

Малой Потык смотрит на змееву голову и горячо мотает головой.

— Пусть здесь останется.

— Нет, — говорит ведьма. — Мне тут такого добра тоже не надо. Новорождённый вернётся — решит, что это я убила его родителя. Так что ты, паренёк, забирай башку себе, как хотел. И отнеси подальше.

Потык думает, его глаза загораются гордым огнём.

— Ты права, — отвечает он. — Это моя добыча.

Напоследок старуха выносит нам по кружке браги: кислой, скверной, но крепкой; и даёт по половине луковицы закусить; это придаёт нам сил.

Малой Потык остаётся возле змеевой башки: увязывает её верёвками, укрепляет волокушу, прилаживается тащить.

Мы предлагаем ему помощь — но он сразу же резко отказывается.

— Я сам всё сделаю, — говорит он. — И сам за всё отвечу. Прощайте. Ещё свидимся.

Так мы расходимся от дома старой ведьмы Язвы.

Я добился своего. Выполнил общинный наказ: сопроводил мужиков до змеевой лёжки и вывел обратно, живых и невредимых.

Сам сломал два нижних ребра — но ничего, на мне заживает, как на собаке.

Я мучаюсь ощущением, что не всё сказал Марье. Не задал каких-то важных вопросов старухе. Не дал какого-то совета малому Потыку. Мне кажется, что всё оборвалось слишком внезапно; или, может быть, вовсе не оборвалось, но будет иметь продолжение.

А продолжение вы все знаете.

Я добавлю только, что с того дня не видел ни девки Марьи, ни князя птиц, ни соловья-разбойника.

Мужика по имени Тороп я тоже не видел.

Мне известно, что малой по имени Потык дотащил змееву голову до своей деревни Уголья, показал её людям и напугал до полусмерти всех, включая и волхвов с деревенского требища.

Я слышал, что Потык сам срезал ножом со змеевой башки всё мясо, отделил губы, вынул язык и глаза, сварил их и съел. Костяк же положил в муравейник, а когда муравьи объели остатки плоти — обжёг очищенный череп на костре, отчистил песком и повёз продавать князю долины.

Я слышал, что, когда Потык привёз голый чистый череп к князю долины и вступил в торг, — прилетел новорождённый змей. Он убил всех: и малого Потыка, и князя долины, и ещё нескольких, кто присутствовал; череп с тех пор исчез. Новорожденный утащил голову своего родителя и унёс, очевидно, подальше от людей, к окраинам нашей земли, в горные ущелья, каменные ямы, в пещеры, в озёра, наполняемые водопадами, или ещё дальше, на ледяные берега северных морей, в чёрные снежные пустыни.

17.

Теперь я всё сказал.
Благодарю старшин, судей, волхвов и весь народ — за то, что выслушали внимательно.

Надеюсь, вы поняли, как и почему всё вышло.

Нет, я близко не видел летающего змея. Как выглядит — сказать затрудняюсь. Знаю про него столько же, сколько и прочие присутствующие.

Он движется слишком быстро, рассмотреть его почти невозможно.

Да, мы не были глупцами: ни я, ни малой Потык, ни девка Марья, ни мужик Тороп. Мы знали пророчество. Про то, что убивать Горына нельзя. Но мы были молодые, и ничего не боялись, и меньше всего боялись исполнения каких-либо пророчеств; нам, сказать по совести, вовсе было наплевать на пророчества; мы поступали так, как велели нам наши сердца.

Пророчеств было много. Одно пророчество запрещало убивать змея, другое пророчество запрещало уходить на север, за ледяной хребет, третье пророчество запрещало употреблять в пищу грибы, четвёртое пророчество запрещало водить дружбу с лесной нежитью, пятое пророчество велело бояться гнева ведунов. Везде вокруг нас дубовыми брёвнами были заложены кровавые страшные запреты: нельзя убить гада, нельзя ослушаться старшего, нельзя купаться зимой, нельзя то, нельзя другое.

А мы были взрослые люди.

И мы не понимали: если нам нельзя, то кому можно?

Да, мы нарушили запрет, но все люди нарушают запреты, особенно молодые. Сомневаться в запретах — естественно. Никакой запрет был нам не запрет; наши жилы гудели от могущества; мы были готовы согнуть мировую ось.

Да, я готов понести любое наказание, и даже принять смерть. Меня не страшит наказание. Я боюсь лишь одного: что буду не понят.

Поэтому я и устроил этот суд.

Не для того, чтобы объявить себя виноватым.

Очень важно, чтобы вы понимали, в чём причины моих действий, почему я сделал то и это; я не пытаюсь оправдаться, я лишь желаю, чтобы после меня осталась моя истина.

Мы совершаем поступки не просто так, не случайно, не как младенцы или безумцы: сначала мы думаем и сомневаемся, мы проделываем тяжёлую внутреннюю работу, которая может длиться многие дни, и даже годы.

Сначала мы обдумываем.

Сначала мы решаемся — и только потом делаем то, на что решились.

Теперь, перед собранием старшин и волхвов, перед этой огромной толпой из моих друзей, соседей, родственников и знакомых, ещё раз повторю: я всё делал осознанно, обдумав и решившись, и ничего не боялся, не сомневался; ни во что и ни в кого, кроме себя, не верил, а особенно не верил ни в какие древние мохнатые пророчества.

Не нужно думать, что сначала люди долины сильно страдали от нападений новорожденного змея.

В первый месяц он прилетел лишь один раз — когда князь долины торговал у Потыка череп.

Я при том не присутствовал.

По рассказам очевидцев, дело было во дворе княжьего дома: пока князь рассматривал диковину, а Потык расхваливал товар — змей упал из-за облаков, быстрее молнии.

Он убил и Потыка, и князя долины; череп утащил.

Всё произошло очень быстро.

Это первое нападение очень напугало людей, обросло разными нелепыми слухами.

Когда я узнал, что новорожденный змей убил малого Потыка, — я сильно горевал и даже плакал.

Очень мне было жаль парня, смелого и умного; таких бы побольше.

Князя торжественно сожгли при большом стечении народа, а малого Потыка сожгли чуть менее торжественно, рядом с князем, но тоже — как полагается; я участвовал в тех похоронах.

Но оплакивать каждого мёртвого — слёз не хватит. Однажды всё утихомирилось.

Потянулись месяцы спокойствия, и тот, первый удар новорожденного гада мы сочли единственным, случайным; не настоящим.

Никто не верил, что новая тварь может всерьёз нам навредить.

Мы все — две дюжины поколений, люди зелёной долины — выросли в твёрдой традиции: ни звери лесные, ни рыбы, ни птицы никогда не нападают на человека, а также и всякая нежить не нападает; наоборот, там, куда является человек, всё прочее живое — убегает, прячется и бережётся.

Так устроено богами, поставившими человека, и только его, хозяином срединного мира.

В первый год так и было.

Новорожденный змей рос, летал, орал, свистел, гадил с высоты, пугал детей и баб, но толком его никто так ни разу и не разглядел.

И охотиться он летал только в самые дальние и глухие леса.

И жрал он в первый год только туров, оленей и лосей — то есть, самых крупных животных, кого можно было найти.

Некоторые мужики, зверобои из дальних деревень, видели, как он охотится: подбрасывает оленя или кабана высоко вверх и позволяет ему упасть, и так — несколько раз, до тех пор, пока все кости жертвы не окажутся раздробленными от ударов о земную твердь; тогда змей садился, разрывал умерщвлённую животину на несколько крупных кусков и глотал.

Ещё он любил рыбу, нырял в озёра и там развёрстой пастью ловил налимов, ершей и угрей: мог подолгу сидеть на глубине, плавал быстрее любой рыбы; бывало, пугал рыбаков, взрываясь из-под поверхности и взбивая крыльями воду; но, повторяю, людей не трогал, сторонился.

И как-то мы все к нему привыкли, и не считали за угрозу.

В те годы над нами нависали более серьёзные угрозы. Сначала — как помнят многие из собравшихся — был год небывалой жары; лесные ягоды родились размером с кулак, а морковь и репа — размером с голову. Кто пахал землю и растил урожай — в тот год собрал два урожая. Но те, кто ходил в лес за едой — зверобои и собиратели, — остались ни с чем, потому что из-за жары в лесах обильно расплодился гнус, комары, осы и пчёлы; чем дальше заходили в чащобу охотники и рыбаки — тем громче и страшней гудели сплошные облака враждебного, яростно жалящего гнуса; с каждого третьего дерева свисали осиные гнёзда, и огромные гусеницы ползали повсюду, пожирая зелёные листья.

Так прошло лето.

Осенью из-за перевала приехали несколько полумёртвых от голода и усталости, израненных людей.

Они рассказали, что южные племена, живущие за перевалом, — наши прародители — подверглись нападению.

Степной народ, никому не известный, говоривший на наречии, которое никто не мог распознать, совершил жестокий набег на племена за перевалом.

Чужаки передвигались верхом на лошадях, их было слишком много, они обрушились, как водопад. Они забрали всё ценное, убили всех, кто сопротивлялся, угнали в плен многих молодых женщин и многих детей, а также всю скотину, и ушли тем же путём, каким явились.

Старшины нашей долины собрались на толковище, чтобы решить, следует ли послать помощь народу-прародителю, живущему за перевалом, — и постановили, что помогать не нужно.

Народ за перевалом и так жил в достатке и сытости. Народ за перевалом наслаждался полугодичным теплом, народ за перевалом умел растить яблони и вишни, народ за перевалом никогда не голодал. И если теперь пришли захватчики, желающие ограбить народ за перевалом, — значит, так тому и быть.

Много всего произошло в те годы, многое изменилось, многое было переосмыслено и переоценено.

После того, как новорожденный змей убил князя долины, новым князем стал его старший сын, именем Данияр, в возрасте четырнадцати лет.

Когда змей прилетел и убил его отца — Данияр, как положено любому человеку благого рода, прилюдно поклялся, что изловит змея и изрубит на мелкие позвонки.

Юный князь предложил и мне участвовать в ловле змея, но я ответил отказом.

Тогда я думал, что всё обойдётся.

Мне казалось, что новый змей окрепнет, вырастет — и навсегда улетит из долины; что было ему делать тут?

Новый князь Данияр несколько раз ходил в походы на окраины долины, в дикие и глухие дебри, и там пытался изловить новорожденного змея, ставил ловушки и привады, — но ничего из этого не вышло.

Так или иначе, один год сменил другой, новые события заслонили собой предыдущие, и понемногу история гибели старого змея и рождения нового стала забываться.

Ни один из моих соседей, ни один родственник, ни один случайный знакомый никогда не упрекнул меня в том, что я нарушил древнюю заповедь и совершил нечто скверное.

Все знали, что я — один из тех, кто убил старого змея. Все знали: из-за меня родился новый змей.

Но никто никогда не сказал мне об этом ни полслова.

***

На следующее лето князь Данияр отчаялся поймать змея и наплевал на это дело. Решил идти в поход на юг, за перевал.

Я был — личный княжий оружейник, первый доспешный умелец; и, как только собрался князь, — собрался и я.

Тот поход продлился дольше обычного: три года. И про него я ничего рассказывать не буду: всё равно не поверите, да и не к месту.

Скажу лишь, что в том походе случилось нечто, решившее мою судьбу.

Я нашёл в том походе свою пропавшую любимую девушку, свою Зорю.

Не саму её, к сожалению, — но её след.

В среднем течении реки Итиль однажды ночью мы напали на кочевое стойбище и убили всех.

Это были не мирные — военные кочевники, захватчики. Меж них не нашлось женщин и детей; на моих руках нет ненужной крови.

Мы раздели всех поверженных врагов, забрали себе их оружие, одежду, украшения.

С одного из мёртвых сняли амулет: чёрный медвежий коготь, пробитый двумя отверстиями и перевязанный накрест двумя бронзовыми проволоками.

Я его узнал: это был оберёг Зори.

Я забрал его себе.

Вот он, этот оберёг, с тех пор я ношу его под собственным горлом.

Смотрите, кто желает.

Можно, конечно, сказать, что в зелёной долине и её окрестностях существуют многие десятки, если не сотни, таких же или примерно таких оберёгов, треугольных медвежьих когтей, с двумя дырами и бронзовой проволокой крест-накрест.

И есть вероятность того, что я обознался.

Но я верю, что прав, и медвежий коготь принадлежит моей девушке, моей Зоре. И раз так — значит, я нашёл её след.

Значит, она не погибла в долине, не была умерщвлена мавками или убита волками. Значит, не запутал её лешак, не увёл в болота хитрый анчутка.

Значит, она просто сбежала из нашего глухого угла во внешний мир, и там прожила ещё одну жизнь.

Так я нашёл свидетельство того, что Зоря не погибла в долине, а ушла за перевал, и, значит, у меня были и до сих пор есть все основания надеяться, что она жива.

Ещё раз покажу вам её оберёг.

Смотрите.

Это коготь взрослого медведя; если он приложит вас таким когтем поперёк груди — вы развалитесь на две части.

Смотрите на эти дыры — они пробиты медным шилом, их ковыряли долго, терпеливо. Смотрите на эту неровную бронзовую проволоку.

Бронзовую проволоку очень трудно найти, она используется только для изготовления женских украшений. Посмотрите — проволоку скрутили не для того, чтобы обвязать медвежий зуб, её сняли с другой детали; эта проволока восточной работы — скорее всего, ромейская или скифская.

Эту проволоку вытащили из другого, более тонкого и старого украшения, и использовали, чтобы обвязать медвежий зуб. Для того, кто это сделал, ценность старого, более искусного украшения была ниже, чем ценность нового; новый умелец верил, что сила медвежьего когтя превозмогает любую древнюю красоту.

Ещё раз говорю вам: этот оберёг я отличу от сотни других, я помню все царапины и узлы; эта вещь принадлежала моей девушке; ошибки быть не может.

Итак, я вернулся из того похода обнадёженным, почти счастливым.

Кого мы тогда победили, кого подчинили, с кого получили ясак — пусть это останется в прошлом; незачем теперь трепать старые имена.

Тот поход был успешным и славным. Мы завоевали три города и взяли огромную добычу. Мы вышли к берегам трёх морей, и видели рощи из ореховых деревьев и каменные стены высотой в четыре человеческих роста.

Но мой рассказ не о тех делах — а о последующих.

Когда мы вернулись из похода — наша родная зелёная долина уже наполовину сгорела.

18.

Мы взошли на перевал — и увидели множество чёрных дымов. Одна деревня пылала прямо на наших глазах; две другие, уже сгоревшие, тоже исходили чёрным чадом до небес.

Так началась гибель нашего народа.

Змей вошёл в возраст.

Манера его охоты была поистине нечеловеческая, паскудная, сволочная. Он прилетал, садился на крышу дома, засовывал пасть в дымник — и выдыхал во всю силу, надувая огонь в домашнем очаге, заставляя угли разлетаться; люди, сидящие или лежащие вокруг очага, не успевали ничего сделать; дыхание гада было столь яростным, что целые дома вспыхивали за считанные мгновения.

Пока дом горел, гад летал вокруг и громко кричал, — так, что соседи, спешившие тушить пожар, тут же разбегались в ужасе.

Когда дом догорал, змей возвращался, чтобы сожрать обугленные тела.

Остановить его было нельзя; ещё раз повторю, он летал и вообще двигался так быстро, что уследить за его перемещением, а тем более ударить, было совершенно невозможно. Лучшие, самые быстрые и ловкие воины — пытались: и копьями, и рогатинами, и стрелами, — без толку.

К великому счастью, этому гаду, как и всем прочим гадам, питание требовалось редко, пять–шесть раз в год, и только в тёплое время. Зимой он, как все гады, спал, зарываясь глубоко в землю где-то в самых дальних и гиблых лесах, ближе к ледяному перевалу.

А возвращался — в середине весны, отощавший и злобный, и сразу же сжигал целую деревню, с голодухи после спячки, и потом до середины лета много летал и орал, радуясь жизни, и ближе к середине лета ещё раз нападал, но уже жёг не по пять домов кряду, а только один или два.

И ещё обязательно возвращался осенью, и тоже много убивал, — чтоб накопить жира к зиме.

И каждый новый год он убивал всё больше и больше, и кричал всё громче, и двигался всё быстрее.

И все, кто хоть что-то понимал, — видели, что он растёт и набирает силу.

Тогда князь Данияр, к тому времени уже повзрослевший, придумал поставить по всей долине сторожевые вышки и посадить на них воинов — чтобы те могли заранее предупреждать людей о приближении гадины.

Как вы все понимаете, змей, как любой другой хищник, летал и охотился только по ночам. То есть, сторожа поднимались на вышки с заходом солнца, и у каждого был хороший слух; змей летал не бесшумно — сам молчал, но воздух, обтекающий его тело при полёте, свистел сам по себе; этот тонкий свист нельзя было перепутать ни с чем.

Услышав свист, сторожевые воины начинали бить в била.

Сначала на вышках висели обычные деревянные била — дубовые колоды. Высушенный дуб даёт сильный хороший звук. Но потом князю этого показалось недостаточно, и он понемногу заменил дубовые била на медные; очень дорогие, они зато гудели громко и звонко.

И когда по вечерам после заката в деревнях вдруг слышали частое биение сторожевой меди — люди торопились залить свои домашние очаги водой, и покидали дома, выбегали на площадь, взяв всё оружие, какое было, сбивались в толпу, прятали детей за спины, ощетинивались рогатинами и ножами — и ждали нападения.

Так мы понемногу научились ему противостоять.

Но как бы мы ни ухищрялись, он всё равно убивал: с каждым годом больше и больше.

Сначала по десять человек в год, потом по тридцать человек, потом по пятьдесят человек.

Он двигался так быстро, что тем, кто видел его вблизи, казалось, что у него три головы, и у каждой головы по три ядовитых языка, и ещё полдюжины хвостов, и три пары крыльев.

В тот же год, когда князь Данияр поставил первые сторожевые вышки, он велел позвать к себе за советом всех ведунов долины: за каждым ведуном отправил отдельного посыльного.

Я был одним из таких посыльных.

Увы, на зов князя явились только второстепенные, полусумасшедшие отшельники и тёмные бабки-травницы.

Одни посоветовали жечь костры из гнилой соломы, отгоняя гада вонючим дымом. Другие предложили сооружать мощные убежища из брёвен и камней, и там прятать детей и женщин. Третьи, самые умные, вспомнили, что все змеи любят и охотно жрут скверные мяса, и предложили поместить в середине каждой деревни несколько мёртвых, подгнивших лошадей и коров; польстившись на лакомство, летающий гад не станет нападать на людей. Четвёртые предрекли всему народу долины скорую гибель, ибо змеи, как считалось, на третий-четвёртый год жизни уже сами могут давать потомство; следовало ждать появления ещё нескольких таких же змеев, и всеобщей огненной смерти.

Кроме ведунов, приходили к князю Данияру самые разные люди. Приходили следопыты, предлагавшие разыскать логово гада и прикончить его, и просившие для этой цели три сотни умелых воинов; на это князь Данияр отвечал, что у него, к сожалению, нет трёх сотен воинов; нет и сотни, каждый на счету.

Приходили умники, предлагавшие за некоторое количество серебряных монет связать из лыка и льна огромные сети и покрыть этими сетями все деревни, растянув поверх на высоких столбах, и так защитить людей от удара с неба; на это князь Данияр отвечал, что у него нет, к сожалению, такого количества серебра.

Сказ второй. Кожедуб

Приходили волхвы, уговаривая принести человеческую жертву: кровь троих, а лучше пятерых мальчиков насытит богов войны, и они прогонят змея-людоеда; на это князь Данияр отвечал, что у него нет такого количества мальчиков, готовых принять смерть ради любви к богам.

Что касается меня — я был послан привести к князю старую ведьму Язву.

Это был третий, и последний раз, когда я видел её дом.

Самой старухи не застал; хижина была пуста, печь холодна, и нежилой запах стоял повсюду; я всё-таки имел здоровый тонкий нюх воина и определил, что уже много дней здесь не ночевали и не готовили еду.

Куда исчезла ведьма — мне было неизвестно.

Теперь скажу нечто важное.

Тогда, не отыскав старуху, весь день и всю ночь просидев возле её порога, я решил отправиться к змеевой лёжке.

Зачем я так сделал? Это просто. Я не верил, что пророчество сбылось, я не верил, что из тела Горына родился его сын, я не верил, что всё это случилось со мной.

Я добрался до тына еле живой: комары, осы и пчёлы едва не сожрали меня.

Просеки вокруг тына за три года заросли молодыми деревьями. Я с трудом нашёл пролом, через который мы выбирались.

За тыном тоже: исчез насовсем тухлый запах, повсюду вытянулись молодые берёзы, чертополохи и лебеда. Изумрудные мхи затянули сгнившие кости. Кроты изрыли всё сотнями нор. Лес безостановочно делал свою работу, поглощая пустоту, развеивая повсюду животворные семена. Никакой змей не мог этому противостоять, никакая живая движущаяся тварь, пусть и могущественная, не могла побороть неостановимое наступление растительности.

Я не нашёл тело убитого Горына, оно исчезло. Не осталось ни костей, ни шкуры; никаких следов. Я думаю, труп забрал новорожденный. Что-то съели животные и птицы, а останки детёныш отнёс куда-то, подальше, и похоронил; может быть, бросил в болото, или в ущелье.

Думаю ли я, что он разумен? Не знаю. Если и есть у него рассудок — то не такой, как у нас. Но я не сомневаюсь, что именно он забрал тело родителя: а кто ещё?

Всё, что я смог отыскать, — это куски скорлупы змеева яйца. Само яйцо, по моим представлениям, имело размер примерно в сажень, скорлупа — толщиной в палец, коричневого цвета с чёрными пятнами; была мысль захватить с собой кусок, но я от неё отказался. Вдруг эта гадина явится за скорлупой, как явилась за черепом?

Я ушёл со змеевой лёжки, уверившись в правоте старой Язвы: яйцо, действительно, существовало; пророчество сбылось в точности.

И вина за произошедшее легла на меня, отяготила мою совесть, не давала спать, мешала жить.

Тогда же молодой князь Данияр, собрав родовых старейшин, решил поднять весь народ и уйти из долины назад, на юг, за перевал.

В те земли, откуда двести лет назад пришли наши предки.

Не все согласились с княжьим решением. Особенно возражали волхвы. Но князь проявил твёрдость. А одного из волхвов, особенно ретивого, собственноручно умертвил.

Исход назначили зимой, пока гад спит.

Ушли не все. Остались многие старики, не имевшие сил для похода. Остались все волхвы: ни один не захотел покидать требища.

Что с ними стало — я не знаю, и никто не знает; в зелёную долину нам теперь возвращаться нельзя. Я молил богов, чтобы они остались живы. Надеюсь, так и случилось.

Я знаю, многие до сих пор туда ходят, особенно молодые парни; кто-то из любопытства, кто-то в мечтах изловить летающего гада. Но сам я больше не был в долине ни разу.

Исход продолжался половину зимы.

Мы перевели через горы сначала детей и женщин, потом животных.

Исход стоил жизни многим людям нашего народа; до южных земель дошли двое из троих. Прочие погибли от холода, голода и болезней, или были убиты лесными зверями.

По воле богов и к нашей удаче, та зима была не слишком сурова: лица обмерзали только у самых юных девок. Любой здоровый человек мог с утра до полудня находиться под открытым небом, прежде чем начинал коченеть.

Мы высылали вперёд ватаги из молодых мужчин, они уходили на длину дневного перехода, пробивали тропы в снегу, готовили стоянки и кострища.

Это было нелегко, сырое дерево плохо горело; в первой ватаге шли самые сильные, все при топорах.

Каждый раз они валили по полсотни берёз и осин, а если их не было, валили ели и сосны, и приготавливали десяток больших кострищ, каждое окружностью примерно в десять шагов.

Тем временем другие выводили детей и женщин из деревень и вели через лес к уже готовым лагерям.

Почти все женщины забрали с собой не только детей, но и кур, и коз. Новорожденных козлят берегли наравне с детьми. Кур несли в мешках, большинство подохли, но многие и выжили.

Конечно, мы забрали всех собак и кошек, кроме тех, что остались со стариками.

Как только люди, осилив дневной переход, добирались до лагеря, — мы сдвигали каждое кострище в сторону и на тёплой, согретой земле расстилали шкуры и рядно — и спали, прижавшись, в два или три ряда, спасаясь меховыми покрышками, согревая друг друга дыханием и теплом тел.

Чтобы не тратить на морозе силы и дрова, а главное — время, мы не ставили шатров (на три тысячи человек никаких шатров не хватит) и не готовили горячую пищу, а ели только сухой припас, орехи, сухари, сушёную рыбу, вяленое мясо, — но мы обязательно нагревали в котлах воду и пили кипяток, заваривая в нём травы и ягоды.

Третья ватага сторожила лагерь ночью, поддерживая огонь и отгоняя зверей. Но голодные звери всё равно сильно донимали, подкрадывались, пытались схватить и утащить спящих.

Поход трёх тысяч человек произвёл шум по всей долине, и на всём пути нас сопровождали огромные стаи волков и выводки рысей.

Волки нападали как люди, единым слаженным порядком, в дюжину самцов и самок, которые были ещё злей самцов; одни отвлекали, другие убивали и тащили добычу; отогнать такую стаю можно было только толпой, огнём и криками.

Рыси, размером с телят, прыгали с ветвей, падали на плечи, зубами вцеплялись и перегрызали шейные жилы сзади, а когтями передних лап рвали горло спереди, пресекая ключичную кровь.

Была ещё и четвёртая ватага, которой досталась самая страшная участь: по утрам тех несчастных, кто не выдержал мороза и замёрз, относили в сторону, и когда люди уходили и лагерь пустел — эти четвёртые сжигали умерших на кострах, чтобы не оставлять тела зверям на поживу.

Но, как вы понимаете, дров всегда не хватало, и мы часто бросали тела не полностью сожжёнными. И к третьему дню перехода за длинной чередой из тысяч людей через лес шли, в поисках еды, не только волки и рыси, но и россомахи, известные любители падали, и медведи-шатуны, и даже лисы, — все плотоядные твари, живущие в наших мёрзлых зимних лесах, устремились следом за людьми, почуяв, что люди ослабли и до них можно легко добраться.

С тех пор, кстати, я не верю ни в Коловрат, ни в мировое равновесие, ни в согласное сожительство с лесными зверями.

Лесной зверь в середине зимы не знает ни о каком согласии, в нём нет жалости; только в людях она есть.

Многие у нас думают, что зверь боится человека. Но в ту зиму я понял: нет, не боится. Когда в лютые морозы брюхо прилипает к спине — ничего и никого не боится. Идёт и убивает.

Так мы шли двадцать два дня, пока не перевели всех через горы во внешний мир.

Сказ второй. Кожедуб

Наши дальние родственники, племена за перевалом, изнурённые и обескровленные набегом кочевников, встретили нас без вражды, и за это мы им благодарны.

Когда женщины и дети были переведены через горы — половина мужчин осталась с ними, на новом месте, а вторая половина вернулась назад, чтобы перегнать крупных животных: коров, овец и лошадей.

Оставшиеся в деревнях старики присматривали за животными, пока мы уводили людей, — но какой спрос со стариков? Волки в каждой деревне убили больше половины от общих стад.

Но всё же мы сумели вывести пять дюжин лошадей и большое количество овец.

Двадцать два дня мы выводили женщин и детей, и потом одиннадцать дней шли назад, и ещё двадцать три дня ушло на то, чтобы перегнать животных.

Впоследствии, когда люди оправились, когда мы стали строить дома и обживаться, — многие, особенно самые молодые, говорили, что незачем было уходить зимой и претерпевать такие муки; мы могли бы уйти из долины и летом.

Но те из нас, кто видел змея вблизи, кто слышал его свист, кто видел, как он убивает, — те скажут: всё было сделано правильно, идти надо было зимой, и до лета не ждать; неизвестно, скольких убил бы он, дождись мы лета.

Вот, спросите хоть вдову мукомола, она видела змея сидящим на крыше собственного дома; пусть скажет, надо ли было нам дожидаться лета.

Не надо. Вот, слышали? Я тоже считаю, что не надо.

Решение идти в поход зимой было верным; все знали, что будет трудно, и никто не возражал, кроме нескольких, самых малахольных.

Во время похода я потерял многих друзей.

Сам князь Данияр, провалившись в ледяной ручей, простудился и тоже покинул наш мир.

Его место занял сын, князь Вышеслав, пяти лет; пока он пребывал в юных летах, народом правил пестун, воин по имени Аблыз. Но это вы и без меня знаете.

Князь Вышеслав теперь сидит передо мной, — пусть твоё решение, князь, будет взвешенным.

Мой товарищ Тороп тоже не пережил исход: попал под камнепад, и его убило; от него остались вдова и трое сыновей, все они тоже здесь; они подтвердят, что все эти годы я помогал им — и деньгами, и едой, и вообще.

Умер тогда мой дед Бий.

Он, как и многие другие глубокие старики в нашей деревне, уходить на новое место не захотел, отдал мне и моим родственникам в дорогу всю еду, какая была, и пообещал приглядеть за овцами и лошадьми, на тот случай, если мы вернёмся. С ним остались две его большие сильные собаки.

Когда я вернулся — дед Бий уже еле ходил, но овцы и обе кобылы остались целыми, хотя и отощали.

Из дедовых собак одна погибла в драке с волками, другая потеряла глаз и хромала, и тоже непрерывно скулила от голода.

Тогда я и другие мужчины, вернувшиеся в деревню, кинули жребий и зарезали одну из овец общего стада — это была овца моего соседа, он потом умер от лихорадки, и трепать здесь его имя незачем, скажу лишь, что мы наелись сами, накормили всех стариков, всех выживших собак и кошек, а потом погнали общее стадо прочь.

И когда я стал выгонять со двора своих лошадей и овец — дед Бий сказал, что передумал оставаться, и пойдёт за мной, и поможет.

И его одноглазый пёс поковылял следом.

Дед умер уже за перевалом, на восемнадцатый день пути: утром я его толкнул, а он не пошевелился.

Одноглазый пёс пережил деда на пять лет, и ещё оставил после себя потомство.

Когда кончилась зима, когда люди оплакали мёртвых и обосновались на новых землях, — старшины собрали всех одиноких мужчин, всех бобылей и вдовцов, и принудили их выбрать себе невест и жениться, во имя исполнения родового долга.

Сказ второй. Кожедуб

Народ наш поредел, и, чтобы совсем не погибнуть, требовались срочные меры. Так и я выбрал себе жену, хорошую девушку, именем Млава, из рода орла, сироту, потерявшую во время исхода обоих родителей; она теперь здесь; она родила мне сына и дочь. Жена моложе меня на четырнадцать лет, но стала мне хорошим, надёжным другом, и наши дети получились сильными и красивыми.

Я не знаю, куда исчез змей. Надеюсь, он улетел. Ещё больше надеюсь, что проклятая гадина издохла, обожравшись человечиной, или просто сама по себе, по воле богов: ведь они стирают змеев род с лица земли.

Так всё кончилось.

Наш народ быстро вошёл в силу на новом месте: а верней сказать — на старом месте, на землях наших древних отцов.

Здесь много теплей, чем в зелёной долине, и земля жирней, и урожаи больше. И мы, вроде бы, обустроены, и даже, наверное, счастливы; дети родятся, девки смеются, скотина нагуливает жир. Один хороший год сменяет другой.

И только я, единственный из всех вас, не могу найти покоя, и не способен заснуть без двух ковшей крепкой браги.

Я давно не вяжу брони, ни кожаные, ни костяные: руки дрожат.

И вот я решил, что дальше так нельзя; что начато, то следует закончить.

Из тех, кто участвовал в умерщвлении Горына, в живых остался я один.

Есть ещё девка Марья, — но я с тех пор её не видел и ничего о ней не слышал.

Надеюсь, она цела. Я бы хотел, чтобы у неё всё получилось.

В конце концов, все эти наши муки и мытарства, и уход с родной земли, и тысяча погибших — съеденных, сожжённых, замёрзших от холода, — всё это случилось ради того, чтоб она, эта девка, обрела своего любимого.

***

Малой Потык приходил ко мне во сне, много раз, и всегда весёлый, довольный, как будто там, в другом мире, ему всё время наливают сладкого пива и дают зажевать жареной бараниной.

Он смеётся и говорит, что на нас нет никакой вины.

Все эти мои речи — про то, что нас надо понять, и что мы не могли поступить иначе, и что всё случилось ради пятнадцатилетней девушки — это на самом деле не мои речи, а его, Потыка.

Ещё он всё время повторяет, что волхвы врут, что богов на самом деле меньше, чем люди думают. Но сколько именно — никто не знает. Может быть, трое или четверо.

Он говорит, что согласен со мной: нет никакого Коловрата. И мир вращается не по кругу, а движется сложным, извилистым путём, подчиняясь таким законам, понять которые человек не умеет.

Ещё раз повторю: мне очень жаль этого мальчишку, — столько лет прошло, а я не могу его забыть.

Мы никогда не говорим про змея, но много говорим про город птиц, про Марью, про её жениха; Потыку важно увериться, что девка добилась своего и счастлива.

Если бы видели, как он замахивался топором, когда рубил змееву голову! Как горели его глаза! Как ходила ходуном его грудь!

Поверьте: попытайся я его остановить, он бы отсёк башку и мне тоже.

И последнее.

Меня много раз спрашивали: если ты, Иван Ремень, видел птицечеловеков и разговаривал с ними, если ты знаешь, где их город, — почему ты не обратился к ним с просьбой убить змея? Ведь они очень сильны, и они могли бы прикончить гадину, если бы захотели. На это я обычно отвечаю, что пытался, но получил отказ. На самом деле даже и не пытался. Именно потому что видел их и с ними говорил.

Они всегда сами по себе; они не вмешиваются в людские дела. И скажу так: если бы я был птицечеловеком, я бы тоже не вмешивался.

Если сильный народ станет помогать слабому — от такой помощи слабый народ не станет сильней.

Сила только тогда идёт впрок, когда мы не получаем её в подарок, а обретаем сами.

И наш народ, покинув долину, потеряв многих, претерпев муки, испытав горе и отчаяние, — на самом деле стал сильней; посмотрите друг на друга, и вы это поймёте.

Итак, я собрал этот суд по собственной воле.
Сегодня — годовщина. Восемь лет с тех пор, как убит Горын и родился его потомок, летающий змей-людоед.

Это привело ко многим смертям и бедам.

Это привело к гибели старого мира и к рождению мира нового.

Восемь лет я полагал, что вина за случившееся лежит на мне.

Восемь лет меня мучила совесть — хотя, повторяю, никто и никогда ни единым словом или даже взглядом меня не упрекнул. Ни родня, ни соседи, ни князья, ни друзья, ни старшины.

Больше никого нет: остальные, кто был со мной, или умерли, или исчезли без следа. А я вот он, здесь. Я последний.

Теперь скажите: виноват я или нет?

Пророчество было ложным. Старый змей — а верней сказать, старая змея — высиживала потомство, и оно родилось бы так или иначе, с нашим участием или без него.

Если бы наши деды сто лет назад убили гадину — может быть, детёныш вообще бы не появился.

Это неизвестно.

Известно, что была отрубленная голова, было яйцо и был вылупившийся новый гад.

То, что мы ему башку снесли, — это было правильно.

Надо было раньше снести.

Чем раньше снесёшь башку гаду — тем лучше для всех. Вовремя не снесёшь — гад родит потомство.

Я не знаю, кто придумал ту легенду, про неубиваемого змея.

Я не знаю, кто прозрел то пророчество.

Но лично я думаю, что всякую нечисть, всякого злобного людоеда надо валить сразу, не дожидаясь, пока он даст приплод.

И не я один так думаю — многие.

На том стояла и стоять будет наша земля.

Сказ третий

Разбойник

1.

Ах, как я люблю прокатить по небу земную женщину! Кто внизу не бывал, кто этого удовольствия не знает — тот ничего не знает.

Сначала, в первые секунды, ты её рукой держишь, прижимаешь. Потом прижимать уже не надо — она сама в тебя вцепляется, изо всех своих женских сил.

А сил у этих дикарок в избытке.

И чем выше поднимаешься, чем больше скорость — тем крепче объятья.

Это непередаваемое ощущение: ты летишь выше и выше, а она держится крепче и крепче.

Прилепляется всем телом.

Груди её чувствуешь, колени, бёдра, живот. Лобок даже.

На большой высоте самому вообще можно не напрягаться — она тебя и руками держит, и ногами, и зубами.

Это очень весело и необычно.

От страха их начинает трясти, и температура тела резко поднимается. Летишь — а она на тебе висит, горячая, дрожащая.

И кричит ещё.

Но эта — не кричала, хотя держалась очень крепко.

И вот что я ещё скажу: ни одна из них после первого полёта не отказалась от второго и последующих.

Жаль, это редко бывает. Я хоть и вне закона, но не дурак тоже. Если часто умыкать земных девок — дикари укрепляются в мысли, что мы, птицечеловеки, — их враги. Бывало, наладишься похитить женщину — а против тебя выбегают мужики с топорами и дубинами, с луками и стрелами. Могут и сеть растянуть, и горшок метнуть с горящей смолой. Они там, внизу, своих женщин берегут и защищают. Мужчин тоже — но не так рьяно. А если женщину захочешь выкрасть — они все поднимаются, от детей до стариков.

Так что я покушаюсь на их женщин не так часто, как хотелось бы; примерно раз в год. И не только потому что это опасно, и не потому что каждая похищенная женщина увеличивает ненависть дикарей к нашему, в общем мирному, народу, — но и потому что наслаждение слишком велико.

А величайшим наслаждениям, как учили нас Первожрецы, следует предаваться в меру.

Нет такого удовольствия, к которому нельзя привыкнуть, и когда ты к нему привыкаешь — ты его лишаешься.

А я не хочу лишиться.

Я изгнанник, и удовольствий в моей жизни не так много.

Я поднял девку сразу к самым облакам: это было нетрудно, дикарка почти ничего не весила. Да и облака в тот день лежали низко. С наступлением осени в уединённую долину опускаются густые туманы, и возле земли летать опасно: в любой миг можно напороться на верхушку дерева и переломать кости; а я ведь — преступник, я не могу просто позвать на помощь. Каждый раз, когда я разбиваю ногу, руку или голову, — я вынужден отлёживаться в одиночку.

Считается, что мы неуязвимы, что кожа наша крепче железа, — но так думают наверху, в домах богачей из Внутреннего Круга, а на деле, если, например, на большой скорости, ночью, в тумане, при сильном ветре, напорешься на острый край скалы — можно так ободраться, что забудешь и про неуязвимость, и про всё остальное: завоешь, как животное, и будешь прятаться несколько дней, пока не срастутся кости и не затянутся повреждения.

Сказ третий. Разбойник

В этот раз я сразу пробил туман, взмыв вертикально вверх. Над облаками было славно, Солнце излучало волны животворного света.

Девушка, конечно, дрожала от страха, и что есть мочи держалась обеими руками за мою шею, а ногами обхватила пояс; я чувствовал силу её худых бёдер.

Моё возбуждение стало слишком острым — и я добавил темпа, хотя этого делать нежелательно: на высоте и так холодно, а на большой скорости земной троглодит, даже здоровый, крепкий и привыкший к зимним холодам, может замёрзнуть в считанные минуты.

Но я уже слишком сильно хотел эту девушку и не мог терпеть.

Да, я люблю земных, диких, никогда этого не скрывал, и ещё раз повторю. Не считаю это чем-то стыдным. В Завете сказано, что нам нельзя иметь никаких связей с троглодитами. Но, во-первых, этот запрет никогда не соблюдался; все наши, особенно молодёжь, постоянно бывают внизу, и подглядывают, и забавляются, и с женщинами тоже имеют дело. Возьмите хоть юношу Финиста: разве ему, княжьему сыну, не положено было наизусть знать Завет и соблюдать его во всех мелочах? Но парень не соблюдал; чем тогда он лучше меня — разбойника, преступника?

А во вторых, в том же Завете, в первой главе, говорится о том, что земные дикари, бескрылые люди — наши братья, и мы — плоть от их плоти. А как же не иметь дела с братом? Как же не показаться ему, не помочь?

Анатомически они ничем не отличаются от нас. Просто их кожа не умеет поглощать силу Солнца. А наша — умеет. Другой разницы нет; отчего же тогда мы должны прятаться?

Я быстро донёс её до дома, а внутри — положил на кровать и укрыл одеялами.

Меховых одеял, самых лучших, у меня в доме достаточно; за годы бродяжничества я позаимствовал у троглодитов множество превосходных соболиных и беличьих шуб; девушка должна была быстро отогреться.

Где находится моё укрывище и как оно выглядит — не скажу; даже намёка не сделаю. Я изгой, я прячусь. И дом мой — тоже спрятан. И каждые полгода, а то и чаще, я перебираюсь на новое место. Скажу только, что ничего особенного в доме нет. Пожитков — никаких, кроме десятка упомянутых меховых одеял. А ценности — золото, серебро и самоцветы — я всегда ношу на руках и на шее. То, что не могу нести на себе, — храню в тайниках.

Короче говоря, вы меня не найдёте, даже если очень захотите.

Закутав гостью одеялами и погладив по спине, для успокоения, я снял с себя панцирь, перевёл дух — и полез к ней.

Обычно после полёта все они пребывают в глубокой прострации и с трудом могут шевелиться. Некоторые — прошу прощения — даже непроизвольно мочатся, но я ничего против этого не имею, наоборот: естественные отправления сближают.

Из-под беличьих одеял ударил мне в нос её запах.

Пахнут они главным образом дымом: половина их жизни проходит возле костра или очага, и аромат горящего дерева навсегда въедается в кожу и волосы. Запах горький, чудной, чуть кислый, но приятный, он добавляет остроты чувствам.

Под рубахой у неё ничего нет.

Дикари не носят нижнего белья.

У них повсеместно принято носить не менее трёх рубах или платьев, одно поверх другого; богатые женщины носят и по пять платьев, а сверху вдобавок надевают шерстяную юбку, под названием «понёва».

Да, я разбираюсь в их одежде, не надо ухмыляться; я же говорил, люблю земных бескрылых.

У неё была лишь одна, единственная рубаха. По их представлениям это был верх бесстыдства и равнодушия, причина для всеобщего осуждения и презрения.

Она, Марья, — такой же изгой, как и я.

Сказ третий. Разбойник

Я пытаюсь ей сказать всё это, негромко, в холодное ухо.

Я глажу её маленькие ледяные ступни, растираю, согреваю, потом поднимаюсь выше, к лодыжкам.

Дикие девушки очень восприимчивы к ласкам, особенно молодые.

Сначала она никак не реагировала — и я подумал, что не встречу возражений, и полез дальше и выше.

Но тут сильная неожиданная боль обожгла живот: дикарка ударила меня ножом.

Ткнула несколько раз наугад, достаточно сильно; я вскрикнул — и отскочил.

У неё, оказывается, висел на поясе небольшой нож; я так горел желанием, что не заметил его, или заметил, но не придал значения, — так или иначе, теперь она выдернула этот самый нож, заточенный грубо, но достаточно остро, чтобы меня повредить.

Их оружие бессильно против нас, на том стоит могущество нашего народа, умеющего использовать силу Солнца; от ударов на моём животе остались лишь небольшие царапины. Но удовольствие она мне испортила, да.

Выбралась из-под одеял, прижалась к стене, подобрав острые колени, выставила свой нож, между прочим, хороший, выкованный из самородного железа, и наточенный на совесть, давно я не видел у дикарей таких превосходных лезвий, — и смотрела с ужасом, как из царапин на моём животе течёт кровь.

Когда царапины закрылись, девушка сказала:

— Он тоже так умел.

— Кто? — спросил я.

— Финист. Он тоже был неуязвим. Он мне показывал. Он резал себя, и всё заживало на моих глазах.

— Тогда зачем ударила? — спросил я, не сдержав досады. — Если знала, что бесполезно?

— Не бесполезно, — грубо ответила она. — Больше не лезь ко мне, понял?

— Понял, — ответил я. — Как тебя зовут?

— Марья, — сказала девушка. — Наконец-то спросил. А тебя?

— Иван, — сказал я.

Она улыбнулась.

Улыбка была короткая и яркая — дикари живут богатой эмоциональной жизнью. Именно в силе чувств заключено преимущество любого троглодита: мы сильнее, но их кровь горячее нашей.

— Какой из тебя Иван? — спросила девушка, подавив улыбку.

— Нормальный, — сказал я. — Ваши мужчины все Иваны через два на третьего. Вот и я буду Иван. Чтобы тебя не смущать.

— Ты говорил, что твоё имя — Соловей.

— Это не имя, — сказал я. — Прозвище. Или тотем. Символ. Не знаю, как объяснить. В общем, я такой же Соловей, как твой Финист — Сокол. Понимаешь?

Она понимала не всё. Многие слова были ей незнакомы. Но она старалась понять, и выглядела умной.

— Да, — сказала она, опустив глаза. — Финист… ну… говорил то же самое… Каждый из вас должен совпасть… отождествить себя с какой-нибудь птицей. Это старый обычай.

— А раз понимаешь, — сказал я, — зови меня Иваном, и на том порешим. Уговорились?

Марья помолчала, нахмурилась и сказала:

— Ты мне зубы не заговаривай. Ты обещал, что отвезёшь меня в город.

— Отвезу, — ответил я, — обязательно. Моё слово твёрдое. Только не сразу. Останься со мной. На один день. Завтра будешь на месте, клянусь честью. Город рядом, здесь. Прямо над нашими головами. Но один день проведи со мной, прошу тебя.

— Нет, — ответила Марья. — Такого уговора не было.

— А у нас с тобой, — сказал я, развеселясь, — вообще никакого уговора не было! Уговор был между мной и старухой! А тебя я ещё вчера знать не знал. Как и ты — меня… Предлагаю познакомиться поближе.

Сказ третий. Разбойник

— Врёшь, — сказала Марья, выставив нож. — Ты всё знаешь. Ты за нами следил, и подслушивал. Я ищу Финиста. Ты поклялся отнести меня в город. Давай, держи слово, если ты мужчина!

— Хорошо, — сказал я. — Конечно. Как ты могла подумать, что я не мужчина? Сейчас отдохнём — и поедем. Довезу прямо до главных ворот, и там оставлю. Но потом не обижайся. В прошлый раз они земного дикаря к себе не впустили. Вниз скинули.

— Кто «они»? — спросила Марья.

— Охрана, — сказал я. — Город строго стерегут. Чужим хода нет.

— Значит, меня не пустят?

— Не знаю. Может, и пустят. Однажды я вот так же довёз девушку, такую же как ты, — её впустили.

— И что с ней стало? — спросила Марья, явно заинтересованная.

— Вышла замуж, — сказал я. — За нашего. За птицечеловека. Но долго не прожила, через несколько лет попросила мужа вернуть её вниз, на землю. Муж её отнёс.

— А дети? — спросила Марья. — У них были дети?

— Были. Иначе зачем, по-твоему, нам нужны земные женщины?

— Значит, и меня пустят, — уверенно заявила Марья. — Финист говорил, вашим мужчинам можно жениться на наших женщинах.

— Можно, — ответил я. — Раз в десять лет, в виде исключения, с личного позволения князя и жрецов. И я не уверен, что Финист получит такое позволение от своего папаши. Он суровый старик, жёсткий. Ты его видела.

Лицо Марьи исказило презрение.

— Видела, — пробормотала она. — Может, он и жёсткий, но он — не князь. Князья слово держат. На том их власть стоит. Сказал — что сваю вбил! А ваш обещает, а потом убегает.

Я снял с себя золотую цепь и протянул.

— Если попадёшь за ворота — никогда не говори про князя ничего плохого. И для начала возьми вот это. Если охрана будет сомневаться, пропустить тебя или нет, — отзови в сторону старшего и предложи.

— Спасибо, — ответила Марья. — Но я не могу принять. Слишком дорогой подарок.

— Не беспокойся, — сказал я. — Для меня недорогой. Возьми. И нож убери. Я больше не дотронусь до тебя, пока сама не захочешь.

Она поколебалась, но золото взяла, сжала в кулак, потом сунула себе под ноги. Нож опустила, но не убрала.

— Ты думаешь, он тебя вспомнит? — спросил я.

— Вспомнит, — твёрдо ответила Марья. — Никуда не денется.

— Три года прошло.

— Ничего, — сказала Марья. — Не так много.

— Он тебе что-нибудь дарил? — спросил я. — На память? Что-то оставил?

Марья помедлила.

— Да, — ответила. — Оставил. Бронзовую трубу с подзорными стёклами.

— Она при тебе?

— Нет. Я спрятала её, когда уходила из дома.

Бронзовая труба меня заинтересовала, и я подробно расспросил девушку. Во-первых, подарок княжьего сына действительно мог облегчить ей жизнь, в том случае, если она действительно пройдёт в небесный город. Во-вторых, сам факт попадания столь дорогого и сложного прибора к неграмотной дикарке мог быть предметом разбирательства, если не тяжёлого обвинения: Завет строго запрещал оставлять на поверхности какие-либо предметы, а тем более — вручать дикарям в их неверные руки. Завет гласил: не оставлять даже волоса. Если княжий сын имел связь с бескрылой девушкой, обнаружил себя, и вдобавок подарил сложнейший астрономический инструмент — этот факт я мог использовать в свою пользу; у меня появился шанс вернуться домой.

Сказ третий. Разбойник

Признаю́сь: не было ни единого дня, когда бы я не мечтал о возвращении в родовое гнездо.

С годами память стиралась — но тоска по дому становилась всё сильнее.

Я подумал, что мне следует извлечь из появления дикой девчонки наибольшую выгоду; другого момента вернуться могло не быть.

Марья рассказала, что спрятала трубу недалеко от своего дома: то был его, Финиста, подарок, сделанный осознанно, в твёрдом рассудке.

Княжий сын Финист, по словам девушки, сказал, что этот предмет, сложный и необыкновенный, однажды спасёт ей жизнь, либо поможет добиться какой-либо важной цели.

Мне очень не хотелось выбираться из тёплого дома и лететь за перевал, искать какое-то дикарское городище, но я быстро решился и собрался.

Снова пришлось натягивать опостылевший защитный панцирь.

Марья внимательно смотрела, как я увязываю ремни на поясе. Она всё еще немного дрожала: не так просто согреться после полёта на большой скорости и высоте.

Она возбуждала меня, я любовался её ключицами, и её острыми скулами, и сверкающими зелёными глазами.

Панцири и шлемы нам, птицечеловекам, не нужны ни в малейшей степени. Наша кожа защищает лучше любого панциря. Но обычай носить вооружение — доспехи, шлемы, мечи и топоры, даже щиты и копья — уходит корнями в глубь тысячелетий; отправляясь на поверхность, любой птицечеловек обязан иметь на себе полную защиту — чтобы внешне не отличаться от земных людей, походить на них. Чтобы, обнаруженный, он был принят за обычного троглодита. Это прямо прописано в Завете, в части второй: «Нисходя на сырую поверхность, не смущай низших своим видом, одевайся как дикарь и веди себя как дикарь, дабы никак себя не обнаружить». Завету исполнилось три тысячи лет, и его давно уже никто полностью не соблюдает. Завет превратился в древнюю, надоевшую сказку, и в небесном городе его уважают только на словах. Но я, прожив двадцать лет в изгнании, скитаясь по непролазным чащам, по холодным каменным ущельям, теперь вынужден признать: панцирь помогает. Безопаснее, если ты нарядишься в дикаря, и возьмёшь дикарский клинок, и нахлобучишь дикарский шлем или шапку. Земные люди, случайно увидев тебя, затянутого в броню, меньше пугаются.

Сейчас я точно знаю, что Завет сочинён Первожрецами не только ради птицечеловеков, но и ради дикарей тоже.

Они — наши младшие братья, наши щуры и пращуры, и мы зависим от них, кто бы что ни говорил. Ведь сила жизни исходит не только от Солнца, но и от земли.

А мы, птицечеловеки, оторваны от земли.

Вот почему всех нас мучает тоска по жизни внизу. Вот почему каждый из нас при первой же возможности спускается на сырую землю. Вот почему мы всегда внимательно наблюдаем за событиями на поверхности. Вот почему мы сопереживаем, когда дикари целыми тысячными народами вымирают от голода и болезней, или уничтожают друг друга в кровавых междоусобных стычках.

Я перемотал сапоги. Марья смотрела за моими приготовлениями внимательно и серьёзно.

— Нужно достать эту трубу, — сказал я. — Жди, я скоро вернусь.

— Это далеко, — сказала девушка. — Год пути, если пешком по прямой.

— Для меня недалеко, — ответил я. — Утром буду. Из еды у меня только орехи, сбоку на полке. И там же кувшин с водой.

Я вышел за дверь и лёг на воздух, ориентируясь по звёздам.

Я не запирал дверь; девушка, конечно, могла бы сбежать — но зачем? Её судьба зависела от меня. Сегодня я в её жизни был самой важной и главной персоной.

Без ложной скромности скажу, что летаю очень быстро. Моё тело давно привыкло к самым тяжёлым нагрузкам.

Сказ третий. Разбойник

Я хоть и Соловей, но могу обогнать любого сокола.

На большой скорости, как обычно, мысли покинули мой разум, я сосредоточился исключительно на грохоте обтекающей меня воздушной массы; за это я люблю своё естество.

За возможность двигаться со скоростью самых быстрых существ на земле. Со скоростью ястреба или сапсана.

В напряжении жил, не думая, не отвлекаясь, распарывая лбом ледяное небо, стараясь гнать так быстро, как только возможно, к вечеру я добрался до места.

Когда останавливаешься после долгого, тяжёлого, на полном ходу пути — в пустую свежую голову приходят самые точные, простые и отчётливые мысли.

Я опустился на краю соснового бора, на поляне, где пасся лосиный выводок.

Животные почуяли меня и ушли.

Сквозь чащу проглядывали огни города, и доносился шум огромного скопления людей и животных, блеющих коз и мычащих коров. Пахло дымом, навозом, варёным мясом.

Дикие лоси не боялись людей, паслись в непосредственной близости от их жилья, — а вот меня, бесшумно явившегося из чёрного неба, испугались сразу.

Увы, такова плата за переход в высшую сущность: звери не любят и боятся людей, — но нас, бронзовокожих, боятся гораздо больше.

Зверь всегда может напасть на дикаря. Но самые страшные хищники, медведи, волки и рыси, разворачиваются и уходят, едва почуяв появление птицечеловека.

У нас — наверху — большинство жалеет дикарей.
Считается, что дикарям тяжело, особенно зимой, и что их жизнь полна горя и жестокостей.

Сама природа творит насилие над ними, заставляя жить одновременно в трёх мирах: летом при жаре, зимой при страшных морозах, в межсезонье — в сырости и бездонных грязях.

Бесконечное насилие сопровождает троглодитов на всём пути их жизни.

Они живут в череде смертей, болезней и невыносимо тяжкого физического труда.

Их женщины рожают одного ребёнка за другим; из десяти–пятнадцати, рождённых за весь детородный период, выживают двое или трое.

В двенадцать лет они начинают спариваться, в тридцать пять становятся беззубыми стариками. Большинство умирает, не дожив до тридцати, от болезней или ран, полученных на войне или охоте.

Между тем некоторые мужчины и женщины в их народе живут до ста пятидесяти и более лет; в любом большом племени обязательно есть несколько стариков, которые притом обладают твёрдым духом и отличной памятью. Обычно такие патриархи выполняют роль жрецов, точно определяют время начала сева, сбора ягод и грибов, начало охоты и ловли рыб. Другие старики уходят, поселяются отдельно от своих народов, уединённо и отшельно, и обращаются в магов; используя внутренние духовные резервы, они обретают высокое понимание реальности, а вместе с этим пониманием — и новые силы; конечно, эти маги-дикари действуют на своём дикарском, чрезвычайно примитивном уровне, однако это всё же достаточно высокий уровень; лично я, например, не рискнул бы поссориться с колдуном, живущим на поверхности.

Почему я всё это говорю.

Я много про них знаю, про дикарей.

Я двадцать лет живу внизу. Я весь пропитан земной сыростью.

Никто из нас, бронзовокожих, сытых и благополучных обитателей Вертограда, не жил на поверхности так долго.

А я — двадцать лет.

И если захочу и если суждено — проживу ещё двадцать.

Я очень с ними сблизился, с дикарями, населяющими северную окраину срединного материка. Я полюбил их, и всегда буду любить.

Я брал их женщин, и дрался с их мужчинами. Конечно, я всегда был сильнее — но они тоже не олухи, и несколько раз мне крепко попадало.

Физически, как вид, дикари — и мужчины, и женщины, и дети — весьма живучи.

По сравнению с нами — небесным народом, не знающим болезней, — они выглядят бледными и слабосильными, но будьте уверены: это обманчивое впечатление.

Они исповедуют свою особенную систему физического совершенствования, нам незнакомую и чуждую. Мы, потомки первоушедших, ученики Оша и Хура, наследники древнейших знаний, учились у мудрецов Востока и считаем, что сила человека заключена в умении управлять дыханием. Это подтверждено тысячами лет практики. Но нижние дикари живут иными соображениями и вовсе пренебрегают наукой дыхания, а физическую крепость развивают, закаливая сухожилия. С ранних лет они подвергают каждого ребёнка особой жестокой практике под названием «правка»: привязывают верёвками за руки и за ноги и растягивают в четыре стороны, иногда силой рук нескольких взрослых мужчин, а иногда и на особых примитивных деревянных станках. Эти станки имеются в каждом селении, и они всегда заняты: ежедневно опытные мужчины, так называемые «ведуны», растягивают — «правят» — на этих станках или подростков, или взрослых мужчин, обычно — воинов, или даже молодых девушек. Считается, что «правка», производимая регулярно, укрепляет не только сухожилия, но и хрящи, и скелет, и вообще всё тело, все внутренние органы, и даже удлиняет кости.

Насчёт удлинения я сомневаюсь, но скажу так: действительно, среди дикарей я нигде не видел низкорослых и коротконогих; все, от малых детей до стариков обоих полов, имели соразмерные, стройные и сильные тела.

Другая важная практика дикарей — привыкание к холоду. Несколько раз за зиму они раскаляют докрасна очаги в своих домах, расходуя огромное количество идеально высушенных дров, раздеваются донага, нагревают воду в котлах и бочках, моются песком, щёлоком и мыльными травами, и бьют друг друга жгутами из древесных листьев, а потом в нагом виде купаются в сугробах, прыгают в ледяные проруби или обливаются ледяной водой, и приучают к тому своих детей с самого малого возраста.

К этой же практике относится и глубокая, сердечная любовь дикарей к открытой воде, к плаванию, свойственная всем сухопутным народам, лишённым выхода к морям или океанам. В тёплое время года все дикари, дети и взрослые, обязательно ежедневно купаются в реках и озёрах, упражняясь в плавании и нырянии, — этим занимаются и девушки, и юноши, с молодого возраста и до солидных лет; всякое купание считается особенной забавой, проясняющей разум. Конечно же, они строят долблёные лодки, челны, надставляют смолёные борта, передвигаются вёслами и под парусом на большие расстояния; иными словами, ценят и любят стихию воды и пользуются её благосклонностью.

Рыбная ловля в их землях — огромное искусство и основа благополучия целых народов. Я знаю племена, которые работают лишь три месяца в году: сначала месяц ловят рыбу, потом месяц солят пойманную; потом ещё месяц торгуют с соседями, обменивая свои заготовки на мясо, ягоды, шкуры, утварь, украшения и диковины.

Рыба ценится вдвое, а в иных местностях впятеро дороже мяса. Рыбу очень любят, ценят, считают за лучшую, полезнейшую пищу.

С водой у дикарей связано огромное множество духовных и магических практик. Дикари обожествляют воду и считают, что под поверхностью рек и озёр живут волшебные существа, рыбы огромных размеров, гигантские змеи, а также их всевозможные гибриды. И всё это, как мы знаем, чистая правда. В этих землях, на севере Ойкумены, со дна реликтовых озёр часто выходят в смертном отчаянии полуиздохшие монстры, последние остатки навеки сгинувшего народа ящеров.

В начале и в конце зимы дикари тоже обязательно купаются: в каждой деревне налажен отвод из главного ручья, по деревянным желобам — в неглубокие ямы, тщательно обложенные кремниевым камнем; другие такие же камни во множестве лежат возле ямы, и любой желающий может явиться и разжечь костёр, раскалить докрасна достаточное количество камней, бросить их в чистую воду, совершить омовение и согреть тело хотя бы малое время. Эти купальни никогда не простаивают; в холодное время года все, зажиточные и бедные, охотники, рыболовы, собиратели и земледельцы, от мала до велика, приходят, чтобы посидеть в горячей воде хотя бы раз в неделю; общие купания прерываются только в самые жестокие морозы, когда ручьи вымерзают.

Третьей и главной важной практикой троглодитов я считаю так называемый скрытый матриархат. Считается, что власть в семьях, родах и общинах принадлежит мужчинам. По общей традиции, женщинам уготована вторая роль; все вожди, жрецы и воины — всегда мужчины. На самом же деле именно женщины управляют семьями, легко подчиняя себе мужчин, даже самых независимых и самых крепких; женщины также полностью берут на себя заботу о потомстве; повсюду, где я был и где подсмотрел или даже поучаствовал, — семьями, родами, общинами, племенами и целыми народами управляли женщины, хозяйки, матери, хранительницы очагов. Они принимали решения, они раздавали еду, они хранили и копили добычу и обменивались ею с подругами и соседками.

Их мужчины добывали лосей и оленей, вытаскивали из рек неподъёмных стерлядей, валили кабанов и туров, ставили силки на горностая, — а женщины тем временем налаживали общественную жизнь, весь материальный обмен и всю торговлю — так, как удобно им, женщинам.

Четвёртой, и, возможно, важнейшей, корневой практикой этих людей является всеобщее угрюмство: особое состояние духа и рассудка, когда ни ты сам, ни другие вокруг тебя не ждут от будущего ничего хорошего.

Они называют это — «ровная дрежа».

Каждый новый год может быть холоднее предыдущего.

Каждая новая лютая зима может погубить всех.

С самых ранних лет любой дикарь думает как воин: как тот, кто уже мёртв.

Ровная дрежа — это покой сознания; это полное избавление от тревог.

Они с детства близко знакомы со смертью в её разнообразных ликах; ежедневно они видят умерших детей, взрослых и стариков, соседей, друзей, родственников, любимых людей, они наблюдают смерти от болезней, и смерти от ран, нанесённых зверями, и смерти нелепые, случайные.

Пока одни — сегодня — умирают, другие агонизируют, чтобы умереть завтра.

Смерть всегда здесь, вокруг, рядом, за плечом.

Дикари живут внутри смерти, как мы живём внутри сытости, самолюбия и довольства.

Они, эти люди внизу, — действительно, почти всегда очень угрюмы, и оживляются обычно только после того, как выпьют несколько ковшей хмельной браги.

Если впервые видишь их вблизи — с непривычки кажется, что они только что похоронили ближайшего родственника, или готовятся похоронить. Они мрачны и неулыбчивы.

Они чаще молчат, а если говорят — то скупо и кратко. И если можно ничего не сказать, но ответить жестом — они всегда отвечают жестом.

В их мире каждое сказанное слово много весит. Новости, слухи, рассказы о том, что происходит в соседних селениях, ценятся очень дорого. Бродягу, преодолевшего две сотни вёрст, обязательно приглашают в богатые дома, кормят до отвала и расспрашивают, не упуская мельчайших подробностей. Знания — вот главная валюта этих людей: кто обладает знаниями, тот всегда богат.

Поэтому они всегда молчат, придерживая при себе свои знания, большие или малые.

С некоторым трудом, блуждая в темноте, я отыскал и хутор кузнеца, и нужный овраг, и камень на излучине, и иву над камнем; это было тихое место, где летали только совы, почти бесшумно журчал слабый, но чистый ручей, да суетился в листве мелкий зверь, пришедший к водопою.

Здесь, в половине дня полёта от долины, ставшей мне домом, было сильно теплее. Здесь осень едва началась, здесь ещё бушевала повсюду зелень, и поляны покрылись жирными грибницами. Здесь было благодатно, мягко, сыто, мирно, здесь созревали рожь и пшеница, пчёлы давали прекрасный клеверный мёд, здесь росли яблони, груши и вишни, здесь ещё пахло летним приторным зноем.

Я отыскал трубу, привязанную, в полном соответствии с объяснениями Марьи, к стволу дерева, проверил и осмотрел. Одного взгляда на искусно изготовленный астрономический прибор, явно очень дорогой, хватило, чтобы понять: девушка не обманула.

Такой предмет мог принадлежать только князю, его семье или кому-то из членов семей Внутреннего Круга.

Лично я никогда не держал в руках столь сложную и дорогую вещь.

Хорошо было внизу, на сырой поверхности. Сочился прозрачный ручей. С дубов падали жёлуди. Голубокрылые сойки собирали их и копили в гнёздах, на зиму. Протяжно и жалобно кричали кукушки. Всё пребывало во сне, в равновесии. Но я, сжимая в руке бронзовый, полированный, покрытый сложной резьбой предмет из своего родного мира, едва не разрыдался от тоски: так хотелось вернуться из этого сладкого благоуханного покоя — домой, в небесный город, где нет ни земли, ни растений, ни покоя, а есть только звенящая пустота под ногами.

Преодолев слабость, я сунул трубу за пазуху и отправился назад.

Мне понравился край, где выросла Марья; я никогда здесь раньше не бывал. Эти земли расположены в стороне от путей, по которым движутся большие народы. Вместе с тем эти земли обширны и богаты, покрыты смешанными лесами и благодатными лугами с жирной почвой; люди, живущие в этих землях, сыты и счастливы; их процветанию мешают только длительные холодные зимы, болезни и бесконечные междоусобные конфликты, в которых гибнет самое активное и крепкое мужское население.

И туманов тоже не было здесь; прозрачный, ясный, тугой воздух обжигал ноздри и восхищал меня.

Я бы жил внизу, на сырой земле, — но я родился в небесном городе.

Там моя родина, там мне хорошо.

Не скрою, у меня была надежда: когда я привезу трубу с подзорными стёклами, и не просто привезу, а издалека, из таких земель, куда дикари годами идут пешком или месяцами плывут по рекам, — девушка Марья меня зауважает и допустит до тела.

Земные женщины часто позволяют взять себя не по любви, но из благодарности. Они платят сговорчивостью за мужскую помощь и поддержку. У нас считается, что такое поведение есть признак слабого развития, но я, прожив двадцать лет внизу, знаю, что это никакой не признак; в моём городе, в центре Ойкумены, в очаге самой высокоразвитой и совершенной земной культуры, многие гордые и утончённые матроны делали то же самое: отдавались без любви, ради той или иной выгоды — неважно, какой; это всегда считалось чем-то обыкновенным, не заслуживающим порицания.

Сказ третий. Разбойник

Но Марья, увы, была против.

Сразу оттолкнула, и опять подняла свой нож.

По запаху, по волнам телесной дрожи я понимал: она хочет — как самка, как животное; но как человек с мыслями — нет.

Если она, как сама утверждала, скиталась три года от города к городу — наверняка ей не раз пришлось пережить мужское насилие.

Я мог бы выбить нож из её пальцев, скрутить или придушить, например. Она бы тогда уступила.

Но я не насильник, я так не умею и не люблю. Сама мысль об обладании против воли мне отвратительна.

Я отступил, хотя, признаю́сь, был разочарован и расстроен.

Будь я помоложе — я бы наобещал ей всё, что она хочет. Поклялся бы доставить её бесшумно и незаметно прямо в спальню любимого княжьего сына, и более того — организовать скорейшую меж ними свадьбу; подарил бы несколько золотых браслетов или цепей, с драгоценными камнями, вправленными в тонкое литьё; прочитал бы стихотворение или спел бы песню.

Но двадцать лет жизни на сырой поверхности сделали меня грубым и прямодушным.

— Не хочешь, — сказал я, — тогда собирайся.

Марья тут же вскочила.

Я похвалил себя за твёрдость: конечно, она сейчас не хотела ни ласки, ни удовольствий, ни моих собственных, ни чьих-либо других; она вся дрожала от предчувствия: её путь длиной в три года вот-вот должен был закончиться.

Мои предложения были не ко времени.

«Но, — сказал я себе, — может быть, мне повезёт позже».

— Наверху холодно? — спросила Марья.

— Очень холодно, — ответил я. — Возьми шубу. Вот эту. Никому не отдавай. Без тёплой шубы с непривычки можешь замёрзнуть и сильно заболеть.

— Пугаешь меня? — спросила Марья.

— Да, — ответил я. — Такого холода ты не знаешь. Наверху воздух разреженный и сухой. Ты будешь сильно кашлять. Приготовься к головокружению, тошноте и рвоте. Терпи. Первое время будет худо, потом полегчает. Ясно?

— Ясно, — сказала Марья, влезая в шубу. — Чего мы ждём?

Ну, то есть, вы поняли: у неё на уме был совсем другой парень.

Стиснув зубы, я завернул её в шубу, вытащил под небо — и взлетел.

Город птиц, Вертоград, моя прекрасная, невесомая, небесная Родина, ковчег моей расы, — в эту ночь парил на высоте в семнадцать тысяч локтей от земли, на расстоянии в четверть ночи пути от того места, где был мой тайный дом и куда я привёл девушку.

Площадка перед главными воротами по древней традиции ярко освещалась факелами — чтоб любой птицечеловек, возвращаясь домой после дальнего перелёта, мог издалека определить верный курс.

Я подлетел к краю помоста и опустил Марью на деревянный настил.

От края настила до входа в главные ворота — едва тридцать шагов.

Город наш, благословенный небесный Аркаим, не столь велик размерами.

И уже шагали по деревянному настилу от ворот в нашу сторону двое охранников с круглыми щитами и длинными копьями.

А третий — встал в створе ворот, прикрывая спины первых двоих, подходящих.

Этого третьего охранника, командира ночного караульного наряда, по имени Куланг, что значило «бойцовый петух», я хорошо знал: он был мой ровесник и одноклассник, мы дружили до моего изгнания, и продолжали дружить после.

Сказ третий. Разбойник

Двое подходят. Марья оглядывается: за её спиной — край настила, а за краем — пропасть, земли не видно.

Дикарка начинает сотрясаться от сильнейшего кашля, выворачивающего нутро, затем перегибается в поясе: её рвёт жёлтой желчью.

Я уже исчез: охрана не должна меня видеть.

Но я сделал ставку на девушку Марью; я решил, что помогу ей — а она поможет мне.

И я до сих пор её хочу, и моё возбуждение никуда не делось.

Я опускаюсь на двадцать локтей вниз и прячусь внизу, под краем помоста.

Над моей головой — основание города, искусно собранное из самого лёгкого и прочного дерева.

Я слышу, как охрана подходит к девушке.

Марью мучают кашель и рвота.

Если сейчас её столкнут вниз — я не позволю ей упасть, догоню и подхвачу.

Но сегодня охраной на воротах руководит мой товарищ Куланг — он твёрдый и безжалостный воин, однако не жестокий. Он не убьёт девчонку без веской причины.

Я слышу глухой стук: Марья вынула из торбы и бросила под ноги охранникам трубу с подзорными стёклами.

— Гляди, — говорит первый охранник.

— Вижу, — отвечает второй. — Княжий вензель.

— Особое дело, — говорит первый.

— Да, — говорит второй.

Потом оба молчат, а Марья сидит перед ними, задыхается и хрипит.

Любому дикарю нужно время, чтобы привыкнуть к высоте.

— Ты кто? — спрашивает первый.

— Марья, — отвечает Марья, сотрясаясь в судорогах.

— Это твоя вещь?

— Нет, — говорит Марья, продолжая хрипеть. — Это принадлежит сыну вашего князя.

— Вставай, — говорит первый. — Пойдём с нами.

— Да, — говорит Марья.

Её выворачивает, она стонет, громко дышит и тяжко откашливается.

Я перевожу дух.

Дело сделано; девку пощадили; я улыбаюсь; слышу, как Марью ведут в ворота.

Доски настила отчаянно скрипят над моей головой.

Доскам три тысячи лет, но они не утратили своих свойств, лишь потемнели от времени.

Дерево, поднятое на столь громадную высоту, не гниёт, его не поражает плесень и не точат жучки. Никакой жучок не живёт в такой сухости и в таком холоде.

Я слышу слабое гудение, басовую ноту, заставляющую деревянную конструкцию подрагивать и поскрипывать.

Это подъёмная сила; энергия, благодаря которой наш Вертоград парит высоко в голубой пустоте.

Нетрудно догадаться, что я специально подгадал время, и доставил девушку к главным воротам именно в тот час, когда дежурил мой товарищ.

Я надеялся на Куланга, он никогда меня не подводил.

Его семья соседствовала с моей, мы знали друг друга с младенчества, вместе ходили в один класс.

Мы никогда не были закадычными друзьями — но всегда друг другу доверяли.

За двадцать лет моего изгнания Куланг вырос из рядового воина в одного из старших командиров, отвечающих за безопасность Вертограда и лично князя Финиста-старшего.

Когда мне было нужно попасть в город — я ждал, когда в охрану заступит Куланг, и приходил только в его смену.

Да, я бываю в городе часто, почти каждый год.

Более того — меня несколько раз ловили, но отпускали: иногда заступался Куланг, а иногда и сам князь.

Вся верховная власть — и князь, и жрецы, и военачальники — знали, что я бываю в городе. И если бы князь захотел — он бы нашёл способ умертвить меня.

Но на самом деле моя смерть никому не нужна. Моя семья хоть и была подвергнута всеобщему осуждению, когда меня изгнали, — но всё же не утратила своего влияния. В нашем городе четыреста семей, все со всеми в родстве, — в такой малой расе никакие глубокие ссоры невозможны.

2.

История нашего народа началась далеко на юг отсюда, возле тёплых внутренних морей центрального материка, в благодатных землях, щедро согреваемых Солнцем и омываемых полноводными реками.

Жаркое жёлтое Солнце считалось в те времена источником жизни и главным божеством.

Все города строились так, чтобы главные ворота были обращены на восход, и притворы храмов тоже все были обращены на восход; Солнце дарило жизнь и управляло ею; от Солнца всё зависело; солнечные лучи, пойманные жрецами в полированные бронзовые ловушки, в зеркала и чаши, полные самоцветных камней, указывали время посева урожая и время выгона стад на пастбища.

О древней истории моего народа известно мало.

Точнее, известно достаточно — но я, к сожалению, плохо помню рассказы учителей.

Наука всегда давалась мне тяжело; я с раннего детства предпочитал игры и полёты над облаками.

Древняя история казалась нам, молодым и бесстрашным, скучной сказкой.

В моём народе дети непоседливы: летать они учатся раньше, чем ходить, а когда овладеют обоими навыками — удержать их уже невозможно.

В общем, из рассказов учителей я помню только главное.

В незапамятные времена, три тысячи лет назад, жили два учёных жреца.

Одного звали Ош, второго звали Хур. Мы называем их — Первожрецы.

Обстоятельства их судеб — неизвестны.

Скорее всего, они были отцом и сыном, учеником и учителем, но кто из двоих был отец и учитель, а кто сын и ученик, — люди не запомнили.

Известно, что один из двоих, Ош, был от рождения уродцем: слепым, безногим и горбатым.

Эти двое, слепой безногий Ош и его друг — сын (или может быть, отец) — Хур, открыли, что все люди, сколько их есть, питаются силой Солнца.

Солнце даёт силу растениям. Просу, ячменю, ржи. Ягодам и деревьям.

Растения питаются солнечным светом.

Животные питаются растениями — то есть, силой жёлтых небесных лучей, заключённой в листьях, стеблях и плодах.

А люди питаются и растениями, и мясом животных, — то есть, в конечном итоге, поглощают опосредованный солнечный свет.

Сила жёлтых жарких лучей заставляет зреть зерно и наполняет кровью сердца быков, лошадей и овец.

Чем бы ни питался человек — в основе его пищи пребывает сила света.

Этот простой закон сейчас кажется элементарным, очевидным. Учителя растолковывают его мальчикам и девочкам по достижении ими пятилетнего возраста.

Но три тысячи лет назад этот закон не был понят.

Первожрецы Ош и Хур много лет держали его в секрете.

Закон преобразования солнечной силы ничего не значил, поскольку из него нельзя было извлечь конкретной пользы.

И вот — после многих изнурительных усилий, опытов и вычислений — Первожрецы нашли способ использовать силу Солнца напрямую.

Они выяснили, как человек может обрести мощь солнечной энергии, не преломлённой в листьях растений и мясе животных.

Ош и Хур открыли: человек может стать чем-то бо́льшим, чем растением, или животным, или самим собой.

Конечно же, первые опыты Ош и Хур поставили на самих себе.

Итак, Первожрецы нашли способ изменить свойства человеческой кожи, научить её напитываться силой солнечного света, не преломлённой опосредованием.

Ош и Хур научились летать, подобно птицам.

Их кожа приобрела удивительный бронзовый оттенок. Раны на ней затягивались мгновенно.

И даже слепой, безногий и горбатый Ош летал, и ему не мешали ни слепота, ни горб.

Эти новые умения двух жрецов вызвали ненависть в народе.

Оша и Хура заподозрили в чёрном колдовстве, схватили и решили казнить.

Народ в те времена жил сыто и счастливо. Никто не хотел иметь больше, чем уже имел. Поля давали обильные урожаи, и стада животных исправно плодились. Люди не желали мечтать о великом могуществе, которое дарует прямой солнечный свет.

Все полагали, что жизнь и так хороша.

И когда Ош и Хур предложили людям перейти в иное, лучшее качество — люди отказались. От добра добра не ищут.

Палачи пытали обоих Первожрецов, вынуждая признаться в измене и ереси.

Обоим вырвали языки, а затем приговорили к умерщвлению.

Но Первожрецы уже были слишком сильны; в утро казни, когда их выволокли из подземелья, Ош и Хур, вроде бы обессиленные, обездвиженные, искалеченные, — поднялись в небо и исчезли, вызвав смуту и панику.

Особенно всех потряс слепой безногий Ош, взмывший в синие облака, как будто он имел и глаза, и руки, и крылья, и что-то ещё.

Потом они вернулись оба: но только затем, чтоб забрать своих родственников, сочувствующих, а также всех прочих, кто пожелал.

Общим числом набралось шестьдесят семей.

Их назвали — Ушедшие.

Все мы — нынешние бронзовокожие птицечеловеки, население Вертограда, небесного города, — есть потомки тех первых Ушедших, каждый из нас ведёт род от одной из тех первых шестидесяти семей.

За Первожрецами ушли совершенно разные люди, из разных каст: и члены княжеских фамилий, и другие жрецы, и воины, и простые скотоводы и землепашцы, и даже отверженные: воры, убийцы, а кроме того — музыканты, художники и сочинители песен.

Ош и Хур повели своих сторонников далеко на север, к подножию поперечных гор, разделяющих северную часть материка на две неравных половины.

Здесь, в отдалённой пустынной местности, в пологой чашеобразной долине, согретой и плодородной, Ош и Хур основали временный город, тайное убежище, где шестьдесят беглых семей могли бы скрыться от мира и подготовить себя к переходу в иное качество.

Новый город воздвигли посреди долины, на жерле древнего, заснувшего вулкана.

И назвали его — Аркаим, что значило: место сбывшейся мечты.

Город защитили стеной высотой в три человеческих роста, сложенной из брёвен, скреплённых глиной и снаружи обложенных саманными кирпичами.

Наш народ умел тогда строить и каменные стены, гораздо большей высоты, — но город Аркаим, повторяю, считался временным убежищем: он был нужен только в качестве укрытия от преследователей и ненавистников, и ещё для того, чтобы Ош и Хур могли закончить свои опыты и вычисления.

Сказ третий. Разбойник

Имелась и третья причина: в уединённом месте Первожрецы намеревались вырастить новую породу людей, не имеющих никакой памяти о прежней жизни.

Аркаим — если взлететь и посмотреть сверху — имел форму правильного круга, с главным входом, обращённым на восток.

Тридцать пять вместительных жилищ образовывали первый — Внешний Круг, с общими стенами и выходами, обращёнными к центру города. Здесь жили мастеровые, слуги, а также воры и люди сомнительных занятий, вроде музыкантов и сказителей.

Да, повторюсь, среди тех первых наших дальних предков были и воры; Ош и Хур постарались взять представителей всех четырёх каст: царей, жрецов, воинов и простолюдинов, а кроме них — и людей, не принадлежащих к традиционным кастам: воров и людей искусства.

Правда, из княжеской семьи следом за Первожрецами отправились только двое подростков, так что первое время Ош и Хур, по рождению жрецы, исполняли также и обязанности князей, то есть вершили суды и руководили воинами, когда происходили стычки с местными племенами.

Но стены города были надёжны, рвы глубоки, и местные племена — отсталые варвары, воюющие каменными топорами, — не могли нанести Аркаиму никакого ущерба.

Но даже если бы эти дикари и смогли, каким-то чудом, пробиться за внешнюю стену — их ждала другая преграда, вторая стена, ещё более надёжная.

Внутри Внешнего круга имелся другой, меньший, также огороженный стеной, вдвое более высокой, нежели первая стена.

Во Внутреннем Круге жили ещё двадцать пять семей: князья, жрецы, вельможи, воины.

Наконец, самый центр Аркаима занимал храм солнечной силы.

Храм города-убежища не существовал в реальности: Ош и Хур построили его из чистого солнечного света; бесплотный, этот храм мог быть виден только тем жителям Аркаима, кто уже приобщился к силе Солнца.

Приобщение заняло многие десятилетия, но Первожрецы, несмотря на свой преклонный возраст, никуда не торопились, ибо спешка есть признак слабого ума; настоящий птицечеловек никогда и никуда не торопится.

Почему я так много знаю про тот древний Аркаим? Очень просто. Наш нынешний небесный Вертоград есть точная копия земного Аркаима, только вчетверо больше.

Ош и Хур создали небесный город по образцу земного убежища, и порядок, заведённый в Аркаиме, сохраняется с тех пор и по сей день, три тысячи лет: простолюдины живут во Внешнем Круге, а князья, жрецы и воины — во Внутреннем.

Мои деды и прадеды, врать не буду, всегда жили во Внешнем Круге. Семья не изнемогала от бедности, но не снискала и большого богатства.

Считается, что мы ведём род от вора и мошенника по имени Кавех, что значит — «князь»; тот древний, совсем забытый, легендарный Кавех, очевидно, полагал себя князем воров, главным, самым опытным и ловким преступником. Конечно, это лишь предание, покрытое мраком тысячелетий, — но я должен признаться, что пренебрежение к законам и правилам всегда культивировалось в нашей семье: и на бытовом уровне, и на уровне представлений об устройстве мира.

И если я когда-нибудь рожу детей — я обязательно продолжу семейную традицию, потому что всякий закон следует обязательно оспаривать, а по возможности и преступать.

Это укрепляет и сам закон, и того, кто его преступает.

Настоящая твёрдая истина только укрепляется от оспаривания.

Любой постулат можно и нужно подвергать сомнению, любые правила можно и нужно нарушать; разумеется, если на то есть веская причина.

Итак, триста лет понадобилось Первожрецам для того, чтобы закончить опыты и вычисления, и создать новую живую разумную породу: птицечеловеков, летающих людей, могущественных, неуязвимых, прекрасных видом.

Их кожа бронзового цвета умела поглощать силу солнечных лучей и напитывать этой силой все члены и органы тела.

Новые люди — независимые от источников пищи, невосприимчивые ни к жаре, ни к холоду — с восторгом и восхищением осваивали свою блестящую ипостась, понемногу свыкаясь с ролью хозяев земли, фактически — полубогов.

И вот — Первожрецы решили, что всё готово.

Небесный город был построен на земле, из самого лёгкого и прочного дерева, которое существовало в природе: из бальсы, бамбука и пробки.

Сначала собрали горизонтальное круглое основание, в тысячу шагов от края до края; на нём воздвигли двумя кругами жилища, — точно так же, как в земном Аркаиме.

Когда город был готов, все птицечеловеки, сколько их было, взошли на него, и постройка сама собой поднялась в небеса, поддерживаемая летательной силой его жителей.

Ош и Хур руководили первым подъёмом и успокаивали тех, кто был напуган.

Вертоград, небесный город, второй Аркаим, парит в воздухе не сам по себе — а благодаря его жителям.

Наша подъёмная сила настолько сильна, что поддерживает не только нас самих, но и наш дом.

Когда, наконец, город поднялся на нужную высоту, в холодный воздух высокого неба, когда были проведены последние проверки, проделаны последние опыты и тщательные измерения, когда стало ясно, что дело удалось, новый небесный народ родился и готов жить дальше, — тогда наша земная обитель, наш Аркаим, был предан огню.

В течение трёх дней и трёх ночей Аркаим горел, подожжённый со всех сторон, обильно политый горючими смесями.

Всех животных, служивших нам едой и помогавших нам жить, выгнали и отпустили: но многие собаки, кошки, коровы и кони отказались уходить из домов и загонов, и их пришлось умертвить и бросить в огне.

Сожжением Аркаима руководили Ош и Хур лично: остальные птицечеловеки остались в небесном городе — все стояли у краёв настила и смотрели, как далеко внизу, на поверхности, пылает их земная родина.

Всё было обставлено, как внезапно наступивший мор, как вспышка чумы или другой смертельной заразы: в пламени погибли одежда, посуда, все запасы продовольствия, и даже оружие и женские украшения; прежде чем вознестись, мы оставили внизу всё имущество: в новую жизнь шагнув обнажёнными и налегке.

Следующие столетия ушли на то, чтобы юная и маленькая наша раса привыкла к новому способу существования.

Нам не требовались ни вода, ни пища, только чистый солнечный свет.

Мы не страдали болезнями.

Мы жили в невесомой деревянной конструкции, парящей в небе на высоте от десяти до двадцати тысяч локтей над поверхностью.

Конечно, все мы часто бывали внизу, на земле.

Самые быстрые из нас могли за один световой день облететь четверть земного шара.

Мы изучили весь мир, мы множество раз побывали во всех уголках планеты, видели жизнь всех рас, народов и племён на протяжении весьма длительного исторического промежутка.

Мы обнаружили, что кроме срединного материка — нашей Ойкумены — существуют и другие обширные материки, разделённые ещё более обширными океанами.

Мы смотрели, как рождаются и гибнут скотоводческие, осёдлые, мореходные империи.

Мы наблюдали, как движутся народы, плодясь и вымирая, погибая и возрождаясь.

Из дальних перелётов путешественники привозили удивительные находки, артефакты, свидетельства силы человеческого гения: золотые изделия, оружие из крепкого металла, меха удивительной густоты, черепа и останки древнейших животных.

Так наш народ осознал свою миссию: нас, птицечеловеков, родили, чтобы мы хранили человеческий гений: бешеную, неостановимую страсть к познанию и созиданию.

Когда это высшее качество укрепилось в народе — Ош и Хур покинули наш мир.

Считается, что к тому времени они прожили по восемьсот лет.

Конечно, в таком возрасте уже не имеет значения, кто из двоих был отцом, а кто сыном; достоверно известно, что Первожрецы скончались в один день и в один час, предварительно объявив всем о своём уходе: сошёлся весь народ, и на глазах у двух тысяч птицечеловеков оба основателя расы обратились в чистый солнечный свет и исчезли.

От тел не осталось ни малейшего следа.

Это всё, что я знаю о древней истории; учителя рассказывали много больше — но я их не слушал; я не люблю науку.

Я люблю риск, приключения и жизнь в сегодняшнем дне.

Нет.

Вот, ещё вспомнил.

Наше исчезновение — побег шестидесяти семей — ничего не изменило в общей картине мира. Образование новой расы бронзоволиких полубогов не повлияло на общее движение людских масс.

Мы были слишком малой группой; о нас сложили несколько легенд, но с течением столетий память стёрлась.

И нас — бескрылых и крылатых — навсегда разделил воздух, холодная прозрачная пустыня.

Мы уже никогда не объединимся: за тысячи лет наши пути разошлись.

Огромный дикий нижний мир давно развивается в одном направлении, а раса птицечеловеков — в другом.

Внизу племена вымирали от чумы, оспы и холеры — наверху мы исправно плодились, рождая красивых и сильных детей, пусть немногочисленных, но любимых.

Два или три раза за тысячу лет нам пришлось перестраивать город, доставляя с поверхности новое дерево и поднимая над жилищами первого яруса второй и третий.

Так наш Вертоград приобрёл нынешний вид.

Вывезенные с поверхности редкие и ценные предметы, драгоценные камни и металлы заполнили наши сундуки.

Мы могли бы управлять миром, если бы захотели.

Но Ош и Хур оставили Завет: правила, по которым живёт небесный город.

И одно из правил запрещало показывать себя дикарям и вмешиваться в их жизнь.

Со временем в нашем обществе произошли изменения. Как в любой другой закрытой системе — в нашей, внутри небесного города, непрерывно происходило обновление и усложнение. Шестьдесят семей увеличились числом до четырёхсот. Семьи воров, воинов и авантюристов, живущие во Внешнем Круге, благодаря частым визитам на поверхность накопили значительные богатства, — а семьи жрецов и вельмож из Внутреннего круга, наоборот, обеднели и даже выродились. Многие из них продали свои дома во Внутреннем круге и перебрались во Внешний; в их жилища переселились разбогатевшие семьи из Внешнего круга. Бывшие родовитые сановники расставались со своими резиденциями, с видом на Главный Храм, и уезжали жить на край города — их места занимали ушлые и оборотистые сыновья менее прославленных, но зато более жизнеспособных родов.

Так и моя семья, ведущая свой род от вора Кавеха и вошедшая в силу примерно пятьсот лет назад, вдруг обрела дом во Внутреннем Круге, а вместе с домом — уважение и почёт.

В этом доме однажды появился на свет я, Соловей.

Мои предки почти все служили в княжьей охране, а некоторые дотянулись до должностей советников и дворцовых управляющих.

Моя мать умерла через два года после моего рождения в результате нелепой случайности. Ела земную пищу — и отравилась. По словам отца, то была какая-то редкая морская рыба. Других подробностей я не знаю. Отец не любил вспоминать. Два или три раза обмолвился, что мать умерла в муках. С тех пор в нашем доме никто не употреблял рыбу ни в каком виде.

Да, наш народ формально не зависел от пищи и воды, но в большинстве домов было принято регулярно питаться от плодов сырой земли; так было прописано в Завете. Иначе пищеварительные органы птицечеловеков могли выродиться. А нашей расе было важно сохранять все человеческие свойства.

Мы доставляли с поверхности абсолютно всё, что нам требовалось, в первую очередь — металлы для изготовления оружия и утвари, масло для светильников, шкуры и кости животных. Мы доставляли воду для мытья, мы доставляли топливо для печей, мы доставляли благовония, свежайшие фрукты и цветы. Сотни граждан города занимались ремесленным производством, производя всё необходимое, от вина и пива до ювелирных украшений, от сапог до кафтанов, от детских игрушек и свечного воска до золотых пластин, украшавших алтарь Главного Храма. Отдельной важнейшей отраслью городского хозяйства считалась доставка древесины: город непрерывно расширялся, над первым этажом давным-давно надстроили второй, а затем и третий. Дерево требовалось не всякое, а лишь самое лёгкое, идеально сухое, — его доставка вменялась в обязанность сильной и уважаемой общине инженеров-древоделов. Раз в несколько лет они пополняли запасы бальсы и пробки, следили за сохранностью несущей конструкции, меняли пришедшие в негодность элементы на новые.

Я, конечно, совсем не помню свою мать. Насколько я знаю, отец собирался жениться повторно, но как-то не получилось. Мать он сильно любил и часто о ней вспоминал.

Всё время, пока я рос, пока превращался из ребёнка в мальчишку и далее — в юношу, я считал отца врагом. Невыносимым, вредным, сухим и циничным, властным, жестоким, вдобавок пьяницей и неудачником. Он ничего мне не позволял и не разрешал, и, что обиднее всего, — пытался на мне экономить. Всё детство я пробе́гал в старых курточках и чиненых сапогах. Мне запрещалось водить в дом друзей. Отец думал, что таким образом он закаливает меня и приучает к трудностям, а на самом деле только создавал во мне обиду и разочарование.

Узнав, что я пристрастился к игре в кости, он пытался выпороть меня, тогда уже молодого человека с первой щетиной на подбородке.

Тогда я его ненавидел.

Он полжизни прослужил в охране, затем сподобился должности начальника факельного дела, много лет отвечал за то, чтобы городские светильники горели круглосуточно, неостановимо и ярко, и чтоб ни один не упал и не случилось пожара.

Отца уважали, наш дом был богат.

С пяти лет меня отдали в школу, с семи лет записали рядовым в городскую охрану: лучший и верный путь для молодого человека древнего и уважаемого происхождения. В девять лет я взял в руки меч и научился приёмам летательного боя, с двенадцати лет я поднимался в верхнее небо, на высоту в сотни тысяч локтей, где невозможно дышать и откуда земля оказывается тем, что она есть: круглым шаром.

В пятнадцать я закончил школу; из всех наших ребят двоих, самых умных, забрали к себе жрецы, учениками в Храм, остальных зачислили в охрану.

Я и все мои товарищи получили оружие, звание, принесли клятву верности народу и его князю. Стали взрослыми — во всём великом понимании этого слова. Началась совсем другая жизнь.

Каждый третий день месяца я приходил в общую казарму и заступал на службу. Старший наряда делил нас на смены и расставлял по постам: троих — на главные ворота, двоих —

Сказ третий. Разбойник

у Храма, двоих — у княжеского дома, и ещё двоих — внутри, у дверей князя; двоих — у храмовой кладовой, двоих — у общей городской кладовой, двоих — у кладовой князя. Ещё двоих — вдоль стены меж Внешним Кругом и Внутренним. Ещё двое постоянно находились в верхнем небе: это был самый почётный и трудный пост, наверху холод и пустота сжимали грудь.

Ещё двое стерегли днище города — этот пост также считался важнейшим.

В течение дня и ночи я дважды стоял на посту и дважды отдыхал, сидя в казарме среди таких же, как я сам, юношей, довольных тем, что в их жизни наконец начало хоть что-то происходить.

Парни взрослее нас пребывали на должностях младших командиров, разводящих, проверяющих; более взрослые — восемнадцати- и двадцатилетние — все имели звание «старший наряда». Эти считались настоящими недосягаемыми героями: пока мы, молодые новички, сторожили город — они свободно летали, куда хотели. В любое время дня и ночи срывались и ложились на воздух, провожаемые нашими завистливыми взглядами.

Мы все хотели вниз, на поверхность. А куда ещё.

Сказать по чести, вся эта наша охрана давным-давно превратилась в игру, нужную для того, чтобы молодёжь могла бесконтрольно бывать на поверхности.

Но правда и то, что мы всегда играли в эту игру честно.

За три тысячи лет никто не покусился на наш город, никто не напал. Ни один земной народ так и не постиг секрета бронзовой кожи, ни один мудрец не разгадал тайну летательной силы. Мы оставались одинокими, наше существование было тайной. Но бдительность охраны поддерживалась на максимальном уровне, и ни один из нас никогда и помыслить не мог о том, чтобы пренебречь своими обязанностями. Наоборот: каждый воин, от новичка до старшего начальника, поддерживал строжайший порядок и железную дисциплину.

Всё делалось очень тихо. Мы гордились своей силой и ловкостью.

Старшее поколение всё про нас знало, но смотрело сквозь пальцы; все взрослые в молодости делали то же самое, все любили нас — наследников — и, в общем, готовы были позволить нам любые выходки.

Если кто-то улетал и возвращался с добычей, с пойманным животным, или даже с живым дикарём, с женщиной, — достаточно было короткого свиста, обмена взглядами, чтобы пропустить вернувшегося путешественника мимо поста.

Вернувшиеся обменивались добычей и иногда одаряли молодых новичков скупыми рассказами, но, как правило, держались отдельно от нас.

Так я прожил следующие пять лет, терпеливо ожидая, когда сам стану старшим и сподоблюсь свободы путешествий в нижний — огромный — мир. И, наконец, дождался.

Мне было двадцать, когда все мои мечты сбылись, я получил звание старшего наряда, мне в подчинение дали десяток юнцов, все они глядели на меня снизу вверх; я мог делать всё, что хотел.

Мир шёл ко мне в руки.

Каждую ночь я летал на поверхность, то дальше, то ближе, то на восход, то на закат.

Не только я — все мои друзья, всё колено, два десятка одноклассников ночами пропадали внизу, исследуя загадочную и огромную сырую землю и подсматривая за дикими племенами, её населяющими.

Мы плавали в пресных озёрах и солёных океанах. Мы охотились на животных, убивая их мгновенно и милосердно, снимая с них редчайший мех, а иногда приобщаясь к их мясу. Мы находили удивительные места, бездонные провалы и высочайшие заснеженные горы, раскалённые мёртвые пустыни, медленно ползущие ледяные поля, мы видели вулканы, извергающие раскалённую первоматерию.

В первый год двое из нас погибли: один в схватке с сильным океанским зверем, другой — увязнув в гигантской паутине, в дремучем лесу далеко на юге срединного материка. Но других это не остановило.

Меня — сына уважаемого человека, сильного и тренированного воина — ждали блестящая карьера и благополучная, хотя и предсказуемая, судьба. Со временем я мог бы выслужиться до звания старшего охраны.

Но бог света озарил для меня другой путь, менее благополучный.

Однажды я совершил ошибку. Меня судили и приговорили к смерти. Потом заменили казнь на пожизненное изгнание.

С того дня прошло двадцать лет.

Теперь я опустился ниже края основания города, прижался там меж бальсовых стропил, приложил ухо и сосредоточился.

Охранники, встретившие Марью, находились прямо надо мной; через слои дерева я различал их голоса.

Девку привели в казарму и теперь допрашивали.

3.

— Кто тебя сюда привёз?
— Один из ваших.
— Он назвал своё имя?
— Да. Иван.
Охранники засмеялись.
— У нас таких нет!
— Ничего не знаю, — ответила Марья. — Врать не обучена. Он назвался Иваном. Выглядит в точности как вы. Летает.
 — Это он дал тебе трубу?
 — Да.
 — Он сказал, чей это предмет?
 — Я и так знаю, — ответила Марья. — Финиста. Сына вашего князя. Вы же сами видели, там сбоку знак нарисован…

— Дура, — презрительно сказал второй охранник. — Ты сырого объелась? Это называется — гравировка.

— Мне всё равно, как называется, — нервно возразила Марья. — Я дикая, бескрылая. Я ваших обычаев не знаю.

— Что ты дикая, — пробормотал Куланг, — это я за двадцать шагов чую. Где ты встретила этого летающего Ивана?

— Люди познакомили.

— То есть, этот Иван — он общается с дикарями?

— Не со всеми, — сказала Марья. Её голос звучал очень ровно и спокойно. — Только с одной старой ведьмой. Через эту ведьму я с ним и сошлась.

— А ты — тоже ведьма?

— Мне пятнадцать лет, — сказала Марья. — Какая из меня ведьма?

— А что, в пятнадцать лет нельзя быть ведьмой?

— Конечно, нет. Чтоб стать ведьмой, надо прожить лет сто.

— Дикари столько не живут.

— Некоторые живут.

— А этот вот Иван, летающий мужчина, — ему сколько лет?

— Трудно сказать. Но он не старый.

— Зачем он тебя сюда привёз?

— Я попросила.

— Что тебе нужно в нашем городе?

— Увидеть княжьего сына Финиста.

— Почему ты думаешь, что княжий сын захочет тебя видеть?

— Я не думаю. Просто пропустите меня в город. Дальше я разберусь.

Они опять засмеялись, но тут же замолкли: загремела, открываясь, тяжкая дверь, и вошёл, неспешно ступая, тот, кого я все эти долгие годы полагал своим главным врагом: старшина городской охраны по имени Неясыт.

Следом за ним — два его личных охранника; доски над моей головой скрипели долго.

При появлении высокого начальства скамьи загрохотали: все охранники, как велит обычай, встали со своих мест и поклонились.

При общем почтительном молчании Неясыт приблизился к столу, взял трубу и внимательно её осмотрел.

Я слышал только звуки — скрип, сопение, шорохи, — но я хорошо знал Неясыта и был уверен: именно так всё и происходит. Он шагает не спеша, смотрит внимательно, говорит мало и веско.

Все начальники ведут себя одинаково, что в небесном городе, что на сырой земле.

— Княжий вензель, — осторожно произнёс Куланг.

— Это она принесла?

Голос у Неясыта глухой; ему много лет, он ровесник старого князя и, говорят, один из последних его друзей.

— Да.

— Кто её доставил?

— Мы не видели. Она говорит — один из наших. Назвался Иваном.

— Иваном? — недоумённо спросил Неясыт. — Что за Иван такой?

— Мы не знаем.

— И чего она хочет?

— Поговорить с сыном князя.

Неясыт помолчал; снова доски пола заскрипели: он, как я понял, обошёл девку, осмотрел её со всех сторон.

— Сегодня, — сказал он, — ты можешь поговорить только с собственной смертью.

— Если бы я боялась угроз, — ответила Марья, — я бы никогда не дошла досюда.

— Смелая девушка, — похвалил Неясыт. — Тебе повезло. Княжий сын Финист сегодня женится. Если мы сбросим тебя — мы испортим праздник. Нехорошо омрачать торжество смертью, даже если это смерть троглодита…

— Женится? — спросила Марья; голос её дрогнул и пресёкся. — Финист — женится?

— Сегодня свадьба. Охрану велено усилить. Ты, земная женщина, для начала снимешь свои лапти и обмотки, и сбросишь вниз. Я не допущу, чтоб ты занесла заразу. Потом тебя очистят огнём. Потом тебя посадят в загон для дикарей, дадут воду и песок, и ты отмоешь своё тело дочиста. Имей в виду: по нашим правилам я должен забрать у тебя и твою шубу, и рубаху тоже. Но я не хочу, чтоб ты осталась голой.

— Нет, — ответила Марья. — Я не отдам ни шубу, ни рубаху.

— Вот и цени, — сказал Неясыт, — моё хорошее отношение. Как твоё имя?

— Марья.

— Хорошо. Меня называй «господин старший охраны». Запомнила?

— Да, господин старший охраны.

— Очень хорошо, Марья. Рубаху постираешь. Шубу оставь, иначе умрёшь от холода. И учти: малейшая попытка сопротивления — мы тебя сбросим. Ты умрёшь от разрыва сердца ещё до того, как долетишь до земли.

— Я понимаю, — сказала Марья. — Я не буду сопротивляться, господин старший охраны. Я сделаю всё, что ты скажешь. Только поклянись, что я попаду в город…

— Посмотрим, — сказал Неясыт. — А трубу я забираю.

— Это моя труба, — тихо возразила Марья.

— Она никогда не была твоей. Ты даже не знаешь, как ею пользоваться. Молчи. Выполняй приказы. Делай только то, что тебе велят. Тогда, может быть, останешься жива.

И дверь снова грянула: Неясыт ушёл.

Дальше я подслушивать не стал, осторожно отделился от деревянных балок и улетел.

В годы моего детства очищение огнём производили тщательно и торжественно: на специальной площадке, обложенной камнями, грели смолу и угли в двух огромных медных жаровнях, каждая размером с тележное колесо; всякий, кто летал на сырую землю, по возвращении обязан был пройти меж двух жаровен, дабы пламя изничтожило мелких паразитов и насекомых. Потом обычай как-то захирел. Внизу бывали многие, но кто бывал — тот, как правило, это скрывал. Уже много лет очищение огнём делали посредством двух обычных, наспех зажжённых факелов. Завет предписывал обязательное горячее очищение для каждого вернувшегося с поверхности, но насколько сильным должно быть пламя — священный текст умалчивал.

Думаю, если наш город просуществует ещё лет двести — огненная процедура превратится в формальность, её будут делать малой лучиной или куском смоляной пакли.

Всё равно мы, птицечеловеки, уже много столетий ничем не болеем, и нам не страшны никакие паразиты, никакие переносчики заразы. И чем дольше мы живём — тем крепче наше здоровье. Сила Солнца очищает наши тела стократ лучше любого огня.

По широкой дуге я облетел город, затем на большой скорости приблизился — и аккуратно сел на крышу одного из домов Внутреннего Круга.

Мне хотелось посмотреть на свадьбу.

Город украсили яркими флагами, бумажными гирляндами и цветами, доставленными с поверхности. Пылало множество светильников и факелов. На главной площади, у входа в Храм, рядами стояли глиняные горшки с горячими углями, и каждый такой горшок был накрыт тряпичным забралом, чтоб тепло не исчезало в небе, а расходилось в стороны. В нашем городе, висящем на высоте в семнадцать тысяч локтей от земли, всегда холодно; но в дни торжеств принято выставлять на улицы всё, что может согреть ледяной воздух и создать хоть малую иллюзию земного существования.

Каждый наш праздник — это всегда мистерия, игра, посвящённая древним временам, когда все мы были обыкновенными, земными: слабыми, изнемогающими, зависимыми от огня, от воды и пищи, от любой превратности судьбы.

Я смотрел, как площадь постепенно заполняется народом. Первыми, конечно, прибежали дети, заняв лучшие места, у ворот Храма и вдоль главной улицы. Дети выглядели крепкими, красивыми и нарядными. Потом пришли молодые юноши и девушки, ещё более крепкие и красивые: они прогнали детей, возникли шумные споры и даже некоторые потасовки, но всё утихло, как только появилась охрана: две дюжины лучших бойцов моего народа, под началом своего старшины — Неясыта, облачённого в парадный плащ, густо расшитый золотом; они прошлись по всей улице, от главных ворот до входа в Храм.

Как только охрана появилась и заняла свои места — толпа стала резко прибывать, и вот уже площадь до краёв заполнилась моими собратьями, птицечеловеками.

Пришли все.

Я узнал многих своих родственников и товарищей, и едва не заплакал от тоски.

Два десятка мальчишек и молодых ребят взлетели вверх и уселись на крышах, как и я. Все они меня заметили — но никто не узнал; приняли за своего, такого же праздного зеваку.

Я не боялся, что меня поймают. Все стражники в этот час были на площади, все готовились охранять князя, и его сына, и невесту сына, и подруг невесты, жрецов и вельмож.

За два десятилетия жизни в унизительном статусе изгнанника я изучил работу городской охраны до мелочей. Я знал, когда можно прилететь, а когда лучше не соваться.

Сегодня было можно.

Я даже вознамерился спуститься вниз и смешаться с толпой — всё равно никто не угадал бы во мне Соловья, давным-давно покинувшего Вертоград. Моё лицо, когда-то казавшееся женщинам красивым, интересным — давно обветрилось, огрубело от множества укусов лесных насекомых; щёки ввалились, брови выгорели; весь я, от щиколоток до шеи, сильно похудел.

Когда ты в бегах — ты не только перестаёшь переживать насчёт внешней красоты, но более того — заинтересован, чтобы красота исчезла, чтобы лицо стало другим, неважно каким, пусть и уродливым; главное — не остаться похожим на прежнего себя. Ты отпускаешь бороду и усы, меняешь походку, осанку, голос, ты носишь глупые меховые шапки, — ты перерождаешься; жизнь беглого преступника и есть перерождение.

Так или иначе, благоразумие победило: всю бесконечно длинную свадьбу я смотрел, не покидая облюбованной крыши.

Я помнил, чья это крыша: здесь, в одной из лучших и просторнейших резиденций Внутреннего Круга, проживало многочисленное семейство Сороки, управительницы княжьего дома, старой, жадной и вредной женщины, обладающей громадным влиянием; когда-то она собиралась выдать за меня свою дочь, Сороку-младшую, ещё более вредную, хотя и вполне привлекательную, рослую девушку; кстати, своенравную и дурно воспитанную. Однако помолвка расстроилась: младшая Сорока была влюблена в другого парня. Я не настаивал; я вообще не хотел жениться. Я, как и все мои сверстники, мечтал стать воином-разведчиком, отслужить положенные годы в городской страже, а потом путешествовать по дальним окраинам Ойкумены, собирая и привозя в город всевозможные диковины, черепа и кости редких животных, орудия дикарей, украшения и предметы культа, а также, разумеется, золото и самоцветные камни.

Сейчас я вспоминаю о тех своих юных планах с печалью и иронией.

Все мы в розовой юности невыносимо желаем принести пользу другим. Потом, с годами, взрослея и грубея, мы понимаем, что главную пользу надо приносить только самому себе; в основе всякого поступка всегда должен лежать личный интерес.

Даже если ты жертвуешь жизнью, защищая других, — ты делаешь это для себя.

По древнему обычаю, свадебная церемония начинается точно в полдень, в момент проникновения первого солнечного луча через главные ворота к распахнутым дверям Храма, и далее — точно в центр святилища.

Сначала музыканты играют гимн. Толпа поёт, воздев руки к небу и радуясь. Над головами взлетают цветные ленты. Потом на площадь выходят четверо старших жрецов и благословляют народ. Тут возможна давка, потому что каждый норовит пролезть для благословения как можно ближе к дверям Храма и подставить ладони или лицо под священный солнечный луч.

Потом охрана снова проходит вдоль улицы, расчищая путь для карнавала.

Далее начинается самая весёлая часть действа, собственно карнавал: все желающие проходят по главной улице, в костюмах своих тотемных птиц; каждый волен танцевать, петь или просто кривляться, дурачиться всласть.

Одновременно из княжьего дома и домов богатых вельмож слуги выносят котлы с горячей едой и потчуют всех желающих: обычно угощением служат разваренные ячменные зёрна или овсяная каша. Возле котлов тут же собираются дети, самые юные, в возрасте семи-восьми лет — эти ещё любят поесть сырого, земного; пройдёт два-три года — и они совсем забудут про пищу дикарей, довольствуясь только чистой силой солнечного света.

С тех пор и до самой смерти птицечеловек не нуждается в еде.

Иногда он охотится, спускаясь к поверхности, — но не ради пропитания, а для соблюдения Завета.

Иногда он ест земную еду, и пьёт воду, — но с единственной целью: чтобы поддержать жизнь во внутренних органах, ответственных за поглощение и переваривание растительной и животной плоти.

Мы ведь — бывшие люди.

Перерождённые, улучшенные.

Нам не нужна еда.

Но Завет предписывает нам охотиться, убивать зверей, поглощать их мясо, поедать зёрна, листья, ягоды, коренья, — всё, что ели и едят нижние люди.

Странно было мне видеть, после долгого перерыва, нашу свадебную церемонию.

Внизу, на сырой поверхности, троглодиты праздновали свадьбы совсем иначе, в обратном порядке. Сначала — официальная часть: жрецы, старшины, главы родов и племён благословляли молодых и провозглашали брачный союз свершившимся, и только после этого начинался собственно праздник, пир и гуляния; молодые, уже в статусе мужа и жены, вынуждены были долгими часами сидеть за столом, изнывая от нетерпения и усталости, в ожидании, пока гости насытятся и уснут. Более того, по первому требованию любого из гостей новобрачные были обязаны встать и жадно облобызать друг друга, что символизировало совокупление. Прочие собравшиеся глазели на прилюдный поцелуй, кричали здравицы и опустошали чаши до дна. Поистине варварское обыкновение — принуждать подростков, в главный день их жизни, к публичному соитию! К счастью, в небесном городе от этого давно отказались.

В Вертограде сначала празднуют — а уже потом, когда всем надоест, к публике выводят молодых, на малое время. Жених и невеста появляются только после захода Солнца, символизируя его потомство, истинных детей бога. Они проходят по главной улице, приветствуемые толпой, затем исчезают за дверями Храма — и на этом праздник завершается.

Я долго сидел на крыше, жадно всматриваясь в лица бывших друзей, соседей, одноклассников, родственников, а также незнакомых мне чужаков, главным образом — молодых людей, родившихся в городе уже после моего бегства; их было достаточно много; а также и дикарей, прибывших снизу: этих тоже хватало, они выделялись бледностью лиц и слабым телосложением, — и я заметил, что за то время, пока меня не было, дикари увеличились числом.

Девушка Марья была далеко не единственная, кого подняли с сырой земли в небесный город.

Сейчас, сидя на жёсткой бамбуковой кровле, наблюдая за торжеством, за круговоротом разноцветной смеющейся толпы, я понимал: Марью, конечно, не сбросят. Проведут в город. Может быть, уже провели. Её покажут старому князю, и он разрешит ей остаться, как разрешил до этого многим десяткам таких же молодых девушек. Сначала Марью возьмут служанкой в какой-нибудь богатый дом. Она будет мыть, подметать и скоблить, ибо птицечеловеки живут только в совершенной холе тела и чистоте быта. Из бескрылых троглодиток получаются исполнительные и трудолюбивые служанки.

Потом — достаточно скоро — какой-нибудь взрослый бездетный вельможа начнёт с ней сожительствовать или, может быть, даже женится, — и князь опять разрешит, потому что земная женщина тут же родит ребёнка, или двух, а если связь продлится несколько лет — будет рожать каждый год.

Дети, рождённые дикими женщинами от птицечеловека, обязательно наследуют качества птицечеловека.

Все имеют развитый скелет и кожу бронзового цвета, умеющую поглощать и преобразовывать прямую силу Солнца.

Этим младенцам не требуется материнское молоко, первое время они ещё сосут грудь, но потом отказываются: с возраста четырёх месяцев им нужен только солнечный свет.

С возраста шести месяцев дети нашего народа уже пытаются летать.

Это происходит всегда по ночам, когда и мать, и дитя спят: ребёнок поднимается в воздух, пребывая в блаженном забытьи, непроизвольно, неосознанно, не сам по себе, а как будто возносимый в чьих-то сильных ладонях.

Мой отец рассказывал мне, как я полетел: однажды ночью он открыл глаза и увидел, как я, семимесячный младенец, воспарил над спящей матерью, на высоте протянутой руки, с закрытыми глазами, в глубоком сне — и улыбался от удовольствия.

Обычно женщины-дикарки тяжело переживают этот период: они привыкли, что их дети, зачатые от соплеменных земных самцов, летать не умеют, а только ползают.

Многие из них испытывают страх перед собственными детьми.

Почти все такие бескрылые самки, прожив в Вертограде несколько лет и родив сожителю (или мужу) нескольких детей, возвращаются на поверхность, а детей своих оставляют в Вертограде.

Бывали и случаи самоубийств, когда женщины по собственной воле прыгали с городской стены вниз.

Но в общем их судьба одна: подняться в город и родить кому-нибудь из наших мужчин двоих-троих детей. А потом — исчезнуть.

Обычно они сами просят, умоляют сожителей и мужей, чтобы те вернули их на землю.

И мужья однажды уступают.

Бросив сытую, удобную жизнь, бросив собственных детей, эти женщины покидают город и возвращаются в свой обычный мир.

Их никто не осуждает. Их судьбой — после исчезновения — интересоваться не принято.

Толпа зашумела.
Из княжьего дома вывели, под крики зевак и гром барабанов, жениха и невесту.

Нестерпимое сияние переливалось в складках их золотых одежд.

Я напряг зрение, чтобы рассмотреть подробности.

Жених, Финист-младший, — единственный сын князя, наследник верховной власти, — выглядел нездоровым и худым, однако держался прямо и смотрел твёрдо. Болезненность лица была замаскирована слоем золотой краски и сурьмы.

За женихом следовали его друзья, представители лучших семейств, также все в золоте, весёлые, заметно хмельные, с такими же сильно и ярко раскрашенными лицами.

Невеста была красива и стройна, с огромными синими глазами, тёмные волосы убраны в жемчуг; а сверх того — явно отличалась идеальным здоровьем и решительным настроем.

За ней шли её подруги в самых невероятных нарядах, какие только можно вообразить, в густейшем золотом и серебряном шитье, с запястьями, унизанными драгоценными браслетами, с самоцветными камнями в ушах, с тяжёлыми фамильными бронзовыми медальонами, доставшимися от прабабушек.

Следом за ними валили толпой прочие друзья, подруги и родственники, все как один столь же юные, счастливые и разодетые в пух и прах.

Всем им, включая жениха и невесту, было по пятнадцать–семнадцать лет; они родились уже после того, как я бежал из города; я никого из них не знал, это было совсем незнакомое мне поколение, молодые из Внутреннего Круга, дети моих друзей, соседей, одноклассников; если бы я не был изгнан, если бы остался, женился — моё потомство тоже сейчас танцевало бы в плотной, полупьяной свите княжьего сына.

Я тогда, на той крыше, таясь в темноте, дыша ледяным паром, глазея на праздник молодых — понял, что всё, проиграл; отстал от жизни.

Двадцать лет в бегах — это много даже для птицечеловека.

Лицо княжьего сына я, конечно, высмотрел в первую очередь.

Этот парень, совершенно мне неизвестный, на вид — едва оперившийся юнец, однажды должен был унаследовать верховную власть в моей расе.

Высокий, очень крепкий, с хорошим разлётом плеч, с выдающимися ключицами, осанистый, мягко шагающий — молодой Финист во всём продолжал породу своего отца, крупнейшего, значительного лидера, исполина божьей милостью.

Финист-старший правил городом на протяжении полувека.

Он считался жёстким, при нём конфликты между горожанами пресекались мгновенно и безжалостно; на самом же деле в правление старшего Финиста наша раса увеличилась числом, и ни один птицечеловек не был предан смерти, а изгнаны — единицы (я в их числе).

В последние годы в городе открыто говорили, что его правление войдёт в анналы и хроники как золотой век расы людей-птиц.

Князь Финист не был самым умным или самым сильным политиком — но был самым осторожным, а главное — дальновидным.

Он фактически отменил наказание для молодых людей, посещавших поверхность без официального разрешения (а таких было — каждый второй).

Он узаконил браки между бескрылыми женщинами и крылатыми мужчинами (что, собственно, и явилось причиной подъёма рождаемости).

Он никогда не опускал город ниже семнадцати тысяч локтей от поверхности, и никогда не передвигал его южнее первого холодного температурного пояса. Наша раса не знала ни тепла, ни сырости: мы росли в самом сухом и холодном воздухе, который только можно себе представить, мы привыкли к суровым условиям и закалились; в правление князя Финиста средний рост взрослых мужчин нашей расы увеличился почти на половину локтя.

И всё шло к тому, что князь Финист-старший будет, во славу Солнца, править небесным городом ещё двадцать, или тридцать лет, или больше; весь мой народ, как я видел теперь, сидя на крыше и наблюдая бурление хохочущей толпы, — смотрел в будущее уверенно и прямо.

Да, это был Золотой Век: как я себе его представлял по рассказам школьных учителей.

И младший Финист, наследник сверкающей и неоспоримой славы своего великого отца, тоже выглядел как порождение Золотого Века, как лучшее дитя, которое может родиться от лучшего родителя, как образчик благородства и физического совершенства.

И, разумеется, в этом совершенном, прекраснейшем, ясноглазом юноше был свой изъян; не бывает совершенства без изъяна.

Его лицо — если очень внимательно всмотреться, напрягая зрение, — хранило отчётливые, резкие следы старых ран, грубых, заживших порезов на скулах, на губах, на лбу.

Для меня, привыкшего к боли, к травмам, к рассечениям и переломам, эти следы на бронзовом лике княжеского наследника много значили.

Я увидел: однажды ему сильно досталось; однажды он влез головой вперёд в смертную западню и чудом уцелел.

Но толпа на площади, конечно, не хотела изучать шрамы на лбу жениха; плевать, какой у жениха лоб, всем была нужна невеста.

Её я тоже не знал, но полюбовался. Прямой нос, гордая грудь, в золоте и серебре от макушек до пят, самоцветные камни в ушах и на пальцах, а за спиной — свита из дюжины товарок, таких же юных, сверкающих глазами и богатствами.

Пока они шли по главной улице, в сиянии золота, в свете сотен факелов, под дождём из цветных бумажек и розовых лепестков, — народ азартно шумел, свистел и выкрикивал имена молодых.

К сожалению, в оре тысяч глоток я не сумел расслышать, как зовут невесту. Но невеста меня не интересовала.

Внизу, у дикарей — у всех племён и народов, мне известных, — был в ходу хороший обычай, имеющий большую практическую пользу. В день свадьбы любой гость мог обратиться с любой просьбой к жениху, невесте, их родителям и членам их семей — и такую просьбу обязательно следовало уважить. Свадьба считалась священным актом, очищающим дух всех её участников. В день свадьбы, когда семейными узами скреплялись не только двое молодых людей, но и оба их рода, — примирялись старые недруги, прощались обиды. И даже — в не столь уж редких случаях — насовсем прекращалась кровная вражда.

Сказ третий. Разбойник

В моём небесном народе такого обычая не существовало.

Но теперь, размышляя о причинах появления в моей жизни бескрылой Марьи, обладательницы бронзовой трубы с полированными подзорными линзами, давней возлюбленной княжьего отпрыска, да притом решительной, отважной и, прямо сказать, отчаянной девушки, — я всё чаще думал, что Бог Света посылает мне возможность поправить мою искривлённую, погубленную судьбу.

Я не знал, как это сделать, но точно понимал, когда сделать.

Сейчас. Сегодня, или завтра, — пока гудит свадьба, пока люди расслаблены.

Мне следовало напрячь свой разум, обленившийся за два десятилетия, и придумать ловкую игру, в которой все лучшие ходы совершают две главные фигуры.

Я и Марья.

Моё вожделение давно пропало. Провести ночь, или две, или пять ночей с горячей дикаркой, истекающей соками, — это, конечно, прекрасно. Но она любила Финиста. Не меня.

Я глядел на него, физически совершенного, облитого золотом, с напряжённым взглядом, умным, но сильно затуманенным, и понимал, почему она отталкивала меня с таким презрением.

Я был ему не чета, конечно. Глупо сравнивать молодого со старым. По сравнению с княжьим сыном я был никто.

Я был грязнее, беднее, скучнее, и я не имел такого интересного и прекрасного окружения.

Признаюсь, то был невесёлый момент. Я сильнее прижался к тёплой бамбуковой крыше, проглотил комок в горле и решил, что эта девчонка, земная бескрылая Марья, при всех её достоинствах, к сожалению, мне не достанется.

А могла бы достаться. Если бы я захотел — добился бы её, что-нибудь придумал, соврал, наплёл, как говорят дикари, «с три короба», оставил у себя в берлоге, напоил бы. Но нет — привёз в город, к любимому.

Уступил её другому.

Красивому богатому мальчику.

Ничего, подумал я. Жизнь сегодня не закончилась. С девушкой мне повезёт в другой раз, а теперь следует подумать, как обернуть дело с Марьей для собственной пользы.

Перед дверями Храма главный жрец — я забыл его имя — велел жениху и невесте развернуться лицами к собравшимся, взял их руки и соединил.

Толпа запела гимн. Простые слова, мотив ещё проще: эту старую песню мы учили ещё в школе.

Люди умеют ползать.
Люди умеют ходить.
Люди умеют летать.
О да, люди умеют летать.
Люди умеют повелевать миром.
Люди умеют быть счастливыми.
О да, люди умеют быть счастливыми.
Летают только счастливые!
О да, летают только счастливые!

Припев я повторил вместе со всеми, но, конечно, вполголоса.

От тоски слёзы снова навернулись на глаза.

Когда я пробираюсь в город и вижу своих соплеменников — я всегда плачу, и слёз своих не стыжусь.

Сказать по чести, я вообще никогда не стыжусь своих поступков. А особенно не стыжусь преступления, которое якобы совершил.

Не стал смотреть дальше, не стал искушать судьбу — отделился от кровли и исчез во мраке.

Аккуратно обогнув город по низкой дуге, сел на краю привратной площадки: там, куда недавно доставил девку Марью.

Прежде чем меня заметили, выдернул из доспеха кусок кожаного шнура и привязал его к краю деревянной доски, последней в ряду; дальше опрокидывалась ледяная пустота. Концы шнура спутал тройным узлом. Проверив крепость затяжки, соскочил с настила и отдался пьянящему кровь свободному падению; мой путь лежал вниз. Домой.

Кожаный шнур с тремя узлами предложил сам Куланг.

Захочешь поговорить, сказал он, привяжи шнур на краю настила, строго на восход от центра ворот, и затяни три узла.

Такой мы с ним придумали тайный знак.

4.

Куланг прилетел на исходе ночи.

Многие годы мы встречались в одном и том же месте, незаметном с воздуха: в неглубокой пещере, спрятанной в голых скалах на северной окраине долины. Когда-то в укромной каменной нише обретался медведь, могущественный и красивый хищник, подлинный властитель здешнего животного мира; к сожалению, мне пришлось его изгнать. Точнее, зверь ушёл сам: животные не любят и сторонятся людей, а при появлении нас — птицечеловеков — и вовсе мгновенно обращаются в бегство.

Здесь было прохладно, но Куланг всё равно имел на лице недовольную гримасу, и когда мы обнялись — я почувствовал, что мой товарищ вспотел.

— Что, брат? — спросил я. — Душно?

— Ты знаешь, — ответил Куланг. — Я не люблю бывать внизу. Как ты прожил двадцать лет в такой сырой жаре?

— Привык, — ответил я. — На моём месте ты бы тоже привык.

— Сомневаюсь, — сказал Куланг. — Жару можно терпеть, и даже давление… Но насекомые… — Он потряс пальцами возле носа. — От их звона у меня болит голова… Это невыносимо. Я не понимаю, как ты держишься.

Мой школьный товарищ выглядел уставшим, под глазами залегла синева. С тех пор, как мы подсказывали друг другу на экзамене текст второй главы Завета, прошло тридцать лет. Я грустно подумал, что время не щадит никого.

Пряжкой-фибулой от церемониального плаща ему сильно натёрло шею под горлом.

Когда я служил в охране, мне тоже натирало шею. Церемониальные плащи с золотыми пряжками очень старые, самым древним — по тысяче лет; за этот срок люди моего народа сильно увеличились ростом и шириной плеч.

— Устал? — спросил я.

— Свадьба, — ответил Куланг. — Вся охрана двое суток на ногах.

— В какой ты сейчас должности?

— Второй помощник старшего.

— А кто первый?

— Стрепет.

— Стрепет — первый помощник?

— Да.

— Он же дурак.

— Такие быстро делают карьеру.

— Верно, — сказал я. — Но и тебе не о чем жалеть. Второй помощник — самая удобная должность. Почёта столько же, а ответственности меньше. Стрепет — слабак. Он никогда не будет Старшим. Ты — будешь. Неясыт уйдёт, и ты займёшь его место.

Куланг засмеялся, но как-то не слишком весело; я поймал себя на том, что отвык от этого негромкого, аккуратного сановного хохотка, заключающего в себе множество смыслов: его можно было истолковать и как согласие, и как возражение, и как проявление нейтральной позиции.

В небесной обители все мужчины и женщины старше двадцати лет приучались выражать своё мнение неявно и дипломатично. Город невелик, все друг друга знают; каждое слово, произнесённое в осуждение одного и в поддержку другого, могло стать причиной ссоры или даже скандала.

Сказ третий. Разбойник

Птицечеловеки всегда сдержанны в речах; больше помалкивают.

— Этот древний дурень, — сказал Куланг, — будет Старшим ещё много лет. Он очень крепкий. А слух у него такой, что он ловит каждый шёпот в каждом доме Внешнего Круга. И князь ему во всём верит.

— Так было всегда, — сказал я. — Они — друзья с детства. Расскажи, какие есть новости.

— Свадьба, — повторил Куланг. — Вот главная новость. Ты был там?

— Да, — сказал я. — Был. Половину видел, потом улетел.

— Тогда ты всё знаешь. Молодой Финист женился на дочери Неясыта. Два старика породнились. Партия Неясыта выиграла. Партия Сороки проиграла…

— Не надо про политику, — возразил я. — Расскажи, как люди живут.

— Нормально, — ответил Куланг. — Скучновато, конечно. Но жаловаться не буду. Молодёжь много путешествует. Жрецы хотят убедить князя поднять город на пятьдесят тысяч локтей, чтоб сделать расу ещё сильнее. Холодный подъём — это у них сейчас главная тема для споров. Ребята в охране играют в кости и пьют вино. Девчонки влюбляются… Дети озоруют… Всё как всегда.

Он обтёр пот со лба, шумно выдохнул и стал снимать с себя броню. Я с завистью смотрел на его тело. Мой одноклассник и товарищ, безусловно, был одним из лучших представителей нашей малой, но прекрасной расы.

По сравнению с ним княжий сын Финист выглядел слабосильным мальчиком.

Второй помощник Старшего Охраны — это значило, что Куланг был признан третьим по силе воином моего народа, и вошёл в число самых влиятельных персон Вертограда.

Он был огромен, широк в плечах, узок в поясе, сплошь перевит тугими мышцами; кожа сверкала.

Одновременно я поймал и его мгновенные, обращённые на меня взгляды сочувствия.

Когда-то давно, в школе, мы считались равными по силе, а кое в чём я даже превосходил своего товарища. Я был хитрее и быстрее.

И на испытаниях, при зачислении в статус младших воинов, я показал лучшие результаты: в кулачном бою у нас была ничья, но я обставил Куланга во время полёта на скорость и на высоту подъёма.

Мы были равны: оба сильные, умные и всецело преданные интересам своего народа.

А теперь — вот. Я — чахлый изгнанник, обретающийся в гнилых дебрях, а он — блистающий воин, абсолютно совершенный, неуязвимый, независимый ни от чего, кроме силы Солнца.

Сейчас, если бы Куланг захотел, — он бы уложил меня одним ударом.

Мы посмотрели друг другу в глаза и поняли это.

И каждый понял, что другой понял.

И каждый понял, что обмен первыми — осторожными — словами завершён, и пора переходить к главному.

Я уступил своему товарищу право начать.

— Это ты привёз в город земную женщину? — спросил он.

— Ты умный, — сказал я. — Ты догадался.

— Зачем ты это сделал?

— Попросили.

— Кто?

— Я давно живу внизу, — сказал я. — У меня есть отношения с дикарями.

— То есть, — спросил Куланг, — эта девушка — твоя?

— Нет, — ответил я. — Не моя. Это девушка младшего Финиста. Она утверждает, что имела с ним связь. Я её расспросил подробно. Она не врёт; это точно. Вдобавок он ей подарил дорогой астрономический инструмент. Теперь она хочет добраться до парня и напомнить о себе.

— Это невозможно, — сказал Куланг, слушавший меня с огромным вниманием. — Княжий сын три года болел. Вы-

Сказ третий. Разбойник

лечили с большим трудом и большой ценой. Он ничего не помнит. Совсем. Он как будто заново родился. Я стоял в охране его комнаты. Я всё это видел и помню. Отец ему заново объяснил, что его зовут Финист, что он умеет летать, что он сын князя птицечеловеков, что город Вертоград парит в небе...

Куланг подумал и покачал головой.

— Нет. Он не вспомнит девчонку. Это невозможно.

— Вспомнит, — возразил я. — Если помочь.

Куланг молчал ещё дольше, сопел, шумно втягивая воздух через ноздри, смотрел на меня с сомнением.

— Зачем тебе это? — спросил.

— Я намерен получить прощение и вернуться домой.

— Тебя изгнали навечно.

— Навечно — это просто красивая формула, предназначенная для обывателей. Я двадцать лет в изгнании. Поверь, для меня это было — пять раз навечно. Теперь я намерен предстать перед князем и попросить помилования.

— Он не будет тебя миловать, — сказал Куланг. — Князь стареет. И, как все старики, с возрастом начинает больше чтить Завет. А в Завете сказано, что изгнанным прощения нет.

— Ничего, — сказал я. — Пусть что-нибудь придумает. В обмен на помилование я расскажу ему интересную историю. Про то, как его сын связался с дикой девочкой. И про то, как родственники и друзья этой девочки поймали княжьего сына в ловушку, сильно его повредили и порезали лицо. И про то, как князь, в попытке вылечить сына, обратился к помощи земной колдуньи, и колдунья изготовила лекарство из выделений реликтового чудовища. Я видел всё. Сначала княжий сын, а потом и сам князь грубо нарушили Завет, явились к земным дикарям, вступили с ними в сложные длительные отношения. Либо князь меня простит — либо весь город узнает, что происходит в княжеской семье. Вот мой план.

Куланг улыбнулся и покачал головой.

— Ты хочешь шантажировать князя?

— Да, — сказал я.

— Он тебя убьёт.
— Посмотрим.
Куланг поразмышлял.
— Ты смелый, — сказал он.
От входа в пещеру задуло холодным ветром и принесло несколько колючих хлопьев самого первого снега.
В долине наступала зима.
— Это не смелость, — ответил я. — Это отчаяние. Слушай. Всё, что тебе нужно сделать, — провести дикарку в княжий дом. Есть повод: при ней нашли трубу. Просто покажи старику и трубу, и девчонку. Дальше всё случится без тебя. Я предполагаю, будет скандал. И мы оба получим от этого пользу.
Куланг молчал.
В доказательство своей решимости я выломал из стены кусок мягкого камня и раскрошил в пальцах.
— И теперь последнее: когда дым рассеется — ты будешь Старшим Охраны.
Куланг поднял брови.
Но ничего не ответил.
— Ты не лезь, — продолжал я. — Повторяю, всё будет без твоего участия. Если мне надо будет пролезть в княжий дом — я пролезу, когда будет дежурить Стрепет. Или сам Неясыт.
Куланг молчал.
Я бы на его месте тоже молчал.
Он имел дом во Внутреннем Круге с видом на Главный Храм, он имел жену, родом из хорошей семьи, он имел двоих детей, он имел золотую посуду, шёлковые простыни, благовонные ароматы, ежевечерние беседы со жрецами, он имел дружбу и родственные связи со всеми лучшими семействами города. Ему было, что терять.
Однако меньше всего он хотел потерять свою честь; а законы чести предписывали нам — ровесникам, одноклассникам — помогать друг другу на протяжении всей жизни. И мой

унизительный статус приговорённого преступника этого правила не отменял.

Более того, и я, пусть жалкий изгнанник — но тоже берёг свою честь. И берёг не меньше, чем блистательный Куланг. И мои представления о мужской, воинской чести всегда подсказывали мне, что обращаться к товарищу с просьбами нужно только в исключительных случаях.

Поэтому мы виделись редко.

— Добро, — сказал он, и крепко сунул мне кулаком в грудь: мужской, товарищеский жест приязни. — С утра я покажу дикую девку князю. Правда, инструмента при ней уже нет. Неясыт сразу отобрал.

— Ничего, — сказал я. — Если инструмента нет, придумаем что-нибудь поинтереснее. Видел когда-нибудь золотую нитку?

— Не видел, — сказал Куланг, немного нервно. — И видеть не хочу. Делай, что задумал, брат, я тебе мешать не буду. В мою караульную смену тебя везде пропустят. Надеюсь, ты меня не подставишь.

Он вытер запястьем потный лоб и покраснел.

— Но имей в виду: если дело провалится — я тебя не прикрою. Не смогу. Извини. У меня семья. Сам подумай.

— Конечно, — ответил я. — Разумеется.

Мы обнялись, и он лёг на воздух, ловко на лету надев свой великолепный переливающийся панцирь.

Я же, проводив его взглядом, ощущая благодарность, и ещё самодовольство — ведь не у каждого есть такой могущественный, высокопоставленный и преданный друг, — вернулся к себе домой.

Повторяю: как выглядит моё пристанище, я не скажу, и даже намёка не сделаю. Могу сообщить, что входа в мой дом нельзя заметить ни с земли, ни с неба. И ещё скажу, что вокруг дома я устроил несколько тщательных тайников, — там хранил свои особенные ценности, редчайшие, накопленные за долгие два десятилетия бродяжьей жизни.

Залез в один из таких тайников, вскрыл его и извлёк золотую нитку.

Сдул пыль, обтёр локтем. Золото — это вам не серебро и не бронза; золото не тускнеет.

Золотая нитка блестела так, словно её только что изготовили.

Искренне признаюсь, что почитаю и всегда почитал золото и драгоценные камни. Вся наша малая и сильнейшая летающая раса — бесконечно влюблена во всё, что сверкает; в лучшее и самое дорогое. Эту страсть нельзя ни отменить, ни преодолеть. От рождения мы все следуем за золотым сиянием. Уж не знаю, хорошо это или плохо. Но так уж мы устроены, летающие полубоги.

Тайник был задуман удачно, и я вновь запечатал его и замаскировал, и замёл следы. Сейчас пустой — он мог пригодиться мне в будущем.

В искусстве делать тайники я достиг многого, но знаниями своими здесь делиться не намерен: эти знания спасли мне жизнь и, может быть, ещё спасут.

Я сунул моток золотой нитки за пазуху, долетел до дома, там помылся и переоделся.

Золота у меня хватало, а вот с чистыми рубахами и штанами была проблема; мне приходилось раз в неделю стирать всё самому, песком в ручье; от стирки вещи приходили в негодность каждый год. Новую одежду, взамен ветхой, приходилось заимствовать у дикарей; а где ещё? Их рубахи были мне сильно малы, чтобы налезло — приходилось делать надрезы на спине и пониже шеи.

Иными словами, выглядел я тогда не слишком блестяще. Но сегодня подобрал из того, что было, всё самое лучшее, и заново перевязал все завязки; достал горшок с жиром и смазал сапоги и доспехи.

Золотую нитку тоже обтёр сальной тряпкой: высверкнуло так, что глаз дёрнулся. Остался доволен, сунул ценность в кожаный мешок, стянул тесьмой.

Правда, есть на свете нечто дороже золота.

Это люди и твоя с ними связь.

Богатство можно обменять на жизнь, на благополучие, даже на любовь — но никогда нельзя обменять на доверие.

Так вышло, что я обрёл богатство — но насовсем лишился доверия людей.

Меня проклял даже мой собственный отец. Но я его не виню.

5.

В первые годы после изгнания я ещё наивно полагал, что меня быстро простят и позволят вернуться. Мне думалось, что приговор — демонстративный. Что меня наказали не ради буквы Завета — а для острастки; чтоб другим было неповадно.

Пройдёт два, три года — и совет жрецов и вельмож пересмотрит моё дело. Так я мечтал.

Привыкание к жизни внизу далось мне мучительно. Я страдал от жары, сырости, а больше того — от одиночества. Месяцы и годы тянулись в тоскливых раздумьях и надеждах. Помыкаюсь года три, рассуждал я, ну четыре года, ну пять лет — а потом князь и жрецы помилуют дурака, совершившего ошибку по юному недомыслию.

Я много летал в те первые времена, поднимался на громадные высоты, совершал длительные путешествия к окраинам материка. Я не понимал, что мне делать, я был в отчаянии. Я кружил вокруг города, и несколько раз проник внутрь, рискуя быть убитым охраной. Я даже сумел попасть в родительский дом, побывал в собственной комнате, и плакал, перебирая собственные детские игрушки.

Отец отрёкся от меня, как того требовал Завет. Но в моей комнате — оставил всё, как было. Не передвинул ни единого предмета. Мои мячи для игр, мои учебные клинки, мои доспехи для тренировок, мои рисунки, мои книги, мои молитвенники, мои школьные дневники, мой шлем, мои ножи, мои праздничные рубахи, расшитые золотом, — всё пребывало в полной сохранности.

Отец, конечно же, продолжал меня любить, помнить обо мне и надеяться на моё возвращение.

Он был влиятельным и богатым человеком. Если бы он захотел — он бы спас меня. Он мог упасть в ноги князю и жрецам. Добиться смягчения приговора. Пожертвовать на Храм часть своего золота.

Жрецы очень любят, когда жители Вертограда отдают сбережения в пользу Храма.

Он мог бы меня спасти, да.

Мог хотя бы попытаться. Но не попытался.

Я точно знал: ради меня он никуда не пошёл, никого не попросил, ничего никому не предложил.

Пока я, арестованный, пребывал в узилище, в доме стражи, пока меня допрашивали, пока меня судили, — мой отец сидел дома, ни в чём не участвовал и ни с кем не разговаривал, ни разу не вышел на люди. Он прислал князю письменное отречение от сына, чрезвычайно краткое, в одну фразу — оно было оглашено перед объявлением моего приговора.

Я не виню отца ни в малейшей степени, и моё к нему сыновнее почтение не стало меньше ни на гран.

Отец отрёкся от меня формально.

Так было принято. Так было записано.

Мой отец был пожилой человек, почти старик.

В юности мы все революционеры, а в старости — консерваторы и ревнители традиций.

Чем ты старше — тем крепче привязываешься к своему племени. Тем яростнее желаешь сохранить древние заветы, верования, уклады, обычаи и результаты опытов.

Отец не мог поступить иначе.

Завет предписывал отречение — отец исполнил.

Когда я первый раз, спустя три года после бегства, перед рассветом, в самое тихое мёртвое время, бесшумно проник

Сказ третий. Разбойник

в собственную комнату, рискуя быть пойманным в любой момент, — я понял, что на самом деле — не отрёкся.

Остался со мной.

Жаль, я уже никогда не смогу его поблагодарить.

Пока наш благословенный город плавал в небесах, столетие за столетием, — внизу жизнь шла своим чередом, развиваясь и усложняясь. Народы, некогда дикие, постепенно преобразовались в сильные цивилизации.

У нас, бронзовокожих, не было монополии на знания. Знания не принадлежат никому в отдельности, но являются достоянием всех мыслящих существ, сколько их есть.

Процветали не только мы.

В разных концах срединного материка, на востоке и на западе, нижние люди учились воевать, торговать, врачевать и строить, приручали животных, составляли звёздные карты, придумывали себе богов и демонов, а главное — понемногу привыкали договариваться друг с другом, устанавливать законы и правила общежития. Некоторые из подобных цивилизаций достигли впечатляющих результатов в самых разных областях — в землепашестве и скотоводстве, в ремёслах, в искусствах, в мореходном деле, в политическом порядке.

Мы, птицечеловеки, с удовлетворением наблюдали, как бескрылые дикари сражаются за своё благополучие, мучительно преодолевая темноту и леность разума.

Я совершил множество дальних путешествий и видел огромные города, шумные толпы, каменные строения высотой в тысячи локтей, утопающие в роскоши дворцы, храмы, кумирни, цирки, библиотеки, а также мастерские, где обрабатывались металлы, кожи, кость, камень и дерево.

Я своими глазами видел, как кожи обретают крепость камня и как металлы обретают мягкость глины.

Я видел, как люди ставят себе на службу силу бегущей воды, силу движущегося животного, силу ископаемых горящих жидкостей.

Я видел механизмы, способные поднять камни размером с дом. Я видел морские суда, способные нести по океанам, сквозь смертельные волны, отряды в сотню человек. Я видел боевые луки, склеенные из десятков тончайших костяных пластин, — стрела, выпущенная из такого лука, пробивала насквозь любого воина, одетого в самую крепкую защитную броню.

Я видел приручённых слонов, приручённых обезьян, приручённых летающих драконов, и даже приручённых морских чудовищ, вид которых столь кошмарен, что я не возьмусь его описать.

Иногда — весьма редко — я заимствовал у дикарей результаты их труда: похищал золотые украшения и обработанные самоцветные камни, или, как уже было сказано выше, одежду из меха.

Я никогда не заимствовал у бедняков — только у царей, вождей, у вельмож, у тех, кто сыт и благополучен.

Я брал только самые дорогие, уникальные предметы.

Для меня не составляло труда проникнуть в самые охраняемые помещения, в самые глубокие подземелья. Я вскрывал любые замки и сундуки.

Я двигался так быстро, что никакая охрана не способна была заметить меня, — а если замечали, то не успевали помешать.

В моём народе такие действия не считаются злодеянием. Наоборот, заимствуя у дикарей золото и камни, оружие и инструменты, доставляя добычу в Вертоград, жертвуя её в Храм Солнца или оставляя в своих домах, в семейных коллекциях, мы обеспечиваем вечную сохранность артефактов и, что ещё важнее, — предотвращаем возможное кровопролитие. Ибо нижние люди, как известно, ради обретения богатства часто готовы на любую подлость.

Каждый бриллиант или изумруд омыт кровью; изымая у бескрылых дикарей ценности, мы спасали их жизни.

Войдя в Храм Солнца, каждый из нас первым делом видит алтарную чашу, доверху заполненную самыми крупными, редчайшими бриллиантами, рубинами и изумрудами. За каждый такой камень бескрылые дикари готовы резать и калечить друг друга до изнеможения. Каждый камень чреват смертями и предательствами. Попав в алтарную чашу, самоцветные камни обретают покой и служат своему истинному предназначению: собиранию и преломлению солнечного света.

Однажды, шесть или семь лет назад, в одном из самых крупных и богатых городов, основанных жёлтой расой на востоке Ойкумены, я добыл, после некоторых усилий, удивительный трофей: бронзовое веретено с намотанной на него золотой нитью, едва толще человеческого волоса. Нить, очевидно, предназначалась для златотканого ремесла, для украшения парадных одежд. Весь моток — размером с два кулака взрослого человека. Попытка размотать нить ни к чему не привела, я так и не сумел даже приблизительно определить длину; понял только, что материала вполне хватит для изготовления целой рубахи, или даже двух. Каким образом неизвестный мне умелец, пользуясь примитивными инструментами, сумел добиться столь впечатляющего результата, каковы были его секреты — осталось неизвестным; я лишь понял, что держу в руках работу выдающегося мастера. У нас в Вертограде ювелиры обязательно ставят на свои изделия личное клеймо — здесь же, разумеется, никакого клейма я не обнаружил, нить была слишком тонка, я изучил её на длину пяти локтей, напрягая зрение, — но тщетно. Возможно, клеймо стояло на самом веретене, но чтобы его обнаружить, следовало размотать всю нить до конца; я не стал этого делать. Использовать нить мог лишь мастер, столь же талантливый и терпеливый, как и тот, кто её изготовил.

Поняв, что находка моя — редчайшая, я надёжно спрятал её.

Самому мне — изгнаннику — золотая рубаха не требовалась, но было ясно, что добыча могла когда-нибудь сослужить мне добрую службу.

Теперь я решил, что время приспело.

Да, я был богатым. Возможно, одним из самых богатых птицечеловеков за всю историю моего народа. За двадцать лет изгнания я добыл и заимствовал у дикарей несколько десятков огромных бриллиантов и изумрудов чистейшей слезы, оправленных в золото, в перстни, цепи и пряжки.

Я полагал, что однажды обменяю накопленные сокровища на прощение.

Поколебавшись и ещё раз обдумав свой рискованный замысел, я привязал мешок с золотой ниткой под локтем — и поднялся в небо.

Нужно было спешить; до рассвета оставалось недолго.

«Сейчас — или никогда», — так я шептал про себя, бесшумно опускаясь на крышу большого здания близ главных ворот Вертограда: то было караульное помещение, казарма охраны.

Здесь же находилась и городская тюрьма, маленькая, почти всегда пустующая. Очень редко, раз в полгода, сюда помещали подгулявших парней, обычно — за драки, среди юнцов неизбежные, или за проявление неуважения к членам княжеской семьи. Сюда же, в городскую тюрьму, сажали на карантин бескрылых дикарей, поднявшихся с поверхности.

Здесь в эту ночь держали и девку Марью.

Я осторожно прокрался к узкому окну, забранному решёткой.

Охранники ночной смены спали мёртвым сном: свадьба княжьего сына вымотала всех донельзя. Гуляния, застолья, танцы, фейерверки продолжались до рассвета, охрана следила за порядком с удвоенной бдительностью, но когда праздник угас — бдительность угасла тоже.

Смотреть на лежащих вповалку, храпящих воинов было смешно.

Я вспомнил Куланга: он обещал, что в его смену постовые не поднимут тревогу, если заметят моё появление. Теперь оказалось, что вся смена валялась вповалку и храпела.

Не только охрана — весь город забылся трудным хмельным сном. Спали факельщики, забыв подлить масла в уличные светильники; спали уборщики, отчаявшись выгрести с мостовых увядшие цветы, бумажные гирлянды и осколки разбитой посуды; спали жрецы, кое-как прикрыв храмовые ворота; спали золотари, уставшие вычищать отхожие места; спали слуги, обслужившие все прихоти хозяев; спали князья, Финист-старший и его красивый юный сын в обнимку с молодой женой.

Если бы кто-то в эту ночь решил напасть на Вертоград — он бы овладел городом без усилий.

Но некому было нападать. Никто, кроме самих птицечеловеков, не мог добраться до небесной обители. Любой воин, заступающий в охрану, знал, что служба его — ритуальная, номинальная; никто никогда не нападёт, никто не покусится. За множество столетий не было ни единого случая. Тысячи локтей пространства, свищущего лютыми ветрами, надёжно отделяли Вертоград от любой атаки снизу.

Ни земные дикари, ни обычные птицы, ни летучие мыши, ни кровососущие насекомые — переносчики заразы — не могли попасть сюда никаким образом.

Поэтому охранники спали крепко.

Но Марья не спала — возможно, единственная во всём городе.

Когда я позвал её — подбежала к окну мгновенно.

Увидев меня, не удивилась. Просияла, как будто увидела близкого родственника. Прижалась к решётке, глядела с надеждой.

Я прижал палец к губам и прошептал:

— Говори так тихо, как только можешь. Здесь у всех острый слух.

Марья молча кивнула.

— Что тебе сказали? — спросил я.

— Сказали, чтоб ждала. Сказали, завтра разберутся.

Я достаточно хорошо видел в темноте, чтобы поразиться красоте её лица и глаз. Красота происходила не от общей гармонии черт, не от идеального сочетания высоты лба и длины переносицы, рисунка скул и губ; я плохо помню законы красоты, преподанные учителем когда-то, а что помню — в то не верю; красота, как я множество раз убеждался, происходит в первую очередь от внутреннего света, от взгляда, от исходящей силы, от того, как человек держится.

Марья мёрзла, дыхание выходило слабым паром, она спасалась шубой, завернулась до подбородка. Но и шуба, изготовленная из хвостов мелкого зверя горностая, подчёркивала её красоту.

Задолго до меня подмечено, что драгоценные меха подходят не каждому; значительных, глубоких, сильных людей украшают, и наоборот — глупцов и малодушных делают посмешищем.

— Холодно? — спросил я.

— Ничего, — ответила Марья и махнула рукой: мол, неважно.

Я вытащил моток золотой нити, просунул сквозь решётку.

— Возьми.

— Что это?

— Донце-веретёнце. Пряжа, чистое золото. Можно рубаху сшить, или платье. Запомни: здесь все очень любят золото. Когда тебя приведут в княжий дом — покажешь.

— А если спросят, откуда взяла?

— Не спросят. Если предложат продать или обменять — не соглашайся. Скажешь: моё, и всё. Скажешь, что заколдовано. Скажешь, что только ты знаешь, как с этим обращаться. Поняла?

— А если отнимут? — с сомнением прошептала Марья.

— Не отнимут. Всех, кто находится в городе, охраняет закон. Ни у кого нельзя отнимать никакого имущества. Ни у первых, ни у последних. Ни у князя, ни у троглодита. Помни это. Если попробуют отнять — кричи, зови охрану. У нас с этим строго.

— Поняла.

— Шить, вязать, прясть — умеешь?

Марья взвесила золотую пряжу в узкой ладошке.

— Конечно, — ответила. — Чего там уметь? Села — и шьёшь, невелика премудрость.

— Вот и хорошо. Это будет твой пропуск в княжий дом. Торгуйся. Стой на своём. Не поддавайся на уговоры. Добивайся встречи с Финистом. Княжьим домом управляет женщина по имени Сорока. Очень скупая. Охраной управляет воин по имени Неясыт. Ты с ним знакома. Это он забрал у тебя подзорную трубу. Он не скупой, зато старый: он боится, что его уберут. Ни единому слову этих людей не верь.

— А кому верить?

— Никому. Есть второй заместитель Неясыта, его имя — Куланг. Ему можешь верить, но тоже — с осторожностью. Завтра он поведёт тебя в княжий дом.

— А если не поведёт?

— Поведёт. Всех земных девок сначала ведут к князю. Он решает, оставить дикаря в городе или сбросить. Но даже если тебя сбросят — не бойся. Я буду неподалёку. Я тебя подхвачу. Не умрёшь.

Марья посмотрела благодарно.

— Зачем ты это делаешь?

— Ради себя. Я изгнан, я хочу вернуться.

— За что изгнан?

— За разбой, — ответил я. — Побил одного дурака, и кое-что отобрал. Старая история. Если спросят — не говори, что со мной знакома.

Марья поколебалась, и пар из её рта стал как будто гуще.

— Я не могу врать, — прошептала она, решительно, как будто выкрикнула. — Не умею совсем. Если совру — меня изобличат.

— Скажи, что плохо понимаешь наш язык.

— Это тоже будет враньё. Кривда. Я же всё понимаю.

Я улыбнулся.

Может быть, она не разглядела в темноте моей улыбки.

— Ты не внизу, — сказал я. — Ты наверху. Это Вертоград. Здесь многие врут. И чем богаче человек — тем больше в нём обмана.

— Финист меня не обманывал.

— Финист — молодой парень. Многого не понимает.

Марья упрямо покачала головой.

— Он мой суженый. Я его люблю, я не могу ему не верить.

Эх, подумал я. Правильно говорили школьные учителя: любовь и рассудок несовместны, как земля и небо; противоположные стихии.

— Марья, — прошептал я, ловя её взгляд, — Марья! Смотри на меня.

Она подчинилась.

Я впервые назвал её по имени. Дикое имя, что и говорить. Мычащее, рычащее, чрезмерно звонкое, на мой слух — грубое, неблагозвучное, поистине варварское. В нём слышались животная мука и агрессия.

Вспомнил: дикари поклонялись идолам, один из них носил имя Мара. Считалось, что это женская сущность, богиня смерти и воскрешения, природного круговорота.

Может быть, подумал я, на самом деле эта бескрылая девочка, дрожащая и мучимая недостатком воздуха, никакая не Марья.

— Послушай, — сказал я. — Тот Финист, который был тогда с тобой, внизу, и тот, который живёт сейчас в отцовском доме, — это два разных человека. Он болел, он потерял память. Он женился. Его жена — твой первый враг. Покажи ей золото. Скажи, что умеешь прясть золотую нить. Не робей, не стесняйся. Готовить еду, мыть, стирать, прибираться — тоже можешь?

— Да, — ответила Марья.

— Так и скажи. Добивайся, чтоб тебя оставили прислугой в княжьем доме. Земную прислугу все любят. Земные девки трудолюбивы. Набивай себе цену. Делай всё, чтоб остаться. И вот это — я ткнул пальцем в донце-веретёнце, — покажешь, только когда увидишь жену Финиста.

— Как её имя? — спросила Марья.

— Не знаю, — сказал я. — Молодая девочка. Родилась уже после того, как меня изгнали. Спросишь у Куланга.

Сказ третий. Разбойник

— Он твой друг?

Хороший вопрос, подумал я.

— Надеюсь. Но не гарантирую.

Она помедлила.

— А что значит «гарантирую»?

— Это слово из другого языка, — объяснил я. — Гарантировать — значит дать клятву.

Марья провела маленьким пальцем по краю золотого клубка.

— Гарантируй, что не обманешь.

Я развеселился. Дикари нравились мне именно своей прямотой.

— Гарантировать, — ответил я, — значит поручиться чем-то. Золотом, самоцветами. Любым богатством. Или добрым именем. Доброго имени у меня нет, а золото я тебе уже отдал…

— Жизнью поклянись, — потребовала девчонка.

— Не могу. Я уже присягнул на верность князю птицечеловеков. Моя жизнь принадлежит ему. Когда меня изгнали — мне об этом напомнили. Могли казнить — но пощадили.

Марья подумала и молча кивнула, дала понять, что не требует никаких гарантий.

Сердце сжалось у меня: маленькая дикарка не понимала, куда попала и во что ввязалась.

Нас разделяла пропасть.

На миг я пожалел, что затеял свою авантюру.

В любой момент дикарка могла ошибиться, неправильно себя повести.

Я придвинулся ближе, к самой решётке, дотронулся лбом до ледяных бронзовых прутьев.

— Когда тебя поведут в княжий дом — обязательно попроси, чтобы покормили. Здесь едят мало. Птицечеловекам еда вообще не нужна. Напомни, что ты бескрылая. Если чего-то не понимаешь — не стесняйся, спрашивай у любого. У охранника, у слуги, у самого князя.

— Я так и делаю, — ответила Марья. — И я действительно мало понимаю. Почему меня не расспросили? У нас, если чужак приходит — его расспрашивают с утра до ночи. Любопытно же...

— Забудь о том, как у вас, — сказал я. — У нас никому ничего не любопытно. Единственный способ вызвать любопытство — показать золото.

Она слушала внимательно, кивала, обдумывала, пожирала меня глазами — она, в отличие от многих моих шикарных и богатых соплеменников, была любознательна до крайности, она хотела всё знать.

Опять я убедился: ничто так не украшает человека, как интерес к новому, неизвестному.

Любознательность прямо восходит к жажде жизни: если ты не любопытен, ты умираешь.

Сглотнув комок, я просунул руку до локтя через прутья, приглашая девку пожать мои пальцы.

— Добейся встречи с младшим Финистом. Пусть он тебя вспомнит. Пусть выгонит жену. Пусть будет большой скандал. Пусть все перессорятся. Это то, что нужно тебе — и мне. Поняла?

Пожатие Марьи показалось мне столь горячим и крепким, столь исполненным воли и бесстрашия, что я приободрился. Поверил, что всё получится.

Потом мою спину обдало теплом. Ощущение, знакомое каждому птицечеловеку с младенчества. Предчувствие благодати. Ожидание ежеутреннего чуда.

— Солнце встаёт, — сказал я. — Мне пора. Увидимся следующей ночью. Ничего не бойся.

Улыбнувшись ободряюще, я оторвался от решётки и улетел.

Рассвет в небесах выглядит иначе, чем на поверхности.
Нижние дикари видят Солнце раньше нас.
А мы — наверху — должны ждать, когда лучи пробьют облака.

Чёрное небо на востоке окрасилось жёлтым и розовым.

До меня донёсся отдалённый удар гонга: в городе вышел дежурный жрец, подал сигнал.

В этот момент охрана должна открыть главные ворота, а жрецы — распахнуть двери Храма.

Я этого не видел: я был один, в чёрной пустоте, под небесным куполом, унизанным звёздами.

С каждым мгновением светлая полоса на востоке раздвигалась вширь. Облачный слой, подсвеченный снизу, истаивал и сдавался под напором нового дня.

Солнце нельзя остановить или игнорировать, оно приходит независимо от наших желаний. Его величие в том, что оно дарит тепло всем без разбора: растениям, водорослям, ползающим гадам, плотоядным и травоядным, более разумным и менее разумным, — всем.

Оно для всех. Оно не знает ни добра, ни зла, оно одинаково щедро ласкает и греет и великих гениев, и подлейших негодяев.

Его функция в том, чтобы всё и вся жило дальше, как можно дальше — плохое и хорошее, кровавое и прекрасное.

Но я не хотел сейчас видеть Солнце. Я отвернулся лицом на север и усилием тела поднимался всё выше и выше. На пятьдесят тысяч локтей, на семьдесят тысяч локтей — так высоко, как только возможно.

Я искал покоя; мне хотелось, чтобы разреженный и ледяной воздух большой высоты охладил меня.

Небо распахивалось, становилось темнее, звёзды — ярче и гуще; но я их не видел, перед глазами маячило только лицо земной девчонки.

Дышать было всё труднее, скорость подъёма замедлилась.

Мышцы грудной клетки заболели, я стал задыхаться. Но не испугался: мой путь лежал ещё выше. На верхнее небо.

Нет ничего лучше для птицечеловека, чем подняться на максимальную высоту.

Наверху ты остываешь.

Твои страсти, твои переживания, твои привязанности теряют значение.

От недостатка воздуха мой разум темнеет — но одновременно и проясняется.

От холода мои ноздри обмерзают, и видеть я могу только сквозь узкие щели в сжатых веках.

В моём народе есть те, кто мечтает поднять сюда, на верхнее небо, весь город.

Идея холодного подъёма не нова. Ей сотни лет. У неё всегда были и есть сторонники среди жрецов. Многие считают, что Вертоград следует поднять на сто тысяч локтей. Условия жизни в городе станут ещё более суровыми. На большой высоте не течёт вода, не горит огонь, а кровь плохо свёртывается. По мнению апологетов холодного подъёма, в условиях недостатка воздуха народ птицечеловеков станет в десять раз сильнее, перейдёт на новый уровень развития.

Увеличится рост и размах рук, расширятся грудные клетки, органы чувств сделаются острее.

Но каждый раз, когда обсуждалась идея подъёма, — её тут же отвергали. И князь, и воины, и прочие граждане города не хотели ничего менять.

Мы и так владели миром.

Никто не хотел задохнуться и мёрзнуть, всех всё устраивало, город стоял на воздушном основании, как на крепчайшем граните, надёжно подчинялся командам, передвигался на запад и восход; жизнь была легка и спокойна, никто не знал ни в чём нужды.

Теперь, в ледяной пустоте, среди колючих белых звёзд, танцующих вокруг меня свой гибельный хоровод, — я подумал, что мой народ ослабел.

Если бы я был князем или старшим жрецом — я бы всех убедил, уговорил, и поднял бы город сюда, на самый верх, на границу жизни и смерти.

Прозрачное сияние за моей спиной стало ярче, — я развернулся и увидел: Солнце встало.

Край диска показался над лохматым облачным дном, и нестерпимый ультрамарин разлился повсюду.

Воздух зазвенел. Лицо окатило жаркой судорогой.

Я понял, что полюбил юную земную девушку.

Золотое свечение прокатилось по облачному ковру; оранжевый бог взошёл на престол.

Далеко внизу, едва видимый глазу, парил мой небесный деревянный дом.

В этот миг жрецы в Храме стоят на коленях вокруг главной алтарной чаши, размахивают и трясут мосластыми руками, поют, провозглашают осанну, а от алтарной чаши во все стороны расходятся радужные световые волны.

Счастлив ли мой народ? Благополучен ли он? Конечно.

Почему тогда моё сердце сжимается?

6.

Ровно через сутки я и Куланг снова встретились.

Ночью в долине встал сильный, звенящий холод. Небо очистилось. Подняв глаза, я мог увидеть над собой, далеко в чёрном пространстве, наш небесный город, парящий в пустоте; он отражал ртутный свет Луны и сам казался такой же полукруглой Луной, только в дюжину раз меньше.

К сожалению, Куланг не был настроен созерцать красоту звёзд.

Мой друг с трудом сдерживал досаду, прятал взгляд, делал лишние движения, и от него пахло вином.

— Ты должен был меня предупредить, — нервно сказал он.

— О чём?

— О том, что твоя девка — сумасшедшая.

— Она не моя девка.

— Это ты её притащил. Значит — твоя. Кто она тебе?

— Никто.

— Ты с ней спал?

— Нет. Хотел — но она была против. Нет, я с ней не спал. А что?

— Ничего, — сказал Куланг угрюмо. — Ты оказался прав. Был скандал. Большой. Все в ужасе. Только и говорят, что про твою девчонку…

— Она не моя девчонка. Она сама по себе.

Расстроенный, вздыхающий, Куланг уже не столь ярко блестел и почему-то выглядел моложе своих лет; обида делает ребёнком любого взрослого человека.

— Ты за неё попросил, — сказал он с упрёком. — Я тебе верил. Я ей поверил тоже. Я думал — она нормальная. Как ты. А она — ненормальная. Вообще. Я её привёл. По записи. Ранняя аудиенция, утро, малая будняя церемония. Вышла молодая княжья жена. Расслабленная. Первая брачная ночь всё-таки. Румянец в обе щеки. Здравствуй, милая. В этот момент, как ты знаешь, всем положено в пол смотреть и молчать. Такой порядок! И я загодя эту девку специально предупредил, чтоб молчала и смотрела в пол. И отдельно спросил, всё ли поняла? А она ответила: поняла. И вот теперь, вместо того чтоб молчать, она говорит: ты здравствуй, конечно, матушка, только вот мне наоборот, здравствовать особо некогда. Очень хочу, говорит, увидеть твоего мужа, Финиста-младшего. Конечно, княжья жена тут удивилась и даже оторопела. И на остальных оглядывается. Потому что аудиенция была при всех. Я же говорю — малая будняя церемония. С одной стороны стоит Сорока, с другой стороны — я, старший наряда дневной охраны. Пока княжья жена молчала, я этой девке под рёбра пальцем ткнул. Говорю тихо: «Молчи, дура! Ты кто такая? Тебя из жалости подобрали! Молчи и смотри в пол!» Она кивает. А по глазам вижу — на мои слова ей наплевать. Достаёт моток золотой пряжи. Откуда взяла — я не понял. Когда она к нам поступила, мы её обыскали полностью, и ничего при ней не было, кроме грязной шубы; а тут вдруг достаёт. Вот такой моток, — Куланг пока-

Сказ третий. Разбойник

зал ладонями. — Чистое золото. Где прятала — непонятно. Может, она ведьма?

— Нет, — сказал я, — не ведьма. Обыкновенная девчонка. Пятнадцать лет. Какая из неё ведьма, сам подумай?

— Не хочу я думать, — сказал Куланг. — Я воин, мне думать трудно. Думают князья и жрецы, а мне ни к чему. Я не думал — я её за волосы схватил и по ногам дал, чтобы на колени встала…

— Это хорошо, — сказал я. — Обходись с этой девушкой грубо. Можешь и по шее двинуть. Она крепкая. Выдержит.

— Я благородный человек, — возразил Куланг. — Я не умею девок бить. Даже диких.

— Ты просто устал. Успокойся. Ты весь день и всю ночь стерёг порядок на княжьей свадьбе. Просто скажи, чем дело кончилось.

— Дело ещё не началось, — сказал Куланг. — Когда я ей по ногам наподдал — она упала, и золотая пряжа выкатилась, и прямо под ноги молодой княжьей жене. Она сапогом прижала, спрашивает: это что? Марья говорит: это донце-веретёнце. Золотую кудель даёт. Княгиня спрашивает: откуда у тебя такая ценность? Подарили, говорит Марья. Хороший человек подарил. И вдруг рванулась, не вставая с колен, подползла к княгине, за ноги хватает: позволь, матушка, увидеть твоего молодого мужа! Княгиня напугалась, назад прянула; говорит: зачем? Марья отвечает: полюбоваться. Говорят, он красивый. Правильно говорят, отвечает княгиня, и улыбается, и тут мы все успокаиваемся, и я, и Сорока, и только Марья не успокаивается, обняла княгиню за ноги, целует сапоги, плачет. Умоляю, говорит, матушка, позволь хоть на малый миг на Финиста молодого посмотреть! Пришлось мне её за ноги оттаскивать. А она сильная, как зверь. Маленькая, а не удержать.

Я улыбнулся и сказал:

— Дикие женщины сильные. За это я их люблю.

Но Куланга моя улыбка только разозлила.

— Ты, — сказал он, — засиделся внизу. Любитель троглодитов, да?

471

— Нет, — ответил я, — не любитель. Рассказывай, что было дальше.

— Дальше княгиня не спускала глаз с золотого клубка. Эти наши девушки из Внутреннего Круга — они ведь все любят золото. Не могут не блестеть. И чем ярче, тем лучше. Она хотела подобрать — но нагибаться ей по статусу не положено. Княгиня даже руки сама не моет, для этого особый слуга приставлен. В общем, я подошёл и поднял это веретёнце, протянул. Сам тоже рассмотрел. Действительно, нить из чистого золота, толстый моток. Переливается. Княгиня в руки взяла — и окаменела. Смотрит на Марью, говорит: продаёшь? Марья говорит: нет, не продаю, вещь моя личная, и вдобавок заколдована. А я по глазам вижу — врёт. Но молчу. Княгиня говорит: ты кто такова, какого племени будешь, и кто тебя доставил в наш небесный город? Марья отвечает: я никто, дикая, безымянного племени. Княгиня продолжает смотреть на клубок, Сорока это видит, улыбается дикой девке и спрашивает: работать умеешь? С детства, отвечает Марья. Мыть, скоблить, оттирать, чистить — можешь? Могу, говорит Марья, дело нехитрое, а если не соглашусь — что со мной будет? А тогда, говорит сама княгиня, улыбаясь самой милой улыбкой, — тогда тебя к краешку настила подведут и сбросят. Не надо, говорит Марья, сбрасывать, я жить хочу, я на всё согласная, лишь бы уцелеть и у вас остаться… И плачет…

— Дальше, — попросил я. — Говори главное. Её оставили? Во дворце — оставили?

— Оставили. На чёрной работе.

Я не смог сдержать удовлетворённого смеха.

— Значит, мы всё придумали правильно!

— Это не мы придумали, — сказал Куланг. — Это ты придумал. Я тебя послушал, и, наверное, зря. Больше меня в это дело не втягивай…

— Прости, дружище, — сказал я, не умея согнать с лица довольную улыбку. — Мне жаль, что ты расстроился…

— Расстроился? — воскликнул Куланг, и покраснел. — Я расстроился? Меня понизили в должности! Меня старый князь вызывал! Лично претензии высказал! Почему, говорит, в твоём присутствии бескрылые бродяги хватают за ноги членов моей семьи? «Куда ты смотрел»... «Для чего ты там вообще стоял»... Поверь, я много про себя услышал.

— Это ничего, — сказал я. — Главное, что девка теперь во дворце.

— Зато меня теперь нет во дворце. Перевели в охрану храмовой кладовой.

— Тоже почётно, — сказал я.

— Ты смеёшься? Я думал, ты мне друг. А ты меня подставил.

— Подожди немного, — попросил я. — Два-три дня. Потерпи. Я тебе сказал — ты будешь Старшим охраны. Просто доверься мне.

— Нет, — ответил Куланг, и опустил глаза. — Извини. Теперь я боюсь тебе доверяться. Я больше сюда не приду. Ко мне не обращайся. С этого момента никаких дел меж нами нет.

— Подожди, — сказал я. — Подожди. Забыл, как учитель говорил? Не принимай решений под влиянием эмоций...

— Учитель умер, — сказал Куланг. — Два года назад. А ты и не знал.

Я ничего не ответил.

Куланг тоже помолчал.

— Всё изменилось, — сказал он. — И ты тоже изменился. Ты слишком долго прожил внизу. Ты ел слишком много сырого. Ты стал как дикарь. Может, тебе не надо возвращаться? Может, тебе хорошо здесь?

И он обвёл пальцем лес, нас окружавший.

В это время года — в самом конце короткой северной осени — лес безмолвствовал, остывал и погружался в сон. Обычные птицы улетели в места потеплее. Животные залегли в берлоги. Грызуны и пчёлы попрятались в дуплах, заготовив запасы.

Медленно входил сюда ледяной воздух, двигаясь по верхнему небу с далёкого севера и теперь опускаясь вертикально вниз.

Любой птицечеловек знает, что атмосфера непрерывно движется; холодные и тёплые массы сталкиваются на разных высотах, образуя громадные вихри; иные из них столь велики, что их нельзя облететь за день. Сейчас, на краю зелёной долины, в распадке меж двумя горными отрогами, в холодном и пустынном месте, куда не заходят даже голодные волки, в неглубокой пещере, я и мой друг сидели у маленького костра, зажжённого скорее для удовольствия, чем для тепла, — сидели, глядя в жадное оранжевое пламя, и оба чувствовали, как остывает мир.

— Да, — сказал я. — Мне хорошо. Мне тут нравится. У нас в городе тесно, а здесь — смотри, какое раздолье. Если бы ты прожил здесь хотя бы год — ты бы тоже это полюбил. Здесь ничего особенного нет. Только бесконечные леса, зверьё и дикие люди. Но если прожить тут год — нельзя не полюбить этот мир. И я его полюбил.

— Я это давно понял, — сказал Куланг.

— Но у меня есть дом. Я хочу вернуться домой. Я достаточно скитался. Я буду добиваться, чтобы меня простили.

Куланг посмотрел на меня с жалостью — хотя я её не искал; было видно, что он меня не понимал, побаивался и, возможно, уже тяготился нашей дружбой.

Но мне было всё равно.

Я смотрел на мир гораздо шире, чем мой обеспеченный и высокопоставленный товарищ.

Он до сих пор полагал, что небесный город — это центр мира.

А я, за двадцать лет скитаний, уяснил, что это не так.

У мира нет никакого центра, и быть не может.
Нет никакой единой оси, вокруг которой согласно вращается разумное человечество.
Есть сотни осей. И ещё сотня сил, нам неведомых.
Есть сотня путей, по которым движется мировой дух, иногда по прямой, иногда извилисто и прихотливо.

Сказ третий. Разбойник

Народ птицечеловеков отстал от жизни; я это уже понял, а мой друг Куланг только начинал понимать.

Я бы хотел, чтоб он тоже понял, и как можно быстрее.

Три тысячи лет могущества бронзовокожей расы подошли к концу.

Город парил на высоте в тысячи локтей — но это не избавило его от проникновения чужаков, бескрылых пришельцев.

И если последователи учения холодного подъёма обретут власть, и поднимут Вертоград так высоко, как только возможно, — даже и в этом случае чужаки будут появляться чаще и чаще.

Это нельзя остановить.

Без притока свежей крови мы погибнем.

Потому-то княжий сын, возлюбленный всеми Финист-младший, и сошёлся с земной девкой: мальчика неосознанно влекла свежая кровь. Ровесницы, школьные подруги, соседки, сверкающие красавицы, дочери древнейших и богатейших родов, не заинтересовали юного княжича. Из многих десятков лучших девушек он выбрал чужую, странную, постороннюю.

Скажите, разве это не знак?

Разве эта связь — не свидетельство того, что наша раса нуждается в дикарях и без них существовать не умеет?

Я достаточно путешествовал по миру.

Я видел, что повсюду более развитые и сильные народы соприкасаются с менее развитыми.

Это всегда, с одной стороны, сопровождается войнами и массовыми убийствами — а с другой стороны, ведёт к обмену знаниями.

И лучшим поводом к обмену знаниями служит, как ни горько это признавать, война.

Малые народы частично гибнут, частично вливаются в большие народы. Но есть и такие, кто успешно сохраняет свою самостоятельность на протяжении громадных исторических промежутков.

Любой малый народ может стать большим и хочет этого.

Нет ни одного малого народа, который готов признать себя малым: чем меньше и слабее народ, тем больше он верит в своё величие и особую историческую миссию.

И наоборот: любой большой народ всегда может стать малым и даже вовсе исчезнуть.

Большой народ сильнее, маленький народ слабее; это нельзя ни обойти, ни игнорировать.

Малыми народами управлять легче; большими народами управлять тяжело и трудно.

Малые народы требуют одного способа управления, большие народы требуют совсем другого способа управления.

Сила всякого народа заключается только в его численности, и больше ни в чём.

Земля, территории, природные выгоды, богатства — не играют роли.

Сила только в количестве.

Размеры земель, занимаемых тем или иным народом, не имеют значения.

Бывает, что большой народ живёт тесно на малой территории, и процветает.

А бывает наоборот: малый народ контролирует большую территорию, но изнывает в нужде.

Нет никакой зависимости между силой и величиной народа и размером занимаемой площади.

Народы всегда движутся, как движется воздух, как движется сама жизнь — в ней не бывает ничего неизменного.

Нет и не может быть ничего, что установлено раз и навсегда.

Не бывает ни границ, которые незыблемы, ни законов, которые нельзя отменить.

Мир людей подвижен, в этом залог его жизнестойкости.

Любой народ, даже самый сильный, может выродиться и ослабеть в течение трёх-четырёх поколений, или ста лет.

И наоборот, любой малый слабый народ способен, по инициативе дедов, переданной к сыновьям и далее к внукам, — то есть за те же три поколения — обрести невиданное могущество.

Сказ третий. Разбойник

Ни процветание, ни прозябание не длятся вечно.

История даёт шанс любому народу, любому малому племени и любому отдельному человеку.

Всякий народ однажды входит в свой золотой век, в период сытости и благополучия.

Этот период — высшая точка в развитии народа — является началом его конца.

Чрезмерно сытые, благополучные народы слабеют и исчезают с лица земли.

Любой золотой век — одновременно и чёрный век.

С вершины могущества только один путь — вниз, к упадку, вырождению и гибели.

Я смотрел, как мой товарищ, крепкий молодой мужчина, физически абсолютно совершенный, — дрожит от досады и багровеет, как выкатываются его глаза; я обонял запах вина, всё более сильный, по мере того, как он распалялся; я слышал, как дрожит его голос, — и я был очень доволен происходящим.

Пятнадцатилетняя девочка, заброшенная в центр его мира — вроде бы незыблемого, вечно сияющего, — уже произвела грандиозный переполох. И могла произвести ещё больший.

Её нужно было только поберечь и направить.

— Хочешь выпить? — спросил я.

— У тебя есть вино?

— Лучше, — сказал я и протянул флягу.

Во фляге была старая медовая брага: напиток дикарей долины, чрезмерно сладкий, плохо очищенный, с дурным привкусом, но с трёх глотков надёжно сшибающий с ног.

Куланг опустошил флягу и поморщился.

Наблюдая, как он хмелеет, я стянул с шеи золотую цепь с медальоном в виде человеческого глаза, со вправленным в середину, в виде зрачка, изумрудом, чистым и крупным, с ноготь большого пальца.

— Возьми пока. Подари своей жене или дочери. Или в Храм отнеси. Возьми. У меня такого добра достаточно.

Куланг помедлил, но не слишком долго — перехватил цепь резким движением руки, немного хищным и поспешным; разумеется, он тоже любил золото, мой старый друг и одноклассник; я улыбнулся и хлопнул его по плечу.

Он сильно опьянел.

Вдруг я подумал — глядя на него, — что мне не следует скорбеть о двадцати годах изгнания.

Вдруг я подумал, что мне, наоборот, повезло.

— Лети домой, — сказал я. — Ты много для меня сделал. Дальше я сам.

7.

Старая Сорока, управительница княжьего дома, начинала свои труды ещё до рассвета.

Сколько ей лет — я не помнил.

Есть такие люди — они, кажется, вечно находятся на одном месте. Они не стареют, не болеют. С ними ничего не происходит.

Рушатся миры, всё меняется — а они пребывают при своём.

Сорока занимала место управительницы княжьего хозяйства ещё до моего рождения.

Никто никогда не видел, чтобы она смеялась. Никто не помнил, чтобы она хоть раз обсчиталась, проверяя свечи или скатерти. Никто не видел, чтоб она пила вино (хотя слухи ходили). Никто не замечал, чтобы она, несмотря на годы, утратила остроту зрения или обоняния.

И, наконец, никто и никогда не помнил даже малого слуха о том, что управительница княжьего дома берёт подношения или иную мзду.

Я родился и вырос, я окреп, потом меня изгнали, потом я скитался — а Сорока на протяжении десятилетий оставалась на том же месте в том же статусе.

Я уже упоминал, что в своё время она пыталась выдать за меня одну из своих дочерей. Но дело не выгорело.

Понятно, что у таких сильных и твёрдых женщин рождаются только дочери: Сорока родила четверых, от разных мужей.

Упомянутая дочь (младшая, четвёртая) не сильно опечалилась моим отказом и впоследствии удачно вступила в брак с весьма положительным мужчиной из уважаемого рода; затем родила ему детей, обрела благополучие и, в общем, не имела повода жаловаться на судьбу.

Так что я не считал себя врагом Сороки.

И я ничего ей не был должен.

Я опустился на крышу княжьего дома в конце ночи.
Луна уходила в ущерб; ночную тьму рассеивал только свет звёзд. Верхний периметр охранял один из парней Куланга: молодой и крупный длиннорукий парень в новеньком доспехе из лакированной кожи.

Свадьба отшумела, караульные отоспались и теперь несли службу с обычной бдительностью.

Охранник сразу меня заметил и на большой скорости устремился навстречу. Он был вооружён до зубов. Детали его доспеха, ножны, перевязи на сильном ветру громко стучали и лязгали друг о друга.

Он промолчал.

Куланг сдержал слово: все охранники его отряда были предупреждены о моём появлении.

Воин лишь подлетел на расстояние удара копьём и преградил мне путь.

Я поднял руки и повернулся вокруг себя, показывая: ни на поясе, ни за спиной нет ни меча, ни даже ножа.

Потом я кивнул ему, он кивнул мне; дальше наши пути разошлись.

Я пролез в окно и по сумрачной галерее, освещённой редкими жирниками, прокрался в полутёмную холодную кухню.

Всем летающим людям заповедано питаться от плодов земли. Поэтому в доме князя Вертограда на первом этаже существовала большая кухня, оборудованная двумя каменными очагами, и комнаты для грязной прислуги, и обширные кладовые.

Каждый день на кухне жарили или варили мясо животных, рыбу речную и морскую, моллюсков, грибы с холодных северных равнин, водоросли из океанов. Сюда же доставляли овощи, фрукты и коренья всех возможных видов.

Иметь повара считалось шикарным в нашем самом шикарном городе обитаемого мира. Почти все семьи Внутреннего Круга держали собственных поваров. Семьям из Внешнего Круга повара были не по карману; но выварить кусок мяса и посыпать солью умели в любом доме.

Всем нравился этот обычай, он всегда был окружён ореолом шуток.

Когда мы говорили другу «объелся сырого», мы имели в виду, что друг утратил качества небесного человека, стал более земным, тяжёлым.

Конечно же, трапеза птицечеловека сильно отличается от трапезы дикаря. Дикари едят очень много: мясо — огромными кусками, разваренные зёрна — глубокими чашками. Земной дикарь поедает за один раз две рыбины длиною в локоть, или хлебную лепёшку размером с собственную голову. Такое варварское обжорство совершенно невозможно в Вертограде. Небесные люди едят в десять раз меньше. Если мясо — то кусок размером с половину пальца, если овощи — то нарезанными фрагментами в половину горсти. Переедание чревато расстройством живота, рвотой и стойкими дурными запахами.

И всё же мы едим сырую пищу, все.

Она нам нравится, она делает нас, летающих людей, настоящими.

Не было в городе ни одного мальчишки старше двенадцати лет, который не сбежал бы однажды на поверхность, и не убил там какое-нибудь животное, и не принёс бы домой кусок кровавой плоти, и не поджарил бы его собственными руками на углях, и не сглодал бы, и не мучился бы потом изжогой или поносом; и не получил бы наслаждения.

Мы добывали внизу тра́вы, от которых многократно возрастал аппетит, и специи, от которых вкус блюда менялся до неузнаваемости.

Мы добывали зёрна древнейших растительных культур — рис, ячмень, рожь, просо.

Мы добывали рыбьи яйца, плоть морских раковин, мозги приматов, мякоть кактусов.

Мы заимствовали у троглодитов все их достижения в области приготовления пищи.

Мы изымали тончайшие и сладчайшие лакомства, и вина, настоянные на лепестках благоуханных растений, и напитки из ягод всех цветов и свойств, и древесные смолы, и снадобья, изготовленные из высушенных листьев.

Но больше всего мы — летающие люди — любили солнечный свет; по большому счёту, сырая пища нужна была нам только для развлечения.

И ещё для того, чтобы мы никогда не забывали о своих земных предках. Чтобы помнили, как они существуют там, внизу, бесконечно умерщвляя друг друга в борьбе за жизнь.

В этом мы — бронзовая раса — видим свой долг.

Мы самые богатые, благополучные и совершенные существа на Земле; и мы, пока существуем, обязаны ежедневно помнить о наших более слабых собратьях. О тех, кто внизу. О тех, кому хуже.

О тех, кто умирает от голода и болезней, пока мы рядимся в золотые одежды.

Кухня освещалась всего одним жирником, укреплённым на стене в углу возле входа.

Чем богаче хозяйство — тем решительнее экономят хозяева.

Сорока стояла спиной ко мне; гремела посудой, проверяя, хорошо ли вымыты котлы.

— Здравствуй, мать, — сказал я.

Она вздрогнула, обернулась.

Я прижал палец к губам.

Она схватила со стола нож.

Я поднял руки и помотал головой.

— Что тебе нужно? — спросила она и выставила перед собой лезвие.

— Не шуми.

— Я позову охрану, — сказала Сорока. — Тебя убьют.

— Выслушай, — сказал я, — пожалуйста. Ты вчера взяла на работу дикую девку. Бескрылую, с земли.

— И что? — спросила Сорока.

— Это я поднял её.

Сорока помедлила, её глаза сверкнули, и угол бледных губ изогнулся. Она положила нож на стол и заметно успокоилась.

— Значит, это ты подстроил.

— Да, — сказал я. — Подстроил. Но это не главное. Слушай. Тебя отсюда скоро уберут. Теперь в доме будет заправлять Неясыт. Его дочка замужем за княжьим сыном. Ты проиграла. Тебе осталось — полгода или год, потом с тобой распрощаются, на твоё место Неясыт поставит своего человека. Тебе нужно что-то придумать. Иначе твои дни сочтены.

Сорока молчала и выглядела совершенно бесстрастной, но однажды, когда я сказал «ты проиграла», — её глаз дёрнулся.

— Если выкинем из дома дочку, — сказал я, — выкинем и папашу.

— Это невозможно, — тихо сказала Сорока. — Свадьба состоялась. Что тут можно сделать?

— Развод, — сказал я.

Углы рта Сороки изогнулись ещё сильнее.

— По какой причине?

— Измена интересам княжьего дома. Угроза безопасности города. Вдобавок — вредительство. Княжьего сына неправильно лечили.

— Не выйдет, — сказала Сорока. — Лечение уже закончено. Мальчишку смотрели и доктора, и жрецы. Все сказали, что он здоров.

— Они все ошиблись. Никто из них не знает, как действует яд. Знает только одна ведьма, там, внизу. И я знаю.

Сорока помедлила; кивнула на лавку возле стола.

— Садись. Хочешь вина?

— Нет, — сказал я, — не хочу. Какое вино, меня в любой момент повяжут. Слушай внимательно. Парня лечили разбавленной слюной древней рептилии. Я видел эту рептилию, как тебя. Она чудом дожила до наших дней, её порода вымерла… Я пробовал биться с ней. Когда она плюнула в меня ядом — я едва уцелел… Одна капля попала мне на одежду… Я вдохнул только запах — и потерял рассудок на несколько часов. Я чудом не погиб. Успел отлететь насколько смог, потом упал… Я не помнил, как двигать руками и ногами… Я забыл собственное имя. Я не мог пошевелить даже пальцем. Ничего более страшного со мной не происходило никогда… А я бывал во многих делах, можешь поверить…

— Верю, — раздражённо перебила Сорока. — Говори быстрее. Что ты предлагаешь?

— Не мешай Марье, — сказал я. — Она должна увидеть Финиста и поговорить с ним наедине. Есть шанс, что он вспомнит.

Сорока задумалась.

— Мальчишка всё время спит, — неуверенно произнесла она. — Он слабый, после болезни. Он еле выстоял свадьбу. Держался на маковой настойке.

— Значит, Марья должна войти к нему в спальню. С разрешения жены.

— Ага, — сказала Сорока. — Это ты дал девчонке золотую нитку!

— Да, — сказал я. — Теперь пусть всё идёт само собой. Если дочка Неясыта продаст за золото своего мужа — это будет измена, и повод для развода.

— Да, — сказала Сорока. — Я понимаю.

— Ты ничем не рискуешь. Просто позволь Марье делать то, что она задумала.

В княжьем доме — огромном, в три этажа, в дюжину галерей и две дюжины комнат — понемногу поднималась утренняя суета. Просыпались слуги. Один доливал масло в светильники, другой заботился о потухших за ночь курильницах, третий зажигал огонь в котлах купальни, подготавливая горячую воду для утреннего омовения княжьих особ, четвёртый и пятый увлажняли полы в комнатах и коридорах, смачивая доски мокрыми тряпками: слишком сухой воздух считался здесь вредным для дыхания. Шестой и седьмой будили дворцового жреца и шли вместе с ним в домашнюю княжью часовню, ибо кроме Главного Храма, в городе имелись и другие святилища, менее роскошные, но полноценные, устроенные в домах семей Внутреннего Круга; в княжьем доме имелся свой небольшой храм, отдельный и самодостаточный.

Просыпался чистильщик княжьей обуви, и смотритель за княжьим арсеналом, и княжий брадобрей; просыпались прачки и водоносы; просыпались подметальщики дворов.

Все эти слуги, как я помнил, носили особые туфли из мягкой кожи и обязаны были перемещаться совершенно бесшумно — но я их слышал; кожей ощущал, как начинает гудеть и вибрировать дом хозяина Вертограда.

Вот-вот должны были проснуться и войти в кухню повара и мойщики котлов.

Сорока не присела — осталась стоять в углу, у очага, смотрела бесстрастно, но руки выдавали волнение: она с хрустом ломала пальцы.

— Нас не должны видеть, — сказал я. — Просто запомни: я тебе не враг. Я помогу тебе — ты поможешь мне. Если всё получится — Неясыт уйдёт. Его дочку выгоним, а его самого оставим без должности.

Сорока придвинула к себе кувшин, налила в чашку, выпила залпом.

— Теперь, — сказал я, — мне нужно поговорить с девчонкой. Прости, мать.

— Не называй меня так, — нервно сказала Сорока.

— Почему? Ты могла быть моей тёщей.

— Из тебя вышел бы хороший зять. Но ты стал бандитом.

— Я не хотел. Так получилось.

Открыв дверь в дальнем углу, я вошёл в комнату грязной прислуги: здесь на узких постелях вдоль стен спали шесть молодых женщин, кухарок и уборщиц; седьмая, Марья, лежала на полу, завернувшись в шубу. Ей пока не нашли своего закута.

В комнате прислуги, как и в самой кухне, стоял тяжёлый, тугой и неприятный, особый кухонный запах, редкий в небесном городе, но зато хорошо знакомый мне. Внизу, у дикарей, в домах вождей и вельмож царил тот же тяжкий дух сырой, жареной, варёной плоти.

Большинство спящих кухарок, как и Марья, были выходцами с поверхности, я легко отличил их по бледной коже.

Я потряс Марью за плечо — она подскочила, как будто ужаленная, и попыталась схватить меня за горло.

— Тихо, — сказал я, перехватывая её руку. — Пойдём.

И кивнул в сторону кухни.

Сорока, разумеется, уже исчезла, остались только кувшин с вином на столе и пустая чашка возле него.

Воздух у нас в городе разреженный. Новички, прибывшие снизу, в первые недели спят очень крепко. Марью пошатывало, она тёрла глаза.

— Очнись, — сказал я. — Нужно поговорить. Где золотая нитка? При тебе?

— Да, — ответила Марья и хлопнула себя по животу. — К поясу привязала, чтоб не спёрли.

— Хорошо, — сказал я. — Ты сможешь связать из этой нитки рубаху? Или платье?

— Конечно, — ответила Марья. — Только нужно знать размер. Платье вяжется по размеру.

— Размер жены Финиста.

— Её имя — Цесарка, — сказала Марья. — И слугам запрещено с ней разговаривать. И я не знаю её размера.

— Цесарка, — сказал я. — Понятно. Она сама с тобой заговорит. Тебя взяли сюда только из-за золотой нитки. Предложи связать для Цесарки платье. Она согласится. И скажет свой размер. Взамен — проси встречи с Финистом. Это твой единственный шанс. Не упусти его.

— Финист не выходит из спальни, — сказала Марья. — Ты знаешь, как туда пробраться?

— Никак. Везде охрана.

Марья усмехнулась.

— Но ты же как-то пролез в город? Подкупил охрану?

— Не подкупил; договорился. Я сам бывший охранник. Там, где я сумел, — ты не сумеешь. Вяжи золотое платье. Имей в виду: здесь есть свои мастера по этому делу. Есть даже личный княжий золотошвей. Никому не верь.

— Я сказала им, что нитка заколдована.

— Правильно сказала. И нитка заколдована, и ты сама заколдована. Тут многие боятся земного колдовства. Главное — не выпускай из рук золото.

Девчонка повторно усмехнулась, и её лицо сделалось печальным, почти старым.

— Я думала, у вас тут по-другому, — сказала она.

— Как «по-другому»?

— По-людски.

— А у нас — не по-людски?

— Нет, — твёрдо ответила девчонка. — У вас никто никому не верит, и все друг другу завидуют.

— Так и есть, — сказал я. — Думаешь, это не по-людски?

— Конечно, нет.

— Привыкай. Мы народ древний и богатый. У нас тут всё сложно. Либо ты приживёшься, либо нет. Ты сама сюда рвалась. Я тебя не заставлял. Я сделал больше, чем ты просила.

За дверью комнаты прислуги послышались глухие голоса: кухарки проснулись. Я подтянул пояс.

— Мне пора, — сказал. — Ничего не бойся. Всё идёт, как задумано. Тебе надо просто зайти в спальню. А дальше — либо он тебя вспомнит, либо нет.

— Вспомнит, — ответила Марья. — Можешь не сомневаться.

Вдруг, поддавшись мгновенной слабости, сам того не ожидая, я шагнул к ней, привлёк к себе, прижал, обнял.

От её шубы пахло земной пылью, от волос — жиром.

Она уткнулась лицом в моё плечо.

Я погладил девчонку по голове и отступил.

Один прыжок — до двери, ведущей в галерею, второй прыжок — из галереи в небо; через мгновение меня уже не было ни на кухне, ни вообще в городе.

Разогнавшись так сильно, как только возможно, я ушёл вниз — и на запад; догнал уходящую ночную тень и спрятался в ней.

Меня никто не преследовал.

Я опускался всё ниже, пока воздух не потеплел и не ударила в лицо, в нос земная сырость.

Я полюбил маленькую упрямую девушку — но, к сожалению, безо всякой взаимности.

Такое со мной уже случалось.

Не следует думать, что путь изгнанника лишил меня простых радостей.

У меня были связи и с женщинами моего народа, и с дикими тоже.

Я напомню: мне сорок лет, и я прожил их отнюдь не в смирении плоти.

Женщины появлялись и уходили; я любил и помню их всех.

8.

Нынешний день пришлось посвятить самому неприятному делу: ожиданию.

От меня ничего не зависело.

Я поговорил со всеми. Я сделал всё, что мог, и даже больше. Мне осталось только изнывать от нетерпения в ожидании новостей.

Первым делом я решил напиться допьяна.

От моего внимания не ускользнуло, что обитатели Вертограда стали пить больше и чаще.

Свадьба Финиста вся была пропитана запахами вина и пива.

Вином и пивом пахло в караульном помещении, и в кухне дворца, и возле Храма Солнца (там особенно сильно), и от Сороки пахло вином, и от Куланга, и от мальчишки-охранника, перехватившего меня в небе над городом.

В годы моей юности, двадцать лет назад, у нас никто так не пил; употребляли в меру, только по вечерам, за ужином.

Теперь все они — и рядовые, и высокопоставленные — были пьяны, кто-то больше, кто-то меньше. Это мне не понравилось.

В смятении чувств, уставший физически и внутренне, я вернулся в своё утлое убежище и там опустошил все фляги с вином, какие отыскал. Увы, их оказалось всего две, и обе неполные.

Вода в лужах замерзала. Лиственные леса стояли голые и молчаливые.

В такие дни земные троглодиты заканчивают подготовку к зиме, подсыпают землю к стенам домов, шьют и ремонтируют тёплую одежду.

Одновременно перелом к холодам — самое активное время для дикарей; они покупают и продают, обменивают и копят.

Сказ третий. Разбойник

Каждый род хочет выгодно реализовать всё, что выращено, собрано и добыто за короткое лето, и заготовить как можно больше запасов на зиму.

В том числе дикари в больших количествах запасают и хмельные напитки; поэтому я, вытряхнув на язык последние капли, стал думать, в какую из ближайших деревень нужно пробраться для поиска хорошей выпивки.

Мыслями я оставался наверху, в княжьем доме. Там сегодня решалась моя судьба.

Из-за маленькой девочки трое сильных мужчин недавно отрезали голову древнему змею; нарушили священный запрет.

Теперь я хотел, чтобы из-за той же девочки были нарушены и другие запреты, и другие мужчины рискнули всем, что у них есть.

Иногда появляется девочка: вроде бы ничего особенного, только глаза, упрямство и бесстрашие, — а глядишь, из-за неё льются реки крови, сыпятся незыблемые государства, ходят ходуном целые миры.

Бывают люди, рождённые только для того, чтоб расшатать существующий порядок или вовсе его погубить.

Бывают люди, живущие велениями сердца, ведомые только собственными интуитивными предчувствиями; если душевный трепет велит им сжечь вселенную, они не колеблются ни мгновения.

Мне всегда казалось, что я и есть такой человек.

И девчонка Марья тоже была таким человеком.

Хмель гудел в голове: его недоставало для выпадения из реальности, но хватало для веры в собственную отвагу.

Я выбрался из жилища, размял руки и полетел к ближайшему селению.

Высмотрел дом побольше и повыше.

Дикари долины повторяли и воспроизводили общепринятый повсюду способ градоустройства: чем ты богаче, тем ближе к центру твоё жильё. Место бедняка — на окраине, место богатея — в середине. Хозяйства вождей, князей, ярлов и их присных я различал с высоты в три тысячи локтей.

Я выбрал один из самых больших домов, облетел его по кругу и опустился со стороны скотного двора.

Хозяин дома уже давно подготовил свою вотчину к зимовке. Дом был засыпан землёй до уровня окон, сами окна — плотно забиты. Огромная поленница в виде правильного полукруглого холма была сложена в десяти шагах от главного входа. Сам вход и ближайшие к нему подступы огораживали плетёные из сучьев и веток щиты, каждый высотой в пояс: зимой они должны были задерживать снег.

Дикари хранили зимние припасы не в домах: рубили отдельные строения, ледники, закрытые со всех сторон ямы, обязательно крытые крепкой крышей, глубиной в три человеческих роста, иногда и в четыре. В подземном холоде засоленное мясо, рыба, грибы, ягоды и овощи хранились долгими месяцами.

Вино тоже ставили в ледники.

Я опознал один из таких ледников и прокрался ко входу.

Меня не заметили; вся семья троглодитов занималась делом.

Отец семейства отсутствовал: очевидно, с раннего утра уехал, оседлав коня; я не знал его имени, но понимал, что он — один из самых богатых и сильных мужчин деревни, глава рода; он, конечно, дома не сидел.

Его жена — опять же с рассвета — проводила время в катухе, возясь с коровами и козами. Я слышал, как она честит их ядрёной бранью. Скотина возражала мычанием и блеяньем.

Кроме голоса женщины, я ещё слышал голоса двух девочек — очевидно, дочерей хозяина. Девочки смеялись: возня с животными доставляла им удовольствие.

Ещё одна женщина — старуха, в богатых серебряных ожерельях (мать жены, или мать мужа, я не разобрал) — сидела близ входа в дом, в месте, освещённом солнечными лучами, уже почти не греющими, и молча возила в мокром корыте тряпки, время от времени подсыпая из мешочка горсть песка, смешанного с мыльными травами.

Мальчишка лет восьми — видимо, старший сын, — громко шмыгая сопливым носом, убирал деревянными вилами конский навоз из стойла отцовского коня и складывал его за углом конюшни. Конский навоз дикари берегли и ценили, им можно было не только удобрять огороды, но и топить очаги.

Ещё один мужчина — батрак, слуга или нанятый умелец, — подновлял соломенную кровлю. Вязал из веток и соломы свежие жгуты, поднимался по лестнице и заменял старые, разошедшиеся части на новые, надёжные.

Никто из них не представлял для меня опасности.

Дождавшись удобного момента, я вышел из-за угла и бесшумно опустился в ледник.

Стены ямы были обложены очень старыми брёвнами, от времени обратившимися в камень.

На дне ямы скопился ил; я благоразумно упёрся ступнями в стены.

На массивных полках вдоль стен в три яруса стояли бочки различных размеров. Все как одна были закрыты надёжными крышками, и каждая крышка угнетена камнем размером с половину головы.

Запах стоял столь густой и пряный, что у меня закружилась голова.

Я быстро нашёл, что искал: глиняный кувшин, запечатанный толстой восковой пробкой.

Я сорвал пробку, понюхал и сделал несколько сильных глотков.

Разочарование было ужасным. Вино прокисло. Или кувшин от старости дал трещину и пропускал воздух, или пробка оказалась недостаточно надёжна, — так или иначе, питьё оказалось скверным, испорченным.

Очень расстроенный, разочарованный и разозлённый, я хотел разбить кувшин, но благоразумие удержало. Во-первых, не следовало привлекать к себе внимание; во-вторых, такие кувшины были шедеврами гончарного ремесла и стоили дорого. Разбить — значило разозлить хозяина вещи, оставить о себе дурную память.

Вернул кувшин на полку; бесшумно, никем не замеченный, выбрался из ямы и улетел.

Из всех домочадцев меня успел заметить только старший сын хозяина дома — тот, что вытаскивал навоз.

Зрение детей острее, чем зрение взрослых. Дети видят то, чего взрослые увидеть не способны.

Дети земных дикарей часто видят нас, птицечеловеков. Когда ложился на воздух — услышал позади громкий крик мальчика. Но я уже исчез.

На лету несколько раз сплюнул гадкую горечь.

Давно не воровал у дикарей — и вот, решил украсть, впервые за год — и то неудачно.

Может, мне уже хватит.

Вино оказалось хоть и гадким, но крепким.

Я летел назад, а сам вспоминал.

Глаза слезились; набегающий поток имел запах пресной гнили.

В юности я любил одну девушку; дело было наверху, в городе. Я считался подающим надежды воином из семьи древних корней, но скромного достатка.

Она происходила из семьи жрецов и берегла свою честь. Мы лишь однажды поцеловались. Она меня не любила и встречалась со мной от скуки; когда я это понял, я перестал её беспокоить. Мы оба были совсем молоды, наивны, и нас объединяла не телесная тяга, а скорее восторг перед возможностями начинающейся взрослой жизни.

Потом, уже после изгнания, я сильно любил земную женщину, по меркам дикарей — взрослую, семнадцатилетнюю мать двоих детей; тёмную, невежественную, но очень сильную самку; её муж был медвежатником и однажды зимой погиб, убитый зверем; молодая вдова была безутешна, но я растопил холод её сердца.

После той вдовы я любил ещё одну девушку, снова — городскую, бронзовокожую, из небогатой семьи Внешнего Кру-

Сказ третий. Разбойник

га, она была тонкая и порочная; связь со мною, осуждённым беглецом, возбуждала её. Она даже хотела от меня ребёнка, но я не согласился.

После той связи я имел ещё другие, с женщинами совершенно разного происхождения и разного статуса.

Не кривя душой, готов сообщить, что все мои чувства к этим женщинам были искренними.

Разумеется, я не назову имён; почти все они, и дикие, и небесные, ныне обрели благополучие.

Однажды, уже накопив опыт, я понял, что дикарки ложатся со мной скорее из любопытства, чем по любви. Они хотели получить что-то особенное, другое.

Далее, поразмыслив, я понял, что и наверху, в Вертограде, я тоже интересен женщинам не сам по себе, не как человек с мыслями и идеями — а как романтический злодей, плохой парень, всеми преследуемый, но не сдавшийся.

Выходило, что и наверху, и внизу — я везде был чужой.

Дикарки уступали мне из любопытства, потому что я был демоном, летающим чудищем; на их языке это звучало как «нелюдь». Не-человек.

Женщины из небесного города уступали мне, потому что я был разбойник, приговорённый, живущий в сырости, в тяготах.

С одной стороны, это помогало мне добиться взаимности. С другой стороны, понуждало к невесёлым раздумьям.

А где же тогда я сам?

Всё, за что я себя уважал, не имело никакой цены. Мною интересовались, потому что я был диковиной.

Мои собственные идеи, взгляды — не интересовали ни нижних женщин, ни верхних.

Не скажу, что это сильно меня расстраивало и не давало спать по ночам, — но всё же смущало.

После третьей или четвёртой моей связи с земными женщинами у нескольких диких народов появилась фальшивая, глупая легенда о нелюде по имени «Соловей-Разбойник». Легенда гласила, что Соловей ворует женщин, уносит их навсегда в дремучие леса, чтоб там надругаться и умертвить. На самом деле я не похитил ни одной дикой девушки или женщины без твёрдого согласия. И таких случаев было всего пять или шесть за двадцать лет. Обычно я доставлял их по небу к себе в убежище, а через несколько дней относил в любую точку поверхности — куда сама захочет. Почти все девушки хотели домой; я возвращал их, откуда взял.

Одна женщина — между прочим, тоже безмужняя вдова — попросила отвезти её в край, где нет зимы, и я потратил день, чтоб доставить её ближе к центру материка, на берег тёплого моря, в замечательный богатый город, и научил нескольким словам местного наречия; женщина пребывала в глубоком потрясении и заявила, что останется на тёплом берегу навсегда; больше я её не видел, но уверен, что её судьба сложилась удачно.

Ещё одна девушка попросила отнести её в небесный город, и я исполнил желание; однако несчастная не смогла объясниться с охраной, и её не пустили за ворота, сразу сбросили. Таков был отвратительный обычай — к сожалению, заповеданный в законе, в книге Первожрецов. Забредших чужаков, какими бы путями ни попали, — подводить к краю и сталкивать, без всякой жалости. Я, разумеется, находился поблизости и смог перехватить сброшенную девушку; к сожалению, к тому моменту она уже умерла от страха, сердце не выдержало ужаса падения.

Воспоминания о подругах, подогретые возбуждением и хмелем, теснились в моей голове, мешая сосредоточиться и понять, чего я хочу именно теперь, в этот миг, посреди этого пустого бледного неба, на высоте тысячи локтей от земли, со вкусом кислого вина в горле.

Вдруг моих ушей достиг протяжный крик живого существа — пронзительный и грубый вопль, заставивший меня вздрогнуть и протрезветь.

Помимо воли мои мускулы напряглись, и я сам не заметил, как поднялся ещё на тысячу локтей.

Сказ третий. Разбойник

У всех людей моей расы один и тот же рефлекс: в случае опасности взмывать свечой.

Это кричал змей.

Протяжно, громко и очень тонко: от звуков, исторгнутых его глоткой, пробирал озноб.

Я видел, как была убита старая рептилия, я внимательно наблюдал, как трое дикарей отсекли ей башку, — но под телом старого змея в земле покоилось яйцо, из которого вылупился детёныш.

Нам, птицечеловекам, мудрейшей расе, давно известно, что порода рептилий чрезвычайно живуча.

Змеи способны уцелеть там, где гибнут все другие существа, от человека до мельчайшего насекомого. В холоде змеи впадают в спячку, что никак не вредит их стойкости. В сильную жару змеи наслаждаются. Змеи умеют годами обходиться без пищи — и наоборот, способны ежедневно убивать и обжираться, если есть такая возможность.

Оправившись от неожиданности, я снизился к самым верхушкам елей и пролетел над змеевым гнездом.

Тело убитого существа уже терзали вороны и россомахи. Добыча была обильна, кровь текла ручьями; мёртвую тушу уже съели наполовину. Новорожденный гад, голый, мокрый, полз в сторону — его тоже атаковали птицы и животные, но он успешно отбивался, звонко лязгая зубастой челюстью, и уже норовил расправить перепончатые крылья.

Я сделал круг над змеевой лёжкой.

Наверное, я мог бы умертвить новорожденного. Даже без меча: просто упасть сзади и сломать хребет. Но я этого не сделал. Лишь облетел по кривой место событий. Почуяв меня, вороны снялись с возмущёнными криками. Россомахи отпрянули, зарычав.

С высоты в пятьдесят локтей я осмотрел новорожденного гада, ещё облепленного коричневой скорлупой, едва живого, но уже страшного, оскаленного, подпрыгивающего — будущего убийцу целых народов.

Я мог бы прикончить тварь, но не стал.

Не знаю, почему.

Если бы я тогда убил её — многие тысячи дикарей сохранили бы свои жизни.

Но я ничего не сделал.

Я думал про себя, про Марью, про небесный город, — меня занимали мои собственные проблемы, собственные планы и собственные расчёты.

Голая, покрытая слизью, серо-зелёная дрожащая гадина хрипела и пыталась взмахнуть крыльями. А я скользнул мимо, обуянный раздумьями о собственных нуждах.

Бабка Язва чуяла появление птицечеловеков: когда бы я ни возник — она меня ждала.

Каждый раз я хотел подлететь внезапно, бесшумно, настоящим повелителем мира — а меня встречали как ребёнка.

В этот раз вышло так же.

— Чего, сынок? — крикнула старуха, стоя на крыльце. — Тоска взяла?

Я опустился на утреннюю траву, осыпанную обильной ледяной росой. Кости, жилы, мускулы болели. Слишком много вышло в последние два дня путешествий снизу вверх и назад; слишком много ускорений, рывков, резких виражей, перепадов давления и влажности.

Я ничего не ответил.

— Ой, — сказала старуха, морща чёрное лицо. — Винищем кислым несёт, страсть! Близко не подходи.

— Мне как раз того и надо, — сказал я. — Налей ковшик. Самого лучшего, что есть. Я заплачу́. Могу даже золотом.

И сдёрнул с руки браслет.

Ведьма рассмеялась.

— Ты, мил человек, золотишко прибереги. Скоро понадобится. Скоро пустой будешь. Вообще. Всё отдашь, до последнего колечка.

— Отдам? — спросил я. — Кому? За что?

Щеря пустой рот, старуха ткнула пальцем в небо.

— За то, чтоб назад пустили.

Она много про меня знала. И то, что я вынашиваю план вернуться, — знала тоже. Я сам ей сказал когда-то, лет десять назад.

И я давно разгадал некоторые её приёмы и ухищрения.

Иногда хорошая память и внимательность выглядят как колдовство.

— Ты хоть и ведьма, — сказал я, — а такого знать не можешь. Пустят, не пустят — неизвестно. Не от меня зависит.

— Да уж конечно, — сказала старуха, продолжая веселиться. — Не от тебя. Понятно, от кого.

— А раз тебе всё понятно, тогда просто налей мне, и умолкни. Нет у меня охоты к разговорам.

Ведьма сверкнула жёлтым глазом.

— Маешься? Хорошо. Значит, запомнишь этот день. Золото своё прибери, не нужно мне его. А если хочешь угоститься, лучше иди, вон, на зады — и наколи мне дров. И я тебе сразу налью тогда.

Она, судя по всему, хотела всерьёз меня обидеть, унизить, поиздеваться. С ней такое часто бывало.

Эта старая женщина ни в грош не ставила ничего человеческого. Она была совершенно безжалостна.

Она предложила мне, птицечеловеку, наколоть дров.

Я мог бы убить её одним ударом. И ещё тремя ударами — разнести её кривую избу в мелкую щепу. И забрать всё, что там есть. И вино тоже.

И никто никогда не призвал бы меня к ответу, более того — никто никогда не узнал бы о случившемся.

А вино у ведьмы было всегда, и не один сорт, а два или три, и все чистейшие.

Но я, разумеется, не тронул старуху и пальцем, и даже не обиделся.

В этом был весь смысл.

На её крайнюю, поистине дремучую, троглодитову жестокость и бесцеремонность можно было отвечать только смехом.

И вот что я скажу: на самом деле эта уродливая сутулая старуха была самым весёлым существом из всех, кого я знал.

И когда я засмеялся — она тоже затряслась, поглядывая на меня ясными глазами из-под обвисших век, и мы вдвоём захохотали, потешаясь друг над другом и над миром, где неожиданно и так чудно переплелись наши непрямые судьбы.

Золотой браслет я ей не отдал — раз отказалась, значит, отказалась.

Обошёл вокруг избы, отыскал дровяную кладку: нагромождение брёвен, каждое в поперечнике — три локтя, а длиною в десять локтей. Концы брёвен не имели следов топора, а были словно обгрызены зубами; кто их грыз, кто валил деревья, кто приносил тяжкие колоды к дому ведьмы — я не знал.

Вынул меч; размял шею и локти; рассёк несколько брёвен на куски.

— Особо не напрягайся, — произнесла ведьма, возникнув за спиной. — Вот эти три полешка ещё разделай надвое — и хватит. Я всё равно тут до весны не дотяну.

— А что так? — спросил я.

— А конец пришёл, — ответила старуха. — Старый гад умер, родился новый, и с ним родился новый мир. Так всегда было. Новый мир рождается, когда возникает новый гад. Перемена жизни происходит только в ответ на угрозу. Теперь угроза есть, и, стало быть, мир изменится. Как только новорождённая паскудина на крыло встанет — она начнёт поедать людей. Люди сначала будут сопротивляться, потом уйдут. И мне тоже надо уходить. А сил нет. Как быть — не знаю.

— Ты не сможешь уйти, — сказал я. — Ты старая. Как ты уйдёшь? И главное — куда?

— За народом уйду, — ответила Язва. — Я ради него живу. Не ради себя же.

— Никогда бы не подумал.

— А тебе и не надо. Ты ж нелюдь. — Старуха покрутила кривым пальцем у виска. — У тебя в голове всё наоборот. Твари дремучие — и те не живут для себя, а токмо потомства ради.

Ведьма нагнулась, зажала пальцем нос и высморкалась.

— Пойдём, угостишься.

Она повела меня в дом, ковыляя медленно.

— Его можно умертвить, — сказал я, глядя в горбатую спину. — Пока он детёныш. Хочешь, я сделаю?

— Дурень, — ответила старуха. — Это я сама могу. Убить — дело нехитрое. Но я вижу: паскудина должна жить дальше.

— Это страшное и сильное животное, — сказал я. — Если вырастет — с ним будет тяжело справиться. Давай убьём сейчас.

— Нет, — твёрдо произнесла старуха. — Пусть живёт. Ни ты, ни я никого не убьём ни сегодня, ни завтра.

Мы вернулись ко входу; старуха не позвала меня в дом. Спустя время вынесла деревянный ковш с вином, едва на четыре глотка, я выпил за три и разочарованно оттолкнул сухую и узкую ведьмину руку.

— Принеси весь кувшин.

— Ладно, — ответила старуха, — ты вроде заработал. Но учти, у тебя завтра тяжёлый день.

— Завтра будет завтра; ещё сегодня не кончилось. Неси давай.

— Что ж ты меня, старуху, туда-сюда гоняешь? — сварливо сказала Язва. — Зайди в дом, так и быть. Но как зайдёшь — не удивляйся.

И открыла передо мной тяжкую дверь, висящую на толстых, сильно подгнивших кожаных петлях; изба была кривая, ведьме пришлось одновременно и руками нажать, и ногой снизу подопнуть, и всё равно дверь открылась едва на треть; мне пришлось протиснуться боком.

Последние пятьсот лет наш летающий город медленно перемещался вдоль северной окраины срединного материка.

Жить в холоде нам заповедали основатели расы; холод закаливал наши тела.

Холод делал нас сильными.

Вертоград никогда не опускался южнее первой ледяной границы.

Наше убежище всегда парило над снежными пустынями и промороженными лесами.

Раз в пятнадцать или двадцать лет, с одобрения городского совета, состоящего из жрецов и членов княжеской фамилии, город сдвигался к западу или к востоку, на длину одного, реже — двух дневных перелётов. Перемещения рассчитывали жрецы по сложным таблицам, учитывающим длину светового дня, высоту Солнца над горизонтом, направление движения воздушных потоков и прочие премудрости, когда-то преподанные нам в школе и усвоенные мною кое-как.

Вообще, Первожрецы Ош и Хур заповедали перемещать город гораздо чаще, но каждый перелёт давался нам большими усилиями: ведь конструкция держалась в воздухе не сама по себе, а благодаря силе наших тел.

За тысячи лет наш народ многократно умножился, и соответственно выросла общая летательная сила. Но одновременно увеличилась и масса города. Когда-то выстроенный в один этаж, он теперь имел три этажа, и в каждом доме, состоящем из двух комнат, жило по две семьи, и в каждой семье имелось два или три сундука с бриллиантами, сапфирами и изумрудами, с золотом и серебром; в домах князей и вельмож и в Главном Храме количество сундуков, ящиков, кувшинов, наполненных драгоценностями, исчислялось десятками.

Город, пусть и выстроенный из самого лёгкого и прочного материала, за тысячу лет многократно потяжелел.

Для каждого нового перелёта нам требовалось всё больше и больше усилий.

Вдобавок, чем тяжелее становился город — тем сложнее управлялся.

Запретить накопление ценностей было невозможно, ибо Завет утверждал, что наш народ должен процветать и богатеть безостановочно.

Далее, великие основатели повелели передвигать нашу обитель вокруг оси мира только на восход. Но после смерти Первожрецов выяснилось, что если двигать город в одном направлении — половина пути будет пролегать над ледяными океанами, где живут лишь морские звери и белые медведи.

А народ птицечеловеков хотел бывать внизу, хотел наблюдать за земными троглодитами. И очень хотел, вопреки строжайшему запрету, вмешиваться в их жизнь.

Так властители нашего народа однажды постановили передвигать город только вдоль срединного материка, от восточного края Ойкумены — до западного, туда и обратно. На севере срединного материка повсюду жили люди, большие племена, а иногда и целые сильные народы, не уступающие в численности нашему.

Нужно признать: мы однажды поняли, что не смогли полностью порвать с нижним, диким и сырым миром.

Мы продолжали от него зависеть.

Мы не умели без него жить.

Мы не зависели от нижнего мира телесно — но полностью зависели духовно.

Эту связь нельзя было разорвать.

На протяжении многих столетий мы проплывали, недосягаемые, над суровыми территориями, заросшими непроходимыми лесами и перерезанными множеством буйных полноводных рек. Здесь более сильные племена и народы жили по берегам рек, используя их для передвижения и пропитания; менее сильные племена, оттеснённые более сильными, селились в долинах вокруг древних реликтовых озёр, питаемых подземными источниками.

Земля северной окраины Ойкумены была изобильна всеми благами, какие только можно представить. В иных местах золотые самородки и драгоценные цветные камни лежали прямо на поверхности, их достаточно было просто взять, нагнувшись. Существовали племена, где малые дети играли изумрудами размером с голубиное яйцо. В других землях, наоборот, не было ни металлов, ни камней, но зато хорошо родила почва, и несколько больших народов процветали, занимаясь лишь собирательством; необъятные леса досыта кормили целые сложные цивилизации.

Таким образом, за пять лет до моего рождения Вертоград однажды был снова передвинут, на этот раз — на северо-запад Ойкумены, на расстояние половины дня полёта от северного берега, и остановился прямо над маленькой долиной в распадке пологих гор, в прохладном, суровом месте, откуда было только два пути: либо на юг, в места теплее и щедрее, либо на север — туда, где нет ничего, кроме темноты и смерти.

В долине жил малый, но достаточно крепкий народец, расселившийся по нескольким деревням: три тысячи особей.

Когда меня сбросили вниз — зелёная долина стала моим домом.

Я полюбил эти леса, эти три озера, эти два водопада на двух быстрых речках, и огромные ягодные поляны, и луга, где местные обитатели пасли свой скот.

Тесная, сырая долина надоела мне через полгода, всю её можно было облететь дважды за день; я облазил все глухие и укромные места, боры, болота, озёра, зыби, топи, глухомани, заткнутые паутиной, заваленные трухлявым гнильём.

Близ каждой деревни жили по два-три отшельных человека, изгнанника.

Я сам был таким изгнанником; я чувствовал тайную связь с этими существами; я попытался познакомиться со всеми.

Но близко сошёлся только с одной старухой, именем Язва.

Она не боялась меня.

Она вела себя так, словно знала обо мне что-то такое, чего я сам не знал.

Её не интересовали ни моё умение летать, ни способность оставаться невидимым и бесшумным, ни физическая мощь, ни острое зрение и слух, ни знания о движениях светил и переменах климата.

Я подозревал, что ведьма сама когда-то бывала в небесном городе. Может быть, в качестве чьей-то жены или наложницы.

Но когда я прямо спрашивал её — отмалчивалась или грубо бранилась.

Глядя на ведьму, я понимал, что в молодости она была весьма хороша собой: в любой старухе, даже самой ветхой и согбенной, всегда можно угадать красавицу. Телесная красота никуда не исчезает, лишь прячется за завесой времени.

В любом случае, её молодость была кратковременна, а старость растянулась на столетия. В жизни дикаря старость — самый длинный период, и самый важный.

И эта ковыляющая, слабосильная, беззубая женщина явно наслаждалась своей старостью и извлекала из неё разнообразные преимущества.

Не уважать её было невозможно.

По крайней мере дважды она излечила меня от повреждений, полученных при ударах о скалы, и ещё один раз помогла справиться с тяжёлым отравлением.

Самое главное: благодаря ведьме Язве я перестал относиться к земным троглодитам с пренебрежением.

Она внушила мне, что у развитых нет никакого превосходства над неразвитыми.

Она дала мне понять, что знания не обязательно записаны буквами в книгах — иногда они вообще невыразимы, не облечены в слова, а лишь в поступки, в практические умения.

Волки и медведи приносили ведьме больных детёнышей — она их выхаживала. Белки и барсуки снабжали её орехами и кореньями. Змеи приползали, чтобы сбросить старую кожу и сцедить лишний яд. Рожалые самки лосей и оленей прибегали, чтобы старуха их раздоила.

Окрест её чёрной избы буйно росли редчайшие растения, пчёлы копили мёд в гнилых колодах, а пауки ткали паутины, не пропуская к дому ни единого кровососущего насекомого.

В её избе стоял тяжкий дух, слишком терпкий; не гадкий — странный.

Кислый, но и притягательный.

Я огляделся и вздрогнул.

По всем ровным поверхностям, по лавкам, по полкам, по узкой кровати, застланной ветхим покрывалом, по крышке сундука, обитой разноцветными обрезками кожи, — сидели тряпичные куклы, каждая размером с локоть.

Их было, может быть, сто или больше.

Мне стало не по себе, и в глубину дома я не пошёл, остался на пороге.

Куклы все обратили на меня пустые голые лица.

Все разные; одни нарядные, в узорах, и даже в кружевах; другие — бесцветные, скрученные из обрывков старого, грязного полотна.

Одни были сложно устроены и крепко прошиты нитками, другие выглядели просто как последовательность больших и малых узлов.

— Не бойся, — сказала ведьма. — Это мои мотанки. Тебе не навредят. Садись за стол.

Однако я остался на месте. Пробормотал:

— У них нет лиц.

— Верно, — ответила ведьма, — нет, и быть не должно. Они — мои. У них у всех — моё лицо; только ты его не видишь. Говорю, тебе не навредят. Не сцы, малой. Присядь и угощайся.

Я неуверенно прошёл. Устроился за шатким столом, много раз скоблённым, чёрным от времени.

Безглазые лица повернулись в мою сторону; или мне, захмелевшему, только показалось.

Старуха поставила передо мной кувшин.

— Не оглядывайся, — посоветовала. — Куклы мотать — бабья забава, не мужская. Пей на здоровье.

Но горло моё не принимало вина; я попробовал глотнуть и поперхнулся.

Ведьма хмыкнула.

— Не бойся. Пей свободно, друг ситный. Заработал как-никак.

Я через силу хлебнул; вино побежало по нутру, обрадовало, расслабило.

Давно я не пробовал столь благодатной сладости.

Давно голову не туманил такой мягкий, коварный хмель.

И тут же показалось, что тряпичные существа смеются надо мной, — безгласно, бездвижно, но явно.

— Зачем тебе куклы? Никогда раньше их не видел.

— Раз не видел, — сказала старуха, — стало быть, тебе и не полагалось. Говорю, это женское ловкачество. Мужикам знать не след. Но как ты есть нелюдь, в нашем мире посторонний — тебе скажу. Их мотают, чтоб женскую силу укрепить. Эта вот, глянь, называется «девка-баба». Вот так — «девка», а перевернёшь, подол наиспод вывернешь — «баба». А вот эти именуются «ведучки»: гляди, сама — большая, а на руках у ей малая: то есть, мать и дщерь. И таких надо смотать семь, по числу семи родовых колен. А у какой бабы род длинный, та мотает два раза по семь. А у меня род такой длинный, что я смотала три раза по семь, вот они все по лавкам сидят…

— Страшные, — сказал я искренне.

— Для тебя — да, — ответила ведьма. — Бабье естество — страшней мужского гораздо. Потому как бабам жить тяжелей. Но и почётней.

— А эти? — спросил я, ткнув пальцем. — Которые грязные?

— Не грязные, — сурово поправила ведьма. — Кажутся такими. Смотаны из нижних юбок. Именуются — «выворотки». Про них ничего не скажу: нельзя. Их положено в постели прятать, под подушкой, и мужикам не показывать. Что такое «выворот» — только бабам известно, и то не всем. А тебе, парень, надо знать лишь одно: мир, где ты живёшь, крепится женской силой, и на ней стоит, всеми своими восемью углами. Бабами всё начато, и ими продолжается. Через баб течёт и греется мировая кровь. Ты же, небось, тоже не собственным присутствием в небесном городе своё дело строишь? А через девку? Сам сидишь тута, в тепле и холе, вином ся тешишь, а в это время малая девка, безродная пришелица — твою судьбу устраивает…

Я бы поперхнулся и возмутился.

Но хмель смешал мои мысли.

Ведьма была права.

— Всё, что есть живого и сущего, — продолжала она, — держится на женской силе. Я на ней держусь, и ты тоже. И весь ваш летающий город. И не только он, а всё живое и горячее...

— Погоди, — сказал я. — Ты стыдишь меня, что ли?

— Не стыжу, — ответила ведьма. — Напоминаю. Теперь допей моё вино, отдохни — и поднимайся в небесный стан. Девка Марья опёрлась об тебя — и ты, значит, обопрись об неё... Так оба победите...

И ведьма, протянув сухую руку, ухватила кувшин и наполнила доверху мою чашку.

— Пей, малой парнишка. Пей, дружочек. Забудься на малый час. К рассвету тебе надо быть дома.

К тому времени я уже был сильно пьян; чего и добивался.

Меня окружали безмолвные тряпичные сущности, молчащие, презрительные, недвижные.

Старуха прошлась вдоль ряда кукол, одну поправила, другую погладила; говорила тихо, хрипло.

— Всё, что происходит, — происходит из-за баб. Мужики думают, что творят всё сами. Сами воюют, сами пашут, сами зверя бьют, сами брагу пьют, сами врага режут. А на деле — не сами. Это и есть выворот. Чтоб узнать, как устроены штаны, — выверни их. Чтоб узнать, как устроена шапка, — выверни шапку. Чтоб узнать, как устроена скотина, — разрежь ей живот и выверни требуху. Так же и весь мир живой: чтоб узнать, как он излажен, — выверни его, мысленно, и узри сокрытое нутро. Вывернуть — значит выверить, сделать верным. Настоящим. Истинным. Выверни свою судьбу, парень, изучи изнанку. Угляди швы и узелки. Бывает, живёт князь, во славе, в богатстве, в почёте, и его люди за него головы кладут, не задумываясь, — а выверни его судьбу, и увидишь, что бабами и швы прошиты, и узелки завязаны. Так везде. Выверни мужскую природу — там женская. Выверни смерть — там жизнь. Выверни беду — там счастье. Мужик всегда на стороне смерти, у него жилы, у него нож, у него меч, — а у бабы ни ножа, ни меча, только детородное чрево. Потому что баба на стороне жизни. Так и здесь случилось. Девка малая, тощая, слабосильная, появилась — и два громадных народа с места стронула. Из-за неё одна гадина погибла, а другая народилась. Из-за неё многие умрут, а другие родятся. Из-за неё твой небесный город скоро сотрясётся до донышка. Из-за неё ты нынче здесь, внизу, а завтра будешь там, наверху. Из-за неё ты теперь тут пьяный, в тепле, а она там трезвая, в небесном холоде. Ты думаешь, ты сильней сильного, и никто тебя не пошатнёт, — а если навыворот посмотреть, вся твоя сила стоит на слабости маленькой девчонки. Это сказано тебе не в упрёк, а в науку. Ты не виноват. Никто не виноват. Мужчина следует за своей женщиной, женщина следует за своей маткой. Выверни матку — там зародыш, меньше ржаного зёрнышка. А если силы ума хватит — выверни и зародыш...

— Довольно, — сказал я, превозмогая шум в голове. — Ты врёшь, старуха. Не я случил Марью с княжьим сыном. Не я привёл её в долину. Не я змее башку отрезал. Я только пользуюсь возможностью. Я помогу девке, она поможет мне...

— Верно, — перебила старуха, сверкнув глазом, — верно! Только слово неправильное. Какая же это подмога, если у тебя есть своя корысть? Это не подмога, это торг. Так вы все наверху и живёте. Говорите, что помогаете, а на самом деле продаёте и покупаете. Нам, которые внизу, нет от вас никакой подмоги. Прилетаете, только чтобы развлечься или цацку стырить.

— Понятно, — сказал я. — Теперь мне понятно. Ты тоже была у нас, наверху.

Ведьма кивнула.

— Была. Давно. Двести лет прошло. Старший Финист, нынешний ваш князь, взял меня в полюбовницы. Выкрал, и у себя поселил. В парчу нарядил, пальцы перстнями унизал. Я жила у него в доме. Спала в его постели. Думала, он на мне женится... Но он не женился. Жрецы ваши велели ему меня сбросить. Он не послушался. Уже меня подвели к краю, уже я глядела смерти в глаза. Но он отменил приказ жрецов. Взял — и на руках вниз отнёс. Потом проведывал... Каждый год прилетал... Забыть не мог... — Ведьма грустно хмыкнула. — Но женился — на другой. Я не простила. До сих пор не могу простить. Когда тобой попользовались, да выкинули — такое не прощается. А та, на которой он женился, родила ему всего одного ребёнка. Одного-единственного. — Старуха ухмыльнулась совершенно по-мужски. — Хороша жена, одного родила — и умаялась! А потом и вовсе померла, сынка сиротинушкой оставила... С тех пор я всё ваше племя летучее — не люблю, не доверяю и не сочувствую. Сильные вы, крепкие, ни убить, ни противостоять невозможно, а только вся ваша сила ни к чему не приложена. Зачем сила, если от неё нет пользы? Зачем вы нужны, летучие человеки? Кого вы сберегли? Кому помогли? Столько знаний, столько могущества, могли бы спасти половину народов, ныне сгинувших. Но вы, при всей вашей мощи, палец о палец не ударили. Только глядели, да золото воровали. Народы мёрли, а вы летали и смотрели сверху. Обязанность сильного в том, чтобы слабому помочь, — но вы нам не помогли. Вы бесполезны, вы живёте для себя, вы не участвуете в общем токе мировой крови. Вы как опухоль, сами прибавляетесь, а остальному телу — один вред. Поэтому скоро вы будете стёрты с лица земли. От вас не останется ничего. Вашей расе осталось двести лет. Может быть, триста, точнее не вижу. Потом исчезнете. Вы накопите столько золота, что не сможете удерживать город в воздухе, и он упадёт. Ваша раса разлетится кто куда, прихватив сундуки с богатствами, и постепенно сгинет; останутся только кости в могилах. Способность летать ослабнет от поколения к поколению и однажды вся выйдет. Следы ваши исчезнут, уцелеют только сказки и смутные легенды. Ваше племя, величайшее и сильнейшее, выпадет из памяти людей насовсем. Вас не запомнят. Вас не останется. Ваша кровь высохнет. Вы станете ничем, пустотой. А меж тем, пока вы будете понемногу вымирать — троглодиты создадут целый новый мир, и возникнут громадные народы числом в тысячи тысяч человек, и кровь их будет кипеть тысячи лет, и память их уцелеет...

Ведьма задохнулась, закашлялась и облизнула губы.

— Но есть у вас, — продолжала она, — и другой путь. Опустить летающий город, и открыться дикарям. Помочь им победить хотя бы главные беды: болезни и темноту разума.

— Для этого, — сказал я, — нам нужно отречься от Завета.

— Нет, — ответила ведьма. — Не обязательно отрекаться! Достаточно малость поправить, подновить. Переписать несколько строчек. Правила можно и нужно менять. Вечных правил нет, и быть не может. Спуститесь вниз, к остальным. Соединитесь с человечеством, поведите его. Дайте дикарям свою силу. Вы измените мир, сделаете его лучше, светлее и чище. Вам нужно только захотеть. Вы можете стать самым великим народом из всех известных. Тогда вас запомнят навсегда. Вот ваши два пути. Либо поведёте всех в будущее, либо продолжите жить для себя — и пропадёте, как будто вас не было...

Моя голова отяжелела, я зевнул; разговор чем дальше, тем больше казался мне бессмысленным.

Я не большой умник, никогда не любил спорить, тем более не намеревался делать это теперь, в пьяном, вялом утомлении.

В тесное окошко ударил сильный прозрачный свет: пока я колол дрова и пил вино, в мире наступил новый день, вероятно, один из последних солнечных дней этой короткой холодной осени.

Ведьма плюнула на пальцы и потушила лучину.

Мне хотелось спать.

— Может, ты и права, — сказал я. — Но мне неохота спорить. Я не думаю о далёком будущем. Меня в нём не будет. Я хочу жить сегодня. И ещё одно: прекрати ругать мой народ. Даже если ты жила среди нас — ты не одна из нас, и ты ничего про нас не знаешь. Мы созданы, чтобы летать, это наша главная функция. Не ради людей, не ради себя — а ради самого полёта. Нижний мир, дикари — не занимают много места в нашей жизни. Многие из нас бывали на поверхности, но многие — наоборот, больше предпочитают верхнее небо. А другие летают только вокруг города. Мы не часть вашего мира. Мы — нелюди. Это не наше слово — ваше. Это вы нас так называете. Даже если бы мы хотели вас повести — вы сами не пойдёте, потому что вы нас боитесь и ненавидите. Мы другие, особенные. Мы рождены не для того, чтобы сподвигнуть людской род к лучшему, а для побега от людского рода. Мы созданы, чтобы быть отдельными. Это наша суть. Мы никогда не будем вам помогать. В тот момент, когда Вертоград отделился от поверхности, — наши судьбы разошлись навсегда, и не будут соединены. Таков Завет, такова наша традиция, так мы живём, и по-другому не умеем. И переписывать Завет мы не будем: тот, который есть, всех устраивает.

Высказавшись, вспотев, я с усилием поднялся; не рассчитав сил, пошатнул стол: чашка упала, разлилось недопитое.

В полосе Солнца, протянувшейся от окна, внутренности ведьминой избухи увиделись затхлыми, закопчёнными, куклы — засаленными, чумазыми, сама старуха — жалкой, полумёртвой, замотанной в поганое тряпьё.

— Посплю во дворе, — сказал я, и вышел из дома; под открытым небом стало легче и спокойней.

Отойдя на пять шагов от входа в избу, лёг на траву и закрыл глаза.

Земля ещё хранила прелое летнее тепло, от неё шёл душный ток, пахло гнилыми кореньями, сухой хвоей, червями, помётом животных. Солнце заметно опустилось ниже к горизонту, но лучи его ещё были животворны.

Последнее, что запомнил, уже сквозь тяжкую хмельную дремоту — старуха подошла и укрыла меня одеялом.

Мне, выросшему в небесном холоде, это не требовалось; но я знал, что таким образом дикари выражают заботу, и не возразил.

Проспал весь день и всю ночь.

Очнулся перед рассветом, свежий, с ясной головой и предчувствием чего-то важного и хорошего.

Сказ третий. Разбойник

Над крышей избы поднимался дым. В траве шуршали ночные звери — впрочем, держась от меня на почтительном расстоянии.

Тихо, свежо было вокруг. Ниже по склонам холма переливался, быстро оскудевая, ночной туман — его клочья, как живые, расползались в стороны, прячась под тень деревьев.

В такие моменты я любил нижний мир и его обитателей. Небо любит только тех, кто умеет летать, а земля любит и принимает всех, разумных и неразумных, летающих и ползающих, живым даря пищу, мёртвым — последний приют.

Бабка Язва вышла из дома, махнула рукой.

— Проснулся? Иди, поешь горячего.

— Нет, — ответил я. — Не буду. Мне нужна свежая голова.

— Тоже верно, — согласилась ведьма. — Тогда поспеши. Всё уже случилось. Девку Марью посадили под замок. Жену Финиста тоже. Нынче суд будет.

— Откуда ты знаешь?

Ведьма усмехнулась и показала пальцем в небо.

— Оттуда.

— Тогда прощай, мать, — сказал я. — Благодарю тебя за всё. Если б не ты — я бы не выжил. Может, ещё свидимся.

— Свидимся, — уверенно сказала ведьма. — Князю поклон передай. И вот ещё.

Она бросила мне под ноги костяной гребень. Я подобрал.

— Причеши волосья, — велела старуха. — Предстанешь перед судом — будешь прилично выглядеть.

Я сделал, как она велела, а потом вспомнил: снял с себя все украшения, цепочки, браслеты и перстни с камнями; одна цепь — золотая и самая тяжёлая — застряла в волосах, и я, дёрнув, порвал её, не испытав никакого сожаления.

Бросил всё на одеяло. Бриллианты и изумруды сыграли, выбросили радужные искры.

— Сохрани у себя, — попросил я. — Если уцелею — вернусь и заберу.

— Как скажешь, — ровным тоном ответила ведьма.

Я поклонился на прощанье и взмыл в небо.

9.

Над городом вертикально поднимался длинный столб чёрного дыма, издалека заметный в пронзительной синеве. Увидев дым, я окреп духом и нервами. Жрецы жгли смоляной костёр, в полном соответствии с Заветом.

Если в обители птицечеловеков изобличена измена — следовало возвестить о ней дымовым сигналом, дабы все, покинувшие город для тех или иных надобностей, немедленно вернулись.

Согласно завету, суд должен вершиться при всём народе.

Не прячась, я опустился на площадку перед главными воротами.

Двадцать лет мои ноги не касались этих старых, длинных досок, выгоревших до пепельного цвета.

Сердце моё стучало: я волновался.

Из ворот вышли сразу четверо, оснащённые по полному тревожному уставу: со щитами и копьями, в шлемах; лица закрыты масками. Пока они приближались, я снял перевязь с мечом и бросил на настил, далеко вперёд перед собой. Вынул нож — тоже бросил. Поднял руки.

Четверо приблизились, выставили копья. Железные остриЯ были наточены до остроты солнечного луча.

— Кто таков? — спросил один из воинов, обладатель серебряного, тускло сверкающего нагрудного знака: младший командир дневного караульного наряда.

Когда-то этот знак носил я сам. Правда, недолго.

Прочие охранники сверлили меня настороженными взглядами и явно были готовы пронзить мою грудь без малейших колебаний.

— Моё имя — Соловей, — сказал я. — Уроженец Верто-града. Сын Соловья-старшего. Преступник. Двадцать лет назад осуждён за разбой и изгнан.

— Зачем вернулся?

— Понадобилось.

— Лечь на настил! Лицом вниз, руки в стороны! За сопротивление — смерть на месте!

Я сделал, как велели.

В четыре руки меня обхлопали, обшарили от плеч до пяток. Меч и нож подобрали, изучили.

— Вставай. Руки за спину, смотреть вниз. Молчать, выполнять приказы. Дёрнешься — убьём. Шагай вперёд.

— Мешок, — сказал я.

— Что?

— Мешок забыли на голову надеть. По Уставу так.

— Знаешь Устав?

— Я тоже служил в охране.

Меня толкнули в спину.

— Сейчас разберёмся, где служил. Шагай быстрей.

Миновав ворота, меня провели в караульное помещение, заполненное молодыми ребятами с оружием в руках: в день суда вся охрана была поднята по тревоге, наряды удвоены, а в княжьем доме и в Храме — утроены; казарма гудела голосами, звоном металла, треском открываемых и закрываемых дверей. Когда меня ввели, шум затих; я рискнул поднять голову и посмотреть в лица, и успел поймать три-четыре любопытных взгляда, и увидел, что новая, выросшая без меня молодёжь была хороша. Крепкие тела, бронированные в литые мышечные корсеты. Красивые, хоть и слишком юные лица. Умные глаза. Потом меня сильно толкнули в спину.

— Смотреть в пол!

Ввели в комнату для пойманных. Закрыли тяжёлую дверь.

Я сел на лавку и стал привыкать.

Ноздри обоняли запах бальсы, пробки и смолы. Огромная конструкция дышала, играла, подрагивала, колебания были ничтожны, но всё же ощутимы, пол ходил то вниз, то вверх, стыки несущего каркаса протяжно скрипели.

Стены не задерживали звуков. В жилых комнатах мы обычно завешивали стены коврами, чтоб не слышать соседей, — но в камере для задержанных не могло быть и речи о коврах; только голое дерево.

Караульное помещение ходило ходуном. Звучали шаги, звон оружия, доносились десятки возбуждённых, зычных голосов; из оружейной скрежетали точильные камни.

Всё шло, как я рассчитывал. И ведьма не соврала, угадала.

Я улавливал целые части, куски разговоров, где повторялись слова «суд», «старший Финист», «дикая девка», «золотое платье», «Цесарка», «жрецы», «измена».

Молодые охранники не были напуганы — происходящее их скорее развлекало; один раз я даже услышал взрыв смеха.

Спустя короткое время разговоры вдруг разом стихли, грянули двери, послышался топот тяжёлых ног.

Раскрылась дверь; ко мне вошёл Куланг.

Его взгляд, обращённый на меня, был холодным и спокойным. Я тоже не выдал себя ни единым шевелением.

Мой товарищ был одет в полную боевую броню, состоящую из тончайших медных и бронзовых пластин, и опоясан, по старому воинскому обычаю, двумя мечами.

По осанке его, по исходившей яростной силе было видно, что власть его и авторитет среди молодых воинов — громадны: когда он вошёл, прочие сгрудились за его спиной, боясь дышать и ловя каждое слово командира.

— Соловей, — презрительно сказал он. — Ты осуждён и изгнан. Зачем ты вернулся?

— На суд, — ответил я. — В Храме зажгли смолу. Я видел дым. В Завете сказано, что в суде участвует весь народ до последнего человека. Я тоже хочу.

Куланг посмотрел прямо в мои глаза.

— У тебя есть, что сказать на суде?

— Есть.

— Хорошо. Тогда подожди. С тобой ещё поговорят.

Куланг повернулся к прочим и кивнул в мою сторону.

— Этого — строго стеречь. Окно закрыть. В разговоры не вступать.

Тут же его воля была исполнена, и на моё окно снаружи надвинули крепкую деревянную заслонку; закрепили железными винтами.

Очень довольный происходящим, я снял с себя надоевший доспех, размотал сапоги, стянул и штаны, и рубаху, поправил и обгладил всю одежду, заново оделся и обулся, туго подпоясался: подготовил себя к дальнейшему.

Время шло; голоса за деревянной стеной звучали звонко, но ровно; ничего не происходило, одни парни приходили из караула, другие уходили. Насколько я уяснил из подслушанного, принятые меры безопасности показались всем чрезвычайными: у ворот Храма велено было поставить четверых, и у входа в княжий дом ещё четверых; по личному повелению князя молодого Финиста и его жену заперли по своим комнатам, и у каждой двери стояло ещё по двое; Марью же поместили непосредственно в комнате князя, и сам князь прямо сейчас её допрашивал, и охраняли его покои старшие начальники, в том числе Куланг.

Внешние наряды, по периметру города, под основанием и высоко наверху, на границе Верхнего неба, — были также удвоены и сменялись в два раза чаще, чем обычно.

Арсенал был открыт, оружейники проверяли и заново правили клинки, кинжалы и навершия копий.

По вибрациям пола я понимал, что никто в городе не спит, все на ногах, все встревожены, все намерены, отложив дела, после захода Солнца явиться на главную площадь.

Суд в нашем городе скорый: если ты преступил закон сегодня — должен быть наказан назавтра, и не позже.

Ожидание стало мне надоедать, я устал и лёг на лавку, лицом вниз, чтобы расслабиться, но как раз в этот миг голоса воинов снова смолкли, и загремел засов на двери.

Я сел.

Когда увидел вошедшего — встал и поклонился.

— Это ты, — негромко сказал старый князь Финист. — Давно не виделись.

Я мог бы ответить, что совсем не так давно: третьего дня наблюдал за ним, входящим и выходящим из избы ведьмы Язвы.

Он, разумеется, давно забыл обо мне — но я его помнил; я про него много знал.

Но промолчал, только кивнул.

Следом за князем один из охранников поспешно внёс кресло; хозяин Вертограда медленно сел, поморщившись и потерев ладонями колени; глухо звякнули золотые браслеты на его запястьях.

Он подождал, пока охранник выйдет и закроет дверь.

— Ты не вовремя вернулся, — сказал он.

— Нет, князь, — сказал я. — Вовремя. Это я всё подстроил. Это я принёс в город дикую девчонку.

Я продолжал стоять. Князь некоторое время молчал, потом спросил:

— Зачем тебе это?

— Я хочу, чтоб меня простили. Ты помилуешь меня, и я вернусь домой.

Старший Финист выглядел усталым, недовольным, но решительным. Руки его немного дрожали, выдавая сдерживаемое раздражение или даже гнев, и ещё портила впечатление дряблая, слишком тонкая, уже совсем старческая шея. Но в общем он держался как настоящий всесильный хозяин своего всесильного народа.

Он так и не предложил мне сесть.

— Почему я должен тебя помиловать?

— Отвечу, — сказал я, — если пойму, что произошло. Чтоб я принёс тебе пользу, я должен знать, как всё было.

Князь хмуро погрозил мне пальцем:

— Ты хитрый, я вижу.

— Может, и хитрый, но клятве не изменял. И тебя не предавал, и не предам.

— Увидим, — сказал князь, нехорошо усмехнувшись. — А было вот что. Жена моего сына впустила в спальню чужого человека. Дикую девчонку. Впустила в обмен на подношение.

Возможно, девчонка соблазнила моего сына. Возможно, применила колдовство. Финист был слабый, после болезни — а тут поднялся, здоровее здорового. Взял оружие, призвал охрану. Жену приказал схватить за предательство. А потом уже я вызвал свою охрану и велел взять всех. И дикарку, и сына, и его жену...

Старший Финист надвинулся, посмотрел исподлобья; мне удалось выдержать удар его взгляда.

— Теперь говори, каким боком ты здесь.

— Я здесь не боком. Я лицом. Я помог вернуть память твоему сыну. И ещё я помог изобличить измену. Я сделал это ради тебя и своего народа, но и ради себя тоже; лукавить не буду. Я попрошу прощения — и, надеюсь, мне разрешат вернуться. Вот моя цель. Я пришёл с добром, и девка эта, дикая — тоже пришла с добром...

— Я должен её казнить, — тяжко выдавил старый князь. — По Завету так. Но мой сын против.

— Тогда казни и меня, — сказал я. — Мы с ней заодно. Я её сюда доставил. И сам пришёл, чтоб поддержать. Я всё знаю про тебя, князь. А ты всё знаешь про меня. Двадцать лет назад я служил в городской охране. Ты хорошо относился к моему отцу. Когда ты проходил мимо, ты всегда хлопал меня по плечу...

— Твой отец умер, — сказал князь.

Я кивнул.

— Да. Восемь лет назад. Я был на похоронах. Прокрался тайком. Потом вернулся вниз. И там, внизу, я видел тебя, князь Финист. Много раз.

Старик выпрямился, теперь в его взгляде было враждебное любопытство.

— Ты спускался в долину, — продолжал я, — ты посещал старую ведьму Язву. Может быть, ты знаешь её под другим именем... Это неважно. Важно, что я тебе не враг, я хочу тебе помочь. Я уважаю твоего сына, я уважаю его подругу, эту земную девочку — никого сильней её я не встречал ни внизу, ни наверху... Я на твоей стороне. Я сделаю всё, что ты скажешь. Только пообещай, что меня простят...

— Такого обещания, — сурово произнёс старший Финист, — дать не могу. Это решит суд, согласно Завету.

Я собрался с духом и тоже придвинулся ближе к старику, и перешёл на шёпот.

— Согласно Завету, твой сын не должен был сходиться с бескрылой девушкой. А он сошёлся. Согласно Завету, твой сын не должен был ничего рассказывать ей про наш город. А он рассказал, и даже подарил дорогой инструмент. Согласно Завету, ты, князь, не должен был лечить сына дикарскими снадобьями — а ты лечил. Ты мог погубить его. Слюна змея — сильнейший яд. Твой единственный сын едва не сделался безмысленным дураком. Тогда ты остался бы без наследника, а наш народ — без правителя. Младшего Финиста спасло только чудо. Я могу всё это сказать на суде. А могу не сказать.

Князь выслушал, гордо выпрямился.

— Есть ещё один путь, — ответил он. — Я прикажу удавить тебя. Здесь, сейчас. И сбросить вниз.

— Да, — сказал я. — Можешь. Но не сделаешь. Я прилетел сам, и сдался добровольно, потому что верю в твою мудрость. Ты никогда не был жесток. Ты правил не страхом, но разумом и знаниями. Оставайся таким же. Мы все тебя любили и любим. И даже я, проживший полжизни внизу, теперь, говоря с тобой, понимаю, что люблю тебя. Повторяю, я ради тебя готов на всё, я давал тебе клятву верности и до сих пор ей верен…

— Ты смелый парень, — похвалил князь.

— Нет во мне смелости, — ответил я, — только отчаяние. Я давно решил: или вернусь к своим, или умру. Без моего народа мне жизни нет.

Старый князь выслушал с совершенно бесстрастным лицом и поднялся — снова тяжело, уперев обе руки в колени. Исполин слабеет, подумал я. Сколько ему лет? Двести пятьдесят? Если уцелею, надо будет спросить у жрецов.

— На твоём месте, — произнёс князь, — я бы готовился к смерти.

— Подожди, — сказал я, когда он уже шёл к двери. — Если убьёте меня — пощадите хотя бы девушку! Хотя бы её!

Ответа не было; старик исчез.

Тот же мальчишка-охранник, с крепкой шеей и толстыми щеками, вынес кресло, глянул на меня опасливо и закрыл дверь.

Может, и убьют, подумал я.

Обоих.

И Марью, и меня.

Тихо задушат и сбросят; следов не останется.

Не все знают, что в комнатах княжьего дома есть тайные выходы, люки в полу. Старик может самостоятельно открыть такой люк и сбросить Марью, ничего никому не объясняя.

Была девка — и нет её.

Был Соловей, преступник, разбойник, — и нет Соловья.

Да, он был умён и великодушен, старый правитель летающего народа; но за двадцать лет моего отсутствия великодушие могло исчезнуть. Жизнь переменчива. Добряк может озлиться, благородный — стать подлецом.

Не сам ли я прошёл тот же путь? От воина, человека чести, — до злодея?

Уповая на благородство других — вспомни о себе. О том, как низкие помыслы одолевали тебя.

Ожидая от ближних правды — отыщи её сначала в себе.

Я подумал, что неплохо было бы помолиться, однако священные слова давно стёрлись из памяти.

Честно сказать, я никогда не помнил до конца ни одной молитвы; в молодой голове такое не задерживается.

Безо всякой уверенности я подошёл к окну, снаружи закрытому, но пропускающему сквозь щели тонкие золотые лезвия, и подставил лицо под луч.

— Великое Солнце, — пробормотал. — Ты даёшь свет, им же все мы живы… От твоего тела питаемся…

Как учили жрецы, трижды сильно нажал пальцами на закрытые глаза, и под веками, в чёрной пустоте, вспыхнули разноцветные бутоны удивительной красоты: переливчатые радужные знаки, послания высшей сущности.

— Ничего не взыщем, кроме света, и его воле подчинены…

Дальше я не помнил слов; узоры на обратной стороне век быстро вспыхнули, но так же быстро исчезли.

Ещё раз повторю: я никогда не был благочестивым; два или три основных заветных стиха меня заставили выучить в детстве родители и учителя; повзрослев, я всё забыл.

Не было у меня никогда никаких особенных отношений с богом.

До изгнания я был слишком молод; юному дураку бог не нужен.

После изгнания я решил, что бог меня оставил, — и с тех пор почти никогда не вспоминал о нём.

Бог был наверху.

Бог любил сверкание, сияние, сладкие запахи и красивые слова.

Бог любил дышать полной грудью в храме, где потолок восходит к небу.

Бог любил сиять в чашах, наполненных алмазами, рубинами и изумрудами, бог очень любил отразиться в золотой поверхности алтаря. Бог хотел, чтобы тысячи людей, специально разряженных в парчу и бархат, вставали перед ним на колени.

Я же — был замотан в тряпьё и задыхался в нижнем мире, я умирал от сырости и скверных испарений, вокруг меня не было ничего сияющего, вместо сладких благовоний я обонял тяжкие смрады животных калов, а вместо песнопений слышал только рычание зверей, готовых в любой момент вцепиться в моё горло, и шипение стремительно ползающих рептилий, готовых отравить меня ядом.

Нет, бог меня не покинул.

Он, всесильный и сверкающий, каждый день выходил из-за края земли, даруя мне очередной, ещё один день существования — горчайшего, сходного с пыткой.

Он никак не облегчил мне судьбу. На мои злоключения он только смотрел; может быть, он сам обрёк меня на тяжкие испытания; так или иначе, у меня не было ни малейшей причины помнить о боге и вести с ним какой-либо диалог.

А теперь вот — захотел.

Но это длилось недолго.

Я попросил у него подмоги, но не для себя — для девки Марьи.

Показалось, что просить для себя в нынешней ситуации — не слишком честно.

И я попросил, чтоб всё получилось у земной девочки.

Уж не знаю, помогает ли наш бог нижним троглодитам.

Если переживу этот день — спрошу у жрецов.

После полудня из-за двери донеслись запахи еды. По традиции, воинов, несущих службу в охране, ежедневно кормили земной пищей, обычно никто не отказывался: поесть — значило убить время; караульная служба хоть и престижна, но на самом деле очень скучна. Смена длится сутки: от полуночи до полуночи. За сутки каждый воин половину времени проводит на посту, вторую половину времени отдыхает в караульном помещении. Точить клинки и рассказывать друг другу анекдоты надоедает уже через месяц. Те, кто прослужил в охране больше года, в основном молчат и к службе относятся как к повинности.

Так было в мои времена, когда я сам был одним из них.

От нечего делать я очень долго — половину дня, с полудня и до вечера — просидел возле двери, подслушивая разговоры молодых воинов.

В общем помещении одновременно находилось примерно две дюжины человек, из которых бо́льшая часть — старшие охранники — помалкивали, но пять или шесть молодых оживлённо обсуждали происходящее.

После обеда караул сменился: пообедавшие заступили на посты, а отбывшие смену пришли и в свою очередь тоже шумно уселись обедать: эти принесли новую порцию новостей и слухов, и обменялись с остальными.

Речь шла о покушении на жизнь княжеского сына.

Вор и разбойник Соловей, сидящий сейчас вот за этой дверью, доставил в город дикую девку: убийцу, вооружённую ножами и древнейшим земным колдовством.

Чтобы добраться до княжеского сына, девка сошлась с его молодой женой и за одну ночь сшила для неё золотое платье; в обмен на это платье Цесарка разрешила девке зайти в спальню.

Девка заперла дверь изнутри; она и Финист пробыли наедине совсем недолго: время, за которое прогорает один настольный масляный светильник.

А в такой светильник, как вы знаете, нужно доливать масло восемь раз за ночь.

Когда время вышло, Цесарка стала стучать в запертую дверь. Ей не открывали.

Она стала колотить кулаками и подняла тревогу. Мгновенно вбежала охрана, но тут дверь открылась, вышел младший Финист, вооружённый мечами. Охрана не осмелилась спорить. Финист приказал запереть и связать собственную жену за измену. Цесарка подняла крик. На шум пришёл Неясыт, попытался увести дочь с собой, но младший Финист не позволил, и приказал задержать и запереть и самого Неясыта тоже. Охрана не знала, что делать; младший князь был настроен решительно и меч держал высоко. Его нельзя было узнать: на свадьбе он еле ходил, был бледен и пил маковый настой, а теперь громогласно кричал про измену и требовал разбудить отца.

Наконец, прибежал старый князь, тоже — с мечом в руке, в окружении личных людей (в том числе назвали и Куланга), — и всё решилось.

Исполин отшвырнул с дороги сына, вошёл в спальню и вывел оттуда Марью за руку, и оттащил к себе.

Младший князь попытался помешать, но отец приставил меч к горлу девки. Сын отступил.

По приказу старика в своих комнатах заперли и сына, и его жену Цесарку.

Сказ третий. Разбойник

Девку Марью князь увёл к себе и допрашивал весь день, и теперь продолжает.

Неясыт остался при своей власти, и теперь пребывал рядом с дочерью; охранять самого начальника охраны было бессмысленно, и Неясыт, несмотря на запрет, уже дважды выводил свою дочь из комнаты: один раз они зашли домой, и Цесарка переоделась; второй раз зашли в Храм, и оба долго там молились, и пожертвовали на алтарные нужды подарок невероятной ценности: платье, вязанное из тончайшей золотой нитки.

Спустя малое время старый князь призвал к себе Неясыта и коротко с ним поговорил; немедленно по окончании разговора начальник охраны поспешил в Храм и забрал золотое платье обратно, с глубокими извинениями, и вернул дочери, причём дочь была совсем не рада.

Причины произошедшего никто не знал, парни поумнее строили догадки, другие критиковали умников, третьи отмалчивались. Время катилось к вечеру.

Общее мнение было таково: дикая девка соблазнила княжьего сына и зачаровала сильнейшим любовным заклятием; теперь несчастный парнишка оказался всецело в её власти, и то, что она до сих пор находится в покоях старого князя и разговаривает с ним, — плохой знак; возможно, ведьма зачарует и старика, и тогда городу конец.

Свет, доходящий до меня через узкие щели в деревянном заслоне, стал слабеть и однажды вовсе пропал; мучительный, длинный этот день, наконец, закончился.

Я уже настроился, что меня вот-вот выведут.

Уже доносился снаружи топот многих сотен ног: люди шли на площадь, люди хотели видеть суд и участвовать в нём.

Когда замок на двери заскрежетал, я уже был готов, вскочил и поправил ремень.

Однако вместо караульных ко мне вошёл сам Неясыт: кряжистый и длиннорукий, низкорослый, источающий угрозу.

Он держался очень прямо и не убирал ладоней с рукоятей мечей. Он выглядел как человек, готовый изрубить в куски любого, кто встанет на его пути.

Он принадлежал к тому же поколению, что и сам старый князь. Он числился в телохранителях уже больше полувека.

Следом за ним, ступая бесшумно, вошла его дочь, — Цесарка, молодая жена княжьего сына; я, наконец, увидел её вблизи.

Её кожа блистала свежестью; огромные глаза мерцали. Чёрные волосы струились радужным водопадом. Строгое платье из багряной парчи закрывало всё тело, от горла до пят. Миру было явлено только лицо: бледное, совершенное, без малейших следов краски и пудры. На ней не было никаких украшений, даже колец на пальцах.

На малое мгновение я отдался во власть её всепобеждающей красоты, бешеной самочьей силы.

Она явно точно знала, чего хотела, и мир людской, верхний и нижний, не составлял для этой девушки никакого секрета.

У меня хватило ума поклониться дважды: сначала папаше, потом дочери.

— Сядь! — с ходу велел Неясыт и подошёл ближе.

Ростом он был мне едва по грудь; опустившись на лавку, я оказался с ним лицом к лицу.

— Зачем ты здесь? — спросил он. — Чего добиваешься?

— От вас — ничего, — ответил я. — Кроме снисхождения.

Тут Цесарка сделала очень плавное и мягкое, но решительное движение, обойдя отца и выступив вперёд, наклонилась ко мне и заявила тихо, но гневно и энергично:

— Не будет тебе снисхождения! Зачем ты притащил в город эту суку? Зачем дал ей золотую нитку? Чего ты хочешь?

Она тяжко пахла сладкими духами.

Я через силу улыбнулся.

— Хорошо бы пересмотреть мой приговор. Хорошо бы его отменить.

Цесарка переглянулась с отцом. Тот рассматривал меня с презрением.

— А при чём тут девка?

— Девка — это повод, — мирно сказал я. — Если бы не девка, вы бы меня и слушать не стали. А так меня послушает весь народ. Пять тысяч человек. Может, они меня простят. Вот моя цель. Вот зачем я это устроил.

Они слушали меня внимательно, глядели, не отрываясь.

Папаша Неясыт слишком тяжко сопел носом и слишком часто лязгал своими длинными мечами, а дочь слишком нервно кусала губы. Было видно, что оба напуганы и ни в чём по-настоящему не уверены: отсюда и слишком грозный, бешеный их вид; если бы они точно знали, что за ними нет никакой вины, — вели бы себя спокойнее.

Смотреть на них было неприятно; правда, на дочку, княжью жену — менее неприятно. Её синие глаза, даже полные страха, всё равно были бездонны.

Нет, вспомнил я, она теперь не просто княжья жена, а обладательница статуса «Княгиня Народа Птицечеловеков». Если бы мать молодого Финиста была жива — княгиней города называли бы её, а жену сына — «младшей княгиней», или «княжьей женой». Но поскольку супруга старого князя давно скончалась — по закону главной женщиной города и всего народа стала жена старшего сына.

На малый миг я позавидовал и сыну, и отцу, и всем прочим князьям в мире.

Самые красивые женщины всегда достаются наиболее сильным, могущественным и богатым.

Красота Цесарки была инфернальна, запредельна, волшебна.

— В чём секрет золотого платья? — спросила она.

Мне удалось изобразить недоумение.

— Какого платья?

— Золотого! — раздражённо повторила Цесарка. — Связанного из золотой нитки!

— Не знаю, — ответил я, на этот раз совершенно искренне. — Клянусь жизнью. Нитку девке подарил я. А что она из неё связала — не имею представления. Если честно, я сомневаюсь, что за одну ночь можно связать платье.

— Она связала, — произнёс Неясыт. — Очевидно, применила неизвестное нам колдовство. Под действие колдовства попал и старый князь. Теперь он хочет, чтобы моя дочь явилась на суд именно в этом платье. Зачем ему это нужно?

— Не знаю, — повторил я с сожалением.

— Говори всё, что тебе известно про дикую девку.

Я послушно изложил:

— Во-первых, она не колдунья. Младшая из трёх дочерей кузнеца. Родилась на юге. Там же и сошлась с княжьим сыном. Потом его ранили, он вернулся в город, а девка пошла его искать. Искала три года, пока не добралась до нашей долины. Там мы встретились. Я привёз её сюда.

— С какой целью?

— Чтобы помочь ей вернуть любимого.

Цесарка покраснела. Запах духов усилился.

— У любимого есть жена!

— Я этого не знал. Я ничего не знал и не знаю. Я — изгнан, мне нельзя было тут появляться. Я думал, что делаю доброе дело, возвращаю подругу младшему Финисту. Я думал, меня поблагодарят и наградят, и отменят приговор. А попал на суд. Знал бы, что так выйдет, — ни за что бы не полез. Остался бы внизу.

Неясыт оглянулся на дочь и вздохнул.

— Девку казнят, — сказал он. — Сбросят. А тебя — повесят. Ты живёшь последний день. Но я могу спасти тебе жизнь. Ты ведь хочешь жить?

— Хочу, — ответил я. — Глупо отрицать.

Неясыт улыбнулся, обнажив зубы, между прочим — крепкие и целые, и пока я на них смотрел — он грубо схватил меня за волосы и потянул мою голову ближе к своей.

— На суде, — тихо прохрипел он, сжимая сильные пальцы на моём затылке, — ты должен сказать, что девка тебя обманула. Скажешь, что она колдунья. Скажешь, что она собиралась соблазнить чужого мужа и подчинить его своей воле,

Сказ третий. Разбойник

и прибрать к рукам весь город. Золотую нить она также получила от тебя обманом и хитростью. Скажешь так — и тебя пощадят. Даю слово.

И разжал хватку.

Я посмотрел на обоих — одинаково дрожащих от волнения — и покачал головой.

— Не могу. Это же неправда. А на суде врать нельзя. Начнут допрашивать, выяснять подробности — поймут, что я обманываю. Тогда точно повесят.

— Не бойся, — резко произнёс Неясыт. — Никто не будет тебя допрашивать. На сегодняшнем суде ты не главный. Тебя вообще никто не ждал, ты никому не нужен и неинтересен. Тебе зададут от силы два или три вопроса. Поверь, так и будет.

— Всё равно, — сказал я. — Не могу. Я прибыл с чистым сердцем, чтоб попросить у народа прощения. Врать в такой момент никак невозможно.

— Мы тебе заплатим, — тихо сказала Цесарка. — Золотом или алмазами.

— Благодарю, — ответил я. — Но у меня есть свои алмазы. И золото. И ещё многое другое. Если народ и князь простят меня, я отдам свои богатства на нужды Храма. И начну жизнь с чистого листа. И этих ваших предложений про соврать на суде и заплатить за это алмазами — я не слышал, и никому не скажу; но для себя вывод сделаю. И врать не стану. Я уже был преступником, и мне надоело, теперь хочу пожить честно.

Они молчали.

Я очень хотел высказаться до конца, заявить им, что они оба — продажны, и думают, что остальные люди — такие же; им обоим никак нельзя находиться рядом с верховной властью; именно эти двое и были настоящими изменниками, достойными жестокого наказания. И то, что дочь обменяла собственного мужа на золотую тряпку, — закономерность. Она для того и рвалась наверх, чтобы продавать всё, что можно, и всех, кого можно, и наслаждаться золотым сверканием.

Так и не сказав ни слова, они ушли: сначала отец, следом дочь. От неё остался сиропный запах. Провожая их, я опять дважды поклонился. Но они не обратили на мою вежливость никакого внимания.

Тут следует кое-что пояснить.
Читатель моих записок может заподозрить, что на протяжении всего того дня, длинного и трудного, я только и делал, что просчитывал варианты, подслушивал, обдумывал и ловко маневрировал, договариваясь с всесильными князьями и не менее всесильными их придворными, и даже дерзил, и вообще выступал как бесстрашный и привлекательный хитрец, всё предугадавший и предусмотревший заблаговременно.

На самом деле всё было не так.

Я бы хотел, конечно, выглядеть блестящим ловкачом, презирающим смерть. Я бы мог тут соврать — и остаться в памяти потомков прекрасным молодцом.

Но я заранее решил, что в моей повести не будет ни слова лжи.

И я очень старался, чтоб нигде не пойти против настоящей истины, и всюду стремился прямо к ней, вскрывал её и обнажал.

Нет, в тот день я не был трезвым и уравновешенным умником; я сильно переживал, меня прошибал пот, у меня дрожали руки, и все свои речи я произнёс, запинаясь и помогая себе жестами. И я до темноты в глазах боялся и князя Финиста, и начальника охраны Неясыта, и его дочь Цесарку. Они принадлежали к другому слою общества, к самой верхушке, выше некуда. Я обязан повторить: не было и нет в истории мира народа более сильного и мощного, нежели народ летающих людей; а те, кто посетил сегодня меня в моей тюрьме, — были самые сильные, чудовищно, необоримо крепкие, вершители судеб величайшего и сильнейшего народа.

И я, разумеется, боялся их.

И все слова, которые сказал, — вышли из меня через страх.

По одному мановению их руки меня бы удавили, бесшумно, мгновенно, или проткнули бы сердце, и быстро вынесли за ворота, и сбросили.

И когда старый князь Финист наклонялся ко мне — я отшатывался, и по лбу и щекам пробегали уколы, сообщая, что кровь отливает от лица.

И когда княгиня Цесарка улыбалась мне — я не мог понять, что делать; не улыбаться же в ответ.

Короче говоря, не столь уж ловок я был в тот день, как может показаться читателю моей повести.

Не столь твёрдо стоял я, и не столь красиво выражался в речах.

Но, так или иначе, я пережил тот длинный день, и теперь мне нужно было пережить суд.

Однако дело затягивалось. Охранники за стеной топали и бряцали железом. Шум, доносящийся с площади, всё усиливался. А я продолжал изнывать от неизвестности, а больше того — от страха. К угрозам со стороны старого князя и его начальника охраны нельзя было не отнестись серьёзно.

Когда засов опять лязгнул, я приготовился к худшему. Если войдут убийцы — я пойму их намерения по глазам, и сразу дам отпор. Ребята здесь сильные — но и я не мальчик тоже; вдобавок, живя внизу, ожесточился и огрубел, и жизнь свою задёшево уступать не собирался.

В дверном проёме показался огромный, широкогрудый, совсем молодой человек, он ступал почти бесшумно, а руку с обнажённым мечом прижимал, заведя чуть за спину, чтоб не задеть стен; в первое мгновение я принял его за палача и приготовился к худшему; потом узнал княжьего сына.

Его лицо терялось в полумраке, но я, приглядевшись, смог понять, что раны на лице парня исчезли. Весь он, сильный, с густым волосом, с крепкой шеей и твёрдой челюстью, с кожей сливочно-золотистого цвета, ясным смелым взглядом, выглядел воплощением абсолютной физической красоты и ещё более абсолютной, всесокрушающей силы.

Если бы я был девкой, я бы влюбился в него немедленно.

В два шага он приблизился ко мне и оглядел с ног до головы.

Я не знал, чего ждать.

Его длинный, лёгкий обоюдоострый меч отливал синевой; от одного взмаха такого меча я мог бы распасться надвое.

Какое-то время мы смотрели друга на друга; потом он вдруг мирным движением поставил клинок к стене и протянул мне руку.

Поколебавшись, я пожал её.

— Марья мне всё про тебя рассказала, — произнёс Финист. — Ничего не бойся. Тебя не тронут. Ребята в охране все за меня.

Я кивнул и сказал:

— Не дай её в обиду.

— Марью? — спросил Финист и улыбнулся. — Это невозможно. Она мне жена.

— А прежняя жена? — спросил я.

— Не было прежней жены, — сухо и уверенно ответил Финист. — Это всё была ошибка. Меня ранили, рассудок помутился. Меня склонили к женитьбе обманом. Я никогда не любил эту девушку. Она продала меня на второй день нашей совместной жизни. Сам подумай, зачем мне такая жена?

— Да, — сказал я. — Тут и думать нечего. Это не жена. Ей нельзя доверять.

Финист кивнул.

— Вот, — сказал он. — Ты меня понимаешь.

— Понимаю, — сказал я. И повторил: — Всё равно. Не дай им убить её.

— Никогда, — ответил Финист. — Я люблю её.

Мы посмотрели друг на друга.

— Она сказала, что ты тоже, — произнёс Финист.

— Неважно, — ответил я. — Ей нужен только ты. Она тебе верна. Можешь мне поверить.

— Верю, — сказал Финист. — Я твой должник. Я бы хотел тебе помочь. Я бы мог пообещать, что вытащу тебя отсюда. Но я ничего не могу обещать. Честно. Если пообещаю и не сделаю, ты не будешь меня уважать.

Он посмотрел на меня с сожалением и развёл руками.

Руки он унаследовал от отца: крупные ладони с очень длинными, узловатыми пальцами и жёлтыми, поистине птичьими ногтями.

— Я вхожу в число судей, — продолжал он. — Но кроме меня, будут ещё пятеро. Двое из Храма, двое из княжеского дома — и сам отец. Против отца я идти не могу. И ещё народ будет, как ты понимаешь… На самом деле решать будет не суд, а люди…

— Понимаю, — сказал я. — Не надо ничего обещать. Суд, люди, князь — мне всё равно, я уже ввязался в это дело, и дальше оно как-нибудь само пойдёт. Вытащи Марью, а я сам разберусь.

Финист выдернул из-за спины узкую глиняную флягу, обшитую кожей. Выдернул пробку.

— Глотни. Взбодрись.

Я ощутил запах хорошего вина, уже собрался было протянуть руку и взять флягу — но вздрогнул; эта фляга слишком была похожа на другую, на ту, что вручила старая ведьма Язва в руки Марьи для сбора змеиной слюны; помстилось мне, что это один и тот же сосуд, бутылёк для отравы; и я отшатнулся, мгновенно вспотев.

— Нет, обойдусь.

Княжий сын спрятал флягу.

— Ты не один, — сказал он. — Я за тебя. Держись. У тебя будет шанс.

Для парня, очнувшегося после полного беспамятства, он выглядел очень уверенно. Я приободрился и сказал:

— Княжич. Я рад за тебя. И за Марью. За вас обоих. Береги её. Это всё, о чём я прошу.

Финист кивнул, помедлил и сказал:

— Кроме тебя, были и другие люди. Кто помогал Марье. Был дикарь, по имени Иван Корень, шут и музыкант. И ещё другой Иван, по родовому имени Ремень, воин и оружейный мастер. И ещё третий, по имени Потык, ученик мудреца. И ещё четвёртый, по имени Тороп, простой крестьянин. Я бы хотел их всех разыскать и поблагодарить. Ты двадцать лет жил внизу. Скажи, я смогу их найти?

— Нет, — ответил я. — Не сможешь. Да и незачем. У дикарей своя жизнь. Им не нужна твоя благодарность. Они помогали Марье не ради награды, а ради самой Марьи.

— Для меня это важно, — возразил Финист. — Добрые дела следует поощрять.

— По нашим законам — да, — ответил я. — А по их законам все их добрые дела заранее предначертаны. Как и дела недобрые. Они верят, что всё происходит само собой. Не беспокойся о дикарях, княжич. Они сильнее нас, а главное, гораздо счастливее.

Молодой Финист выслушал внимательно. Ловким движением подхватил свой меч.

— Я подумаю над тем, что ты мне сказал. Суд начнётся, когда Солнце сядет. Если тебя спросят об этом нашем разговоре — скажи правду. Скажи, что я к тебе приходил и мы поговорили. Я, Марья и ты — мы будем говорить только правду, в этом наше преимущество. Мы выиграем суд. Согласен?

— Да, — ответил я. — Надеюсь.

— Солнце за нас, — сказал Финист.

— Воистину, — ответил я.

Мы обменялись рукопожатием.

После ухода княжича я вдруг сильно разволновался и долго расхаживал из угла в угол, пытаясь унять биение сердца; неужели получится, думал я, неужели уцелею?

10.

Меня вывели в конце вечера, в самые сумерки.
От волнения я не находил себе места.
Когда отворили дверь и велели выходить — от внезапного ужаса мои колени ослабели, и я пошатнулся.

Двое охранников попытались подхватить меня под руки, но я уже овладел собой и оттолкнул обоих.

— Я сам, сам!

Они не послушали, стиснули крепчайшей хваткой — молодые, чрезвычайно сильные и серьёзные парни — и вытолкали за дверь, в общее караульное помещение. Повернули лицом к стене; заломили оба локтя за спину до отказа.

Пониже плеч в несколько петель туго намотали витой шёлковый шнур.

По древнему обычаю обвиняемого вели на суд, связанного двойными путами, с завёрнутыми локтями: чтоб не смог улететь.

Пока вязали — я, прижатый к стене, повернул голову и посмотрел в сторону открытого выхода. Увидел: площадь вся забита людьми. Доносился шум множества голосов. За порогом караульного помещения двое воинов молча отталкивали щитами любопытствующих подростков, жующих что-то вкусное и хохочущих от восторга.

Стянув локти и запястья, меня затем обыскали, проверив и волосы, и пояс; тщательно прошлись по сапогам. Потом развернули спиной к стене: я увидел перед собой четыре или пять одинаково напряжённых молодых физиономий.

Четверым из них, на глаз, не было и двадцати, пятый выглядел сильно старше, и я попробовал вспомнить, знаю ли я его; но не вспомнил. Мой разум уже был настроен на другое.

— Слушать меня, — деревянным голосом сказал этот пятый, командир наряда. — При движении глядеть только в пол. Выполнять все мои команды. За неподчинение — смерть на месте. За попытку бегства — смерть на месте. На суде говорить только тогда, когда спросят. В остальное время — молчать. За оскорбление особ княжеской фамилии — смерть на месте. За сопротивление при оглашении приговора — смерть на месте. Если ты чего-то не понял — спроси, я повторю. Если ты понял всё, скажи «да» и кивни.

— Да, — сказал я и кивнул.

533

Двадцать лет назад со мной уже происходило нечто подобное.

Меня уже вязали двойными путами. Меня уже предупреждали насчёт смерти на месте.

Я приблизительно знал, что произойдёт в ближайший час. Опыт помогал сохранять самообладание.

Двадцать лет назад, конечно, узлы вязали туже, и толкали в спину грубее.

— Выходим!

Впереди двинулись двое со щитами и копьями, следом повели меня, с завёрнутыми локтями, их держали справа и слева ещё двое, без щитов и копий; сколько ещё замыкало процессию — я не увидел, поскольку первые несколько мгновений смотрел только себе под ноги.

Когда вышел под тёмное небо, в рёв пятитысячной толпы, — ощутил момент глубокой тоски, сходной с ужасом; смертной, тварной безысходности: как же я дошёл до этой позорной минуты, почему я ещё не жил — а уже дважды обруган, оплёван, осмеян? Почему мне досталась такая юдоль?

Животная жалоба сковала горло; я бы завыл от тоски, если бы смог; к моему облегчению, это невыносимое состояние первобытной обиды на мир, на бога, на судьбу быстро отхлынуло. Собравшись с духом, я зашагал шире и резче.

Так мы пересекли всю нашу небольшую главную площадь, от главных ворот до центра, где слева мерцал вход в Храм, а справа возвышалась специально построенная кафедра высотой в сажень; на кафедре восседали князь, его сын и судьи.

Пока меня вели — под ноги мне несколько раз плюнули, несколько раз швырнули фруктовые огрызки, несколько раз сунули в лицо курительные трубки, чаши с вином и сладкие конфеты, дважды выкрикнули слова поддержки и дважды — грубые оскорбления. И ещё четыре или пять женщин попытались дотронуться до меня, истерично хохоча и расточая приторные запахи.

От шума и болезненной энергии, исходящей от людского месива, я оглох и ослеп; совет смотреть себе под ноги оказался самым верным.

В шуме сотен голосов мы, наконец, дошли до клетки; железо загремело, пропуская меня внутрь.

Клетка была — квадрат, четыре шага от края до края, с частыми прутьями — голову не просунуть.

Марья уже стояла в середине. Когда я вошёл — подвинулась.

Я кивнул ей.

Шубы при ней не было — она стояла, одетая лишь в свою старую, множество раз чиненную рубаху, но перемена, произошедшая с нею, поразила меня до такой степени, что я перестал дрожать и полностью овладел собой.

Лицо Марьи, вчера обветренное, разгладилось и было словно освещено изнутри, она помолодела, она выглядела теперь как совсем юная, может быть — тринадцатилетняя; она была спокойна и улыбнулась мне.

Я встал рядом.

Толпа уже потеряла ко мне интерес; начиналось действо пожарче.

Марью привели первой, меня — вторым. Теперь через площадь шла третья, и последняя, обвиняемая.

Тысячи глоток заревели. Свист, вой, визг, аплодисменты слились в один звуковой смерч, он гулял над головами, пока Цесарка не дошла до клетки и не встала рядом со мной.

Она была одета в платье, связанное из золотой нитки, совсем короткое, доходящее едва до колен, открывающее и плечи, вплоть до ключиц; я сразу понял, почему старый Финист приказал невестке одеть именно это платье, — в нём княгиня выглядела вызывающе непристойно, скандально.

Солнечным днём её удивительная драгоценная одежда засверкала бы в сотню лучей — но теперь на город упала ночная тьма, и золотая чешуя напоминала рыбью: переливалась тускло, неинтересно.

Расталкивая прочих, по площади прошли факельщики.

Десятки огромных треножных светильников вспыхнули одновременно; запахло сырым земляным маслом; когда оранжевое пламя над бронзовыми чашами вошло в силу, небесная тьма над площадью сгустилась, превращая происходящее в удивительное таинство.

Собственно, суд и был таинством, священным актом. Жрецы солнечных храмов были обязаны присутствовать на каждом разбирательстве. Сейчас они — четверо бритоголовых мужчин разного возраста, на глаз — от двухсот до шестидесяти лет, узкогрудые, коричноволицые, до подбородков закутанные в парадные жёлтые хитоны, — сидели в ряд на длинной скамье, справа от клетки, лицом к подсудимым.

Все четыре лица выражали абсолютную безмятежность.

Когда-то я знал жрецов по именам, более того — один из них приходился мне дальним родственником со стороны матери, но теперь я забыл, кто есть кто, и когда посмотрел каждому из четверых в глаза — ни один не кивнул мне, никак не обозначил приязни.

Слева от клетки на кафедре, в резных креслах с высокими спинками, восседали члены княжеской семьи, оба Финиста, отец и сын, в плащах, расшитых серебром и золотом; на шеях и запястьях переливались драгоценные камни.

Сбоку от старшего Финиста сидела судья: Сорока.

Рядом с младшим Финистом — второй судья, Неясыт.

Оба они — управительница княжьего хозяйства и начальник охраны княжьего дома — входили в число судей по древней традиции.

Третьим и самым важным судьёй был сам князь, Финист-старший.

Четвёртым и последним должен был выступить один из старших жрецов — обычно он выражал официальную позицию всех остальных хранителей веры и Солнечного Храма в целом.

Молодой Финист смотрел только на Марью.

Княжича, несомненно, любили, ему выкрикивали приветствия и славословия; вся толпа была за него.

Сказ третий. Разбойник

Старый князь, напротив, сутулился и не поднимал глаз. Рядом с ним поставили стол и кувшин с чашей; хозяин города отхлёбывал из чаши то ли воду, то ли вино, то ли некое укрепляющее средство.

Из всего великого множества собравшихся, включая рядовых граждан, детей и подростков, охранников, вельмож, служителей Храма и князей, их слуг, их работников и работниц, — только двое показались мне спокойными и твёрдыми, уверенными в своей правоте: младший Финист и Марья.

Меж ними звенела и дрожала невидимая, но хорошо мне заметная нить, они никого вокруг не замечали, они думали только друг о друге, они не боялись суда, вообще ничего не боялись, их защищало нечто могущественное, не зависящее от людского мнения. Понаблюдав, как эти двое улыбаются, я и сам понемногу остыл.

Подшагнув к Марье, несильно толкнул её в плечо.

— Где моя шуба?

Пошутил — и одновременно обратил на себя внимание княжьего сына.

— Мне не разрешили, — тихо ответила Марья. — В кухне оставила. Благодарю тебя за эту шубу. И за золотую нитку. И вообще, за всё.

Она светилась от счастья, произнося это.

Цесарка, стоявшая с другой стороны от меня, из-за шума не слышала нашего разговора; у неё была своя игра, она стояла, гордо подняв голову, красивая, полуголая; руки ей связали не столь крепко, как мне и Марье; она смотрела то на Финиста, то на своего отца — Неясыта, восседающего на кафедре с важным и злым видом, то в первые ряды толпы, кивая и улыбаясь своим родственникам и подругам; из большой группы сочувствующих доносились ободряющие выкрики и летели цветы; ударившись о прутья клетки, букеты падали с внешней стороны, не долетая до ног прекрасной княгини; но ей всё равно было приятно.

Обе они уверены в успехе, подумал я. И княгиня, и дикая девчонка.

Если оправдают Марью и обвинят Цесарку — меня тоже оправдают, и я вернусь домой.

Если, наоборот, оправдают Цесарку — мне конец; может, и не казнят, но вышлют пожизненно без права на пощаду и помилование.

Двое храмовых учеников вынесли из ворот бамбуковую раму с висящим бронзовым диском; установили возле жрецов. Это был главный городской гонг.

Крайний в ряду и самый ветхий жрец — я почти вспомнил его имя — встал, трясущейся рукой взял обшитую кожей колотушку и ударил в середину бронзового диска.

Сильный басовый звук покрыл все прочие, толпа замолкла.

Неясыт тоже встал; приосанился и поправил мантию. Он держал в руке свиток тонкого пергамента, но не спешил развернуть; судя по всему, знал написанное наизусть.

Он уверенно провозгласил:

— Слушай меня, народ! В княжьем доме изобличена измена! Все виновные схвачены и, согласно Завету, будут осуждены справедливым судом сегодня до наступления полуночи!

Он выдержал короткую, но точно рассчитанную паузу, набрал ещё воздуха и продолжал:

— Согласно третьей главе Завета, суд вершит князь, правитель народа, либо его доверенный человек! Сегодня — князь с вами, но вершить суд будет не он, а его доверенный человек!

Неясыт напрягся и выкрикнул:

— Я — этот человек!

Толпа молчала; Неясыт подождал два мгновения.

— Суд начинается!

Если что-то делать, подумал я, надо делать сразу. Если сражаться — то прямо сейчас.

Он ещё не замолк, не договорил — а я уже перебил его, во всё горло, изо всех сил.

— Так нельзя! Это против Завета!

Справа и слева от клетки стояли два охранника, и когда я закричал — оба они просунули сквозь прутья свои длинные копья и ударили меня остриями, с двух сторон, целясь в район пояса; один попал пониже спины, другой в прижатый локоть. Удары были точно рассчитанные, не смертельные, но жестокие. Я почти увернулся от обоих.

— Дайте сказать! — закричал я. — Дайте сказать!

Толпа зашумела; два десятка разряженных юнцов из ближнего ряда засвистели и забросали меня огрызками груш и косточками черешен, но гораздо большее количество присутствующих зашумели, требуя:

— Дайте ему сказать! Дайте сказать!

Неясыт поднял руку, призывая к тишине. Я же, не дожидаясь тишины (каждое мгновение было дорого), продолжал во весь дух:

— Неясыт не может вершить этот суд! Он не может судить собственную дочь! Он заинтересован! Единокровник не судит единокровника! Так в Завете сказано! Неясыт не может быть судьёй сегодня! Давайте другого судью! Другого судью!

Неясыт снова поднял руку, но на это никто не обратил внимания, тысяча глоток заорала:

— Другого судью! Другого судью!

Старый князь нервно дёрнул головой.

Его сын только усмехнулся.

Жрецы со своей скамьи взирали хладнокровно.

Крики и свист длились долго, громче всех вопил я; Марья молчала, и когда в меня стали совать копья — просто отошла в угол клетки. Цесарка стояла недвижно и сохраняла великолепное спокойствие.

Наконец, старый князь поднялся с кресла и поднял обе руки; это подействовало. Все замолкли.

— Пусть судят жрецы, — провозгласил Финист-старший и с заметным облегчением снова сел.

Неясыт резким движением сорвал с себя расшитый золотом плащ и сошёл с кафедры, под свист и крики.

— Нет, — сказала Цесарка с отчаянием. — Нет!

Но её никто, кроме меня, не услышал. Кричать во весь голос ей, особе княжеской крови, не подобало. Кричать мог только я, уже когда-то осуждённый, невесть откуда явившийся, не вызывающий доверия.

Под шум голосов Неясыт приблизился к жрецам и отдал свиток самому старому; тот отрицательно покачал головой и даже руки убрал; пергамент подхватил второй жрец, сидящий рядом с первым.

Встал. Толпа снова затихла.

— Старший служитель Храма, именем Кутх, — крикнул второй жрец, — не может вести суд по причине преклонных лет. Эта честь доверена мне. Моё имя — Чирок, второй жрец!

— Давай, — зашумели голоса. — Начинай уже!

Второй жрец прокашлялся и умелым плавным движением размотал свиток.

Чирок, подумал я. Мне бы положено помнить, кто он такой, — но я не помню.

— Марья, — провозгласил второй жрец, краснея от волнения и натуги. — Бескрылая девка, уроженка поверхности. Пятнадцать лет. Обвиняется в тяжком преступлении. Первая вина: обманув охрану, проникла в город и княжий дом. Вторая вина: подкупом члена княжеской фамилии проникла в спальню младшего Финиста, княжеского сына. Третья вина: соблазнила княжеского сына, внеся раздор в семью. Все три вины подтверждены свидетелями, старшим охраны, прочими охранниками, а также — самим князем нашего народа, старшим Финистом. В полном согласии с Заветом дикая девка Марья приговаривается к возвращению на поверхность через сбрасывание. Если кому есть что сказать в оправдание, пусть скажет.

Над площадью повисла тишина.

— Не было такого! — громко сказала Марья. — Никого не обманывала. Не умею. Ни разу в жизни не обманула ни человека, ни даже лесного зверя. А в город меня доставил он.

Марья кивнула на меня.

— Верно! — крикнул я. — Доставил! И всему научил! И золотую нитку дал!

— Замолчи! — приказал мне второй жрец.

В толпе зашумели и засвистели.

Мы с Марьей обменялись взглядами.

— Не слушайте их! — вдруг звонко выкрикнула Цесарка. — Они заодно! Они сообщники!

— Неправда! — сказала Марья. — У меня нет сообщников. Этот человек, — она снова решительно указала на меня подбородком, — привёз меня в город по своей воле и ради собственной корысти. У него есть свои причины. Я его не просила. Он не только привёз, но и помог советами. А также он дал мне шубу, чтоб я перетерпела вашу лютую стужу. И золотую нитку тоже он дал. Без него я бы и шагу здесь не ступила. Меня наняли в княжий дом как служанку, на чёрную работу, в кухне. Она наняла.

И Марья показала на Сороку.

Та немедленно встала и заявила, весьма звонким голосом, неожиданным для женщины в возрасте:

— Верно. Это я её наняла. Не было ни обмана, ни подкупа.

— Был обман! — крикнула Цесарка. — Она нанялась как работница, а сама хотела к моему мужу в постель! Она пришла, чтоб разбить семью! Прямой обман!

Толпа заволновалась, но на сей раз вполовину, глухо, без ора и свиста; все хотели слышать подсудимых.

Я молчал.

Почему-то мне стало обидно: когда я подавал голос поперёк установленного порядка — охранники пытались утихомирить меня копьями, а когда то же самое сделала Цесарка — ей всё позволили, даже словом не одёрнули.

— Не признаю обмана, — сказала Марья. — Три года назад он сам меня позвал. Княжий сын Финист. Он меня любит, а я люблю его. Не верите мне — спросите.

— Враньё! — крикнула Цесарка. — Это дикое земное колдовство! Я — его жена! Позавчера вы все праздновали нашу свадьбу!

— Тихо! — второй жрец поднял руку.

Понаблюдав, как он смотрит, как трогает себя рукой за выбритое темя, как переступает с ноги на ногу, как оглядывается на сидящего рядом старшего жреца, — я решил, что он, скорее, на стороне Марьи.

— Земная девка, — провозгласил он, — не призналась ни в подкупе, ни в обмане, ни в соблазнении. Обвинения отвергла, с приговором не согласна. У кого есть, что сказать?

— У меня! — крикнул младший Финист; над толпой прокатился общий вздох. Голос княжеского сына звучал столь мощно, уверенно и тяжко, что сам старый князь вздрогнул.

Финист встал с кресла, спрыгнул с кафедры и направился к клетке.

Марья рванулась ему навстречу, ударилась о прутья плечами, лицом, грудью.

— Она невиновна, — произнёс Финист, вытянув руку. — Я её хорошо знаю, и давно, уже три года. Всё, что она сказала, — правда. Если верите мне — верьте и ей тоже.

Все молчали.

— Мне — верите? — спросил Финист, повышая голос.

Толпа молчала.

— Верите мне?.. — спросил повторно княжий сын, громко и с вызовом.

— Верим! — крикнули издалека, и ещё множество голосов подхватили: — Верим! Верим!

— Тогда слушайте, — крикнул Финист. — Убить её я не позволю, а если изгоните — я уйду тоже.

Старый князь задрожал; не вставая с кресла, широко размахнулся и швырнул свою бронзовую чашу, она пролетела через кафедру и со звоном упала под ноги младшему Финисту и охранникам, стоящим возле клетки.

Над площадью воцарилась мёртвая, звенящая тишина, какая возможна только в большой толпе; пять тысяч человек не дышали, боясь пропустить хоть слово; задние поднимались на носки, тщась увидеть подробности.

— Тебя едва не убили! — крикнул князь.

— Да, — сказал младший, — напали и ранили. Но Марья не виновата.

— А кто тогда виноват? — спросил князь.

Сказ третий. Разбойник

Его голос был много сильней, чем у сына. Хозяин города обвёл людей пылающим взглядом.

— Кто виноват? — повторил он, оборотившись к Марье. — Из-за тебя мой сын едва не умер! Я его еле вытащил! Какую дерзость надо иметь, чтобы явиться сюда после всего, что с ним сделали твои друзья?

Я ожидал, что Марья ответит, — но она промолчала.

Цесарка разрыдалась, зажимая рот ладонью.

Второй жрец переглянулся с остальными и поднял руку.

— По правилам суда, — провозгласил он, — все должны пребывать на своих местах и с них не сходить.

Он посмотрел на младшего Финиста и добавил:

— Прошу тебя. Вернись на место.

Княжий сын кивнул Марье и в четыре упругих прыжка взошёл назад, на кафедру. Его отец смотрел то на Марью, то на Цесарку, очень недовольный, кровь сильно прилила к его лицу; он оглянулся на Сороку, и женщина заботливо положила свою ладонь поверх его ладони.

Один из охранников бесшумно поднял с настила брошенную князем чашу, повертел в руке, не зная, куда её девать, и поставил к основанию кафедры.

Сорока махнула рукой, и слуга тут же принёс князю новую чашу, доверху наполненную, и старик сделал два больших глотка.

— Второй обвиняемый, — крикнул жрец. — Воин, именем Соловей, сорок лет, уроженец города!

Моё сердце рванулось из груди, но я превозмог волнение.

Незнакомый мне бритоголовый человек, замотанный в складки жёлтого бархата, рассказал толпе, кто я таков и как сложилась моя судьба.

— Двадцать лет назад осуждён за разбойное нападение! Проник в дом уважаемого гражданина, хранителя храмовой кладовой, запугал его, избил, после чего похитил кошель с драгоценными камнями! Тогда же сдался князю, признался чистосердечно, был приговорён к смерти, но лично князем помилован! Смертная казнь заменена на пожизненное изгна-

543

ние! Приговор приведён в исполнение, виновный сброшен! Сегодня — самовольно вернулся, сдался на милость охраны и пожелал участвовать в суде! — Второй жрец перевёл дух. — Независимо от результатов нынешнего суда осуждённый Соловей сразу после окончания суда будет повторно изгнан из города и принуждён к дальнейшему отбыванию наказания.

Настал мой час, сказал я себе, дёрнул локтями, пытаясь ослабить тугие узлы; руки уже сильно затекли.

Выступил вперёд.

— Так и было. Вину признаю́. Ни от чего не отказываюсь. Если тут присутствует потерпевший, я готов ещё раз принести извинения, а также загладить ущерб. Обязуюсь выплатить в двойном размере, и ещё столько же готов пожертвовать в Главный Храм. Я располагаю для этого достаточными средствами.

Толпа безмолвствовала.

Если среди собравшихся находился тот, кого я в тот вечер запугал и ограбил, — он никак себя не обозначил.

— Кречет! — громко позвал я, всматриваясь в лица, освещённые оранжевым светом факелов. — Кречет! Прости меня, если можешь!

Никто не отозвался.

Я мало про него знал.

Было известно, что он жив и здоров, давно покинул должность и живёт в праздной сытости.

Так или иначе, если он и пришёл на площадь — а он наверняка пришёл, все пришли, от детей до старцев, — он промолчал.

Но вдруг в тишине раздался свист, и кто-то громко выругался в мой адрес; кто-то уверенно заявил, что я обожрался сырого; понемногу поднялся враждебный, холодный ропот; я замолк.

В общем, я был к такому готов.

Кречет или не Кречет — мои соплеменники, сограждане, не хотели меня прощать.

Я был давно забыт, моё появление никому не сулило пользы и выгоды, только возможные тревоги и опасения.

Я скользил взглядом по лицам — и не узнавал никого.

Сказ третий. Разбойник

— Люди города! — крикнул я. — Слушайте! Я прожил на поверхности двадцать лет! Никто из вас не был внизу так долго! Я такой — один! Слушайте! Завет запрещает нам бывать внизу, но все там бывают! Многих из вас я видел там своими глазами. Не буду называть имён, дабы никого не опорочить. Вот и юный княжич тоже побывал у троглодитов, и сошёлся с бескрылой девушкой. Но кто из вас его обвинит? Кто не был на сырой земле? Кто не подсматривал за дикарями? В чьём доме не было прислуги из числа земных женщин? Слушайте! Настало время переписать Завет! И разрешить всем свободно посещать поверхность...

— Хула! — гневно крикнул второй жрец. — Замолчи, или тебя заставят!

Двое сторожей по краям клетки снова перехватили копья, собираясь сунуть лезвия меж прутьев.

— Пусть скажет! — зашумели в толпе. — Дайте ему сказать!

Приободрившись, я сделал шаг вперёд, прижался лбом к железным перекрестьям.

— Это я привёз в город Марью! Она любит Финиста! Финист любит её! Всё просто! Я научил Марью, как попасть в княжий дом! Я дал ей золотую нитку! Я сделал это ради вас! Откройте глаза! Завет пора изменить! Пусть дикари про нас узнают! Пусть они чаще появляются! Как появилась Марья, жена Финиста...

— Хватит! — возопила Цесарка. — Его жена — я!

— Вчера была, — ответил я. — Сегодня перестала. Ты продала его за золото.

— Ложь! — крикнула Цесарка срывающимся голосом. — Всё ложь! Не слушайте его, он преступник! Разбойник!

— Верно, — сказал я. — Разбойник! Согласно Завету, меня надо казнить. За то, что вернулся, будучи изгнан пожизненно. Думаете, я прилетел, чтобы выйти к вам, наврать — и подохнуть? Думаете, мне жизнь не дорога? Нет. Я хочу принести пользу. Я хочу помочь себе и остальным. Я прибыл, чтобы побиться за будущее.

— Довольно, — резко произнёс второй жрец. — Ты обвиняешься в том, что был сообщником дикой девушки. Ты помог ей проникнуть в дом князя и подкупить особу княжеской фамилии.

— Всё признаю, — заявил я, улыбаясь. — Всё, полностью, до последнего слова. Не только помог, но и сам предложил, всё продумал, снабдил девку одеждой и ценностями, доставил в город, научил, как уговорить охрану. Всё провернул от начала до конца. И вот почему я так сделал. Однажды молодой Финист станет вашим князем. Он будет вами править. И я хотел бы, чтоб его женой стала земная девка. Вот эта, стоящая позади меня, Марья. Она претерпела муки, чтобы разыскать своего любимого. Она прошла через такое, о чём вам лучше совсем не знать…

Я задохнулся, необходимость надсаживать глотку и подбирать нужные слова далась мне тяжело; воспользовавшись моим молчанием, второй жрец поднял руку.

— Подсудимый Соловей всё сказал! Подсудимый Соловей полностью признал вину и раскаялся!

— Нет! — закричал я. — Не признал! Я поступок признал! Я содеянное признал! А вина — в чём? Где она? В чём мне каяться? Я хотел, чтобы княжеский сын был здоров и счастлив! Это что — преступление? Я привёл к нему девушку, которая его любит! Я хотел, чтоб наш город держался на любви, а не на жажде золота!

Теперь поднял руку старый князь. Я, разумеется, замолк.

— Многие злодеи, — уравновешенно произнёс старший Финист, — умеют говорить красивые слова.

По толпе прокатился смех.

— Но мы, — продолжал старый исполин, — не слушаем, что говорит человек. Мы смотрим, что он делает. Сделанная тобою мерзость, — он ткнул в меня пальцем, — многократно перевешивает твои красивые речи. Теперь успокойся и умолкни, а мы перейдём к третьему подсудимому.

— Давно пора, — громко и с большой обидой высказалась Цесарка; я отступил на два шага назад и снова оказался плечом к плечу с нею.

Сказ третий. Разбойник

— Тебя казнят, — добавила она, гораздо тише, но внятно.

Я промолчал.

— Цесарка, — объявил второй жрец. — Дочь господина Неясыта, старшего охраны. Жена княжьего сына Финиста-младшего. Обвиняется в измене интересам княжьего дома. В обмен на драгоценное подношение разрешила чужому человеку проникнуть в спальню княжьего сына...

— Ложь! — нервно заявила Цесарка. — Никаких подношений не брала!

Старый князь наклонился вперёд и опёрся локтем о колено.

— Как же не брала? — спросил он. — Если взяла, и оно сейчас при тебе? Выйди, покажись.

Цесарка осталась на месте.

Мне вдруг стало её жаль. Старик действовал слишком жестоко, безжалостно.

— Не хочешь? — продолжал он. — Тогда хотя бы скажи, что на тебе надето.

Цесарка молчала.

Пять тысяч ждали её ответа, боясь пошевелиться.

Старший Финист нахмурился.

— Я жду!

— Золотое платье, — трудным голосом ответила Цесарка.

— Что?

— Золотое платье!

— Откуда оно у тебя?

— Девка подарила, — Цесарка кивнула на Марью. — Она.

— Неправда! — тут же выступила Марья. — Не подарила, а связала! По её размеру! Я сама мерки сняла! Условие было — связать за одну ночь! Я связала, и она меня пустила к Финисту...

— Нет! — возразила Цесарка. — Платье у неё было при себе. Спрятано. Она показала мне платье. Я удивилась. Я такого никогда не видела. Я стала рассматривать, а она тихо мимо меня прошла в спальню и изнутри дверь закрыла.

— Враньё! — заявила Марья. — Не так было. Посмотрите на неё. Платье связано по её мерке. Это я его вязала. Пальцы в кровь стёрла. Поглядите, какое красивое платье. Она сказала мне: свяжешь платье — и я пущу тебя к мужу...

— Не было такого! — закричала Цесарка. — Ты мимо меня как змея проскользнула, а я только на малый миг отвлеклась! А платье тебе твой дружок притащил, сообщник! Ночью пробрался и подсунул! Он двадцать лет внизу живёт, у него чего только нет! Всё это подстроено против меня! И против моего отца, который отвечает за жизнь вашего князя...

В этот момент в центр площади, между кафедрой и клеткой, вышел Неясыт, уже вроде бы всеми забытый и пребывавший в качестве зрителя; он поклонился князю и провозгласил:

— Я берёг твою жизнь, князь, и готов беречь её и дальше! Я приду, как только ты меня призовёшь!

Часть толпы разразилась бешеными аплодисментами, другая часть одобрительно заревела, не расслышав подробностей, но приветствуя саму красоту выпада.

Высказавшись, Несяыт гордо покинул площадь, ступая широко и сильно, то и дело кивая многочисленным сочувствующим; перед ним расступались.

Его шествие длилось достаточно долго, чтобы надоесть жрецам и князю: старики, как я заметил, уже стали уставать от длинного и тяжёлого дела, и желали закончить его как можно быстрее.

Второй жрец посмотрел на первого — старшего; тот медленно встал со скамьи, подковылял к гонгу и ударил в середину бронзового диска.

— Дело выяснено! — крикнул второй жрец. — Судьи вынесут решение. Кто первый?

— Я, — сказала Сорока, и встала с кресла.

До этого момента никто не обращал на неё внимания.

— Ясно одно! — заявила Сорока, ни на кого не глядя, но достаточно громко и решительно. — Был подкуп! Княгиня Цесарка виновна в измене!

— Нет! — закричала Цесарка. — Нет!

Раздались возгласы и свист.

— За земной девкой Марьей, — продолжала Сорока ещё громче, — никакой вины не усматриваю. За изгнанным Соловьём — тоже. Оба совершили свои деяния вынужденно, то есть — от отчаяния.

Она села.

Многие в толпе зашумели и заговорили меж собой, обсуждая вердикт первого судьи, но большинство ждало продолжения.

Теперь должен был высказаться второй жрец. Он заставил всех ждать. Наклоняясь к прочим бритоголовым, он долго с ними шептался и жестикулировал.

Толпа ждала. Цесарка всхлипывала.

Факельщики снова прошли по площади, долили масло в светильники; огни стали выше и ярче.

Второй жрец выступил вперёд.

— Княгиня Цесарка виновна в измене! Земная девка Марья также виновна в измене! Её сообщник Соловей виновен в измене!

Да, подумал я, покрываясь потом. Никогда им не доверял, этим хитрым людям в жёлтых мантиях. Может, надо было чаще ходить в храм?

Цесарка разрыдалась в голос и упала на колени.

— Успокойте её! — приказал старый князь, поднимаясь со своего места. Он оглянулся на сына, — тот сидел недвижно, с каменным лицом.

Услышав приказ, охранник, стоящий возле клетки, неуверенно поднял копьё, просунул тупым концом и попытался ткнуть Цесарку. Она плечом оттолкнула копьё и встала с колен.

— Была ли измена? — спросил старый князь у всех сразу, и обвёл взглядом площадь, тысячи голов, освещённых оранжевым пламенем. — Откуда взялось золотое платье? Кто знает — пусть скажет.

— Я знаю, — сказала Марья. — Я связала золотое платье по просьбе жены Финиста.

— Ложь! — закричала Цесарка. — Пусть докажет!

— Могу и доказать, — ответила Марья. — Платье связано пустым узлом.

— Что такое пустой узел? — спросил старый князь.

— Я покажу, — сказала Марья.

Она сделала три шага, зашла за спину Цесарки.

У всех нас, троих подсудимых, локти были связаны за спинами, но Марье это не помешало.

Она наклонилась, приблизила лицо к шее Цесарки. Схватилась зубами за верхний край платья пониже шеи — и коротко, сильно дёрнула.

Пять тысяч человек ахнули, увидев, как платье, облегающее Цесарку, подобно второй коже, подчёркивающее все изгибы её совершенного тела, — это удивительное платье мгновенно разошлось, расползлось вдоль и поперёк, и осыпалось к ногам княгини, превратившись в спутанные обрезки золотой нити.

Совершенно нагая, Цесарка завизжала. Она не могла даже прикрыться руками.

Раскаты хохота сотрясли площадь.

Десятки глоток восторженно заревели:

— Пустой узел! Пустой узел!

— Увести! — приказал князь, кивнув охране на Цесарку; клетку немедленно открыли, двое вбежали внутрь, на опозоренную княгиню набросили плащ, и она устремилась прочь; один из караульных неуверенно подобрал с пола ворох золотых нитей, но тут же сам в них запутался; охранники бегом сопроводили Цесарку до входа в караульное помещение.

— Истина установлена, — объявил старший Финист. — Виновный изобличён. Согласно Завету, он будет предан смерти.

Люди замолчали.

— Пощады! — закричали из первых рядов. — Пощады!

Князь помедлил.

Крики смолкли.

— Своей волей, сообразно с древними традициями любви и мира, я заменяю казнь на пожизненное изгнание.

Сказ третий. Разбойник

Некоторые одобрительно захлопали, но другие — многочисленные — засвистели.

Но князь сделал вид, что не услышал.

— Теперь вторая, — продолжал он. — Земная дикарка. Доставлена в город сообщником, с целью устроить встречу с моим сыном. Ни дикарка, ни сообщник не имели умысла на причинение вреда. В результате их действий никто не пострадал. Каждый получил, что хотел. Дикарка Марья получила любимого человека. Княгиня Цесарка получила золото. Сообщник дикарки — Соловей — получил возможность обратиться к народу. Итак, земная дикарка Марья, дочь кузнеца, невиновна, и должна быть освобождена немедленно.

Куланг, стоящий справа от кафедры, по знаку князя вошёл в клетку, выхватил нож и мгновенным движением рассёк шёлковые путы на локтях Марьи. Она распрямила затёкшие руки, вышла, зябко поёживаясь, но затем остановилась, не зная, что делать.

Первые ряды, поддерживавшие Цесарку, заволновались, однако из страха перед князем никто не решился открыто продемонстрировать свою ненависть. Зато из задних рядов бросили цветы.

Молодой Финист соскочил с кафедры, подошёл к Марье, обнял её и поцеловал — и, наконец, собравшиеся дали себе волю.

Восторженный рёв оглушил меня.

В колеблющемся оранжевом свете лица, искажённые сопереживанием, любопытством, жаждой потехи, показались мне одновременно уродливыми — и прекрасными.

Но я сохранял видимость спокойствия; надежда на удачный исход моего собственного предприятия крепла с каждым мигом, с каждым долетающим до меня истеричным или радостным выкриком.

Но я был не главным участником действа; на меня никто не смотрел.

Молодой Финист обнял Марью за плечи и повёл прочь. Бледная Марья, со следами от узлов на голых руках, держалась твёрдо, но я успел увидеть: её глаза полны слёз.

Я увидел, как люди любят младшего Финиста; ему выкрикивали слова одобрения, его хлопали по плечам и шее, к нему тянули руки, чтобы просто дотронуться. Он шёл по коридору любви, обнимая за плечи свою избранницу.

Он был их будущим властителем.

Влюбившись в него, они — мой народ — надеялись, что сын сделает их счастливыми: когда отец уйдёт, сын продолжит его дело; выкрикивая его имя — они переживали за себя и думали о себе.

Итак, младший Финист, сын князя народа птицечеловеков, сам увёл земную девушку Марью с городской площади.

Если бы я знал, что больше никогда не увижу ни его, ни её, — я бы, разумеется, постарался запомнить какие-то подробности. Но я помню только, что Марья всем телом крупно сотрясалась в ознобе.

Она замёрзла, она ещё не совсем привыкла к холоду и высоте; мальчишка Финист должен был это понимать, но нет: продолжал держать её за плечи, а надо было хоть что-нибудь накинуть; я хотел было крикнуть ему про шубу, но не крикнул.

Наши пути разошлись в тот миг.

Нельзя сказать, что я сильно порадовался за девку. Она нравилась мне самому. Мне было неприятно смотреть, как другой мужчина — гораздо более привлекательный, молодой и богатый — уводит её к себе.

Но такова жизнь.

В том, что они соединились, есть моя большая заслуга.

Если бы не я — не случилось бы ничего.

Шум, сопровождавший уход Финиста и Марьи, длился до тех пор, пока оба не исчезли за дверью княжьего дома.

На пороге Финист и Марья поворотились к людям и поклонились оба, и все, кто там был, поклонились в ответ.

И сам старый князь поднялся со своего места, и Сорока, сидящая рядом с ним, и охранники по сторонам клетки, — и я тоже поклонился. И так кончилась моя связь с земной девкой Марьей.

Сказ третий. Разбойник

Я помог ей, как до меня помогли другие.

Я помог ей, потому что она мне понравилась. Но она любила другого, и с этим ничего нельзя было поделать.

Финист и Марья исчезли, молодые и счастливые, а я остался.

Жрец снова ударил в гонг. Пора было заканчивать.

Шум понемногу стих. Все устали, и после триумфа, устроенного княжескому сыну, многие покинули площадь.

Старый князь, поклонившись собственному сыну, повернулся ко мне; моя очередь, понял я.

— Третий обвиняемый, — провозгласил Финист-старший и закашлялся. Толпа ждала, пока он переведёт дух. — И последний. Соловей, бывший воин городской охраны. Двадцать лет назад осуждён и изгнан. Теперь вернулся. Хочет снисхождения и прощения. Это должен решить народ. Теперь, если подсудимому есть, что сказать, пусть он говорит, потому что другого случая не будет.

Я кожей почувствовал обращённые на меня взгляды.

Теперь мне нужно было подобрать верные слова, а также и точную интонацию.

Но голова моя плохо работала, я до сих пор не знаю, как относиться к тому, что произошло дальше.

11.

От волнения у меня перехватило горло.

Я остался один в клетке; как ни странно, это придало мне уверенности. Все четыре зарешёченных угла были мои, все взгляды были направлены на меня. Смотрел князь, заметно уставший, смотрела Сорока, сидящая с прямой спиной и сложенными на коленях руками, смотрели четверо жёлтых жрецов со своей скамьи. Смотрели передние ряды — городские аристократы, сверкающие бриллиантами молодёжь, сторонники Цесарки; смотрели протиснувшиеся меж ними бойкие подростки, смотрели старшие, примерно мои ровесники, выглядящие значительно скромнее, уже сами — родители собственных взрослых детей;

смотрели дальние ряды, одетые гораздо менее шикарно, с лицами более обветренными и взглядами более равнодушными.

Я не питал иллюзий. Большинство пришло, чтобы развлечься редкой потехой.

— Многие из вас должны меня помнить, — сказал я. — Двадцать лет назад вы приговорили меня к смерти. Потом наш князь, — я показал подбородком на старшего Финиста, — пощадил меня и заменил казнь на изгнание. Точно так же, как сегодня он пощадил другого человека, женщину. Вот: прошло двадцать лет, я прибыл, чтобы воззвать к вашей милости. Прошу вас, разрешите мне вернуться. Я достаточно наказан. Я был молодым дураком, теперь я взрослый человек. Моя мать и мой отец умерли, в моём доме теперь живут дальние родственники, я хотел бы с ними соединиться. Я хотел бы снова соединиться со всеми вами. Я признаю́ все обвинения. Я привёз в небесный город дикую девушку. Я научил её, как наняться на работу в княжий дом…

Меня внимательно слушали, но по дальним краям площади я заметил шевеление: люди продолжали уходить.

Самое интересное закончилось. Первую красавицу города опозорили, заставили явить наготу и скандально изгнали. Главную обвиняемую не только пощадили, но и возвысили; неслыханный случай, однако десять тысяч глаз всё видели. Княжий сын сделает её своей женой. Третий и последний преступник не столь интересен. Какой-то бывший хулиган, всеми забытый, выгнанный прочь и теперь взыскующий пощады.

— Завет велит вам убивать изменников — но вы не убиваете. Завет запрещает связи с дикарями — но все с ними связаны. В ваших домах прислуга из дикарей, в ваших сундуках золото дикарей, в ваших постелях — дикие девушки, у охраны — мечи из дикого металла. Мы должны переписать вторую главу Завета. Иначе — все мы, птицечеловеки, сильнейшие разумные существа этого мира — будем просто врать друг другу! На словах мы чтим Завет, а на деле — предаём его! Это нас разлагает! Так нельзя! Решайтесь! Измени-

Сказ третий. Разбойник

те старые правила! Мы должны бывать внизу и иметь дело с дикарями!

— Хула! — громко закричал второй жрец, вскочив со своего места. — Замолчи! Тут не место и не время для таких разговоров!

Я немедленно заткнулся и принял самый покаянный вид. Сейчас мне уже не нужно было обращать на себя внимание, спорить и перечить влиятельным персонам. Сейчас мне следовало оставаться кротким, мирным, вызывающим если не жалость, то хотя бы общую симпатию.

Но вдруг в тишине первый жрец — самый морщинистый, ссохшийся, согбенный, напоминающий земную ведьму Язву, такой же — мнимо ветхий, не слишком старый, но достоверно изображающий слишком старого, — проворно восстал со скамьи, поднял колотушку и снова ударил в гонг.

Второй жрец явно не ожидал этого, посмотрел с удивлением, — а первый, едва звук раскатился до дальних краёв площади, приложил маленькую ладонь к бронзовому диску, заставляя металл умолкнуть.

— Всё сказанное, — тонким голосом выкрикнул первый жрец, — есть хула и ересь! Однако существует и верное зерно! Оно в том, что Завет пора переписать!

Второй жрец коротко всплеснул обеими руками.

Третий и четвёртый жрецы, продолжавшие сидеть, ни разу так и не подавшие голоса, — переглянулись.

Толпа молчала.

Кутх, вспомнил я. Имя этого маленького, как бы изжаренного Солнцем, старшего жреца — Кутх. На одном из земных наречий так называют ворона.

— Конечно, — продолжал он, глядя вокруг исподлобья, — мы изменим Завет не ради общения с дикарями. Наоборот: ради полного с ними разрыва. Нам заповедано совершенное расставание с нижним миром! — Его голос скрипел, но звучал так, что его нельзя было не расслышать. — Мы должны совершить холодный подъём! Мы должны увести нашу обитель на границу верхнего неба! На высоту в пятьдесят тысяч локтей...

Жрец собирался продолжать, но старый Финист выкрикнул в глубоком раздражении:

— Довольно! Пока я жив — так не будет!

— Ты, князь Финист, — возразил Кутх, — не всегда будешь жив. Как и я. Как и все мы!

С каждым новым сказанным словом его голос набирал мощь; было странно видеть, как столь кривое и слабое тело может производить такие сильные звуки.

— Посмотри на свой народ! — грянул он, потрясая колотушкой в высоко поднятой сухой руке. — Он тонет в золоте. Он пропитан обманом. Он говорит себе, что верен Завету, — а на самом деле давно его предал. Прикажи поднять город, князь Финист! Прикажи сейчас! В подъёме — наше спасение!

Он собирался говорить и дальше, но тут остальные жрецы — второй, третий и четвёртый — одновременно выпростали из складок своих хитонов узкие смуглые руки и подняли их.

Поднял руку и старый князь, и Сорока; она выглядела, рядом со старшим Финистом, как серое пятно, как пустое место, но лично я был благодарен ей: она первая признала меня невиновным.

Увидев, что все прочие участники суда требуют тишины, верховный жрец Кутх умолк.

Все ждали, что скажет старый князь, но он молча ткнул пальцем в третьего жреца.

Третий — на вид лет семидесяти, уже дряблый, но ещё крепкий внутренней крепостью, до сих пор, как уже было сказано, не подавший ни голоса, ни явного знака, встал, выступил вперёд и сказал:

— В Храме Солнца нет единства мнений относительно холодного подъёма. Однако мы считаем, что ревизия Завета назрела. Сегодня были сказаны важные слова. Наш народ давно открылся дикарям и вступил с ними в длительную связь. Это произошло по воле Солнца, и никак иначе. Этот парень, — третий жрец кивнул на меня, — по-своему прав. Дикари давно являются частью нашей жизни.

Сказ третий. Разбойник

Я не ожидал столь сильного выступления в мою поддержку, особенно от человека, совершенно мне незнакомого. Это выглядело как чудо. По мне прокатился озноб.

— Нет! — закричал Кутх. — Только холодный подъём спасёт нашу расу!

— Наша раса не нуждается в спасении! — не менее громко закричал третий жрец. — Мы уже спасены! Мы должны процветать! Так заповедано!

— Хула! — возразил Кутх, всё более распаляясь. — Процветает тот, кто стремится к могуществу!

— И это хула! — отбил третий жрец. — От разреженного воздуха мы все будем страдать! Это против Завета! Нужно опустить город и открыться дикарям!

— Поднять город!

— Опустить город!

Старый князь, с мученической гримасой на бледном лице, встал и махнул рукой.

— Замолчите оба! Мы ничего не будем делать! Мы не поднимем город, мы не опустим его! Мы не станем переписывать древние правила! Мы оставим всё, как есть!

Люди зашумели, кто-то одобрительно захлопал, но другие — многочисленные — засвистели и зароптали.

На меня никто не смотрел, про меня опять забыли; что мне делать, как себя вести — я не знал; ощущал только странную слабость в груди и в ногах; незнакомое, неприятное чувство, как будто куда-то утекала летательная сила; меня прошиб пот, и я упёрся лбом в прутья решётки.

Руки, связанные за спиной в двух местах, вконец затекли; я понял, что изнемог физически, и желаю, чтобы всё кончилось с любым для меня результатом — лишь бы кончилось.

Но я преодолел этот миг слабости.

— Холодный подъём! — треснувшим, но сильным басом кричал Кутх. — Поднять город!

— Опустить город! — кричал третий жрец.

— Замолчите оба! — кричал старый князь.

— Поднять город! — кричали многие в толпе.

— Опустить город! — кричали другие, столь же многочисленные.

— Ничего не делать! — кричали и третьи, тоже многие.

— Никакого холодного подъёма!

— Никаких дикарей!

— Оставить, как есть!

Ощущение тревоги усилилось, и я задрожал. Ничего подобного раньше со мной не происходило. Это был приступ нутряного, первобытного ужаса.

Шум голосов тоже пресёкся; люди почувствовали то же, что и я.

Замолчали жрецы, стоя против друг друга с разинутыми, в пылу полемики, ртами, с выкаченными глазами. Замолчал старый князь: он повёл себя странно, поднял перед собой обе руки ладонями вниз, и страх исказил его тёмное морщинистое лицо.

Может быть, два или три мгновения ничего не происходило, но все собравшиеся, тысячи летающих людей, одновременно ощутили нечто неизвестное, пугающее.

Опора дрогнула под нашими ногами.

Женщины немедленно завизжали от страха. Закричали дети и подростки.

То, на что мы опирались, на чём стояли, — наш город, наша небесная родина, наше неуязвимое убежище, — исчез из-под наших ступней, провалился в пустоту, вниз.

Более кошмарного чувства я никогда не испытывал.

Город стал падать подобно камню.

Ужас объял всех собравшихся; одни схватились за соседа, другие бросились бежать, расталкивая прочих; третьи вообще не знали, что делать, и только смотрели друг на друга с изумлением.

Затем, повинуясь рефлексу, все присутствующие взлетели.

На площади оставалось примерно четыре тысячи человек; они взмыли в воздух как один.

Мне, запертому в клетке, инстинкт тоже повелел взлететь, — но куда?

Я стал падать вместе с городом.

Сказ третий. Разбойник

Увидел, как густая толпа летающих людей, кричащая от ужаса, ушла вверх, в чёрное небо, — я же, вместе с площадью, Храмом и клеткой, устремился в обратном направлении.

Охранявшие клетку двое воинов не покинули свои посты — ухватились руками за железные прутья; я видел их глаза, расширенные от страха и непонимания.

Остались на месте, вцепившись в кресла, старый князь Финист и Сорока.

Остались четверо жрецов.

Остался Куланг, остались все воины.

— Держите город! — громогласно закричал князь, и снова вытянул руки ладонями вниз. — Держите!

Я не успел ничего понять; падение длилось едва несколько мгновений. Деревянная обитель чудовищно сотряслась всеми своими сочленениями, оглушительно затрещала и заскрипела, но понемногу остановилась.

Теперь я увидел, что сбежали не все. Из домов выходили те, кто раньше прочих ушёл с площади; те, кого катастрофа застала в домах.

Эти озирались и смотрели на князя.

Странно было видеть площадь, забитую людьми — и вдруг опустевшую за кратчайший промежуток времени.

Несколько светильников по углам площади упали; горящая земляная кровь растеклась по помосту, и вот-вот могли бы вспыхнуть несколько опасных пожаров — но мгновенно подскочившие факельщики с вёдрами песка быстро засыпали открытое пламя.

Увидев, что факельщики тоже не поддались панике, не сбежали и теперь хладнокровно исполнили свою прямую обязанность, я совсем успокоился, а вдобавок ощутил прилив гордости за свой народ.

Всё здесь было налажено и продумано; те, от кого зависела судьба Вертограда, остались на своих местах, сохранили трезвый рассудок и, в конечном итоге, спасли город от гибели.

— Тушите огни! — крикнул старый князь. — Держите город всей силой!

Факельщики бросились засыпать песком светильники. Всё погрузилось во мрак.

Я закрыл глаза, сосредоточился, схватил железные прутья и взлетел. Потащил, потянул за собой клетку, площадь, Храм, дома Внутреннего круга и Внешнего, свой собственный дом, своих соседей и родственников, друзей — всё, что любил; всё, что сделало меня — мной; мою утлую, поскрипывающую деревянную родину.

Из пяти тысяч моих сограждан во время падения сразу сбежали, поддавшись панике, примерно четыре тысячи, но оставшиеся сохранили хладнокровие и удержали город.

Увидев, что падение остановилось, сбежавшие стали возвращаться: они возникали из ночного мрака и опускались на настил, сначала сильные молодые мужчины и женщины, потом старики, потом матери с детьми.

Каждый прилетевший мгновенно включался в общее летательное усилие, и подъём трещащей и скрипящей деревянной конструкции продолжался почти всю ночь, в тишине и темноте.

Подъём остановили, только когда большинство ощутило холод и трудности с дыханием.

На такой высоте небо было невероятно высоким и абсолютно чёрным; бессчётные звёзды сияли ледяным светом.

Пока мы поднимали обитель выше и выше, никто не произнёс ни слова. Только дети плакали на руках у матерей.

В городе горел единственный сигнальный огонь — светильник на вершине Храма Солнца: ориентир и маяк для всех заблудших.

Когда подъём остановился, когда стало ясно, что опасность миновала, катастрофа предотвращена и никто не пострадал, — люди стали покидать площадь, так же молча и торопливо; все были подавлены и напуганы, все устали, все хотели разойтись по домам и обнять своих родных.

Про меня забыли в четвёртый раз, да и сам я про себя забыл.

Но нашёлся человек, который вспомнил. В темноте я не сразу его разглядел.

Второй жрец подошёл к клетке и велел охраннику:

— Открой. Выпусти его.

Охранник кивнул напарнику, тот отправился в сторону кафедры, спрашивать разрешения у командира; пропал во тьме, но быстро вернулся. По его знаку клетку отомкнули.

— Чирок, — сказал я второму жрецу. — Мы вроде бы родственники. Или я ошибаюсь?

— Да, — ответил второй жрец, распахивая передо мной дверь. — Наши деды были братьями. После смерти твоего отца я унаследовал твой дом. Выходи.

Первый охранник выхватил нож и ловко разрезал путы на моих локтях. Я выпрямил руки и едва не закричал от боли. Чирок равнодушно смотрел, как я морщусь и кусаю губы.

— Уходи, — сказал мне Чирок. — Покинь город. Тебя не простят. Все будут думать, что падение связано с тобой. Исчезни. Вернёшься лет через пять, и тебя помилуют. Прощай.

Я понимал, что он прав, и одновременно не хотел понимать.

Боль в затёкших руках помогла мне пережить разочарование.

Я повернулся и бросился к князю.

Он уже сошёл с кафедры. Сегодняшняя ночь тяжело ему далась, но хозяин города держался прямо и ступал твёрдо. Он шагал в сторону дома, лишь совсем немного опираясь на руку Куланга.

Он увидел меня; помрачнел.

— А, — сказал он тихо. — Ты.

Я поклонился.

— Вот что, — произнёс князь вяло и угрюмо, — пока исчезни. Возвращайся вниз и там сиди, внизу. Народ тебя не простил. Года через три вернись, и мы что-нибудь придумаем. Понял?

— Да, — ответил я. — Всё понял. Прощай, князь Финист. Благодарю тебя за доброту.

Я посмотрел на Куланга, на Сороку, кивнул всем сразу.

— Прощайте все.

Руки болели; летательное усилие далось мне мучительно.

Но я взлетел так быстро, как только мог.

Погружённый в темноту город остался позади.

12.

Я пишу эти неказистые записки в первую очередь для своих прямых потомков, таких же летающих людей, как я сам.

Но я хотел бы, чтоб мою повесть прочитали и земные дикари.

Для них, мало смыслящих в устройстве природы птицечеловека, я сделал специальные пояснения.

Для меня главное — чтоб я был понят. Чтоб любой читатель этих строк составил исчерпывающее мнение обо всём произошедшем.

Неважно, кто он: дикарь или летающий человек.

Эта история закончилась ко всеобщему благополучию, счастливо для большинства её героев.

Падение города, как потом подсчитали жрецы, длилось всего три или четыре мгновения. Конструкция провалилась едва на семьсот локтей.

Но птицечеловеки были ещё много недель сильно подавлены, изживали в себе страх, обсуждали случившееся.

Обо мне никто не вспоминал.

Потом, спустя, может быть, месяц, все понемногу успокоились.

Княжеский сын Финист женился на земной девушке Марье.

За три года она родила ему троих детей: двух сыновей и дочь.

Что произошло тогда, в спальне, каким образом Марья разбудила память Финиста и заставила его вспомнить прошлое, — никто не знал. Некоторые недоброжелатели и завистники продолжали потихоньку шептаться по углам, упоминали тёмное земное колдовство, но в общем молодую княгиню в городе полюбили, и каждый раз, когда она разрешалась от бремени, — шумно праздновали.

Старый князь выглядел во время суда сильно сдавшим, больным — но, когда всё кончилось, его здоровье вдруг окрепло.

Говорят, хозяин города был очень доволен браком своего сына, ему нравилась невестка.

Прежняя жена — Цесарка — была изгнана, улетела на поверхность, но спустя двое суток вернулась, измученная и грязная, и умоляла её пощадить. Никто не удивился. Несчастной молодой дуре разрешили остаться в городе. Но старый князь поставил свои условия: Цесарка на всё согласилась, лобызала его руку, затем обрила голову и приняла обет безбрачия сроком на десять лет, и посвятила себя алтарной службе при Главном Храме.

Неясыт, её отец, ушёл в отставку с поста старшего охраны. Его место занял Куланг. Но если прежний главный воин берёг персону старого князя, — то его преемнику был отдан другой приказ: охранять прежде всего сына и его жену, и детей их.

Таким образом, старик произвёл политическую реформу: переподчинил городских воинов своему сыну. Формально это было передачей власти.

Вся охрана принесла новую присягу младшему Финисту.

Сорока осталась при своём месте управительницы и учредила в княжьем доме самую страшную и жестокую экономию, какую только можно себе представить, жалела каждый свечной огарок и каждый тряпичный лоскут.

Любопытно, что княгиня Марья, привыкшая к дикой, бедной и тяжёлой жизни, составила ей в этом полную подмогу.

Она, например, выгнала одного из двух личных княжеских портных и одного из двух личных сапожников, и сама следила за всей одеждой своего мужа и его отца, сама чинила и штопала, сама контролировала, как чистят и провеивают их сапоги.

Повторяю: всё завершилось к общему счастью.

Единственный, о ком я ничего не знаю, — это Кречет, тот самый хранитель кладовых, когда-то мною ограбленный и избитый.

Тут, в последних строках, я должен признаться, что никакого разбойного нападения не было. Кречет не служил в охране, но однажды пришёл в казарму развлечься, поиграть в кости, и проиграл мне крупную сумму, но отдавать не захотел. Для меня, как и для всех прочих воинов, игровой долг считался долгом чести. Однако Кречет не был воином и свою честь не берёг. Когда я, в тот же вечер, пришёл к нему в дом и потребовал погасить должок — Кречет отказался, оскорбил меня и взялся за оружие; мне пришлось применить силу. Кошель с драгоценными камнями висел на поясе потерпевшего. Возбуждённый схваткой и возмущённый нежеланием Кречета признать очевидное, я забрал кошель. Спустя несколько часов, когда приступ гнева минул, я сам сдался князю.

Вот так всё было.

С тех пор я ничего не слышал про Кречета. Никаких значительных поступков этот человек не совершил, никому не принёс ни вреда, ни пользы, и следующие годы своей жизни провёл скучно и тихо. Я давно его простил, и в конечном итоге тот давний скандал пошёл мне на пользу, а ему во вред.

Я пережил множество приключений, а он — как будто и не существовал вовсе.

Время всё расставляет по местам, да.

Что касается меня, Соловья — в ту ночь, когда всё решилось, когда город едва не рухнул, когда князь посоветовал мне исчезнуть, — я сразу же вернулся вниз, в долину, забился в своё укрывище и два дня пролежал без движения, пока не пережил неудачу, не успокоился и не смог заснуть.

Сказ третий. Разбойник

***

Внизу начиналась длинная и холодная зима, которая мне, выросшему в ледяном небе, казалась скорее развлечением.

Однако дикари зелёной долины пребывали в тяжёлом положении.

Новорождённый змей, едва нескольких дней от роду, уже стал летать прямо над их домами, и пытался нападать на скот.

Я решил убить эту древнюю и опасную рептилию. Даже по меркам нижнего, жестокого мира это существо было слишком кровожадным. Безусловно, его следовало прикончить. Однако, понаблюдав за змеем, я увидел, что новорождённый за считанные дни сильно вырос и окреп, и справиться с ним в одиночку уже было трудно. На такую цель следовало заходить хотя бы вдвоём, а лучше втроём, и четвёртый — на подстраховке. Тварь выросла до размеров, вдвое превосходящих человека, летала с невероятной скоростью и маневрировала непредсказуемо. Вдобавок она имела особый орган чувств, испуская тонкие колебания из специальной железы и улавливая ответные сигналы; таким образом, рептилия заранее узнавала о приближении к ней любого существа, то есть угадывала угрозу на значительном расстоянии.

Так я понял, что мне не справиться со змеем, — и оставил эту идею.

Все накопленные ценности, золото и камни, я надёжно спрятал в тайнике, в скалах у северного окончания долины.

Потом решил попрощаться со старухой Язвой, но когда подлетел к пологому лесному холму, где стояла её изба, — увидел, что избы нет.

Изумлённый, я сбавил скорость и дал круг.

На месте остались изгородь вокруг дома ведьмы, и задний двор с поленницей и короткими грядками с репой, морковью и редисом; на месте остались насаженные на колья черепа, человеческие и звериные, обвязанные волосами, обрывками верёвок, выцветшими на Солнце лентами.

Сама изба ведьмы исчезла.

По направлению к западу тянулся широкий след, изгородь была взломана, трава сильно примята, земля местами вспахана: как будто дом двигался сам собой, то приподнимаясь, то оседая.

Дальше, ниже по склону холма, след уходил в густой лес — я мог бы пойти по нему и дальше, но решил, что мне это не нужно.

А нужно мне было — сорваться с места, забыть всё и поменять жизнь.

Я дал над холмом ещё один круг, второй и последний, — и лёг на воздух.

Прошло уже четыре года с тех пор, как я в последний раз видел свою парящую в небе родину.

За это время я тайно побывал во множестве земных царств, и не жалею ни об одном дне, проведённом среди троглодитов.

В крупнейших городах, где жили сытые и благополучные народы числом в десятки тысяч, я увидел расцвет письменности: знание, доступное единицам, избранным, умнейшим, жрецам и властителям, понемногу распространялось сначала среди детей жрецов и властителей, затем среди приближённых вельмож, затем среди более широкого круга обеспеченной знати.

Письменная культура заинтересовала меня, я быстро научился нескольким алфавитам дикарей.

Они сочиняли исторические хроники, философские трактаты, любовные и гражданские стихи; почти всё переписывалось во множестве копий и расходилось среди большого количества заинтересованных любителей.

Так я решил записать свою повесть.

В одном из городов, в жарком поясе срединного материка, из богатого дома я позаимствовал два куска первоклассного пергамента, а также медную чернильницу.

Так началась моя работа.

Впоследствии мне пришлось украсть у дикарей ещё несколько кусков пергамента, и все прочие принадлежности для работы над письменным текстом.

Не спрашивайте, где я этим занимался.

Не спрашивайте, как я добывал себе кров, где прятался в эти четыре года, пока писал свою хронику.

Вот — она готова.

Пока она существует лишь в единственном варианте. Но я уже договорился и заплатил переписчику, троглодиту, готовому сделать дюжину копий в течение ближайшего года.

Тот же переписчик пообещал рекомендовать мой труд к чтению всем любителям искусства литературы.

В моей повести нет назидания — только самоутверждение. Мне хочется, чтобы через сто лет какой-нибудь совершенно другой, новый человек, какой-нибудь оригинал, ищущий необычного, прочитал бы мои записки и подумал: вот, оказывается, как у них тогда всё было! Вот, оказывается, какова была настоящая жизнь тех, ныне забытых, летающих и нелетающих троглодитов!

У меня нет никакой уверенности, что я вернусь домой в ближайшие годы.

Наверное, я мог бы тайком проникнуть в Вертоград, как делал раньше. Прокрасться незаметным и бесшумным.

Улучить в тёмном углу молодую княгиню Марью.

Она бы не удивилась.

Она бы помогла мне.

Она бы поговорила с мужем, она поговорила бы со всеми. Со стариком, с Сорокой, с Кулангом, со жрецами.

Кстати, год назад до меня донёсся слух, что первый жрец Кутх скончался в возрасте ста шестидесяти одного года —

ушёл добровольно, посчитав свою миссию выполненной: холодный подъём состоялся. Пусть не на ту высоту, о которой мечтал старик, — но на сопоставимую.

Место почившего Кутха по старшинству занял второй жрец Чирок, мой родственник.

Наверное, если бы я захотел — я бы вернулся, и никто бы не возразил.

Я, может быть, так и сделаю.

Но сначала закончу свою хронику, и размножу её, и распространю.

Если я вернусь; если меня поставят на колени в Главном Храме, перед алтарной чашей, заполненной чистейшими камнями, и заставят отречься от своих идей, — я отрекусь мгновенно. И во мне ничто не дрогнет.

Я отрекусь ради остальных, ради своего родового гнезда, ради своего дома, ради того, чтобы ещё пожить в нём.

Но внутри я останусь верен себе, и записанные на пергаменте эти строки — тому порука.

Марья долго оставалась в моей памяти. Её глаза, её прямые плечи. Её скупая улыбка. Её тихий, твёрдый голос.

Я вспоминаю, как помог ей добиться своего, — и радуюсь.

В её счастье есть и моя заслуга.

Ни успех, ни благополучие не являются достижением каждого отдельного человека: всегда есть другие, менее заметные, окружающие. Те, кто способствовал, подставил плечо.

Есть победители, знаменитые и блестящие триумфаторы, а есть те, кто им помогал. Их имена никому не известны. Их забывают, про них не сочиняют песен и легенд.

Помните: никакой великий подвиг не вершится в одиночестве.

Конец

Литературно-художественное издание

АНДРЕЙ РУБАНОВ
ФИНИСТ — ЯСНЫЙ СОКОЛ

РОМАН

Главный редактор *Елена Шубина*
Художник *Андрей Бондаренко*
Редактор *Алексей Портнов*
Корректоры *Анна Булгакова, Надежда Власенко*
Компьютерная вёрстка *Елены Илюшиной*

http://facebook.com/shubinabooks
http://vk.com/shubinabooks

Подписано в печать 21.01.2019. Формат 60x90/16.
Усл. печ. л.36. Тираж 5000 экз. Заказ № 989.

⟨18+⟩

Содержит нецензурную брань

Общероссийский классификатор продукции
ОК-034-2014 (КПЕС 2008); 58.11.1 — книги, брошюры печатные

Произведено в Российской Федерации
Изготовлено в 2018 г.

ООО «Издательство АСТ»
129085, г. Москва, Звёздный бульвар, дом 21, строение 1, комната 705, пом. I, 7 этаж
Наш электронный адрес: www.ast.ru
Интернет-магазин: **www.book24.ru**

«Баспа Аста» деген ООО
129085, Мәскеу к., Звёздный бульвары, 21-үй, 1-құрылыс, 705-бөлме, I жай, 7-қабат
Біздің электрондық мекенжайымыз: www.ast.ru
E-mail: astpub@aha.ru
Интернет-магазин: www.book24.kz
Интернет-дүкен: www.book24.kz
Импортёр в Республику Казахстан ТОО «РДЦ-Алматы».
Қазақстан Республик сындағы импорттаушы «РДЦ-Алматы» ЖШС.
Дистрибьютор и представитель по приему претензий на продукцию
в Республике Казахстан: ТОО «РДЦ-Алматы»

Қазақстан Республикасында дистрибьютор және өнім
бойынша арыз-талаптардықабылдаушының өкілі
«РДЦ-Алматы» ЖШС, Алматы к., Домбровский көш., 3 «а», литер Б, офис 1.
Тел.: +8(727) 2515989, 90, 91, 92, факс: +8(727) 2515812, доб. 107
E-mail: RDC-Almaty@eksmo.kz
Өнімнің жарамдылық мерзімі шектелмеген.

Өндірген мемлекет: Ресей

Отпечатано с готовых файлов заказчика
в АО «Первая Образцовая типография»,
филиал «УЛЬЯНОВСКИЙ ДОМ ПЕЧАТИ»
432980, г. Ульяновск, ул. Гончарова, 14

Новый роман
Андрея Рубанова

Андрей Рубанов — автор книг «Сажайте, и вырастет», «Стыдные подвиги», «Психодел», «Готовься к войне» и других. Финалист премий «Национальный бестселлер» и «Большая книга».
Главный герой романа «Патриот» Сергей Знаев — эксцентричный бизнесмен, в прошлом успешный банкир «из новых», ныне — банкрот. Его сегодняшняя реальность — долги, ссоры со старыми друзьями, воспоминания... Вдруг обнаруживается сын, о существовании которого он даже не догадывался. Сергей тешит себя мыслью, что в один прекрасный день он отправится на войну, где «всё всерьез», но вместо этого оказывается на другой части света...

Алексей Иванов

ЗОЛОТО БУНТА

Просторный русский роман о странствиях души среди теснин горной реки; о том, как, сохранив веру, упрямо делать свое дело.

«1778 год. Урал дымит горными заводами, для которых существует только одна дорога в Россию — бурная река Чусовая. Но здесь барки с заводским железом безжалостно крушат береговые скалы-бойцы. У сплавщиков, которые проводят барки по стремнинам реки, есть способ избежать крушений: попросить о помощи старцев, что правят Рекой из тайных раскольничьих скитов и держат в кулаке грандиозный сплав "железных караванов". Однако молодой сплавщик Осташа, пытаясь разгадать причины гибели своего отца, поднимает бунт против сложившегося на Чусовой порядка. Чтобы вернуть честное имя себе и отцу, он должен будет найти казну самого Пугачева, спрятанную где-то на бойцах...

А подлинное "золото бунта" - это не пугачёвский клад, но ответ на вопрос: как сделать непосильное дело и не потерять душу?»

Алексей Иванов

Алексей Иванов
СЕРДЦЕ ПАРМЫ

Роман о том, как люди и народы, обретая родину, обретают судьбу.

XV век от Рождества Христова, почти семь тысяч лет от Сотворения мира... Московское княжество, укрепляясь, приценивается к богатствам соседей. Русь медленно наступает на Урал. А на Урале — не дикие народцы, на Урале — лесные языческие княжества, древний таёжный мир, дивный и жуткий для пришельцев. Здесь не верят в спасение праведной души, здесь молятся суровым богам судьбы.

Одолеет ли православный крест чащобную нечисть вечной пармы — хвойного океана? Покорит ли эту сумрачную вселенную чужак Иисус Христос? Станут ли здешние жители русскими? И станут ли русские — здешними?

"Сердце Пармы" — история о том, что настоящее пространство не на Западе, а на Востоке; что там не пустота неназванная, а историческое, этнографическое и лингвистическое сырьё для еще одной империи; напоенная кровью на три сажени вглубь земля, колонизированная не на картах, а по-настоящему. Роман... про бремя, если хотите, русского человека. (Лев Данилкин, "Афиша")

Алексей Иванов
ТОБОЛ
Много званых

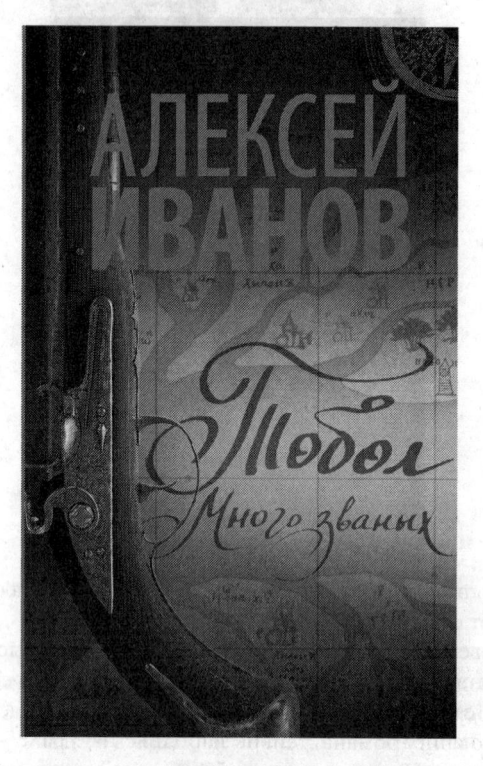

В эпоху великих реформ Петра I «Россия молодая» закипела даже в дремучей Сибири. Нарождающаяся империя крушила в тайге воеводское средневековье. Народы и веры перемешались. Пленные шведы, бухарские купцы, офицеры и чиновники, каторжники, инородцы, летописцы и зодчие, китайские контрабандисты, беглые раскольники, шаманы, православные миссионеры и воинственные степняки джунгары — все они вместе, враждуя между собой или спасая друг друга, творили судьбу российской Азии. Эти обжигающие сюжеты Алексей Иванов сложил в роман-пеплум «Тобол».
«Тобол. Много званых» — первая книга романа.

Алексей Иванов

ТОБОЛ
Мало избранных

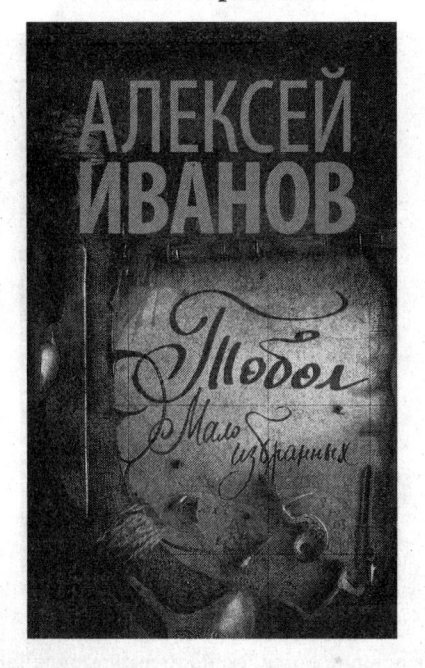

«Тобол. Мало избранных» — вторая книга романа-пеплума Алексея Иванова «Тобол». Причудливые нити человеческих судеб, протянутые сквозь первую книгу романа, теперь завязались в узлы.

Реформы царя Петра перепахали Сибирь, и все, кто «были званы» в эти вольные края, поверяют: «избранны» ли они Сибирью? Беглые раскольники воздвигают свой огненный Корабль — но вознесутся ли в небо души тех, кто проклял себя на земле? Российские полки идут за золотом в далёкий азиатский город Яркенд — но одолеют ли они пространство степей и сопротивление джунгарских полчищ? Упрямый митрополит пробивается к священному идолу инородцев сквозь злой морок таёжного язычества. Тобольский зодчий по тайным знакам старины выручает из неволи того, кого всем сердцем ненавидит. Всемогущий сибирский губернатор оказывается в лапах государя, которому надо решить, что важнее: своя гордыня или интерес державы?

...Истории отдельных людей сплетаются в общую историю страны. А история страны движется силой яростной борьбы старого с новым. И её глубинная энергия — напряжение вечного спора Поэта и Царя.

Гузель Яхина
ДЕТИ МОИ

"Дети мои" — новый роман Гузель Яхиной, самой яркой дебютантки в истории российской литературы новейшего времени, лауреата премий "Большая книга" и "Ясная Поляна" за бестселлер "Зулейха открывает глаза".

Поволжье, 1920-1930-е годы. Якоб Бах — российский немец, учитель в колонии Гнаденталь. Он давно отвернулся от мира, растит единственную дочь Анче на уединенном хуторе и пишет волшебные сказки, которые чудесным и трагическим образом воплощаются в реальность.

"В первом романе, стремительно прославившемся и через год после дебюта жившем уже в тридцати переводах и на верху мировых литературных премий, Гузель Яхина швырнула нас в Сибирь и при этом показала татарщину в себе, и в России, и, можно сказать, во всех нас. А теперь она погружает читателя в холодную волжскую воду, в волглый мох и торф, в зыбь и слизь, в Этель-Булгу-Су, и ее "мысль народная", как Волга, глубока, и она прощупывает неметчину в себе, и в России, и, можно сказать, во всех нас. В сюжете вообще-то на первом плане любовь, смерть, и история, и политика, и война, и творчество..."

Елена Костюкович